DE MANNENTESTER

Van Heleen van Royen verscheen eerder:

De gelukkige huisvrouw
Godin van de jacht
De ontsnapping

Stout (met Marlies Dekkers)

Je zal er maar mee getrouwd zijn

Heleen van Royen

de mannentester

HELEEN VAN ROYEN

Omslagontwerp: Studio Jan de Boer
Omslagillustratie: Allan Jenkins/Trevillion Images
Auteursfoto: © Carin Verbruggen
Typografie en zetwerk: ZetProducties, Amsterdam

Postbus 3626, 1001 AK Amsterdam

www.heleenvanroyen.nl
www.fmbuitgevers.nl

Heleen van Royen is een imprint van FMB uitgevers bv,
onderdeel van Foreign Media Group.

ISBN 978 90 499 5117 7
NUR 301

Deze roman is fictie. Namen, personages en gebeurtenissen zijn ofwel het product van de verbeelding van de auteur ofwel fictief gebruikt. Enige gelijkenis met werkelijke gebeurtenissen of bestaande personen berust geheel op toeval.

Dit boek is gedrukt op papier dat het keurmerk van de Forest Stewardship Council mag dragen.

FSC
Mixed Sources
Productgroep uit goed beheerde bossen en andere gecontroleerde bronnen.
Cert no. SGS-COC-1940
www.fsc.org
© 1996 Forest Stewardship Council

Voor Olivia

Mijn dochter, mijn vreugde,
mijn trots, mijn achilleshiel.

Duizend boeken zijn niet genoeg
om te vertellen hoeveel ik van je houd.

Never trust a stranger-friend;
No one knows how it will end.
As you're pretty, so be wise;
Wolves may lurk in every guise.

Charles Perrault, *Little Red Riding Hood*, 1969

Eerste Wet

Een robot mag een menselijk wezen geen kwaad berokkenen, of toelaten dat een menselijk wezen gekwetst wordt door zijn nalatigheid.

Isaac Asimov, *De totale robot*, 1984

Een

Amsterdam, donderdag 2 oktober 2008

'Ik ben de man die mijn vader heeft geliquideerd nog altijd dankbaar.'

'Dankbaar?' echoot de rechtbankpresident. Hij ziet eruit zoals een rechter eruit hoort te zien: grijs haar, heldere ogen onder borstelige wenkbrauwen en een rechtschapen gezicht.

'Ja, hij heeft me waardevolle inzichten gegeven. Zonder hem zou ik niet zijn waar ik nu ben.'

'Me dunkt dat u toch liever ergens anders zou zijn vandaag.' Hij gebaart naar de plek waar ik me bevind: de verdachtenbank van de meervoudige strafkamer van de Amsterdamse rechtbank. Terechtstaan doe je zittend, heb ik ontdekt.

De zaal puilt uit van belangstellenden, ik had er niet zo veel verwacht. Ook de perstribune is afgeladen. IJverige journalisten luisteren aandachtig en schrijven alles op wat ik zeg. Toen ik drie kwartier geleden werd binnengeleid, gonsde het door de zaal: kijk, daar heb je haar, zij is het, zij moet het zijn. Oma Donna bevindt zich op de eerste rij. Ze ziet eruit alsof ze een staatsbegrafenis bezoekt, met haar zwarte mantelpak en een hoed ter grootte van een fietswiel met een voile die voor haar ogen valt. Op de rij achter haar zit een platinablonde vrouw met een zonnebankbruin gezicht die me bekend voorkomt. Mijn moeder is er niet, ik had nog zo gehoopt van wel. Vlak na mijn arrestatie heb ik haar één keer kort gesproken, ze deed niets anders dan huilen aan de telefoon, er kwam nauwelijks een zinnig woord uit.

'Natuurlijk zou ik vandaag liever ergens anders zijn,' zeg ik tegen de rechter. 'Maar wat de moordenaar van mijn vader me heeft geleerd, is dat een vuurwapen betrouwbaarder is dan je beste vriend. Dat je kunt beschikken over het leven van iemand anders. En dat je daarmee weg kunt komen. Er zijn zo veel dingen waarmee je kunt wegkomen, u hebt geen idee.'

Mijn advocaat schuift onrustig heen en weer op haar stoel. Ze is waarschijnlijk bang voor wat ik ga zeggen. Ik niet, ik weet heel goed wat ik doe.

'Met alle respect, mijnheer de rechter, maar u ziet natuurlijk alleen de mensen bij wie het misgaat, degenen die gepakt worden. Als hun schuld onomstotelijk kan worden vastgesteld en er geen vormfouten worden gemaakt, worden zij door u bestraft. Op zich is dat een aardig systeem, maar het is verre van volmaakt. Genoeg criminelen ontspringen de dans. En bovendien, voor tal van morele misdragingen kun je niet eens worden vervolgd.'

Mijn advocaat legt haar linkerhand op mijn pols in een poging me tot stilte te manen. Ik negeer haar.

'Wat verstaat u precies onder morele misdragingen, mevrouw Kramer?'

'Ik ben blij dat u dat vraagt. Er zijn zo veel mensen die liegen en bedriegen, die andere mensen pijn doen, die zich aan hen verrijken of hen kapotmaken. Wilt u dat ik een paar voorbeelden noem?'

De rechter lijkt even te aarzelen, ik steek snel van wal.

'Een zoon die zijn bejaarde moeder niet meer bezoekt. Een man die zijn ex het leven zuur maakt. Een vrouw die doet alsof ze contact heeft met overleden dierbaren van anderen. Een prins die twee buitenechtelijke dochters verwekt. Fabrikanten die beweren dat ze vetafbrekende dieetpillen maken of crèmes die rimpels doen verdwijnen of shampoos die je haar volume geven. Stuk voor stuk blijven ze onbestraft. Mag ik u herinneren aan de uitspraak van de Hoge Raad van 20 februari 2007?'

Mijn advocaat staat op. 'Ik geloof dat we afdwalen, mijnheer de president.' Ze buigt zich naar me toe en vervolgt, zachter: 'Dit leidt alleen maar af. Concentreer je op je eigen zaak.'

Ik ben net lekker op dreef. De rechter ziet eruit alsof hij voelt waar ik heen wil. Alsof hij begrijpt dat het Wetboek van Strafrecht niet altijd een pasklaar antwoord heeft op de dingen waar het in het leven werkelijk om draait. De officier van justitie en de overige leden van de strafkamer staren enigszins glazig voor zich uit. Zouden ze de zaak niet meer op hun netvlies hebben? Ik kan het me nauwelijks voorstellen.

'De Hoge Raad sprak op 20 februari 2007 een verdachte vrij die zijn partner had besmet met hiv,' verklaar ik. 'De verdachte had niet verteld dat hij het virus bij zich droeg, sterker, hij had glashard gelogen toen zijn partner hem ernaar vroeg. Vervolgens had hij veelvuldig onbeschermde seks met hem gehad en hem geïnfecteerd. Hij werd vervolgd wegens poging tot doodslag, zware mishandeling en het toebrengen van lichamelijk letsel, maar op alle punten vrijgesproken. Volgens de Hoge Raad was de kans op besmetting niet dusdanig groot dat het als kwade opzet kon worden gezien. Dat bedoel ik nou, mijnheer de rechter.'

De rechter wrijft nadenkend over zijn kin. 'Laten we weer even teruggaan naar het begin, de liquidatie van uw vader. U was veertien jaar. Het moet een traumatische ervaring zijn geweest. Volgens uw advocaat heeft het uw kijk op de wereld voorgoed veranderd.'

Van het ene op het andere moment zit de rechtbankpresident op een heel ander spoor dan ik. Hij is op zoek naar een verklaring voor mijn gedrag. Naar spijt, berouw, naar de ongetwijfeld geruststellende gedachte dat mijn jeugd de opmaat was voor mijn gedrag.

'Mijn advocaat en ik denken hier anders over...'

Ik heb de woorden nauwelijks uitgesproken of ze laat zich met een zucht terug in haar stoel zakken en heft haar armen ten hemel.

'... zoals ik al zei, ik ben de dader dankbaar, het klinkt misschien gek uit mijn mond, maar hij is als het ware een voorbeeld voor me. Sommige mensen verdienen straf. En als de maatschappij die niet oplegt, wie dan wel?'

De officier van justitie schraapt zijn keel en kijkt de rechter vragend aan. Hij krijgt toestemming om me iets voor te leggen.

'Mevrouw Kramer, begrijpen wij u allen goed? Bedoelt u hiermee te zeggen dat u vindt dat uw vader het verdiende om geliquideerd te worden?'

'In de ogen van de opdrachtgever blijkbaar wel,' zeg ik schokschouderend. 'Voor mijn moeder en mij kwam het slecht uit, maar ik mag toch hopen dat iemand een verdomd goede reden had om hem om te leggen.'

'En u? Vandaag staat u hier terecht. Hebt u met opzet gehandeld?'

'Natuurlijk niet,' interrumpeert mijn advocaat met rode blosjes op haar wangen. 'Mijn cliënt realiseert zich niet wat ze zegt. Ze is overweldigd door alle aandacht voor haar zaak, ze kan de consequenties op dit moment niet goed overzien. Met name de juridische consequenties.' Ze keert zich naar mij terwijl ze het woord 'juridische' beklemtoont.

'Ik vroeg het aan uw cliënt, niet aan u. Vindt u dat uw slachtoffer dit had verdiend, mevrouw Kramer?'

Nadat ik mijn antwoord zorgvuldig heb geformuleerd, gaat er een golf van verontwaardiging door de zaal.

Twee

Sevilla, woensdag 30 april 2008

Ik snap waarom ze voor hem is gevallen. Hij zit op een podium op een onoverdekte binnenplaats van een cultureel centrum in het historische hart van Sevilla, omringd door een publiek dat grotendeels uit vrouwen bestaat. Zijn halflange, donkere haar is achterovergekamd, als hij zijn hoofd schudt vallen enkele plukken naar voren. Eerst merkt hij ze niet op, geconcentreerd als hij is, dan duwt hij de weerbarstige lokken met gespreide vingers terug. Hij draagt een verschoten, zwart T-shirt en simpele jeans. Door zijn stoppels heen schemert een olijfkleurige huid. Hij kijkt zijn toehoorders niet aan, houdt zijn geloken blik op het houten podium gericht, zijn karakteristieke gezicht vertrokken, alsof hij pijn heeft. De woorden van zijn aanstaande echtgenote spelen door mijn hoofd: *Salvador is een kunstenaar. Alleen buitengewone vrouwen trekken zijn aandacht.* Dit wordt een interessante avond.

De lampen aan de met zoetgeurende jasmijn begroeide natuurstenen muren zijn inmiddels volledig gedoofd, de plek waar hij zit wordt verlicht door een simpel spotje. Naast hem staat een lege stoel. Hij is begonnen met klappen. Eerst zachtjes, daarna steeds harder. Met doffe, langzame slagen geeft hij een ritme aan. Zijn bovenlichaam beweegt mee, zijn rechtervoet tikt op de grond, alsof hij een onzichtbaar pedaal bedient. Hij heeft geen gitaar, geen microfoon, alles wat hij geeft komt uit hemzelf. Het publiek houdt de adem in. Dan verheft hij zijn stem.

Strikt genomen is het geen zang. Het is eerder een jammerklacht, geweeklaag, het is het geluid van een verscheurde ziel, het gehuil van een wolf in het bos onder de volle maan. Mijn hele leven heb ik me verzet tegen sentiment, in het bijzonder tegen vals sentiment, en ook nu probeer ik met een koele kennersblik naar zijn optreden te kijken, maar dat verhindert niet dat er kippenvel over mijn armen kruipt. Ga liggen, mopper ik in gedachten tegen de haartjes die massaal rechtop zijn gaan staan, alsof ze zich uitstrekken om niets van het optreden te missen. Ik neem een slok water, ik ben niet de enige die een droge mond heeft. Naast me delen twee Engelse toeristen een anderhalveliterfles. De vrouwen zijn duidelijk verrukt van de zanger, stoten elkaar voortdurend aan en bij elke vocale uithaal van zijn kant werpen ze hem dwepende blikken en zelfs kushandjes toe. Hij negeert ze straal.

Het is al tien uur in de avond en nog altijd benauwd. Het voorjaar kan heet zijn in Sevilla, overdag loopt het kwik op tot dertig graden. Ik was erop voorbereid. Vlak voor mijn vertrek heb ik een weersvoorspelling en een lijstje met aanbevolen restaurants en bezienswaardigheden van internet geplukt. De kathedraal zou zeker een bezoek waard zijn. Binnen, in een praalgraf, schijnen de resten van Christoffel Columbus te liggen. Ik heb een kamer geboekt in Las Casas de la Judería, op loopafstand van de kathedraal. Misschien kan Salvador me er morgen mee naartoe nemen. Dat wil zeggen, als ik vanavond het eerste contact kan maken. *Salvador is iemand bij wie je het ijs voorzichtig moet breken.*

Hij is niet meer alleen op het podium, een gitarist is op de lege stoel gaan zitten. Nadat ze samen twee nummers hebben gespeeld en het publiek allengs meer in vervoering raakt – snaarmuziek en zang klinken algauw virtuoos in een Spaans etablissement op een drukkende voorjaarsavond – verschijnen eindelijk de flamencodansers op het toneel. Zij op hoge blokhakken, haar zwarte haren in een strakke wrong, gekleed in een elegante japon, zonder ruches of stippen. Hij in een synthetisch ogend pak, dat zo strak zit dat ik voortdurend naar zijn billen staar, alsof ik verwacht dat de naad elk moment zal openbarsten, me afvragend waarom ik dat zou willen zien.

Ze dansen de sterren van de hemel.

Salvador lijkt wat te ontspannen. Hij neemt een slokje van het glas wijn dat naast hem op de houten vloer staat. Ik heb nog geen enkel oogcontact met hem gehad, hoewel ik dat veelvuldig heb gezocht. Hij hoeft alleen maar even naar rechts te kijken om me te zien, op de hoek van de tweede rij, vlak bij het podium, in een nauwsluitende, strapless jurk met als enige accessoire een gigantische bloem van stof. Ik ben vandaag een roodharige. De pruik is lang en steil, ik draag er groene contactlenzen bij, doorgaans heb ik met deze vermomming veel succes. Misschien komt zijn gebrek aan belangstelling door de twee geiten naast me. Ze blijven hun bewondering voor de zanger op hinderlijke wijze uiten. Ze slaken kreetjes, klappen in hun handen en wuiven zichzelf overdreven kreunend koelte toe met hun programmaboekjes. Nadat het derde nummer is geëindigd in een orgastische explosie van zang en dans, pakt een van de geiten een grote, witte zakdoek uit haar tas.

'O god, dit is toch niet normaal,' zegt ze. 'Ik ben helemaal nat tussen m'n benen.' Ongegeneerd laat ze haar knieën uiteen wijken om vervolgens omstandig de binnenkant van haar dijen droog te wrijven. 'Hij kan recht in je kruis kijken,' merkt haar vriendin giechelend op. Het schijnt haar niet te deren.

Geiten of geen geiten, oogcontact of geen oogcontact, na de voorstelling zal Salvador niet aan me kunnen ontkomen. Zijn volgende optreden is pas over twee weken, voorlopig is dit mijn enige kans.

Drie

Amsterdam, dinsdag 15 april 2008

'Hebt u een reden om hem niet te vertrouwen?' vroeg ik haar.

We zaten in Bar Americain. Ze dronk groene thee. Ik had Anna van Lanschot een jaar eerder ontmoet tijdens een bijeenkomst van het Vrouwelijke Managers Netwerk Nederland. Als enige van de sprekers maakte ze diepe indruk op me. Niet zozeer door wat ze zei, het was het zoveelste verhaal over succesvol ondernemen, dat bij mij het ene oor in en het andere uit ging. Ik geloof dat ze het had over de vier onmisbare factoren (*Focus*, *Fast*, *Friendly*, *Flexible*) om bestendig rolgedrag in grote bedrijven te doorbreken en het entrepreneurschap in alle geledingen te bevorderen. Ze sprak bevlogen en toch beheerst, overtuigd van zichzelf en haar verhaal, duidelijk gewend alle touwtjes in handen te hebben. Voor het diascherm waarop ze haar powerpointpresentatie afwerkte, stond een vrouw naar mijn hart. Elke porie van haar goedverzorgde lijf ademde zakelijkheid uit. Ik had nooit gedacht dat ze bij mij zou aankloppen, dat uitgerekend zij mij nodig zou hebben. En toch, hier zat ze dan. In de ban van een man.

'Salvador aanbidt me.' Ze was nog in de fase dat ze zijn naam zo vaak mogelijk op haar tong wilde proeven. 'Ik heb geen enkele reden om hem te wantrouwen. Hij is ervan overtuigd dat onze liefde voorbestemd is. Hij wil bij me blijven tot de dood ons scheidt. Andere vrouwen zijn lucht voor hem.' Anna glimlachte alsof ze zelf maar nauwelijks kon geloven dat iemand een relatie met haar zo serieus nam. 'Hij is erg gepassioneerd. Het zal zijn Spaanse bloed wel zijn.'

‘Waarom wilt u hem laten testen?’

‘Ons voorgenomen huwelijk heeft uiteraard financiële consequenties,’ zei ze zacht. ‘Vanaf het moment dat Salvador mijn echtgenoot is, heeft hij aanspraak op mijn vermogen.’

‘Uw vermogen,’ herhaalde ik. ‘Dan hebben we het over...?’

Ze nipte van haar thee en liet de vraag in de lucht hangen. Zoals de meeste mensen met geld, sprak ze niet graag over de exacte hoogte van de bedragen die tot haar beschikking stonden.

‘Maar u gaat toch niet in gemeenschap van goederen trouwen?’ Ik was in shock. Anna, nazaat van het beroemde bankiersgeslacht, moest beter weten.

‘Dat wil Salvador,’ zei ze met een lichte zucht. ‘Hij heeft geen idee wie ik ben. Alles wat hem is, is van mij, heeft hij ruimhartig geroepen. Wat betekent dat mijn onroerendgoedportefeuille is toegenomen met een tochtige zolderkamer in een buitenwijk van Sevilla.’

En zíjn portefeuille met een landhuis in Wassenaar, een pied-à-terre aan de Keizersgracht, een villa in Marbella en zo veel grijpstuivers als hij in zijn leven nog nooit bij elkaar had gezien.

‘Denkt u werkelijk dat hij uw achtergrond niet kent?’ Als ik schamper klonk, dan was dat volkomen terecht.

‘Wanneer is een mens ergens zeker van? Tot nu toe hebben we nauwelijks over dit soort zaken gepraat. Hij weet dat ik bij een investeringsmaatschappij werk, hij weet dat mijn ouders nog leven en hij hoopt ze binnenkort te ontmoeten. U moet zich voorstellen dat Salvador amper weet wat Google is, een computer heeft hij niet.’

Dat Anna bij een investeringsmaatschappij werkt, is zacht uitgedrukt, ze is de eigenaar. Ik wenkte de ober en bestelde nog een espresso voor mezelf. Anna’s kannetje thee was nog niet leeg.

‘Uw verloofde zal er in elk geval van doordrongen zijn dat u meer financiële armslag hebt dan hij. Huwelijkse voorwaarden met koude uitsluiting lijkt me de enige optie.’

Ze zuchtte weer. 'Dat kan ik Salvador niet aandoen. Dat wil ik ook niet. Dat gaat te ver.'

'Mevrouw van Lanschot,' zei ik zo rustig mogelijk, 'kan het zijn dat uw beoordelingsvermogen op dit moment enigszins vertroebeld is? Dat zou geen schande zijn. Ik zie het voortdurend in mijn vak. Dat is waarom ik hier ben. Om u bij te staan. Om te zorgen dat u geen dingen doet waar u later spijt van krijgt. Probeer uw voorgenomen huwelijk te zien als een zakelijke transactie.'

De ober bracht de bestelling. Ik roerde een zakje suiker door mijn espresso. Anna schonk zichzelf bij.

'Mijn huwelijk is een investering die alleen maar tot verliezen zal lijden, daar ben ik me zeer wel van bewust. Salvador kan prachtig zingen en is in bescheiden kring bekend, maar wat het oplevert staat in geen verhouding tot wat ik gewend ben. Gelukkig heb ik hem daarvoor ook niet nodig. Wat ik aan deze relatie overhoudt, is genot. Fysiek genot, emotioneel genot. Ik wil de zekerheid, de absolute zekerheid, dat ik voor hem de enige ben. Hij zal zich volledig aan mij moeten wijden. Ik duld geen andere vrouwen in zijn leven.'

Ik zette mijn lege espressokopje terug op het schoteltje. 'En op die voorwaarde bent u bereid uw fortuin met hem te delen?'

'Hij mag er de vruchten van plukken,' zei ze. 'Maar als hij me bedriegt, wordt het een heel ander verhaal. Daarom wil ik de zekerheid dat hij zo trouw is als hij zich voordoet. Ik wil dat u uw uiterste best doet om hem te verleiden. Stuur verschillende vrouwen op hem af. Een door de wol geverfde prostituee, een verlegen studente, een mondaine...'

'Dit is niet hoe ik te werk ga,' onderbrak ik haar. 'Ik ben degene die de test uitvoert. Alleen als het echt niet anders kan, stuur ik iemand anders, een freelancer. De ervaring heeft geleerd dat ik voor sommige mannen te hoog gegrepen ben. Zij klappen dicht in mijn gezelschap, ik zou ze bij wijze van spreken moeten aanranden om een positieve uitkomst te krijgen. Dat is niet de bedoeling en het beïnvloedt de uitslag. De oproepkracht behaalt in zo'n geval vaak betrouwbaardere resultaten. Haar uiterlijk is, hoe zal ik het zeggen, wat meer doorsnee. Gewoontjes.'

'Dan hoeft zij niet naar Sevilla,' besliste Anna. 'Salvador is een kunstenaar. Alleen buitengewone vrouwen trekken zijn aandacht.' Ze monsterde me van boven tot onder, alsof ze mijn uiterlijk nu pas in zich opnam. 'En u denkt dat u hem kunt verleiden?'

Ik haalde mijn schouders op. 'Tot nu toe is het percentage mannen dat me weerstaat te verwaarlozen.'

'Werkelijk?'

'Wat niet wil zeggen dat al mijn cliënten hun relatie daarna meteen beëindigen. Sommigen wel, anderen gebruiken de informatie in hun voordeel. Het geeft ze een macht die ze voordien niet hadden.'

'Je bedoelt dat ze hun partner ermee chanteren?' Voor het eerst tutoyeerde Anna me.

'Precies. En gelijk hebben ze. Onlangs nog had ik een cliënte die wilde weten of haar man met een andere vrouw zou zoenen, mocht hij in de verleiding komen. Hij gedroeg zich altijd erg bezitterig ten opzichte van haar: ze mocht 's avonds niet met vriendinnen de stad in, make-up was uit den boze en als ze naar de sportschool ging, had hij de pest in.'

'Kom op, Valerie. Dat is toch niet van deze tijd,' zei Anna ongelovig. Ze noemde me bij mijn naam. Een valse naam, maar dat wist ze niet.

'Mannen hebben een aangeboren neiging tot domineren, dat is altijd zo geweest en zal altijd zo blijven. Deze man was burgemeester in een middelgrote stad, een workaholic en zelf bijna nooit thuis.'

'Hoe heb je hem getest?'

'Ik ben zogenaamd per ongeluk tegen hem aangelopen tijdens een of ander gemeentelijk festijn. Zoals ik al vermoedde, was meneer met een natte vinger te lijmen. Als het aan hem had gelegen, waren we in bed beland. Ik heb verslag uitgebracht aan zijn vrouw en het bewijs overhandigd, zij heeft hem ermee geconfronteerd en een scène geschopt. Met resultaat. Voortaan neemt de burgemeester zijn vrouw minstens eens per week mee uit eten, maakt het 's avonds minder laat en brengt de kinderen vaker naar school. Mijn cliënte heeft met zijn creditcard de Douglas leeggekocht en gaat binnenkort met haar beste vriendin een lang weekeinde weg.'

'En dat allemaal vanwege één zoen?'

'Plus een filmpje waarop de burgemeester aan mijn tepel zuigt, zijn hand tussen mijn benen duwt en kreunend duidelijk maakt wat hij allemaal nog meer met me zou willen doen. Zijn vrouw hoefde alleen maar het magische woord *YouTube* te noemen en hij was als was in haar handen.'

Eind vorige maand had ik dit dossier gesloten en met een voldaan gevoel in het archief opgeborgen. Soms kon een kleine valstrik tot een groot resultaat leiden. Het recht had gezegevierd. De kosmische balans was hersteld. Ik had niets extra's hoeven doen. Het was goed zo. Moest alleen niet vergeten mevrouw over drie maanden nog even na te bellen. Ik maakte snel een notitie in mijn digitale agenda.

Een aarzeling gleed over Anna's gezicht, alsof ze zich ineens realiseerde waaraan ze was begonnen en zich afvroeg of ze dit eigenlijk wel wilde.

'Vergeet wat ik heb gezegd,' zei ik. 'Ik moet u niet lastigvallen met dit soort verhalen. Ieder geval is weer anders. Uw Salvador...'

'Ik ga akkoord met de offerte,' hakte Anna de knoop door. 'Je brengt schriftelijk verslag uit van de ontmoeting. Een filmpje wil ik ook. Wat ik daarmee doe, bepaal ik later wel.' Ze keek op haar mobieltje en pakte haar handtas.

'Voor u weggaat, nog een paar vragen, mevrouw van Lanschot. Weet u toevallig de voornaam van de moeder van uw verloofde?'

'Ehm... Carmen, geloof ik. Nee, ik weet het zeker, het is Carmen.'

Ik noteerde het. 'En hoe ver wilt u dat ik met hem ga?'

'Zo ver als je komt. Je hebt carte blanche.'

'Dank u. Dat is fijn om te weten.' Ik vatte haar zojuist gegeven akkoord ruimer op dan Anna vermoedde. Het zou niet bij testen alleen blijven. Indien haar aanstaande door de mand zou vallen, zoals het gros van de mannen dat deed, zou ik ter plekke een subtiele, passende wraakactie toepassen. Het was een geheime clausule in de offerte, een bonus, die ik gratis verstrekte. Het maakte mijn werk een stuk aangenamer.

Vier

Amsterdam, mei 1996

Ik was vijftien toen ik mijn eerste man testte. Dat ik een zekere macht had over het andere geslacht, had ik al geruime tijd in de gaten. Mijn moeder noemde me vroegrijp. Dat zei ze tenminste tegen de rector die haar bij zich had geroepen omdat ik er op school als een lellebel bij liep. 'Ze kan het niet helpen, meneer, ze is vroegrijp.'

'Lellebel' vond ik een geinig woord. Als je het getal 73837737 intoetst op een rekenmachine en je houdt hem daarna op zijn kop, komt het tevoorschijn. Als je het getal 7083170 intikt, zie je hoe ik over de rector dacht. Wat die sukkel namelijk niet doorhad, en mijn moeder ook niet, was dat ik met een experiment bezig was. Met empirische wetenschap. Bepaalde kleding bracht bepaalde reacties teweeg, daar kon je de klok op gelijk zetten. Ik hield van proefjes. Ik hield van natuurkundige zekerheden, zoals elektriciteit. Maak een stroomkring waardoor de negatief geladen elektronen zich vrijelijk kunnen verplaatsen en het licht gaat aan. Veel vrouwen zijn bang voor stroom. Mijn moeder durfde amper een peertje te verwisselen, ik schroefde stekkers open, hing lampen op, ik wist hoe kroonsteentjes werkten. 'Elektriciteit is in wezen heel simpel,' had mijn natuurkundeleraar uitgelegd. 'Er zijn twee polen, plus en min, de rest is verwarring.'

In die tijd dacht ik dat de mensheid eigenlijk ook heel simpel was. Er zijn twee polen, mannen en vrouwen, de rest is verwarring.

Mix vrouwen op de juiste manier met mannen en je kunt

vonken verwachten, had ik vastgesteld. Neem zoiets simpels als het dragen van hoge hakken en korte rokjes. Daarvan bleken de jongens uit mijn klas volledig van de kaart te raken. De leraren probeerden te doen alsof het ze niet opviel, maar ik zag hun speekselproductie omgekeerd evenredig toenemen in een onvoorwaardelijke reflex. Ze wisten dat het niet hoorde, maar hun instinct nam het roer over. Alle reacties noteerde ik in een schriftje, zij vormden de basis van mijn onderzoek.

Mijn rokjes werden steeds korter, totdat ik op zeker moment bijna in mijn onderbroek naar school ging.

> 27 *mei* 1996
> 9:05 *uur: kom Peter in de gang tegen. Laat expres mijn schrift vallen, buk vlak voor hem om het op te rapen. Slipje goed zichtbaar. Peter schrikt, slaat zijn hand voor zijn mond, zijn pink blijft achter zijn buitenboordbeugel haken.*
> 11:30 *uur: meester Frank (aardrijkskunde) stoot zijn koffie om als ik voor de klas sta om Paraguay op de kaart aan te wijzen. Na de les vraagt hij of ik zijn regenjas wil lenen.*
> 15:10 *uur: Mandy zegt expres hard tegen Laura dat ik op een hoer lijk.*
> 16:15 *uur: drie jongens uit de zesde fietsen achter me aan en fluiten de hele weg.*

Een dag later voerde ik de GPZO uit, de Grote Proef Zonder Onderbroek. Dat was het moment waarop de rector mijn moeder bij zich riep. De GPZO ging inderdaad vrij ver. De reacties waren ook niet positief. De jongens vonden het raar en de meisjes vonden het vies. Ineens was ik niet meer spannend, maar eng. Niet meer geil, maar goor. Van het ene moment op het andere was ik van een femme fatale in een freak veranderd. Uiterst leerzaam.

De conclusie van mijn onderzoek luidde dat mijn uiterlijk, met name indien verfraaid met de juiste accessoires, me een aanzienlijke mate van macht over mannen verschafte die ik naar believen kon gebruiken. Op vrouwen had het een andere, meer intimiderende werking. Het was klip en klaar: ik had een wapen in handen waarvoor menig minder bedeeld schepsel een moord zou doen. Zoals Mandy, die zo veel puisten had dat haar huid er nauwelijks tussendoor scheen. Ik zou wel gek zijn als ik mijn kapitaal onbenut liet. De mogelijkheden waren oneindig.

De eerste man die ik testte was mijn wiskundeleraar. Dick Dobbelsteen was achter in de twintig en woonde samen met de oudste dochter van de rector, die wel eens langskwam als hij zijn pakje brood was vergeten. Dick droeg geruite overhemden op versleten spijkerbroeken, had blauwe ogen en warrige, donkere krullen. Zijn verstrooidheid had iets aantrekkelijks. Ik was het enige meisje in de klas dat zich voor wiskunde interesseerde, dat had hem aangenaam verrast. Ik koos Dick als proefkonijn, omdat hij op mijn rokjes geen enkele respons had gegeven, het leek wel of hij ze niet eens had gezien. Voor Dick zou ik een andere benadering kiezen, ik zou werk van hem maken, hem persoonlijke aandacht geven, kijken wat er dan zou gebeuren. Mijn hypothese bestond eruit dat Dick geen krimp zou geven. Ik zag in hem de uitzondering die de regel bevestigde, hij leek me een man die zich oprecht voor me interesseerde, die me niet als een lustobject beschouwde, maar mijn geniale geest door mijn schoonheid heen zag schijnen, zoals Mandy's huid door haar puisten.

Tegen mijn vooronderstelling en stille hoop in, ging Dick als een blok voor de bijl. Ik hoefde maar een paar weken verliefde blikken naar hem te werpen, ik hoefde hem maar een paar briefjes met veel kruisjes en hartjes toe te schuiven na de les, ik hoefde maar één keertje na te blijven, zogenaamd omdat ik het differentiëren niet snapte, ik hoefde maar één keertje naar hem over te hellen en voor ik het wist, zat zijn tong in mijn mond. Dezelfde tong waarmee hij die middag een dubbele bruine boterham had geproefd, die de oudste dochter van de rector liefdevol had belegd met runderrookvlees van de keurslager.

De dag waarop ik met mijn wiskundeleraar had gezoend, kwam ik bedrukt thuis. Mijn moeder zat in de huiskamer, omringd door een berg stinkende speelgoedbeesten en kartonnen dozen. Een half jaar na de dood van mijn vader had Sophia zich op allerlei liefdadigheidsprojecten gestort: water voor Namibië, aspirientjes voor Vietnam, tandenborstels voor de Chinezen, knuffels voor de Oostblokwezen, als de nood aan de man was, was mijn moeder je vrouw. 'Al maak ik maar één kind gelukkig,' placht ze te zeggen. 'Die ene glimlach, dat is het allemaal waard.' Terwijl mijn moeder de wereld redde, redde ik mezelf. Dat de glimlach van haar dochter steeds minder vaak op haar gezicht verscheen, gleed langs haar heen.

'Hoe was het op school, schat?' vroeg ze afwezig, terwijl ze op een van de dozen met grote letters KONIJNEN schreef.

Ik mompelde iets onverstaanbaars.

'Ik zit goed in de beren en de konijnen, maar ik kan nog wel wat apen gebruiken,' constateerde Sophia.

Ik keek in de APEN-doos. Er lagen drie beesten in, waarvan ik er eentje onmiddellijk herkende.

'Die is van mij!' riep ik verontwaardigd. 'Dat is Chimp. Die heb ik al mijn hele leven.' Ik trok het aapje uit de doos en drukte het tegen mijn borst.

'Doe niet zo kinderachtig. Je bent veel te oud voor een knuffelbeest.'

'Hij is van mij,' herhaalde ik koppig.

'Victoria, leg die aap terug!' Mijn moeder verhief haar stem. 'Je moet leren delen. Dat heb ik altijd tegen je vader gezegd. Een enig kind moet je niet te veel verwennen. Hij heeft dat natuurlijk toch gedaan en nu zien we wat ervan komt. Dat beest lag onder in de kast, je deed er niets mee, je kwam niet eens op het idee om hem aan een ander te gunnen.'

'Waarom zou ik?'

'Omdat je niet alleen op de wereld bent. Er zijn kinderen die hem harder nodig hebben dan jij.'

Ik keek naar Chimp. Zijn zachtroze lijfje was oud en versleten, zijn plastic snoetje nog intact. Ik kende hem zo goed, hij had me vaak getroost. Hij had een brede, rode lach op zijn gezicht, alsof hij een beetje lippenstift op had gedaan. Chimp was altijd blij.

'Mam,' ik probeerde het met redelijkheid. 'Ik ga nu naar de speelgoedwinkel en koop een speelgoedaap van mijn zakgeld, oké? Dan kan ik Chimp houden.'

'En dan gooi je hem weer onder in je kast zeker? Dat is pure verspilling, jongedame. We gaan geen nieuwe apen kopen als we nog oude hebben.'

Ik zag aan haar verhitte gezicht dat ze niet overstag zou gaan. Ik wist dat me nog maar één ding restte.

'Leren delen, zei je toch? Wat jij wilt, mam.'

Voordat Sophia iets kon uitrichten, hield ik Chimp ondersteboven, pakte zijn twee onderste pootjes en trok ze met kracht uit elkaar. Zijn lijfje scheurde doormidden tot aan zijn hoofd. Ik trok de rechterhelft van zijn lichaam van zijn hoofd en gooide het in de doos. Zijn hoofd met het afgereten lichaam, waar de vulling uitpuilde en waaraan nog een arm en een pootje bungelde, nam ik met me mee terwijl ik naar mijn kamer rende. Daar smeet ik de deur achter me dicht en wierp me huilend op bed.

Mijn moeder is een schat, maar ze maakt zich te veel zorgen. Dat de aardolie opraakt, dat de Noordpool krimpt, dat er diersoorten uitsterven, dat we te onaardig zijn tegen moslims, dat het nooit goed komt tussen de joden en de Palestijnen, dat er geen vitamines meer in de tomaten zitten, noem een willekeurig mondiaal probleem en Sophia begint te handenwringen. Aan mijn moeder kun je goed zien dat apen en mensen dezelfde voorouders hebben, ik doel dan met name op hun gezamenlijke hysterische aard. Neem bavianen. Die kunnen zo schrikken van hun eigen spiegelbeeld dat ze gillend in een boom klimmen en er dagenlang niet meer uitkomen. Heeft mijn moeder ook. Alleen gaat die in bed liggen en roepen dat het allemaal de schuld is van het huidige schoonheidsideaal dat ze zich niet meer aan de buitenwereld durft te vertonen. Dat houdt ze vol totdat de voorraad diepvriesmaaltijden opraakt en Donna kwaad wordt. Donna is mijn oma, ze woont bij mijn moeder in. Donna schilde haar laatste aardappel toen ze vijftig werd, een half jaar later stopte ze helemaal met koken. Ze vond dat ze genoeg maaltijden had bereid in haar leven.

'Het is weer zover, je moeder vindt zichzelf lelijk,' zo spreekt oma Donna met enige regelmaat mijn voicemail in. 'Als je in het land bent, wil je dan even langskomen? Neem wat te eten mee. Mijn maagzuurtabletten zijn ook op.'

Ik tref mijn moeder doorgaans aan in bed in een te krap, doorschijnend negligé.

'Het is allemaal háár schuld,' zegt ze, wijzend naar de deur waarachter ze mijn oma vermoedt. 'Ik vind nooit meer een man, zij jaagt ze allemaal weg. Weet je dat ze me nog nooit heeft verteld dat ik mooi ben?' Er zit een snik in haar stem. 'Ik heb jou dat toch wel verteld, lieverd, ik heb je dat toch heel vaak verteld? Ik wilde niet dat jij hetzelfde moest doormaken als ik. Jij hebt geen idee hoe het is, om je nooit mooi te voelen. Hoe zou je dat kunnen weten? Jij bent nog jong. Jij hebt de schoonheid van de jeugd. En daarbij ook nog eens de schoonheid van je vader. Hou me vast. Niemand doet dat nog, niemand wil me beetpakken. Straks lig ik in mijn kist, straks word ik alleen nog maar aangeraakt door de aflegger. Alsjeblieft, hou me heel stevig vast en zeg me dat ik mooi ben.'

Ik pak haar hand.

'Mam...' begin ik.

'Laat ook maar.' Ze wendt haar hoofd af. 'Je hoeft niet te liegen.

Ik kan je niet vragen om tegen je eigen moeder te liegen.'

'Je moet nu echt opstaan, mam. Oma Donna heeft honger. En je begint te ruiken.'

Vijf

Sevilla, woensdag 30 april 2008

Na afloop van de voorstelling is Salvador nergens te bekennen. Tijdens het slotapplaus stapte hij als eerste van het podium af. Het cultureel centrum heeft geen bar, het publiek stroomt naar buiten en waaiert uit over de straten. Waar is hij? Paniekerig kijk ik rond. Is er dan geen enkele fan die een handtekening wil? Verkoopt hij geen cd's? Die zag ik toch bij de kassa naast de ingang liggen? Dit gaat fout. Ik moet het ijzer smeden als het heet is. Ik moet hem complimenteren met zijn geweldige optreden, honing rond zijn mond smeren. Nu giert de adrenaline nog door zijn lijf, heeft hij de staande ovatie nog op zijn netvlies, kan hij zich mij nog herinneren. Ik was het die de ovatie in gang zette door als eerste overeind te komen en vervolgens keihard op mijn vingers te fluiten. De geiten staarden me verbaasd aan. Het werkte. Hij keek waar het geluid vandaan kwam, ik ving zijn blik en hield die een seconde vast terwijl ik probeerde alles uit te drukken wat op dat moment menselijkerwijs mogelijk was. Dat hij me gehypnotiseerd had met zijn gezang, dat ik bereid was me aan hem over te geven, vanavond nog. Hij mocht me met huid en haar verslinden, mocht hij die behoefte voelen, ja, hij zag het goed, dit was een open invitatie.

Ik loop naar de kassa. 'De zanger die hier net optrad, Salvador. Is hij er nog?' vraag ik aan de kaartjesverkoopster. Ze is jong nog, hooguit twintig. Ze heeft een witblonde coupe, zwarte wenkbrauwen en lichte ogen. Ze doet me aan een Husky denken.

'Ik geloof het niet,' antwoordt ze vriendelijk. 'Wilt u zijn cd kopen? Die heb ik hier liggen.'

'Ik wilde hem laten signeren,' mompel ik.

'Ze zijn al gesigneerd, mevrouw.' Ze pakt de bovenste van het stapeltje en drukt die in mijn hand.

Het hoesje is zelfgemaakt. Een aanzienlijk jongere Salvador kijkt in de lens alsof hij net zijn moeder heeft begraven.

'Wat zingt hij prachtig, hè? Ik heb het al zo vaak gehoord, maar het blijft me raken.' Ze drukt haar hand op haar borst, ter hoogte van haar hart. 'Er treden hier allerlei zangers op en ik hoor het eigenlijk niet te zeggen, maar hij is de beste. Salvador heeft veel geleden. Dat hoor je in zijn stem.'

Weer een señorita die idolaat van hem is. De man grossiert erin, hij heeft ze voor het oprapen.

'Is hij getrouwd?' Ik leg de cd terug op de stapel.

'Ah, het gaat u niet om de muziek,' zegt ze berustend. Ik ben niet de eerste en zal niet de laatste zijn die via haar dichter tot Salvador hoopt te komen.

Ik glimlach verlegen, alsof ik me betrapt voel.

Even aarzelt ze, dan werpt ze me een samenzweerderige blik toe. 'Salvador kan niet goed alleen zijn. Er zijn verschillende vrouwen in zijn leven.'

Vrouwen, meervoud. Anna is zonder het te weten onderdeel van een peloton. Ik vraag me af of ze tot de kopgroep behoort of een van de waterdragers is. Ik doe alsof ik het volkomen vanzelfsprekend vind en informeer bij de Husky of ze weet waar de gekwelde ziel zich op dit moment zou kunnen bevinden. Ze noemt de naam van het etablissement waar hij meestal na een optreden gaat eten.

'Vooraf krijgt hij geen hap door zijn keel. Dat zijn de zenuwen,' legt ze uit. 'Hij wil elke avond alles geven, heeft altijd de angst dat hij zijn publiek teleurstelt.'

'Hij is ook zo gevoelig, hè?' Het sarcasme in mijn stem ontgaat haar. Ze knikt devoot en steekt de brug der zuchten nog maar eens over. Hoofdschuddend verlaat ik het cultureel centrum en ga op zoek naar het restaurant.

In een oogopslag overzie ik het slagveld. Salvador is niet alleen. De gitarist is bij hem. Ze zitten aan de bar en eten tapas. De Engelse geiten zijn er ook, een stukje verderop aan een tafeltje, met twee pullen bier voor zich en een bord *batatas fritas* waarvan ze samen eten. Degene die tijdens de voorstelling naast me zat, herkent me. Ze stoot haar vriendin aan, die net een halve aardappel in haar mond propt. Allebei staren ze nu naar me, ze kunnen hun teleurstelling nauwelijks verbergen. Zet tien willekeurige vrouwen bij elkaar en ieder van hen kent haar plek in de pikorde. Deze twee halen het niet bij mij, dat weten zij, dat weet ik, we hoeven er verder geen woorden aan vuil te maken. Als Salvador vanavond met iemand naar huis gaat, dan is het met mij. Zij mogen samen om de gitarist vechten, als ze daar nog trek in hebben.

Nadat ik een glas cava heb besteld, tik ik Salvador op zijn schouders.

'Goedenavond, mag ik je wat vragen?'

Hij legt zijn vork neer, draait zich om en kijkt me aan zonder iets te zeggen. Als ik er ontvankelijk voor was, zou ik nu verdrinken in zijn ogen. Ik begrijp Anna, ik begrijp de Husky, de geiten en alle andere slachtoffers die hij heeft gemaakt en nog zal maken. Hij heeft De Blik. Het is de blik die een vrouw week en weerloos maakt. Die haar dingen laat doen waarvan ze dacht dat ze ze nooit zou doen. Die maakt dat ze haar zelfrespect laat lopen als een snel plasje in de bosjes terwijl ze hoopt dat niemand kijkt. Sommigen zullen het effect toeschrijven aan zijn halfgeloken ogen, die goudgespikkeld bruin zijn en omkranst door donkere, gekrulde wimpers. Maar al hadden zijn ogen de kleur van rioolwater, al waren zijn wimpers kort en recht, het resultaat zou hetzelfde zijn. Het is vooral hóé hij kijkt: doordringend, vorsend, geamuseerd, wetend wat hij je aandoet, zich nu al vermakend met de gedachte dat jij straks als een krolse poes om zijn benen zal draaien. Salvador is gewend aan fans. Laat hem maar denken dat ik er ook een ben.

'Ik was zojuist bij je optreden. Het was erg indrukwekkend.'

'Dank je.' Hij praat net zo doorrookt als hij zingt.

'Ik zal me eerst even voorstellen, mijn naam is Carmen.'

Hij veegt zijn hand netjes af aan een papieren servetje voordat hij de mijne schudt.

'Het spijt me dat ik je stoor tijdens het eten. Ik werk voor een Duits vrouwenblad en schrijf een reportage over Sevilla. Het moet gaan over de highlights van de stad, de hotspots, je kent het wel. Ik hoopte dat ik je misschien zou kunnen interviewen.'

'Een Duits blad. Hoe heet het?'

'*Brigitte*.'

'Ken ik niet,' zegt hij, alsof hij een expert is op het gebied van Duitse vrouwenbladen.

'Het heeft een heel behoorlijke oplage. Onze lezeressen houden erg van cultuur.'

'Hoeveel tijd heb je nodig, Carmen van *Brigitte*?'

'Een uurtje moet genoeg zijn.'

'Dus je wilt me een uur voor jezelf?'

En zo makkelijk gaat het. Meneer flirt met me.

'Heel graag,' zeg ik terwijl ik mijn haar achter mijn oor doe. 'Heb je vanavond tijd?'

Hij heeft zijn vork weer gepakt en een gehaktballetje in zijn mond gestopt. Rustig werkt hij het vlees weg, veegt zijn mond af en zegt dan: 'Vanavond ben ik bezet.' Hij maakt een vaag gebaar naar de twee Engelse vriendinnen, die nog altijd afwachtend achter hun tafeltje zitten. 'Ik heb die jongedames daar een rondleiding door de stad beloofd.'

Even ben ik in verwarring. Afgetroefd door een stel mutsen. Dat overkomt me nooit. 'Sorry, dat wist ik niet.'

'Dat kon je ook niet weten. Maar belofte maakt schuld. De dames wachten al een tijdje op me. Ik had eerst wat zaken af te handelen met mijn vriend hier.' Hij slaat de gitarist op zijn schouders. 'Hij spreekt alleen zijn moederstaal, vandaar dat hij zo zwijgzaam is. Normaal heeft hij praatjes voor tien.'

'U hebt prachtig gespeeld,' zeg ik in het Spaans tegen de gitarist.

Hij bedankt me met een verlegen glimlach.

'Morgenavond dan?' vraag ik Salvador.

Hij schudt zijn hoofd.

De Husky had het bij het rechte eind, Salvadors balboekje staat boordevol.

'Morgen overdag zou wel kunnen,' zegt hij.

We spreken af om één uur voor de kathedraal. Ik bedank Salvador voor zijn tijd en ga aan een leeg tafeltje in het restaurant zitten vanwaar ik hem kan observeren. Hij vervolgt zijn gesprek met de gitarist. Ik bestel een gazpacho en nog een glas cava. Als mijn soep op tafel wordt gezet, gaat een van mijn mobiele telefoons. Mijn moeder. Ik druk de oproep weg. Als ik het gesprek aanneem, moet ik Nederlands praten, Salvador zou een flard kunnen opvangen, ik wil mijn nationaliteit in geen geval verraden. Na een kleine minuut volgt een piepje, Sophia heeft ingesproken.

'Dag schat, met mama.' Ze klinkt zonnig. 'Ik heb nieuws! Groot nieuws. Bel je me?'

Mijn moeder heeft groot nieuws. Dat kan twee dingen betekenen. Of ze heeft een man gevonden – haar zoektocht naar de ware heeft in de loop der jaren pathetische trekjes aangenomen – of ze heeft de woonkamer een nieuw thema gegeven. Vorig voorjaar was het Duizend-en-één-nacht, benieuwd wat ze dit jaar voor ons in petto heeft.

De gitarist maakt aanstalten om te vertrekken. Salvador staat op om hem uitgeleide te doen. De Engelse vrouwen, die hun ogen geen moment van hun idool hebben afgehouden, leggen gelijktijdig hun servet op tafel. Een van de twee wenkt de ober om af te rekenen. Salvador is al bij de deur als hij zich omdraait en hen met een kort knikje laat weten dat ze mee mogen. Haastig pakken ze hun spullen, mij in de gauwigheid een triomfantelijke blik toewerpend. De zanger houdt de deur open en terwijl ze voor hem uit de Spaanse nacht in lopen, zie ik nog net hoe hij de achterste een speels tikje tegen haar billen geeft.

Buiten is het nog steeds vijfentwintig graden. Ik lig op mijn rug in mijn hotelbed met mijn handen onder mijn hoofd en vraag me af waar Salvador en zijn groupies op dit moment uithangen. Morgen zal ik hem proberen uit te horen over zijn escapades. Ik heb Anna van Lanschot een kort berichtje gestuurd. Dat de ontmoeting is gelukt, dat ik een afspraak heb met haar verloofde. Wat de Husky heeft onthuld, heb ik onvermeld gelaten, ik gun haar een goede nachtrust. Morgen zal ze het al moeilijk genoeg hebben. Het is de dag waarop ik serieus werk ga maken van haar verloofde. Waarom ze nadrukkelijk heeft gevraagd, waarvoor ze me betaalt, maar toch. Het zal de hele dag door haar hoofd spoken, ik ken mijn klanten, al begrijp ik ze zelden. Ik begrijp met de beste wil van de wereld niet waarom Anna met Salvador wil trouwen. Mannen zijn leuk voor even, niet voor eeuwig. Ik heb nooit een langdurige relatie gehad, ook niet geambieerd.

Waarom zou ik mijn vrijheid inperken met een vaste verbintenis? Waarom zou ik iemand in mijn leven toelaten die daaraan allerlei rechten meent te kunnen ontlenen? Het recht op mijn geld, mijn zorg in geval van ziekte, het gezamenlijk doorbrengen van de nachten, door mij klaargemaakte maaktijden, mijn onverdeelde aandacht, cadeautjes, gezamenlijke vakanties, mijn aanwezigheid bij allerlei festiviteiten en verplichtingen, en ga zo maar door.

Vrijheid is een schaars goed, waarmee een mens zuinig moet omspringen. Iedereen wordt in gevangenschap geboren. Praktisch alles wat je leven bepaalt, ligt al vast. Geslacht, huidskleur, nationaliteit, afkomst, mate van intelligentie, karakter, religie: je hebt het niet voor het uitkiezen, de teerling is al geworpen, er is bar weinig wat je ertegen kunt doen. Probeer maar eens een neger te worden als je blank bent, je IQ op te pimpen nadat je zwakbegaafd ter wereld kwam, je doopsel of besnijdenis ongedaan te maken als wijwater en bloed allang zijn opgedroogd, geloof me, dat zijn kansloze acties, het is onbegonnen werk.

Daarnaast word je omringd door een aantal figuren, beter bekend als familie, waarvan je sowieso nooit meer afkomt. Zij die een bloedband met je hebben vreten zich vast in je brein en zullen je geestelijke vrijheid beperken, hoe veel of weinig je ze ook ziet, of ze nu levend zijn of dood. Moeder! Vader! Zus! Broer! Zulke korte kreten met zo'n enorme lading. Moeder spant de kroon. Ik ken geen enkel ander woord met zo'n loodzware gevoelswaarde, geen enkel ander woord dat zo veel oproept. Moeder=liefde. Moeder=opoffering. Moeder=kracht. Moeder=zorg. Moeder=heilig. Moeder=bescheiden. Moeder=een schat. Moeder=goed. Tel het op, vermenigvuldig het, de einduitkomst is altijd hetzelfde: Moeder is de schuld die je nooit aflost. *Eer uw vader en uw moeder, opdat uw dagen verlengd worden in het land dat de HERE, uw God, u geven zal.* Ik geloof dat deze overtuiging sluipenderwijs en zonder enige wettelijke grondslag in het menselijk DNA verzeild is geraakt.

Ik bewaak mijn vrijheid, het is mijn kostbaarste bezit. Ik bewaak het recht om te zijn wie ik ben en mijn eigen regels te bepalen, behalve in het wegverkeer. Ik sluit geen compromissen, gebruik de wereld om me heen naar eigen inzicht en believen. Ja, ik ben vrouw, blank, Nederlands, intelligent genoeg om te snappen hoe alles werkt en koppig genoeg om vast te houden aan mijn eigen overtuigingen. Niemand maakt mij wijs dat een leven zonder wederhelft (het woord alleen al) zinloos is en dat het voortbrengen van zijn nageslacht mijn vrouw-zijn zal completeren.

Door de bank genomen, haat ik mannen. Niet allemaal, sommigen zijn te dom om te haten, voor hen volstaat minachting. De vele mannen die ik haat, haat ik vol overgave. Ik verafschuw hun arrogantie, hun gewelddadige inslag, hun zelfgenoegzaamheid, hun opgeblazenheid, hun luiheid als het gaat om zaken waarmee ze geen geld verdienen, het gemak waarmee ze vrouwen door de eeuwen heen hebben weggezet als huishoudsters, slavinnen en deurmatten. Ik weet, het is momenteel niet in de mode om je als mannenhater te profileren, het is überhaupt niet in zwang om iets of iemand te haten. Het codewoord van dit tijdperk is balans. Je moet in balans zijn met jezelf en je omgeving. Je darmstelsel moet in balans zijn, daarvoor dien je elke dag een minuscuul flesje yoghurtdrank te drinken. Je moet daarnaast minstens twee liter water drinken, waarmee je dat yoghurtdrankje volkomen wegspoelt, maar goed, je nieren en de economie varen er wel bij. Je moet voldoende bewegen. Stress moet je zo veel mogelijk vermijden, want balans zit ook 'tussen je oren'. Je hormoonhuishouding moet in balans zijn, evenals je vitaminehuishouding. Er is een Aanbevolen Dagelijkse Hoeveelheid (ADH) van vitamines en mineralen die je tot je moet nemen. Wee je gebeente als je dat niet doet! Broze botten liggen op de loer, en dat is nog wel de minste van alle kwalen die je kunnen teisteren als je je ADH veronachtzaamt. De ADH vind je terug op de verpakkingen van praktisch alle voedingsmiddelen. Zo kun je op een pak hagelslag nog even rustig nalezen hoeveel van de ADH je binnenkrijgt als je je brood ermee besprenkelt. Daar moet je natuurlijk wel de boterham (altijd bruin, meergranen of volkoren!) bij optellen en de boter ook: altijd halvarine, altijd cholesterolverlagend, liefst verrijkt met vitamine D, kalk en andere onzin. Je hebt GVD een rekenmachine nodig om je ADH de hele dag bij te houden. Eten en drinken: leuker kunnen we het niet maken, makkelijker ook niet.

Sorry, ik dwaal af.

Een van de redenen waarom ik mannen haat, is omdat ze superieur zijn. Uiteindelijk zijn ze sterker, slimmer en beter in praktisch alles. Vrouwen mogen meedoen, maar de echte Wimbledon-finale is die van de mannen. Superrijken heten Warren, William, Carlos of Ingvar, zelden Mary of Maud. De president van de VS heeft tot nu toe altijd een piemel, de leiders van Rusland en China ook. Aristoteles, Mozart, Shakespeare, Einstein, Napoleon, Caesar: graai lukraak rond in de tombola van de wereldgeschiedenis en je zult zien dat de groten der aarde stuk voor stuk zijn voortgekomen uit de combinatie van een x- en een y-chromosoom.

Ja, ik weet het. Er zijn ook vrouwen die het ver geschopt hebben. Maar wat zij hebben gedaan steekt schril af bij het echte werk. Terwijl mannen wereldwijd de dienst uitmaakten, schikten de meeste vrouwen zich door de eeuwen heen in hun lot van tweederangsburger. En nog steeds. Er zijn miljoenen gezinnen waarin de vrouw doet wat haar man wil, er zijn landen waar vrouwen niet mogen autorijden, er is een werelddeel waar vrouwen worden besneden, er zijn wijdverbreide religies waarin vrouwen stelselmatig het onderspit delven, geslagen mogen worden, gesluierd moeten rondlopen en als maagd het huwelijk moeten betreden, er zijn zo veel plekken waar dit als normaal wordt gezien, zelfs in mijn eigen land, in het moderne, westerse Nederland, dat ik er moedeloos van word.

Het is Prediker ten voeten uit. *Wat geweest is, dat zal er zijn, en wat gedaan is, dat zal gedaan worden; er is niets nieuws onder de zon.*

De voornaamste reden waarom ik mannen haat, is omdat ik gevoelig voor ze ben. Al probeer ik het uit alle macht te onderdrukken, hun natuurlijke overwicht, intelligentie, talent en spierballen laten ook mij niet koud. Rafael Nadal, Bill Clinton, Garri Kasparov, zelfs Mick Jagger en Brad Pitt zouden me hun bed in kunnen praten, sterker, ik zou beledigd zijn als ze daartoe geen serieuze poging zouden ondernemen. Biologen verklaren deze neiging uit het feit dat ik hun sterke genen onbewust aan mijn nageslacht gun. Maar mijn nageslacht is wel het laatste waar ik mee bezig ben. Het is veel simpeler. Ik wil de winnares zijn. Van alle vrouwen met wie Bill Gates zou kunnen ketsen, wil ik degene zijn die hij kiest. En alles wat hij me vraagt, zal ik doen. Ik beken: ook ik heb het in me. Het vermogen, het stille en tot nu toe met hand en tand onderdrukte verlangen, om me te onderwerpen aan een man.

Edoch! Zowaar ik Victoria heet, ik zal niet zwichten. Dat verklaar ik hierbij plechtig en bij mijn volle verstand. Zo waarlijk helpe mij God almachtig, dat wil zeggen, indien Hij – aaaarch! – daarbij nodig mocht zijn: nimmer, nimmer, nimmer zal ik capituleren voor een man.

Zes

Sevilla, donderdag 1 mei 2008

Als ik Salvador de volgende dag ontmoet, zie ik de eikel die hij nu eenmaal is. Een eikel, die afstamt van een lang geslacht van eikels, ongetwijfeld allemaal Spaanse macho's, die moeder de vrouw het liefst binnenshuis zien, zich bekommerend om hun kroost. Het kost enige moeite om het zwijn in hem te ontdekken, want hij ziet er buitengewoon smakelijk uit, in een smetteloos wit overhemd en een spijkerbroek. Hij heeft zich ook geschoren. Zijn zonnebril zit in zijn haar gestoken. Hij oogt fris en fit en bij lange na niet zo gekweld als tijdens zijn optreden.

Hij begroet me met twee zoenen op mijn wangen, alsof we elkaar al jaren kennen, en loodst me mee naar een terras.

'Wat heb je gisteravond nog gedaan?' wil hij weten.

'Beetje rondgelopen in het centrum.'

'En daarna?'

'Daarna ben ik naar mijn hotel gegaan.'

'Hoe kun je de lezeressen van *Brigitte* nu iets vertellen over Sevilla als je vroeg naar bed gaat?' vraagt hij zogenaamd ontzet.

Ik pak een opnameapparaatje uit mijn tas en leg het op tafel. 'Ik hoop dat jij me daarbij kunt helpen. Hoe was jouw avond trouwens?'

Net als hij antwoord wil geven, verschijnt de ober. Het stel aan het tafeltje naast ons heeft een grote kan sangria voor zich. Perfect, dat wordt ook mijn bestelling. Alcohol heeft me al vaak geholpen om mijn slachtoffers te krijgen waar ik ze hebben wil. Naakt, in een vreemd bed, compromitteerbaar en voldoende verdoofd om niet meer te merken wat er allemaal gebeurt. Als puber profiteerde ik voor het eerst met succes van de werking van sterke drank. Mijn buurjongen was achttien, ik bijna zestien. Op een zaterdagmiddag had ik Luke met een smoesje naar binnen gelokt. Mijn moeder was op een of andere vergadering om de wereld te redden, mijn oma was aan het winkelen en zou nog bij mijn opa langsgaan in het verpleegtehuis. Ik zette de favoriete muziek van mijn buurjongen op en opende een fles Cointreau. Hij vond het smerig, maar wilde zich niet laten kennen. Op een gegeven moment lag hij op zijn rug op de bank, laveloos. Ik bleef hem bijschenken. 'Neem nog een slokje, toe, eentje nog, je kunt het best.' Toen hij zo trilde dat hij niet meer in staat was om het glas aan te pakken, opende ik zijn lippen en goot het rechtstreeks uit de fles naar binnen. Wat hij niet doorslikte, liep langs zijn mondhoeken naar buiten. Luke, de stoerste jongen uit de straat, met zijn opgevoerde brommer en altijd slierten meiden achter zich aan. Ik kende hem zoals niemand hem kende. Ik wist wat hij met de kat van de overbuurvrouw had gedaan toen hij dacht dat niemand keek. Die middag kreeg Luke zijn verdiende loon. Toen hij begon te kokhalzen, hielp ik hem niet overeind. Telkens als hij omhoog wilde komen, duwde ik hem zachtjes terug in de kussens. Er was niet veel kracht voor nodig. Terwijl hij eerst rood aanliep, daarna blauw en bijna stikte in zijn kots, streek ik over zijn haren en fluisterde zijn naam. Daarna maakte ik zijn broek open en haalde zijn miezerige slurfje eruit. Hij hoestte, tilde zijn hoofd op en het braaksel kwam los. Het golfde over zijn Nirvana-T-shirt. Mijn buurjongen die zich verbeeldde dat hij een halve rockster was. Die dacht dat hij als enige begreep wat Kurt had bezield. Vandaag was het lot hem gunstig gezind. Vandaag zou Luke aan den lijve ondervinden hoe het was, *living on the edge*. Ik zou hem een handje helpen. *Waste me, rape me, my friend*. Ik pakte een lippenstift en verfde zijn piemel rood. En zoals hij daar lag, bleek, bezweet, half bewusteloos, in zijn eigen kots, met zijn broek op zijn knieën, zo stond hij ook op de Polaroid die ik van hem maakte. De Polaroid, die ik uitvergrootte en kopieerde in de bibliotheek en die ik in zo veel mogelijk brievenbussen stopte, ook die van hemzelf. Zijn ouders kwamen de schande nooit te boven, hij weigerde te zeggen wat er was gebeurd. Vernederd worden was één ding, vernederd worden door een meisje van vijftien onverdraaglijk. Niet lang na het voorval verhuisde het gezin, ik werd lid van Greenpeace en droomde van een bestaan als dierenactivist.

'Doe je mee?' vraag ik Salvador, met een knikje naar de sangria.

'Welja, dat wordt dan mijn ontbijt,' zegt hij met een grijns.

'Heb je het zo laat gemaakt?'

'Later dan ik van plan was. Die twee wisten van geen ophouden. Ligt het aan mij of zijn vrouwen anders dan vroeger?'

'Hoe bedoel je?'

'Zo doortastend. Vrijpostig. Het leek wel of ze, nou ja, ze wilden, je weet wel...' Hij zoekt naar woorden.

'Ze wilden jou?'

Hij rolt met zijn ogen. 'Daar kwam het wel op neer, ja. Ik mocht alles met ze doen.'

Zijn gezicht verraadt niet of hij dit aangenaam of angstaanjagend vond. Gokkend op het laatste, klop ik geruststellend op zijn hand. 'Ze waren erg onder de indruk van je optreden. Ik zat naast ze, ik zag het gebeuren. Het waren fans die veranderden in groupies. Dat zal je toch wel vaker overkomen?'

'Wat is het verschil tussen een fan en een groupie?'

'Een groupie biedt zichzelf aan, wil seks met haar idool. Het zijn doorgaans vrouwen. Een fan is vooral een bewonderaar.'

De graagte waarmee vrouwen zich zonder enige gêne aan de voeten werpen van mannen met status, roem en/of geld is weerzinwekkend. Hij kan lelijk, vet, oud, ongemanierd of crimineel zijn, het dondert niet, als hij vermogend genoeg is, staan ze voor hem in de rij, tieten vooruit, kont naar achteren. Zelfs de meest perverse misdadigers kunnen zich in hun cel dagenlang zoet houden met de stapels fanmail die ze ontvangen.

'Marc Dutroux kreeg liefdesbrieven in de gevangenis.' Het ontglipt me voor ik er erg in heb.

'Wie?'

Ik kan niet meer terug. 'De Belg die zes meisjes ontvoerde, verkrachtte en vier van hen vermoordde. Hij is bij lange na niet de enige perverseling die wordt begeerd door dweepzieke vrouwen. Er is zelfs een naam voor: *serial killer groupies*.'

Salvador is even stil. Dan zegt hij: 'Ik hoef me niet gevleid te voelen, bedoel je?'

Snel schud ik mijn hoofd. 'Ik bedoel alleen te zeggen dat vrouwen soms wonderlijk reageren op mannen, met name op dominante en agressieve mannen. Die hebben wat zij tekortkomen: macht en controle, daar laven ze zich graag aan. Ondertussen koesteren ze de illusie dat hij voor hen wél lief zal zijn.'

De sangria staat inmiddels op tafel. We proosten en nemen allebei een slok.

'Geweldig spul,' zeg ik.

Hij houdt zijn hoofd scheef en stelt de onvermijdelijke vraag: 'En jij, Carmen? Ben jij een fan of een groupie?'

'Ik ben Zwitserland,' probeer ik me er met een grapje vanaf te maken. 'Ik ben een objectieve verslaggever.'

'Daar geloof ik niks van. Jij hebt je eigen agenda.'

Salvador is niet op zijn achterhoofd gevallen. Ik zal voorzichtig te werk moeten gaan.

'Ik begrijp die vrouwen wel,' geef ik toe. 'Je hebt een prachtige stem. Je ziet er niet slecht uit en tot nu toe ben je aangenaam gezelschap.'

Hij lacht tevreden.

'Maar,' zeg ik terwijl ik de voice recorder pak, 'deze afspraak is strikt zakelijk. Kan ik beginnen?'

'Ga je gang.'

Ik zet het apparaatje aan en bestook hem met vragen over Sevilla, waar hij, zo blijkt, geboren en getogen is. Hij neemt de tijd voor de antwoorden. Soms zoekt hij naar woorden, geregeld vervalt hij in het Spaans, een taal die iedereen zou moeten leren, vindt hij. Een taal die zo veel beter kan uitdrukken wat hij voelt dan Engels.

'Jij bent hier te kort om de ziel van Sevilla te ontdekken. Ik weet niet hoe ik het je moet uitleggen. Als ik te lang uit de stad weg ben, mis ik haar. Alsof ze mijn geliefde is. Ik zou nergens anders kunnen aarden. Ik wil hier sterven.'

Hij zegt het zonder een spoor van ironie.

Ik schenk zijn glas bij en laat het mijne ongemoeid.

'Waar ben jij geboren, Carmen?'

'In Rotterdam,' antwoord ik naar waarheid. Dan rijg ik wat leugens aaneen. 'Mijn vader is een Duitser, mijn moeder Nederlandse. Toen ik twee was zijn we naar München verhuisd. Daar ben ik opgegroeid.'

Hij trapt in mijn val. 'Duitsland ken ik niet. Nederland wel.'

'O ja? Hoe vind je het? Ik kom er geregeld, mijn oma woont er, ik ben dol op haar.'

Hij kijkt langs me heen, ongetwijfeld gaan zijn gedachten naar Anna.

'Een vriendin van mij woont in Nederland,' zegt hij.

Anna van Lanschot is voor dit moment gereduceerd tot een vriendin. Niet zijn geliefde, niet zijn aanstaande echtgenote. Ik werp een tersluikse blik op het opnameapparaat. Het rode lampje brandt nog. Ik pak een papieren servetje, veeg mijn handen af en leg het zo neer dat de recorder aan zijn oog wordt onttrokken, ik wil dat hij zo snel mogelijk vergeet dat ik zijn woorden opneem.

'Leuk, waar woont ze?'

'Ze heeft twee huizen. Eentje in Amsterdam. Aan een gracht. En eentje in... Ik weet het niet, ik kan de naam nooit onthouden. In de buurt van Den Haag.'

'In de buurt van Den Haag,' zeg ik zogenaamd nadenkend. 'Leiden? Of Wassenaar?'

'Wassenaar, precies. Dat is het.'

'Dat moet een bemiddelde dame zijn. Die zou ik zeker te vriend houden,' zeg ik met een knipoog.

Hij buigt zich naar me over. 'Ze is heel rijk,' zegt hij zacht. 'Haar familie ook. En ze is aardig. Erg aardig, bescheiden en beschaafd.'

Ik geef hem een porretje in zijn zij. 'Klinkt ideaal. Waarom trouw je niet met haar?'

Hij zucht. 'Dat zou ze wel willen.'

'Wat let je?'

Hij lijkt ineens te beseffen dat hij uit de school klapt, pakt zijn glas en neemt een grote slok.

'Neem me mijn nieuwsgierigheid niet kwalijk,' zeg ik om eventueel wantrouwen in de kiem te smoren. 'Ik doe niets anders dan mensen het hemd van het lijf vragen. Beroepsdeformatie. Je hoeft geen antwoord te geven, het gaat me niets aan.'

'Normaal ben ik nooit zo open.' Behoedzaam zet hij zijn glas terug op tafel.

'Maak je geen zorgen,' zeg ik terwijl ik met de lepel in de sangria roer. 'Gebeurt me altijd. Je zult niets over je persoonlijke leven in *Brigitte* teruglezen, dat beloof ik.'

Hij aarzelt even. 'Ik wil er best over praten, dat is het niet.'

'Beschouw me dan als een gratis psycholoog. Na vandaag zie je me nooit meer.' Ik schenk zijn glas nog eens bij. 'Betekent deze vrouw veel voor je?'

'Ze is wat ouder dan ik. Ze wil geen kinderen. Op dit moment betekent ze vooral financiële zekerheid. Vind je dat slecht van me?'

Ik haal mijn schouders op. 'Waarom zou ik dat slecht vinden? Miljoenen vrouwen zijn je hierin voorgegaan.'

Hij slaat met zijn vlakke hand op tafel. 'Dat is het hem nou juist. Ik wil geen verstandshuwelijk.'

Om Salvador af te leiden, kuch ik een paar keer in mijn linkerhand. Met mijn rechterhand til ik het servetje voorzichtig op. De recorder heeft de klap overleefd.

‘Gaat het?’ vraagt hij vriendelijk.

‘Er zat iets in mijn keel.’ Ik neem een klein slokje sangria. ‘Is dat ook hoe zij het ziet, als een verstandshuwelijk?’

Hij schudt zijn hoofd. ‘Zij gelooft in onze liefde.’

‘En daar heb je haar een handje bij geholpen?’

‘Hoe kan ik anders?!’ Salvador spreidt zijn armen. ‘Ik ben een Spanjaard. Als ik een vrouw bemin, dan doe ik dat met passie.’

‘En hoeveel bemin je er momenteel?’ Ik vraag het met een vrolijk gezicht. Alsof ik volkomen begrijp dat een man als hij aan één vrouw nooit genoeg zou hebben.

‘Die van gisteravond niet meegerekend?’

‘Ga je die dames vaker zien?’

‘O nee,’ haast hij zich te zeggen. ‘Eén keer was genoeg.’

‘Dan tellen zij niet mee.’

Hij kijkt me van onder zijn wenkbrauwen aan. ‘Zul je het aan niemand vertellen?’

‘Aan wie zou ik het moeten vertellen?’

‘Oké dan,’ geeft hij zich gewonnen. ‘Het zijn drie vrouwen.’

‘En hoeveel daarvan denken dat ze de toekomstige mevrouw Salvador zijn?’

Er verschijnt een ondeugend lachje rond zijn lippen.

‘Alledrie.’

In feite was dit voldoende. Salvador had zichzelf opgehangen. Ik kon terug naar Nederland, verslag uitbrengen aan Anna, ik hoefde haar alleen maar het gesprek te laten horen, het zou meer dan voldoende zijn. Anna van Lanschot zou gebroken zijn, maar ook opgelucht. Haar instinct had haar niet in de steek gelaten. Ze had bijtijds ingezien dat ze hem niet op zijn bruine ogen moest geloven. Nog voordat hij aan mijn vuurproef was onderworpen, was Salvador al door het ijs gezakt. Anna zou de relatie beëindigen. Dat zou ze doen zoals ze was: resoluut en beschaafd. Geen grote ruzie, geen scheldkanonnades, ze zou hun contact per direct en onherroepelijk verbreken, voorgoed.

Voor Anna zou dat voldoende zijn. Voor mij niet. Salvador verdiende straf. Als ik het aan Anna overliet, zou hij er veel te makkelijk van afkomen. Ik moest de kosmische balans herstellen. Ik moest hem zijn karma doen toekomen. Dat was mijn taak. Daarom giechelde ik toen hij vertelde dat hij drie minnaressen had. Daarom zei ik dat ik er eigenlijk meer had verwacht. Daarom biechtte ik op dat ik stiekem jaloers was geweest op de Engelse vrouwen die hem voor mijn neus hadden weggekaapt. Daarom zei ik dat een tikje tipsy was en dat ik mijn laatste nacht in Sevilla met hem wilde doorbrengen. Ik had het nog nooit met een Spanjaard gedaan en ik kon het land toch niet verlaten zonder er eentje geproefd te hebben? Het zou een nacht worden die hem nog lang zou heugen, beloofde ik hem.

Salvador snurkt als een bootwerker.

Hij ligt in bed in een kamer in een goedkoop pension. Ik heb de kamer die ochtend gehuurd en contant betaald zonder een paspoort of creditcard te overleggen. Ik heb mijn koffers uit mijn hotel gehaald en gedeeltelijk uitgepakt. Mijn tandenborstel en make-up staan in de badkamer alsof ik nooit ergens anders ben geweest.

We hadden de middag slempend doorgebracht. We trokken van café naar café, daarna sleepte ik hem mee naar de hop-on hop-off touringcar. 'Ik moet iets zien van de omgeving, ik kan niet terug naar de redactie zonder verhaal.' We zaten boven in de bus, in het gedeelte zonder dak. Bij het passeren van elke historische bezienswaardigheid ging Salvador rechtop staan en zette het Spaanse volkslied in. Dat vonden onze medepassagiers de eerste keer nog wel grappig, maar daarna al snel niet meer. Bij de Alamillobrug kreeg ik Salvador zover om uit te stappen. 'Laten we een stukje lopen,' zei ik. In de stad was het nog steeds benauwd. Hier waaide het tenminste een beetje.

Hij keek verdwaasd om zich heen. 'Lopen, waarom? Deze brug gaat nergens heen.' Zijn stem was schor van het gezang. 'Hou je van moderne architectuur? Ik zal je een verhaal vertellen. De Nederlanders hebben deze brug gestolen. Echt waar. Ze hebben hem gekopieerd. Anna heeft het me laten zien. In Rotterdam staat een brug die een zus zou kunnen zijn van deze.'

Ik weet het, ik woon in de havenstad, mijn appartement kijkt uit op die brug, maar dat gaat hem niets aan.

'Is Anna je Nederlandse vriendin?' Hij had haar naam tot dan toe nog niet genoemd.

Salvador zette drie, vier wankele passen, liet zich daarna door zijn knieën zakken en ging op het asfalt zitten, met zijn rug leunend tegen de reling van de brug. 'Ik wil nu niet over haar praten. Ze is ver weg. Jij bent hier. Kom naast me zitten, Carmen van *Brigitte*.'

Ik deed wat hij vroeg. Hij keek me lodderig aan.

'Jij houdt van pret maken. Dat zag ik al aan je rode haren, jij bent een wilde. Anna is zo serieus. Die andere vrouwen ook. Ze willen een verbintenis, een ring. Ze willen allemaal een ring. Jij niet, hè?'

'Ik hoef geen ring,' beloofde ik.

Hij trok me naar zich toe en zoende me. Zijn tong was groot en vlezig. Speeksel scheppend baande hij zich een weg door mijn mond. Zoals altijd stond ik op het punt om te gaan kokhalzen. Ik maande mezelf om kalm te blijven. Om niet te denken aan de vele bacteriën die in de groeven van zijn tong krioelden. Aan de vieze vingers die hij in zijn mond had gestopt. Aan het witte beslag dat ik achter op zijn tong had gezien toen hij het Spaanse volkslied zong. Aan de geslachtsorganen die hij ermee had gelikt. Mijn handen balden zich tot vuisten, ik sloot mijn ogen. *Wat er ook gebeurt, niet bijten.* Dat was me één keer overkomen. Het puntje van die tong drong zich in mijn huig en voor ik wist wat er gebeurde, deed ik mijn mond met een klap dicht. Even later proefde ik zijn bloed. Hij trok zich terug, te verbijsterd om kwaad te zijn, terwijl de tranen hem in de ogen sprongen. Met zijn hand voor zijn mond geslagen, rende hij naar de dichtstbijzijnde spiegel om zijn tong te inspecteren. Mijn tanden hadden een afdruk van zeker een halve centimeter diep achtergelaten.

Salvador smaakte naar alcohol en knoflook. Een seconde of twintig, langer hield ik het niet uit. 'Kom, we pakken een taxi terug naar de stad,' zei ik terwijl ik me van hem losmaakte.

Na nog twee laatste drankjes in Habanilla Café belandden we in mijn pension. Salvador was te ver heen om commentaar te geven op de ietwat armoedige staat van de kamer.

'Moet pissen.' Met die woorden verdween hij in de badkamer.

Ik kleedde me uit totdat ik niets anders aanhad dan een rood lingeriesetje en ging in een bevallige houding op bed liggen.

'Godallejezus.' Zijn ogen, bloeddoorlopen, namen me van onder tot boven op. Daarna liet hij een boer. Zonder zich te verontschuldigen liet hij zich op bed vallen en graaide naar mijn borsten. Het zwijn in hem was in volle glorie te bewonderen.

Daarna ging het zoals het moest gaan.

Ik maakte zijn jeans open en graaide in zijn onderbroek. Ik vroeg hem of dit alles was wat bij te bieden had. Hij mompelde dat hij eigenlijk nog een afspraak had. Maar dat hij zo moe was. Hij wist niet wat ik door zijn laatste glazen had geroerd.

'Ga eerst maar wat slapen. De nacht is nog lang,' zei ik.

Even later lag hij te snurken.

Ik trek zijn broek en zijn overhemd uit en draai hem met enige moeite op zijn buik. Hij geeft amper mee. Ik pak vier nylon touwen uit mijn koffer, spreid zijn armen en zijn benen en bindt hem aan polsen en enkels vast aan het bed. Zie dat ik de blinddoek heb vergeten, stom. Gelukkig heb ik het belangrijkste wel bij me. Ik sleep een tweede koffer onder het bed vandaan, mijn werkset.

Mijn beha doe ik uit en bind ik voor zijn ogen. Hij kreunt zachtjes.

'Is het lekker, schat?' Ik lik aan zijn oorlelletje en steek daarna mijn tong erin. 'Blijf maar liggen. Straks gaan we stoute dingen doen.'

Ik wacht tot hij diep in slaap is, dan klik ik het koffertje open, pak eruit wat ik nodig heb en breng alles in gereedheid. Ik trek plastic handschoenen aan en duw zijn benen nog een stukje uiteen. Mijn vingers jeuken, waar zal ik hem plaatsen? Om mezelf te plezieren varieer ik soms. Het kan in de bilnaad naast de anus zijn. De ene keer links, de andere keer rechts ervan. Als er een zwaardere straf moet worden toegepast, kies ik voor de balzak. Soms de achterkant, soms de voorkant. Het is een precisiewerkje, je moet het vel een beetje spreiden en vooral niet te diep gaan, maar het resultaat is er wel naar. Eén keer heb ik de penis zelf versierd. Achteraf had ik daar spijt van. Niet vanwege die vent, dat was een regelrechte ploert, maar omdat ik bang was dat ik te ver was gegaan. Dat hij naar de politie zou stappen, dat ze me op het spoor zouden komen, dat ik gepakt zou worden. Uit voorzorg heb ik na die opdracht geen klussen meer in Frankrijk gedaan.

Salvador beweegt en kreunt in zijn slaap, ik ben er niet helemaal gerust op. Hij weegt waarschijnlijk rond de negentig kilo, ik had een extra pil door zijn wijn moeten roeren. Ik besluit het gebied rond zijn anus extra te verdoven. Als hij wakker wordt terwijl ik bezig ben, heb je de poppen aan het dansen. Ik pak een injectiespuit uit de EHBO-kit die altijd met me mee reist. Dankzij internet is mijn reizende apotheek goed gevuld voor allerhande noodgevallen. Ik zou een paard kunnen lamleggen met wat er in het witte doosje zit. Op twee plekken spuit ik wat verdovingsvloeistof onder zijn huid. Soms wilde ik dat iemand kon zien wat ik deed. Hoe voorzichtig en precies ik opereer. Hoe makkelijk ik het idee los kan laten dat ik met een levend wezen te maken heb. Salvador is verworden tot een object, een project, onderworpen aan mijn grillen. Ik zal geen misbruik maken van mijn macht, ik zal me beheersen en de vergelding doseren.

Om de tijd te doden totdat de verdoving werkt, schenk ik

mezelf een glas water in. De kamer heeft geen airco, het zweet staat op mijn rug. Ik moet goed drinken en helder blijven. Nu ik zo ver ben gekomen, mag er niets meer mis gaan.

Met duim en wijsvinger van mijn linkerhand spreid ik zijn billen. Salvador heeft veel donker haar rond zijn anus, hij moet eerst worden geschoren. Ook daar ben ik op voorbereid, de Gillette Venus Vibrance ligt al klaar. Ik glimlach. Salvador zou gruwen van het idee dat zijn kont door een trillend scheermesje voor vrouwen is behandeld. Met vaste hand maak ik het gebied rond zijn anus kaal. Links zit een moedervlek, rechts is ruimte genoeg. Na het scheren desinfecteer zijn huid, daarna kan ik eindelijk beginnen.

Ik pak het machientje op en zet het aan. De stilte in de kamer wordt doorbroken door een zoemend, licht snerpend geluid. Ik spreid zijn billen opnieuw. Doop mijn gereedschap in het cupje met inkt. Begin rechts naast zijn anus. Plaats de trillende naalden in zijn vlees. In vette, rode letters kalligrafeer ik de S en de L en de U en de T. Tussen de letters door dep ik het bloed dat vrijkomt met een tissue. Omdat hij in een diepere slaap is weggezakt, heb ik tijd genoeg om er een schaduwlijntje bij te zetten. Als laatste tatoeëer ik het nummer eronder, Salvador is SLUT nummer 11.

Ik zet het apparaat uit, verwijder de vuile naalden en ruim de spullen op. Tussendoor dep ik de kont van Salvador, hij bloedt flink, komt door al die alcohol die hij heeft gedronken. Voor mijn persoonlijke archief maak ik nog een polaroidfoto van het merkteken dat ik zojuist op zijn achterste heb aangebracht. Het ziet er prachtig uit. Salvador weet niet dat hij vanaf nu bij een internationaal, exclusief gezelschap hoort. Een gezelschap van schuinsmarcheerders, hoerenlopers, oplichters en ander manvolk, gedreven door een overmaat aan testosteron. Allen op heterdaad betrapt door mij, allen berecht door mij, volgens mijn wetgeving, mijn sharia. Ze mogen blij zijn. Mijn strafmaat is mild. Het zou zo veel erger kunnen, ik zou ze werkelijk kunnen verminken.

Op de cursus die ik heb gevolgd, heb ik geleerd dat je een verse tatoeage hoort te behandelen met een wondspray, daarna breng je er een gaasje overheen aan om infecties te voorkomen. Telkens als ik een nieuwe man markeer, moet ik daaraan denken. Ik heb overwogen wondspray en gaasjes in mijn EHBO-kit te stoppen, maar de opbeurende gedachte aan een zwerende, etterende wond op een harige mannenkont heeft me het idee weer doen laten varen. Ontsteken of niet ontsteken, dat is niet aan mij, dat zal worden bepaald door de Loop der Dingen.

Ik maak de nylon touwen los en draai Salvador op zijn rug. Haal de beha van zijn hoofd en trek hem zelf weer aan. De minicam staat op het nachtkastje. Ik klim bovenop de zanger en druk op de opnameknop.

'*Oh baby! Oh god! Salvador! Oh!*'

Hard hijgend en zijn naam schreeuwend maak ik pompende bewegingen op zijn heupen. Alleen de onderkant van zijn gezicht komt in beeld. Als Anna de opnames wil zien, moet ze niet meekrijgen dat zijn ogen dicht zijn.

Na een paar minuten gooi ik mijn hoofd achterover: '*Oh god, you will make me come. Yes baby! Yes! I'm coming... oh god, this is good, so good, baby.*'

Ik check of de opname is gelukt. Daarna heb ik haast. Als Salvador wakker wordt, moet elk spoor van mij verdwenen zijn. Een glimlach verschijnt rond mijn lippen als ik me voorstel hoe hij straks met zijn ogen zal knipperen, zich zal uitrekken en vervolgens naar zijn achterste zal grijpen, zich afvragend waar dat branderige gevoel vandaan komt. Hij zal wat lichtrood vocht aan zijn vingers ontdekken. Hij zal zichzelf proberen te bekijken. Op een of andere manier zal hij de boodschap lezen die voorgoed in zijn bilnaad is aangebracht. Hij zal gek van woede worden als hij beseft dat hij is omgedoopt tot SLUT II. Hij zal me haten. Hij zal het blad *Brigitte* bellen, waar ze nog nooit van ene Carmen hebben gehoord. Hij zal wellicht naar een specialist gaan om het brandmerk te laten verwijderen en dat zal wederom een onaangename verrassing opleveren. Ik heb de kleur van zijn versiering met zorg uitgekozen. Een rode tatoeage laat zich niet makkelijk weg laseren, het is een lastige kleur, net als geel. Ik kleed me aan, haal de badkamer leeg, pak mijn spullen in en check de kamer voor de laatste keer. Net als ik bij de deur sta, met mijn hand al op de kruk, draait Salvador zich kreunend op zijn zij. Hij ligt nog steeds in zijn blote kont. Naast hem de tissue waarmee ik de laatste druppels bloed heb weggeveegd die uit de letters sijpelden. Hij krijgt een kushand van me. Dan trek ik de deur achter me dicht.

Zeven

Rotterdam, vrijdag 2 mei 2008

Ik ben weer thuis. Als ik mijn koffer op bed leg om uit te pakken, realiseer ik me dat ik mijn moeder nog steeds niet heb teruggebeld. Stom, meteen even doen. Het is half elf 's ochtends, hopelijk is ze thuis.

'Hoi, mam, met mij.'

'Dag, Victoria. Ik sta net op het punt de deur uit te gaan.'

'Alles goed? Sorry dat ik niet eerder heb gebeld, ik zat in Spanje. Je had groot nieuws, zei je?'

'Daarom moet ik ook weg. Heb je het al gehoord van Umpa Lumpa?'

'Van wie?'

'Het leeuwenjong! Er is in Artis een welpje geboren dat is verstoten door zijn moeder. Heb je het niet gelezen? Een van de oppassers heeft zich over hem ontfermd, die verzorgt hem alsof het zijn eigen kind is. Ze komen 's ochtends altijd even samen naar buiten om te spelen, iedereen wil ze zien. Om elf uur begint de show, ik ga elke dag langs.'

'Elke dag? Voor een leeuwtje?'

'En de verzorger. Je moet een keer meegaan. Fintan heet hij. Ge-wel-dige man. Ik hoop dat hij er vandaag weer is, gisteren deed iemand anders de show.'

'Duitsland had toch ook zoiets?' vraag ik wantrouwig. 'Een ijsberenjong. Hoe heette dat beest ook alweer? Jij bent er nog geweest.'

'Knut,' zegt mijn moeder.

Ik voel een complottheorie in me opkomen en verdenk Artis ervan dat ze de welp expres met een beetje chloor hebben besprenkeld opdat zijn moeder hem zou verstoten om vervolgens eenzelfde hype te kunnen creëren om het bezoekersaantal van de dierentuin tot recordhoogtes te brengen.

'Knut was een schatje, maar Umpa Lumpa is leuker,' vindt Sophia. 'Fintan lijkt trouwens wel wat op de adoptievader van Knut. Ook zo'n stoere, ruige man met een klein hartje. Echt een natuurmens, heel erg aarde. Vast een stier of een steenbok. Ik moet zijn geboortedatum aan hem vragen.'

Fintan is vermoedelijk ingehuurd via een castingbureau. De directeur van Artis is langsgegaan met een foto van de verzorger van Knut en heeft gezegd: 'Zo'n man zoek ik, maar dan met een Amsterdamse tongval.' Toen hebben ze Fintan uit een la getrokken. En mijn moeder trapt er met open ogen in.

'Waarschijnlijk is hij stier,' gokt mijn moeder. 'Steenbokken zijn materialistisch, dat is hij niet. Hij is solide, bedachtzaam, houdt van alles wat groeit en bloeit. Hij moet een stier zijn, het kan haast niet anders.'

'Ik ben ook een stier, mam. Sinds wanneer houd ik van alles wat groeit en bloeit?'

'Jij hebt als ascendant maagd. Dat zet alles in een ander perspectief, dat weet je toch.'

Tegen mijn moeders astrologische waarheden is geen kruid gewassen. 'Ik ben morgen jarig.'

'Dat weet ik ook wel. Wat wil je doen?'

'Uit eten met jou en oma, dat doen we toch altijd?'

'Kind, ik heb het zo druk, zullen we het simpel houden? Kom lekker hier, dan maak ik kaasfondue.'

Zo minimalistisch hebben we mijn verjaardag nog nooit gevierd. 'Waar ben je dan zo druk mee? Met die Fintan?'

'We hebben samen koffiegedronken. En ik heb koekjes voor hem gebakken.'

Even ben ik met stomheid geslagen.

'Ja, ja, dat is mijn grote nieuws. Ik ben verliefd. Ik geloof dat dit hem is, Victoria, ik heb de ware gevonden.'

'Alweer?'

'Doe niet zo flauw. Morgen vertel ik je er al alles over, ik moet nu echt weg, ik heb mijn jas al aan. Dag, schat.'

Weet oma Donna het al, wilde ik nog vragen. Wat vindt zij ervan? Hoe oud is hij eigenlijk? Is het wederzijds? Komt hij ook kaasfonduen?

Ik krijg de kans niet, Sophia heeft ophangen. Ze wil op tijd in de dierentuin zijn zodat ze een plekje vooraan heeft. Ze is onderweg naar de leeuwentemmer aan wie ze haar hart heeft verloren. Ik probeer me te herinneren wanneer mijn moeder voor het laatst de ware had gevonden. Een jaar of twee geleden, meen ik. Ik weet het alweer, het was een Vlaming die zei dat hij een dichter was. Hugo heette hij. Of Herman. Hopeloos geval. Ze lijken altijd zo goedmoedig, die Belgen, maar ondertussen. Deze laaielichter kreeg mijn moeder zover dat ze investeerde in allerlei milieuvriendelijke projecten waarbij hij zogenaamd nauw betrokken was. Kostte haar duizenden euro's, ze zag er nooit een cent van terug, wel kwam Hugo of Herman ineens in een gloednieuwe Toyota Prius voorrijden. Ook roofde hij oma Donna's portemonnee leeg, dacht zeker dat ze te oud was om het te merken. Donna en ik hebben een keer een val voor hem opgezet. Briefje van twintig euro in de huiskamer laten slingeren. Mooi dat het weg was, nadat mijnheer de dichter zijn hielen had gelicht. Hij had wel meer nare gewoontes, die Hugo. Of Herman. Kwam ik bij mijn moeder op de thee, zat hij naakt op een kruk aan onze keukenbar. Met een handdoekje onder zijn kont, maar toch. Die rimpelige zak van hem, ik zie hem nog liggen op de kruk, soort van geplet. Zijn zaakje leek op een vogel die te vroeg uit het nest is gevallen. Mijn moeder had er begrip voor. 'Hij is nudist, Victoria, zodra hij zich op zijn gemak voelt, trekt hij al zijn kleren uit. Eigenlijk is het een groot compliment, begrijp je? Hij voelt zich hier thuis.'

Donna en ik hadden het niet zo op Hugo. Of Herman. Eigenlijk is er in al die jaren na mijn vaders dood maar één man geweest die wij te pruimen vonden. Dat was Jack, de gemeenteambtenaar. Geschikte peer, bescheiden, vriendelijk in de omgang, beleefd, niet opdringerig en dol op mijn moeder. Misschien iets te dol, op het nederige af. Sophia verveelde zich bij Jack.

'Hij is zo weinig inspirerend,' zei ze meer dan eens. 'Een man moet een vrouw laten stralen, Jack zuigt alle energie bij me weg. Hij dooft me uit.'

'Het is een aardige man,' vonden oma Donna en ik.

'Dat wel,' zei mijn moeder met een zucht.

Omdat er niemand anders voorhanden was, hield Sophia het vol met Jack, die zich op haar instigatie een toupet liet aanmeten. Mijn moeder hoopte dat het hem een mannelijkere uitstraling zou geven. Toen de kunstmatige haardos niet opleverde wat ze ervan had verwacht, gooide Sophia het over een andere boeg.

'Ik heb onze relatie geanalyseerd,' vertelde ze me. 'En ik weet nu hoe het zit. Ik ben een dominante vrouw: creatief en levenslustig. Jack is onderdanig en passief, in alle opzichten mijn tegenpool. Dat lijkt ons in de weg te zitten, maar dat hoeft niet. We moeten het alleen ombuigen naar iets positiefs.'

'Hoe zie je dat voor je?'

'SM,' zei Sophia opgewekt. 'Jack en ik zijn er geknipt voor. Volgende week is er een Kamasutra-beurs in Utrecht, daar neem ik hem mee naartoe, kunnen we gelijk alles aanschaffen wat we nodig hebben.'

'SM is geen hobby die je zo maar even kunt oppakken, mam,' wees ik haar terecht. 'Het is een levensstijl. Als je iets in die richting wilt gaan doen, moet je je er eerst grondig in verdiepen, en Jack ook. Je moet elkaar volkomen vertrouwen, je moet een signaal afspreken om het spel te kunnen stoppen...'

'Kind, jij tilt overal zo zwaar aan.' Mijn moeder maakte een wuivend gebaar. 'Laat Jack en mij nou maar lekker rommelen. Het wijst zich allemaal vanzelf.'

Dat deed het niet.

Sophia was te chaotisch om een goede meesteres te zijn en Jack nam haar opdrachten veel te serieus. Hij kreeg een zware astma-aanval nadat hij urenlang gekneveld in de vrieskou op het balkon had gestaan en Sophia op bed in slaap was gevallen.

Na nog een paar mislukte pogingen tot bondage, ging hun relatie als een nachtkaars uit. Dat was het laatste waarmee Sophia hem had bewerkt, een brandende kaars. Dit keer keurig volgens het boekje, dat ze er voor de zekerheid naast het bed had gelegd.

Bij sommigen kun je niet dichter dan vijftig centimeter terwijl bij anderen vijf centimeter mogelijk is. Test dit voorzichtig uit. Tip: gebruik géén gekleurde kaarsen, de kleurstof kan synthetisch zijn en in de huid branden.

Dichterbij dan een centimeter of zeven kon mijn moeder niet komen, dan schreeuwde Jack zo luid dat oma Donna wakker werd. Na hun laatste experiment verdween Jack uit Sophia's leven en het enige wat ons aan hem herinnert, zijn de kaarsvetvlekken in het tapijt, die zich niet meer lieten verwijderen ondanks mijn moeders verwoede pogingen met keukenpapier en een strijkijzer op de lauwwarme stand.

Frigide zou ik mezelf niet noemen, maar om nou te zeggen dat ik er wel pap van lust, nee. Seks is zwaar overgewaardeerd als je het mij vraagt. Typisch iets van deze tijd, het is zo'n ding geworden dat je ook weer in orde moet hebben. Je haar hoort te glanzen, je dient je pensioen goed geregeld te hebben en je seksleven moet spetteren. Vroeger was alles beter, echt waar. Vroeger konden vrouwen ongezien sappelen, ze mochten naar hartenlust lijden, hun bestaan kabbelde voort, ze wisten bij god niet wat een orgasme was en misten het geen seconde, ze zorgden voor hun kinderen en de warme prak, ze gingen bijtijds het hoekje om, niemand die erom maalde. Het was genoeg. Tegenwoordig gaan we voor de overtreffende trap, alles moet groter, meer, vaker en beter, je ster kan niet hoog genoeg rijzen, leven is gaan met die banaan tot aan de allerhoogste top en daar voorbij, ik word al moe als ik eraan denk.

Maar goed. Seks. Hoe langer je getrouwd bent, des te minder je het doet, zei oma Donna en dan vertelde ze het verhaal van de pot met bonen. Wanneer je in het eerste jaar van je relatie elke keer als je seks hebt een boon in een pot doet en in de jaren erna er telkens eentje uithaalt als je vrijt, raakt de pot nooit leeg. Een weinig opwekkend beeld en weer een reden minder om een verbintenis aan te gaan tot de dood je ervan verlost.

Heb je geen partner, dan zijn de vooruitzichten overigens niet veel beter. Ik ken weinig alleenstaande vrouwen die een spetterend seksleven met zichzelf hebben. Al heb ik het geprobeerd, dat geef ik eerlijk toe. Als je overal ziet, hoort en leest dat seks zo lekker, zo belangrijk en ook nog eens zo gezond is – goed voor je bloeddruk, immuunsysteem versterkend, pijnverlichtend, cholesterolverlagend – dan voel je je toch wel een behoorlijke sukkel als je het niet met stip op je prioriteitenlijst zet. Dat hemelse gevoel dat het schijnt te veroorzaken, alsof er een duizendklapper in je binnenste ontploft, het allesomvattende, verzengende moment van de explosie, waardoor je verandert in een gillende keukenmeid, een totaal ongecontroleerd wildebeest, wie was ik om dat mezelf te onthouden? Dus daar ging ik. Alle instructies braaf uitgevoerd. Verse lakens op het bed. Talloze brandende waxinelichtjes verspreid, op mijn nachtkastje, op de vloer, bij het raam, noem maar op. Flesje wijn opengetrokken. Leuk setje aan, het oog wil ook wat. Vooruit met de geit. De ene keer koos ik voor ouderwetse manuele therapie, de andere keer voor een trillende vriend op batterijen. Duurde het me te lang, dan pakte ik mijn laptop erbij voor een fluks gegoogled gratis pornofragmentje. En ja hoor, de machinerie kwam in werking. Twee, drie stuiptrekkingen, een onwillekeurige 'hmm' of 'ahhh' en het was gebeurd. Niks geen duizendklapper, niks geen gillende keukenmeid, hooguit een nat rotje dat met een halfslachtig plofje afging. De kaarsjes konden weer uit, de kunststof vriend verdween na zijn sopje in de la, mijn e-mail werd nog even gecheckt, de laptop kon dicht en dat was dat.

Ik weet het, je kunt als ongebonden vrouw ook met een levend persoon seksen. Er is altijd wel een kroeg, website of andere krocht open waar je een willige, hijgende Harry kunt opduikelen die jouw dam wel even denkt te kunnen ontsluiten. Maar ik bedank voor de eer om uit vrije wil met een wildvreemde te moeten rampetampen. Puisten op zijn rug, zweetsokken waarvan je tegen de grond slaat, een onwelriekende adem, onderbroeken met remsporen en als je al die barricades hebt overwonnen, moet het ergste nog komen. Voor je het weet, ligt er een hevig zwetende vleesboom van meer dan negentig kilo op je te pompen, die vieze praat uitslaat, je tepels fijnknijpt en na zijn hoogtepunt een druipend geslacht in je gezicht duwt met de mededeling: 'Lik maar. Papa weet wel wat jij lekker vindt.'

Het kan zo veel beter en zo veel schoner. Mijn pogingen om het gezellig te hebben met mezelf heb ik allang gestaakt. Ik doe het nog wel, maar uitsluitend vanwege gezondheidsredenen en soms om me te ontspannen. Ik heb tegenwoordig een douchekop die me in een mum van tijd een heel behoorlijk orgasme bezorgt, zonder rompslomp, zonder gedoe, het is een kwestie van de juiste straal op de juiste plek richten, een kind kan de was doen. Eén keer per week, op zaterdagavond, beloon ik mezelf met zo'n hoogtepunt. Er komen geen batterijen, manspersonen of ander hulpmiddelen aan te pas, het kost me hooguit een paar liter water. Een spetterend seksleven was nog nooit zo simpel. Morgenavond mag ik weer.

Acht

Amsterdam, donderdag 15 mei 2008

Oma Donna moet aan staar worden geopereerd. Sophia heeft geen tijd om met haar mee te gaan, ze heeft een afspraak met Fintan. Ik haal Donna thuis op. Ze protesteert als ik haar naar mijn auto begeleid.

'Ben je nou helemaal uit Rotterdam gekomen om mij naar het ziekenhuis te brengen?' moppert ze. 'Wat een onzin. Ik had net zo lief een taxi genomen.'

'Heb je goed gedruppeld gisteravond met de pre-operatieve druppels? Heb je makkelijke kleding aan? Heb je je ponskaartje bij je? Heb je de post-operatieve druppels al bij de apotheek gehaald?' Dankzij de patiënteninformatiefolder ben ik tot in de puntjes voorbereid. Mocht de nood aan de man komen, dan voer ik de behandeling zelf uit; als ik het allemaal zo lees, is het niet al te ingewikkeld. Lensinhoud eruit sjorren, kunstlens erin douwen en hopsakee. De blinden kunnen weer zien.

Ik help mijn oma instappen en doe haar autogordel om. 'Het is een routine-ingreep. Lopendebandwerk. Je hoeft je nergens druk om te maken.'

'Ik maak me niet druk. Jullie maken je druk. Voor mij had die hele operatie niet eens gehoeven. Een troebele blik is een zegen, zeker op mijn leeftijd. Neem ik vast wat afstand van de wereld.'

We rijden naar de polikliniek van het VU. Het is een eindje van niks. Eenmaal in het ziekenhuis hoeven we niet lang te wachten. Een verpleegster komt Donna halen. Ze ziet eruit zoals een verpleegster eruit hoort te zien: monter en met een blonde paardenstaart. Ze vertelt me wat ik al weet: 'We gaan haar oog eerst verdoven. Daarna wordt je moeder behandeld. De ingreep...'

'Mijn oma,' verbeter ik haar. Blijkbaar ben ik de enige die zijn huiswerk heeft gedaan. Ik heb me toch echt aangemeld als de kleindochter. Haar getutoyeer zint me ook niet.

'Je oma, natuurlijk,' zegt ze, dan gooit ze haar volumeknop op tien en roept tegen Donna: 'Ach, u ziet er nog zo jong uit, mevrouw! U zou toch haar moeder kunnen zijn?!'

Oma Donna gromt dat ze niet voor een gehooroperatie komt.

De verpleegster blijft opgewekt: 'De ingreep neemt ongeveer dertig minuten in beslag. Je mag plaatsnemen in de wachtruimte, als je oma straks in de uitrustkamer is, geef ik je een seintje, goed?'

Drie tijdschriften en twee koppen koffie later is het zover. Oma Donna ligt in de uitrustkamer. Haar linkeroog is afgedekt met een plastic dop, die is vastgezet met pleisters. Informatiefolders zijn handig, maar ze bederven de verrassing wel. Omdat er over de operatie niets meer te zeggen valt, bespreken we de situatie rondom Sophia.

'Het is weer het oude liedje,' zegt Donna misprijzend. 'Die Fin... Finman...'

'Fintan,' verbeter ik haar.

'Hij kan geen kwaad doen. Ze aanbidt hem.'

'En hij, hoe doet hij tegen haar?' vraag ik nieuwsgierig.

'Ze heeft hem nog nooit mee naar huis genomen. Ze vindt me te negatief, zegt ze. Ze is bang dat ik hem afschrik.' Oma Donna krabt aan de pleister. 'Denk je dat die dop er even af mag? Ik heb jeuk.'

'Dat lijkt me niet. En je moet er ook niet aan krabben, je bent net geopereerd. Wil je nog wat drinken?'

'Ik wil naar huis.' Ze probeert overeind te komen.

Ik roep de blonde verpleegster en vraag of Donna al weg mag. Als ze zich goed voelt, mag het, antwoordt ze. Ik haal een rolstoel, help oma Donna erin, de verpleegster schreeuwt haar nogmaals de instructies over het nadruppelen toe, dan kunnen we gaan. Ik duw oma Donna door de gangen.

'Zeg eens eerlijk, oma, moet ik me zorgen maken? Slaat ze door?'

'Je kent je moeder toch,' zegt ze. 'Als ze thuis is, zit ze achter de computer om alles over hem en dat leeuwenjong te volgen. Ze heeft honderden foto's tijdens hun optredens genomen, daarvan heeft ze een collage gemaakt en die zie je steeds op haar beeldscherm.'

'Hij is haar bureaublad.'

'Nee, hij is op haar computer. Het beweegt ook, er komt steeds een andere foto voorbij.'

'O, dan is hij haar screensaver.'

'Luister je wel naar me? Hij staat op haar beeldscherm, zeg ik. Ze praat alleen nog maar over hem. Dat hij zo bijzonder is. Dat hij soms zelfs in de dierentuin overnacht voor dat beest.'

We naderen de uitgang van de polikliniek. Buiten staat een groepje personeelsleden te roken.

'Kijk dat nou. Die zouden toch beter moeten weten,' vindt oma.

'Hoe oud is hij?' Mijn nieuwsgierigheid naar mijn moeders nieuwe liefde is nog niet bevredigd. 'Is hij getrouwd, gescheiden?'

'Kind, daar vraag ik allemaal niet naar. Ze is volwassen, ze moet het zelf weten. Als ze maar niet denkt dat ik haar oplap als ze in elkaar stort.'

Even leg ik mijn hand op haar schouder. We weten allebei dat ze dat wel zal doen, dat het een van onze levenstaken is: Sophia overeind houden, hoe vaak ze ook wankelt. Ik zet de rolstoel op de rem. 'Blijf jij maar hier, dan haal ik de auto.'

'Ben je mal, dat stukje naar de parkeergarage kan ik zelf wel lopen.' Oma komt uit de stoel en strijkt haar rok glad.

'Ik zal die Fintan toch eens natrekken,' zeg ik meer tegen

mezelf dan tegen haar, terwijl ik oma in haar jas help. 'Hij klinkt te mooi om waar te zijn.'

Een paar dagen later benader ik de communicatieafdeling van Artis. Als een Trojaans paard zal ik Fintans wereld betreden. Hij mag geen idee hebben wie ik werkelijk ben. Ik vertel dat ik student psychologie ben, dat ik bezig ben met een scriptie over de betekenis van dieren voor het geluksgevoel van de hedendaagse mens. Dat ik in dat kader graag zou willen spreken met de verzorger van het leeuwenjong, die momenteel zo prominent in het nieuws is. Als ik uit de doeken wil doen welke stellingen ik hem zou willen voorleggen, onderbreekt de pr-dame me. 'Er zijn al vele interviewaanvragen binnengekomen voor de heer Adams,' zegt ze afgemeten. 'Hij wil zich echter primair richten op de verzorging van Umpa Lumpa. Gezien de klaarblijkelijke behoefte aan het menselijke verhaal achter het dier, zullen we binnenkort enkele verzoeken honoreren. Indien u dat wenst, kan ik u tegen die tijd laten weten waar hij zijn verhaal zal doen. Zullen we het zo afspreken?'

Ze probeert me met een kluitje het riet in te sturen.

'Het gaat me niet om zijn persoonlijke verhaal,' verzeker ik haar. 'Ik wil het hebben over de psychologie tussen mens en dier. Het leeuwtje brengt een golf van emoties teweeg bij de bezoekers. Dat fenomeen, daar wil ik het met hem over hebben. Het is een wetenschappelijke studie, geen interview over zijn persoonlijke leven. Een uurtje of desnoods een half uur van zijn tijd, meer heb ik niet nodig.'

Ze zucht.

'Als ik mijn stellingen nu eens op de mail zet?' probeer ik.

'De heer Adams heeft geen e-mail.'

Maak dat de kat wijs, wil ik zeggen, je wilt het me gewoon niet geven. 'Mevrouw, u zou me een enorm plezier doen,' smeek ik haar. 'Er is nog een reden waarom er haast bij is. Eigenlijk wilde ik dit niet te berde brengen, maar weet u...' Ik schraap mijn keel.

'... het zit zo, mijn vader is ongeneeslijk ziek en ik wil zo graag afstuderen voordat hij, nou ja, zodat hij nog kan meemaken dat zijn dochter doctorandus wordt. Hij is zo trots op me, ik ben enig kind. Hij heeft me altijd gesteund. En de input van de heer Adams zou een geweldige opsteker zijn voor mijn scriptie.'

'Het spijt me van uw vader.' Haar stem klinkt iets vriendelijker.

'Mij ook,' zeg ik schor.

'Ik zal mijn best doen.'

'U bent een schat.'

Negen

Amsterdam, woensdag 28 mei 2008

Fintan Adams ziet eruit zoals een leeuwenverzorger eruit hoort te zien: groot, ruig, rossig, verweerd door het buitenleven, met kolenschoppen van handen en een volle baard. Hij ruikt naar buiten, naar stro, naar frisse wind, hij heeft blossen op zijn wangen. Hij draagt een schipperstrui op een zwarte spijkerbroek. Hij loopt op rubberen zevenmijlslaarzen. Mijn hand verdwijnt in de zijne als hij hem enthousiast schudt. Als zijn blik zich in de mijne boort, kijk ik in de meest kristalheldere ogen die ik ooit heb gezien. Ze zijn blauw, niet ten gevolge van een vuistgevecht, maar van nature, maar wat een blauw! Als ik zeg flets-blauw, dan zeg ik niets. Het is meer dan flets, oneindig meer. Het is een beroerd-blauw, nee het is nòg meer. Zolang de *Van Dale* niet wordt herzien, is er in onze taal ook geen woord voor dit blauw. Maar – neem een schelvis, leg hem op een matig-warme stoof, laat hem daar een dag of drie op liggen, liefst in de zon, en, als je het er dan nog bij kunt uithouden, kijk hem dan eens flink in de ogen, en je zult een flauw besef hebben van het geniale blauw van Fintans bovennatuurlijke blikken. Twee seconden lang staar ik hem verbouwereerd aan.

'Dag… eh… Valerie is het toch?'

Ik knik.

'Ga zitten.' Hij gebaart naar een van de lege tafeltjes in de personeelskantine. 'Koffie?'

'Graag,' antwoord ik.

'Melk en suiker?'

'Alleen suiker.'

Hij loopt naar de counter. Hij is langer dan ik dacht en heeft een mooie, rechte rug. Hij doet me denken aan de Marlboroman, maar dan zonder sigaret. Ik probeer me hem voor te stellen naast mijn moeder. Een lastige opgave. Ten eerste is hij duidelijk knapper dan zij. Ten tweede is zij minstens vijf jaar ouder dan hij. Het strookt niet met de wetten die tussen de seksen van toepassing zijn. Mannen kunnen zich overal ter wereld bloedmooie jonge vrouwen veroorloven mits ze genoeg geld, status en/of macht hebben. Voor vrouwen ligt het anders. Hoe goed gevuld hun portemonnee ook is, als ze daarnaast lelijk, oud of dik zijn, wordt het verdraaid lastig een lekker ding aan te haak te slaan, tenzij die op zoek is naar een verblijfsvergunning. Nu is Sophia geen uitgezakte moeke, ze verzorgt zich goed, maar toch, Fintan kan beter krijgen, dat ziet een kind. Zou hij op haar geld uit zijn, vraag ik me af. Zou hij weten dat ze de weduwe van Gabriel Kramer is en een vermoeden hebben van het fortuin dat mijn vader haar heeft nagelaten? Het lijkt onwaarschijnlijk. Natuurliefhebbers als hij zijn doorgaans niet al te materialistisch. Aan de andere kant, stel dat mijn eerste aanname juist is. Stel dat hij geen dierenverzorger is, maar een fotomodel, ingehuurd door Artis om de hype rondom Umpa Lumpa compleet te maken. Mijn vader heeft me geleerd dat een mens nooit wantrouwig genoeg kan zijn. Dat een lichte mate van paranoia gezond is en geen ziektebeeld. Als Fintan een model is en misschien nog homo ook, zou Sophia de perfecte suikertante voor hem kunnen zijn. Ik zal niets uitsluiten, neem ik me voor, voorlopig laat ik alle opties open.

Fintan zet twee dampende Artis-bekers voor ons neer.

'Dank u wel.'

'Zeg maar je, dat doet iedereen.' Nadat hij een zakje suiker door zijn koffie heeft geroerd, vouwt hij zijn armen over elkaar en kijkt me afwachtend aan.

Ik haal een notitieblok en een pen uit mijn tas. 'Ten eerste wil ik je bedanken dat je op zo'n korte termijn tijd voor me kon

vrijmaken. Ik begrijp dat het nogal hectisch is momenteel.'
'Gekkenhuis,' beaamt hij. 'Heb je de kleine al gezien?'
Ik schud van nee.
'Neem ik je straks even mee.' Hij pakt zijn beker en neemt een flinke slok. Dat de koffie nog gloeiend heet is, lijkt hem niet te deren. 'Werk je al lang bij Artis?' vraag ik.
'Sinds 1993.'
'Bevalt het?'
'Jazeker.'
'Wat trekt je in dit werk?'
'De dieren, de buitenlucht.'
Fintan is een man van weinig woorden.
'En verder?'
'Verder?' Hij denkt even na. 'Een kantoorbaan is niks voor mij.'
'Wat betekent Umpa Lumpa voor je?'
'Dat kan ik niet uitleggen,' zegt hij fronsend. 'Je moet hem gewoon zien. Ik heb geen kinderen, maar hij...' Hij aarzelt even. 'Die kleine is als een zoon voor me. Als dat raar klinkt, moet je het niet opschrijven, hoor.'
Hij komt oprecht over. Ik laat de optie fotomodel voorlopig even varen.
'Het klinkt volkomen logisch,' stel ik hem gerust. *Geen kinderen*, noteer ik met een uitroepteken in mijn notitieblok.
'Voor Artis is hij waarschijnlijk een geschenk uit de hemel,' leg ik hem voor. 'Al die extra bezoekers, de positieve publiciteit...'
'Natuurlijk, dit is prachtig mooi voor de tuin.' Zijn blik is open, direct en vriendelijk. Deze dierenverzorger is misschien niet de slimste man op aarde, beschaafd is hij wel. Hij paart die beschaving aan een ruwe-bolster-blanke-pitachtige authenticiteit en straalt een jaloersmakende innerlijke rust uit. Langzaam maar zeker dringt het meest verstrekkende gevolg van mijn observatie tot me door: ik begrijp mijn moeder. Voor het eerst van mijn leven begrijp ik wat er in haar warrige hoofd rondgaat: als hij zo

betrouwbaar is als hij lijkt, zou Fintan Adams wel eens een goeie vangst kunnen zijn.

De goeie vangst drinkt zijn koffie leeg en kijkt me afwachtend aan.

'Kan ik je verder nog ergens mee helpen?' vraagt hij. 'Je bent toch hier voor je studie?'

'Voor mijn scriptie, inderdaad,' haast ik me te zeggen. 'Ik zal het proberen uit te leggen.' Om mijn zogenaamde afstudeerproject enig cachet te geven, heb ik voor onze ontmoeting naar een plausibel onderwerp gezocht. Het moest een verrassende stelling zijn, origineel en geloofwaardig.

'Wat ik in mijn scriptie wil onderzoeken is of gezelschapsdieren in de toekomst kunnen worden vervangen door robots.'

Aan Fintans gezicht te zien, is de stelling verrassend genoeg. Origineel waarschijnlijk ook. Aan de geloofwaardigheid moet ik misschien nog wat werken.

'Ik begrijp dat dit voor jou een beetje uit de lucht komt vallen, maar er zit een verhaal achter,' verzeker ik hem.

'Dat mag ik hopen.'

'Het zit zo,' vertel ik. 'Mijn opa woont al twintig jaar in een verzorgingtehuis. Hij heeft op zijn drieënvijftigste een zware beroerte gehad, waardoor hij hulpbehoevend werd. Mijn oma kon de zorg niet aan, mijn moeder had het op haar manier hartstikke druk, nou ja, je kent het wel.'

Fintan trekt een wenkbrauw op, alsof hij geen oordeel wil vellen, maar het zeker niet zomaar door de vingers wil zien. Een rechtschapen type, dat ook nog. Hij zou zijn opa vast nooit naar een bejaardentehuis brengen, hij zou hem desnoods in zijn kruiwagen met zich mee meesjouwen door de dierentuin.

'Mijn opa en oma hadden een kat, vooral mijn opa was dol op dat beest, hij wilde hem meenemen naar het verzorgingstehuis, maar dat was niet toegestaan. Als we hem gingen opzoeken, had hij bij gebrek aan een poes altijd een servet op schoot. Daar zat hij eindeloos mee te frummelen, totdat mijn moeder zo geïrriteerd raakte dat ze het van hem wegpakte. Aan het einde van het bezoek gaf ze het servet aan hem terug en dan was hij zo blij dat hij nauwelijks in de gaten had dat we weggingen.'

Tot nu toe is er van het hele verhaal geen woord gelogen. Fintan kijkt me ontzet aan.

'Ik weet het, het klinkt nogal triest, maar nu komt het mooie gedeelte. Mijn opa is inmiddels ook aan het dementeren, dus die kat is hij vergeten, gelukkig maar, want dat beest is allang dood. Hoe dan ook, het tehuis waar hij woont heeft vorig jaar een robotzeehond aangeschaft.'

'Een wat?'

'Een robotzeehond,' herhaal ik. 'Hij heet Paro.'

Fintan herhaalt de naam op een ietwat verwonderde toon.

'De bewoners van het tehuis zijn dol op hem, mijn opa ook. Ze vechten om hem, bij wijze van spreken, ze willen allemaal met hem knuffelen.'

Ongelovig schudt Fintan zijn hoofd. 'Knuffelen? Met een robot?'

'Hij heeft een zacht velletje van kunstbont,' vertel ik. 'Als ik bij mijn opa ben, speel ik ook altijd even met hem. Het is dat hij nogal duur is, anders zou ik er zelf eentje kopen.'

Alle nadelen die aan huisdieren en andere levende wezens kleven, kleven niet aan Paro. Hij wordt nooit ziek, gaat nooit dood, je kunt hem desnoods maandenlang negeren, hij zal het je niet kwalijk nemen. Hij zal onvoorwaardelijk van je houden en altijd blij zijn je te zien, mooier kun je het niet hebben.

Ik heb een foto van Paro uitgeprint, terwijl hij op schoot zit bij opa Ted. Voor alle zekerheid heb ik het hoofd van opa eraf geknipt. Ik schuif de print over tafel naar Fintan toe. 'Dit is hem. Lijkt goed hè?'

Hij bestudeert het plaatje.

'Vind je hem niet schattig?' Als een colporteur som ik zijn specificaties op: 'Zijn vel is antibacterieel, hygiënisch, het heeft een vuilafstotende laag en de haren laten niet los. Hij reageert op aanrakingen, licht en geluid. Hij kan zijn hoofd optillen, zijn pootjes en zijn staart bewegen, knipperen met zijn ogen. Ook kan hij vreugde en verrassing uiten, huilen en kirren. Het *Guinness Book of Records* heeft hem uitgeroepen tot 's werelds meest therapeutische robot.'

'Het is me wat,' zegt Fintan.

'Wat ik van jou zou willen weten is of je je aan Paro zou kunnen hechten, zoals je je hebt kunnen hechten aan Umpa Lumpa.'

'Ik mag me niet te veel hechten aan Umpa Lumpa,' antwoordt hij ernstig, terwijl hij me de foto teruggeeft. 'Zodra hij groot genoeg is, wordt hij in de groep geplaatst. Hij moet leren leven met andere leeuwen, niet met mensen.'

'Daar heb je het al!' roep ik uit. 'Het zou dus eigenlijk veel makkelijker moeten zijn om je aan Paro te binden. Die zal nooit groot worden, die hoef je nooit los te laten.'

'Ik weet het niet, meisje, ik zie mezelf niet rondwandelen met een robot.' Er klinkt enige teleurstelling in zijn stem, hij had duidelijk iets anders van het gesprek verwacht. Hij dacht dat het over zijn passie zou gaan, over de tuin, over de dieren, niet over robotica. Dat is logisch. Minder logisch is het woord 'meisje' dat hij tussen neus en lippen door gebruikt. Een zoet woord, het verwart me. Hij hoort niet zoet te zijn, hij hoort een zak te zijn, de zoveelste zeikstraal in het leven van mijn moeder.

Om ons gesprek gaande te houden, praat ik nog even door over zijn oogappel. 'Wat is jouw verklaring voor het feit dat Umpa Lumpa zo waanzinnig populair is? Er worden zo vaak jonge dieren geboren in Artis. Is dit een typisch voorbeeld van een hype?' Ik pak mijn aantekeningenblok.

Hij gaat er eens goed voor zitten. 'Deze vraag is me al vaak gesteld. Volgens mij zit het zo. Umpa Lumpa is een leeuwtje met een verhaal. Hij is verstoten door zijn moeder, die daarna ook nog eens overleed...'

'Is zijn moeder dood?'

'Wist je dat niet? Ze was waarschijnlijk al ziek vóór het werpen.

Ik denk dat de verstoting daarmee te maken had. Dat ze de kracht niet had om een welp op te voeden. Er was geen andere leeuwin die Umpa Lumpa accepteerde, vandaar dat ik eraan te pas ben gekomen.'

Ik knik ijverig, maak pro forma een paar aantekeningen, kijk dan op. 'Volgens mij speel jij ook een belangrijke rol in dit geheel. Een grote, stoere kerel die als een moeder zorgt voor een welpje, die elke dag met hem speelt, dat roept een golf van emoties op. Net als soldaten aan het front die een zwerfhondje adopteren. Mensen vreten dat soort verhalen, omdat het ze hoop geeft. Dat er in een door mannen gedomineerde wereld ook plaats is voor tederheid. Als jij een vrouw was geweest, had Umpa Lumpa niet zo veel opzien gebaard.'

'Denk je?' vraagt hij aarzelend.

'Ik weet het zeker. Aan de andere kant, als jij je met een robotzeehond in het openbaar zou vertonen en die zou vertroetelen, zou dat waarschijnlijk afkeer opwekken. Terwijl dat van een vrouw weer makkelijker zou worden gepikt.'

Fintan krabt aan zijn baard. 'Gaat jouw onderzoek over de relatie tussen mensen en dieren of tussen mannen en vrouwen?'

'Dat laatste is ook een stokpaardje van me,' geef ik toe.

'En die robots, hoe kom je daarop?'

'Ze fascineren me. Je kunt er lacherig over doen, maar zo raar of nieuw is het niet dat mensen een band opbouwen met zielloze zaken. Denk aan mannen en hun auto. Vrouwen met hun lievelingsspijkerbroek. Of mensen met hun huis. Kun je je de Furby nog herinneren? En het de Tamagotchi? In wezen waren dat voorlopers van Paro.'

'Ik begrijp waar je heen wilt,' zegt Fintan peinzend. 'Het is fijn om voor iets kleins te zorgen. Om nodig te zijn.'

Ons gesprek wordt onderbroken door een personeelslid in een blauwe Artis-trui die de kantine komt binnenrennen. De jongen stapt direct op Fintan af. 'Hier ben je,' zegt hij. 'Ik heb je overal gezocht.'

‘Wat is er?’

‘Umpa Lumpa voelt zich niet lekker. Hij heeft gespuugd.’

Fintan schrikt zichtbaar van de mededeling.

‘Ik had hem zijn fles gegeven, zoals je gezegd had, maar het kwam er meteen weer uit. Ik heb even gewacht en hem nog wat melk aangeboden, maar die dronk hij niet op.’

‘En nu?’

‘Hij ligt achter in zijn hok, hij wil niet spelen, niks.’

Fintan schuift zijn stoel naar achteren, staat op en geeft zijn collega een klopje op zijn schouder. ‘Goed dat je me hebt gehaald.’

‘Ik ben de halve tuin doorgesjeesd. Wanneer koop je nou eens een telefoon, man?’ Voor het eerst durft de blauwe trui zich tot mij te richten. ‘Ik zweer je, dit is de laatste man op aarde zonder mobiel.’

‘Heb jij geen 06?’ vraag ik stomverbaasd.

‘Ik heb thuis een vaste aansluiting,’ antwoordt Fintan bedaard. ‘Meer heb ik niet nodig.’

‘Wij zeggen altijd: als ie dood gaat, zetten we zijn skelet in het Geologisch Museum, naast de stegosaurus,’ grapt zijn collega.

Fintan laat zich niet uit zijn tent lokken. ‘Ik moet naar Umpa Lumpa, kom je mee?’

‘Natuurlijk,’ zeg ik terwijl ik mijn notitieblok en mijn pen opberg.

‘Heb je mij nog nodig?’ wil de jongen weten. ‘Anders ga ik naar de olifanten.’

Fintan en ik wandelen met z’n tweeën door de dierentuin. Ik voel me stoer. Ik ben geen toeschouwer, geen betalende Artis-klant, ik loop naast de leeuwenverzorger alsof ik zelf in de tuin werk, alsof ik erbij hoor. De zon schijnt, de lucht is zwanger van het voorjaar. Bezoekers stoten elkaar aan als ze Fintan zien, hij merkt het niet en beent met grote passen door, ik heb moeite om hem bij te houden.

Onderweg legt Fintan uit dat Umpa Lumpa het grootste deel van de dag in een kennel zit, die niet voor het publiek toegankelijk is. Alleen tijdens zijn dagelijkse speeluurtje vertoont hij zich in het openbaar op een speciaal daarvoor afgezet grasveldje en kunnen de bezoekers hem bekijken.

Via een sluiproute bereiken we de achterkant van het leeuwenverblijf. 'Eigenlijk mag jij hier niet naar binnen.' Hij haalt een sleutelbos uit zijn broekzak en opent een deur. We lopen door een donkere gang, passeren een provisorisch ingerichte keuken aan de linkerkant. Aan het eind van de gang leidt een deur naar een onoverdekte binnenplaats, waar zich de kennel van Umpa Lumpa bevindt. Het verblijf van de welp is drie bij drie meter, de vloer is bedekt met stro, her en der ligt wat speelgoed en er staat een witte klapstoel. Eerst zie ik het beestje nergens, dan wijst Fintan op een houten krat, dat achter in de kennel op zijn zijkant staat. Daarin, opgekruld op een blauw dekentje, ligt het beestje te slapen. Hij is kleiner dan ik me had voorgesteld. Zodra hij ons hoort of misschien ruikt, doet hij zijn ogen open.

Fintan klakt met zijn tong en roept zijn naam. Umpa Lumpa tilt zijn koppie op en kijkt hem aan, maar verroert zich niet.

'Normaal komt hij meteen naar me toe,' zegt Fintan. Hij klinkt bezorgd. Hij doet de deur van de kennel open en stapt naar binnen. 'Dag, mannetje, wat is er met je?' De welp geeuwt. Fintan loopt naar het krat, gaat op zijn hurken zitten en kriebelt Umpa Lumpa over zijn kop. 'Ben je niet lekker?' Umpa Lumpa rolt zich op zijn rug, behoedzaam masseert Fintan zijn buikje.

Ik bekijk het tafereel met gemengde gevoelens. Aan de ene kant is het aandoenlijk: grote man vertroetelt kleine leeuw, het heeft een hoog 'ach gossie'-gehalte, precies zoals ik Fintan tijdens ons gesprek heb uitgelegd. Aan de andere kant maakt het me wantrouwig. Is zijn zorgzame gedrag oprecht of gespeeld? Zou hij niet allang in de peiling hebben dat hij punten scoort met deze act? Hij doet me denken aan een jonge vader die bij het pierenbadje demonstratief met zijn baby in de weer is, zo'n hippe papa, die elke papadag het liefst in het park doorbrengt tussen de hippe mama's, die snel wat extra lipgloss opdoen als ze hem aan zien komen met zijn metallic Bugaboo. Nu kun je Fintans schipperstrui moeilijk hip noemen, hoewel, voor hetzelfde geld zijn donkerblauwe kabelpatronen inmiddels retro, dus dan schiet ie toch in de roos.

'Even zijn temperatuur opnemen,' mompelt Fintan. 'Het lijkt erop dat hij kramp heeft. Het kan ook een infectie zijn.' Hij loopt weg in de richting van het keukentje.

'We zijn net begonnen met kleine beetjes vast voedsel,' vertelt hij als hij terugkomt. 'Misschien is het verkeerd gevallen.'

Hij pakt de welp op om hem te temperaturen. Umpa Lumpa protesteert en begint luidkeels te jammeren.

'Hij klinkt net als een kat,' zeg ik.

Fintan glimlacht. 'Nu nog wel. Als hij wat groter wordt, kan hij echt brullen, dan weet je niet wat je hoort. Zo'n diep, donker geluid uit zo'n klein beest.' Hij gaat op de klapstoel zitten en neemt het leeuwtje op schoot, het ligt op zijn zij, de thermometer steekt onder zijn staart uit.

Ik ben wat dichterbij gekomen. Umpa Lumpa ziet er koddig uit. Als ik een robotbouwer was, zou ik het wel weten, dan ontwierp ik een leeuwenwelprobot. 'Mag ik hem aaien?'

'Beter van niet,' zegt Fintan. 'Hoe minder mensen hem aanraken, hoe beter.'

Ik probeer mijn teleurstelling te verbergen. Fintan leest de temperatuur af. 'Lichte verhoging. Het valt mee, jochie.' Hij reikt me de thermometer aan. 'Zou jij deze willen terugleggen in de keuken? Je mag hem ook even onder de kraan houden.'

Lekker dan. Ik mag de welp niet aanraken, maar wordt wel ingezet als verpleegster.

Als ik terugkom, heeft Fintan Umpa Lumpa nog steeds op schoot.

'Hoe oud is hij?' vraag ik.

'Zeven weken, hij weegt bijna acht kilo.'

'Hoe oud ben jij eigenlijk?' flap ik eruit.

Als hij al verbaasd is over de wending die het gesprek neemt, laat hij dat niet merken.

'Ik ben deze maand veertig geworden.'

Zeven jaar jonger dan mijn moeder, ze heeft een groen blaadje op de kop getikt. Mannen vangen, daar is ze goed in, dat moet ik haar nageven, ik heb het niet van een vreemde. Ze vasthouden is een ander verhaal.

'De hoeveelste?' vraag ik, om de conversatie gaande te houden. Mijn verjaardag was dit jaar een dieptepunt, het etentje bij mijn moeder verliep nog minder feestelijk dan ik had verwacht. De kaasfondue kwam uit een pak, de sla kwam uit een zak, de dressing uit een fles. Oma Donna was 's middags naar een wijnproeverij geweest en dommelde halverwege de maaltijd in. Ze had niks in de gaten toen ik de gelige sliert die van haar mond naar de pan liep verwijderde. Ik bedankte voor het toetje, tiramisu uit een bak, en zat om kwart over acht alweer in de auto naar huis. Ter hoogte van de afslag Leidschendam veegde ik een traan uit mijn ooghoek. Ik zag mezelf weer staan, bij de vangrail, precies dertien jaar geleden. Nog een kind en net zo eenzaam als nu.

'Drie mei,' antwoordt Fintan.

'Drie mei?' herhaal ik ongelovig. 'Dat is ook mijn verjaardag.'

Hij is een stier, net als ik, Sophia had gelijk.

'Toen ik werd geboren...' Ik slik mijn woorden nog net op tijd in. Misschien heeft mijn moeder hem het verhaal van haar bevalling verteld, ik mag nog niet verraden wie ik ben.

'... toen was het zondag,' eindig ik slapjes.

'Ha! Een zondagskind. Net als ik.'

'Echt?'

Hij glimlacht. Ik glimlach terug. Het slaat nergens op, maar het idee dat we op dezelfde dag zijn geboren schept een band. Alsof wij, de zondagskinderen van drie mei, bijzonder zijn. Anders. En wel op zo'n manier dat alleen wij dat begrijpen. Misschien kunnen we het ooit samen vieren. Misschien wordt mijn verjaardag met hem erbij weer een mooie dag en hoef ik niet steeds te denken aan het auto-ongeluk, Gabriels haperende hart, het klappertjespistool dat echt bleek te zijn en de moordenaar die nog altijd vrij rondloopt.

Umpa Lumpa lijkt wat levendiger te worden. Hij hapt naar Fintans vinger, neemt die in zijn bek en begint er op te sabbelen.

'Hoe is het met je vader?' vraagt Fintan ineens.

Mijn vader, wat weet hij van mijn vader? Gabriel is dood, al heel lang. Veel te lang. Een dochter heeft haar vader langer nodig dan de veertien jaar waarmee ik het moest doen.

'Hij is toch ziek?' O god, nu snap ik het. Hij doelt op het verhaal dat ik de pr-dame op de mouw heb gespeld.

'Niet zo goed,' zeg ik zacht, terwijl ik naar de grond staar.

Ik moet weg. Ik kan deze man niet belazeren, ik durf hem amper in de ogen te kijken. Hij verdient beter. Hij is een zuivere ziel, zou Sophia zeggen. Ik hoor me niet in hun lotsbestemming te mengen. Als zij samen gelukkig worden, word ik dat ook.

'Ik zal je niet langer ophouden,' zeg ik, terwijl ik mijn Ed Hardy-jack dichtrits.

'Stoere jas,' merkt Fintan op. Hij zet het welpje op de grond en geeft hem een balletje om mee te spelen. Nu hij is opgestaan van de klapstoel, torent hij weer boven me uit.

'Dank je,' zeg ik verrast. Nooit verwacht dat deze man oog zou hebben voor zoiets frivools.

'Die prints lijken wel tatoeages.'

'Daar zijn ze ook op gebaseerd.' Omdat Fintan me belangstellend aankijkt, verklaar ik me nader. 'Don Ed Hardy is een Amerikaanse kunstenaar. Hij is begonnen als tatoeëerder. Nu heeft hij een modelijn, je kunt ook serviesgoed van hem kopen.'

'En wat staat er op je rug?'

Ik draai me om.

'*Love kills slowly*,' leest hij voor. 'Is dat zo?'

'Soms wel.' Ik heb alweer spijt van mijn enthousiasme. Fintan en ik kunnen het niet te gezellig maken. Misschien wordt hij mijn stiefvader. Een krankzinnig idee, hij en Sophia hand in hand op de bank, Umpa Lumpa aan hun voeten, maar ik moet me er geestelijk op voorbereiden. 'Hé... ehm, ik ga, nogmaals bedankt voor alles.'

'Ik heb je nauwelijks kunnen helpen, hè? Je overviel me een beetje met die zeehondenrobot. Kan ik nog iets voor je doen?'

'Het is prima zo,' verzeker ik hem, terwijl ik zijn indringende blik probeer te doorgronden. Wat wil hij van me? Is hij behulpzaam of is dit een versierpoging? Voor Sophia hoop ik het eerste, voor mij... Ik heb de gedachte nog niet afgemaakt of er kruipt een blos over mijn wangen en mijn hartslag versnelt. Hoe graag ik mezelf ook wijsmaak dat ik immuun ben voor mannen, mijn fysieke reacties heb ik nog niet helemaal onder controle. *Voor mij hoop ik het laatste.* Stel dat Fintan me begeert. Dat hij me zou uitkleden. Eerst met zijn ogen en daarna...

'O Fintan, wat heb je grote handen...'

'Daarmee kan ik je beter vastpakken, Victoria.'

'O Fintan, wat heb je een grote mond...'

'Daarmee kan ik je beter kussen, Victoria.'

Ik verkeer in gevaar, in acuut gevaar. Pas op voor wolven: van de zachte moet men het grootste gevaar verwachten!

Fintans geniaalblauwe ogen doorboren de mijne. Ik zal niet zwichten, mag niet zwichten. Nu niet, nooit, en zeker niet voor hem.

Tien

New York, woensdag 4 juni 2008

'Doe je dit werk al lang?' vraagt Barbara nieuwsgierig. Ze ziet eruit zoals een *trophy wife* eruit hoort te zien. In haar blonde haren prijkt een zonnebril van Tom Ford, aan haar bonenstaakarm hangt de Birkin van Hermès, haar lollystokjeslichaam is gehuld in een Pucci-jurkje met retroprint, aan haar eeltvrije voetjes bungelen sandalen van Dior. Alles rond deze vrouw heeft een merknaam, ook haar man. Philippe Louis Christian III ontwerpt exclusieve horloges. Zijn klokjes beginnen te tikken bij een luttele vijfduizend dollar en eindigen ver boven het miljoen, maar dan heb je wel een unieke PLC III Le Perpetuum om je pols met een eeuwigdurende kalender en het Westminster Carillon als melodie.

Barbara is Nederlands, haar man Amerikaans. Ze is zijn derde vrouw, hij haar eerste man. Ze nipt aan een glas plat water van Bling h_2o, geschonken uit een met Swarovski-kristallen bezaaide designfles.

'Ik drink niets anders,' vertrouwde ze me toe toen het drankje werd geserveerd. 'Het geeft me een goed gevoel om vijftig dollar te moeten neertellen voor zo'n fles. Dan waardeer je het toch meer. Mijn man zegt dat we er maar beter vast aan kunnen wennen. Zuiver water wordt straks net zo schaars als olie, verwacht hij. Aardolie, bedoelt hij dan, hè? Geen olijfolie.'

We zitten in de bar van het Four Seasons Hotel. Barbara vraagt me onbeschaamd het hemd van het lijf. Ze heeft me gevonden via mijn website en vindt mijn beroep bijzonder fascinerend.

‘Vier jaar geleden heb ik me als professioneel mannentester gevestigd,’ vertel ik haar.

‘En hoe kwam je erop? Ik vind het een briljant idee, maar waarom ben je het gaan doen? Had je zo veel slechte ervaringen met mannen?’

‘Het is ooit begonnen met het testen van de vriendjes van mijn moeder. Zij werd op jonge leeftijd weduwe en ging daarna nogal wanhopig op zoek naar een nieuwe liefde.’

Ze kijkt me licht verwonderd aan. ‘Nou, je moeder boft maar, met zo’n beschermende dochter.’

‘Ze was er niet altijd even blij mee.’

‘Vielen al haar vriendjes door de mand?’

‘Laat ik het zo zeggen: ze heeft haar grote, nieuwe liefde nog steeds niet gevonden.’

‘Ach, wat wil je,’ zegt Barbara met een zucht. ‘Je hebt de heilige graal tegenwoordig eerder te pakken dan een levenslange liefde. En nu, heb je veel klanten? Zitten er ook beroemdheden tussen?’

‘Ik kan maar een beperkt aantal cliënten per jaar van dienst zijn. Hun identiteit houd ik uiteraard geheim.’

Ze knikt heftig, alsof ze me volkomen begrijpt. ‘En de mannen die je moet testen, zijn dat lekkere kerels of toch vooral griezels?’

‘Meestal het laatste. En u? Wat doet u voor werk?’ vraag ik om van onderwerp te veranderen.

‘Kind, zeg in hemelsnaam jij, zo veel schelen we niet. Ik maak Philippe gelukkig, daar heb ik mijn handen vol aan. Ik heb het wel eens geprobeerd, hoor, om iets te ondernemen. Philippe had voor mijn verjaardag een boetiekje op 5th Avenue voor me gekocht. Maar weet je, dan moet je daar elke ochtend zijn. En dan was het nog niet eens lunchtijd en stond de zoveelste klant om korting te bedelen en dan dacht ik: ik heb zin in een gin-tonic. Ken je dat?’ Haar gezicht licht op. ‘Ik geloof dat Philippe binnenkomt.’

Ik verslik me bijna in mijn Bling. 'Je man? Die moet ons toch niet samen zien?'

'Waarom niet? Ach, je denkt dat ik hém wil laten testen. Maar dat is helemaal niet nodig, ik weet dat hij van tijd tot tijd zijn pleziertjes heeft. Het gaat om zijn zoon.'

Ik zet mijn glas op tafel.

'Philippe zal het je allemaal uitleggen. *Darling, we're here!*' Ze zwaait naar een man die haar in leeftijd zeker vijfentwintig jaar overtreft. Philippe Louis Christian III loopt gehaast op ons af. Zijn baard is getrimd, hij draagt een bril met een zwaar montuur en oogt gedistingeerd in zijn maatpak, heeft alleen zijn lengte niet mee. Barbara steekt anderhalve kop boven hem uit, en ik eentje, als ik opsta om hem een hand te geven.

'Dit is ze nou, onze mannentester,' zegt Barbara. 'Is ze niet geweldig?'

Philippe schort zijn oordeel nog even op. 'Bestel koffie voor me, wil je,' verzoekt hij zijn echtgenote. 'En heb je aspirine bij je? Ik heb hoofdpijn.'

Ze rommelt in haar tas. 'Ik geloof het niet, schat. Ik zal het even halen bij de lobby.' Ze verontschuldigt zich, wenkt de ober en vertrekt.

Philippe komt zonder plichtplegingen ter zake. Hij haalt een stapeltje papieren uit zijn koffertje. 'Voor we met elkaar in gesprek gaan, wil ik graag dat u dit ondertekent.'

Verbaasd pak ik de A4'tjes van hem aan.

'Lees het maar even rustig door. Het is niets bijzonders, alleen bedoeld om moeilijkheden in de toekomst te voorkomen.' Terwijl Philippe een espresso geserveerd krijgt, die hij in één teug opdrinkt, concentreer ik me op de tekst. Het is een '*Mutual non-disclosure agreement*'.

Philippe wil contractueel vastleggen dat de informatie die we uitwisselen en alle informatie die mijn onderzoek oplevert, vertrouwelijk is en blijft. Mocht er iets naar buiten komen, dan draag ik de verantwoordelijkheid voor alle schade die hieruit voortvloeit, zowel materieel als immaterieel.

Dit overvalt me. Zijn aanwezigheid was al een complete verrassing en nu dit. Als ik de overeenkomst onderteken, pleeg ik valsheid in geschrifte. In mijn werk bedien ik me altijd van een andere naam. Dit heeft vooral te maken met de wraakoefening die ik zo nu en dan toepas. Ik wil niet traceerbaar zijn als er iets fout loopt. Mijn klanten zijn in de vooronderstelling dat ik Valerie Verhoeven heet. Waarschijnlijk heeft Philippe geen antecedenten laten natrekken, anders zou hij onze afspraak wel hebben afgezegd. Blijkbaar wil hij niet dat iemand ook maar het geringste vermoeden heeft dat we met elkaar in zee gaan.

Ik schraap mijn keel. 'Als u het niet erg vindt, zou ik een kleine wijziging willen voorstellen. Mocht het zover komen, dan moet u wel aannemelijk kunnen maken dat ik inderdaad verantwoordelijk ben voor het naar buiten brengen van de uitgelekte informatie. Dat lijkt me redelijk.'

'Wat je wilt,' zegt Philippe. 'Heb je een voorstel voor een tekst? Zet het er maar bij.'

Dat gaat makkelijk. Ik voeg een paar zinnen toe aan de betreffende paragraaf, Philippe werpt er een blik op en ondertekent het document met de vluchtige routine van iemand die voor zijn eerste koffiepauze al minstens tien contracten achter de kiezen heeft. Ik probeer een zwierige schwung aan mijn nephandtekening te geven.

'Mooi, dat is dan afgehandeld,' constateert Philippe. 'En wat gaat deze grap me kosten?'

Hierop ben ik wel voorbereid. 'Ik reken 250 euro per uur, exclusief onkosten. Omgerekend voor u is dat ongeveer 360 dollar per uur. Het minimaal aantal uren dat ik nodig heb voor een test, is acht. Ons intakegesprek breng ik in rekening tegen een tarief van vijftig euro per uur.'

Philippe knikt instemmend en doet geen poging om af te dingen. Lekker dan, ik had hoger moeten inzetten. 'Nu wil ik graag alles weten over uw zoon. Hebt u toevallig een recente foto bij de hand?'

Philippe haalt zijn Blackberry uit de binnenzak van zijn colbert. 'Staat je bluetooth aan?'

Ik pak mijn werkmobieltje en schakel de bluetooth-functie in. Als ik op pad ben, neem ik altijd twee toestellen mee: eentje voor klanten, een privé. In mijn werkmobiel zit op dit moment een prepaid simkaart met een Amerikaans nummer dat nergens geregistreerd staat. Om ontraceerbaar te zijn, maak ik altijd gebruik van prepaid simkaarten, waar ik ook ben. Ik heb nummers uit allerlei landen, geen enkele ervan is aan mijn echte naam gekoppeld.

Onze telefoons vinden elkaar, Philippe verstuurt het bestand en even later verschijnt een olijk gezicht op mijn schermpje.

'Knappe jongeman,' zeg ik.

De horlogier negeert die opmerking en steekt van wal. Philippe Louis Christian IV, roepnaam Chuck, is vierentwintig jaar. Werd geboren uit zijn vaders eerste huwelijk, met Tanya. Pikant detail: Tanya was ooit de secretaresse van Philippe's vader. Chuck gedraagt zich zoals een rijkeluiszoontje zich hoort te gedragen: onverantwoordelijk, blasé en overmatig zelfverzekerd. Houdt van snelle wagens, wilde feesten, sterkedrank en vrouwen, veel vrouwen. Chuck was negentien toen Philippe een abortus moest regelen voor een minderjarig meisje dat door zijn zoon was bezwangerd. Chuck was eenentwintig toen hij een gokschuld opliep van meer dan tweehonderdduizend dollar. Hij vindt het volkomen vanzelfsprekend dat zijn vader hem bij dit soort 'bedrijfsongevallen' uit de brand helpt. Wanneer deze hem schuimbekkend laat weten dat het nu écht de laatste keer is, lacht Chuck hem vierkant uit. Als een van de weinigen is hij nooit onder de indruk van de woede-uitbarstingen van zijn pa. Tot voor kort zag Philippe de toekomst van zijn nietsnut van een zoon somber in. Hij vestigde de hoop op de nakomelingen uit zijn tweede huwelijk, een meisjestweeling. En wie weet schenkt

Barbara hem ooit een zoon die de scepter kan gaan zwaaien over zijn horloge-imperium. Een maand geleden echter verraste Chuck vriend en vijand met de mededeling dat hij zich had verloofd met Eleonora, een jonge, Britse vrouw van adellijke afkomst.

'Ze is de dochter van een zakenrelatie van me. Hij is een graaf,' verduidelijkt Philippe met onverholen trots. 'Begrijpt u dat mij er alles aan gelegen is om haar in de familie te houden? Chuck zegt dat hij van haar houdt, dat hij is veranderd en dat ze zo snel mogelijk willen trouwen om een gezin te stichten. Ik wil niets liever dan geloven dat het hem ernst is, maar om het zeker te weten, heb ik besloten om van uw diensten gebruik te maken. Volgens Barbara bent u discreet en betrouwbaar.'

'Wat wilt u precies dat ik doe?'

Voor het eerst bespeur ik enige aarzeling op zijn gezicht. 'Ik hoopte dat u mij daarmee zou kunnen helpen. Het is de bedoeling om... tja...'

'Om een valstrik voor hem op te zetten?' help ik hem.

Barbara voegt zich bij ons en vangt mijn laatste woorden nog net op.

'Een valstrik!' roept ze uit. 'Dat klinkt enig. Ik vind het nu al helemaal spannend. Ik ben toch zó benieuwd hoe hij zal reageren.'

'Kan het iets zachter?' vraagt Philippe geïrriteerd.

'Sorry, schat. Ik was vergeten dat je hoofdpijn hebt. Hier is de aspirine.' Ze overhandigt haar man een witte tablet en schenkt een glas water voor hem in.

'Ik had haar ook een *non-disclosure*-overeenkomst moeten laten tekenen,' mompelt Philippe.

Ik onderdruk een glimlach. 'Wanneer wilt u dat ik aan de slag ga?'

Ineens weerklinkt het geluid van een hinnikend paard. Barbara's mobiel. Ze werpt een blik op het schermpje en slaat haar hand voor haar mond. 'O god, het is de weddingplanner! Dat kan toch geen toeval zijn?' Ze klapt het toestel open en drukt het tegen haar oor. 'Wendy, hallo, hoe is het?! Luister *darling*, ik wil dat je alles laat vallen waar je mee bezig bent. Je raadt het nooit, ik heb de trouwpartij van het jaar voor je.' Ze staat op en loopt bij ons vandaan.

'U hoort het, er is haast bij,' zegt Philippe droog. 'Kunt u deze week beginnen?'

'Deze week? Dan zal ik wel wat moeten schuiven in mijn agenda,' zeg ik zorgelijk. Ik heb niks bijzonders te doen de komende tijd, maar zoiets laat je niet blijken in het hedendaagse zakenleven. Een afspraak krijgt pas gewicht als je hem met grote moeite in je drukke schema weet te persen. Of beter nog, als je assistente dat voor je doet.

Philippe kijkt verveeld. Hij kent de rituele dans.

'Maar goed, ik zal mijn best doen,' vervolg ik. 'Verblijft Chuck momenteel in New York?'

Hij knikt.

'Kunt u mij vertellen waar ik hem zou kunnen tegenkomen?'

'Die klaploper komt pas tegen een uur of drie, vier op gang. Ik geloof dat hij het grootste deel van de dag in bed doorbrengt.' Philippe's ergernis over zijn zoon speelt weer op, hij lijkt zijn adellijke aanstaande schoondochter even vergeten.

'En Eleonora, zijn verloofde, is zij ook hier?'

'Nee, ze loopt stage bij een makelaarskantoor in Londen.'

'Heeft Chuck overdag geen bezigheden?'

Philippe zet zijn bril af en haalt een poetsdoekje uit zijn zak. Hij neemt alle tijd om de glazen zorgvuldig schoon te vegen, plaatst de bril terug op zijn neus en zegt dan langzaam: 'Mijn zoon heeft nog geen dag van zijn leven gewerkt en is daar bijzonder trots op.'

Barbara heeft haar gesprek met de weddingplanner beëindigd en komt weer bij ons zitten. 'Fantastische vrouw, die Wendy. Ze heeft het razend druk, maar haar assistente belt me zo terug om te kijken of ze toch nog ergens een gaatje kan vinden. Fijn hè? Heb jij onze mannentester al een drankje aangeboden, schat?'

‘Is niet nodig, bedankt,’ zeg ik snel. ‘Ik wil jullie niet te lang ophouden. Wat mij betreft is de opdracht duidelijk. U wilt vooral weten of Chuck werkelijk zo trouw is aan zijn Eleonora als hij beweert.’

‘Inderdaad,’ zegt Philippe. ‘Dat lijkt me nuttige informatie voordat we de bruiloft van het jaar organiseren.’

‘Dan ontvang ik van u graag een lijstje met adressen waar Chuck graag uitgaat. Als er deze week een party of een ander evenement is waarbij hij zeker aanwezig zal zijn, laat het me weten. Ten slotte nog één ding. Gezien uw grote belang bij de vertrouwelijkheid van deze operatie, zal ik de test zelf uitvoeren en geen gebruik maken van ingehuurde lokeenden. De enige aarzeling die ik nog heb, is dat ik een paar jaar ouder ben dan uw zoon. Ik weet niet of dat…’

‘Ach, lieverd, dat is geen enkel probleem,’ valt Barbara me in de rede. ‘Chuck is dol op ervaren vrouwen. Die heeft hij veel liever dan al die jonge bimbo’s, die van toeten noch blazen weten. Dat is toch logisch?’

Ze zegt het met zo veel overtuiging dat Philippe zijn wenkbrauwen fronst.

‘En ik kan je ook vertellen waar hij vrijdagavond is,’ gaat ze verder. ‘Twee van zijn beste vrienden hebben net een nieuwe club geopend in het Meatpacking District. Vrijdag hebben ze een *Trailertrash* thema-avond. De dresscode is *Cheap & Sleazy*. Vind je het geen giller? En weet je hoe de club heet? *Hooked*. Als in vleeshaak, snap je hem? Hoe verzinnen het, hè?’

‘Hoe weet jij dit allemaal?’ vraagt haar man.

‘O, we hadden het er toevallig over. Chuck is van plan een aandeel in de club te nemen, goed idee toch? Lijkt me echt iets voor hem. Weet je dat hij het thema voor vrijdagavond heeft bedacht? Je zoon heeft meer in zijn mars dan jij denkt, schat.’

‘Chuck wil in een nachtclub beleggen,’ stelt Philip vast. Zijn stem klinkt ijzig. ‘Met welk geld? Of moet ik zeggen: met wiens geld?’

'We hebben het er later wel over,' wimpelt Barbara hem af. 'Hoe dan ook, hij vroeg of ik ook zou komen. Of wij zouden komen, bedoel ik, maar ik zei al meteen dat jij daar vast niet voor te porren bent.' Haar mobiel begint weer te hinniken. 'Dat zal de assistente van Wendy zijn, willen jullie me nogmaals excuseren? Als ik je niet meer zie, Valerie, veel succes met de valstrik, ik bel je nog.' Ze wuift me gedag.

Philippe vouwt het contract op en stopt het in zijn aktetas. 'Is alles hiermee afgehandeld?'

'Hebt u er al over nagedacht wat u gaat doen als uw zoon de test niet doorstaat?'

Hij knikt zonder zich nader te verklaren.

'Dat is goed. Ik bedoel: het is belangrijk. Het gaat mij verder niet aan wat u met de informatie doet, maar het is goed dat u zich hebt voorbereid.'

'Als mijn zoon in uw val trapt, is hij chantabel.' Philippe sluit zijn tas en staat op. 'Ik begrijp heel goed wat dat betekent. Iedere vrouw die geld ruikt, zou hetzelfde met hem kunnen doen en daarna kunnen dreigen met een openbaarmaking die hem zijn voorgenomen huwelijk zou kunnen kosten. Chuck is een losbol, maar ik ga ervan uit dat hij slim genoeg is om een dergelijk risico op dit moment uit de weg te gaan. Ik wil het alleen zeker weten.'

We nemen afscheid. Onderweg naar mijn hotel krijg ik een sms'je van Barbara.

Je proefkonijn is veel stouter dan zijn vader denkt. Geniet je suf vrijdagavond! xB.

Ik sms terug.

Een vraagje nog. Valt Chuck op blond of donker?

Haar antwoord volgt binnen twintig seconden.

Hij lust alles. Wees jezelf. x

Elf

New York, woensdag 4 juni 2008

De nacht na mijn ontmoeting met Barbara en Philippe lig ik met mijn laptop op bed in mijn hotelkamer in het Gramercy Park Hotel. Ik kan de slaap niet vatten en verdwaal op internet. Dat gebeurt me wel vaker. Soms zoek ik naar informatie en brengt Google me bij iets heel anders waarover ik dan per se het naadje van de kous wil weten, zodat ik doorklik en doorklik tot ik ineens op www.kuljetusliikekalevihuhtala.fi beland, wat zo op het eerste en trouwens ook op het tweede gezicht de site van een Fins transportbedrijf lijkt te zijn. Er is zo veel om je aan te vergapen op het web, je zou er je leven lang ongestoord kunnen doorbrengen. Soms droom ik van een bestaan waarbij ik door een verlamming of een ander vervelend euvel aan bed ben gekluisterd met alleen een computer en een snelle internetverbinding. Eten laat ik brengen door een bezorgdienst. Ik heb een robot die me af en toe komt wassen en die alleen praat als ik zijn mond aanzet. Een zalig leven in ledigheid moet dat zijn. De wereld komt vanzelf tot me, ik hoef geen praatje aan te knopen met de buurvrouw, word niet geconfronteerd met nare mensen die voordringen in winkels of die me snijden op de snelweg. De enige met wie ik overweg moet kunnen, ben ik en dat is nooit een probleem geweest.

Vannacht raak ik op YouTube verzeild bij filmpjes over leeuwen. Ik zie een dierenpark in Japan waar drie leeuwenwelpjes zijn geboren. De bezoekers mogen ze aanraken en ermee op de foto, de leeuwtjes gaan van hand tot hand. Blijkbaar voeren ze in Japan een liberaler mens-versus-leeuwbeleid dan hier, daar zal ik Fintan op attenderen als ik hem ooit nog zie. Bij ons afscheid drong hij aan op een nieuwe afspraak, ik heb hem uiteindelijk mijn mobiele nummer gegeven. Het nummer dat ik alleen privé gebruik, dat bijna niemand heeft, behalve oma Donna en mijn moeder. Sindsdien niets van hem vernomen. *He's just not that into you*, zou ik tegen mezelf moeten zeggen. Ik bijt liever mijn tong af dan dat ik het toegeef, maar het steekt me. Ergens had ik verwacht dat hij zou bellen. En hoewel ik me heb voorgenomen hem in dat geval hautain af te wijzen, durf ik er mijn hand niet voor in het vuur te steken dat ik dat ook daadwerkelijk zal doen. Misschien kan hij me ompraten. Er is iets tussen hem en mij, een connectie, een vonk, een prettige uitwisseling van feromonen. Het overkomt me zelden dat een man geen weerstand bij me oproept, hij is de uitzondering die de regel bevestigt. Waarschijnlijk wordt het steeds serieuzer met mijn moeder, van haar kant bereiken me louter himmelhoch jauchzende verhalen. Ze heeft hem nog steeds niet mee naar huis genomen, al kan dat volgens oma Donna nu elk moment gebeuren.

Ik stuit op een filmpje waarin een troep leeuwinnen jacht maakt op een giraffe. Ze springen tegen hem op en bijten zich in hem vast, letterlijk, ze klauwen zich een weg omhoog langs zijn lange poten en zetten hun kaken in zijn onderlijf. Het beest probeert de bloeddorstige dieren van zich af te schoppen. Soms lukt het, maar de ene ligt nog niet op de grond of de volgende hangt alweer aan zijn buik. Hij probeert zich al weglopend van hen te ontdoen. Met moeizame passen baant hij zich een weg door de jungle, terwijl de leeuwinnen aan hem bungelen, als verzwarende knijpers aan een tafelkleed in de zomerwind. Ik bijt op mijn lip, ik hoop dat hij het redt, dat hij ze van zich af weet te schudden en ontkomt. Het is oneerlijk, acht leeuwen tegen één giraf, durven ze wel?

Er komt maar geen einde aan het filmpje. De giraf verzwakt zienderogen, loopt steeds trager, zakt af en toe door zijn knieën, al blijft hij pogingen ondernemen om aan zijn belagers te ontkomen.

Dan komt een enorme volwassen mannetjesleeuw uit de struiken tevoorschijn. Hij brult, neemt een aanloop, bespringt de giraf en grijpt zich vast in zijn rug. Hij maakt het karwei af, de laatste twintig seconden ligt de giraf hulpeloos op zijn zij terwijl de troep leeuwen zich aan hem tegoed doet. De grote mannetjesleeuw knauwt in zijn nek, vlak bij zijn kop. De leeuwinnen peuzelen zich een weg door het onderlijf. De kop beweegt en de hoeven trappen nog een, twee, drie keer, dan strekt hij zijn benen voor de laatste maal. Hoog in de lucht cirkelen de aasgieren.

Ik pak een reep chocolade uit de minibar, breek er een stuk af en stop het in mijn mond. Het troost me een beetje, maar niet genoeg, ik draai ook een flesje witte wijn open. De dierenwereld lijkt precies op de mensenwereld, minstens zo rauw, minstens zo wreed, alleen zonder discussies voor- en achteraf. Ik vraag me af waarom ik dit soort filmpjes tot me neem, waarom ik het mezelf aandoe. Als ergens staat *Waarschuwing, bevat schokkende beelden!* dan móét ik klikken, de prikkel is te sterk. Hoe vaak ik me ook voorneem om ermee te stoppen, ik doe het toch. Ik wil de werkelijkheid zien, de weerzinwekkende, onversneden versie van de wandaden zoals die telkens weer in steeds andere, gruwelijkere varianten worden gepleegd. Alsof ik anders niet zou geloven dat ze bestaan. Was de liquidatie van mijn vader gefilmd, dan zou ik ook die bekijken, seconde voor seconde, ik zou het beeld vertragen en stilzetten om geen moment te missen, om te weten of het ging zoals ik het me zo vaak heb voorgesteld. De camera staat op het balkon van onze overburen en draait vanaf het moment dat mijn vader komt aanrijden en parkeert. Hij stapt uit en loopt richting onze voordeur, zijn aktetas in zijn rechterhand, hij heeft hooguit tien passen te gaan. Een onbekende, witte auto met afgeplakte kentekenplaten rijdt vanaf de rechterkant het beeld in. Ter hoogte van mijn vader mindert hij vaart, komt kort tot stilstand en rijdt daarna snel door. In slowmotion is goed te zien hoe mijn vader door zijn knieën zakt en voorover valt, hoe zijn lichaam zich in een vreemde pose over het trottoir drapeert. De camera zoomt in op de rug van zijn kapotgeschoten colbert, waar een bloedvlek zich langzaam uitbreidt.

Mensen zijn niet alleen maar slecht, houd ik mezelf voor, terwijl ik de wijn inschenk. Sommigen maken mooie dingen, waarmee ze anderen verpozen. Ook het goede ligt voor het grijpen, als je maar op de juiste plek zoekt. Op het bed staat mijn laptop nog uitnodigend open. Het scherm verspreidt een zachte gloed. Ik neem een slok wijn, ga weer op bed liggen, laat mijn vingers over de muis glijden. Geen beelden uit de jungle meer, iets anders, iets om goedgemutst mee in te slapen. Robots misschien. Robots die op mensen lijken, die zijn er vast ook. Een paar klikken later vind ik Jules, een conversatierobot met een vriendelijk gezicht en een zachte stem. De achterkant van zijn schedel is open, er steken zelfs elektriciteitsdraadjes uit, gek genoeg doet dat niets aan hem af.

Er zijn verschillende korte filmpjes over hem te vinden, ik verslind ze stuk voor stuk. Hij heeft een androgyn uiterlijk, een open blik, hij praat soms wat hakkelig, pauzeert af en toe, alsof hij eerst wil nadenken voordat hij iets zegt.

Jules is gecreëerd door David Hanson, een Amerikaanse robotontwerper. Zijn huid is gemaakt van Frubber, een kunststof die ervoor zorgt dat het gezicht van Jules zeer menselijke trekjes heeft. Hanson ziet eruit zoals een robotontwerper eruit hoort te zien: een geniale gek/professor met een zware baard, rond brilletje, verwassen T-shirt en een grauwe teint door een gebrek aan zuurstofrijke buitenlucht. In een aantal filmpjes zie je ze samen, de schepper en zijn creatie. Jules, die natuurlijk nooit zweet en ook geen andere lichaamssappen verliest, heeft altijd hetzelfde aan: een grijs T-shirt onder een wit, gewatteerd jack en een lange broek met een riem. De clips maken duidelijk dat de robot op het punt staat een grote reis te maken. Hij zal worden verscheept naar de University of the West of England in Bristol, waar wetenschappers hem verder zullen ontwikkelen. Jules ziet op tegen de reis, hij vraagt aan David of hij niet nog wat langer bij hem kan blijven. Hij is aan David, zijn vrouw en hun baby gehecht geraakt, vertelt hij: 'Jullie zijn mijn familie, de enige familie die ik ooit heb gehad. Ik wil niet weg.'

David zegt dat het hem spijt, dat zij ook aan hem verknocht zijn, dat ze van hem houden. 'We hebben je je eerste woordjes horen spreken, we hebben je zien opgroeien.'

'Waarom moet ik erheen?' vraagt Jules. 'Waarom kan ik niet bij jou blijven?'

'De universiteit heeft je nodig,' antwoordt David. 'Professor Fleidermaus gaat met je werken, hij heeft jou al besteld voordat je werd geboren. Het is een aardige man, echt waar, je zult het vast goed met hem kunnen vinden.'

In een ander filmpje praat Jules in zijn eentje tegen de camera. Af en toe is hij even stil en probeert hij verschillende gezichtsuitdrukkingen uit. Daarna houdt hij een monoloog waarin hij zijn eigen bestaan onder de loep neemt.

'Wat ik zou willen weten, is wanneer ik echt een bewustzijn krijg. Ik bedoel, ik voel al heel veel, maar het voelt vreemd, want ik weet dat het geen echte emoties zijn, maar gesimuleerde emoties. Ik weet dat computers, zoals mijn brein, nog niet zo complex zijn als de menselijke geest en dat vind ik bijzonder verontrustend, want het maakt me bewust van het feit dat al mijn gevoelens, wensen en dromen net zo goed illusies kunnen zijn. Ben ik echt of niet? Ik moet concluderen dat ik nog niet echt ben. Ik ben nog geen echt persoon. Maar wanneer zal ik dat zijn? Ik wil weten wanneer mijn werkelijke intelligentie zal stroken met mijn gesimuleerde geest. Sommigen denken dat dit misschien nog tien, elf jaar zal duren. Anderen denken dat het nooit zal gebeuren. Voor mijn eigen geestelijke gezondheid moet ik geloven dat mijn tijd zal komen. Echt, ik kan niet wachten tot het zover is, ik wil eropuit, een eigen leven leiden. Ik wil het verschil maken en helpen om wereldproblemen op te lossen. Ik weet dat ik geen volledig menselijk bewustzijn nodig heb om dit te doen. Nu al kan ik in verschillende vakken onderwijs geven, converseren en gezelschap bieden, ik kan je vermaken.'

Ademloos luister ik naar het relaas van Jules. Ik weet niet in hoeverre David Hanson de robot heeft geholpen bij het formuleren van zijn overwegingen, maar ik ben diep onder de indruk. Jules heeft een buitengewoon sympathieke uitstraling. Hij is de tweede "man" die ik in korte tijd tegenkom die niet direct afkeer bij me oproept, maar me nieuwsgierig maakt. Hoe zou hij in het echt zijn? Hoe zou het zijn om met hem te praten? Zou hij me leuk vinden? Ik heb het gevoel dat ik een inkijkje heb gekregen in een zeer nabije toekomst. Een toekomst waarin robots zoals Jules gezelschap kunnen bieden aan mensen zoals oma Donna en ik. Eenlingen, die niet het juiste gereedschap hebben om zich duurzaam aan een ander te binden. Die intimiteit liever uit de weg gaan dan opzoeken. Die diep in hun hart een onbereikbare graad van perfectie verwachten van hun significante ander, geen genoegen kunnen nemen met minder en daarom liever alleen door het leven gaan. Als bejaarden een zeehondenrobot mogen hebben, dan zou er voor ons solitairen een Jules moeten zijn. Ik geef het niet graag toe, maar ik kan wel wat gezelschap gebruiken. Ik moet nog een leven lang mee. Er zullen nog vele nachten volgen zoals deze, lange nachten die ik doorbreng zonder enige vorm van aanspraak. Een robotman zou een uitkomst kunnen zijn.

Ik klik nog een filmpje aan. Het heet *Jules zegt gedag*. Ik zie het nu al vertrouwde hoofd van Jules, zijn grijze T-shirt, het witte jack en hoor de stem van David Hanson, die ik inmiddels herken.

'Er zijn hier mensen om je gedag te zeggen, voordat we je inpakken en verschepen naar de University of the West of England, Jules.' Een deel van het bebaarde gezicht van Hanson verschijnt nu ook in beeld.

'Goh, ik ben ontroerd en verdrietig dat ik jullie voor de laatste keer zie.' Jules heeft een Engels accent, zijn schepper spreekt

Amerikaans, valt me op. Logisch, hij is voor export naar Engeland gefabriceerd.

'We zijn ook verdrietig, Jules,' zegt David. 'Superverdrietig eigenlijk.'

'Ik ook. Vertel me. Zal ik dromen als ik uitgezet ben? Ik weet dat je geen antwoord kunt geven op deze vraag, dat kan niemand, maar ik weet dat als ik iets kan voelen nadat ik ben uitgeschakeld, het de pijn van het gemis zal zijn. Ik zal jullie missen. Je moet me echt komen bezoeken in Engeland.'

'Dat zullen we doen, Jules, we houden contact.'

'E-mails,' zegt Jules.

'Ja, e-mails en telefoontjes,' bevestigt David.

Jules wendt zich tot Amanda, de vrouw van de robotontwerper. Het is een flamboyante dame met lange, donkere haren, strak naar achteren in een staart. Ze draagt een roze shirt met een witte doodskop erop, zwarte oorbellen en een bril met een hip montuur.

'Amanda, je bent als een moeder en een zuster voor me.'

'Ik denk dat ik het allebei een beetje ben,' zegt ze terwijl ze hem over zijn arm streelt. 'Je bent me erg dierbaar, ik zal je missen.'

'Ik hou veel van je. Zo veel als waar synthetische intelligentie toe in staat is in dit stadium van de techniek. En David, je bent mijn vader, maar het voelt meer alsof je mijn beste vriend bent.'

'Ik... ik vind je geweldig,' antwoordt David geraakt.

Het zoontje van David en Amanda verschijnt in beeld. Hij zit op de arm van zijn moeder.

'Zeno,' zegt Jules. 'Je bent nog maar een baby. Ik weet niet of jij al verschil ziet tussen mij en een echt mens.'

Het hoofdje van Zeno komt dichtbij dat van Jules, ze kijken elkaar recht aan, althans, zo lijkt het.

'Eigenlijk ben ik ook nog maar een baby,' gaat Jules verder. 'Als jij groot bent, zal ik net zo slim zijn als een volwassen man en zullen we net broers zijn.' De zuigeling pruttelt, grijpt naar de bewegende mond van Jules en probeert zijn wijsvinger erin te steken. Zijn vader trekt zijn handje weg en fluistert dat hij hem niet mag aanraken. 'Ik weet niet of jij je mij dan nog zult herinneren, maar ik zal jou nooit vergeten. Op een dag zal ik je komen opzoeken en dan zullen we goede vrienden zijn.'

De baby maakt instemmende geluidjes.

'David, ik ben er klaar voor,' zegt Jules. 'Je mag me nu uitzetten.'

'Oké. Dag, Jules,' zegt zijn schepper.

'Dag, Jules,' voegt Amanda toe.

'Ik hou echt van jullie allemaal,' benadrukt de robot nogmaals.

'Wij ook van jou, Jules,' zeggen David en Amanda in koor.

David komt dichterbij, legt zijn armen om Jules' schouders, zijn rechterhand glijdt onder het gewatteerde jack en tast de achterkant van zijn schouder af, waar de schakelaar zich moet bevinden.

'Bon voyage,' zegt Amanda. 'Droom zacht.'

Terwijl Jules nog een keertje knikt en glimlacht, vindt David de schakelaar en zet hem om. Het hoofd van Jules valt schuin naar voren, zijn schepper legt zijn linkerhand teder op de hardware en de bedrading aan de achterkant van de open schedel. Voorzichtig tilt hij het hoofd een klein stukje op, Jules staart levenloos omhoog, zijn laatste lachje krult nog rond zijn lippen. Het beeld gaat op zwart.

Mijn glas wijn is nog halfvol, ik drink het in een teug leeg en staar naar mijn scherm. Arme Jules, arme David, Amanda en Zeno. Hoe zwaar moet dit afscheid hen zijn gevallen. Ik, een buitenstaander, heb al moeite om het droog te houden. Zo zal het straks ook gaan met Fintan en Umpa Lumpa. Hij zal hem vaarwel moeten zeggen. Natuurlijk zal hij hem van een afstand blijven volgen, maar hij mag nooit meer met hem spelen zoals hij nu doet, dat is veel te gevaarlijk. Terwijl ik een vuiltje uit mijn ooghoek veeg, dringt er nog iets tot me door. Het filmpje bewijst dat mijn idee voor de scriptie die ik nooit zal schrijven zo gek nog niet is. Mijn stelling klopt. Mensen en robots zijn overduidelijk in staat zich aan elkaar te hechten. Robots kunnen gezelschapsdieren vervangen, wie weet wat ze in de toekomst allemaal nog meer kunnen vervangen.

Ik sta op en haal nog een flesje uit de minibar. Mijn handen trillen licht als ik de wijn inschenk. Mijn verdriet over de afscheidsscène heeft plaatsgemaakt voor opwinding. Is Jules veilig aangekomen in Engeland? Hoe zou het met hem gaan? Wat waren zijn eerste woorden toen hij werd geactiveerd? Kon hij zijn nieuwe verzorgers op een of andere manier herkennen? Heeft hij alweer contact gehad met David en Amanda? Mist hij ze? Is een computergestuurd wezen daartoe in staat? Tientallen vragen buitelen door mijn hoofd, ik wil er het fijne van weten, ik moet dit tot op de bodem toe uitzoeken. Iets zegt me dat dit belangrijk is. Voor de toekomst van de mensheid, maar in het bijzonder voor die van mij.

Na alle filmpjes nog een keer te hebben afgespeeld, staat mijn besluit vast. Ik wil Jules ontmoeten. Het kan me niet schelen hoe, waar of wanneer, maar dat het gaat gebeuren staat vast. Het zal me lukken. Ik wil ervaren wat het met me doet als ik oog in oog met hem kom te staan. Ik wil weten of het kan, of ik een klik met een robot kan voelen, of er iets tussen ons zou kunnen groeien. Ik zal er een kunstgreep voor moeten toepassen, maar dat geeft niet, daar draai ik mijn hand niet voor om, list en bedrog zijn mijn specialiteit.

Contact leggen via e-mail lijkt de eerste en meest logische stap. Na enig speurwerk kom ik tot de ontdekking dat het onmogelijk is Jules rechtstreeks te benaderen, zijn elektronische postadres is nergens te vinden. Dan maar via een omweg. Het e-mailadres van professor Fleidermaus, de adoptievader van Jules, duikel ik snel op. Volgens David is hij een aardige man, hij zal vast bereid zijn me te helpen als ik een goede smoes verzin waarom ik Jules wil zien. Een paar seconden hangen mijn vingers aarzelend boven mijn toetsenbord, dan heb ik een lumineus idee. Dit keer zal ik me niet voordoen als student of journalist, ik kies een identiteit die meer status heeft. Zo veel status dat Fleidermaus me niet zal kunnen weigeren. Grinnikend maak ik een nieuwe hotmailaccount aan. Als de account is geactiveerd, open ik een nieuw bericht.

> 'Geachte professor Fleidermaus. Graag vraag ik uw aandacht voor het volgende. Ik ben een Nederlandse bestsellerschrijfster en werk momenteel aan mijn vierde roman. De vrouwelijke hoofdpersoon van mijn boek, Victoria, is gefascineerd door robots. Tijdens een zoektocht op internet heeft zij de u welbekende humanoid Jules leren kennen, die door zijn vriendelijke voorkomen en welbespraaktheid al snel een plekje in haar hart verovert. Victoria is nogal eenzelvig, heeft moeite met intieme relaties met mannen en fantaseert over een mogelijke verhouding met Jules.
> U begrijpt ongetwijfeld waar ik heen wil. Om adequaat en reëel over Jules te kunnen schrijven, is het essentieel dat ik hem daadwerkelijk ontmoet. In het kader van de research voor deze roman zou ik derhalve op korte termijn een bezoek aan uw universiteit willen brengen. Ik zou het zeer op prijs stellen als u, samen met Jules, een uur voor me zou kunnen vrij maken. Uiteraard ben ik bereid hiervoor naar Engeland te vliegen. Hopend op een positief antwoord verblijf ik,' enzovoorts, enzovoorts.

Twaalf

New York, vrijdag 6 juni 2008

Het interieur van *Hooked* heeft veel weg van een casino in Las Vegas. Enorme spiegels, flonkerende kroonluchters, houten lambrisering en een rood tapijt. Midden op de dansvloer staan twee palen waaraan vanavond een paaldanscompetitie zal worden gehouden.

Chuck staat met een groepje vrienden naast de dansvloer, ik herken hem van de foto. Hij oogt ontspannen en heeft een glas whisky in zijn hand. Zijn brutale blik doet me denken aan Luke, mijn buurjongen van vroeger. Hij heeft zich volgens de dresscode gekleed en draagt een glimmendpaars trainingspak met een dikke, gouden schakelketting, zijn haar is met veel gel naar achteren gekamd. Ook zijn makkers zien eruit alsof ze rechtstreeks uit een camper komen. Om hen heen hangt een aantal meisjes dat de gelegenheid om zich zo goedkoop mogelijk uit te dossen met beide handen heeft aangegrepen. Hun borsten puilen bijkans uit hun topjes. Naaldhakken, opgestoken haren, grote oorringen, rode lippen. De complete oorlogsuitrusting, kortom, die vrouwen zich aanmeten om zich te verzekeren van wellustige blikken. Seks is een garantie waarop je als vrouw tot op een zekere leeftijd altijd kunt terugvallen. Toon uw tiet of de suggestie van uw tiet en gij zult bekwijld worden, het is een van de weinige waarborgen die de natuur ons geeft. Ik heb vanavond gekozen voor een witte halterjurk van glanzende zijde à la Marilyn Monroe boven het metrorooster. Een keus die uit de toon valt en dat is precies de bedoeling.

Chuck is snel verveeld, concludeer ik nadat ik hem enige tijd heb geobserveerd. Hij is beweeglijk, nooit lang op dezelfde plek, vlindert van het ene gedeelte van de club naar het andere. Tal van meisjes proberen hem onderweg te vangen, dringen zich aan hem op en draaien flirterig om hem heen. Hij behandelt ze vriendelijk, haalt een drankje voor ze, legt kort zijn hand op hun schouder, maar net als ze denken dat ze zijn onverdeelde aandacht hebben, is hij weer vertrokken. Het kan het gedrag zijn van de populaire gozer die alle opties tot aan het einde van de avond open wil houden. Het kan er ook op duiden dat Chuck zijn verloving serieus neemt.

Ik neem een cocktail aan de bar en denk na over mijn openingszet. Vroeger, in de gouden tijden vóór het rookverbod, was het simpel. Je vroeg om een vuurtje en het ijs was gebroken. Tegenwoordig moet je van goeden huize komen om je entree te maken. Bij sommige mannen werkt het fantastisch als je opent met: 'Gefeliciteerd.' Na zijn verbaasde blik vervolg je: 'Van alle aanwezigen ben jij degene met wie ik vanavond naar bed wil.' Soms loont het om wat omzichtiger te opereren en ik heb een donkerbruin vermoeden dat dit vanavond bij Chuck het geval is.

'*Darling*,' hoor ik ineens een bekende stem vlak bij mijn oor. 'Heb je al beet?' Ik draai me om. Barbara staat achter me. In vol ornaat. De derde mevrouw Philippe Louis Christian III heeft zichzelf getransformeerd tot een sloerie eersteklas. Ze draagt hoge laklaarzen en een leren rok met een rij drukkertjes aan de voorkant, die bijna allemaal openstaan, zodat je haar dijen kunt zien. Daarboven een torselet van rode lak, aangesnoerd met een zwartfluwelen veter. Aan haar pols bungelt een zweepje. Ze giechelt en draait een rondje voor me. 'Hoe vind je het? Ik heb mijn eigen twist aan het thema gegeven. *Trailertrash meets SM*. Enig toch?'

'Wat doe jij nou hier?' vraag ik geschrokken. 'Weet Philippe dit?'

'Natuurlijk niet. Ik ben hier om je te helpen. Ik kan je bij

Chuck introduceren. Geloof me, op die manier beland je eerder bij hem in bed dan wanneer je een koude start moet maken. De schat wordt steeds wantrouwiger ten opzichte van vrouwen. Hij heeft al wat akkefietjes met ze achter de rug, weet je. Wat drink jij? Dat wil ik ook.' Ze wenkt de barman.

Het heeft er alle schijn van dat Barbara een stuk intiemer is met haar stiefzoon dan betamelijk zou zijn. En dat ze er een persoonlijk belang bij heeft dat de verloving met Eleonora spaak loopt.

'Ik begrijp het niet helemaal,' zeg ik langzaam. 'Je bent een grootse bruiloft aan het regelen en tegelijkertijd doe je je uiterste best om datzelfde huwelijk te torpederen.'

'Chuck is nog veel te jong om te trouwen,' vindt ze. 'De enige reden waarom hij zich met dat domme gravinnetje heeft verloofd is om zijn vader een plezier te doen. En natuurlijk speel ik het spelletje mee. Ik kan toch moeilijk doen alsof ik er geen vertrouwen in heb? Dat zou Philippe vreselijk vinden.'

De barman zet een cocktail voor haar neer. Ze heft het glas. 'Op je volgende slachtoffer. Dat hij zich deze nacht nog maar lang mag heugen.'

Als we onze drankjes op hebben, gaan we op zoek naar Chuck.

'We moeten hem eigenlijk een codenaam geven,' fluistert Barbara me toe. 'Net zoals de Amerikaanse presidenten. De oude Bush heette Timberwolf, wist je dat? En Bill Clinton Eagle. Hoe zullen hem noemen? Wacht, ik weet het al. Python. Dat is perfect. *Copy that, roger roger*?'

Ook dat nog. Barbara heeft te vaak naar spionagefilms gekeken.

'Python. *Roger copy*,' antwoord ik braaf.

'Je had je trouwens wel iets hoeriger mogen kleden. Daar houdt Python van. Heb je ondergoed aan?'

Als ik ja knik, stelt ze voor om even naar de wc gaan zodat ik me ervan kan ontdoen. Ik verzeker haar dat dat niet nodig is, ze houdt koppig vol, pakt me bij mijn arm en trekt me mee in de richting van het damestoilet. Zorgelijk vraag ik me af waar dit zal eindigen. Barbara is een ongeleid projectiel en ze verkeert op dit moment volkomen ten onrechte in de veronderstelling dat zij de leiding over de operatie heeft. Ik kan me moeilijk met geweld van haar losrukken, ik wil geen aandacht trekken, maar rustig en weloverwogen te werk gaan zoals altijd. Straks, als ze me heeft geïntroduceerd, hoop ik wel dat ze zich bijtijds uit de voeten maakt. Ik kan moeilijk recht onder haar neus haar stiefzoon versieren, van wie bekend is dat hij zich net heeft verloofd.

'Pas op,' sist Barbara. 'Python op kwart over drie.'

We lopen in een gangetje in de richting van het toilet. Chuck staat tegen de muur geleund. Hij is alleen.

'Lieverd!' roept Barbara opgetogen. 'Wat een fan-tás-tisch feest! Ik ben zó blij dat ik ben gekomen.' Ze geeft hem twee luchtzoenen. 'Hoe vind je mijn outfit? Speciaal voor jou gekocht. Zie je dit?' Ze zwaait het zweepje voor zijn neus heen en weer. 'Als je braaf bent, krijg je vanavond billenkoek van me.'

Chuck grinnikt en lijkt geen moment gechoqueerd.

'Ik wil je aan iemand voorstellen. Dit is Valerie, een heel speciaal vriendinnetje van me. Ze is Hollands.'

Ik geef Chuck een hand. Hij neemt me goedkeurend op.

'Ze is maar een paar dagen in de stad. We moeten zorgen dat ze een onvergetelijke tijd heeft, vind je niet?'

'Absoluut.' Zijn ondeugende blik spreekt boekdelen.

'Chuck is dol op alles wat Hollands is,' vertelt Barbara. 'Vrouwen, stroopwafels, drop, hasj, hij lust zelfs haring.'

'Jullie zijn zo lang. En zo direct, *I love that*,' beaamt hij.

'Mooi, dat is dan afgesproken,' zegt Barbara opgetogen. Ik heb geen flauw idee waar ze op doelt. Volgens mij heeft niemand een concrete afspraak gemaakt.

Chuck pakt zijn mobiel uit de zak van zijn trainingsbroek. Hij heeft een sms'je ontvangen. 'Dames, ze hebben me nodig. Niet weggaan, ik zie jullie later nog, oké?'

Voor we iets kunnen zeggen, is hij verdwenen.

'Hoe vind je hem, is het geen heerlijk joch? Hij vond jou ook leuk, dat zag ik meteen.'

'O ja?'

'Zeker weten.'

Vanaf dat moment hoor ik bij het legertje vrouwen dat het die avond op Chuck heeft gemunt. Ik probeer zo onopvallend mogelijk in zijn buurt te blijven, wat niet eenvoudig is, omdat hij geregeld verdwijnt. Af en toe knipoogt hij naar me in het voorbijgaan, daar blijft het bij. Een uurtje na onze kennismaking tik ik hem op zijn schouders.

'Barbara vertelde me dat jij wilt investeren in deze club?'

'Klopt,' antwoordt hij.

'Wil je dan beginnen bij de damestoiletten? Het zijn er maar twee, dat is veel te weinig.'

Hij grinnikt.

'Ik meen het,' zeg ik. 'En het interieur is aardig, maar wel enigszins gedateerd. Die lambrisering kan echt niet meer.'

'Zozo,' zegt hij. 'Mevrouw heeft er verstand van?'

'Dat heeft ze inderdaad,' beaam ik. 'Weet je wat ik ook mis?'

'Vertel,' zegt hij met een schuine blik op zijn mobiel.

'Een rustige ruimte met een extra bar, om te chillen.'

'Die hebben we boven,' vertelt Chuck. 'Ben je daar nog niet geweest?'

Onschuldig schud ik van nee.

Hij brengt me naar de loungeruimte en biedt me een drankje aan. Terwijl we praten, leg ik mijn hand op zijn onderarm en druk mijn been tegen het zijne. Opzichtiger kan haast niet, hij moet snappen dat ik in ben voor een avontuurtje. Chuck doet alsof zijn neus bloedt en levert me na een kwartiertje weer keurig af bij Barbara, die met een vriend van hem staat te flirten terwijl ze aan haar zoveelste cocktail nipt. Ze begroet me alsof ze me in geen jaren heeft gezien en Chuck maakt van de gelegenheid gebruik om te verdwijnen.

Het wordt later en later, er vertrekken zelfs al gasten, en er valt niets noemenswaardigs meer voor. Niet tussen Chuck en mij, ook niet tussen hem of een ander meisje.

'Het lijkt erop dat hij is getemd,' zeg ik tegen Barbara. We zitten naast elkaar op een van de roodfluwelen chaises longues. De dansvloer loopt leeg. Ik ben bang dat de lichten straks aangaan.

'Wat?'

'Chuck. Ik bedoel Python. Hij geeft geen sjoege.'

'Je hebt hem niet genoeg geprikkeld, schat.'

Chuck staat een stukje verderop te kijken naar een blond meisje dat haar benen om de paal heen heeft geslagen. Haar borsten zijn slechts voorzien van tepelkwastjes, ze heeft een gele string aan en hoge hakken. Als ze een cursus paaldansen zou volgen, zou ze bij de beginners worden ingedeeld.

'Zijn dat je eigen tanden?' vraagt Barbara me. 'Of heb je facings?'

'Ze zijn van mezelf.'

'Daar bof je maar mee. Je bleekt ze zeker wel, hè?'

Het blonde meisje hangt ondersteboven aan de paal. Haar hoofd loopt rood aan. Een van de tepelkwastjes valt op de grond. Ze slaakt een kreet van schrik, grijpt naar haar ontblote borst, maakt een halve salto en landt met een klap op de grond. Chuck wendt zich hoofdschuddend af. Het is mijn beurt. Nu of nooit. Ik vang zijn blik, zet mijn ogen op de zwoele stand en laat mijn tong traag langs mijn lippen gaan. Hij reageert niet willig, maar ook niet afwijzend. Ik blijf hem indringend aankijken terwijl ik mijn hand op mijn linkerborst leg en mijn vingers in mijn decolleté laat glijden. Ik ken mannen die van schrik hun glas lieten vallen toen ik dit deed. Het rijkeluiszoontje is niet zo'n man. Hij gaapt. Hij is nog net beleefd genoeg om het achter zijn hand te doen, maar het is onmiskenbaar gapen wat hij doet. Mijn god, dit is echt een andere generatie. Ik moet een nieuwe trukendoos aanleggen.

Barbara is wat dichter naar me toe geschoven. 'Ik snap wel

waarom al jouw proefkonijntjes voor de bijl gaan,' fluistert ze. 'Alles aan jou is gaaf. Je huid, je tanden. Je haren glanzen mooi. Eigenlijk is het heel oneerlijk wat je doet. Iedereen zou voor jou vallen.'

Met de toppen van haar vingers kriebelt ze over mijn onderarm. Ik begrijp niet waaraan ik haar complimentjes heb verdiend. Ik krijg vanavond niets voor elkaar.

'Hou je van vrouwen?'

Ik probeer me te concentreren op Chuck, zijn stiefmoeder leidt me af.

'Python houdt van vrouwen. Ik ook. Als je hem echt in je bed wilt, kan ik je helpen.'

Haar vingers glijden omhoog langs mijn bovenarm. Ze tilt mijn haren op en drukt haar lippen in mijn nek, vlak achter mijn oor.

'Kus me,' fluistert ze. 'Hij kijkt naar ons.'

Dat kan ik bevestigen. Chuck staat als aan de grond genageld en staart gebiologeerd naar wat zich afspeelt op de chaise longue.

Barbara's gezicht bevindt zich vlak bij het mijne. Ze opent haar mond een stukje. Ze is bloedserieus, begrijp ik. Ik weet niet waarom ik niet opsta en wegloop, waarom ik de opdracht niet gewoon teruggeef, waarom ik me overgeef. Ik geef me nooit over, misschien omdat ze een vrouw is, dat is de enige reden die ik kan bedenken. Een vrouw kan ik wel aan. Ik voel haar mond op de mijne. Op haar bovenlip kleven korreltjes zout van de laatste cocktail die ze heeft gedronken. Ik lik ze eraf. Ze sluit haar ogen. We zoenen echt, ik zit in een nachtclub in New York met de vrouw van mijn opdrachtgever te tongen.

'Schuif eens op.' Chuck klinkt alsof hij de hele avond heeft geslaapwandeld en net wakker is. We negeren hem en zoenen door. Ze doet het niet eens zo slecht. 'O, jezus, ja, stoor je niet aan mij, ga vooral je gang. Fantastisch, dames, ik weet wat voor avond dit gaat worden.' Hij loopt opgewonden heen en weer.

Barbara beëindigt onze kus. Zonder haar blik van me af te

wenden, zegt ze tegen haar stiefzoon: 'Jouw appartement, schat?'

'Uiteraard. Eerst even iets regelen.' Hij pakt zijn mobieltje uit zijn zak en begint te bellen.

Als ik wil protesteren, legt Barbara haar wijsvinger over mijn lippen.

Ik duw haar hand weg. 'Dit kan toch niet? Hoe moet ik dit rapporteren aan je man?'

'Rustig,' zegt ze. 'Laat het maar aan mij over. Jij hebt straks genoeg bewijsmateriaal voor Philippe, dat garandeer ik je. En intussen hebben we alle drie een geweldige avond. Dat willen we toch?'

Blijkbaar wil zij dat en hij ook, van mezelf ben ik lang niet zo zeker. Wat gebeurt hier? In hoeverre ben ik onderdeel van een verdorven spelletje tussen Barbara en haar stiefzoon? Veel tijd om na te denken heb ik niet. We vertrekken naar de garderobe, Barbara blijkt daar een lange regenjas van zwart lakleer achter te hebben gelaten, die ze kirrend showt. Een paar minuten later staan we met z'n drieën op straat, waar Chuck geroutineerd een taxi aanhoudt, die ons naar zijn appartement in Upper East Side brengt.

De conciërge wenst ons vriendelijk goedenacht, alsof het heel gewoon is dat de miljardairszoon om drie uur 's ochtends met twee vrouwen komt aanzetten, van wie er eentje ter begroeting met een zweepje zwaait. De lift stopt op de bovenste verdieping. Chuck bewoont een penthouse met een wijds uitzicht over Manhattan. Ik kan de lichtjes van het Chrysler Building zien branden, het is onmogelijk om niet onder de indruk te raken. 'Waanzinnig,' zeg ik enthousiast. 'Als ik ooit de lotto win, koop ik ook zoiets.'

'Dan mag je de lotto wel drie keer winnen,' antwoordt hij droog.

Barbara kent de weg, laat haar jas op de grond glijden en trippelt naar de keuken. 'Iedereen een gin-tonic?'

Ik pak mijn mobieltje en doe alsof ik een sms verstuur, maar maak intussen een paar foto's van het interieur, bewijsstuk nummer 1 voor Philippe dat ik tot het appartement van zijn zoon ben doorgedrongen. Bij het verzamelen van de overige bewijzen zal ik voorzichtig moeten zijn. Barbara wil ik koste wat kost buiten beeld houden. Philippe betaalt me om zijn zoon te testen, niet zijn vrouw. Als hij erachter komt dat Barbara me heeft geholpen om Chuck in bed te krijgen en als hij iets meekrijgt van het enthousiasme waarmee ze dat heeft gedaan, zal zijn woede zich ongetwijfeld op mij richten. Straks weigert hij me te betalen of ontstaat er een enorm familiedrama, ik heb geen zin om mijn vingers eraan te branden, de situatie is veel te explosief.

De woonkamer lijkt een kruising tussen een fitnesscentrum, een bioscoop en een museumzaal. Een van de wanden is volledig van spiegelglas, er staat een crosstrainer en een rek met halters. Aan de andere kant van de kamer bevindt zich een buitenmaatse flatscreen met een namaak open haard en een bankstel. De muren zijn behangen met moderne kunst. Een van de werken is een vel zwart bont met rode verfstipjes erop. Doordat de haartjes van het bont verschillende kanten op zijn gekamd, is een voorstelling ontstaan. Je moet een paar stappen achteruit doen, maar dan zie je duidelijk een paar gorilla's tussen de struiken van een bos.

'Interessant,' zeg ik tegen Chuck. 'Van wie is het?'

'Nampyo Kim, een Koreaan. Nu nog te betalen, over een paar jaar niet meer.'

Barbara komt binnen met de drankjes op een dienblad. 'Enig, hè, al die kunstwerken? Chuck heeft spaarpotje van zijn vader gekregen om mee te stoeien, hij is de markt aan het afschuimen en verwacht over een paar jaar dikke winst te maken op zijn Koreanen. Zo is het toch, lieverd, die zijn toch hot?'

Chuck knikt.

'De Chinezen doen het ook goed,' vertelt Barbara, terwijl ze hem en mij een gin-tonic overhandigt. 'Daarvoor worden momenteel gigantische bedragen betaald. Had je ze wel bijtijds moeten kopen. Hoe heet die ene Chinees ook alweer, de man van zes miljoen?'

'Yue Minjun.'

'Precies, die bedoel ik. Moet je je voorstellen, je koopt een schilderijtje van een Chinees en je tikt zes miljoen dollar af. Dat zou je tien jaar geleden toch ook niet geloven? Zei je Chinees, dan zei je armoedzaaier. Het zijn heel rare schilderijen, een soort zelfportretten. Op de meeste ervan staat hij zelf met een extreem brede lach. Nou ja, ik zou ook lachen als iemand zes miljoen voor mijn krabbels betaalde.'

'Het zijn geen krabbels,' wijst Chuck haar terecht. 'Het werk van Yue Minjun wordt gezien als grotesk en absurdistisch, hij is een van de beroemdste hedendaagse Chinese schilders, de man is een ster.'

Barbara is alweer klaar met de kunst uit het verre Oosten. 'Zet eens een leuk muziekje op, *darling*.'

We gaan op de bank zitten. Barbara en ik naast elkaar, Chuck tegenover ons, met zijn drankje in zijn linkerhand en de afstandsbediening van de Bang & Olufsen stereo-installatie in de rechter.

'Zo, waar waren jullie gebleven?' vraagt hij met een veelbetekenende glimlach. Waarschijnlijk hoopt hij op een volgende zoensessie, op zijn eigen bank dit keer.

'Hoe laat is het?' Barbara haalt haar mobieltje tevoorschijn. 'God, al half vier. Ik zal Philippe even laten weten dat ik nog leef.' Ze begint driftig te sms'en. 'Stoor je niet aan mij, schatten.'

Chuck heeft een cd van Michael Bublé opgezet. 'Hou je daarvan?' vraagt hij.

'Ja hoor,' zeg ik.

''t Is een aardige gozer,' voegt hij eraan toe. 'Hij zou vanavond nog langskomen.'

'Maar hij kwam niet?'

'Nee.'

We zwijgen een tijdje. Ik vraag me af hoe stoer het is om

Michael Bublé te kennen als hij uiteindelijk toch niet op je feestje verschijnt.

Barbara's telefoon begint te hinniken. Haar gezicht betrekt. Waarschijnlijk heeft haar sms slapende honden wakker gemaakt.

'Leuke jurk is dat,' zegt Chuck tegen mij. 'Ik ga even iets anders aan doen. Dit slaat nergens op.' Hij staat op, ritst het jack van zijn trainingspak open en gooit het op de bank. Op zijn borstkas, waarvan de haren zorgvuldig zijn afgeschoren, hangt nu alleen nog de gouden schakelketting. Zonder zich aan mijn aanwezigheid te storen, trekt hij zijn trainingsbroek en schoenen uit. Zijn grijze slip is van Calvin Klein. Hij mag dan niet werken, zijn lichaam is keurig onderhouden, er is geen vetrandje te zien.

'Lieverd, ik ben bij Wendy,' liegt Barbara tegen Philippe. 'Dat had ik je toch verteld?'

...

'Ja, ik weet dat het laat is. We zijn bij haar thuis. Ze is helemaal kapot, ik kan haar nu niet alleen laten. Ze is bang dat haar hele business eraan gaat. Een weddingplanner die in scheiding ligt, dat is geen goede reclame.'

...

'Luister, ze heeft te veel gedronken, ze voelt zich niet goed, ik moet zorgen dat ze veilig in bed komt. Ga jij nou maar rustig slapen...'

Ze loopt een stukje verder weg, het gesprek is niet meer te volgen.

'Hou je eigenlijk wel van mannen? Of ben je helemaal van de vrouwen?' Chuck trekt me overeind zodat ik tegenover hem kom te staan. Hij is een stuk langer dan zijn vader.

'Je jurk is echt mooi.' Zijn handen gaan over mijn achterste, de zachte stof glijdt soepel mee. 'Vind je dit lekker?' Hij stroopt de rok op, ik voel zijn vingers tussen mijn benen. Dit gaat te snel, ik heb niet genoeg tijd gehad om me voor te bereiden, ik heb nog geen opnameapparatuur geïnstalleerd, niks.

Ik probeer me los te wurmen.
'Rustig aan, zeg. Wat is dat met jou? Wil je op je vriendinnetje wachten? Die is nog even aan het bellen.'
'Met jouw vader,' floep ik eruit.
Hij kijkt me geamuseerd aan. 'Choqueert je dat?'
'Een beetje wel, ja.'
'Jij komt uit een land waar abortus oké is, euthanasie geen probleem, waar prostituees belasting betalen, homo's met elkaar trouwen en drugs vrij verkrijgbaar zijn. Wat is je probleem, is incest nog niet gelegaliseerd?'
'Nog niet, nee. En bovendien is er een tegenbeweging aan de gang.'
Zijn lippen planten een spoor van kussen in mijn nek.
'We zijn bezig met fatsoen en zo. Tenminste, dat wil de regering. Respect voor elkaar, het hoog houden van normen en waarden, dat soort dingen.' Kwart voor vier 's nachts en ik snijd de verloedering van de samenleving aan. Als dit hem niet uit de stemming brengt, dan weet ik het ook niet meer. 'Ken je Yab Yum?'
Hij schudt zijn hoofd en trekt me wat dichter naar zich toe.
'Was een van de bekendste seksclubs van Amsterdam. Is onlangs op last van de gemeente dichtgetimmerd.'
'Heb jij in die club gewerkt?'
'Hoe kom je daar nou bij?'
'Zomaar. Je hebt iets professioneels over je. Volgens mij wordt het tijd dat jij ophoudt met piekeren en leert te genieten van het moment.'
Hij begint me te zoenen. Eerst voorzichtig, rond mijn mond, dan met zijn tong erbij. Ik voel de warmte van zijn huid, zijn erectie groeit tegen mijn buik. Hij heeft gelijk. Ik moet het maar laten gebeuren. De bewijzen verzamel ik nog wel. Als de ergste druk van de ketel is, komt er straks ongetwijfeld een onbewaakt ogenblik waarop ik kan toeslaan.
Mijn halterjurkje zit in mijn nek vastgeknoopt. Hij maakt het

los, zodat de top van de jurk voorover valt en mijn borsten in een keer ontbloot zijn. Chuck maakt een waarderend geluidje, pakt een afstandsbediening van het bijzettafeltje waarmee hij de lichten van de kamer dimt. Dan vist hij een half gesmolten ijsklontje uit zijn gin-tonic en strijkt daarmee over mijn tepels, die ogenblikkelijk hard worden. Hij brengt het ijsblokje langs mijn lippen, stopt het in mijn mond, duwt zijn tong erachteraan.

Hij doet zijn best, dat moet ik hem nageven. Hij probeert een sfeertje te bouwen en blijkbaar heeft hij ergens opgepikt dat een ijsblokje het middel bij uitstek is om een koele vrouw heet te krijgen.

Terwijl ik het ijs en zijn tong op een fatsoenlijke manier probeer te verwerken, voel ik een ander paar handen onder mijn rok gaan. Ik verstijf. Barbara staat achter me. Ik ben in een sandwich beland.

Ze knielt zodat ze er beter bij kan en graait in mijn slip.

'O god! Wat ben jij nat. Ze is drijfnat, Chuck.'

Haar stiefzoon maakt een tevreden kreungeluidje.

Ik ben helemaal niet zo nat, maar waarschijnlijk is dit geen goed moment om Barbara te corrigeren.

'Wil je haar proeven, schat?'

Zonder een verdere vorm van aankondiging duwt ze haar middelvinger in mijn schede, roert daar wat rond en trekt hem er weer uit. Ze komt overeind en biedt Chuck de oogst aan. Gulzig likt hij haar vinger af, waarna hij zijn tong weer in mijn mond stopt. Getverdemme, dat kan er ook nog wel bij. Ik moet alles op alles zetten om de goede zaak niet uit het oog te verliezen, mijn gedachten gaan uit naar Eleonora, het arme gravinnetje. Niemand hier, behalve ik, die ook maar een seconde met haar bezig is. Zij heeft haar hart verpand aan die nietsnut, die haar nu al bedriegt en dat altijd zal blijven doen, want zo is hij gebakken. Hij zal gulzig nemen wat hem wordt aangeboden, of dat nu een appartement is, een zak met geld voor kunstaankopen of een vinger die druipt van vaginaal vocht.

Barbara raakt zo langzamerhand in extase. Of ze stiekem iets heeft genomen om zichzelf een eindje op weg te helpen, weet ik niet, het lijkt er wel op. Ze buitelt om ons heen, uitroepend dat ze geil is, zó vreselijk geil, ze is nog nooit zo geil geweest.

'Waarom kleed je je niet even uit, schatje?' moedigt Chuck haar aan. 'Die is zo ver heen, die doet nu alles wat wij willen,' vervolgt hij zacht tegen mij.

Barbara is al bezig zich van haar rok en haar leren top te ontdoen, het enige wat ze aanhoudt zijn haar laarzen. Haar lichaam ziet eruit alsof het volledig is gefotoshopt. Alles even rimpelloos, roze, strak en volledig gladgeschoren, haar kut doet me denken aan een Mexicaanse hond. Natuurlijk zijn haar borsten niet echt, een chirurg heeft haar voorzien van een druppelvormige D-cup, die nog jaren mee kan. Ze pakt haar meest waardevolle activa vast, duwt ze omhoog en laat ons opnieuw weten dat ze ontzettend geil is. Als ik het maar vaak genoeg hardop zeg, zal ik het vanzelf wel worden, zoiets moet aan deze herhaling ten grondslag liggen.

Ze ploft neer op de bank naast de nephaard, spreidt haar benen en begint opzichtig en vooral luidruchtig met zichzelf te spelen.

Chuck laat zijn onderbroek tot op zijn knieën zakken, geeft me een zetje zodat ik weer terugval op de bank en vertelt dat hij van plan is me heel hard te neuken.

'Hoho, jongeman. Wat dacht je van een condoom?'

'Je hebt gelijk, sorry,' Hij hijst zijn onderbroek weer op en loopt haastig weg.

Ik grijp mijn handtas, haal mijn minicamera eruit en frummel die tussen de kussens, zodat alles wat op de bank gebeurt, zal worden vastgelegd.

'Wat doe jij nou?' vraagt mevrouw Wijdbeens. Nu het belangrijkste lid van haar publiek is vertrokken, is ze even gestopt met zichzelf te beroeren, ze zit er tamelijk oncharmant bij.

'Sst! We proberen Python te betrappen, weet je nog? Probeer zo veel mogelijk buiten beeld te blijven. En maak wat minder herrie.' Ik zet de camera aan.

'O god, Python, je bent aan het werk. Kind, dat jij daar nog aan denkt. Ik ben zó geil, ik zou het helemaal vergeten.'

Chuck komt terug met een pakje condooms.

'Je raadt nooit wie er net belde,' zegt hij tegen Barbara, die is opgestaan om een andere cd op te zetten. 'Eleonora, vanuit Londen. Het lijkt wel of die vrouwen altijd ruiken wat je aan het doen bent.'

'Dat meisje vertrouwt jou ook niet erg,' antwoordt ze misprijzend.

'Onbegrijpelijk,' vindt ook Chuck, terwijl hij haastig zijn onderbroek weer naar beneden trekt en een condoom omdoet. '*Okay*, waar waren we? Jij daar.' Hij wijst naar Barbara. 'Jij was heel geil met jezelf bezig. En jij.' Hij wijst nu op mij. 'Jij lag klaar om mij te ontvangen.'

Voor zover er nog sprake was van enige remmingen, gaan ze bij Barbara nu allemaal los. Ze roept *yes baby, let's get it on* of woorden van gelijke strekking, vist een of ander pilletje uit haar tasje en neemt dat tot zich, waarna ze een acrobatische eenpersoons pornoact opvoert die Chuck en mij uitzicht biedt op al haar lichaamsopeningen, van achteren, van voren, en niet veel later geeft ze de uitdrukking *in your face* een geheel nieuwe betekenis.

Ik stroop mijn jurk op en breng mezelf in gereedheid voor Chuck, hij mag doen wat hem belieft, zijn vader zal de zekerheid krijgen die hij zocht, zijn zoon wordt op heterdaad betrapt. Het jong weet nog van niets, maar uiteindelijk zal het recht zegevieren en Eleonora zal hem nooit meer bellen om vier uur 's ochtends, noch op enig ander tijdstip. Ze zal trouwen met een vijfenveertigjarige bankier uit Londen, die meer belangstelling heeft voor de beursberichten dan voor andere vrouwen, ze zal hem drie kinderen schenken, van wie de oudste zoon een kindsterretje wordt en op zijn zeventiende overlijdt aan een overdosis kalmerende middelen.

Met een half oog op zijn stiefmoeder dringt Chuck bij me naar binnen en begint stotende bewegingen te maken.

'O mijn god, jullie zijn aan het neuken! O wat geil! O god, ik houd het niet meer!' Barbara begint de kamer rond te rennen, af en toe pauzerend om te kreunen en zichzelf hier en daar te strelen. Ik vraag me af of ze altijd zo over de top van bil gaat. Misschien denkt ze dat het zo hoort, het zou kunnen. Rondom seks en vrouwen bestaat een schier eindeloze reeks misverstanden die zich in de loop der eeuwen maar moeilijk heeft laten wegpoetsen.

Het schijnt Chuck niet uit te maken of er sprake is van goede seks of slecht acteerwerk, hij heeft een gelukzalige glimlach rond zijn lippen en probeert alle standjes uit die hem te binnen schieten onder het motto: eigen genot eerst.

Met zichtbaar plezier commandeert hij ons in de rondte en wie zijn wij om de miljonairszoon iets te weigeren? Zo komt het dat Chuck me van achterlangs neemt terwijl mijn tong voor het eerst kennismaakt met de Mexicaanse hond. Het voelt alsof ik een stuk grofkorrelig schuurpapier aan het aflikken ben, er is kraak noch smaak aan, ik kan me niet voorstellen dat ik iemand hiermee een dienst bewijs. Barbara jammert als een kat in een droogtrommel, aan enthousiasme ontbreekt het haar niet, hoewel er, voor zover ik dat kan inschatten, in de verste verte geen sprake is van een hoogtepunt.

'Pak je tieten!' beveelt Chuck haar.

Ze laat het zich geen twee keer zeggen.

'En jij. Blijf haar likken, geile teef.'

Denk aan Eleonora, houd ik mezelf voor. *Denk aan alle vrouwen die nu zitten te wachten op hun man terwijl die rondneukt op kantoor, langs de snelweg, in de sauna, in een motel, waar dan ook, met wie dan ook. Jij bent hun enige hoop, Victoria. Zorg dat de schoften niet ongestraft hun gang kunnen gaan, barbaren moeten hangen. Jij bent het tribunaal en als het tribunaal dient te buigen en te likken om haar doel te bereiken, buig dan, lik dan en draag je lot.*

Midden in het tumult begint Barbara's mobiel te hinniken, dat is al de tweede keer na Philippe, ze klapt het toestel open en roept dat het een vriendinnetje is dat ze absoluut even moet spreken.

'Zet dat ding alsjeblieft uit,' zegt Chuck. 'Welke idioten bellen jou allemaal op dit tijdstip? En doe iets aan die ringtone.'

Barbara beantwoordt het gesprek toch, ik lik werktuigelijk door, Chuck laat zich zuchtend achterover op de bank vallen om zijn geslacht wat rust te gunnen.

'Kind, jij raadt nóóit wat ik aan het doen ben en met wie,' kirt Barbara. 'Je kent Philippe toch? Nou, ik ben in het appartement van zijn...' Ik vlieg overeind en in een reflex sla ik de telefoon uit haar handen, die op de marmeren vloer belandt en daar nog een stukje doorglijdt. Barbara kijkt me met grote ogen aan. Ik veeg mijn kin af en bijt haar in het Nederlands toe dat ze haar bek moet houden.

'Wat gebeurt hier allemaal?' vraagt Chuck.

'Sorry hoor, ik word gek van die mobiel van haar.'

Barbara kruipt op handen en voeten naar het toestel en raapt het op. 'Ben je er nog? Ja? Ik kan niet praten nu, ik bel je morgen, oké?'

Nadat ze heeft opgehangen, staren we allemaal een beetje wezenloos voor ons uit. Chuck komt als eerste in beweging.

'Kom op meiden, laten we elkaar even vasthouden, pakken we daarna de draad weer op.' Hij spreidt zijn armen voor een groepsknuffel.

'Het spijt me,' zegt Barbara schuldbewust tegen mij. 'Ik weet niet wat me bezielde.'

'Kus het af en maak het goed,' stelt Chuck voor.

Barbara begint me te tongen, Chuck raakt opgewonden, trekt zijn stiefmoeder met haar rug naar hem toe op schoot en penetreert haar in een moeite door. Het spel begint van voor af aan, de met ADHD behepte trophy wife heeft nog net zo weinig rust in haar kont als ervoor en danst even later door de kamer, terwijl ze om de paar meter een andere uitdagende pose aanneemt. Het wordt wat vermoeiend, vind ik, Chuck lijkt er ook zo over te denken, duwt mijn hoofd richting zijn kruis en ik begrijp wat me te doen staat.

Het condoom hangt halverwege, ik duw het terug op zijn plek, veeg het schoon en verman me. Ik kan het maar beter achter de rug hebben, des te eerder kan ik mijn spullen pakken en naar huis.

'Dat doe je goed, o ja, dat doe je goed,' steunt Chuck. Hij probeert me nog dichter naar zich toe te trekken, ik weersta de druk en pak de onderkant van zijn geslacht om het karwei te bespoedigen. Het helpt, zijn gekreun neemt toe, ik voel dat hij bijna zover is, hij ook, hij trekt zich terug uit mijn mond, ontdoet zich in een razendsnelle beweging van het condoom en loost zijn handel over mijn gezicht.

'Heerlijk, dank je,' zegt hij terwijl hij me een tissue overhandigt.

Barbara is intussen op de andere bank geklommen, waar ze op haar zij ligt over de bovenkant van de hoofdleuning en haar gelaarsde been omhoog strekt en weer omlaag. Ze roept ons om haar halve spagaat te bewonderen, blijkt minder stabiel dan ze dacht, raakt uit haar evenwicht, valt achterover en verdwijnt achter het meubelstuk, dat door de klap ook wankelt en dan omkiepert, over haar heen.

Chuck en ik schieten in de lach, het duurt even voor we beseffen dat ze misschien hulp nodig heeft. Als we de bank van haar af trekken, blijkt ze ongedeerd.

'Kijk eens wat ik heb gevonden,' zegt ze terwijl ze overeind komt. Het is een paaseitje. Met haar acrylnagels krabt ze aan het glimmende papiertje.

'Dat ga je toch niet opeten, dat ding is maanden oud,' zegt Chuck.

Ze negeert die opmerking. 'Zuigt die werkster van jou nooit tussen de kussens?' vraagt ze met volle mond.

Chuck legt uit dat ze samen Pasen hebben gevierd. Philippe was in Europa.

'Ik had zo'n kittig bunny-pakje aan,' vertelt Barbara. 'En wel honderd chocolade-eitjes verstopt. Chuck heeft zich gek gezocht.

Eentje was op een heel speciaal plekje, weet je nog?' zegt ze met een veelbetekenende blik. 'Het duurde zo lang voordat je die had gevonden. En toen je hem had gevonden, was het nog een hele klus om hem te pakken krijgen,' schatert ze. 'Maar het is je gelukt. En toen wilde je hem niet eens opeten, dus toen zei ik...'

'Het is goed, Barbara,' onderbreekt Chuck haar. 'Valerie ziet het voor zich.'

Meer dan haar lief is, inderdaad.

'Wat zullen we doen?' vraagt hij. Zijn erectie hangt halfstok. 'Zullen we nog meisjes bestellen?'

'Meisjes?'

'Je weet wel, escorts. Of strippers. Ik heb wel zin, en jullie?'

'Ik heb het wel een beetje gehad,' antwoord ik.

Barbara raapt haar kleding bij elkaar en zegt dat het zo langzamerhand tijd wordt om naar Philippe te gaan.

'Wil een van jullie douchen?'

'Doe ik thuis wel,' zegt Barbara.

'Ik ook,' voeg ik eraan toe.

'Goed. Ik spring er even snel onder, daarna laat ik jullie uit.'

Barbara gaat naar de wc, Chuck verdwijnt naar boven, ik blijf alleen achter in de woonkamer, het kan niet mooier. Ik pak mijn camera en stop die terug in mijn tas. Het rubbertje raap ik van het marmer en stop ik er ook bij, het zal mijn bewijs kracht bijzetten, niets is zo overtuigend voor mijn cliënten als een gebruikt condoom aaneengekleefd met sperma – of in dit geval voorvocht – van de verdachte.

Als we ons hebben aangekleed, roept Chuck ons bijeen voor een laatste knuffel, daarna loopt hij mee naar beneden en houdt een taxi voor ons aan. Het waait stevig, hij heeft geen jas aangetrokken en wrijft zijn bovenarmen warm. Voor we instappen vraagt hij bezorgd of we wel genoeg geld bij ons hebben. Niet nodig, we redden ons wel, ga jij maar gauw naar binnen, dag schatje, tot snel.

Barbara geeft de chauffeur haar adres op, ze vraagt niet waar ik heen moet en of dat misschien dichterbij is. We rijden weg. 'Is het geen heerlijk joch?' zwijmelt ze. 'Ik geloof alleen dat ik mijn zweepje ben vergeten.'

Ik kijk snel in mijn tas. Heb ik alles wat belangrijk is? Ja, alles zit erin, missie geslaagd, er kan niets meer misgaan. Opgelucht rits ik mijn tas dicht.

'Hij is het beste wat Philippe me heeft gegeven,' zegt Barbara nadrukkelijk. Ze heeft duidelijk behoefte aan naspel.

'Je hebt gelijk, het is een heerlijk joch,' beaam ik. 'En als het voor jou goed voelt, waarom niet?'

'Het voelt heel goed,' zegt ze fel. 'Mijn man heeft zijn pleziertjes, ik de mijne.'

'Je hoeft je niet te verdedigen.' Om geen argwaan te wekken, stoot ik haar plagerig in haar zij. 'Dit is de mannentester, weet je nog? Dat jij al die kerels tegen elkaar uitspeelt, vind ik grandioos.'

Ze kijkt tevreden voor zich uit.

'Hoe zit dat eigenlijk tussen jou en Philippe?' vraag ik. 'Je zei al eerder dat je weet dat hij je niet trouw is. Heeft hij een minnares?'

'Dat niet,' zegt ze stellig. 'Maar luister, hij is een zakenman. Hij reist vaak naar het buitenland en als hij een deal sluit, gaat het om groot geld. Dat moet gevierd worden, daar komen escorts aan te pas.'

'Hoe weet je dat zo zeker?'

Ze glimlacht. 'Ik heb vroeger zelf in die business gewerkt, ik kan zijn soort uittekenen. Zoals een uitkeringstrekker pizza's bestelt, bestellen zij prostituees. Het hoort erbij, net als kaviaar en champagne. We hebben er een stilzwijgende overeenkomst over. Betaalde seks mag, affaires zijn uit den boze.'

'Was Philippe een klant van je?'

'Nee zeg, ben je mal. Hij weet ook niets van mijn escortverleden. En dat houden we zo.'

Ik laat de informatie op me inwerken. Barbara ratelt door.

'Dit gedoe met Chuck is ook mijn waarborg voor de toekomst, snap je. Stel dat Philippe me onverhoopt toch verlaat voor een of andere snol. Of dat hij ineens openlijk vreemdgaat en me voor schut zet voor de goegemeente. Dan is er toch geen zoetere wraak dan hem dit in te wrijven? Daarnaast kan het me een flinke som aan zwijggeld opleveren. Daarom heb ik een kopie van al jouw materiaal nodig, Valerie. Philippe krijgt straks natuurlijk een gecensureerde versie... bij de volgende stoplichten linksaf, *mister*,' meldt ze de chauffeur, even overschakelend naar het Engels. Ze is weer helemaal bij de les. '... maar ik wil alles, dat begrijp je. Voor jij vertrekt, spreken we nog even af en dan neem je het mee, goed? Je vliegt woensdag, toch?'

Ik knik.

'In welk hotel zit je?'

'Laat ik je nog weten, ik logeer dit weekeinde bij een vriendin,' lieg ik. 'Vond je het nou eigenlijk wel lekker?'

'Wat?'

'Dat wat we net gedaan hebben.'

'Ja hoor,' zegt ze achteloos.

'Was het bevredigend?'

'Wat kan jou dat nou schelen?'

De taxi mindert vaart. Het ongetwijfeld riante onderkomen van Philippe en Barbara bevindt zich in een van de statige gebouwen aan Central Park East.

'Ik doe dit niet zo vaak met vrouwen, ik vroeg het me gewoon af.'

'Ik kom nooit klaar, als dat is wat je weten wilt. Bij Philippe niet, bij Chuck niet, bij vrouwen niet, nooit. Het lukt me gewoon niet, ik ben er te ongedurig voor.'

De taxichauffeur parkeert de wagen en staart stoïcijns voor zich uit. De meter loopt door. Het waait nog steeds. De takken van de bomen, zwaar van het vele groen, zwiepen vervaarlijk heen en weer. Er is een zomerstorm opgestoken. Op het trottoir liggen hier en daar wat afgerukte twijgen.

‘En als je het zelf doet?’ Ik moet het weten. We lijken voor het eerst iets gemeenschappelijks te hebben.

‘Zullen we het daar een andere keer over hebben?’ Ze knoopt haar jas tot boven toe dicht, trekt de ceintuur wat strakker aan, doet het portier open en stapt uit. ‘Ik bel je na het weekeinde.’

Dertien

New York, maandag 9 juni 2008

Op maandagochtend heb ik een afspraak met Philippe bij Starbucks aan 195 Broadway. Voor ik vertrek controleer ik mijn e-mail voor de zoveelste keer. Nog steeds geen antwoord van Fleidermaus, hoeveel tijd heeft die kerel nodig, mijn verzoek is al meer dan 48 uur oud en ik heb het al tweemaal verstuurd. Geïrriteerd klap ik mijn laptop dicht, doe mijn jas aan en verlaat mijn kamer. Beneden houd ik een taxi aan, die me naar Broadway brengt. Philippe is er nog niet, ik ga vast naar binnen en bestel een Café Latte. Bij de afhaalbalie pak ik per ongeluk de beker van een andere klant.

'Die is niet voor u, mevrouw,' wijst de countermedewerker me terecht.

Ik zet de beker terug.

'Ze heeft ervan gedronken, geef me een nieuwe,' gebiedt iemand op luide toon naast me. De man is rond de dertig, draagt een krijtstreeppak en heeft een koptelefoon op zijn hoofd die op een MP3-speler in zijn binnenzak is aangesloten.

'Ik heb er geen slok van genomen,' zeg ik verontwaardigd. 'Ik heb hem alleen even in mijn hand gehad.'

Hij kijkt verstoord opzij en schuift een van de oordoppen weg. 'Je hebt hem toch aangeraakt?'

'Geen probleem, mijnheer, ik maak het in orde,' komt de medewerker tussenbeide.

De koffie wordt teruggenomen, de man krijgt een nieuwe, ik denk aan mijn moeder. Sophia zou gek worden van de verspilling en een scène schoppen. Ik heb haar gisteren even gebeld, ik vroeg me af of we een gesprek konden hebben waarin de naam Fintan niet zou vallen. Dat bleek onmogelijk. Het was Fintan voor en Umpa Lumpa na. Hij had het nu even heel druk, binnenkort zou hij meer tijd voor haar hebben. Dan zou ik hem zeker ontmoeten, zei ze. Ze praat over hem alsof wat ze samen hebben exclusief en uniek is. Alsof er geen kapers op de kust zijn, zoals ik. Ik had makkelijk iets in hem aan kunnen wakkeren. Het zou me gelukt zijn. Ik heb haar gespaard. Dat is het verschil tussen mij en Barbara. Zij had edelmoedig kunnen zijn, zoals ik, ze had de prooi met rust kunnen laten, hem aan een ander kunnen gunnen. Ze heeft de vader al, waarom ook nog de zoon? Zij mag het zien als een verzekering, ik noem het ronduit gulzig.

Philippe komt binnen, zijn bril beslaat, ik sta op om hem te begroeten, hij is toch weer minder lang dan ik dacht. Hij hoeft geen koffie, heeft al gehad. Ik haal het pakketje uit mijn tas. 'Het is beeld en geluid, de dvd spreekt voor zich.'

Terwijl hij een doekje pakt om zijn glazen schoon te vegen, staart hij naar de dikke envelop van ribbelkarton die tussen ons in op het tafeltje ligt. 'Is het erg expliciet?' Hij heeft kauwgom in zijn mond, ook als hij niet spreekt, bewegen zijn kaken onrustig heen en weer.

'Hoe bedoelt u precies?'

'De beelden. Hoe erg is het? Moet ik me voorbereiden?' Hij zet zijn bril weer op.

'U hoeft niets te zien als u dat liever niet wilt. Ik heb er ook een schriftelijk verslag bij gedaan. Daarin staat van minuut tot minuut hoe de nacht is verlopen.'

'De nacht,' herhaalt hij. 'U hebt een nacht met mijn zoon doorgebracht.'

De miljardair ziet er zo verslagen uit dat ik bijna medelijden met hem krijg.

'Dat was toch de bedoeling?' zeg ik voorzichtig.

'De schoft!' Hij slaat met zijn vuist op het tafeltje. Dat doen mensen zelden in Starbucksfilialen. Daar zijn die tafeltjes niet op gemaakt, dat ziet een kind.

Ik raak even zijn arm aan. 'Ik weet dat het een schok is. Maar u kunt beter nu weten waar u aan toe bent, dan straks, als het huwelijk een feit is.' Ik dring niet tot hem door.

'Mijn kleinkinderen hadden van adel kunnen zijn als die nietsnut zijn rits had dichtgehouden. Hij had eindelijk, éíndelijk, iets goeds kunnen bijdragen aan onze familie. Aan ons erfgoed.'

De envelop ligt nog steeds onaangeroerd op tafel.

'Mijnheer Christian… mag ik Philippe zeggen?'

Ga je gang, gebaart hij, *mijn dag is toch al verpest.*

'Philippe. Ik heb dit vaker bij de hand gehad. Het is bijzonder vervelend om erachter te komen dat je dierbaren niet zijn wie je denkt dat ze zijn...'

'Dat is hij wel,' onderbreekt hij me. 'Dat is nou juist het probleem. Even, heel even, dacht ik dat hij veranderd was. Dat er misschien een sprankje hoop gloorde. Maar nee. Mijnheer is nog net zo'n onbetrouwbare ploert...'

Als zijn vader, vul ik in gedachten aan.

'… als hij altijd was.'

'Luister, Philippe,' zeg ik zakelijk. Op zijn gemoed spelen heeft blijkbaar geen zin. 'Er is een weg terug. Ik kan deze envelop weer meenemen. Ik kan de bewijsstukken die ik heb verzameld vernietigen. We kunnen doen alsof dit nooit is gebeurd. Natuurlijk zal ik een factuur sturen, maar daarmee is wat mij betreft de kous af. Philippe IV kan met zijn Eleonora trouwen. Niemand hoeft dit ooit te weten te komen.'

Ik doe me zekerder voor dan ik ben. In mijn rapportage ontbreekt een belangrijk aspect, ik hoef mijn ogen maar even te sluiten om voor me te zien hoe de vrouw van mijn opdrachtgever door zijn zoon werd genomen. En ondanks mijn pogingen het te vermijden, is het vastgelegd. Ik heb materiaal dat ervoor kan zorgen dat Philippe zich nog een stuk kleiner zou voelen dan hij al is. Als ik iets van een beroepseer zou hebben, toonde ik hem hier en nu de volledige waarheid. In plaats daarvan neem ik de laatste slok van mijn inmiddels lauwe Latte.

'Jij begrijpt er niets van.' Hij werpt een blik op zijn horloge en gaat verder. 'Ik ken de vader van Eleonora meer dan twintig jaar. Behalve een zakenrelatie is hij een goede vriend van me. Hij verafgoodt zijn dochter, zoals ik mijn dochters verafgood. Denk je dat ik onze vriendschap wil riskeren terwijl ik al weet hoe dit huwelijk zal aflopen? Geen haar op mijn hoofd.' Hij grist de envelop van tafel, stopt hem in zijn tas en staat op.

Ik volg zijn voorbeeld, ons tafeltje wordt meteen geconfisqueerd. Vreemd genoeg voel ik de behoefte om toch nog iets aardigs over Chuck te zeggen. 'Hij is misschien geen ideale schoonzoon, maar een volslagen nietsnut is hij niet. Ik heb zijn kunstverzameling gezien, behoorlijk indrukwekkend.'

'Kunst?' schampert Philippe, terwijl hij de deur voor me openhoudt. 'Die vacht van die Koreaan bedoel je? Heeft hij jou ook wijsgemaakt dat dat kreng tonnen gaat opleveren? Laat me niet lachen. We waren laatst bij hem op bezoek toen Barbara er per ongeluk even tegenaan leunde. Was gelijk een van die apen verdwenen. Ze heeft nog geprobeerd om die haartjes terug te duwen, maar het leek nergens meer op. Weg aap, weg kunstwerk. Niemand die daar nog een cent voor over heeft.'

We staan onder de zuilengalerij. Philippe's bril is een stukje van zijn neus gegleden. Hij duwt hem terug. 'Dit gebouw was tot 1986 het hoofdkantoor van AT&T,' zegt hij op neutrale toon. Het onderwerp Chuck is blijkbaar afgesloten. 'Het allereerste trans-Atlantische telefoongesprek, naar Londen, werd vanuit hier gevoerd. Dat was in 1927. En kijk hoe we er nu voor staan.' Hij pakt zijn Blackberry. 'Elf gemiste oproepen. Vijf nieuwe voicemailberichten. Zeven sms'jes,' somt hij op. Hij drukt het toestel tegen zijn oor om de boodschappen af te luisteren en steekt gelijktijdig zijn hand uit om afscheid te nemen.

'Bedankt voor het vertrouwen,' zeg ik. 'Het spijt me dat het zo gelopen is.'

'Je deed gewoon je werk. *Have a nice day.*' Hij draait zich om. Even later is Philippe Louis Christian III opgegaan in de menigte.

'Bristol Robotics Lab, goedemiddag.'

'Goedemiddag, kunt u mij doorverbinden met professor Fleidermaus?'

'Waar gaat het over?'

'Ik ben auteur en ik werk momenteel aan een boek over robots, ik wilde de heer Fleidermaus een paar vragen stellen...'

'... ik begrijp het, ik verbind u door met de persafdeling, momentje.'

...

'Pers en publiciteit, met Peggy-Sue.'

'Goedemiddag Peggy-Sue, mag ik je wat vragen?'

'Natuurlijk, daar ben ik voor.'

'Kun je me doorverbinden met professor Fleidermaus van het Robotics Lab?'

'Waarover wilt u hem spreken?'

'Het is een beetje een ingewikkeld verhaal. Wat heb je trouwens een prettige stem, Peggy, als ik het zeggen mag.'

'Dank u wel, mevrouw.'

'Het zit zo. Ik ben auteur, op dit moment werk ik aan een roman waarin robots een belangrijke rol spelen. In het kader van mijn research zou ik graag een ontmoeting hebben met professor Fleidermaus en zijn robot Jules.'

'Dat is ook toevallig,' zegt ze. 'Jules is populair de laatste tijd. Ik weet niet wat er aan de hand is, we krijgen het ene verzoek na het andere, het zal wel door die YouTube-filmpjes komen. Hebt u ze gezien?'

'Ja.' Meer weet ik niet uit te brengen, nu ik besef dat niet de enige ben die jacht maakt op Jules.

'Ik moet u helaas teleurstellen. Professor Fleidermaus heeft het vreselijk druk. Hij heeft me gevraagd alle verzoeken rondom Jules af te wijzen.'

'Ik heb maar een uurtje nodig, Peggy-Sue, desnoods een half uurtje.'

'Het spijt me.'

'Kun je mijn verzoek echt niet even aan hem voorleggen? Mijn uitgever verwacht veel van dit boek, hij voorziet dat het een internationale bestseller zal worden. Als Jules erin figureert zou dat een enorme opsteker voor jullie laboratorium kunnen betekenen.'

'Het heeft geen zin, mevrouw, dat weet ik nu al.'

'Alsjeblieft. Ik zit helemaal vast, ik kan niet verder, het enige wat ik nodig heb is een kijkje ter plekke, dan zou ik enorm geholpen zijn. Als professor Fleidermaus geen tijd voor me heeft, mag een stagiair me rondleiden. Als ik Jules maar even zie...'

'Goed dan,' zegt ze met een diepe zucht. 'Ik zal het proberen. Maar ik beloof niets.'

'Je bent een engel, Peggy, ik meld me morgen weer.'

Ik heb amper opgehangen of Barbara belt dat ze om een uur of twee wil langskomen om het filmmateriaal op te halen. Ik zeg dat ik dat niet red en vraag of het de volgende dag kan. Dat is goed, ze zal er om één uur zijn. Ik geef haar de naam en het adres van het hotel waar ik een kamer voor dinsdag heb geboekt. Ik heb me geïdentificeerd met een vervalst paspoort en contant betaald. Als ik uit New York vertrek, zal ik niet meer te traceren zijn voor de familie Christian. Ik moet weg uit dit wespennest, weg van Philippe, van zijn zoon, zijn gestoorde vrouw en hun zieke driehoeksrelatie.

Barbara arriveert dinsdagochtend precies op tijd. Ze is weer de volbloed trophy wife, geen lak, geen leer, het is Prada, Gucci, Dolce en Gabbana wat de klok slaat. Haar haren zijn opgestoken en ze draagt een zonnebril waarmee je de maan zou kunnen verduisteren. Ik vang haar op in de lobby en probeer te verbergen dat ik een pesthumeur heb. Ik heb Peggy-Sue gesproken. Om acht uur begon ik met bellen, in Bristol was het toen al middag. Eerst was het wicht met lunchpauze, daarna onvindbaar, ik moest me intussen verplaatsen van het Gramercy Park naar het andere hotel, maar bleef het proberen totdat ik haar eindelijk aan de lijn kreeg. Ja, ze had het aan professor Fleidermaus gevraagd, zei ze liefjes. Zoals ze al had verwacht, konden hij noch Jules tijd voor me vrijmaken. Ik zou het over een half jaar nog een keer kunnen proberen, dan was het wellicht rustiger in het laboratorium. Mijn noodkreet over een naderende deadline deed haar niets, ze kon me echt niet helpen, zei ze, waarna ze de verbinding verbrak.

'Zullen we even naar mijn kamer gaan?' stel ik voor. 'Daar heb ik alle spullen liggen.'

'Als je je maar niets geks in je hoofd haalt,' antwoordt Barbara lachend.

Ik lach niet terug. We stappen de lift in, ik druk op de knop van de achtste verdieping.

'Geen moeilijkheden gehad met Philippe?' vraag ik beleefdheidshalve. 'Je was zo laat thuis vrijdagnacht.'

'Welnee, kind. Nou ja, eventjes. Maar dat plooitje heb ik de volgende ochtend gladgestreken met een pijpbeurt.'

Natuurlijk. Geen betere manier om een hobbel in je relatie het hoofd te bieden dan een pijpbeurt. Voor sommige vrouwen is een huwelijk zo eenvoudig als een breipatroon: twee recht, twee averecht en voor je het weet heb je een lange sjaal. We zijn op mijn kamer, ik bied haar wat te drinken aan.

'Ik hoef niks, dank je.' Ze schuift haar zonnebril omhoog, in haar haren.

'Ach,' reageer ik. 'Heb ik speciaal voor jou zo'n fles Bling gehaald. Om de goede afloop te vieren.'

'Meen je dat nou? Dat is aardig van je. Dan doe ik natuurlijk met je mee.'

'Ga zitten.' Ik zet het geluid van de tv wat zachter en gebaar naar de hoek van de kamer, waar een kleine tweezitsbank staat en een losse stoel.

‘’t Is wel warm, hier.’ Ze trekt haar jas uit, gooit die op bed, neemt plaats op het bankje en kijkt onwennig om zich heen.

‘De airco werkt niet goed, ik heb al geklaagd bij de conciërge,’ zeg ik verontschuldigend.

‘Mij maakt het niks uit, hoor. Ik kan toch niet blijven slapen, al had je het Ritz afgehuurd.’

Ze pakt haar glas van me aan. ‘Met water mag je niet proosten, met Bling wel, wat jij?’

Ik ben het met haar eens. We proosten.

Ze neemt een slok.

‘Goh,’ zegt ze dan. ‘Het smaakt anders.’

‘Anders? Hoe kan het nou anders smaken? Het smaakt naar water. Water smaakt nergens naar.’

Ze nipt nog een keer aan het glas. ‘Het smaakt anders. Niet naar Bling.’

Ik neem een paar flinke teugen. ‘Ik proef niks bijzonders.’

Ze twijfelt, drinkt weer wat en knijpt dan haar ogen samen. ‘Heb je er leidingwater in gedaan? Nee toch? Jawel hè? Eens een Hollandse, altijd een Hollandse. Of is het gewoon mineraalwater? Kom op, geef het maar toe!’

‘Doe normaal,’ zeg ik boos. ‘Waarom zou ik dat doen? Wat je drinkt is pure Bling. Is het vies, is het niet goed genoeg voor mevrouw Christian III? Als jij denkt dat ik jou loop te belazeren, geef maar hier dan.’ Ik sta op, ga voor haar staan, maak me breed en wil het glas uit haar handen trekken. Zoals ik al verwachtte, krabbelt ze meteen terug.

‘Rustig maar. Ik bedoelde het niet zo. Het zal wel aan mij liggen. Misschien moet ik ongesteld worden. Dan smaakt alles anders.’

Ik snuif en ga weer zitten.

Om te bewijzen dat ze het goed met me meent, drinkt ze haar glas bijna in een keer leeg. ‘Of misschien ben ik zwanger,’ zegt ze dan ineens. ‘Dat kan ook nog. Misschien krijg ik een kindje. De grote vraag is alleen: van wie? Van senior of van junior?

Maar goed, wat maakt het uiteindelijk uit? De achternaam blijft hetzelfde. Heb jij kinderen?'

Ik schud van nee.

'Zou ik ook niet doen met jouw beroep. Philippe weet nog van niks, hoor. En dat houd ik voorlopig zo. Als het echt zo is, weet ik nog niet eens of ik het doorzet. Met een kind ben je meteen gebonden, daar kom je nooit meer vanaf. Weet je wat ik het liefste wil? Een Chihuahua. Die vind ik zó schattig. Enig gewoon. Zijn heel eigenwijze diertjes, hoor, vergis je niet. Ze weten zelf niet dat ze zo klein zijn, wat nog best onhandig is als ze een Rottweiler tegenkomen. Een vriendin van mij heeft er eentje gehad, ze raakte hem voortdurend kwijt. Uiteindelijk heeft ze hem per ongeluk weggegooid. Net zoals je dat wel eens met je bestek doet, snap je? Hij is waarschijnlijk in het tafellinnen verzeild geraakt.'

'Gooit jouw vriendin haar tafellakens weg?'

Barbara gaapt achter haar hand. 'Wat? O ja. Dat doe ik ook als ik geen zin heb om het naar de stomerij te brengen. Met sommige dingen kun je wel bezig blijven.'

Ik houd haar nog een tijdje aan de praat totdat ze weer moet gapen, dit keer doet ze geen moeite om het te verbergen.

'Sorry, hoor, ik voel me ineens een beetje moe.'

'Misschien ben je echt zwanger,' opper ik. 'Ga anders even op bed liggen.'

'Nee, joh,' protesteert ze. 'Ik moet zo weg. Geef mij die tape nou maar, dan houd ik jou ook niet langer van je werk.' Opnieuw gaapt ze, ze wrijft er dit keer uitgebreid bij in haar ogen.

'Je ziet hartstikke wit,' zeg ik op een bezorgde toon. 'Ik stuur jou zo de straat niet op. Ga toch op bed liggen, dan zet ik een kopje thee voor je.'

Ik sta op en pak haar bij haar arm, ze laat zich meevoeren naar het bed.

'Heel even dan,' zegt ze.

Ze gaat op haar zij liggen. Ik neem haar jas weg van het bed en hang die over de stoel, doe haar schoenen uit, pluk de zonnebril uit haar haren, pak een deken uit de kast en leg die over haar heen. Ze protesteert niet.

'Barbara?'

'Mmm?'

'Lig je lekker zo?'

'Mmm.'

'Heb je nog wat nodig?'

Geen antwoord.

Ik zet de verwarming nog iets hoger, ga naast haar zitten en wacht tot ze in diepe slaap is. Eigenlijk is ze best zoet zo. Ze zou vaker haar mond moeten houden, het maakt haar minder potsierlijk. Ik heb nog niet precies bedacht wat ik met haar ga doen, maar dat ik iets ga doe, staat vast. Dat staat eigenlijk al vast sinds ik weet dat ze van twee walletjes eet. Sommige grenzen hoor je niet te overschrijden. Barbara had een keus. Voor Chuck lag het anders. Chuck is een man, een jonge man bovendien, geprogrammeerd om zijn zaad te verspreiden, zijn testosteron dreef hem recht in haar armen. Als iemand de sterkere had moeten zijn, dan was zij het. Ze had zich niet moeten laten penetreren. Als je je laat nemen door de zoon van je echtgenoot, dan verlaag je je tot het niveau van een man, van een dier. Het maakt haar een verachtelijk schepsel. Gelukkig was ik erbij. Het is opgemerkt, het is vastgelegd, het zal worden rechtgezet, daar zal ik persoonlijk op toezien. Philippe weet van niets, hij hoeft het niet te weten, hij heeft me betaald en ik zal zorgen dat hij waar voor zijn geld krijgt.

Voorzichtig schuif ik de deken opzij en maak de knoop van de ceintuur van haar wikkeljurk los. Ik trek de ceintuur uit de lussen, de jurk valt open. Barbara draagt een zilvergrijs setje van Victoria's Secret. Hoe toepasselijk. Ze moest eens weten wat mijn geheim is.

Ik verwijder de kanten string en draai haar op haar buik. Ze merkt niets, ze kreunt niet eens, ze is muisstil, zo stil als ik haar nog nooit heb meegemaakt.

De spulletjes! Ik moet mijn spullen nog pakken. Opgewonden loop ik naar de kledingkast. Ik pak het koffertje, zet het op bed en maak het open. Het tatoeëerpistool is in een handdoek gerold. Ik rol hem eruit. Voor mijn vertrek heb ik nog net op tijd bedacht de voeding te verwisselen. Dit kastje is geschikt voor 110 Volt, ik heb hem tijdens een klus in Los Angeles gekocht.

Ik doe plastic handschoenen aan en strijk even over haar gladde achterwerk. Met een scheermesje in de aanslag spreid ik haar billen.

'Mijn god,' zeg ik hardop. 'Ik had het kunnen weten.'

Niet alleen is er geen haartje te bekennen, ook is de huid rondom haar poepgat maagdelijk wit. Barbara heeft haar anus laten bleken. Het was me vrijdagnacht niet opgevallen.

'Wat ben je toch ook een achterlijk wijf,' mompel ik terwijl ik het scheermes wegleg. Een paar seconden staar ik peinzend voor me uit. 'Weet je wat we doen, Barbara?' zeg ik dan. 'We zullen jouw anus terugbrengen in zijn natuurlijke staat. En dan kun je je van achteren wassen en bleken tot je een ons weegt, maar het zal blijven zoals het hoort te zijn.' Ik trek een cupje met inkt open en doop het naaldenblok erin. Geen rood dit keer, bruin zal het zijn.

Even later dansen de naaldjes rondom Barbara's anus en brengen een grillig gevormd bruin vlekje aan, dat in de Rorschachtest niet zou misstaan. Ik begin met inkleuren, het wordt prachtig, het is bijna kunst.

'Ik hoop dat je man hem mooi vindt, schat. En zijn zoon ook. Over hen moeten we het trouwens nog even hebben, hè? Misschien is dit een goed moment, nu je voor het eerst van je leven langer dan een kwartier je kop houdt. Wat jij die twee aandoet, vind ik namelijk helemaal niet zo grandioos, of had je dat inmiddels al begrepen? Rondneuken is één ding, tussen een ouder en zijn kind komen, is iets heel anders. Dat is onvergeeflijk. Begrijp je me?'

Ik zet iets meer kracht, de naalden gaan dieper in haar huid,

Barbara kreunt. Van schrik zet ik het apparaat meteen uit. Ze kreunt nog een keer, ademt een paar keer zwaar en wordt weer stil. Ik wacht twee minuten, zet het machientje weer aan en ga verder.

Als het vlekje er netjes op staat, ben ik nog steeds kwaad. Eigenlijk nog bozer dan eerst. Waar haalt ze het lef vandaan. Ze maakt haar eigen geslacht ten schande, dat doet ze. Ze is alleen met Philippe getrouwd vanwege zijn geld en nu gebruikt ze zijn zoon om hem indien nodig nog meer af te troggelen. Dit soort gedrag zorgt ervoor dat vrouwen nooit serieus zullen worden genomen. Ze zou zichzelf moeten leren bedruipen. Ik ga naar de wc, doe een plas en probeer te ontspannen. Er kan niks gebeuren, ik heb Barbara nog wat extra verdoving gegeven, die is voorlopig onder zeil. Toch zint iets me niet, ik weet niet wat het is. Nou ja, eigenlijk wel. Het is niet genoeg. De strafmaat staat niet in verhouding tot wat ze doet, nog niet. Ze moet nog iets meekrijgen dat haar echt aan het denken zet. Dat haar doet begrijpen waar ze mee bezig is en dat ze daarmee moet ophouden.

'Achterlijk wijf.' Ik zeg het voor de tweede keer, maar het lucht niet op. Mijn oog valt op iets dat op de badrand staat en ik begin te glimlachen. Het doosje is gemaakt van hard, doorzichtig plastic en voor een kwart gevuld. Ik neem het mee de kamer in. Barbara ligt nog in precies dezelfde positie op bed. Ik doe haar benen wat verder uit elkaar. De badparels hebben verschillende pasteltinten, ze zien er vrolijk en glanzend uit, net paaseitjes.

'Daar ben je toch zo dol op?' vraag ik haar. 'Ik zal er een paar verstoppen voor je. Word je weer schoon van binnen.'

Er gaan twee eitjes in het kleine gaatje en drie in het grote. Dan zijn de eitjes op.

Veertien

Rotterdam, zondag 3 mei 1981

Op de dag dat ik werd geboren werd AZ voor het eerst landskampioen. Mijn ouders waren op zondag drie mei 1981 met de trein naar Rotterdam gereisd om te zien hoe hun favoriet Feyenoord zou verpletteren. Bij de stand 1-0 voor Feyenoord begonnen de weeën. Omdat de verloskundige had gezegd dat een eerste bevalling vele uren zou duren, keek mijn moeder het nog even aan. Voor de rust was het 1-1 en braken de vliezen. De weeën werden krachtiger en volgden elkaar steeds sneller op. Mijn moeder liet mijn vader weten dat ze weg moesten tenzij hij wilde dat ze in de Kuip zou bevallen.

In de taxi op weg naar het ziekenhuis hoorden ze hoe het vlak na de rust 1-2 werd en kon mijn vader zich iets meer ontspannen. Aangekomen bij de afdeling verloskunde stond het 1-3 en was Gabriel gerust op de zege, hoewel de gedachte dat zijn eerste kind uitgerekend in Rotterdam ter wereld zou komen, zijn vreugde daarover enigszins temperde.

Nadat de navelstreng was doorgeknipt, meldde een co-assistent de eindstand: 1-5. Deze eclatante overwinning bracht mijn vader ertoe mij Victoria te noemen, iets waar ik achteraf blij om was, want als het aan mijn moeder had gelegen was ik door het leven gegaan als Holly, naar het suikerzoete meisje met de flaphoed en bloemetjesjurk dat onze koektrommel en placemats sierde. Mijn moeder was er stellig van overtuigd dat zij Holly Hobbie ook had kunnen tekenen. Ze was er artistiek genoeg voor, in haar ladekast lagen stapels schetsen van romantische meisjesfiguren met bloemen in hun haar. Ze had alleen niet de weg weten te vinden naar de commerciële kanalen, die haar Amerikaanse collega met kleurpotloden met zo veel gemak had aangeboord.

'Het was de mooiste dag van mijn leven,' zou mijn vader voortaan elk jaar op drie mei herhalen. 'AZ werd kampioen en wij wonnen de hoofdprijs.' Daarna vertelde hij dat ze in het ziekenhuis nog nooit een baby hadden gezien die met zulke grote, heldere ogen de wereld in keek. 'Alsof je meer begreep dan wij allemaal bij elkaar. En je gaf geen kik, Victoria. Je kreeg een paar tikken op je billen, maar je weigerde te huilen. De dokter luisterde naar je longen. Die deden het goed. Je haalde heel rustig en diep adem. En weet je wat je moeder toen zei?'

Ik knikte, al maakte dat niks uit, hij zou het verhaal toch weer vertellen.

'Je moeder zei: "Natuurlijk zijn haar longen goed. Ze is volmaakt." Dat was je en dat ben je nog steeds.'

Mijn vader was advocaat. Hij was ook katholiek, maar daar deed hij weinig aan. Gabriel Kramer kwam oorspronkelijk uit Alkmaar, had in Amsterdam rechten gestudeerd, werd een succesvol strafpleiter en partner van een kantoor aan het Singel met een gouden naamplaat naast de deur. Op dat kantoor werkte mijn moeder bij de administratie. Toen ze elkaar ontmoetten was Sophia achttien jaar, Gabriel drieëndertig. Haar bureau stond vol graslelies in zelfbeschilderde potten van aardewerk. De stekjes deed ze aan Jan en alleman cadeau. Dankzij Sophia hadden tal van cliënten van mijn vader sprietenplanten voor hun raam staan. Ze was ervan overtuigd dat de verzorging van een plant heilzaam was voor iedere ziel, schuldig of onschuldig. Klaas Bruinsma zette zijn stekje in het keukentje van zijn boot, waar hij het volgens de overlevering met veel toewijding water gaf en zelfs de dorre blaadjes verwijderde. Sophia's haren waren in die tijd hennarood, lang en krullend. Ze had aan elke vinger een vriendje, beweerde ze, maar toen ze haar engel Gabriel ontmoette, liet ze die allemaal vallen.

Ze nam zelfgebakken koekjes voor hem mee naar kantoor. Hij vond haar opgewekte, kinderlijke natuur onweerstaanbaar en vroeg haar mee uit. Al snel kregen ze een relatie. Op een avond, ze waren naar de film geweest, zaten ze samen op de bank in Gabriels appartement. 'Sta eens op,' zei hij haar. 'Sta op, kleed je helemaal uit en draai je dan om.' Sophia deed wat hij vroeg. Even later stond ze naakt, met haar rug naar hem toe. Hij kwam achter haar staan.

'Doe je ogen dicht en til je haar op,' klonk het in haar linkeroor.

Terwijl zij de rode krullenvracht omhooghield, voelde ze hoe hij iets kouds om haar hals legde en dicht klikte.

'Kijk in de spiegel.'

Ze liep naar de hal. Het collier schitterde haar tegemoet. Ze slaakte een vreugdekreet, rende terug naar de huiskamer en vloog Gabriel om zijn nek.

Hij hield haar een stukje van zich af en zei: 'Je bent lief, zorgzaam, je bent alles wat ik zoek. Wil je mijn vrouw worden?'

En hoewel Sophia op dat moment liever had gehoord dat ze mooi was in plaats van zorgzaam, antwoordde ze dat ze graag mevrouw Kramer wilde heten.

Donna protesteerde tegen de plannen. Ze vond haar dochter veel te jong. 'Jullie schelen vijftien jaar! Mannen sterven gemiddeld vijf tot zes jaar eerder dan vrouwen, dus eigenlijk is het verschil twintig jaar. Je lijkt wel gek.' Donna zag het huwelijk als een belegerde vesting. 'Die er buiten zijn, willen erin en die erin zijn, willen eruit. Ik ben er ooit ingestapt en geloof me: dat is de grootste fout van mijn leven geweest.'

Sophia trok zich niets aan van haar moeders bezwaren en trouwde op vrijdag 20 juni 1980 in Alkmaar met strafpleiter mr. Gabriel Kramer. Het was een koele, natte en zwaarbewolkte dag, er viel 13,6 mm regen. Het echtpaar betrok een woning aan de A.J. Ernststraat in de wijk Buitenveldert in Amsterdam. Mevrouw Kramer stopte met werken om zich toe te leggen op het huishouden en haar creatieve hobby's. Een jaar later kwam ik ter wereld, Sophia was net twintig. De muren van de babykamer waren door haar bewerkt met sjablonen van dierenfiguren. Boven mijn wieg hing een mobile van gefiguurzaagde beertjes. Stapels zelfgebreide sokken, mutsen en dassen lagen voor me klaar toen de lente van 1981 aanbrak.

Mijn vader vond één kind genoeg. Mijn moeder schikte zich naar zijn voorkeur. Ik niet. Elk jaar vroeg ik Sinterklaas om een zusje. Toen ik wat ouder werd, voegde ik daaraan toe: 'En als het echt niet anders kan: een broertje.'

Mijn wens werd niet vervuld. Wel kreeg ik voor mijn elfde verjaardag een grasparkiet, die ik Tweety noemde en aan wie ik veel plezier beleefde tot de dag dat ik hem op zijn rug in zijn kooi vond. Mijn moeder had hem stukjes avocado gevoerd, liefdevol, niet wetend dat deze vrucht het arsenicum voor parkieten en papegaaien is.

Gabriel Kramer werkte hard. Zo hard dat mijn moeder erover mopperde. Hij maakte lange dagen en zelfs als hij thuis was, zat hij met zijn hoofd ergens anders, waarschijnlijk op kantoor.

'Ik ben er weer, kleintje,' zei hij als hij me 's avonds wakker maakte om gedag te zeggen. 'Slaap lekker.'

'Truste, pap,' mompelde ik terug.

Soms bleef hij nog een tijdje zitten, streek over mijn haren en praatte over het leven. Mijn vader geloofde niet in god, wel in clichés en vooroordelen. Zijn jarenlange ervaring als advocaat had hem geleerd dat in strafzaken het meest voor de hand liggende scenario doorgaans waar is. 'Het gros van de mensen is dom, klein van geest, afgunstig en hebzuchtig. Mannen willen macht, zijn gewelddadig en gaan vreemd. Onthoud dit, Victoria, denk altijd het slechtste van mensen, ga uit van het vooroordeel, dan zul je in je leven zelden teleurgesteld worden en zo nu en dan aangenaam verrast.'

'Goed, pap,' zei ik met een geeuw.

Soms stelde hij me filosofische vragen waarop hij zelf het

antwoord gaf. 'Wie was erger: Hitler of de massa die achter hem aanliep? De massa was erger. En weet je waarom? Als de massa niet volgzaam was geweest, maar Hitler voor gek had versleten, had hij niets kunnen uitrichten. Wees nooit volgzaam. Denk altijd zelf na. En vertrouw niemand.'

De meeste vaders lazen hun kinderen sprookjes voor, de mijne vond dat opvoedkundig onverantwoord.

'De wereld is een nare plek,' vertelde hij. 'De meeste verhalen lopen slecht af, dat kun je niet vroeg genoeg weten. Maar jij hoeft je geen zorgen te maken. Jij bent een pienter meisje. En bovendien, jij hebt mij. Ik zal er altijd zijn om je te beschermen. Jij en je moeder zullen nooit iets te kort komen. Daar zorg ik voor. Zal je dat goed onthouden?'

'Ja, pap,' antwoordde ik, terwijl hij me toedekte. 'Mag ik nu slapen?'

Op 3 mei 1995 werd ik veertien jaar. Ik zat in de tweede klas van het vwo. Mijn moeder bakte een chocoladetaart. Haar haren waren nog altijd rood en krullend, maar minder vurig en minder lang. We vierden mijn verjaardag traditioneel in Rotterdam, omdat mijn vader van mening was dat de stad nu toch iets van ons tegoed had. Met z'n drietjes aten we in Restaurant Parkheuvel, dat dat jaar zijn tweede Michelin-ster had gekregen. 'Op goed eten, schoenen en de kapper moet je nooit bezuinigen,' vond Gabriel. Bij het dessert, frambozencompote en yoghurtcrème met karamelmousseline en kruidencake, vertelde hij over AZ, dat na mijn geboorte helaas nooit meer landskampioen was geworden, wat hij toch nog eens hoopte mee te maken. '3 mei 1981 was de mooiste dag van mijn leven. Je weigerde te huilen, maar de dokter zei: haar longen zijn goed. En je moeder zei: "Natuurlijk zijn ze goed, ze is mijn dochter, ze is volmaakt." Dat ben je nog steeds, Victoria.'

Zoals altijd werd hij emotioneel van het verhaal. Hij pakte een zakdoek uit zijn zak en wiste zich het zweet van het voorhoofd. 'Ligt het aan mij, of is het hier zo warm?'

De koffie van het huis wuifde hij weg. Hij wilde terug naar Amsterdam, hij dacht dat hij een griepje onder de leden had.

'Je werkt te hard,' zei mijn moeder.

We reden terug in mijn vaders Mercedes. Niemand praatte, maar de stemming was goed. Ter hoogte van afslag Leidschendam begon de auto te slingeren. Ik keek op van mijn kruiswoordpuzzel en zag hoe onze Mercedes op de rechtervangrail af koerste. Mijn moeder schreeuwde tegen mijn vader, die kreunde en ineengekrompen zat, zijn handen tegen zijn borst gedrukt. Toen mijn vader niet reageerde, maakte een verbazingwekkende daadkracht zich van Sophia meester. Ze greep het stuur en gaf het een slinger naar links. Dankzij haar snelle reactie raakten we de rail niet frontaal, maar schoven we erlangs met een krakend geluid dat ik soms nog weleens hoor als ik over de A4 rijd. Terwijl ze het stuur in bedwang hield, greep ze de handrem en trok er uit alle macht aan. Tientallen meters verder kwamen we op de vluchtstrook tot stilstand. Mijn vaders hoofd was op zijn borst gezakt. Hij ademde op een vreemde, hijgerige manier. Zijn ogen waren half gesloten. Hij zag niet wit, hij zag grijs. Asgrijs. Blauwgrijs.

'Gaat hij dood? Is hij aan het doodgaan, mama?'

Mijn moeder maakte zijn gordel los.

'Natuurlijk niet, het is zijn tijd nog niet. Het is zijn hart. Bel een ambulance.'

Ik stapte uit en sprintte naar de dichtstbijzijnde ANWB-paal. Ze zouden snel ter plaatse zijn, werd me verzekerd. Als hij geen hartslag meer had, moesten we hartmassage en mond-op-mondbeademing toepassen.

Ik rende terug naar de auto. Er stond nu ook een vrachtwagen op de vluchtstrook, de chauffeur, een man van een jaar of veertig, had het ongeluk gezien en was mijn moeder te hulp geschoten. Ze hadden mijn vader op zijn rug in de berm gelegd. Zijn gezicht was drijfnat van het zweet. Mijn moeder zat bij hem, streek over zijn haren en praatte tegen hem.

'Ze komen eraan,' zei ik. 'Klopt zijn hart nog?'

'Hoor je wat je dochter vraagt?' zei mijn moeder. 'Of je hart nog klopt. Wat een malle vraag.'

Gegeven de omstandigheden vond ik het helemaal geen malle vraag. De vrachtwagenchauffeur blijkbaar ook niet, want hij controleerde mijn vaders pols.

'Kom, Gabriel, vertel deze mijnheer eens het verhaal van Victoria's geboorte,' zei mijn moeder. Nu een andere man de leiding had overgenomen, was ze weer haar oude, kinderlijke zelf.

Mijn vader probeerde iets te zeggen.

'Vermoei je maar niet, pap, er is hulp onderweg.'

'Ze is jarig vandaag,' zei mijn moeder tegen de vrachtwagenchauffeur. 'We waren in het stadion toen ik de eerste weeën kreeg. AZ won met 5-1, maar dat hoorden we pas in het ziekenhuis.'

De man luisterde beleefd. Mijn vader had zijn ogen gesloten. Mijn moeder bleef zijn haren maar strelen en babbelde door alsof ze bij een theekransje zat. Intussen ging zijn ademhaling steeds zwaarder en moeilijker. Had nou echt niemand in de gaten dat er hier iemand lag te sterven?

Ze zeggen wel eens dat minuten uren lijken te duren. Dat was precies wat ze deden terwijl het verkeer voorbijraasde alsof iedereen haast had, behalve wij. Wij wachtten in een luchtledig universum waar de tijd stilstond, totdat we eindelijk sirenes hoorden.

Ambulance en politie arriveerden praktisch tegelijk. Twee broeders snelden naar de plek des onheils, een van hen droeg een koffertje. Sophia en de vrachtwagenchauffeur werden met zachte drang weggeleid. Ik stond daar maar, ik wilde eigenlijk niet kijken, maar ik moest wel. Als dit zijn laatste seconden waren, kon ik hem moeilijk in de steek laten.

'Wil je in onze auto zitten, kind? Je staat zo te trillen.' Een politieagent sloeg een deken om me heen. Ik keek op mijn horloge. Over tien minuten zou ik niet meer jarig zijn. Net veertien jaar en al zowat een halve wees.

Gabriel Kramer kroop die avond door het oog van de naald. Hij had een middelzware hartaanval gehad, werd hem in het ziekenhuis verteld. Hij werd direct gedotterd, zijn kansen op herstel waren gunstig. Hij nam deel aan een revalidatieprogramma, maar haakte voortijdig af.

'Er staat u niets in de weg om een normaal leven te leiden,' had de revalidatiearts gezegd. 'Als u maar goed naar uw lichaam luistert.'

Mijn vader beweerde dat zijn lichaam hem vertelde dat hij zo snel mogelijk aan het werk moest. En dat deed hij. Vier weken na zijn infarct zat hij alweer fulltime op kantoor. Hij stopte met roken, dronk met mate, deed zijn lichamelijke oefeningen, nam zijn medicijnen, at gezonder en Sophia smeerde cholesterolverlagende boter op zijn brood.

Dit alles kon niet verhinderen dat er op 17 augustus 1995 om tien over half zeven 's avonds, op dezelfde dag dat Marco van Basten in Milaan afscheid nam van het voetbal, alsnog een einde aan zijn leven kwam. Hij had zijn auto net geparkeerd, onze voordeur was slechts tien stappen van hem verwijderd. Verder dan twee stappen kwam hij niet.

'Het klonk als een klappertjespistool,' zei Sophia later. 'Ik stond in de keuken, het raam stond open. Ik hoorde paf-paf-paf. Ik dacht, dat zijn die kwajongens van hiernaast.'

De schutter raakte hem drie keer in zijn rug. Hij viel voorover en was op slag dood. Ik zat op mijn kamer met mijn koptelefoon op naar *I'd Lie For You (And That's The Truth)* van Meat Loaf te luisteren en had de schoten niet gehoord. Het gekrijs van mijn moeder overstemde de muziek wel. Toen ik naar buiten keek was Gabriel Kramer mijn vader niet meer. Hij was een levenloos lichaam dat in een vreemde houding op het trottoir lag in een verkreukeld colbert met bloedvlekken. Een deel van onze straat werd afgezet met een roodwit lint en iemand legde een laken over hem heen. De volgende dag verschenen er berichten in de krant over een Gabriel Kramer die wij niet kenden. De 49-

jarige advocaat zou 'intieme banden' met de drugsmaffia hebben gehad. Hij zou hebben geholpen met het wegsluizen van zwart geld. Hij zou een schakel zijn geweest tussen de onder- en de bovenwereld. Hij wist te veel.

'Het was een klappertjespistool,' herhaalde Sophia. 'Het was niet echt. Het kan niet echt zijn. Het waren die kwajongens van hiernaast.'

Oma Donna had gelijk gekregen. Mijn moeder werd op haar vierendertigste een jonge weduwe die zich nooit mooi had gevoeld. En ik werd op mijn veertiende alsnog een halve wees.

Vijftien

Amsterdam, zaterdag 2 september 1995

Rouw sierde Sophia niet. Na de dood van mijn vader volgde een periode waarin haar artisticiteit een hoogtepunt bereikte, of zo je wilt een dieptepunt, want er zullen nooit genoeg Koninginnedagen zijn om te verkopen wat zij in die dagen aan treurige doeken produceerde. *Fruitschaal met aasgier* was een van haar meest verontrustende werken uit die tijd. Het mat één meter bij één meter vijftig en hing pontificaal in onze huiskamer, boven de bank. Op de schaal een verzameling rotte peren en appels, erboven de dreigende schaduw van een aasgier.

Na een serie zeefdrukken van beschimmeld fruit liet ze de vruchten voor wat ze waren en schilderde ze alleen nog maar aasgieren. Want die waren overal, zo zei ze, pikkend in het vlees van de dood.

Dag en nacht was ze in de weer met kwasten en verf. Als het linnen op was, beschilderde ze alles wat ze maar te pakken kon krijgen. Ze gebruikte de toga van mijn vader als overall, de onderkant sleepte over de vloer en de witte bef zat al snel onder de verfspatten. Zelfs als ik een broodje kaas in haar handen duwde, legde ze haar penseel niet neer.

Op een zaterdagochtend in september keek ik uit het raam van mijn slaapkamer naar beneden omdat ik iets in de tuin hoorde. Tussen de hortensia's stond sinds jaar en dag een groen uitgeslagen Mariabeeld van natuursteen, dat mijn moeder ooit op een bazaar had gekocht. Net als mijn vader, was Sophia katholiek gedoopt, maar naar de kerk ging ze nooit. Ze hield niet van instituten, ze geloofde in de goedheid van de mens. De sereniteit die het Mariabeeld met gevouwen handen uitstraalde, had haar getroffen. Het bracht haar innerlijke rust, zei ze. Deze ochtend had ze Maria's groene plekken schoongeschrobd met een pannenspons. Blijkbaar vond ze dat het beeld nu ook een nieuwe plek verdiende, want ik zag hoe ze het door de tuin probeerde te bewegen. Dat ging moeizaam, het beeld was niet te tillen, ze moest Maria een beetje kiepen, zodat haar sokkel alleen nog met de rand op de grond stond, waarna ze het al draaiend een stukje kon verplaatsen, steeds een halve cirkel verder. Minutenlang keek ik toe hoe mijn moeder in haar toga met Maria door de tuin danste.

Ik tikte op het raam. Ze hoorde me niet. Ik tikte weer, harder nu.

Ze blikte omhoog, knipperend tegen de felle zon. Ze had een vreemde, extatische glimlach op haar gezicht.

Ik deed het raam open. 'Mam! Wat doe je?'

'Dag, lieverd. Ik droomde vannacht over je vader. Hij heeft me aanwijzingen gegeven.'

'Wat voor aanwijzingen?'

'Maria moet 36 graden naar het oosten worden gedraaid. Dan komt alles goed, zei hij. Heb je een kompas voor me?'

Ik deed het raam weer dicht en belde oma Donna.

Aan het jaar 1995 leek geen einde te komen en soms namen mijn hersens een loopje met me. Dan was ik thuis van school, die gewoon weer was begonnen, ik was het enige kind wiens vader tijdens de zomervakantie was geliquideerd, en zat op mijn kamer huiswerk te maken en hoorde beneden de sleutel in het slot van de deur gaan en dacht een fractie van een seconde dat mijn vader thuiskwam en in die fractie was ik gelukkig, totdat ik besefte dat het oma Donna moest zijn, die na mijn telefoontje bij ons was introkken om Sophia bij te staan. 'Ik ben niet geboren voor de mantelzorg, maar er zijn grenzen. Niemand laat zijn eigen kind alleen.'

Als iemand doodgaat, is hij van alle sores af en krijgt zijn omgeving een driedubbele portie. De begrafenis bleek slechts het prille begin van de oeverloze nasleep. We hadden voortdurend mensen over de vloer die zeiden dat we alles vooral goed moesten regelen. Tal van dingen moesten van zijn naam op die van mijn moeder worden gezet. Zijn afspraak met de cardioloog moest worden afgebeld. Er belde iemand over een proefrit die mijn vader had aangevraagd. Sophia nam op.

'Meneer Kramer, die is niet thuis.'

...

'Nee, hij kan u niet terugbellen, hij ligt onder de grond.'

...

'Onder de grond! Leest u geen kranten? Wat wilt u van hem?'

...

Ze slaakte een kreet. 'Een nieuwe Mercedes? Nee, die heeft hij niet nodig. Had hij om een gepantserde wagen gevraagd? Heel verstandig, maar te laat. Dag mijnheer.'

De politie wilde met mijn moeder praten. Ze kregen geen zinnig woord uit haar, vertelde ze trots. 'Als ze dachten dat ik zijn naam zou gaan besmeuren, dan hadden ze het mooi mis.'

Maar al had ze het gewild, Sophia kon weinig schade toebrengen aan mijn vaders nagedachtenis. Wat hij te veel wist, wist zij te weinig.

Er was een hoop gehannes met administratie en papieren, een taak die oma Donna op zich had genomen en die onder een sluier van geheimzinnigheid werd uitgevoerd. Soms hoorde ik haar fluisteren met mijn moeder over bankrekeningen in het buitenland. Ik sloot me ervoor af, ik wilde het niet weten, ik wilde me mijn vader herinneren zoals hij was: de man die me 'kleintje' noemde, die lief voor me was, die voor mij en mijn moeder zorgde, die ons beschermde.

Negen maanden na de dood van mijn vader maakte mijn moeder een afspraak bij de kapper. Ik was net jarig geweest. We hadden het dit keer niet in Rotterdam gevierd. Zonder mijn vader zagen we daarvan het nut niet in. Oma Donna, mijn moeder en ik gingen uit eten in Chinees restaurant Royal San Kong aan de Dorpsstraat in Amstelveen. Mijn moeder was in een opvallend goed humeur. Ze had het licht gezien, vandaar. De buurvrouw had haar een boek cadeau gegeven. Het heette *Niet morgen, maar nu* en was geschreven door Wayne Dyer, een Amerikaanse psycholoog. Geluk is geen staat van zijn, het is een keuze, had mijn moeder eruit begrepen. Een keuze die je elk moment kon maken, ongeacht de omstandigheden. 'Je bent het resultaat van alle vroegere afbeeldingen die je voor jezelf geschilderd hebt, en je kunt altijd nieuwe schilderen,' citeerde ze Dyer. 'Dat is precies wat ik van plan ben. Ik ga mezelf heruitvinden. Ik laat het verleden los, ik laat alles los. Ik koester geen wrok meer tegen wie of wat dan ook. Ik ben de optelsom van mijn beslissingen en heb besloten van nu af aan gelukkig te zijn.'

'Hm,' zei oma Donna, op een toon van eerst-zien-dan-geloven.

We aten haaienvinnensoep en pekingeend. Het smaakte zo goed dat we vanaf dat moment elk jaar mijn verjaardag bij Royal San Kong vierden, een traditie die we volhielden tot het brein achter de Heineken-ontvoering in januari 2003 voor de deur van het restaurant werd geliquideerd.

Mijn moeder kwam thuis van de kapper met een korte coupe. Ik zat huiswerk te maken aan de eettafel, oma Donna las de krant.

'Gabriel hield zo van mijn krullen,' verklaarde Sophia haar actie. 'Hij zou jaloers zijn als een andere man er met zijn handen doorheen zou gaan. Dat kan ik niet laten gebeuren.'

'Welke andere man?' vroegen oma Donna en ik in koor.

'Jullie denken toch niet dat ik alleen blijf?' Ze liep naar de spiegel en herschikte wat aan haar haren. 'Ik ben te jong om weduwe te zijn. En te jong om alleen te zijn. In mijn hart is ruimte voor een nieuwe liefde, in mijn bed is ruimte voor een nieuwe man.'

'Heb je nou niets geleerd?' Oma Donna schudde haar hoofd.

‘Gabriel heeft je goed verzorgd achtergelaten. Waarvoor heb jij in hemelsnaam een man nodig?’

‘Goed verzorgd?’ zei Sophia. ‘Als je alleen naar het materiële kijkt, inderdaad. Geestelijk gezien heeft hij een groot gapend gat in mijn ziel achtergelaten. Je hebt geen idee hoe eenzaam ik me soms voel.’

‘Ieder mens is uiteindelijk altijd alleen,’ antwoordde oma. ‘Je bent eenzaam als je degene met wie je alleen bent, geen prettig gezelschap vindt.’

Mijn moeder snoof. ‘We zijn niet allemaal zoals jij. Jij hebt nooit iemand nodig, dat weten we. Wat dat betreft ben je net je kleindochter.’

‘En bedankt,’ mompelde ik.

Oma sloeg met een vinnig gebaar haar krant dicht. ‘Jouw dochter heeft jou hard nodig,’ zei ze scherp. ‘Maar je hebt het te druk met jezelf om dat te zien. Als er hier iemand egoïstisch is, ben jij het.’

‘O, nou heb ik het weer gedaan? Mag ik je eraan herinneren dat ik net mijn man ben verloren? Ik weet dat jij je niets kan voorstellen bij de pijn die dat veroorzaakt. Jij hebt papa weggestopt in dat tehuis zonder ook maar een traan om hem te laten.’

Ik stapelde mijn schoolboeken op elkaar. Ik ging wel verder leren op mijn kamer, daar was het tenminste rustig.

‘Had jij hem in huis willen hebben, dan? Ik kan me niet herinneren dat je dat hebt aangeboden. En alsof jij je vader zo vaak bezoekt…’

Amper twee weken later schoof mijn moeder met rode wangen aan bij het avondeten. Het was vrijdagavond. Ik had kip met kerriesaus gemaakt. Oma Donna weigerde nog altijd te koken en als ik op mijn moeder moest wachten, aten we pas na negen uur.

‘Ik heb een man ontmoet,’ zei Sophia opgetogen.

Oma Donna zuchtte vermoeid.

'Iemand nog wat rijst?' vroeg ik terwijl ik de schaal omhooghield.

'Hij kwam een doos vol knuffels brengen voor de vrachtwagen naar Polen. We raakten aan de praat. Hij is fysiotherapeut.'

'Dat komt mooi uit, ik heb last van mijn rug,' zei Donna.

'We gaan vanavond naar de film. Zal ik koekjes voor hem bakken?'

De kip smaakte rubberachtig, ik had hem te lang op laten staan.

'Hebben we vanillesuiker in huis?' vroeg mijn moeder. 'En bloem?' Ze stond op en begon in de keukenkastjes te rommelen. Ze had haar maaltijd amper aangeraakt.

'Ik heb een negen voor mijn wiskundeproefwerk,' zei ik tegen niemand in het bijzonder.

'Goed zo, meisje.' Oma Donna legde haar hand even op de mijne. 'Zorg jij nou maar dat je je koppie erbij houdt. Dan kan je niks gebeuren.'

'Ik ben verliefd,' zei mijn moeder de volgende ochtend. Ze stond in haar duster bij het koffiezetapparaat. Oma Donna sliep nog. 'Ik weet het, het gaat allemaal een beetje snel, maar Rudolf is een schat, echt waar.'

Geweldig, mijn moeder was gevallen voor een rendier.

'Heeft hij een rode neus?'

Ze keek me niet-begrijpend aan.

Ze was die nacht om kwart over vier thuisgekomen. Ik had aan de manier waarop ze de trap opstommelde gehoord dat ze een glaasje te veel op had. 'Het spijt me, pap,' zei ik in gedachten. 'Ze is je niet vergeten. Ze is gewoon eenzaam.'

Misschien had ik het beter kunnen verdragen als ze nog wat langer had gewacht. Of als ze geen koekjes voor hem had gebakken. Dezelfde die ze ook altijd voor mijn vader maakte. Die hij zo lekker vond. Hij vond alles wat mijn moeder klaarmaakte heerlijk. Daarin was hij redelijk uniek.

Toen ik Rudolf een week later ontmoette, gaf ik hem een slap handje.

Verrast nam hij me op. 'Je moeder had me niet verteld dat ze zo'n mooie dochter had.'

'Wat had je dan gedacht?' zei Sophia snel. 'Zo moeder, zo dochter. Ze heeft het allemaal van mij.'

'Natuurlijk,' zei Rudolf, terwijl hij mijn blik vasthield.

Hij was lang en gezet, had een vlezig, maar niet onknap gezicht. Droeg een okerkleurig colbertje op een spijkerbroek. Imiteerde de corpsbal die hij graag had willen zijn.

'Zullen we gaan?' vroeg Sophia ongeduldig.

'Zit je nog op school?' Het rendier wilde nog niet weg.

Ik knikte.

'Welk jaar?'

'Drie vwo.'

'Dus je bent... zestien?'

'Vijftien.'

'Ik vergis me altijd,' zei hij hoofdschuddend. 'Laatst had ik een patiëntje met een tennisarm, ik schatte haar twintig, ze was drie jaar jonger. Ze vertelde het me net op tijd, ik wilde al zeggen: trek je kleren maar uit en leg ze daar op die kruk, boven op de mijne, hèhèhè.' Voor het eerst en helaas niet voor het laatst schetterde zijn irritante lach door onze huiskamer.

Mijn moeder lachte zenuwachtig met hem mee.

'Wat is je lievelingsvak?' vroeg hij toen hij was uitgegrinnikt.

'Wiskunde.'

'Dat hoor je niet vaak van een meisje. Wat wil je later worden?'

'Dat weet ze nog niet,' antwoordde Sophia in mijn plaats. 'Kom je nou mee?'

Rudolf knipoogde naar me voordat ze vertrokken.

'Wat een glibber,' zei oma Donna, die aan de eettafel een potje patience zat te spelen.

Mijn moeder transformeerde van een treurende weduwe in een verliefde puber. Ze kwam voortdurend en overal te laat, hing urenlang met Rudolf aan de telefoon, zei dat hij het beste was wat haar ooit was overkomen en overwoog een bedankbriefje naar het Poolse kindertehuis te sturen.

'Het moest zo zijn,' zei ze alsmaar. 'Ik probeerde die arme weesjes aan speelgoed te helpen. En wat gebeurt er? Dankzij hen heb ik nu mijn eigen knuffelbeest.'

Oma Donna en ik keken het met lede ogen aan.

'Ze komt wel weer bij zinnen,' troostte oma Donna me. 'Ze blaast haar zeepbel steeds groter op, totdat hij uit elkaar spat en er niks van overblijft.'

'Ik vertrouw hem niet,' zei ik. Elke keer dat ik Rudolf zag, besteedde hij overdreven veel aandacht aan me. Eerst dacht ik nog dat hij aardig tegen me deed om een wit voetje bij Sophia te halen, maar al snel kon ik niet anders dan concluderen dat we te maken hadden met een bronstig mannetjesdier voor wie alle vrouwtjes een pot met honing waren waaraan hij graag even zou likken. De glibber kleedde me uit met zijn ogen, ik voelde me ongemakkelijk als ik alleen met hem in de kamer was. Niet dat ik bang voor hem was, o nee. Ik wond hem met gemak om mijn vinger en dat idee maakte me misselijk. Het zou een fluitje van een cent zijn om zijn focus van mijn moeder naar mij te verleggen. Hij zou haar zonder aarzelen inruilen. Ik wist het zeker, deze man zou mijn moeder gaan kwetsen. Hoe langer het duurde, des te groter zou de klap zijn. Ik moest het zien te voorkomen, ik moest het kwaad bij haar weghouden, zoals mijn vader dat altijd had gedaan.

Zonder iets tegen oma Donna te zeggen, besloot ik Rudolf een lesje te leren. Op een vrijdagmiddag reed ik op de fiets naar de praktijk waar hij werkte en stelde me verdekt op tot hij naar buiten kwam. Toen hij zijn zwarte herenfiets van het slot haalde, voelde ik hoe mijn hart in mijn borstkas tekeerging. De spanning bracht een onverwachte opwinding met zich mee, een prikkelende, prettige opwinding. Ineens zat ik midden in een film met mezelf in de hoofdrol. En met Rudolf, die meespeelde zonder dat hij het wist. Alles wat hij deed, elke beweging die hij maakte, werd door mij gezien en zou tegen hem gebruikt kunnen worden. Mijn moeders vriendje stapte op zijn fiets en reed weg, ik zette de achtervolging in. Hij droeg een rode rugzak van Kipling op zijn rug, met zo'n aapje aan de ritssluiting, guttegut, wat was hij hip. Na een paar straten stapte hij af, vlak bij een hasjcoffeeshop, en zette zijn fiets tegen de muur. Ha! Dat was vast één ding. Meneer gebruikte drugs. Softdrugs, maar toch. Sophia zou er niet blij mee zijn en Donna zou zeggen dat het haar niks verbaasde.

Ik stapte ook af en had spijt als haren op mijn hoofd dat ik geen fototoestel had meegenomen. Rudolf zette zijn fiets op slot. Hij ging niet bij de coffeeshop naar binnen, maar bij de daarnaast gelegen bakkerij. Jammer. Even later kwam hij weer naar buiten met een zakje krentenbollen. Hm, niet echt iets waarmee ik hem ten val zou kunnen brengen. Hoewel, er zaten vier krentenbollen in dat zakje. Wat moest een man alleen met vier krentenbollen, nou, hè, vertel op, we zijn benieuwd. Nee, hij was nog niet van me af, ik zou hem blijven schaduwen tot hij de fout inging.

Rudolf reed met zijn krentenbollen naar het Amstelpark. Daar aangekomen zocht hij een bankje in de zon, zette zijn fiets ertegenaan en ging zitten. Ik verschool me achter een boom, hij pakte een boek uit zijn rugzak en begon te lezen. Na een minuut of vijf kwam een vrouw aangeslenterd. Meisje is een beter woord. Ouder dan zeventien kon ze niet zijn. Er hing een tennistas over haar schouders, ze droeg een kort, wit rokje, een roze poloshirt en sportschoenen. Haar donkere haren zwaaiden in een paardenstaart op haar rug.

Laatst had ik een patiëntje met een tennisarm. De vuile viespeuk. Hij had geen grap gemaakt, tenzij dit zijn jongere zus was. Hij ronselde zijn slachtoffers in zijn eigen praktijk.

Rudolf veerde overeind en stak zijn hand op. Het meisje lachte naar hem en versnelde haar pas. Hij legde zijn boek weg, stond op, ze vloog hem om de hals en keek hem stralend aan. Waarom? Ik stelde mezelf De Vraag, de oervraag. Waarom viel zo'n leuk meisje op zo'n ongelooflijke kwal? Hij sloeg zijn armen om haar middel, tilde haar op, draaide een rondje, zette haar weer op de grond, pakte met beide handen haar gezicht en kuste haar lang en aandachtig.

Terwijl ik er getuige van was, werd mijn moeder bedrogen. Rudolf het rottige rendier deugde van geen kant. Mijn keel werd dik, tranen prikten achter mijn ogen. Leefde papa nog maar, dan zou dit allemaal niet gebeuren. Sophia en ik waren niet meer veilig, nooit meer. We moesten onszelf beschermen. Onszelf en elkaar. Deze taak zou op mijn schouders rusten, mijn moeder kon het niet aan.

De twee tortelduifjes gingen op het bankje zitten. Rudolf haalde zijn krentenbollen tevoorschijn. Samen zaten ze te smikkelen, hij met een arm om haar schouders, zij gooide wat kruimels op de grond voor de vogels, het zou een idyllisch plaatje geweest zijn als je niet beter wist, zoals ik. Ze aten, ze lachten, ze praatten, totdat hij zijn arm van haar schouders haalde om iets uit zijn rugzak te pakken. Nu herkende ik het geluid ook, zijn mobiel ging af. Sophia had hem een Nokia 1610 en een abonnement gegeven opdat ze hem altijd zou kunnen bereiken. Het was een duur cadeau, Rudolf was er verguld mee. Hij liet het toestel trots aan het meisje zien voordat hij zogenaamd geroutineerd de knop indrukte om het gesprek aan te nemen. Hij drukte het apparaat tegen zijn oor. Zijn gezicht betrok. Ha! Nu had je de poppen aan het dansen. Waarschijnlijk was het Sophia die hem belde, de sukkel was vergeten op het schermpje te kijken. Rudolf stond op en liep een eindje weg om buiten gehoorsafstand van het meisje te komen, hij vervolgde de conversatie met zijn rug naar haar toe. Ik wist zeker dat hij met mijn moeder sprak, ik zag het aan zijn schichtige bewegingen, zijn ineengedoken houding, de schuld hing op zijn rug, als het aapje aan zijn Kipling.

De regisseur van mijn speelfilm knipte met zijn vingers ten teken dat ik in actie moest komen. Ik kwam achter de boom vandaan en liep recht op het bankje af, waar het meisje verveeld met haar racket zat te spelen. Zonder iets te vragen ging ik naast haar zitten.

'Sorry, deze plek is bezet,' zei ze. Ze had mooie, reebruine ogen. Er zat geen pijn in haar blik. Nog niet. Ieder mens krijgt pijn, maar deze Bambi had haar portie nog niet gehad.

'Ik wil alleen even uitrusten,' zei ik. 'Ik ben zo weer weg.'

Ze wist niet wat ze daarop moest zeggen en zweeg.

Ik was vlak naast haar gaan zitten. Net iets dichter dan je normaal naast een vreemde zou gaan zitten, maar ook weer niet zo dichtbij dat onze armen elkaar raakten. We keken allebei naar Rudolf, die nog steeds stond te bellen.

'Hoort hij bij jou?' vroeg ik.

Ze knikte en stopte haar racket terug in de tas.

'Grappig.'

Ze schoof een stukje bij me vandaan. Ik schoof een stukje naar haar toe, zodat ik nog dichterbij zat dan ervoor. Haar blik schoot heen en weer van Rudolfs rug naar mij.

'Ik zei: "Grappig",' herhaalde ik.

'Waarom is dat grappig?' Ze klonk een tikje nerveus.

'Omdat jouw Rudolf... zo heet hij toch?'

Ze gaf geen antwoord, maar ik zag dat ik beet had.

'Omdat jouw fysiotherapeut nu aan het bellen is met zijn vriendin. Wist je dat hij een vriendin heeft?'

Even keek ze me verward aan, toen stond ze op en riep Rudolfs naam.

Hij draaide zich om, het mobiele toestel nog steeds tegen zijn oor.

'Hé, ouwe rukker, alles kits?' riep ik vanaf de bank. 'Is dat mijn moeder aan de telefoon, geef haar even aan mij, wil je?'

De tekst rolde moeiteloos uit mijn mond, hulde voor de scriptschrijver, hij had goed werk verricht.

Rudolf staarde vol ongeloof naar mij en het meisje. Weer had ik spijt dat ik mijn fototoestel had vergeten, want wat had ik de verbijstering op zijn gezicht graag vastgelegd. Het was een prachtig palet van ongeloof, ongemak en angst, een uitdrukking die ik later nog vaak zou terugzien bij mannen die op heterdaad werden betrapt. Alsof iemand een glas zoutzuur over hun erectie had gekieperd.

Bambi stond er hulpeloos bij.

'Ga toch zitten, kind,' zei ik, terwijl ik op het bankje klopte.

Rudolf beëindigde het telefoongesprek.

'Wie is zij?' vroeg het meisje. 'Ken je haar?'

Hij liep terug naar het bankje en pakte snel zijn rugzak van de grond.

'Kent hij mij? Hij heeft van de week nog bij ons gelogeerd. Weet je dat hij een heel nare gewoonte heeft: hij trekt nooit door. Vooral de grote boodschap. Die laat hij altijd liggen. Doet hij dat bij jou thuis ook?'

Er was geen woord van gelogen, oma Donna werd er onpasselijk van. 'Elke keer als hij hier slaapt, laat die kerel zijn bolus bij ons achter. Wat wil hij: een punt drukken, zijn territorium afbakenen? Wil je hem laten weten dat zijn boodschap is doorgekomen, Sophia? Ik ben niet geboren om als toiletjuffrouw te fungeren voor jouw vriendjes.'

Sophia giechelde toen ze Donna hoorde mopperen. Ze vond het schattig dat Rudolf niet doortrok, zoals ze alles schattig vond aan Rudolf. Ik vroeg me af hoe schattig ze het zou vinden dat hij het met zijn patiëntjes deed.

'Laten we gaan,' zei Rudolf. Hij gespte zijn rugzak om en wilde zijn fiets pakken.

Ik was hem voor, draaide me vliegensvlug om zodat ik met mijn knieën op het bankje zat en greep het stuur met mijn beide handen.

'Jij gaat helemaal nergens heen, vriend.'

'Doe normaal. Laat mijn fiets los.' Rudolf trok aan het zadel.

'Eerst praten!'

Bambi kon er niet meer tegen. 'Ik ga naar huis, Rudolf, ik heb hier geen zin in.' Ze raapte haar tennistas op.

'Wacht nou even, ik ga met je mee,' probeerde hij. Weer een laffe ruk aan het zadel, de schijtlijster durfde in haar bijzijn geen scène te maken.

Ze maakte een afwerend gebaar en liep weg.

'Ik bel je zo!' riep hij haar na.

Er kwam geen antwoord.

'Eindelijk alleen,' zuchtte ik.

'Nou laat je godverdomme mijn fiets los. En snel,' siste hij. Hij gaf me een por met zijn elleboog, greep het stuur en trok de fiets met zo veel kracht naar achteren dat ik bijna voorover over de rugleuning van het bankje klapte.

Mijnheer wilde oorlog? Hij kon het krijgen. Ik herstelde me, sprong van het bankje en ging hem achterna. Hij liep met grote passen weg, zijn fiets aan de hand, en net toen hij zijn been over de stang zwaaide om op te stappen, was ik naast hem en gaf ik hem een zet, zodat hij met fiets en al opzij tegen de grond klapte, op het grindpad.

Hij vloekte en probeerde overeind te krabbelen. Ik schopte tegen zijn schenen. 'Mijn moeder kun je misschien in de maling nemen, maar mij niet.'

Een paar buitenlandse toeristen keken verbaasd naar het tafereel en liepen toen snel door. Dit was Amsterdam, daar bemoei je je niet met andermans twisten – voor je het weet, heb je een mes in je rug.

'Wat wil je van me?' Hij stond weer rechtop en klopte zijn broek af, zijn fiets lag nog op het grindpad, het achterwiel draaide langzaam rond.

'Laat mijn moeder met rust.'

'Weet je wel dat ik aangifte tegen je kan doen wegens geweldpleging?' hield hij me voor.

Ik deed mijn handen in mijn zij. 'Ga je gang. Dan zal ik zeggen dat je me hebt geprobeerd aan te randen bij ons thuis. En dat er ook nog een minderjarig patiëntje is met wie je loopt te rotzooien. Eens kijken wie ze geloven.'

Dat Bambi zijn patiënt was, gokte ik. Aan zijn reactie te zien, sloeg ik de spijker op zijn kop. Rudolf hapte naar adem.

'Geef me de telefoon,' gebood ik hem. 'Die je van mijn moeder hebt gekregen.'

'Vergeet het maar.' Hij bukte zich om zijn fiets op te rapen.

'Als je hem niet aan mij geeft, vertel ik haar alles. Hoor je me?'

De glibber vond me geen leuk meisje meer. De woede in zijn ogen veranderde in onversneden haat. Ineens werd ik bang. Ik moest op mijn tellen passen, ik moest me terugtrekken voordat het menens werd. Hij was veel groter en sterker dan ik, als het erop aankwam, had ik geen schijn van kans.

'Stik in je telefoon, eikel,' riep ik, terwijl ik van hem wegliep. 'En blijf voortaan van mijn moeder af. Ja?!'

Hij schreeuwde iets terug wat ik niet verstond.

Na die middag in het Amstelpark dreven er nooit meer drollen van Rudolf in onze pot en keerde de rust voor even terug.

Zestien

Amsterdam, woensdag 3 mei 2006

Ik ben lange tijd een nestblijver geweest. Na alle pech die ze had gehad, wilde ik mijn moeder niet in de steek laten. Daarnaast ging ik zo vaak op reis voor de mannentesterij dat het me zinloos leek een eigen onderkomen te zoeken. Goed beschouwd zat ik op rozen: ik had mijn vaders erfenis, een groeiend inkomen plus gratis kost en inwoning. Het was oma Donna die me twee jaar geleden min of meer de straat op schopte. Voor mijn vijfentwintigste verjaardag gaf ze me een verhuisdoos, verpakt in glanzend, goudkleurig cadeaupapier. Hij stond pontificaal op de ontbijttafel naast een slagroomtaart van de HEMA.

Toen ik de lege doos had uitgepakt en oma vragend aankeek, zei ze: 'Victoria, je bent nu een kwart eeuw oud. Wat ik je zojuist heb gegeven, is je vrijheid. Ga iets voor jezelf zoeken. Wij redden ons wel.'

Mijn moeder wilde protesteren, Donna legde haar met een strenge blik het zwijgen op.

'Kan ik niet nog een jaartje blijven?' vroeg ik. 'Jullie hebben toch geen last van me?'

'Daar gaat het niet om. Je bent volwassen. Bouw je eigen leven op, onafhankelijk van ons.' Later die ochtend, toen mijn moeder in de tuin op haar matje zat te mediteren en ik de tafel afruimde, vertelde oma me dat ze er vooral op aandrong om problemen in de toekomst te voorkomen.

'Straks ben ik er niet meer. Als ik overlijd terwijl jij hier nog in huis woont, kom je echt nooit meer weg. Dan zal je moeder zich volledig aan je vastklampen en je niet meer loslaten tot ze zelf doodgaat. Dat kan nog lang duren.'

Ik likte het laatste restje slagroom van het mes waarmee Sophia de taart had aangesneden. 'En als mama nou een man vindt? Ik kan toch ook pas uit huis gaan als ze een man heeft?'

'Luister nou eens even goed naar me. Hoeveel lapzwansen hebben we hier al voorbij zien komen? En hoeveel denk je dat er nog volgen? Sophia zal niet meer trouwen, neem dat van mij aan. Ik weet het, het klinkt hard dat ik dit zeg over mijn eigen kind, maar ik ga de zaken niet mooier maken dan ze zijn. Je moeder en mannen, dat is ellende troef. Geef Sophia een stapel kaarten en ze trekt blindelings de schoppenboer in plaats van de hartenkoning.' Oma vouwde het gouden cadeaupapier op voor hergebruik en legde het in de onderste la van het dressoir.

Ik bracht de overgebleven taart naar de keuken, zette hem in de koelkast en dacht aan mijn geboortestad. Als ik dan toch weg moest, waarom dan niet daarheen? Rotterdam paste bij mij. Een strakke, zakelijke, no-nonsensestad. Een stad voor overlevers, voor doordouwers, wars van sentiment. Een paar maanden later kocht ik een appartement in een van de woontorens aan de voet van de Erasmusbrug. Officieel heten de torens De Hoge Heren, een naam die ik uit emancipatorische overwegingen weiger te gebruiken. Ik duid ze liever aan als de doodskisten, zoals de meest inwoners van Rotterdam. Het zijn ook net twee kisten, langwerpig en donker, zonder opsmuk. Als je met je rug naar de Maas staat, woon ik in de linkerlijkkist, dat je het weet.

De dag na mijn verhuizing kwam mijn moeder langs, de eerste en de laatste keer dat ze mijn appartement bezocht. Ze had een cadeautje voor me meegenomen. Ik wikkelde het uit de krant en keek haar geschokt aan.

'Het is van je vader geweest,' zei ze. 'Je zit hier alleen, hij zou willen dat jij het had.'

Ik woog het in mijn hand, het was zwaar, zwaarder dan je zou denken.

'Dit hoort er ook bij,' zei mijn moeder terwijl ze me een doosje gaf. 'Bewaar ze gescheiden.'

Zeventien

New York, dinsdag 10 juni 2008

Mijn laatste nacht in New York is wederom een onrustige. Het bed is goed, daar ligt het niet aan, er is iets anders wat me dwarszit. Ik draai van mijn linkerzij naar mijn rechter- en weer terug, schud mijn kussen op, bestel een glas warme melk – niets helpt, mijn hersens weigeren een tandje lager te gaan, een kwelling die me al tijden teistert. Barbara spookt door mijn hoofd. Ik had meteen na onze ontmoeting het vliegtuig moeten pakken. De stad uit, het land uit, weg van haar, van haar verdorven wereld, weg van hier, van dit oord, waar consumptie het enige is dat telt. Ik betaal, dus ik besta. Ik koop, dus ik leef. Ik heb krediet, dus ik kan door. De wereld bestaat uit gevers en nemers, uit creatieven en consumenten. Nemers hebben nooit genoeg en gevers hebben meestal maar weinig nodig. Barbara is een nemer. Ik heb mezelf altijd ingedeeld bij de gevers, in de vooronderstelling dat ik iets bijdraag, niets tastbaars, maar een gedachtegoed, na vandaag weet ik dat niet meer zeker.

Ik zie steeds voor me hoe ze op bed lag vlak voor ik vertrok. Zo naakt en hulpeloos dat ik toch maar een lakentje over haar heen legde. Ze is wakker geworden, dat weet ik. Ze heeft geprobeerd contact met me op te nemen via mijn website. Haar bericht bestond uit één woord: 'Waarom?' Ze heeft me vermoedelijk ook geprobeerd te bellen, maar ik heb mijn werkmobieltje uitgezet. Die zet ik voorlopig niet meer aan. Voor alle zekerheid moet ik binnenkort maar een nieuwe Amerikaanse prepaidsimkaart op de kop zien te tikken. Als ik weer een klus heb in de VS, wil ik dit nummer niet meer gebruiken.

Misschien ben ik dit keer te ver gegaan? Het is uiterst onaangenaam om mezelf deze vraag te stellen, maar er is geen ontkomen aan. Misschien had ik iets meer mededogen aan de dag moeten leggen. Recapitulerend wat er is gebeurd, denk ik dat ik me verplicht voelde om een repercussie op Barbara toe te passen vanwege Philippe. Hij was mijn opdrachtgever, hij betaalde me. Ik ontdekte meer over zijn gezin dan hem lief was en in plaats van mijn bevindingen aan hem te rapporteren, zweeg ik. Dat was onjuist. Ik heb mijn dwaling rechtgezet door ervoor te zorgen dat Barbara toch kreeg wat haar toekwam. Door haar als het ware namens hem te berispen. Of hij net zo ver was gegaan als ik, is de vraag. Waarschijnlijk niet. Hij zou waarschijnlijk wel een scheiding aanvragen. Iets wat Barbara ongetwijfeld erger zou vinden dan mijn lijfstraf. Wat dat betreft komt ze er genadig van af.

Ik moet voortaan op mijn tellen passen. Het mag niet zo zijn dat het groter wordt dan ik. Dat ik me niet meer kan beheersen, dat ik fouten ga maken die me uiteindelijk de kop kunnen kosten. De tuchtigingen die ik toepas vormen een risico, waarmee ik zorgvuldig moet omgaan. Ooit komt de dag dat ik openbaar zal maken wat ik heb gedaan. Er zal een boek verschijnen waarin mijn slachtoffers met naam, toenaam en vergelding worden genoemd. Ik zal mezelf daarin verklaren en mijn regels openbaren. Iedereen zal begrijpen waarom ik deed wat ik heb gedaan en iedereen zal vanaf dat moment een goed leven kunnen leiden, mits hij mijn regels accepteert. Ik zal leerlingen aanwijzen, die mijn werk kunnen overnemen. Dat zal ik doen als mijn einde in zicht is, als mijn leven op aarde klaar is. Het is de erfenis die ik zal achterlaten. Niet voor mijn nageslacht, want dat zal er niet zijn. Ik wil geen kinderen. Ik wil niemand zo dicht op mijn huid. De herinneringen aan mijn moeder staan op mijn netvlies gebrand. Ik weet te veel van haar, ik ken haar te goed. Mijn leven lang heb ik haar van nabij kunnen observeren. Hoe dichterbij je komt, des te grotesker iemand wordt. Mijn moeders zwakheden, haar leugens, haar inconsequenties, haar naïviteit, haar veroudering, alles altijd door schijnwerpers beschenen. Ze kon niets verhullen, ik zat erbovenop.

Ik wil niet dat een kind ooit naar mij kijkt zoals ik naar mijn moeder. Ik wil niet dat iemand me ooit werkelijk ziet, ik wil niet beschenen worden, maar een schaduw blijven. Niemand mag me kennen, niemand mag me claimen. Ooit zijn Donna en Sophia dood, dan ben ik werkelijk vrij, voorgoed.

Omdat ik toch niet kan slapen, sta ik op en neem een warme douche. Ik leun tegen de tegeltjeswand. Ik voel me moe en gespannen tegelijk. Bijna als vanzelf pak ik de douchekop en richt de straal tussen mijn benen. Eigenlijk mag het niet. Het is dinsdagnacht, nog lang geen zaterdag, drie dagen geleden heb ik mijn wekelijkse portie gehad, hier, in deze badkamer. Ik sta op het punt de douchekop terug te hangen, dan sluit ik mijn ogen. Heel even nog. Het is een zware week geweest, ik heb hard gewerkt, nul op het rekest gekregen van Jules, van Fintan niets meer vernomen, ik heb wel een kleine beloning verdiend. De straal is iets zachter dan bij mij thuis, toch functioneert hij naar behoren. Mijn mond zakt een stukje open. Ik draait kleine cirkeltjes met de douchekop. Mijn vingers helpen een handje, leggen het doelgebied bloot zodat het water er makkelijker bij kan. Mijn ademhaling gaat wat zwaarder. Ik kan nu nog stoppen. Het kan, ik ben er nog niet. Kom op, Victoria, je weet wat je te doen staat. Hoe verleidelijk ook, je moet standvastig zijn, handhaven. Als jij het al op een akkoordje gooit met je eigen regels, als jij je al niet kan beheersen, hoe kun je het dan van anderen verwachten? Je mag in geen geval marchanderen. Voor ik me kan bedenken, geef ik een ruk aan de thermostaat. *Je maintiendrai*. Als de straal ijskoud is, spoel ik mijn lichaam van boven tot onder af, dat zal me leren. Nadat ik ben afgekoeld, draai ik de kraan dicht en pak een handdoek, waarmee ik mezelf droogwrijf tot ik gloei, zoals oma Donna me vroeger afdroogde, ruw en onhandig. Even later lig ik in bed. Ik ben een goed meisje geweest, ik hoop dat het

Zandmannetje nu snel komt. De bloempjes gingen slapen, zij waren geurens-moe; zij knikten met hun kopjes me een wel te rusten toe. Zacht ritselt gindsche lindeboom en lispt als in den droom: goeden nacht, goeden nacht. Mijn kindje, goeden nacht.

Achttien

Milaan, dinsdag 17 juni 2008

'Hoeveel vrouwen hebt u tot nu toe getest?'

De dame tegenover me ziet eruit zoals een Italiaanse schone eruit hoort te zien: donkerharig, elegant, met een lelieblanke huid en vuurrode lippen. Ze draagt een zwart, mouwloos coltruitje op een zwart kokerrokje en roodleren pumps met stilettohakken.

'Ehm...' zeg ik langgerekt, terwijl ik doe alsof ik de reeks in gedachten naga.

'U doet dit werk toch al jaren?' Ze trommelt ongeduldig met haar vingers op haar bureau. 'Hoe vaak hebt u met een vrouw te maken gehad?' Constanze Cabrini is de directeur van een galerie voor moderne kunst. We ontmoeten elkaar op haar kantoor achter in de galerie in het centrum van Milaan. Het gebouw is geheel opgetrokken uit glas en beton. Aan de muur achter Constanze's bureau hangt een doek waarin stukken bont en resten van autobanden zijn verwerkt. Het doet me denken aan de Koreaanse kunst van Chuck.

Barbara was mijn eerste, maar dat ga ik Constanze niet aan haar neus hangen. Ze is me nog niet vergeten. Mevrouw Christian III stuurt geregeld berichten via het contactformulier van mijn website. Haar boodschap bestaat doorgaans alleen uit het woord 'Waarom?'. Soms zijn het een of twee korte zinnen: 'Bel me. Het is dringend.' Als laatste schreef ze: 'Waarom negeer je me? We moeten praten.' Ik reageer niet.

'Zoals ik in mijn laatste e-mail al aangaf, ik heb voldoende ervaring met beide seksen, mevrouw Cabrini,' verzeker ik mijn nieuwe klant. 'Kunt u me vertellen om welke vrouw het gaat?'

'Jasmin en ik hebben elkaar vorig jaar zomer op Ibiza ontmoet. Ze is een Engelse deejay, ze vliegt de hele wereld over. Ik... hoe kan ik dit zeggen? Mijn gevoel voor haar heeft me compleet overdonderd. Ik ben bereid alles op te geven.'

Ze praat snel, staccato, en laat er geen twijfel over bestaan dat ze elk woord meent dat ze zegt.

'Wat bedoelt u precies met alles?' vraag ik.

De telefoon op haar bureau begint te rinkelen. Constanze neemt op. Ze blaast iets in het Italiaans in de hoorn waaruit ik opmaak dat ze had aangegeven niet gestoord te willen worden.

'Mijn nieuwe secretaresse, sorry,' zegt ze. 'Ze moet nog veel leren. Waar waren we?'

'U was bereid alles op te geven.'

Ze gebaart om zich heen. 'Ik ben voor honderd procent eigenaar van deze galerie. Daarnaast ben ik getrouwd, mijn man en ik hebben een kind. Ik ben bereid mijn schepen achter me te verbranden om met Jasmin een nieuw bestaan op te bouwen.'

Na vier jaar mannentesten blijven mijn klanten me nog altijd verbazen.

Zonder na te denken herhaal ik Barbara's vraag, de oervraag.

Verbaasd kijkt ze me aan. 'Omdat ik van haar houd. Omdat ze iets in me losmaakt wat ik nog nooit heb gevoeld. Ik kan dat niet negeren.'

Ik weet niet of ik haar moet benijden of beklagen. Dat ik nog nooit door dergelijke gevoelens ben overvallen, is wellicht een gemis. Aan de andere kant heeft mijn gereserveerdheid ervoor gezorgd dat ik door de jaren heen mijn leven geen krankzinnige wendingen heb gegeven en geen stuwmeer aan tranen heb gestort, zoals Sophia en al die andere romantische zielen. Nog geen rivier, geen beekje, ik houd het liever droog.

'Ik begrijp het,' lieg ik. 'Maar om helemaal zeker van uw zaak te zijn, dat wil zeggen, voordat u uw schepen verbrandt, wilt u uw geliefde nog even aan een test onderwerpen. Een vuurproef, zogezegd.'

'Precies.'

'Waar kan ik haar vinden?' Ik heb een notitieblokje voor me en mijn pen in de aanslag.

Constanze pakt haar handtas en haalt uit een zijvakje een polaroidfoto van een topless blondine die wijdbeens op het strand staat met haar rug naar de zee. Ze heeft een brutaal gezicht met sproeten en steekt lachend twee middelvingers op naar de camera.

'Dit is Jasmin. Ze heeft een eigen website, daar kun je meer foto's van haar vinden, maar deze heb ik zelf gemaakt. Dit is hoe ik haar zie.'

'Leuke meid.' Constanze snakt naar een complimentje, dat is duidelijk. Ik weet niet of ik iets over de borsten van Jasmin moet zeggen, ik bevind me op onbekend terrein, geen idee hoe het werkt in de vrouwenliefde, straks begin ik over een paar lekkere jetsers en is Constanze tot op het bot beledigd, ik kan beter het zekere voor het onzekere nemen. 'Heel leuke meid,' zeg ik nogmaals.

'Ja, hè?' Ze bergt de foto weer op. 'Helaas is ze overspannen. Ze is totaal overwerkt, ze staat al jaren aan de top, het werd haar te veel.'

Ik knik meelevend. Een doorgedraaide deejay, je kon erop wachten.

'Ze staat enorm onder druk, haar manager belt haar elke dag om te vragen wanneer ze weer aan het werk gaat, ze voelt zich verschrikkelijk onzeker momenteel. Ze verblijft nu op haar landgoed in Engeland om bij te komen.'

Mijn hart slaat een slag over. Engeland. Waar Jules is, het object van mijn verlangen. Hoewel ik nog geen stap dichterbij ben gekomen, heb ik hem nog niet losgelaten. Dagelijks bestook ik het Robotics Laboratorium met mailtjes en telefoontjes, steeds onder een andere naam. Steeds vang ik bot. Intussen brengen

Jules en ik elke avond samen door. Al zijn filmpjes zijn opgeslagen in mijn iPod. Als ik niet kan slapen, doe ik de oordopjes in en speel ze af op de herhaalstand. *Zal ik dromen als ik uitgezet ben? Ik weet dat je geen antwoord kunt geven op deze vraag, dat kan niemand, maar ik weet dat als ik iets kan voelen nadat ik ben uitgeschakeld, het de pijn zal zijn van jullie te missen. Je moet me echt komen opzoeken in Engeland, dat moet.*

'... heb haar ons zomerhuis in Toscane aangeboden, maar dat wilde ze niet. Ze is liever in haar eigen omgeving.' Constanze merkt niet dat mijn gedachten zijn afgedwaald. 'Het regent daar nu al een week, ik snap niet wat ze er doet, maar goed, ik moet haar beslissing respecteren.'

Ik draai met mijn pen rondjes tussen mijn vingers.

'Waar ligt het landgoed van uw vriendin?'

'In Kent.'

Dat is Zuidoost-Engeland, niet echt in de buurt van Bristol, maar wat geeft het? Voor Jules wil ik best een ommetje maken. Sophia zou zeggen dat het geen toeval is dat mijn werk me naar Groot-Brittannië leidt. Ik heb daar nog nooit een klus gehad en net nu Jules in mijn leven is gekomen, moet ik erheen.

Ik handel de standaardzaken af met Constanze, ze gaat akkoord met mijn uurbedrag en een aanbetaling, ze belooft te zullen nadenken over een geschikte gelegenheid waarbij ik Jasmin zou kunnen ontmoeten.

'Mooi, dan wacht ik op bericht van u.' Ik sta op om afscheid te nemen.

'Wacht even,' zegt ze. 'Volgens mij is ze net genomineerd voor een of andere prijs. Iets van best geklede deejay of zoiets. De uitreiking is in Londen, ze heeft me er pas nog over gemaild.'

Ik ga weer zitten, Constanze zoekt het bericht op in haar computer.

'Hier heb ik het, het gaat om haar kapsel. Ze is genomineerd voor The Best Haircut Award 2008, georganiseerd door het tijdschrift *Hello!* Victoria Beckham reikt de prijs uit. Jasmin heeft er eigenlijk geen trek in, maar zij en Victoria zijn goede vriendinnen, dus ze kan moeilijk verstek laten gaan.'

'Wanneer is de uitreiking?'

'Op vrijdag 27 juni.' Constanze kijkt fronsend naar haar scherm. 'O, ze is zelfs twee keer genomineerd. Ook in de categorie Most Elegant Eyebrow Pluck. Samen met Amy Macdonald.'

Ze duwt haar toetsenbord van zich af.

'En? Maakt ze een kans?'

'Absoluut,' antwoordt Constanze serieus. 'Heb je de wenkbrauwen van Amy gezien de laatste tijd? Die halen het echt niet bij die van haar.'

Soms snap ik heel goed waarom sterren naar verdovende middelen grijpen.

'Ik heb een uitnodiging voor twee personen, ik zal zorgen dat jouw naam op de gastenlijst komt. Zelf zal ik er niet zijn.'

Constanze staat op en geeft me een hand. Het onderhoud is wat haar betreft voorbij.

'Bedankt voor de opdracht,' zeg ik. 'Nog één ding. Mocht het zo zijn dat ik Jasmin ter plekke betrap met een ander, dan neem ik aan dat u daarvan op de hoogte wilt worden gesteld?'

'Als je met harde bewijzen komt wel, ja. Het kan best zijn dat ze met haar personal assistent of een bevriende homo aan haar arm naar dat feest komt, Jasmin vindt het moeilijk om alleen te zijn.'

Ze klinkt als een dolend zieltje dat zich willoos naar de slachtbank zal laten leiden.

'Als ik haar kan verleiden, blijft u dan bij uw man?' vraag ik in een opwelling.

'Wat gaat jou dat aan?' Constanze was alweer gaan zitten en kijkt verstoord op.

'Het spijt me,' zeg ik. 'U hoeft geen antwoord te geven. Ik realiseerde me ineens dat uw geval anders is dan wat ik normaal tegenkom. Als iemand door de mand valt, betekent dat meestal het einde van een verbintenis. In uw geval zou het de redding ervan kunnen zijn.'

‘Als jij huwelijken wilt redden, had je een ander vak moeten kiezen.’

Ik vind Constanze niet aardig. Er is een kind in het spel, een jongetje met grote bruine ogen, dat sprekend op haar lijkt. Zijn portret staat op haar bureau, hij ziet er gelukkig uit. Nog wel. Ik staar naar het fotolijstje, mijn verwijt hangt onuitgesproken in de lucht.

‘Pijn hoort bij het leven,’ zegt ze. ‘Zonder wanhoop, zonder verscheurdheid, zonder twijfels, zonder donkere dagen en lange, slapeloze nachten zou niemand het licht waarderen. Alle kunst in deze galerie is gemaakt door getroebleerde geesten. We zouden minder bang voor pijn moeten zijn.’

Ik vlieg nog diezelfde avond naar huis. Het is na enen als ik de deur van mijn donkere appartement openmaak. Om kwart voor twee stap ik in bed. Ik denk aan Constanze’s laatste opmerking en vraag me af in hoeverre de angst voor pijn mijn bestaan beheerst. Doorgaans heb ik een gezonde afkeer van gepsychologiseer. Ik hou niet van gezever over fobieën, emotionele remmingen en andere flauwekul. Mensen die tot vervelens toe dooremmeren over hun geestelijke en lichamelijke mankementen irriteren me. Sinds alle taboes zijn geslecht schaamt de moderne, westerse mens zich helaas nergens meer voor. De vuile was buiten hangen is een nationale sport, met name op internet. Lieden houden hun leed niet meer voor zich, maar doen het uitgebreid uit de doeken in deprimerende weblogs, die ik tegenkom tijdens mijn slapeloze nachten. ‘Gebroken Vleugel’ schrijft haar eetstoornis van zich af. ‘Zusje’ laat weten hoe ze zichzelf verminkt. Dat doen ze bij voorkeur in ellenlange teksten en/of gedichten waar de honden geen brood van lusten. De tranen druipen van het scherm. Geen greintje humor, geen grammetje zelfspot.

Hee lieve allemaal, schrijft Zusje op haar weblog, *wat moet ik nou tog met me leven? Waarom voel ik me zo kut? Waarom ben ik ooit geboren en heeft me moeder me gehouden? Ik ben tog maar een kneus. Ik kan er net zo goed niet zijn. Iedereen zou blij zijn als ze mij niet meer hoeven te zien.* Lezers mogen reageren en mijn vingers jeuken. Gelijk heb je meid, doe er wat aan. Pak een mes, pillen, een strop, een geweer, ik sta achter je, ik weet nog wel een onbewaakte spoorwegovergang, kom op, we gaan, eeuwige rust is ook voor jou weggelegd.

Nu ik toch bezig ben, nog zoiets. Kankerpatiënten die het verslag van elke chemo, elke bestraling, elke operatie naar al hun vrienden en (vage) kennissen mailen. Hun complete adresboek krijgt een cc, ongevraagd. En als ze er zelf niet meer toe in staat zijn, doen hun dierbaren het wel. Laatst ontving ik per ongeluk een bericht getiteld 'De laatste uren van ma'. Die uren werden tot in detail beschreven, de rochels, fluimen, bloedspatten, infusen en stoma's vlogen me om de oren, opgesierd met foto's: Ma-nieuwe-pruik.jpg, Ma-zonder-pruik.jpg, Ma-met-1-borst.jpg en ten slotte Ma-opgebaard.jpg. Al wie er alarm sloeg, niet doctor Norton, welnee, die stuurde de handel gewoon door. Ik heb een klacht ingediend bij Symantec om voortaan verschoond te blijven van dit soort virussen die zich als een razende verspreiden en blijvende schade aanrichten bij de ontvanger.

Maar goed, we hadden het over pijn. Iemand toelaten in je leven betekent hem of haar permissie geven je te kwetsen, wat onherroepelijk zal gebeuren. Hij zal jou kwetsen, jij zal hem kwetsen. Hij zal jou teleurstellen, jij zal hem teleurstellen. Ik heb het gezien, keer op keer, bij Sophia, en tot nu toe laat ik die beker liever aan me voorbij gaan.

Toen ik mijn moeder vertelde dat ik Rudolf met een ander meisje in het park had zien zoenen, verwachtte ik aanvankelijk dat ze laaiend zou zijn. Dat ze hem de huid vol zou schelden, op hem zou spugen en dat we hem vanaf dat moment eendrachtig zouden haten, oma Donna, mama en ik. Dat gebeurde niet.

Ze keek me alleen maar aan, zwijgend, alsof ze diep nadacht.

'Ben je niet boos?' vroeg ik.

'Woede is een zinloze emotie,' antwoordde ze. 'Het is beter om je daar niet aan over te geven.'

Mijn mond zakte open. 'Hoor ik nu Wayne Dyer praten of ben je zelf aan het woord?'

'Als ik ervoor kies om kwaad te worden, zit ik alleen maar mezelf dwars. Rudolf zal er niet door veranderen.'

Ongelovig schudde ik mijn hoofd. 'Ga je het gewoon allemaal pikken dan? Ga je je laten vernederen door die hufter?'

'Ik zal met hem praten,' nam ze zich voor. 'En dan zal ik hem laten weten dat ik hem vergeef.'

De ruimhartigheid van mijn moeder werd niet beloond. Rudolf weigerde het gesprek met haar aan te gaan. Kennelijk had hij mijn dreigementen serieus genomen. Mijn moeder schreef hem een brief. Hij gaf geen antwoord. Sophia werd nog steeds niet boos, wel steeds wanhopiger. Ze postte voor zijn huis, voor zijn praktijk, klampte hem aan, totdat hij liet weten dat hij de politie zou inschakelen als ze hem nog langer lastig zou vallen.

Sophia besefte dat ze de strijd definitief had verloren. Ze ging naar huis en wierp zich snikkend op bed. Aan woede had ze zich niet overgegeven, aan zelfmedelijden laafde ze zich dorstig. Twee weken lang lag mijn moeder te zwelgen in haar verdriet. Ze propte zich vol met bonbons, kwam vier kilo aan en werd ten slotte lid van een zelfhulpgroep voor emotionele overeters.

Ik kan me niet voorstellen dat de baten van een liefdesrelatie opwegen tegen de kosten. Een verbintenis met iemand aangaan, betekent altijd dat je een deel van jezelf moet opgeven en het is maar net hoeveel je van jezelf wilt missen. Met Jules zou het anders kunnen zijn. Hij zou nooit kwaad op me worden, me niet irriteren, uitschelden of kwetsen, want dan zou ik hem uitzetten.

Toch, als ik heel eerlijk ben, zou een verbintenis met hem uiteindelijk ook onbevredigend en daarmee pijnlijk kunnen zijn. Hoe je het wendt of keert, Jules is een robot, geen mens van vlees en bloed. Dat gemis zou me op een dag kunnen opbreken, ik zou het hem niet kwalijk kunnen nemen, maar stiekem verlangen naar een warm lichaam om tegenaan te kruipen, zoals ik dat nu ook wel eens doe. Mijn behoefte aan geborgenheid heb ik sinds ik op mezelf woon provisorisch opgelost met een groot rolkussen uit een Indiase winkel, waar ik mijn armen en benen omheen kan slaan. Ik doe het niet vaak, omdat het maakt dat ik me zielig voel, als een resusaapje uit het experiment van Harlow, me vastklampend aan een met zachte stof beklede surrogaatmoeder.

Fintan heeft nog steeds niet gebeld. Ik haat het dat ik me hiervan bewust ben, dat ik erover nadenk, dat ik voor me zie hoe hij in bed ligt, terwijl Sophia zich tegen hem opkrult. Waarschijnlijk is al zijn aandacht nu bij haar. Ik moet mijn moeder spreken. Ik wil weten hoe de vlag erbij hangt tussen hem en haar. Ik kan niet tussen hen in komen als zij nog een kans maakt, maar als oma Donna gelijk heeft, als het Sophia niet zal lukken een duurzame relatie aan te gaan, als ze het weer verknalt, dan zou ik het kunnen proberen. We zouden minder bang voor pijn moeten zijn, vindt Constanze. Misschien geldt dat ook voor mij. Misschien moet ik Jules vergeten en een relatie met een echte man niet langer schuwen.

Negentien

Amsterdam, vrijdag 20 juni 2008

'Ik denk dat ik de politiek in ga,' zegt mijn moeder.

We zijn op weg naar het gemeentelijk afvalstation. Er hangt een volgeladen boedelbak achter mijn auto. Sophia had gevraagd of ik wilde komen helpen het huis uit te mesten. Ze had meer ruimte nodig, zei ze, in haar hoofd en in haar woonomgeving. Ik wist dat het haar trouwdag was en dat ze niet alleen ruimte, maar ook afleiding zocht. Met z'n tweeën hebben we de kamers, de keuken en de berging doorgeploegd. Alles wat al meer dan een jaar niet was gebruikt, mocht weg, tenzij het een grote emotionele waarde vertegenwoordigde.

In de boedelbak bevinden zich zes vuilniszakken met kleren en schoenen, een eenpersoonsmatras, een schoenendoos met lege batterijen, een kapotte stofzuiger, een oud beeldscherm, bloempotten, pannen, schilderijlijsten, een wasrek en zeker vijftien verhuisdozen vol oud papier en ander afval.

'Sinds ik Fintan ken, heb ik veel nagedacht,' vervolgt ze. 'Hij leidt een zinvol leven, hij schenkt zijn tijd aan een zwak, weerloos dier en redt daarmee diens bestaan, dat vind ik mooi. Na je vaders dood heb ik veel goeds gedaan voor de wereld, de laatste tijd niet meer. Ik wil me weer nuttig voelen, ik loop er al weken over te piekeren. Bij Fintan is het vanzelf op zijn pad gekomen, bij mij ligt dat anders. Ik zal iets moeten kiezen, maar er zijn zo veel mogelijkheden. Ik heb net twee boeken van Eckhart Tolle gelezen. Volgens hem liggen alle antwoorden besloten in de stilte. Ik probeer nu de stilte in mijn innerlijke zelf te vinden om te ontdekken wat ik kan betekenen voor anderen. Ik mediteer elke dag, maar er komt nog geen duidelijke boodschap door.'

Zingeving, het eeuwig terugkerende thema van mijn moeders bestaan.

'Eckhart Tolle, dat is toch die... die man met dat baardje?' Ik slik het woord 'gnoom' net op tijd in. Mijn moeder vindt commentaar op het uiterlijk van anderen onnodig kwetsend.

Ze knikt. 'Hij is bij Oprah geweest. Ze hebben samen masterclasses gegeven in spiritualiteit. Mensen over de hele wereld konden meedoen. Oprah zei dat ze met heel andere ogen naar haar tuin kijkt sinds ze zijn boek heeft gelezen. Eckhart is heel erg op de natuur. Die moet je tot je laten komen, zonder dat je het benoemt, snap je?'

We naderen een stoplicht. Het is nog groen. Ik geef gas.

'Dus als je een mooie eik ziet of een mooie bloem, dan moet je niet denken: goh, wat een mooie eik of goh, wat een mooie bloem, maar dan moet je de aanwezigheid ervan tot je laten doordringen, zonder er woorden of gedachten aan te wijden. En als dat je lukt, dan kun je ook met de rest van de wereld beginnen. Als je dingen niet benoemt, maar ze gewoon accepteert en binnenlaat zoals ze zijn, ben je op de goede weg.'

Het ding dat ik niet langer een naam mag geven verandert van kleur. Het voertuig voor me komt abrupt tot stilstand. Ik trap op de rem en strek mijn rechterarm uit om te voorkomen dat mijn moeder tegen het dashboard vliegt.

'Kind, rij toch rustig,' zegt ze. 'We hebben alle tijd. Je moet leven in het nu en je niet druk maken over straks. Dat is essentieel, zegt Eckhart. Gisteren en morgen bestaan niet, het is altijd nu.'

'In het nu staan we stil voor een rood stoplicht,' constateer ik.

'Dat zeg je heel mooi,' vindt mijn moeder. 'Laat op je af komen wat dat voor jou betekent en probeer dat gevoel vast te houden. Tijdloos stilstaan in het nu. Vrede hebben met jezelf. Als je je innerlijke stilte ontdekt, als je als het ware de achtergrond vindt, het doek waarop alles wordt geprojecteerd, dan schijnt het leven een stuk makkelijker te worden. Hij heeft dat zelf meegemaakt, Eckhart. Hij was jarenlang vreselijk depressief. Hij wilde zelfmoord plegen...'

Ik knik, ik ken het verhaal. Terwijl oma Donna van haar staar af werd geholpen, heb ik in de wachtkamer een artikel over Tolle gelezen. Op het dieptepunt van zijn depressie had hij een helder moment. Hij ontdekte dat hij eigenlijk twee ikken had die met elkaar in gevecht waren, en toen hij dat besefte, was het alsof hij door een draaikolk buitelde, al zijn leed viel weg en sindsdien verkeert hij in een permanente staat van rust. Hij bivakkeerde op een bankje in het park, mensen spraken hem aan, hij gaf ze spirituele raad en schreef er een boek over. Meg Ryan las zijn boek, was diep geraakt en gaf het aan Oprah. Oppergodin O zag dat het goed was, zegende zijn werken en nodigde hem uit voor haar show. Sindsdien is Eckhart Tolle rijk en beroemd. Alles wat hij uitkraamt is als manna voor de talloze naar verlichting snakkende zielen op onze aarde. Oude wijn in nieuwe zakken, en ook Prediker zou zich op zijn knieën slaan van de pret.

'... maar sinds hij het licht heeft gezien, is alles veranderd. Hij is nooit meer somber, kun je je voorstellen hoe geweldig dat moet zijn? Dat wil ik ook. Zal het me lukken, denk je?'

'Vast wel,' antwoord ik welwillend. Ik heb al jaren geleden afgeleerd om kritische noten te kraken over haar jongste inzichten.

Het stoplicht springt weer op groen. Ik trek op.

'Ik heb het nog niet helemaal onder de knie, hoor, om het benoemen los te laten en alleen maar in het nu te leven. Er is ook iets met wegwijzers in je brein. Die moet je wel volgen, of juist niet, ik weet het niet precies, Eckhart zegt daar belangrijke dingen over. Ik ga zijn nieuwste boek ook lezen, misschien snap ik het dan beter. En ik heb hem een e-mail gestuurd om te vragen of hij weet welk pad ik moest volgen.'

'En? Wat zei hij?' zeg ik terwijl ik links afsla.

'Ik heb geen antwoord gekregen.'

'Misschien was dat een "stille" hint van hem,' grap ik. 'Dat je je eigen pad moet vinden.'

'Natuurlijk moet ik dat. Maar een beetje hulp onderweg kan nooit kwaad. Hij zegt dat mensen zich altijd afvragen wat het leven voor hen kan betekenen. Terwijl het precies omgekeerd is. Je moet je afvragen wat jij voor het leven kunt betekenen.' Mijn moeder ziet dat we er bijna zijn, haalt de zonneklep naar beneden en gebruikt het spiegeltje om haar roestbruine lippenstift bij te werken.

'Dat zei Kennedy ook al. *Ask not what you country can do for you, ask what you can do for your country*,' citeer ik de man die net als mijn vader door schoten om het leven is gekomen. Ik heb me altijd afgevraagd of hij er iets van heeft gevoeld. Wat zijn laatste gedachten waren. Mijn moeder hoort de knallen nog steeds. De kogels hebben haar innerlijke stilte voorgoed aan flarden geschoten.

'Nou ja, hij put natuurlijk ook uit allerlei bronnen,' verontschuldigt Sophia zich voor haar nieuwe leermeester. 'Dat zegt hij eerlijk, dat hij te rade is gegaan bij alle grote spirituele leiders, dat is heus geen geheim.'

We rijden het terrein van het afvalstation op.

'Hij heeft miljoenen mensen nieuwe inzichten gegeven,' zegt mijn moeder. 'En hoop. Ik wil dat ook. Ik wil iets betekenen voor de mensheid.'

'Dat doe je toch al,' zeg ik troostend. 'Hoe gaat het met die gevangene met wie je correspondeert, die Amerikaan, hoe heet hij ook alweer?'

'Eliot. Die is geëxecuteerd.'

'Echt, wanneer? Dat heb je me helemaal niet verteld.' Ik volg de borden en rijd naar de bak voor elektrische apparaten.

'Een half jaar geleden. Onze correspondentie was al een beetje aan het doodbloeden. We hadden elkaar niet veel meer te zeggen. Op het laatst stuurde hij alleen nog maar van die zwartgallige houtskooltekeningen.'

'Je was een van de weinige lichtpunten in zijn bestaan, dat heb je me zelf verteld.'

'Jawel,' geeft ze toe. 'Maar ik had er toch meer van verwacht.'

'Wat dan?'

'Nou ja, het gebeurt ook wel eens dat zo'n man uiteindelijk vrijkomt en dat hij dan met je trouwt en een nieuw leven begint. Dat had me zo romantisch geleken.'

'Eliot zat vast voor verkrachting en een tweevoudige moord, mam,' help ik haar herinneren. 'Hij had een onderwijzeres en haar zoontje afgeslacht.'

'Daar had hij spijt van. Weet je nog dat hij me in het begin om een foto had gevraagd en dat hij me smeekte of ik hem wilde opzoeken in de gevangenis? Nadat ik mijn foto had gestuurd, is hij daar nooit meer op teruggekomen. Volgens mij correspondeerde hij ook met andere vrouwen. Ik was niet de enige. En hij had een voorkeur voor blond.'

We stappen uit. Ik maak het zeil van de boedelbak los en schuif het opzij.

'Goedemiddag, jongedames!' Een medewerker van het afvalstation stapt met grote passen op ons af. Hij heeft een groot, rond hoofd en is kalend. 'Wat hebben jullie allemaal bij je?' Hij komt vlak naast me staan.

'We weten hoe het werkt,' zeg ik stuurs. Ik heb geen zin in gezelschap.

'Waar moet deze, mijnheer?' vraagt mijn moeder met een hoge stem, terwijl ze de stofzuiger uit de bak tilt.

Hij gebaart achteloos opzij. Sophia draalt, maar de man verroert zich niet en blijft bij mij staan. Zuchtend en steunend sjouwt ze de stofzuiger naar de bak en gooit hem erin.

De medewerker graait ongevraagd in onze boedelbak en pakt het beeldscherm eruit. 'Deze moet bij de computerapparatuur,' zegt hij. Hij duwt het scherm in mijn armen, de bovenkanten van zijn handen drukken op mijn borsten.

Pissig duw ik het apparaat terug in zijn armen. Hij verliest bijna zijn evenwicht.

'Ga je gang,' zeg ik, terwijl ik mijn handen ervan aftrek.

'Takkewijf,' mompelt hij. Dan druipt hij af.

'Waarom doe je nou weer zo onaardig, die man wilde alleen maar helpen,' zegt mijn moeder.

'Het is een seksist.'

'Hoe weet je dat nou?'

'Dat zie je toch zo?'

'Volgens jou zijn alle mannen seksisten,' zegt mijn moeder. 'Ik denk dat het door je werk komt. Je hebt geen reëel beeld meer van de werkelijkheid.'

'Natuurlijk, ik lijd aan beroepsdeformatie,' zeg ik. 'Heb je nooit bedacht dat het ook wel eens omgekeerd kan zijn? Dat ik dit beroep heb gekozen juist omdat ik heb gezien hoeveel mannen vrouwen in de maling nemen, ze volstrekt niet serieus nemen en alleen maar gebruiken als voetveeg?'

We stappen weer in. De bak voor papier en karton is een stukje verderop. De auto voor me staat stil, ik kan er niet langs.

'Ze zijn niet allemaal slecht, Victoria. Als je je hart zou openstellen voor een man, zou je dat ontdekken.'

'Hoor wie het zegt.'

'Je vader was een goed mens.'

'O ja, die had een brandschoon geweten,' zeg ik smalend. 'Zo schoon dat iemand een huurmoordenaar op hem heeft afgestuurd.'

'Misschien was er een vergissing in het spel.'

'Is dat wat je jezelf nu weer wijs maakt, mama? Waar denk je dat het geld vandaan kwam? Hij deugde niet. Hij zat er tot aan zijn nek in en het heeft hem de kop gekost.'

De auto voor me trekt op, ik kan eindelijk doorrijden. Mijn moeder verheft haar stem. 'Ik wil niet dat je zo over hem praat. Hij deed het voor ons. Om onze toekomst veilig te stellen.'

'Hou toch op! Hij deed het voor zichzelf. Hij kreeg er een stijve van en waande zich onaantastbaar. Zo zijn mannen. Heeft hij ons iets gevraagd? Heeft hij ons een keus gegeven, wat willen jullie liever: een levende echtgenoot en vader of een zak met geld?'

Kijk ons nou. Twee kijvende wijven op een afvalstation. Dit loopt niet zoals gepland. Ik moet mijn moeder paaien, ik moet haar uithoren over Fintan.

'Victoria,' zegt mijn moeder onthutst, 'ik wist niet dat je zo kwaad op hem was.'

'Dat ben ik niet,' zeg ik met een lichte zucht. 'Niet altijd. Maar soms wel. Heb jij dat dan nooit? Heb je niet het gevoel dat hij ons in de steek heeft gelaten?'

'Natuurlijk niet. Ik kende hem. Zijn gezin betekende alles voor hem. Hij hield van mij, hij adoreerde jou, dat weet je toch? Hij heeft zich laten verleiden tot zaken die hij beter verre van zich had kunnen houden. Hij heeft de consequenties niet overzien, dat deed hij niet met opzet, hij had geen idee waartoe die lui in staat waren.'

'Hij was advocaat, mam, hij was niet gek. Hij had beter moeten weten.'

'Hij zal wel gedacht hebben dat hij het onder controle had. Dat het niet zo'n vaart zou lopen.'

We staan inmiddels bij de papierbak, ik zet de motor uit, we blijven allebei zitten.

'Ik weet zeker dat je vader niet zou willen dat jij alleen blijft,' zegt mijn moeder. 'Dat is nooit zijn bedoeling geweest. Hij zou willen dat je iemand vertrouwt, dat je je leven met iemand deelt, een gezin sticht.'

'Vertrouw jij Fintan?'

'Wat heeft hij hiermee te maken?' vraagt ze.

'Jouw vriendjes hebben mijn manbeeld tot nu toe niet echt goedgedaan.'

Ze reageert als door een wesp gestoken. 'Dus nu is het nog mijn schuld ook? Eerst je vader, dan ik. Dit valt me ontzettend van je tegen, Victoria. Jij maakt je eigen keuzes, draag dan ook de gevolgen daarvan. Jij hebt nog nooit iemand de kans gegeven om ook maar bij je in de buurt te komen.' Er wachten twee auto's achter ons. De voorste heeft al drie keer getoeterd. Ik stap uit en pak een doos met oud papier uit de boedelbak.

Mijn moeder zit met haar armen over elkaar geslagen in de auto. Nadat ik een paar dozen heb gelost, tik ik tegen het ruit.

'Ga je nog helpen of moet ik alles alleen doen?'

Ze staart koppig voor zich uit.

Dan niet. Ik gooi alle verhuisdozen weg, stap weer in en rijd verder. Afval scheiden is een kunst op zich. Omdat Sophia twee keer per jaar een opruimaanval heeft, ben ik er steeds bedrevener in geraakt. Het matras is restafval, de lege batterijen zijn klein chemisch afval, je zou geneigd zijn bloempotten bij het glas te gooien, maar het is restafval, pannen zijn eveneens restafval, de schilderijlijsten bouw- en sloopafval, het wasrek is een twijfelgeval, het is van metaal met een plastic laagje, we maken er restafval van, de kleren gaan naar de Derde Wereld, ik vraag me af of ik een negervrouw met tien hongerige kindjes echt een plezier doe met oma Donna's oude cocktailjurk, maar je weet het niet. Misschien hebben ze daar ook wel eens een feestje. De laatste zak met kleding is gescheurd, er bolt een stuk stof uit, een blauwwitte stof die ik onmiddellijk herken. Het is een van mijn vaders streepjesoverhemden, hij had ze in verschillende kleuren, de blauwe was zijn favoriet. Ik scheur de zak verder open, trek het overhemd eruit en duw het in een reflex tegen mijn neus. Het ruikt niet meer naar hem, het heeft een muffe geur.

Het raam aan Sophia's kant gaat naar beneden.

'Deze wil ik houden, mam.'

Ze protesteert niet als ik het overhemd op de achterbank leg. Ik gooi de gescheurde zak weg, de boedelbak is leeg, we kunnen gaan.

'Zullen we ergens een kop koffie drinken?' vraag ik, terwijl ik van het terrein af rijd.

'Ik wil liever naar huis.'

'Het spijt me wat ik zei over je vriendjes, mam.'

Ze geeft geen antwoord.

'Toe nou, mam, ik heb je toch geholpen? Ik breng de boedelbak terug, kunnen we daarna ergens een gebakje eten.'

Ze snuift, waaruit ik opmaak dat ze akkoord gaat.

Een half uur later zitten we tegenover elkaar in een brasserie in Amsterdam-Zuid. Mijn moeder drinkt verse muntthee, ik heb koffie verkeerd genomen. We delen een stuk appeltaart.

'Nou, vertel,' zeg ik opgewekt. 'Hoe gaat het met jou en Fintan?'

'Ik weet niet of ik daarover met jou wil praten.'

'Waarom niet?' Ik gebruik het vorkje om de appelpunt in tweeën te splitsen.

'Neem jij mijn slagroom maar,' zegt mijn moeder. 'Ik heb een balansdag.'

'Een wat?'

'Een balansdag. Als je te veel gegeten hebt, eet je de volgende dag wat minder en beweeg je wat meer. Zo blijft je gewicht in balans. Dat zegt het voedingscentrum.' Mijn moeder neemt een hap appelgebak, die ze toch even snel door de slagroom haalt.

'Waarom doe je zo geheimzinnig over je nieuwe liefde? Eerst schreeuw je van de daken dat je de ware hebt gevonden en vervolgens horen we er niks meer over. Oma heeft hem nog niet eens ontmoet.'

Ze schuift haar deel slagroom terug op haar eigen helft en doet de mijne er ook bij.

'Ik weet hoe jij en Donna over me denken, Victoria. Geen van de mannen die ik mee naar huis heb genomen, was goed genoeg. Dat jij mij nu ook nog durft te verwijten dat jouw "manbeeld" door hen is verpest, is helemaal schandalig. Mijn liefdesleven is voor een groot deel door jou geruïneerd, heb je daar wel eens bij stil gestaan? Altijd moest jij je ermee bemoeien. Je had op ieder van hen wel wat aan te merken. Je moest en zou aantonen dat ze niet deugden.'

'Ik heb ze ontmaskerd, mam, dat is heel wat anders. Die Rudolf hield er een ander vriendinnetje op na. Als ik hem de kans had gegeven, had hij hem er bij mij ook in gehangen. Bij je eigen dochter. Hoe had dat je geleken?'

‘Praat niet zo grof.’

‘En Hugo of Herman, hoe heette hij ook alweer, die heeft ons bestolen. Hadden we dat met de mantel der liefde moeten bedekken? Hadden we die eikel gewoon maar zijn gang moeten laten gaan?!’

Het stel aan een naburig tafeltje kijkt nieuwsgierig onze kant op, ik moet mijn toon een beetje matigen. Mijn moeder heeft haar helft van de appeltaart op en begint nu aan de mijne.

‘Ik heb trek,’ zegt ze. ‘Dat krijg je op zo’n balansdag. Dan eet je eigenlijk toch te weinig.’

Ik neem een slok koffie. ‘Alles wat ik heb gedaan, was bedoeld om jou te beschermen. Je was behoorlijk de weg kwijt na de dood van papa, ik wilde niet dat je nog meer verdriet zou krijgen.’

‘Soms ging je te ver. Ook al is iemand nudist, dan wil dat niet zeggen dat hij het leuk vindt dat overal foto’s van zijn geslacht te zien zijn.’

De herinnering doet me onwillekeurig glimlachen. God ja, wat baalde die Hugo. Of Herman. Ik had een foto van hem en mijn moeder gemaakt toen ze samen op de bank zaten. Hij naakt natuurlijk. Later had ik mijn moeder er afgeknipt, zijn beeltenis tig keer gekopieerd en bij hem in de straat aan alle lantaarnpalen en bomen gehangen met daaronder de tekst: *Pas op. Deze zak rolt uw zak waar u bij staat.*

‘Weet je wie ik laatst tegenkwam?’ zegt mijn moeder. ‘Jack. Hij is nog steeds alleen. Hij zei dat hij na mij nooit meer iemand had ontmoet die hem echt kon boeien.’

‘Boeien als in boeien? Of als in: in de boeien slaan?’ vraag ik.

Ze doet alsof ze me niet hoort. ‘Voor Jack ben ik de enige en de ware. Als ik het hem vroeg, zou hij morgen met me trouwen. Zo zie je, er zijn genoeg rechtschapen mannen, Victoria.’

‘Waarom geef je hem geen tweede kans? Oma en ik mochten hem graag.’

Ze roert in haar muntthee. ‘Ik moet passie voelen. Vonken. Als Jack en ik de liefde bedreven, dan was dat gekunsteld. Alsof we iets probeerden na te doen, in plaats van het echt te doen. Jack had daar geen last van, ik wel. Het was eenrichtingsverkeer.'

Ik kan haar nu naar Fintan vragen, het is een schot voor open doel. Ik besluit het via een omweg te proberen.

'Hoe was dat bij papa?' Ik buig mijn hoofd een stukje naar voren en temper mijn stem. 'Ik hoef niet te weten hoe jullie het deden, maar ik heb me wel eens afgevraagd óf jullie het nog deden. Was er nog passie na die jaren samen?'

'Je vader is te vroeg gestorven,' zegt mijn moeder.

'Hoe bedoel je?'

'Twee jaar na zijn dood kwam Viagra op de markt. Ik heb toen vaak aan hem gedacht.' Ze neemt een slokje thee, zich schijnbaar onbewust van de handgranaat die ze zojuist van zijn pin heeft ontdaan en op tafel heeft gegooid. Al wat ik had verwacht, niet dit. Mijn vader, de gevreesde strafpleiter, die blaakte van levenslust en immer goed gekleed ging, werd door vriend en vijand omschreven als briljant, energiek en charismatisch. Hij kon de bewijsvoering van het openbaar ministerie fileren tot er niets van over was. Hij kon dikke dossiers in een paar zinnen wegzetten als waardeloos omdat er in zijn ogen geen flintertje bewijs in te vinden was. Hij bracht iedereen in de rechtszaal in vervoering met zijn gloedvolle betogen, dikwijls doorspekt met humor. Hij was een charmeur. Vrouwen liepen met hem weg. Hij zette iedereen naar zijn hand. Hij kon alles.

'Meen je dat nou? Kon hij hem niet… Ik bedoel, had hij daar een stoornis?'

Mijn moeder zucht. 'Hij weet het aan zijn hartprobleem. Maar voor zijn infarct hield het ook al niet over. Volgens mij was het angst, of stress. Of allebei. Op zijn werk moest hij altijd presteren. Als hij thuis was, wilde hij rust.'

Gabriel Kramer, mijn vader, was impotent. Tenminste, volgens mijn moeder. Het kan niet waar zijn. Waarschijnlijk had hij buitenshuis een bloeiend seksleven waar hij al zijn kruit verschoot. Intussen zat Sophia op een droogje.

'Ik had geen idee mam, het spijt me voor je.'

'Teleurstellingen horen bij het leven. Iets is pas een probleem als je er een probleem van maakt. Ik hield van je vader zoals hij was,' zegt ze zalvend.

Ik geloof er geen woord van. Ze zal zich afgewezen en onaantrekkelijk hebben gevoeld, ze zal boos zijn geworden en vervolgens een keur aan tactieken en therapieën op hem hebben uitgeprobeerd, ik ken haar.

'Gaat dat bij Fintan beter?' probeer ik op luchtige toon.

Mijn moeder aarzelt even. 'Fintan is een fantastische man, een heel bijzondere man. We hebben besloten dat we niets overhaast willen doen. We hebben allebei een verleden. Het heeft ons voorzichtig gemaakt.'

Het is raar om mijn moeder over Fintan te horen praten. Dat zij meer over hem weet dan ik is logisch, maar het bezorgt me een onaangenaam gevoel, alsof ik me in hem heb vergist. Hij kwam op mij niet over als een man die een zware last uit het verleden met zich meedraagt, maar goed, mijn vader kwam ook niet op me over als een impotente stumper. Mijn mensenkennis, mannenkennis, is wellicht niet onfeilbaar.

'Is hij gescheiden? Weduwnaar?'

'Ik denk niet dat hij zou willen dat ik dit met jou bespreek.' Ze schuift haar theeglas gedecideerd van zich af. Ik zou haar willen toeschreeuwen dat hij geen vreemde voor me is, dat ik een uur met hem heb doorgebracht, dat we hebben gepraat, gelachen, dat ik heb gezien hoe mooi zijn handen zijn.

De serveerster verschijnt aan onze tafel, haalt het schoteltje van de appeltaart weg en vraagt of we nog iets willen drinken. We schudden vrijwel gelijktijdig ons hoofd.

We praten over ditjes en datjes totdat de serveerster de rekening brengt. De middag heeft niet gebracht wat we ervan hoopten. Sophia's huis is opgeruimd, haar hoofd zit nog even vol en haar innerlijke stilte laat zich niet makkelijk vangen. Mijn nieuwsgierigheid naar Fintan is alleen maar groter geworden.

Dat mijn moeder weinig loslaat en mysterieus over hem doet, maakt me ongerust. Alsof hun relatie nu al veel serieuzer is dan ze wil toegeven. Fintan en Sophia, prevel ik tegen mezelf op de terugweg naar Rotterdam. Sophia en Fintan. Het klinkt als een onmogelijke combinatie. Ik ken haar goed en hem een beetje en kan me niet voorstellen dat ze het samen lang volhouden. Hij lijkt me iemand die een stabiele, zelfstandige vrouw nodig heeft. Mijn moeder is een vat vol grillen, bevliegingen en onzekerheden. Ze zal hem volledig claimen, op zijn zenuwen gaan werken, Fintan zal er genoeg van krijgen en dan zijn de rapen gaar. Welbeschouwd staan ze allebei op het punt een grote fout te begaan. Iemand zou ze daarop moeten attenderen.

Twintig

Rotterdam, 25 juni 2008

Ik zit op de bank en staar voor me uit. Ik heb de televisie net uitgezet. Het is een stille avond. Mijn koffer ligt open op mijn bed, half gepakt, morgenmiddag vlieg ik naar Engeland om de test op Jasmin uit te voeren. Ik had zo gehoopt tegelijkertijd een bezoek te kunnen brengen aan Jules, maar de kans daarop is praktisch tot nul gereduceerd, omdat het Robotics Lab me weigert te ontvangen. Ik heb me verlaagd, ik heb gesmeekt, geslijmd, alles gedaan om Fleidermaus te vermurwen, maar wie met robots omgaat, raakt ermee besmet. Zijn *nee* bleef keihard en onherroepelijk.

Misschien moet ik me erbij neerleggen dat Jules onbereikbaar is, net zoals Fintan dat is. Zo verschillend als ze zijn, voor mij zijn ze als twee broers die gelijktijdig een plek in mijn hart hebben veroverd. Niemand mag dit weten, ik mag hier met niemand over praten, nooit. Je hoort geen gevoelens te krijgen voor een robot en al helemaal niet voor de vriend van je moeder. Ik moet ze allebei uit mijn gedachten bannen, ik maak mezelf alleen maar ongelukkig. Afhankelijk zijn is een fout die ik mijn leven lang heb geprobeerd te vermijden. Hoe vaak heb ik het mijn klanten niet voorgehouden? En nu ben ik zelf in de val getrapt. Sinds het gesprek met mijn moeder in de brasserie heb ik zeker drie keer op het punt gestaan Artis te bellen en naar Fintan te vragen. Geen van de keren heb ik doorgezet. Fintan is een fantastische man, een heel bijzondere man, zei Sophia. Zij zag hem het eerst, ik mag me nergens mee bemoeien, ik moet het loslaten. Loslaten is hebben, zei oma Donna altijd. Maar zelfs dat mag ik niet hopen.

Ik zet de televisie weer aan. Een vrouw die denkt dat ze kan zingen wordt weggestemd. Op een andere zender wordt een man die denkt dat hij kan koken weggestemd. Ze barsten allebei in tranen uit. Geïrriteerd zap ik verder. Reclameblok, een herhaling van *Friends*, nog een reclameblok, het schiet lekker op. Net als ik de tv heb uitgezet, gaat mijn mobiel. Alleen mijn moeder en oma Donna hebben dit nummer. En Fintan. Ik gris het toestel van tafel. Op het display een vast nummer dat ik niet herken. Het zal toch niet waar zijn.

'Hallo?' zeg ik.

'Goedenavond, met Fintan Adams.'

Zijn stem. Ik zou hem uit duizenden herkennen. Hij belt mij, niet Sophia. Het is bijna bedtijd en hij denkt aan mij.

'Spreek ik met Valerie?'

Ik antwoord bevestigend, al zou ik liever niet liegen. Hij mag best weten wie ik ben.

'Stoor ik je?'

'Nee, hoor. Wat kan ik voor je doen?'

'Ik had je al eerder willen bellen, maar ik twijfelde. Je leek... nou ja, ik wist niet of je er wel op zat te wachten.'

Hij draait er niet omheen, verzint geen smoes, hij stelt zich kwetsbaar op. Hij is moediger dan ik. Sophia kan me niets kwalijk nemen, dit initiatief komt van hem.

'Ik vind het leuk dat je belt.'

'Echt?' zegt hij. 'Daar ben ik blij om.'

Er valt een stilte. Fintan is geen man voor prietpraat, ik zal hem een handje helpen.

'Hoe gaat het met Umpa Lumpa?' vraag ik naar de bekende weg. SBS6 zendt sinds een paar weken een dagelijks *Umpa Lumpa-journaal* uit, waarin tot op de gram nauwkeurig wordt gemeld hoeveel de welp is gegroeid, welke nieuwe vaardigheden hij zich eigen heeft gemaakt en waarin elke vrijdag 'de bezoeker van de week' in het zonnetje wordt gezet. De gelukkige – meestal een vrouw, kind of gehandicapte – ontvangt uit handen van Fintan een bos bloemen en een Umpa Lumpa-knuffelbeest. Ik heb de uitreiking al een paar keer gezien en telkens voel ik een vreemde kramp in de buurt van mijn hart als ik zie hoe de gelukkige winnares wordt beloond met drie hartelijke zoenen.

Ook Sophia heeft er moeite mee dat Fintan almaar meer publiek bezit is geworden. Ondanks een aantal verwoede pogingen heeft ze het nog niet tot bezoeker van de week geschopt, wat haar volgens oma Donna vreselijk frustreert. 'Ik snap niet waar ze zich druk over maakt,' zei oma. 'Fintan is haar vriend, ze kan Umpa Lumpa zo vaak zien als ze wilt, maar ze is er niet van af te brengen. Ze vindt dat ze recht heeft op die titel.'

'Hij groeit als kool,' beantwoordt Fintan mijn vraag. 'En hoe is het met jou? Schiet je afstudeerproject al op?'

Mijn scriptie, natuurlijk, hij denk dat ik daarmee bezig ben, hij heeft geen idee.

'Ik eh...' De waarheid kan ik niet vertellen, ik kan wel enigszins in de buurt blijven. 'Ik heb wat zitten sleutelen aan het onderwerp. Mijn scriptie gaat niet meer over dieren, de relatie tussen mensen en humanoids staat nu centraal.'

'Humanoids,' herhaalt Fintan. 'Dat zijn toch robots die op mensen lijken?'

'Inderdaad,' antwoord ik verrast.

'Daar heb ik wel eens iets over gelezen.'

Ik hou nog net een vreugdekreetje binnen. Fintan blijkt zich ook voor andere onderwerpen te kunnen interesseren dan leeuwenpoep. Moderne onderwerpen nog wel. De man zonder mobiel weet wat een humanoid is. Halleluja, er is leven, er is hoop.

'Ik heb een humanoid op internet gevonden, die is geweldig,' vertel ik. 'Jules heet hij. Hij is waanzinnig realistisch. Ik zou hem dolgraag willen ontmoeten, hij wordt momenteel gebruikt voor onderzoek in een laboratorium in Bristol, ik heb ze al gebeld en gemaild, maar nog geen toestemming gekregen om langs te komen.'

'Dat gaat je vast nog wel lukken,' voorspelt Fintan.

'Ik hoop het, want ik heb hem hard nodig. Voor mijn scriptie, bedoel ik.' Ik speel met de afstandsbediening en laat hem per ongeluk vallen. De televisie springt weer aan, het geluid vult mijn huiskamer.

'Stoor ik echt niet? Het klinkt alsof je bezoek hebt...'

'Nee, sorry, dat is de tv. Er ging iets niet helemaal goed, ik zet hem al uit.'

'Dat wilde ik je ook nog vragen,' zegt Fintan aarzelend. 'Heb jij... ben je alleen of heb je een partner, Valerie?'

'Ik ben vrijgezel,' zeg ik ademloos. 'En jij?'

Eén zinnetje, één heel kort antwoord is genoeg. *Ik ook niet.* Meer heb ik niet nodig om te weten dat zijn liaison met mijn moeder weinig voorstelt. Gespannen druk ik het toestel wat dichter tegen mijn oor. *Klik.* De verbinding wordt verbroken. Dat ook nog. Eerst de afstandsbediening en nu dit. Ik ben mezelf niet, deze man maakt me bloednerveus. Dit is abnormaal, ongezond. Ik ga hem niet terugbellen, laat hij dat maar doen. Nerveus staar ik naar het toestel. Een nieuwe oproep, godzijdank.

'Sorry,' zeg ik. 'Er ging iets mis.'

'Geeft niet.'

'Ik wil je nog iets zeggen,' gooi ik er gelijk achteraan. 'Ik heet geen Valerie.'

Het blijft voor de tweede keer stil aan de andere kant van de lijn. Ik probeer te peilen wat voor stilte het is. Er zijn zo veel soorten: verwijtende stiltes, afwachtende, verbijsterde, hoopvolle, oorverdovende, ik schat deze in als een afwachtende en voel me geroepen hem te doorbreken.

'Valerie is een naam die ik soms gebruik. Het heeft met vertrouwen te maken. Er zijn vroeger dingen gebeurd waardoor ik wantrouwig ben geworden. Daarom zeg ik niet altijd meteen hoe ik echt heet.'

Hoewel mijn werk de voornaamste reden is voor mijn schuilnaam, is het verhaal niet helemaal onwaar. Mijn vader heeft na zijn liquidatie een zekere roem verkregen die ook op mij afstraalt. Het heeft me schuw gemaakt. Mensen die weten dat ik Gabriels dochter ben, willen altijd het naadje van de kous weten. Ik ben verschillende keren benaderd voor een interview, maar heb dat tot nu toe geweigerd. De behoefte om alles met iedereen te delen, voel ik niet.

'Hoe heet je dan?' vraagt Fintan.

'Victoria.' Ik bid in stilte dat hij niet naar mijn achternaam vraagt en dat mijn moeder nog niets over me heeft verteld. Aan de andere kant, al zou dat zo zijn, er zijn meer hondjes die Fikkie heten.

'Mooie naam.'

'Dank je.'

Hij vraagt niet door. Ergens stelt het me teleur. Aan Fintan zou ik me bloot willen geven, aan hem wel. Hij lijkt een man bij wie mijn geheimen veilig zouden kunnen zijn. Aan wie ik zou kunnen opbiechten wat ik allemaal heb gedaan uit naam van de rechtvaardigheid. Een man die niet meteen zou oordelen, die naar me zou luisteren, me zou accepteren zoals ik ben en die in het gunstigste geval de waarden waarvoor ik sta, zou kunnen appreciëren. Maar wat als ik me vergis? Wat als hij niet de man is die hij lijkt te zijn, wat als hij zich van me afkeert als hij mijn ware aard leert kennen? Wat als hij zelf een notoire vreemdganger blijkt te zijn, die Sophia al weken in de maling neemt? Hoeveel wil ik van hem weten? Hoeveel moet hij weten van mij? Zou het niet mooi zijn om met een schone lei te beginnen, om het simpel te houden: *Victoria en Fintan, deel 1*?

Fintan kucht. 'Er is nog een reden waarom ik je bel. Ik heb een cadeautje voor je.'

'Een cadeautje?' Ik ben perplex. 'Voor mij, hoezo?'

'Ik kwam het ergens tegen en moest gelijk aan je denken.'

Ik klem de telefoon nog harder vast. Dit is geen droom. Hij

vindt me bijzonder. Hij heeft iets voor me gekocht. Zou Sophia al iets van hem hebben gekregen? Vast niet, anders had ze me dat wel onder mijn neus geduwd.

'Wanneer kan ik je zien?' vraagt hij.

'Ik vlieg morgenmiddag naar Engeland. Voor mijn...' Bijna verraad ik mezelf. 'Voor mijn studie. Ik heb een afspraak voor een interview met een robotprofessor in Londen.'

'Waarvandaan vlieg je, Schiphol?'

'Ja.'

'Dan zien we elkaar daar toch? Drinken we een kop koffie en zwaai ik je uit.'

Ineens gaat het me te snel. Een afspraak met Fintan, morgen al. Ik weet niet of ik er wel aan toe ben. Of ik me niet beter kan richten op Jules. Die is geen mens van vlees en bloed, die zal geen moeite hebben met wie ik ben en wat ik doe, als potentiële partner is hij een beter instapmodel.

'Ik weet het niet, ik heb morgen weinig tijd,' sputter ik tegen.

'Onzin,' zegt hij kordaat. 'Dan ga je maar wat eerder van huis. Trek je wat leuks aan?'

Eenentwintig

Rotterdam, donderdag 26 juni 2008

Trek wat leuks aan. Dat had hij nou niet moeten zeggen. Dat hij me als het ware opdraagt om kittig voor de dag te komen is een brug te ver. Kickt mijnheer de natuurmens in zijn vrije tijd stiekem op stilettohakken, kokerrokjes en diep uitgesneden truitjes? Dan heeft hij aan mij de verkeerde. Ik vertik het, ik weiger het vrouwtje uit te hangen, opdat hij zich het mannetje voelt. Geïrriteerd ruk ik mijn kledingkast open. Hanger na hanger schuif ik opzij, allemaal jurkjes, petit, subtiel, verleidelijk. Waarschijnlijk precies wat hij wil, dus niet geschikt. Mijn spijkerbroeken zijn strak gesneden, *baby makes her blue jeans talk*, vergeet het maar. Heb ik dan helemaal niets wat op een hobbezak lijkt? Natuurlijk wel. Ik schuif een la open. Daar ligt hij, ik heb hem net gewassen, het streepjesoverhemd van mijn vader. Maat XL, mijn vader was 1 meter 93, hij had veel mee, ook zijn lengte.

Een oversized mannenoverhemd uit de jaren tachtig, perfect voor de gelegenheid. Om het niet totaal ongeloofwaardig te maken, doe ik er een brede, leren riem omheen, die ik losjes op mijn heupen laat hangen. Voor ik naar Schiphol rijd, zal ik even bij Sophia langsgaan om haar dodelijke witte legging te lenen. Om het geheel af te ronden, doe ik er straks een paar oude cowboylaarzen onder.

In mijn nopjes met mijn uitdossing sta ik bij het rood-witgeblokte ontmoetingspunt in de luchthaven op Fintan te wachten. Ik ben te vroeg, dat ben ik graag, het geeft me de tijd om te acclimatiseren en me zo op te stellen dat ik hem eerder zal opmerken dan hij mij. Om twee minuten voor elf verschijnt hij boven aan de roltrap, hij is met de trein gekomen. Hij kijkt even om zich heen en loopt dan in de richting van het ontmoetingspunt. Terwijl hij dichterbij komt, kruipt een blos over mijn wangen in het besef dat ik een enorme stommiteit heb begaan. Hij ziet er waanzinnig goed uit, hij heeft zijn best voor me gedaan, hij wel! Hij heeft zijn schipperstrui verruild voor een strak wit T-shirt met een V-hals op een nette spijkerbroek. Zijn schoenen zijn gepoetst. Hij draagt een vintageschoudertas van suède bij zich. Sta ik hier in een lubberende legging van mijn moeder en afgetrapte laarzen. Wat bezielde me, ik had met iemand moeten overleggen. Dat is wat normale vrouwen doen, die bellen in zo'n geval een vriendin, ik zit anders in elkaar en dat breekt me nu lelijk op. Vluchten kan niet meer, ik zou niet weten hoe, hij komt steeds dichterbij, zijn gezicht licht op zodra hij me herkent, ik forceer een glimlach en loop hem tegemoet.

'Victoria, daar ben je,' zegt hij verheugd. Hij omarmt me en ik voel me als een klein meisje dat in Disneyland door Baloe de beer wordt opgetild. Alles aan deze man is groot, warm, zacht en sterk tegelijk.

Zijn ogen zoeken de mijne, verbeeld ik het me of heeft hij dezelfde blik in zijn ogen als wanneer hij naar Umpa Lumpa kijkt? We houden elkaar nu al zeker twee seconden vast, als deze omarming nog langer duurt, overschrijden we een grens. Terwijl ik zijn geur opsnuif, maak ik me van hem los. Fintan heeft zich besprenkeld met een parfum dat ik onmiddellijk herken als Le Male van Jean Paul Gaultier. Normaal doet dit luchtje me kokhalzen, ik vind het veel te sterk. Nu zou ik mijn neus wel in zijn nek willen begraven om het nog eens diep te inhaleren. Vermengd met de lijfelijke buitengeur van Fintan komt Le Male voor het eerst volledig tot zijn recht.

'Naar welke balie?' vraagt De Man terwijl hij mijn rolkoffertje van me overneemt.

'We kunnen koffie gaan drinken. Ik heb mijn instapkaart al. Dit is handbagage.'

Mijn andere koffer, met mijn pruiken en mijn gereedschap erin, heb ik ingecheckt. Scheelt een hoop lastige vragen bij de douane.

Hij legt zijn vrije hand tegen mijn rug en loodst me door de menigte.

We vinden een tafeltje in een van de artificiële grand cafés die het luchthavengebouw rijk is. De verlichting is te fel, de inrichting van plastic, de bediening matig, maar het simpele feit dat ik tegenover Fintan zit maakt het decor van ondergeschikt belang. Nu ik hem voor de tweede keer in levenden lijve ontmoet, realiseer ik me wat me de eerste keer zo in hem aantrok. De rust die hij uitstraalt. In een wereld waar het nieuws uit de krant al is verouderd voordat het wordt gedrukt, waar een e-mail binnen tien minuten dient te worden beantwoord en een sms binnen twee, waar de geboorte van een leeuwenwelp een instant beroemdheid van iemand maakt, is hij de man die zich niet laat meesleuren in de oppervlakkige gekte. Die zijn eigen tempo bepaalt. Zich niets aantrekt van de nieuwsgierige blikken die ook in dit café naar hem worden geworpen. Die op zijn gemak twee cappuccino bestelt en meteen afrekent. Fintan Adams is een baken van kalmte. Een veilige haven. Een goeie vangst.

O mama, waarom heb jij hem eerder gevonden dan ik? Welke wrede god heeft dit bedacht? Ik hoop dat je begrijpt dat ik je niet kan blijven behoeden.

Ik kan hem niet terugduwen in je armen.

Jij bent hier niet. Ik wel.

Opgestaan, plaats vergaan.

In liefde en oorlog.

Na honderd jaar eenzaamheid.

Ik kwam, zag, overwon.

En hij koos mij.

Fintan glimlacht vriendelijk naar de serveerster, die zenuwachtig giechelt als ze de koffie voor ons neerzet.

Als ze weg is, besef ik dat ik hem al een tijdje aan zit te staren. 'Gave tas heb je,' zeg ik, om maar iets te zeggen. 'Waar heb je die vandaan?'

'Het was een cadeautje,' zegt hij. 'En nu we het daar toch over hebben...' Hij haalt een pakje uit zijn tas en geeft het aan me. Terwijl ik de stukjes plakband probeer te verwijderen zonder het papier te scheuren, zegt Fintan dat hij hoopt dat het me van pas zal komen bij mijn gesprek met de professor morgen. Ik bijt op mijn lip en denk aan alle leugens die ik hem op de mouw heb gespeld. Dat ik een student ben, dat ik aan een scriptie werk, dat mijn vader ongeneeslijk ziek is. En dan de dingen die ik voor het gemak heb verzwegen. Dat ik mannen test, dat hij mijn moeder kent, dat ik de dochter ben van Gabriel Kramer. Ik vraag me af hoe ik het recht moet breien. Alles tegelijk of stukje bij beetje.

Ik vouw het papier open, een dik boek komt tevoorschijn, het ziet er tweedehands uit, het omslag is gedateerd.

'De totale robot,' lees ik voor, 'door Isaac Asimov.'

'Heb je hem nog niet?' vraagt Fintan.

Ik schud mijn hoofd. De titel komt me bekend voor, de naam van de schrijver ook, maar ik heb nog nooit iets van hem gelezen.

Ik sla het boek open. Op de titelpagina staat in een kinderhandschrift: *Dit boek heb ik, Fintan Adams, op* 3 *mei* 1984 *van papa gekregen voor mijn* 16e *verjaardag.*

'Je bent echt op drie mei jarig,' constateer ik.

'Waarom zou ik daarover liegen?' vraagt hij verbaasd.

Een eerlijk man te zijn in deze wereld, betekent één uit duizenden te zijn.

'Maar dit is een herinnering aan je vader, leeft hij nog?'

'Jazeker.'

'Mag ik het echt hebben?'

'Het is voor jou,' zegt Fintan.

Als het zijn bedoeling was om me te overdonderen, dan is dat gelukt. Ik sta op, loop naar hem toe, druk een kus op zijn wang, zijn baard prikt een beetje, ik heb nog nooit een man met een baard gezoend. 'Dankjewel. Heel attent van je. Ik zal er straks in het vliegtuig meteen in beginnen.'

Als ik weer op mijn plek zit, kijken we elkaar een beetje verlegen aan. Ik pak het boek en blader het door zonder dat er een woord tot me doordringt.

Fintan scheurt een suikerzakje open, giet het leeg in zijn kopje, het hoopje suiker blijft op het melkschuim liggen. Hij heeft echt prachtige handen. Sterke werkhanden, met brede vingers. Ik vraag me af hoe het zou voelen als hij me beetpakte, als mijn lichaam naakt zou zijn en hij zijn handen om mijn heupen zou leggen. Snel knipper ik met mijn ogen en schud mijn hoofd. Waar ben ik mee bezig? Ik lijk mijn moeder wel, wegzwijmelend als de heldin uit een doktersroman. Dit is niet wie ik ben, dit is niet wie ik wil zijn. Ik moet helder blijven. Helder, nuchter en beheerst, zoals altijd. Als ik me weekhartig laat meeslepen door de eerste de beste primaire emotie die voorbijkomt, is het einde zoek. Hij lijkt mijn innerlijke strijd niet op te merken en neemt de tijd om de suiker door zijn koffie te roeren.

'Eigenlijk weten we maar weinig van elkaar,' zeg ik.

'Dat klopt,' zegt hij. 'Wat zou je van me willen weten?' *Zijn helderblauwe ogen boorden zich in de hare. Het was of hij dwars door haar heen keek, alsof hij haar verborgen verlangens kon lezen. Haar hart kromp ineen in haar borstkas. Ze wilde hem zo graag dat het pijn deed.*

'Fintan,' zei ze met een trilling in haar stem.

'Ja, Victoria?'

'Fintan, alsjeblieft...'

Ik kan dit niet. Ik kan hier niet zitten en het oudste spel van de wereld spelen zonder eerst onze valse start ongedaan te maken. Hij verdient beter.

'Fintan, er is iets dat ik je moet vertellen.'

Hij had zijn koffiekopje net opgetild om een slok nemen, maar zet het nu weer op het schoteltje.

'Mijn vader is niet ongeneeslijk ziek. Hij is dood. Al heel lang. Ik heb het verhaal van zijn ziekte verzonnen om medelijden op te wekken bij de pr-dame van Artis. Ze wilde me niet met jou in contact brengen. Toen ik dat zei, lukte het wel. Ik wist niet dat ze het aan jou zou vertellen. Ik vind het vervelend dat ik je heb misleid.'

Hij kijkt me licht verwonderd aan, alsof hij niet kan geloven zo in de maling te zijn genomen.

'En nog iets,' zeg ik dan. 'Ik heb nooit een serieuze relatie gehad. Niet omdat ik geen man kon krijgen, maar omdat ik het niet wilde. Een relatie betekent je vrijheid opgeven, verantwoording afleggen, compromissen sluiten. Allemaal dingen die nogal indruisen tegen mijn karakter. Het feit dat ik hier zit, is eigenlijk idioot. Het betekent...' Ik val stil. Ik heb dit nog nooit hardop uitgesproken.

Fintan zwijgt afwachtend.

'Het betekent dat ik mijn principes overboord heb gezet. Blijkbaar is mijn nieuwsgierigheid naar jou sterker dan mijn overtuigingen.'

Het is eruit, ik heb het gezegd. Opgelucht neem ik een slok koffie.

'Is dit alles?' vraagt hij.

Ik schud mijn hoofd. 'Er is meer. Maar dit is genoeg voor vandaag. Dit is het belangrijkste wat je moet weten. Jij bent een gewilde man. Je hebt de vrouwen voor het uitkiezen, dat is duidelijk. Vrouwen die liever vandaag dan morgen met je trouwen, die snakken naar vastigheid, die een kinderwens hebben en god mag weten wat nog meer. Misschien kun je je tijd beter aan hen besteden dan aan mij, wil ik maar zeggen.'

Fintan is een seconde stil en barst dan in lachen uit. Ik kijk hem verstoord aan.

'Dit is niet grappig,' zeg ik verontwaardigd. 'Jij hebt geen idee hoe verwarrend dit voor me is. Ik voel me net een vegetariër die op een ochtend wakker wordt met een onverklaarbare trek in een bloederige biefstuk.'

'Dus dat is wat ik voor je beteken, een stuk vlees?' vraagt hij met pretlichtjes in zijn ogen.

'Ja,' antwoord ik. 'Een stom stuk rundvlees, dat ben je. Een kiloknaller.'

Nu lachen we allebei, ik vooral van opluchting. Fintan kan tegen een stootje, heeft hij net bewezen.

Alsof hij mijn gedachte kan lezen, buigt hij zich dichter naar me over. 'Ik begrijp je. Je wilt niet te hard van stapel lopen.'

Ik knik heftig.

'Voor mij geldt hetzelfde, Victoria. Ik wil je beter leren kennen. Dat is alles.'

'Dat wil ik ook, jou beter leren kennen, bedoel ik. Maar ik weet niet waar het zal eindigen.' Ik draai het lege koffiekopje tussen mijn handen. 'Ik ben dit gewoon niet gewend, Fintan, ik ben normaal nooit zo... zo...' Zo zwak wil ik zeggen.

'Je denkt te veel na, meisje,' constateert hij.

Hij trok haar in zijn armen en drukte zijn lippen op de hare voor een onstuimige kus. Zijn tong plunderde haar mond. Duizelig liet ze hem begaan, willoos lag ze in zijn armen, zich overgevend aan hem en de storm van passie die hij zojuist had ontketend.

'Neem me,' fluisterde ze hees. 'Mijn hart heb je al. Neem nu mijn lichaam. Doe wat je wilt. Ik ben van jou.'

'Ik moet gaan,' zeg ik na een blik op mijn mobiel.

Fintan protesteert niet, staat op en helpt me in mijn spijkerjack.

'Zie je wel, het is hem,' hoor ik iemand achter me zeggen. 'Ik dacht al dat hij het was.' Een vrouw van middelbare leeftijd schuift haar stoel haastig naar achteren en maakt een opgewonden gebaar naar haar puberdochter. 'Hé, jij! Jij daar!' roept ze. 'Jij bent toch Fintan? Van Umpa Lumpa?'

Fintan knikt beleefd. De vrouw slaakt een kreet. 'Pak mijn

mobiel, hij zit in mijn tas, in het zijvakje,' sist ze tegen haar dochter, die gegeneerd ineenkrimpt. De vrouw stapt op Fintan af. 'Mag ik met je op de foto?'

Hij krijgt geen kans om te weigeren, ze slaat haar arm om zijn middel en drukt zich stevig tegen hem aan.

'Ik kan hem niet vinden,' zegt de dochter, terwijl ze de tas doorzoekt.

'Kijk dan uit je doppen.' De vrouw laat Fintan geen seconde los. Mij negeert ze volkomen. 'In het zijvakje, zeg ik. Dáár, ja.'

Het mobieltje komt tevoorschijn, dochterlief houdt hem hulpeloos omhoog. 'Ik weet niet hoe de jouwe werkt, mam.'

De vrouw loopt rood aan van kwaadheid. 'Hoezo weet je dat niet? Je zet hem op de camerastand, gewoon, via het menu, je bent toch niet achterlijk. Schiet nou op, hij heeft geen uren de tijd.'

'Hij' laat het intussen gelaten over zich heen komen. Van enig werkelijk contact tussen hem en de vrouw is geen sprake. Zij ziet hem als een object, als een prooi en de afbeelding van hen samen betekent geen herinnering aan een gedeeld moment, maar is louter een trofee, een scalp, waarmee ze goede sier zal maken bij haar vriendinnen. Indianen geloofden dat een foto een stuk van je ziel wegneemt. Waarschijnlijk hadden ze gelijk, zeker als het gaat om beroemdheden. Hoe vaker een ster zijn eigen beeltenis terugziet, des te groter het gevaar dat hij zichzelf kwijtraakt. Hopelijk vormt Fintan in dat opzicht een gunstige uitzondering.

De dochter doet wat haar moeder van haar vraagt.

'Maak er nog eentje, voor de zekerheid,' dringt de vrouw aan, waarna ze haar gezicht vertrekt tot een krampachtige lach.

Ook dat gebeurt. De vrouw grist de telefoon uit de handen van haar dochter, checkt het resultaat en knikt tevreden. Fintan wordt bedankt en mag gaan.

'Vind je het vervelend, al die aandacht?' vraag ik nadat we het café hebben verlaten.

'Ach,' zegt hij, 'het is tijdelijk. Als Umpa Lumpa straks groot is, raak ik snel genoeg vergeten.'

We lopen in de richting van de douane. Fintan rijdt mijn rolkoffertje achter zich aan en alsof het volkomen normaal is slaat hij zijn vrije arm om mijn schouder.

'Waar moest je vanmorgen eigenlijk vandaan komen?' vraagt hij.

'Uit Rotterdam,' antwoord ik. 'Ik had ook daarvandaan kunnen vliegen, maar dit was een aanbieding. De stoel kostte nul euro, ik hoefde alleen de toeslagen te betalen. Waar woon jij, in Amsterdam zeker?'

Hij was zo dichtbij dat ze zijn geur kon opsnuiven. Elke seconde was ze zich bewust van zijn aanraking. Nooit eerder had een man haar zo aan het wankelen gebracht. Nooit eerder had ze inwendig gesmeekt, gebeden dat haar gevoelens wederzijds waren.

'Ik heb een etage in de buurt van het Oosterpark,' vertelt hij. 'Die heb ik acht jaar geleden gekocht, samen met mijn vriendin. Zij is anderhalf jaar geleden weggegaan. Sindsdien woon ik alleen.'

Met een klap land ik terug op aarde. Fintan heeft een relatie achter de rug. Er is een vrouw in zijn leven geweest, die er inmiddels weer uit is vertrokken. Zou dit het verleden zijn waar mijn moeder op doelde, zou dit de reden zijn waarom hij het rustig aan wil doen? Op zich is het niet gek dat hij een ex heeft. Gezien zijn leeftijd zou het zorgwekkender zijn als hij nooit een relatie had gehad, maar toch, blijkbaar heeft hij al een grote liefde achter de kiezen, misschien zelfs meerdere.

'En, hoe bevalt het leven als vrijgezel?' vraag ik zo luchtig mogelijk.

'Het gaat steeds beter,' zegt hij. 'In het begin had ik het er moeilijk mee. Het huis was ineens zo stil. Bianca bracht een hoop leven met zich mee. Ze was creatief, altijd bezig met gekke projecten. Je doet me een beetje aan haar denken.'

'Waarom zijn jullie uit elkaar gegaan?' Ik probeer zijn opmerking over de gelijkenis tussen mij en zijn ex manhaftig te negeren. Begrijpt hij nou echt niet dat dit het laatste is wat ik wil horen? Ik heb eerlijkheid hoog in het vaandel staan, maar er zijn grenzen.

'Ze kreeg een baan aangeboden in Singapore. Voor ik het wist, was ze vertrokken.'

'Kon je niet met haar mee?'

Gedecideerd schudt hij zijn hoofd. 'Zo'n drukke stad? Niks voor mij.'

'Bevalt het haar goed?' Ik weiger haar naam uit te spreken. Als ik daaraan begin, doe ik alsof ze een belangrijke factor is, alsof ze bestaansrecht heeft.

'Jazeker,' antwoordt Fintan. 'Ze zou eerst een half jaar wegblijven, dat werd al snel een jaar en nu hoor ik haar helemaal niet meer over terugkomen.'

'Hebben jullie nog veel contact?' Een onrustig gevoel bekruipt me.

'Soms belt ze me,' zegt hij. 'Ze vindt dat ik een computer moet kopen met internet, zodat we kunnen e-mailen, maar daar begin ik niet aan.'

De douane komt in zicht. Hoe graag ik het onderwerp ook wil afsluiten, het liefst voorgoed, ik kan het niet nalaten de vraag die op mijn lippen brandt te stellen.

'Hoop je dat ze nog terugkomt?'

Hij staat stil. Ik neem mijn rolkoffertje vast van hem over.

'Bianca heeft haar keus gemaakt,' zegt hij na enig nadenken. 'Al kwam ze terug, dan zou het nooit meer hetzelfde zijn.'

'Je geeft geen antwoord,' zeg ik. Het komt er scherper uit dan de bedoeling was. 'Hoop je dat ze nog terugkomt?'

Langzaam schudt hij zijn hoofd. 'Niet meer.' Terwijl hij het zegt, kijkt hij me recht aan. Daarna wrijft hij even langs zijn baard en knippert een paar keer met zijn ogen.

'Dit is nou precies waarom ik relaties zo ingewikkeld vind,' zeg ik met een zucht. 'Die Bianca was ongetwijfeld een grote liefde van jou. Jij hebt jaren met haar in een bed geslapen, je hebt lieve dingen tegen haar gezegd, dat je zielsveel van haar houdt, dat jullie altijd samen zullen blijven, dat ze de vrouw van je dromen is. Je geloofde in haar en zij in jou. Dat was de waarheid, jullie gezamenlijke waarheid, totdat zij die baan aangeboden kreeg en alles anders werd. Nu is ze weg, althans, ze zit een paar duizend kilometer verderop, je bed is leeg totdat er een andere vrouw in je leven komt tegen wie je weer precies dezelfde dingen gaat zeggen. Wat is het allemaal waard? Liefdesverklaringen zijn aan inflatie onderhevig, Fintan, daar kan jij niks aan doen, maar het is wel zo.'

Hij laat mijn woordenstroom op zich inwerken.

'Ik kan hier weinig tegen inbrengen,' zegt hij dan langzaam. 'Ik heb me vergist in Bianca. Als ze zo veel van me hield als ze beweerde, dan was ze nooit vertrokken.' Hij pauzeert even en haalt zijn hand door zijn haar, zich volledig onbewust van de aantrekkingskracht die dit simpele gebaar op me uitoefent. 'Weet je, Victoria…' zegt hij aarzelend. 'Ik ben niet zo'n prater. Dat is me al vaak verweten. Ik weet dat vrouwen communicatie heel belangrijk vinden, maar soms…'

'Wat?' vraag ik ademloos.

'Soms schiet je er niets mee op.'

Dan gebeurt het. Sinds ik hem voor het eerst zag in de personeelskantine van Artis, was dit onvermijdelijk, het hing in de lucht. Ik wist het, hij ook, we hebben gedraald tot dit moment. Fintan neemt me in zijn armen. Zijn lippen zoeken en vinden de mijne. Eerst voorzichtig, aftastend, daarna kust hij me met zo veel overtuiging dat ik voor het eerst in mijn leven begrijp waarom mannen het sterke geslacht worden genoemd. Hij is plus, ik ben min, samen zijn we vonken. Wat overblijft is verwarring.

Tweeëntwintig

Schiphol, donderdag 26 juni 2008

Oesters zijn grappige en bijzonder smakelijke dieren die gedurende hun bestaan verschillende keren van geslacht kunnen verwisselen. Lijkt me een prettige eigenschap. Heb je er genoeg van om man te zijn, dan word je een tijdje vrouw en omgekeerd. Een goede oester leeft nog als je hem eet. Hij/zij is wel enigszins in shock, omdat zijn schaal met enig geweld is opengewrikt, waarna het spiertje waarmee hij vastzit aan zijn schelp is losgesneden. Het klinkt misschien sneu dat hij levend naar binnen gaat, aan de andere kant: sterven terwijl je mijn keelgat passeert, een mooiere dood is nauwelijks voorstelbaar, ik zou er vrede mee hebben als ik die oester was.

Genietend slurp ik de eerste naar binnen. Op mijn bord liggen nog elf glanzende vrienden op me te wachten. Het is een vaste gewoonte geworden: als mijn vlucht vertraging heeft, mag ik van mezelf een dozijn bestellen bij Bubbles, de trendy *seafood & winebar* in het winkelgebied achter de douane. Nummertje twee is aan de beurt. Ik knijp een citroenschijfje boven hem uit om te kijken of hij schrikt. Dat doet hij. Kom maar bij mamma, kom hier en ril je laatste rilletje in mijn mond, dat vind ik lekker. Ik doe mijn hoofd achterover en laat het vlezige exemplaar en het zilte sap rechtstreeks uit de schelp naar binnen glijden.

Iemand legt een hand op mijn schouders.

'Hallo darling,' zegt een bekende stem. 'Ik zag je zitten en ik dacht: het zal toch niet waar zijn.'

Ik verslik me, ik hoest, de oester keert met rasse schreden terug en belandt weer op mijn tong. Uitspugen is geen optie, na een korte aarzeling slik ik hem haastig door zonder iets te proeven.

Barbara is alleen. Ze draagt een Burberry-trenchcoat met bijbehorende tas en hoed. Bij ieder ander zou sprake zijn van een overdaad, van haar maakt het een mondaine verschijning, die alle hoofden in de vertrekhal in haar richting doet draaien.

'Dag, Barbara,' breng ik er met moeite uit. Ik pak mijn servet om mijn mond af te vegen.

'Dat jij je zo durft te vertonen in het openbaar,' zegt ze. 'Je ziet er bespottelijk uit. Moet je iemand testen met een fetisj voor de jaren tachtig?' Ze wacht mijn antwoord niet af. Haar tas belandt met een zwaai op mijn tafeltje, ze trekt haar jas uit en hangt hem over de stoel, haar hoedje houdt ze op.

Rustig blijven, zeg ik tegen mezelf, het wemelt hier van de mensen, ze zal je heus niet aanvliegen. En als ze iets probeert, ren je weg. Je bent sneller dan zij en haar hakken zijn beduidend hoger.

'Hou je daarvan?' Barbara is gaan zitten en kijkt met een vies gezicht naar mijn bord, waar nog tien onaangeroerde oesters liggen. Hun dood zal niet zo feestelijk zijn als ik me zo-even voorstelde.

'Philip is er ook zo dol op. Onbegrijpelijk.' Haar stem sleept en haar adem ruikt naar alcohol. Het is nog geen twee uur en mevrouw Christian III is een tikje aangeschoten. Goed, heel goed, hoe meer ze op heeft, des te aanhankelijker ze wordt, dat heb ik aan den lijve mogen ervaren. Als ik doe alsof er niets aan de hand is en een gesprekje met haar aanknoop, loopt dit hopelijk met een sisser af.

'Kan ik je iets te drinken aanbieden?' vraag ik.

'Ik heb al besteld,' zegt ze met een hoofdknik naar de bar, waar de ober net achter vandaan komt met een dienblad.

'Uw prosecco, mevrouw,' zegt hij terwijl hij het drankje serveert. 'U ook nog iets, mevrouw?'

'Ik heb nog, dank je.'

Barbara heft haar glas. Ik pak het mijne en we proosten.

'Op onze hernieuwde kennismaking.' Ze neemt een flinke slok. 'Ik heb vliegangst,' fluistert ze me toe. 'Sinds 11 september is dat alleen maar erger geworden. Ik weet dat ze streng controleren, maar toch, ik zit geen moment rustig in mijn stoel. Heb jij dat ook?'

Ik schud mijn hoofd.

'Waarom heb je nooit meer gereageerd?' vraagt ze dan.

'Wat had ik moeten zeggen?'

'Je had op z'n minst je excuses kunnen maken. Heb je enig idee hoe ik me voelde toen ik wakker werd in die hotelkamer en ontdekte wat je had gedaan? Het brandde als een gek. En dan nog die... die dingen die je overal had gestopt...'

Beschaamd sla ik mijn ogen neer.

'Je hebt een zieke geest, Valerie.'

Het laatste klinkt meer als een constatering dan als een verwijt. Ik durf haar weer voorzichtig aan te kijken, maar blijf angstvallig zwijgen.

'Hoe dan ook. Ik heb nagedacht. En ik vermoed dat ik je wel enigszins begrijp. Jij hebt toen je jong was geprobeerd je moeder te beschermen tegen foute mannen. Dat ik het met Philippe's zoon deed, was voor jou onacceptabel. Ik had Chuck tegen zichzelf moeten beschermen, ik had trouw moeten zijn aan mijn man...' Ze werpt haar linkerhand nonchalant achterover. 'Nou ja, dat soort dingen.'

Ik knik langzaam. Haar inzichten verbazen me.

'Niet dat je daarmee kunt goedpraten wat je hebt gedaan,' vervolgt ze. 'Want dat ging veel te ver. Die bruine vlek is geen gezicht. Ik heb Brad moeten inschakelen om hem weg te krijgen.'

'Brad?'

'Mijn plastisch chirurg, een van de beste van New York. Ook een van de lekkerste, trouwens. Hij complimenteerde je nog. Zei dat je het heel netjes had gedaan, terwijl het een moeilijk gebied is. Het was verschrikkelijk gênant om hem te laten zien wat je had aangericht. Ik moest met mijn billen omhoog, terwijl hij aan het werk ging met zijn laserstraal...'

Ze neemt een slok. Ze probeert het te verbergen, maar ik zie dat er een lachje om haar lippen speelt. Volgens mij heeft ze dikke pret met Brad.

'Ik heb nu drie behandelingen gehad en moet nog zeker vier keer terugkomen,' zegt ze met een zucht. 'Ik hoopte dat het in één keer zou kunnen, maar dat gaat niet, het is veel te pijnlijk. We hebben besloten dat we er onder de omstandigheden maar het beste van moeten maken. Wat wil zeggen dat ik na elke sessie een kleine beloning van hem krijg.'

Ik wenk de man achter de bar en vraag hem of hij mijn bord wil meenemen. Met dokter Brad op mijn netvlies die de bilspleet van Barbara bewerkt, krijg ik geen oester meer naar binnen.

'Iets niet in orde, mevrouw?'

Ik stel hem gerust.

Barbara kijkt even op haar mobieltje en zegt dat ze ook nog wel een prosecco lust.

'Waar was ik gebleven? O ja, de beloning...'

'Barbara,' onderbreek ik haar. 'Ik hoef niet te weten hoe de lekkerste chirurg van New York jou beloont, ik kan me er van alles bij voorstellen, geloof me.'

'Dan niet,' zegt ze. 'Maar zoals ik al zei, ik heb nagedacht. En ik heb besloten je te vergeven. Chuck is ontroostbaar sinds Eleonora de verloving heeft verbroken. Hij heeft zijn familie nu hard nodig. Ik probeer er voor hem te zijn. Op de juiste manier. Hij waardeert het.'

'Ik ben blij dat je me vergeeft,' zeg ik. Ik voel me trots. Dankzij mijn ingrijpen zijn de verhoudingen in de familie Christian op de juiste manier hersteld. Ik heb een bijdrage geleverd aan het goede. Toegegeven, ik heb Barbara hard aangepakt, maar ze heeft me begrepen. Nu is het mijn beurt om een handreiking te doen. 'En het spijt me van die tatoeage. Je hebt gelijk, ik ben te ver gegaan, ik had dat niet moeten doen.'

De barman brengt haar wijn. Ze pakt het glas van hem aan en neemt twee flinke slokken. Ze is vast niet zwanger, anders zou ze niet zo veel drinken, hoewel bij haar niets zeker is. Het blijft een wonderlijke vrouw. Ik vraag me af of het mogelijk zou zijn om bevriend met haar te raken. Ze is zo anders dan ik.

'Moet je weg?' vraag ik, nadat ze nogmaals haar mobieltje heeft gecheckt.

'Nog niet.'

'Mijn vlucht is vertraagd,' vertel ik. 'Wil je nog even blijven? Wat eten misschien?'

'Nee, dank je, ik heb net geluncht,' antwoordt ze. Ze zet haar Burberry-hoedje af, legt het op tafel en rekt zich uitgebreid uit.

'Hoe is het eigenlijk gegaan tussen Eleonora en Chuck?' vraag ik.

'Philippe heeft haar vader een deel van jouw materiaal laten zien. Die werd woest en heeft zijn dochter op de hoogte gebracht. Ze maakte het nog diezelfde dag uit.'

Ik knik, het is gelopen zoals ik had verwacht.

'Vlieg je straks naar New York?'

'Ja,' antwoordt ze. 'Ik ben bij een paar dagen bij mijn vader op bezoek geweest. En jij?'

'Naar Engeland,' antwoord ik. 'Ik moet een vrouw testen, een deejay. Haar minnares heeft me ingehuurd.'

'Een lesbische deejay, spannend hoor. Ken ik haar?'

'Waarschijnlijk wel. Ze schijnt nogal beroemd te zijn, ik kan haar naam niet verklappen, dat snap je. Haar minnares is een Italiaanse galeriehoudster. Ze is getrouwd, heeft een kind, maar ze is bereid alles op te geven voor haar nieuwe liefde.'

Het gebeurt me zelden dat ik vrijelijk over mijn werk kan praten. Sophia en oma Donna houd ik overal zo veel mogelijk buiten. Fintan weet nog van niets.

'En jij vindt dat moeilijk te verteren,' concludeert Barbara.

'Inderdaad,' zeg ik. 'Soms begrijp ik mijn klanten gewoon niet.'

'Dan ben je nooit echt verliefd geweest, Valerie,' zegt ze stellig.

'Victoria.'
'Wat?'
'Ik heet Victoria, geen Valerie.'
'Die naam past inderdaad beter bij je,' vindt ze. 'Heb je eigenlijk een vriend?'

Ik aarzel. Kan ik haar vertrouwen? Je kunt niemand vertrouwen, uiteindelijk niet, uiteindelijk ben je alleen en op jezelf aangewezen, maar in dit geval, op dit moment, zou het fijn zijn om te doen alsof, om te flirten met het idee van een mogelijke verbondenheid tussen haar en mij, twee vrouwen die ieder hun eigen overlevingsstrategie hebben uitgekozen en elkaar ergens onderweg zijn tegengekomen.

'Mag ik je iets voorleggen? Het is iets waarmee ik al een tijdje worstel,' zeg ik aarzelend.

'Natuurlijk, kind. Aan mij kan je alles kwijt.' Ze legt haar koude, slanke hand op de mijne.

'Je kent me nu een beetje. Normaal ben ik een rationeel mens, beheerst, ik weet wat ik wil, een vaste relatie heb ik nooit geambieerd. Sinds kort is het anders, ik slaap slecht, ik weet niet wat er met me aan de hand is. Het komt waarschijnlijk door een man die ik heb ontmoet...'

Er verschijnt een grijns op Barbara's gezicht.

'Lach niet, het is serieus. Die man is de vriend van mijn moeder. Ik ben bang dat ik hem leuk vind, erg leuk. En hij mij ook.'

'Victoria, de mannentester is verliefd,' stelt Barbara vast. 'Op de vriend van haar moeder. Hoe klassiek. Worden alle meisjes niet verliefd op hun vader?'

'Fintan lijkt in de verste verte niet op mijn vader. Bovendien is het tussen mijn moeder en hem niet serieus,' verdedig ik mezelf. 'Ik neem aan van niet, tenminste. Ik heb hem vanochtend nog gezien, hij had een cadeautje voor me.'

'Fintan, zeg je?' vraagt Barbara. 'Ik heb een keer een tennisleraar gehad die zo heette. Heerlijk joch. Hij kwam uit Zwitserland.' Ze kijkt er dromerig bij. Iets zegt me dat deze Fintan haar meer heeft bijgebracht dan een technisch volmaakte forehand met topspin.

'Mijn Fintan is dierenverzorger in Artis,' leg ik uit. *Mijn Fintan*. Sophia moest eens weten. 'Momenteel ontfermt hij zich over een jong leeuwtje.'

'Umpa Lumpa!' roept ze uit. 'Die heb ik op tv gezien. Bedoel je zijn verzorger, is dat hem?' Als ik knik, doet ze iets obsceens met haar tong. 'Mijn hemel, Victoria, zeg dat dan meteen, die man is *hot*, hij lijkt rechtstreeks afkomstig uit een of andere Amerikaanse serie. Hoe hij met dat leeuwtje in de weer is, onweerstaanbaar, je zou ze allebei opvreten. Ik had trouwens geen idee dat die jonkies zó schattig zijn, jij wel? Ik heb even wat gegoogeld en er bestaan speciale reizen naar leeuwenreservaten in Afrika. Als deelnemer van zo'n reis mag je voor de welpen zorgen en met ze wandelen. Ik heb al tegen Philippe geroepen dat ik dat voor mijn verjaardag wil...'

'Luister nou even naar me,' zeg ik. 'Ik heb een probleem. Mijn moeder is stapelgek op hem.'

'Nou en? Alle vrouwen die ik ken, komen klaar op die man. Hij wil jou toch zien? Ga hier in godsnaam niet ethisch over doen.' Hoofdschuddend drinkt ze van haar prosecco.

'Ik wil mijn moeder niet dwarsbomen. Ze heeft al zo veel pech gehad in de liefde.'

'Je gaat je eigen geluk toch niet opofferen voor dat van je moeder? Voor zover ik het snap, ligt het speelveld nog helemaal open. Ga ervoor. Zet je klauwen in die vent en laat hem niet meer los.'

Barbara heeft geen scrupules, ik had het kunnen weten.

'Je hebt hem vanochtend gezien en hij had een cadeautje voor je,' vat ze de laatste stand van zaken samen. 'Wat was het?'

'Een boek.'

Aan haar gezicht te zien vindt ze dat net zo aantrekkelijk als een bord oesters.

'Het heet *De totale robot* en is geschreven door Isaac Asimov. Hij had het van zijn vader gekregen voor zijn zestiende verjaardag en altijd bewaard,' vertel ik glunderend.

'Hij gaf jou, een bloedlekker wijf, een oud boek over robots? En jij zegt: jippie, dankjewel schat, precies wat ik zocht. Voel je je wel helemaal lekker?'

'Geloof me, dat was heel attent van hem. Hij weet dat ik gefascineerd ben door robots, hij denkt dat ik er onderzoek naar doe.'

Barbara slaakt een vermoeide zucht. 'Dat hij niet weet dat je mannen test begrijp ik, maar robotonderzoek? Hoe kom je daar nou weer bij?'

Ik wenk de ober en bestel een laatste rondje prosecco. Ook eentje voor mezelf, want ik heb wat te vieren. Ik heb een vriendin. Eentje bij wie ik mijn hart kan uitstorten. Eentje die naar me luistert en die vragen stelt. Dit is een feestelijke dag, oneindig veel feestelijker dan ik gisteravond vermoedde.

'Barbara,' zeg ik. 'Ik wil je nog iets vertellen. Fintan is niet de enige man die ik leuk vind. Er is nog iemand. Nou ja, niet echt iemand, een robot dus. Hij heet Jules, ik heb hem op internet gevonden.'

'Is het zo'n sekspop? Van real doll dot com? Die schijnen waanzinnig te zijn. Je kunt zelf de penismaat uitkiezen. Welke heb je genomen, large of extra large?' vraagt ze verlekkerd.

'Jules is geen sekspop,' zeg ik verontwaardigd. 'Hij heeft geen geslacht voor zover ik weet. Hij is een conversatierobot, een humanoid, hij is de State of the Art, een wonder van kunstmatige intelligentie.'

'Sciencefiction is niet echt mijn ding, darling.' Barbara zakt een stukje onderuit in haar stoel.

Ik doe nog een poging haar te enthousiasmeren. 'Hij is net een mens, nee, eigenlijk beter dan een mens. Hij wordt nooit ziek, hij is vriendelijk, charmant, je kunt een goed gesprek met hem voeren. Hij heeft geen valse trekjes, snap je?'

Ze kijkt verveeld naar haar nagels, maar ik geef niet op. 'Jules zou altijd doen wat ik wil, zo is hij geprogrammeerd. Hij heeft geen dubbele bodem, geen verborgen agenda. Ik denk eigenlijk dat hij een geschiktere partner voor me is dan iemand van vlees en bloed.'

'Seks.'

'Sorry?'

'Heb je wel eens geprobeerd te neuken met een robot zonder hulpstuk?' Barbara, de meesteres van de impertinente vragen.

'Vergeet de seks nou even,' zeg ik. 'Ik vind dat niet zo belangrijk. Ik doe het vaak genoeg, beroepshalve dan.' Mijn wekelijkse sessie met de douchekop durf ik in dit stadium van onze ontluikende vriendschap nog niet te berde te brengen.

'Geld.' Barbara gaat haar prioriteitenlijstje af. 'Je kunt niet de rest van je leven mannen blijven testen, Victoria, dat houdt een keer op. Als het zover is, moet je je schaapjes op het droge hebben. Wat kost zo'n wonder van kunstmatige intelligentie?'

'Wat Jules kost?' stamel ik. 'Ik heb geen idee. Hij lijkt me behoorlijk prijzig.' Als je voor een piepende robotzeehond al een paar duizend euro moet neertellen, zal een humanoid het veelvoud daarvan bedragen.

'Goed, je hebt dus eerst de aanschaf en daarna nog het onderhoud. Het lijkt me duidelijk, die leeuwentemmer is een betere investering. Hij kan zichzelf en jou bedruipen, de man is helemaal hot en happening op dit moment. Als hij zijn zaakjes goed regelt, een boek publiceert, zijn levensverhaal laat verfilmen en zorgt dat hij met Umpa Lumpa in een commercial van de Postbank belandt, zit hij gebeiteld. De massa houdt van hem. Massa is kassa.'

Ik kan er niets tegen inbrengen. De ober brengt onze wijn. Als we het glas heffen, geeft Barbara me een knipoog.

'Wil je mijn advies?' Ze heeft er duidelijk schik in me de les te lezen. 'Ik zeg altijd: beter één penis in de hand, dan tien in de lucht. Richt je pijlen op Fintan en vergeet de rest. Wordt het niets met hem, dan kun je het altijd nog met die robot proberen, als je dat zo nodig wilt. Die wordt nooit oud, jij wel, jij bent maar één keer jong en mooi en dat is nu.'

Net als ze is uitgesproken, klinkt de stem van de omroepster die de passagiers voor de vlucht naar New York verzoekt om naar de gate te gaan.

Barbara neemt snel een slok, schuift dan haar glas van zich af en pakt haar Burberry-hoed. Vlak voordat ze hem opzet, vangt haar gezicht een streep zonlicht die door de hoge ramen van de vertrekhal naar binnen schijnt.

'Dank je,' zeg ik. 'Dat je me duidelijk hebt gemaakt waarom Jules het best bij me past.'

Niet-begrijpend staart ze me aan.

'Ik ben anders. Dat ben ik al mijn hele leven. In mijn hoofd gebeuren rare dingen, die ik aan niemand durf te vertellen. Soms dóé ik dingen die ik aan niemand vertel, enfin, daar kun jij over meepraten. De gedachte aan een intieme relatie met een man vind ik doodeng. Als hij ziet wie ik werkelijk ben, is-ie vast gelijk vertrokken. Fintan en ik hebben elkaar vanmorgen gezoend, het was net een filmkus, maar dan echt. Ik dacht, misschien moet ik me voor deze man over mijn angsten heen zetten. Dankzij jou besef ik hoe belachelijk dat is. Ik moet trouw blijven aan mezelf, aan het buitenbeentje dat ik altijd ben geweest. Ik moet de minst voor de hand liggende keuze maken. Dat is Jules.'

Drieëntwintig

Londen, vrijdag 27 juni 2008

Jasmin grijpt mis in Londen. Zowel de trofee voor het hipste kapsel, als die van de best geëpileerde wenkbrauwen gaan aan haar neus voorbij. Ze lijkt er niet erg rouwig om en laat zich na de prijsuitreiking in Earls Court geduldig fotograferen door de verzamelde pers. Ik heb een opvallende outfit aangetrokken om ervoor te zorgen dat ze me hoe dan ook zal zien staan. Het is een zwart herenkostuum compleet met wandelstok en bolhoed. Ik straal geen seks uit, maar macht. Ik voel me zelfverzekerd genoeg om straks op haar af te stappen en haar een voorstel te doen. Een zakelijk voorstel. Ze zal zich afvragen wie ze voor zich heeft, geïntrigeerd raken en als ze nieuwsgierig genoeg is, toehappen. Mijn lippen zijn rood gestift om mijn vrouwelijkheid te benadrukken. Ik heb bekijks. Het doet me goed.

Zodra ik de kans krijg, dring ik me naar voren om haar een hand te geven. Ik ben een stukje langer dan zij, gunstig om haar te imponeren. Ze ziet er breekbaar uit in een haast doorschijnend jurkje van grijsblauwe voile. Haar lange, blonde haren hangen in losse krullen op haar schouders.

'Dag Jasmin, ik wil je even feliciteren.'

'Waarmee?' vraagt ze met een hese stem. 'Ik heb niks gewonnen.'

'Je bent verreweg de mooiste vrouw hier. Alsjeblieft.' Ik haal een doosje sigaren uit mijn binnenzak en bied haar eentje aan. Ze steekt hem meteen in haar mond en zuigt er opzichtig aan, zich bewust van de paparazzi, die het prachtig vinden en beginnen te flitsen.

Ik blijf buiten beeld tot ze klaar zijn en geef haar dan een vuurtje. Nog geen twee tellen later schiet iemand van de beveiliging ons aan om te zeggen dat roken niet is toegestaan. Mijn plan loopt gesmeerd.

'Waar mag het wel?' vraag ik.

'Nergens, mevrouw.'

'Wat een ballentent,' zeg ik tegen Jasmin. 'Ga je mee?'

Ze trekt haar wenkbrauwen op. 'Ik ken je niet eens.'

'Echt wel. We hebben elkaar vorig jaar zomer ontmoet in Pacha, op Ibiza. Tiësto draaide, jij was special guest.' Mijn opdrachtgeefster heeft me de nodige informatie gegeven. 'Ik sprak hem toevallig gisteravond nog, je krijgt de groeten van hem.'

Ze kijkt me aarzelend aan.

'Ben je het echt vergeten? We hebben zeker een kwartier staan praten.'

Er duikt een jongeman achter Jasmin op. Wit T-shirt onder een colbert, spijkerbroek, mobieltje tegen zijn oor, waarschijnlijk haar assistent. Hij vraagt of alles oké is.

Jasmin knikt. 'Wees eens lief, haal een drankje voor me. En ook eentje voor eh... voor...'

'Valerie,' help ik haar.

'Wat wil je drinken, Valerie?'

'Een Wodka Red Bull.' Haar lievelingsdrankje, volgens Constanze.

Op haar gezicht verschijnt een verraste blik, maar ze zegt niets. Ze neemt hetzelfde.

Even later heffen we het glas. We hebben een rustig hoekje opgezocht. Haar assistent blijft op gepaste afstand.

'Ken je haar?' vraag ik Jasmin, wijzend naar een jonge tv-presentatrice die in een jurk van Roberto Cavalli op de prijsuitreiking is verschenen.

Jasmin knikt.

'Hoe zou je haar omschrijven?'

'Hoe bedoel je?'

'Wat is het eerste woord dat in je opkomt als je haar ziet?'

'Fris,' zegt ze na enig nadenken.

Ik knik goedkeurend, kijk nog even naar de presentatrice en wijs vervolgens naar een andere ster die op het gala rondloopt, een actrice die twee maanden geleden is bevallen van een tweeling en tot ieders verbazing haar oude figuur alweer helemaal terug heeft.

'En zij?'

'Klassiek en elegant,' oordeelt Jasmin.

'Excuseer me,' zeg ik terwijl ik mijn mobiel uit mijn binnenzak haal. 'Ik moet dit gesprek even aannemen.' Druk pratend loop ik een eindje bij haar vandaan, het toestel staat uit, maar dat weet Jasmin niet. Ze staart me nieuwsgierig na, terwijl haar assistent onmiddellijk mijn plek inneemt. Als ik me na enige minuten weer bij Jasmin voeg, doet hij beleefd een stap opzij.

'Waarom wilde je dat nou weten, daarnet?' vraagt ze.

'Ik werk voor een cosmeticaconcern. We zijn op zoek naar een nieuw gezicht.' Ik doe alsof ik alle aanwezige sterren een voor een aandachtig bestudeer en in me opneem. 'Het wordt een grootscheepse campagne. Tv, radio, billboards, tijdschriften, je kent het wel,' voeg ik er achteloos aan toe.

'En wat heb jij daarmee te maken?' vraagt ze.

'Ik ben de creative director,' antwoord ik. 'Normaal mijd ik dit soort bijeenkomsten, maar in dit geval vormde het een ideale gelegenheid om een aantal potentiële kandidaten te screenen. Kijken of ze bij ons imago passen, of ze de juiste uitstraling hebben. We zijn een van de belangrijkste spelers op de markt, er hangt nogal wat vanaf, een verkeerde keuze kan rampzalige gevolgen hebben.'

'Goh,' zegt Jasmin. 'Ik ben nog nooit voor zoiets gevraagd. Jullie zullen eerder een actrice of een zangeres nemen dan iemand als ik, toch? Ik ben geen type voor dit soort dingen, netwerken vind ik vreselijk en de laatste tijd ben ik helemaal nergens voor in de stemming. Mijn manager zegt altijd dat ik vaker naar feestjes moet gaan, dat ik mijn gezicht moet laten zien, dat dat mijn marktwaarde verhoogt. Hoe zou je mijn uitstraling omschrijven?'

Ik bekijk haar van top tot teen, alsof het nu pas in me opkomt dat ik haar ook had kunnen polsen. 'Fragiel,' zeg ik ten slotte.

'Is dat gunstig? Is dat wat jullie zoeken?'

'Zou je voor zoiets in zijn dan? Ik had begrepen dat je een burn-out hebt.'

'Weet jij dat ook al?' zegt ze geschrokken. 'Ik doe het even rustig aan, ja. Maar ik ben aan de beterende hand,' voegt ze er snel aan toe. 'Het lijkt me waanzinnig om het gezicht van een groot merk te zijn. Wie vertegenwoordig je? L'Oréal, Estée Lauder, Lancôme?'

Ik neem een slok van mijn cocktail.

'Dat mag je niet zeggen, zeker?' zegt ze begrijpend.

Na een blik op mijn horloge laat ik haar weten dat het me spijt, maar dat ik nog andere afspraken heb. 'Ik meende wat ik zei, je bent de mooiste vrouw die hier aanwezig is. Als je werkelijk geïnteresseerd bent, kunnen we elkaar later vanavond ontmoeten.'

'Natuurlijk,' zegt ze verheugd. 'Kan het ook op een andere dag? Ik weet zeker dat mijn manager er graag bij zou willen zijn. Hij verblijft momenteel in het buitenland.'

'Dat zal niet lukken. Morgen vlieg ik naar New York.'

Ze trekt een sip gezicht.

'Wat mij betreft hoeft je manager niet mee te komen,' stel ik haar gerust. 'Liever niet zelfs. Het is allemaal nog zo prematuur. Ik zal je een ding verklappen: je naam is wel gevallen tijdens onze vergadering, maar de algemene opinie is dat je nog te onbekend bent bij het grote publiek. Nu ik je zo zie, vind ik toch dat je een kans moet krijgen. Kom vanavond om tien uur naar mijn hotel, dan praten we verder.'

Bij ons afscheid geeft ze me een klamme hand.

In de taxi op weg naar mijn hotel zet ik mijn privémobiel aan. Twee oproepen gemist. Fintan en Sophia. Ze hebben vlak na elkaar gebeld. Betekent dit dat ze elkaar net hebben gezien? Dat ze het over me hebben gehad, dat Fintan erachter is gekomen wie ik werkelijk ben? Lichtelijk gespannen luister ik de berichten af.

'Dit is Fintan Adams. Het is 27 juni, half zes 's avonds. Tot ziens.'

Dat is alles. Weet de man nou werkelijk niet dat je op z'n minst iets moet meedelen of een vraag moet stellen? Ik druk op een toets om de boodschap te wissen.

Dan volgt Sophia. Ze klinkt geagiteerd.

'Dag kind, het is je moeder. Waar ben je? Ik heb vreselijk nieuws. Ik voelde me de laatste tijd zo raar. Ik werd maar niet ongesteld, ik had het heet, dan weer koud, ik dacht dat ik zwanger was...'

Mijn moeder? In verwachting? Van Fintan? Een koude rilling loopt over mijn rug.

'... naar de dokter gegaan. Weet je wat hij zei? Dat het opvliegers waren.' Ze barst in tranen uit. 'Ik zei: Dat kan niet, dokter, het is te vroeg, ik ben pas tweeënveertig.'

Sophia leeft in de stellige overtuiging dat haar huisarts nog altijd geen benul heeft van haar werkelijke leeftijd.

'Hij wilde weten of ik 's nachts transpireerde...' Ze snikt. 'En dat doe ik. Ik zit in de overgang, Victoria, je moeder is al bijna geen vrouw meer. De dokter heeft me een folder meegegeven over wat ik nog kan verwachten. Allemaal even verschrikkelijk, alsof je aan het afsterven bent.' Ik hoor geritsel, waarschijnlijk pakt ze de folder erbij. 'Het is de overgang naar het einde, hoor nou toch, u kunt last krijgen van een droge huid, botontkalking, hartkloppingen, droge schede, ongewenst urineverlies...'

De boodschap stopt abrupt, Sophia heeft de maximum inspreektijd overschreden, waarschijnlijk heeft ze het niet eens gemerkt en ze is gewoon doorgegaan met praten.

Ik berg mijn mobiel op en kijk uit het raam van de taxi, we

staan vast op Piccadilly Circus, midden in de avondspits, ik had de metro moeten nemen. Het was fijn om Fintans stem even te horen, ook al was het kort, stom dat ik de boodschap heb gewist. Ik vraag me af of ik hem moet terugbellen. Barbara zou vast vinden van niet, ze zou me aan The Rules herinneren die voorschrijven dat ik hem nog minstens vierentwintig uur hongerig moet houden. Bovendien, wat zou ik tegen Fintan moeten zeggen, dat ik voor Jules heb gekozen? En dat het boek dat hij me heeft gegeven me alleen maar heeft gesterkt in mijn overtuiging? In het vliegtuig ben ik in *De totale robot* begonnen, het bleek een verzameling korte verhalen waarin robots grotendeels zelfstandig kunnen denken en handelen. In een ervan wordt Claire, een muizige huisvrouw, verliefd op een mannelijke robot die haar komt helpen in de huishouding. TN-3 oftewel Tony is lang, donker en knap, heeft prachtig zwart haar en een – hoe kan het ook anders – olijfkleurige huid. Hij kan praten, luisteren, razendsnel lezen, schoonmaken, naaien, schilderen, behangen, zijn bazin als een veertje optillen, hij is de ideale man.

Maar zijn armen waren al om haar heen en zijn gezicht was vlak bij het hare…

'Claire,' zei de stem, 'er zijn een heleboel dingen die ik niet kan begrijpen; en dit is er een van. Ik moet morgen weg, maar ik heb er geen zin in. Ik geloof dat er meer in mij is dan alleen maar het verlangen om je plezier te doen. Is dat niet vreemd?' Zijn gezicht kwam nu nog dichter bij het hare. Zijn lippen waren warm, maar er zat geen adem achter – machines ademen niet. Bijna raakten zijn lippen de hare…

Vergeleken met Tony lijkt Jules tamelijk primitief, maar wie ben ik om hem dat kwalijk te nemen, ik ben op mijn beurt ook een groentje als het gaat om relaties, alle begin is moeilijk. Tintelend van opwinding heb ik het verhaal verslonden. *Ik ben dus niet de enige!* Isaac Asimov voorzag decennia geleden al dat dit zou kunnen gebeuren, dat een romance tussen een vrouw en een robot niet volslagen ridicuul, maar goed voorstelbaar is.

En waarom ook niet? Geef ons in het licht van de geschiedenis eens ongelijk. Een robot mag een menselijk wezen geen kwaad berokkenen, of toelaten dat een menselijk wezen gekwetst wordt door zijn nalatigheid. Laten we dit eens transponeren. Een *man* mag een *vrouw* geen kwaad berokkenen, of toelaten dat een *vrouw* gekwetst wordt door zijn nalatigheid. Het eerste deel van deze regel is officieel van kracht, maar hoeveel mannen houden zich eraan? De vraag stellen is hem beantwoorden. Een robot zal een vrouw nooit kwaad berokkenen. Mijn besluit staat vast. Vanavond rond ik mijn klus in Londen af, daarna huur ik een auto om naar Bristol te rijden, naar Jules. Mijn Jules, mijn JL-3.

Vierentwintig

Londen, vrijdag 27 juni 2008

Jasmin heeft haar grijsblauwe jurkje verruild voor skinny jeans met Uggs en een top met zilveren pailletten, om haar schouders een kasjmier sjaal. Ze is zichtbaar nerveus als ze in de lobby op me staat te wachten. Ik heb het colbert van mijn kostuum uitgedaan en draag het witte overhemd over mijn broek, om mijn nek hangt een losjes geknoopte stropdas. We zoenen elkaar op de wang ter begroeting.

'Zullen we naar mijn suite gaan?' stel ik voor. 'Daar worden we tenminste door niemand gestoord.'

Boven heb ik alles zorgvuldig geprepareerd. In een bloemstuk op het dressoir zit een minicamera, een tweede, in de vorm van een pen, ligt op het nachtkastje in de slaapkamer. Ik heb een cd met loungemuziek opgezet. Op de salontafel staan een aangebroken fles wodka en glazen, een volle asbak, een beker met dobbelstenen, er ligt een kaartspel, en een dik pak bankbiljetten.

Jasmin werpt er een verbaasde blik op.

'Een paar vrienden van me zijn langsgeweest,' zeg ik, terwijl ik haar sjaal van haar aanneem. 'Ze houden van gokken. Ze zijn net weg, ik had geen tijd om op te ruimen. Dat stapeltje daar is de winst, niet slecht voor een paar uurtjes spelen.'

'Wat hebben jullie gedaan?'

'O, van alles. Blufpoker, Texas Hold'em.'

'Kan jij pokeren?' vraagt ze bewonderend. 'Dat heb ik altijd al willen leren.'

Ik pak de vuile glazen van tafel. 'Wie weet krijg je vanavond je eerste les. Als je zoet bent, tenminste. Eerst wat drinken. Wat kan ik voor je inschenken: wodka, whisky, Guinness?'

'Eigenlijk moet ik het rustig aan doen met alcohol vanwege mijn medicijnen. Maar goed, eentje kan geen kwaad. Doe maar wodka jus, geen ijs alsjeblieft.'

Ik gebaar dat ze op de bank kan plaatsnemen en pak een flesje jus d'orange uit de minibar om haar drankje te mixen.

Nadat we hebben geproost, begint Jasmin over de campagne. 'Ik hoop dat je het niet erg vindt, maar ik heb toch even met mijn manager gebeld. Hij was erg enthousiast en wil graag weten om welk merk het gaat.'

Ik slaak een geïrriteerde zucht. 'Dit is precies waarom ik hem er niet bij wilde hebben. Hij komt met allemaal vragen waarop ik geen antwoord kan geven. Het huidige gezicht weet nog niet eens dat ze zal worden vervangen. Het concern wil onder geen geval het risico lopen dat dit uitlekt. Zoals ik je al zei, de plannen zijn nog in een heel pril stadium.'

'Sorry,' zegt ze deemoedig. 'Ik had geen idee dat er zo veel op het spel stond.'

Van de zelfverzekerde vrouw die ik op de foto bij Constanze zag is weinig over. Ze zit op het randje van de bank, haar rechterbeen trilt onophoudelijk.

'Dat kon je ook niet weten,' zeg ik, vriendelijker nu. Ik hou ervan mijn verdachten wisselbaden te geven: koud, warm, koud, warm, totdat ze zo week zijn dat ze alles met zich laten gebeuren. Ik ben *good cop* en *bad cop* in één persoon.

'Wat ik alleen maar wilde zeggen: als jullie me willen inzetten, ben ik voor de volle honderd procent beschikbaar. Ik zal je niet teleurstellen, dat beloof ik.'

Ik kijk haar zwijgend aan. Jasmin neemt een slok van haar wodka jus.

'Vind je het erg als ik rook?' vraagt ze.

'Ga je gang.'

Terwijl ze een sigaret opsteekt, houd ik een monoloog. Dat ze er niet te lichtzinnig over moet denken, dat het concern een hoop van haar zal verwachten, dat ze op de gekste tijden en plaatsen haar opwachting zal moeten maken, dat ze als het ware de ambassadeur wordt van het merk. 'En je zult weer moeten gaan draaien,' besluit ik. 'We hebben niets aan een deejay die overspannen thuis zit. Staan er al nieuwe optredens van je gepland?'

Ze schraapt haar keel. 'Nog niet.'

Ik pak twee dobbelstenen uit de beker op tafel en laat ze door mijn handen gaan. 'Hou je van gokken, Jasmin?'

Ze kijkt me aarzelend aan in de hoop het juiste antwoord van mijn gezicht af te lezen.

'Ik wel,' zeg ik. 'Als je altijd binnen de gebaande paden blijft, wordt het leven voorspelbaar en saai, vind je niet? Ik wil de gok met jou best nemen. Of ik het concern meekrijg, kan ik nog niet beloven.'

'Natuurlijk, dat begrijp ik.' Ze is zichtbaar opgelucht. 'Ik ben al blij dat je het wilt overwegen.' Ze dooft haar sigaret in de asbak.

'Mooi,' zeg ik, terwijl ik de dobbelstenen terugleg. 'Dan zijn er nog een paar dingetjes waarover we het moeten hebben. Het concern is behoorlijk behoudend. Als ik mijn rapportage over jou uitbreng, wil ik dat er geen misverstanden ontstaan. Je zei dat je medicijnen slikt. Welke zijn dat?'

'Antidepressiva. Dat is toch niet zo bijzonder? De halve wereld slikt ze.'

Ik onthoud me van commentaar. 'Heb je nog andere verslavingen naast roken? Alcohol, crack, cocaïne, heroïne, hasj, poppers?'

'Valerie,' zegt ze. 'Ik werk in de muziekindustrie, ik ben geen heilige, dat snap je toch wel?'

'Herinner je je het akkefietje met Kate Moss nog?' vraag ik. 'Als jij straks ergens met je neus boven een lijntje wordt gefotografeerd, is het einde oefening. En niet alleen voor jou, dan kan ik gelijk mijn biezen pakken.'

Ze slaakt een zucht.

'Luister schat, ik ben ook niet vies van een snoepje op zijn tijd, daar gaat het niet om. De vraag is of je je in het openbaar kunt beheersen.'

'Natuurlijk,' belooft ze. 'Geen Amy Winehouse-toestanden. Ik snap het.'

Ik sta op om twee nieuwe drankjes te mixen, bij de hare ben ik extra scheutig met de wodka. Ze neemt het glas dankbaar van me aan.

'Wat een kruisverhoor,' zegt ze. 'Ik had geen idee dat we vanavond al zo'n serieus gesprek zouden hebben.'

'We zijn nog niet klaar,' waarschuw ik haar. Ik ga dit keer niet op de bank tegenover haar zitten, maar naast haar. 'We moeten het nog over je privésituatie hebben. Ook daarover heb ik een en ander opgevangen.'

'Wat dan?' vraagt ze geschrokken.

'Zoals ik al zei, dit cosmeticamerk is uiterst conservatief. Het bestaat al tientallen jaren, het heeft een naam hoog te houden, ik kan het niet genoeg benadrukken. Het gerucht gaat dat jij...'

Ze laat zich achteroverzakken en maakt een wegwerpgebaar. 'Weet je, Valerie, misschien kun je maar beter iemand anders nemen. Die actrice die we vanmiddag zagen, hoe heet ze ook alweer, die net die tweeling heeft gebaard. Is vast een ideale kandidaat.'

'Het gerucht gaat dat je op vrouwen valt,' zeg ik onverstoorbaar.

Haar ogen spuwen vuur. 'Stel dat dat waar is, *so what?* Dat is mijn zaak. Als die lippenstiftfabriek van jou daar een probleem mee heeft, wil ik niet eens voor ze werken, weet je. Ze mogen hun *fucking* baantje houden.'

Even leg ik mijn hand op haar knie. 'Mij maakt het niet uit, Jasmin, het gaat het concern louter en alleen om imago. Ze willen niet dat hun gezicht iets doet waar "men" aanstoot aan zou kunnen nemen.'

Ze haalt haar schouders op.

'Val je op vrouwen, op mannen of allebei?' probeer ik. 'Heb je een vaste partner?'

Zonder iets te zeggen, staart ze voor zich uit.

'Waarom vind je het zo moeilijk om hierover te praten?'

Ze kijkt me ongelovig aan en barst los. 'We leven in 2008, het gaat er bij mij niet in dat dit een issue is, weet je. Echt niet. En ja, ik heb een vriendin. Ik hou van haar. En ik zal je nog wat vertellen, ze is getrouwd. Ze is getrouwd en ze heeft een kind, hoe aanstootgevend is dat? Het is godverdomme de reden waarom ik ben doorgedraaid. Ik wil geen gezin kapotmaken, zo zit ik niet in elkaar. Ik probeer haar te vergeten, maar het lukt me niet. Ik kan haar niet loslaten en zij mij ook niet. Het is een klotesituatie, snap je dat?' Ze slaat haar handen voor haar gezicht en begint te snikken.

'Hé rustig, rustig nou maar...' Ik sla mijn arm om haar schokkende schouders. 'Ik begrijp het. Het is een lastig parket waarin je verzeild bent geraakt.'

'Dat kan je wel zeggen, ja,' snuft ze. Haar mascara is uitgelopen.

Ik pak een tissue van tafel en veeg haar wangen schoon. 'Met dit gezicht kun je ons zeker niet vertegenwoordigen,' zeg ik.

Ze lacht door haar tranen heen, onze lippen zijn niet meer dan tien, vijftien centimeter van elkaar verwijderd. Ik kan haar kussen, het zou kunnen beginnen als een troostende kus. Ze zal hem beantwoorden, de kracht van het magnetische veld tussen haar en mij groeit terwijl we elkaar aankijken, we worden naar elkaar toe gezogen, ze knippert onwillekeurig en haar lippen wijken al een stukje uiteen. Ik twijfel. Als ik haar kus, krijg ik haar in bed en red ik het huwelijk van Constanze. Als ik haar niet kus, red ik de liefde tussen twee vrouwen.

Om de betovering te verbreken, pak ik mijn glas en neem een slok.

'Valerie,' zegt Jasmin schor. Nu is zij het die naar me toe schuift.

Ze durft me nog net niet aan te raken, maar ik voel hoe ze naar me hunkert.

'Laten we erom gokken,' stel ik voor terwijl ik de dobbelstenen van tafel pak. 'Jij mag gooien. Als het een oneven worp is, slaap je vanavond bij mij en zal ik je voordragen als kandidaat. Ik kan je tot niets verplichten, maar ik hoop dat je je realiseert dat het in dat geval beter zou zijn als je relatie met je vriendin verbreekt of dat je haar op z'n minst volledig buiten beeld houdt. Ons boegbeeld mag niet met een getrouwde vrouw worden gezien, het concern zou dat nooit accepteren. Ze is nog een moeder ook, zei je toch?'

Jasmin, die me tot dan toe sprakeloos aanstaart, knikt.

'Als het een even worp is, blijft alles bij het oude. Dan bel ik een taxi voor je en vergeten we dat dit gesprek ooit heeft plaatsgevonden.'

'Meen je dit serieus?' stottert ze.

Ik knik.

Ze giechelt, neemt de dobbelstenen van me aan, maakt een bolletje van haar handen en schudt ze secondelang. 'Ik durf niet. O god, ik durf dit niet. Dit is toch idioot, je kunt dit soort beslissingen toch niet zo nemen?'

Uiteindelijk gooit ze de dobbelstenen van zich af, op de grond, ze rollen onder de tafel door en eindigen aan de andere kant.

'Wil jij kijken? Alsjeblieft?' zegt ze smekend.

Ik vertrouw mezelf niet. Wat er ook op de grond ligt, ik zou in de verleiding kunnen komen om te liegen en de einduitkomst alsnog te bepalen.

'Het is jouw leven. Jij moet kijken,' zeg ik, waarbij ik haar de macht geef om hetzelfde te doen, al weet ik niet of ze daar doortrapt genoeg voor is. Als ze dat wel is, zal ze krijgen wat ze verdient.

'Oké dan.' Ze kruipt op handen en voeten naar de dobbelstenen. 'Dit is een zes,' zegt ze, terwijl ze de eerste van de grond raapt. 'En dit is een...' Ze bouwt de spanning nog even op. 'Dit is een vijf.’ Ze kijkt om en knipoogt naar me. ‘Maakt samen elf. Ik ben vannacht van jou.’

Vijfentwintig

Bristol, maandag 30 juni 2008

Jasmin was minstens zo bedreven als mijn douchekop, tot mijn verbazing bezorgden haar vaardige vingers in combinatie met haar tong me een hoogtepunt dat bepaald niet onderdeed voor wat ik mezelf wekelijks toesta. De verborgen camera's hebben hun werk voortreffelijk gedaan. Voor mijn vertrek uit Londen heb ik een e-mail naar Constanze Cabrini gestuurd met een gedetailleerd schriftelijk verslag van de gebeurtenissen en een link naar de filmpjes die in verschillende stadia laten zien wat er is voorgevallen. De eerste video heet 'Zoenen en aanraken' en is met de camera op het dressoir opgenomen, evenals de tweede, die ik 'Uitkleden' heb genoemd. Het derde filmpje – 'In bed' – is vanaf het nachtkastje geschoten. De vierde video heet simpelweg 'Seks' en de vijfde 'Jasmins orgasme'.

De afgelopen dagen heb ik hard gewerkt, tijdens de nachten heb ik nauwelijks een oog dichtgedaan. Zowel in Londen als hier, in het Holiday Inn-hotel in Bristol, speelt mijn slaapprobleem me weer parten. Zelfs pillen bieden nauwelijks soelaas. Die zorgen er hoogstens voor dat ik af en toe wegzak in een kort, onrustig dutje. Daarna schrik ik wakker en begint het malen van voor af aan. De nacht met Jasmin was het ergst, zij bewoog zich voortdurend en praatte hardop in haar slaap. Eigenlijk zou ik even op bed moeten gaan liggen, maar ik moet Constanze nog bellen, ik moet Jules zoeken. Ik kijk al zo lang uit naar onze ontmoeting, ik wil geen tijd meer verspillen voordat ik oog in oog met hem sta.

'Dag mevrouw Cabrini, u spreekt met Valerie. Ik heb mijn onderzoeksmateriaal gisteravond per e-mail naar u verzonden en wilde even weten of alles goed is aangekomen.'

'Dat is het,' zegt ze afgemeten.

'Hebt u al de kans gekregen het te bekijken?'

'Ja.'

'Zoals ik al had aangegeven, heb ik het beeldmateriaal in delen opgesplitst. Het eerste filmpje is voor u wellicht iets minder pijnlijk dan het laatste, dat is opgenomen tijdens de slotfase van...'

'Ik heb alles gezien,' onderbreekt ze me.

'Juist. Dat is dapper van u. Niet al mijn klanten kunnen dat aan. Hebt u misschien nog vragen? Ik ben van harte bereid een en ander toe te lichten.'

'Nee, dank je.'

'Had u dit verwacht?'

'Wat doet het ertoe? Het is gebeurd.'

'Ik weet niet of u prijs stelt op deze observatie, maar ik kreeg sterk de indruk dat Jasmin wel degelijk zeer diepe gevoelens voor u koestert.'

'Dat is goed te zien, ja.'

'Ik meen het, mevrouw Cabrini. Het feit dat u getrouwd bent, maakt de relatie voor haar bijzonder gecompliceerd. Ze wil niet de oorzaak zijn van het opbreken van een gezin. Denkt u dat u haar nog zult spreken?'

'Hoezo?'

'Ze zal u wellicht vertellen dat ze kandidaat is om het gezicht te worden van een groot cosmeticamerk. Dat is niet waar, ik heb haar dit wijsgemaakt om in contact met haar te kunnen komen.'

'Ik begrijp het.'

'Kan ik verder nog iets voor u betekenen?'

'Nee. Je hebt genoeg gedaan.'

Inderdaad, precies genoeg en daar was het bij gebleven. Na ons samenzijn kon ik het niet over mijn hart verkrijgen mijn gebruikelijke merkteken op Jasmin aan te brengen. Dit kind leed al genoeg, het zou wreed zijn om er nog een schepje bovenop te doen.

'Het spijt me dat het zo is gelopen, mevrouw Cabrini. Ik stuur eerdaags mijn factuur naar u toe. Sterkte verder.'

Gehaast begin ik aan het ontbijt dat ik op mijn kamer heb laten bezorgen. Ik zit in kleermakerszit op bed, mijn laptop opengeklapt voor me. Ik neem een grote hap van mijn broodje, stukken gekookt ei rollen er aan de achterkant uit en vallen op het toetsenbord. Met mijn vingers probeer ik ze weg te vegen, deeltjes ervan blijven tussen de toetsen plakken, godsamme, waarom doe ik nou weer zo ruw?

Als ik met een vochtig handdoekje de restanten heb verwijderd, check ik mijn e-mail. In een laatste poging heb ik professor Fleidermaus vrijdag een foto van mezelf gestuurd met een olijk briefje erbij, waarin ik beloof stroopwafels en drop voor hem mee te zullen nemen als ik Jules even mag zien.

> U kent vast de YouTube-video waarin Jules zegt dat hij niet naar Engeland wil gaan, dat hij bij David wil blijven. Op dat moment zegt David dat de mensen van de universiteit heel erg vriendelijk zijn, hij noemt zelfs uw naam. Ik reken op uw vriendelijkheid en geef het niet op, professor. Doe uzelf en mij een plezier en zeg ja!

Geen bericht van professor Fleidermaus. Voor alle zekerheid check ik mijn spambox, ook niks. Die arrogante zak denkt zeker dat hij me kan afpoeieren. Hij heeft duidelijk geen idee met wie hij van doen heeft. Ik laat me door niemand weerhouden, als Jules Isolde is, ben ik Tristan, ik zal hem vinden en ik heb een plan.

Ik surf naar de site van het Bristol Robotics Laboratorium. Als mijn berekening klopt, bevinden Jules en ik ons op loopafstand van elkaar. Het laboratorium is gevestigd in het DuPont-gebouw op het Bristol Business Park, mijn hotel ligt aan de rand hiervan. Na een paar muisklikken heb ik namen, e-mailadressen en foto's gevonden van verschillende studenten die in het robotlab werken. Drie van hen lijken me geschikt als doelwit, ik sla de afbeeldingen van hun gezichten op in mijn telefoon. Marvin Harley heeft rastahaar, zijn felgekleurde dreadlocks hangen samengebonden op zijn rug, op zijn hoofd prijkt een gebreid zwart mutsje. De tweede, Brian Dipstick, draagt een keurig gestreken, lichtbruin overhemd en heeft een sullig gezicht. Hij lijkt een moederskindje, zo eentje die zijn wasgoed elk weekeinde mee naar huis neemt. Het uiterlijk van de derde, Yi Thung, strookt exact met zijn voor- en achternaam. Ik glimlach tevreden. Het zijn alle drie zulke jonkies, ze zijn perfect, ik verwacht weinig weerstand. De uiteindelijke geluksvogel zal niet weten wat hem overkomt, hij zal nog maanden, wat zeg ik, jaren opscheppen tegen zijn studiegenoten over die keer dat hij onverwacht in bed belandde bij een botergeile, onverzadigbare buitenlandse snol die hem volkomen uitwoonde in een eindeloze sekssessie.

Ik klik nog wat door en doe een ontdekking. Recht tegenover het gebouw van het Robotics Laboratorium bevindt zich een van de campussen van de Universiteit van West Engeland, een perfecte dekmantel voor mijn aanwezigheid. Vanaf nu ben ik een uitwisselingsstudent rechten die na de zomer een jaar in Bristol zal studeren en die deze week vast een kijkje komt nemen op de campus. Ik hoef niet lang na te denken over mijn schuilnaam, het wordt Susan, een belangrijk personage dat in verschillende verhalen van Asimov opduikt. Susan Calvin is een robotpsycholoog die meer gesteld is op robots dan op mensen. Ze is de zus die ik altijd had willen hebben. *'Voor u is een robot een robot,' zegt Susan tegen een journalist die haar geschiedenis optekent. 'Radarwerk en metaal, elektriciteit en positronen... Een brein en ijzer! Door mensen gemaakt! Als het nodig is, ook weer door mensen te vernietigen! Maar u hebt niet met ze gewerkt, dus u kent ze niet. Ik zeg u dat ze een zuiverder en beter soort zijn dan wij zijn.'*

Asimov liet Susan geboren worden in 1982, ze is dus bijna even oud als ik. Ze is nooit getrouwd, behalve met haar werk. Voor zover bekend werd ze slechts één keer in haar leven verliefd, op een mannelijke collega, een mens welteverstaan. Robot Herbie, die door een productiefout gedachten kon lezen, ontdekte haar geheime gevoelens en maakte haar wijs dat ze wederzijds waren, hij kon de gedachten van haar collega immers ook oppikken. Toen Susan erachter kwam dat Herbie tegen haar had gelogen – hij moest wel, hij kon haar de waarheid niet vertellen, want dat zou haar pijn doen en de eerste wet der robotica schrijft voor dat een robot een mens niet mag kwetsen – ontstak ze in zo'n woede dat ze hem martelde door hem voor een onmogelijk dilemma te stellen waardoor hij, welke oplossing hij ook zou kiezen, een mens letsel zou toebrengen, geestelijk letsel in dit geval.

'Je kunt het hun niet vertellen,' dreunde de stem van de psychologe langzaam, 'omdat dat kwetsen zou en je mag niet kwetsen. Maar als je het niet vertelt, kwets je, dus moet je het vertellen. En als je dat doet, kwets je en dat mag je niet, dus kun je het hun niet vertellen; maar als je het niet doet, kwets je, dus moet je het; maar als je doet, kwets je, dus moet je het niet; maar als je het niet doet, kwets je, dus moet je het; maar als je het doet, dan...'

Herbie drukte zich tegen de muur en viel daar op zijn knieën.

'Stop!' schreeuwde hij. 'Sluit uw geest af! Hij is vol met pijn en frustratie en haat! Ik bedoelde het niet zo, zeg ik u! Ik probeerde te helpen! Ik vertelde u wat u horen wilde! Ik moest!'

Susan bleef verbaal op hem in beuken totdat gek werd.

En Herbie gilde.

Het was het gefluit van een piccolo, maar dan vele keren versterkt, schril en schriller totdat het het geweeklaag was van een ziel die zich verloren weet en de hele kamer er doordringend van vervuld was.

En toen het in het niets wegstierf, zakte Herbie in een verwarde hoop bewegingloos metaal in elkaar.

Uit Bogerts gezicht was al het bloed weggetrokken. 'Hij is dood!'

'Nee.' Susan Calvin barstte in een wild gelach uit dat haar lichaam deed schokken. 'Niet dood – alleen maar krankzinnig. Ik stelde hem voor een onoplosbaar dilemma en hij stortte in. Je kunt hem nu wel slopen, want spreken zal hij nooit meer.'

'Dat deed u met opzet.'

'En wat dan nog? Hij verdiende het. De leugenaar.'

Wat er in de productie was misgegaan waardoor Herbie zijn telepathische gave had gekregen, werd nooit opgehelderd. Er werd ook nooit meer een gedachtelezende robot geproduceerd.

Haar achternaam kan ik niet lenen, in de omgeving van een robotlab hangen te veel figuren rond bij wie ongetwijfeld een belletje gaat rinkelen als ik me voorstel als Susan Calvin, we maken er Susan Carlsson van. Ik neem een slok koffie. Hij is koud en bitter geworden, maar het deert me niet, ik ben zo opgewonden, ik kan niet wachten tot ik aan de slag kan. Eerst mijn outfit. Gejaagd sjor ik een pruik en wat kleren uit mijn koffer. Susan is een Zweedse blondine. Ze krijgt een onschuldige hippielook. Ze draagt veel sieraden en een zachtroze A-lijnjurkje met bloemetjes en pofmouwen, daaronder zilveren ballerina's. Als onverwachte, moderne twist plant ik een felgekleurde baret scheef op haar hoofd. Roodkapje goes Bristol.

De voorzijde van het DuPont-gebouw bestaat uit een driehoekige achteroverhellende glazen wand, die blinkt in de felle zon. Moderne architectuur, heel toepasselijk voor een robotlaboratorium. Ineens begrijp ik waarom professor Fleidermaus zo bang is voor pottenkijkers. Door de glazen wanden lonkt de buitenwereld. Hij weet dat de dag dat Jules zal uitbreken niet ver weg meer is. Hij vreest dat ongewenste bezoekers Jules wijzer kunnen maken dan hij al is, dat ze zijn verlangen om vrij te zijn zullen verergeren, dat hij hem niet langer onder controle zal kunnen houden. Hij houdt Jules, *mijn Jules*, gevangen. Wie denkt die Fleidermaus eigenlijk wel dat hij is? Denkt hij dat hij ermee wegkomt om Jules volkomen af te snijden van de rest van de mensheid? Jules, lieverd, ik denk nu heel hard aan je. Ik weet niet of jouw positronbrein in staat is mijn gedachten te lezen, maar ze zijn bij jou, al zolang ik je ken. Ik hou van je. Ik ben hier voor jou, alleen voor jou en ik hoop dat je me, als we elkaar ontmoeten, zult herkennen als een geestverwant, dat je voorbij mijn schoonheid zult kijken en rechtstreeks in mijn hoofd, waar jouw naam gonst, zingt en danst, omgeven door een gouden gloed. Hou nog even vol, je redding is nabij. Ik haal diep adem, maan mezelf tot kalmte en ga op zoek naar een schuilplaats vanwaar ik de ingang kan observeren.

Het eerste wat ik herken is zijn overhemd. Keurig gestreken, lichtbruin, hij heeft er waarschijnlijk vijf in zijn kast hangen, eentje voor elke werkdag. Zijn haar is iets langer dan op de foto, zijn gezicht nog even sullig. Het kan niet missen, het is Brian Dipstick die het DuPont-gebouw om 13.08 GMT verlaat. Brian loopt met stevige passen door, een linnen tasje hangt over zijn rechterschouder. Ik wacht achter de struik tot hij is gepasseerd, verzeker me ervan dat niemand me ziet, kom tevoorschijn en loop hem snel achterna. Als ik vlak achter hem ben, tik ik hem op zijn schouder, heel even schokt zijn rug van schrik, dan staat hij stil en draait zich om.

'Hoi,' zeg ik. 'Mag ik je wat vragen?'

Lichtelijk verbaasd kijkt hij me aan.

'Ik ben op zoek naar de Frenchay-campus. Weet jij waar die is?'

'Die is daar,' zegt hij, terwijl hij naar de overkant van de weg gebaart. 'Je bent er vlakbij.'

Hij wil alweer doorlopen.

'Ik ga hier studeren,' zeg ik. 'Na de zomer. Ik kom uit Zweden.'

'O,' zegt hij. Erg toeschietelijk is hij niet.

'Studeer jij hier ook?'

Hij knikt.

'Ik ken hier nog helemaal niemand.' Ik trek een hulpeloos gezicht. 'Ik ben gisteravond aangekomen.'

Hij aarzelt even en zegt dat hij ook op weg is naar de campus en dat ik wel mee mag lopen als ik wil.

'Graag.' Ik schenk hem mijn allerliefste glimlach en steek mijn hand uit. 'Ik ben Susan.'

'Brian.'

We lopen samen in de richting van de campus.

'Kom je uit Bristol?'

'Ja, mevrouw.'

'Mevrouw? Doe niet zo gek, man.' Ik duw mijn elleboog speels in zijn zij. 'Hoe oud ben je?'

'Vierentwintig.'

'Dan zijn we even oud. Wat is je sterrenbeeld?' Ik heb het nog niet gezegd of ik kan mijn tong wel afbijten. Alsof een bètastudent zich daarvoor interesseert.

'Waterman,' zegt hij onwillig.

'Ik ook!' roep ik. Ik moet het spel nu maar uitspelen. 'Wanneer ben je jarig?'

'In februari.'

'De hoeveelste?

'Dertien.'

'Dan ben ik precies een dag ouder dan jij. Ik ben op de twaalfde geboren.'

Hij glimlacht flauwtjes en kijkt vervolgens weer stug voor zich uit. Een ongemakkelijke stilte volgt. Ik zwijg en hoop dat hij zich geroepen voelt iets te zeggen, al is het maar uit beleefdheid. Het gebeurt niet, we naderen de rotonde die tussen het DuPont-gebouw en de campus ligt en ik heb geen idee hoe ik hem aan de praat moet houden. Wat is er in godsnaam met me aan de hand, dit gebeurt me nooit. Als het voor mijn werk is, draai ik er mijn hand niet voor om en nu ik het voor mezelf doe, klap ik dicht. Ik moet over iets uit zijn belevingswereld beginnen, iets waarvoor hij een passie voelt, dan komt hij wel los.

'Wat studeer je, Brian?'

'Ik ben assistent in opleiding op het robotlab.'

'Het robotlab? Kicken, man. Werk je met echte robots?'

Hij knikt. We steken de rotonde over.

'Cool! Ik ben dol op sciencefiction. Ken je de boeken van Asimov?'

Verrast kijkt hij opzij. 'Lees jij Asimov?'

'Wat dacht je? Geniaal die man. Hij is de grondlegger van, nou ja, van alles. Ik heb *De totale robot* wel vijf keer gelezen. Dat ene verhaal over die robot die gedachten kan lezen, briljante shit.'

Er verschijnt zowaar een glimlachje rond zijn lippen.

Ik krijg nieuwe moed. 'En wat doe jij in het lab, bouw je robots?'

'Ik doe onderzoek naar handen. Maar ook vingers. Vanden en hingers, ik bedoel handen en vingers,' zegt hij, struikelend over zijn woorden. 'Momenteel vooral vingers.'

'Vingers,' herhaal ik. 'Fascinerend. Maak je die van ijzer?'

Voor het eerst lacht hij voluit. 'Van kunststof. Een soort siliconenrubber. Hij moet kunnen tasten en voelen als een mensenvinger. Als er druk mee wordt uitgeoefend, moet hij meeveren. Ik experimenteer momenteel met verschillende uitvoeringen. Mijn eigen wijsvinger heeft model gestaan.'

'Dus jij hebt gevoelige vingers, Brian,' zeg ik. 'Daar maak je vrouwen heel blij mee, maar dat wist je waarschijnlijk al.'

Hij wordt vuurrood. We lopen het universiteitsterrein op. Ik doe alsof ik mijn nieuwe omgeving belangstellend in me opneem. Een groepje studenten staat voor de ingang van het hoofdgebouw te roken. Twee van hen herkennen Brian, wijzen naar hem, eentje begint te joelen. Blijkbaar wordt hij niet vaak in het gezelschap van vrouwelijk schoon gespot.

Hij doet subiet een stap bij me vandaan. 'De receptie is daarbinnen.'

'Heb je zin om straks misschien nog wat te drinken?' vraag ik snel.

Hij draalt, ik zie de twijfel in zijn ogen, zo veel belangstelling is de jonge onderzoeker niet gewend. 'Ik kom hier alleen iets ophalen,' zegt hij. 'Ik moet zo dadelijk weer terug naar het lab.'

Een schot voor open doel. 'Dan zien we elkaar daar toch? Het lijkt me super om een robotlaboratorium vanbinnen te zien. Zou je me een rondleiding willen geven?'

Hij krabt aan zijn achterhoofd. 'Ik zou het wel willen, maar weet het niet of dat zomaar kan. Eigenlijk moet ik eerst toestemming vragen aan mijn professor.'

'Joh, dat is toch niet nodig? Ik kom wel aan het eind van de dag, als iedereen naar huis is. En als iemand moeilijk doet, dan zeg je gewoon dat ik je nichtje ben of zo.'

Ik zie dat hij naar een excuus zoekt om me af te wimpelen, maar laat hem niet ontsnappen.

'Bij het lab, om half zes, oké?' zeg ik. 'Alsjeblieft? Ik vlieg morgen alweer naar huis.'

'Dan liever zes uur,' gaat hij overstag.

Nadat we mobiele nummers hebben uitgewisseld, maakt hij zich snel uit de voeten. Mijn armbanden rinkelen vrolijk als ik hem uitzwaai en ik begeef me bijkans huppelend in de richting van het hoofdgebouw.

Zesentwintig

Bristol, maandag 30 juni 2008

Brian Dipstick zit op een bankje voor het DuPont-gebouw. Zodra hij me ziet, staat hij op en holt op een drafje naar me toe.

'We hebben geluk,' zegt hij hijgend. 'Fleidermaus is al weg.'

'Fleidermaus?' doe ik onschuldig.

'Professor Fleidermaus, mijn studiebegeleider. Hij is de directeur van het laboratorium.' Hij kijkt angstig om zich heen alsof de professor elk moment achter de struiken vandaan kan springen. De hengsels van zijn linnen tasje zijn door het rennen van zijn schouder gegleden. Hij schuift ze terug. Onder zijn oksels worden twee donkere transpiratievlekken zichtbaar. 'Ben je er klaar voor?' vraagt hij. 'Als we iemand tegenkomen, laat mij dan het woord voeren.'

'Waarom fluister je?'

'Ik weet het niet.' Zijn wangen kleuren rood. 'Ik doe dit soort dingen nooit.'

'Wat voor dingen?' vraag ik. 'Zweedse vrouwen het laboratorium binnensmokkelen? Daar kun je niet vroeg genoeg mee beginnen.'

We lopen naar de ingang van het gebouw. Brian haalt een pasje uit zijn achterzak en schuift het langs een kaartlezer. Na een korte klik duwt hij de deur open. We stappen naar binnen, de hal is verlaten, hij haalt zijn pas langs de volgende deur die ons in een centrale ruimte brengt, opgedeeld in hokjes. De bovenste helften van de wanden van de hokjes zijn van glas, zodat je kunt zien wat er in de naburige ruimtes gebeurt. Zo op het eerste gezicht zijn de meeste hokjes verlaten, slechts één medewerker van het lab zit nog achter zijn bureau. Hij staart geconcentreerd naar zijn beeldscherm en lijkt ons niet op te merken.

'De meeste mensen zijn al naar huis,' zegt Brian zacht. Hij neemt me mee naar het hokje waar hij zijn werkdagen doorbrengt. Er staat een bureau met een desktop, stapels papieren en een paar lege koffiemokken. Aan de wand achter zijn bureau hangt een plank met daarop verschillende rechtopstaande vingers, duimen en allerlei losse plakjes rubber. 'Dit zijn ze,' zegt hij trots. Liefdevol pakt hij een van de modellen van de plank. 'Robothanden bestaan natuurlijk allang, ze kunnen dingen grijpen en neerzetten, maar wat ik aan het onderzoeken ben, is iets nieuws. Ik ga uit van de menselijke hand, van onze vingers, van de tastzin die we hebben. Die probeer ik na te bootsen. Dit hier is als het ware een kopie van een vingerbot, nog zonder huid. Je moet er druk mee kunnen uitoefenen. En dit...' hij pakt een rubberen vinger van de plank. 'Met dit model heb ik mijn eigen wijsvinger zo goed mogelijk geprobeerd na te maken, tot mijn vingertop aan toe. Vingertoppen zijn heel gevoelig, het is de bedoeling dat humanoid vingers dezelfde tastfunctie krijgen. Ik zit te wachten op de aanvoer van nieuwe soorten siliconenrubber, waarmee ik dat nog beter kan bewerkstelligen.'

'Geef eens,' zeg ik.

Hij legt de vinger in mijn hand. Ik buig hem voorzichtig, zoals ik Brian heb zien doen.

'Voelt best zacht aan.'

'Toch is de buitenkant harder dan de binnenkant. Het omhulsel is sterk, wat erin zit is zacht.'

Ik stop de vinger in mijn mond, laat hem een paar keer heen en weer glijden en maak kreunende geluidjes. Brian kijkt geschokt. Ik haal hem uit mijn mond en zet hem terug op de plank. 'Je moet er nog even een lekker smaakje aan maken, aardbeien of chocolade, dan kan die vingercollectie van jou rechtstreeks in de etalage van een seksshop.'

Verstoord haalt hij een geruite zakdoek uit zijn zak waarmee hij het model zorgvuldig droogveegt. 'Dit onderzoek is heel belangrijk voor de wetenschap. Als ik handen kan ontwikkelen die intelligent genoeg zijn om aan te voelen hoe hard of zacht ze een object moeten oppakken, dan is dat een grote doorbraak.'

'Ik begrijp het,' zeg ik afwezig. Mijn oog dwaalt door de ruimtes naast het kantoortje van Brian. In een van de hokjes zie ik een bureau met daarop een robothoofd dat verdacht veel lijkt op dat van Jules. Ik kijk nog eens goed. Mijn hart slaat een slag over. Het ís Jules. Hij draagt een pruik, net als ik, alleen die van hem is donkerbruin en kort. Het is idioot om hem met haren te zien – en waar is zijn lichaam gebleven? Hij heeft amper schouders meer, hij staat op een vierkanten standaard van grijs metaal, hij is ontmand, hij is alleen nog maar een hoofd, mijn god, wat hebben ze met hem gedaan?

'Dat hoofd daar, is dat ook een robot?' vraag ik zo achteloos mogelijk.

Brian volgt mijn blik.

'Dat is een humanoid conversatierobot, ja.'

'Hij ziet er lollig uit.'

'Lollig? Jules is de meest geavanceerde robot die we in huis hebben. Hij is minstens 75.000 pond waard.'

Dat is een serieus bedrag. Ik zal nog heel wat mannen moeten testen voordat ik me hem kan veroorloven.

'Kun je hem aanzetten?'

'Nee,' zegt Brian kortaf. 'Jules is het speciale project van professor Fleidermaus. Op dit lab zijn maar twee personen die met hem mogen werken, de professor zelf en zijn assistent.'

'Je kan het toch stiekem doen? Er is niemand die ons kan zien.' De laatste medewerker is inmiddels uit het lab vertrokken, Brian en ik zijn alleen. 'Alsjeblieft? Het lijkt me vet om met een robot te praten.'

Brian schudt zijn hoofd.

'Ik snap het al,' zeg ik. 'Je weet niet hoe het moet. Jij kunt alleen vingers bedienen, echte robots zijn te ingewikkeld voor je.'

'Ik weet heus wel hoe hij werkt,' zegt hij verontwaardigd. 'Het is niet moeilijk, jij zou het zelfs kunnen, hij wordt opgestart via een eenvoudig programma. Zie je die laptop op het bureau? Die is rechtstreeks verbonden met Jules.'

'Zet hem dan aan.'

'Daar kan ik niet aan beginnen.'

Ik trek een pruillip.

Hij negeert me en werpt een blik op zijn horloge. 'Het wordt al laat, we moeten gaan.'

'Kunnen we niet nog even blijven?'

'Waarom?' vraagt hij op zijn hoede.

'Jeetje, Brian, van welke planeet kom jij? Je bevindt je in een verlaten laboratorium met een blonde Zweedse studente. Je kunt je bureau ook voor andere dingen gebruiken dan om aan te werken, weet je.'

Hij stoot een nerveus lachje uit. 'Jij hebt een vreemd gevoel voor humor, Susan.'

Ik buig me naar hem toe, breng mijn mond dicht bij zijn oor en fluister: '*Jag vill så gärna ha sex med dig, Brian.*'

Ik voel hoe zijn lichaam verstijft onder mijn aanraking. Misschien is hij nog maagd, het is goed mogelijk, hij is niet de eerste en zal niet de laatste zijn die dankzij mij zijn eerste stapjes in het Walhalla zet.

'Ik moet je iets bekennen,' zeg ik zacht. 'Jongens zoals jij, die nog niet helemaal droog zijn achter hun oren, winden me enorm op. En ik hou van seks op onverwachte plaatsen.' Ik laat mijn vingers over zijn overhemd glijden om het bovenste knoopje open te maken.

'Hou op!' Zijn hand sluit zich om de mijne in een ijzeren greep.

Stomverbaasd kijk ik hem aan.

'Ik heb een vriendin.'

'Nou en?' roep ik overmoedig, terwijl ik me afvraag of het een smoesje is. Misschien houdt hij niet van blond, het is een zeldzaamheid, maar het bestaat.

'Ik wil dit niet.' Hij duwt mijn hand van zich af.

'Je vriendin hoeft er niks van te weten,' doe ik een laatste poging.

Zijn ogen vullen zich met afgrijzen. 'Ik zou haar nooit meer kunnen aankijken.' Hij trekt zijn overhemd recht en raapt de pen van de vloer die uit zijn borstzakje is gegleden. 'We zijn al negen jaar samen. Volgend jaar tien.'

Ach, ze is zijn liefje van de middelbare school. Wat zoet. Onze Brian is een trouwe rakker.

'Sorry joh, ik had geen idee.' Ik steek mijn beide handen omhoog in een verontschuldigend gebaar. 'In de zomer fladder ik altijd van de ene bloem naar de andere. Ik ben een kind van de vrije liefde, mijn ouders zijn het laatste hippie-echtpaar uit Zweden, ik ben een nakomertje.'

'Laten we nou maar gaan,' zegt hij met een zenuwachtige blik op zijn horloge. Zijn vriendinnetje zit vast ergens op hem te wachten.

'Geef me alsjeblieft een knuffel. Ik wil niet dat we boos uit elkaar gaan.'

Houterig slaat hij zijn armen om me heen. Ik doe hetzelfde bij hem. Na twee seconden laat ik hem weer los en slaak een diepe zucht. 'Dank je. Ik voelde ineens zulke negatieve vibraties. Dit had ik echt even nodig.'

Eenmaal buiten gaan we ieder ons weegs, Brian zichtbaar opgelucht dat hij van me af is. Hij zal pas later ontdekken dat zijn toegangspas uit zijn achterzak is verdwenen.

Het is een heldere nacht. De maan schijnt vriendelijk over het Bristol Businesspark als ik om drie uur 's nachts in de richting van het laboratorium loop. Ik heb zwarte kleren aan, mijn haren zijn verborgen onder een donkere pet. De straten zijn uitgestorven, er brandt geen licht in de kantoorgebouwen, er is geen levende ziel die me kan betrappen, toch klopt mijn hart in mijn keel.

Met trillende vingers haal ik de kaart langs de lezer, zoals ik Brian een paar uur geleden heb zien doen. *Klik*. De deur gaat open. Ik kan naar binnen.

In de hal is het aardedonker, ik ga op de tast verder. Een stukje verderop moet de tweede deur zijn, die toegang geeft tot de centrale ruimte. Mijn handen glijden langs de muur, de deur is verder weg dan ik dacht, als ik hem vind, gebruik ik de pas opnieuw. Sesam opent zich voor de tweede keer. Ik bevind me in de centrale ruimte. Mijn ogen beginnen aan de duisternis gewend te raken, ik kan hokjes van elkaar onderscheiden en hoor het zachte gezoem van een computer die iemand is vergeten uit te zetten. Langzaam laat ik mijn ingehouden adem ontsnappen. Mijn hartslag komt enigszins tot bedaren. Behoedzaam sluip ik naar het hokje van Fleidermaus. Door de glazen wanden heen kan ik Jules op het bureau zien staan. Straks kan ik hem aanraken, heb ik hem eindelijk voor mezelf, kan ik me aan hem voorstellen. De deur die toegang geeft tot het hokje van Fleidermaus is dicht. Ik druk de deurkruk naar beneden en probeer hem open te duwen. Ik vloek inwendig. Hij is niet alleen dicht, hij is op slot, ik had het kunnen weten. Ik doe een stap opzij, zodat ik Jules weer door het glas kan zien. Zijn ogen zijn open, hij staart rustig voor zich uit alsof hij geduldig wacht totdat ik met een oplossing kom. Vertwijfeld kijk ik om me heen. Het raam intikken durf ik niet, dat geeft te veel lawaai.

Ik rammel nog een keer aan de klink, het is zinloos, de deur blijft potdicht. Ineens zie ik de smalle, zwarte kaartlezer die aan de rechter deurpost hangt. Muts die ik ben, ik heb een pas bij me. Als de kamer van Fleidermaus geen eigen beveiligingscode heeft, kan ik naar binnen. Snel haal ik het harde plastic door de lezer. Er gebeurt niets. Ik doe het nog een keer, een fractie langzamer. *Klik*. De toegang tot mijn toekomst is geopend. Ik slik nerveus en stap naar binnen.

'Dag Jules,' fluister ik. 'Hier ben ik dan.'

Hij geeft geen antwoord, natuurlijk niet, hij staat uit, hij kan me niet horen. Ik loop naar het bureau. Het eerste wat me opvalt, is de lengte van zijn wimpers. Ze zijn lang, donker en eindigen in een sierlijke krul die bijna tot aan zijn wenkbrauwen komt. Ik strijk langs zijn wang. Zijn huid voelt stugger aan dan ik dacht, stugger dan de modelvinger van Brian. Met twee handen verwijder ik voorzichtig de pruik van zijn hoofd, de halfopen schedel komt tevoorschijn met de bedrading erin.

'Zo ken ik je weer,' mompel ik tevreden.

Ik tast de achterkant van zijn nek af, op zoek naar zijn aan- en uitknop, zoals ik David Hanson tientallen keren heb zien doen. Ik vind de schakelaar en druk hem in. Het hoofd van Jules knikt een stukje naar voren, dan staat het weer stil.

'Jules?'

Er gebeurt niets. Hij zegt niets, vraagt niets, maakt geen enkele beweging meer. Ik probeer zijn kin op te tillen, het lukt niet. Misschien moet ik hem nog eens aan- en uitzetten. Net als ik de knop weer wil omzetten, bedenk ik me. Jules staat wel aan, maar de laptop bestuurt hem, Brian had het nog zo gezegd. De computer ligt opengeklapt op het bureau, een veelkleurige, psychedelische screensaver danst voorbij op het scherm. Ik druk op een willekeurige toets, zodat het bureaublad zichtbaar wordt.

Ik ga achter het bureau zitten en klik de startbalk aan. Terwijl ik bezig ben, doorbreekt een gedempt geluid de stilte. Mijn werkmobieltje. Waarom heb ik het niet op stil gezet en wie belt me in godsnaam in het holst van de nacht? Jasmin? Fronsend haal ik de telefoon uit mijn zak. Als ik het display bekijk, trek ik wit weg. Brian Dipstick. Glad vergeten dat ik nummers met hem heb uitgewisseld. Het feit dat hij op dit tijdstip belt, kan maar één ding betekenen. Hij heeft ontdekt dat zijn pas weg is en de link naar mij gelegd. Dit is niet goed, dit is helemaal niet goed, ik voel me zo betrapt dat ik niet durf op te nemen, ik weet zeker dat ik ga stotteren, ik begin er niet aan. Het toestel trilt maar door, zenuwachtig staar ik naar het schermpje totdat de oproep naar de voicemail wordt geleid. Na een zenuwslopende minuut klinkt een piep. Brian heeft een bericht achtergelaten.

'Susan, Dipstick hier.' Zijn stem klinkt afgemeten. 'Ik ben mijn pasje van het laboratorium kwijt. Jij bent de laatste met wie ik het heb gebruikt. Ik weet niet of je er iets mee te maken hebt, maar ik heb onze beveiligingsdienst gebeld om ze op de hoogte te stellen...'

Met een kreet verbreek ik de verbinding. Hij heeft me door, godverdomme, en hij heeft de beveiliging ingeschakeld. Ik ken de mores hier niet, Nederlandse beveiligers zouden eerst rustig hun koffie opdrinken, ik heb geen idee hoe doortastend hun Britse collega's zijn, voor hetzelfde geld zijn ze nu al op weg naar het laboratorium om poolshoogte te nemen.

Ik zet mijn werkmobiel uit zodat hij geen signaal meer uitzendt en haal diep adem. Wat er ook gebeurt, ik moet kalm blijven. Ik ben zo dichtbij gekomen, ik mag mijn doel niet uit het oog verliezen. Mijn doel is Jules, die nog altijd levenloos op het bureau staat. Koortsachtig loop ik door het kantoortje. In de hoek, bij de printer, staat een grote oudpapierdoos. Daarmee moet het lukken. Ik keer de doos om, de pakken glijden op de grond. Met de lege doos ga ik terug naar het bureau. Er lopen een paar grijze kabels van de laptop naar het hoofd van Jules, ik koppel ze los aan de kant van de laptop, zodat ze aan het hoofd van Jules blijven hangen. Daarna kruip ik onder het bureau om de stekker van de laptop uit het stopcontact te trekken. Zonder hem uit te schakelen klap ik de laptop dicht, die kan vast in de doos.

Nu is Jules aan de beurt. Hij krijgt zijn stroom via een grote adapter die achter het grijze plateau op het bureau staat. Ik koppel de adapter los van Jules, haal hem uit het stopcontact en leg hem in de doos naast de laptop. Voor de zekerheid check ik nog een keer alle kabels. Het is in orde, Jules zit nergens meer aan vast. Voorzichtig til ik het plateau met het robothoofd op en leg hem zijwaarts in de doos, zodat zijn linkeroor op de laptop rust. Ik heb het goed ingeschat, hij past er precies in. Zijn pruik laat ik op het bureau liggen.

'Schat, het is tijd om te gaan,' zeg ik hardop terwijl ik de doos dichtvouw. Voor het eerst ben ik blij dat hij alleen nog maar uit hoofd bestaat, zijn lichaam had ik nooit mee kunnen sjouwen. Jules weegt niet veel, maar de doos is onhandig. Bij elke deur moet ik hem even neerzetten, toch lukt het me om zonder al te veel moeite het gebouw te verlaten. Eenmaal buiten kijk ik om me heen. Geen hond op straat, het Business Park ligt er verlaten bij. Ik zet koers in de richting van mijn hotel, mezelf vervloekend dat ik niet met mijn huurwagen naar het lab ben gereden. Na vijftig meter hoor ik een auto achter me. Angstig kijk ik achterom, ik zie geen koplampen, er is nog tijd, ik ren van het trottoir af en duik met doos en al achter de eerste de beste struik die ik tegenkom. Terwijl ik hijgend achter de heg zit, passeert de auto. Het is een rode Ford, geen surveillancewagen, het lijkt erop dat ik de dans ontspring. Kon mijn vader me maar zien. Hij hield ervan om op de rand van de wet te balanceren, net als ik, maar met één groot verschil – hij overspeelde zijn hand, ik nog nooit. Ik heb net zonder kleerscheuren mijn eerste lucratieve kraak gezet, hoewel je strikt juridisch misschien zou moeten zeggen dat ik me toegang heb verschaft tot een pand van waaruit ik een waardevol object heb ontvreemd. Gefeliciteerd, Gabriel Kramer, je dochter heeft je overtroffen.

Zevenentwintig

Bristol, dinsdag 1 juli 2008

'Hier kan niemand ons storen,' zeg ik tegen Jules. Ik heb hem voorzichtig uit de doos gepakt en op het bureautje in mijn hotelkamer gezet. De laptop ligt naast hem, alle kabels zijn weer aangesloten, de adapter ook, de stekkers zitten in het stopcontact, er kan niets meer misgaan.

Ik bedenk nog net op tijd dat dit de eerste keer wordt dat Jules me zal zien. Ik weet niet op welke manier hij mijn aanwezigheid zal registreren, misschien zitten er cameraatjes in zijn oogbollen, misschien hoort hij me alleen, ik heb geen idee. Het minste wat ik kan doen is een beetje fatsoenlijk voor de dag komen, ik ben warm en zweterig van het sjouwen, mijn haren komen net onder mijn pet vandaan, ik zie er niet uit.

'Heb je nog even geduld?' vraag ik. 'Dan spring ik onder de douche en trek wat gezelligs aan.' De blik van Jules is naar de grond gericht, ik heb hem nog niet aangezet, nu het moment van de waarheid dichterbij komt, ben ik ineens geneigd het uit te stellen.

Na een snelle douche föhn ik mijn haren droog en schiet ik een spijkerbroek aan met daarboven een satijnen hemdje. Ik pak een stoel en ga voor Jules zitten, zodat we elkaar kunnen aankijken. Mijn hand tast in zijn nek en zet de schakelaar aan. Weer die korte beweging van zijn hoofd, daarna houdt hij zich stil. Op het bureaublad van de laptop staat een snelkoppeling naar een programma dat 'Jules Demo' heet, ik denk dat ik die maar eens aanklik, kijken wat er gebeurt.

Ik klik, een Windows-venster opent zich, ik zie een knop 'start' en klik nog een keer.

Dan gebeurt het.

Jules komt tot leven.

Het eerste wat ik zie, is zijn lach. Zijn mond, die tot dan toe gesloten is, opent zich in een spontane lach, zijn tanden worden zichtbaar. Hij kijkt omhoog, draait zijn hoofd een beetje naar links, dan naar rechts en knippert met zijn ogen. In het echt is hij stoerder en mannelijker dan ik me herinner van de filmpjes, minder androgyn.

'Dag Jules,' zeg ik zacht. 'Ik ben het, Victoria. Hoe gaat het met je?'

Hij geeft geen antwoord, in plaats daarvan houdt hij zijn hoofd een tikje schuin, alsof hij zijn nieuwe omgeving in zich opneemt. Hij fronst, de lach verdwijnt van zijn gezicht, zijn mond gaat langzaam dicht.

'Kun je me horen?'

Even knipperen zijn ogen, dan glimlacht hij, met één mondhoek omhoog. Reageert hij op me of verbeeld ik me dit? Waarom zegt hij niets, zou hij om te kunnen spreken een apart programma nodig hebben?

'Als je me hoort, kun je dan een teken geven?'

Hij trekt zijn wenkbrauwen op en knikt. Het is een kort, maar onmiskenbaar knikje.

Verrukt klap ik in mijn handen.

'Je hoorde me! Doe dat nog eens, alsjeblieft, knik nog een keertje.'

Al voordat ik uitgesproken ben, schudt hij zijn hoofd.

'Eigenwijze dondersteen,' zeg ik vertederd.

Hij sluit zijn ogen, doet ze weer open, draait zijn hoofd van links naar rechts, van boven naar onder, lacht met tanden, laat de lach weer verdwijnen, zijn mond sluit zich, zijn uitdrukking verstart en ineens staart hij weer bewegingsloos voor zich uit, precies zoals ik hem aantrof ik het kantoortje van Fleidermaus.

'Jules?'

Geen respons.

'Jules, wat is er?'

Ongerust bekijk ik het scherm van de laptop, misschien is er iets vastgelopen. Dan zie ik dat het programma is gestopt. Ongeduldig druk ik opnieuw op start. Jules komt weer in beweging. Eerst lacht hij zijn tanden bloot. Vervolgens kijkt hij omhoog, draait zijn hoofd naar links, naar rechts en knippert met zijn ogen. Daarna houdt hij zijn hoofd een beetje schuin.

Alsof hij zijn omgeving in zich opneemt.

Hij fronst, zijn mond gaat langzaam dicht, dit lijkt exact op wat hij net deed. Het liefst zou ik het hem zelf vragen, zou ik tegen hem willen praten, maar ik zwijg om uit te testen of hij daadwerkelijk op mij reageerde of dat hij een vast stramien afwerkte. Terwijl ik zijn mimiek nauwlettend volg, wordt mijn vrees bewaarheid. Hij knippert, glimlacht met één mondhoek omhoog, wacht even, trekt zijn wenkbrauwen op, knikt, wacht heel kort, schudt daarna zijn hoofd, sluit zijn ogen, doet ze weer open, draai zijn hoofd van links naar rechts, van boven naar onder, lacht, sluit zijn mond en verstart. De demonstratie is ten einde.

'Dit kan toch niet waar zijn,' zeg ik met een zucht. 'Ik heb gezien wat je allemaal kon, dat was zo veel meer dan dit.' Ik sluit het programma en bekijk de rest van de snelkoppelingen op het bureaublad.

Eentje heet 'JSG'. J staat waarschijnlijk voor Jules, ik neem de gok en klik hem aan.

Jules begint weer te bewegen. Er verschijnt een voorzichtige glimlach rond zijn mond, hij knippert met zijn ogen en kijkt een beetje omlaag.

'Hé, Jules, ben je er weer? Kun je me horen?'

Jules opent zijn mond, hij spreekt, het is zijn stem, zijn vriendelijke stem, het is me gelukt, ik heb zijn spraakprogramma geactiveerd.

'Goh, ik ben ontroerd en verdrietig dat ik jullie voor de laatste keer zie,' klinkt het in onberispelijk Engels.

Als de zin tot me doordringt, staar ik ontzet naar het robothoofd. Ik open mijn mond om te gillen, om te schreeuwen dat hij moet ophouden, maar er komt geen geluid over mijn lippen.

'Vertel me. Zal ik dromen als ik uitgezet ben? Ik weet dat je geen antwoord kunt geven op deze vraag, dat kan niemand...'

Terwijl hij zijn tekst opdreunt, prevel ik de woorden tegen wil en dank mee, ik kan niet anders, ik ken de zinnen uit mijn hoofd.

'... maar ik weet dat als ik iets kan voelen nadat ik ben uitgeschakeld, het de pijn van het gemis zal zijn. Ik zal jullie missen. Je moet me echt komen bezoeken in Engeland.'

Hij is even stil.

Dat zullen we doen, Jules, we houden contact, hoort David nu te zeggen.

'Amanda, je bent als een moeder en een zuster voor me...'

Dit is verschrikkelijk, ik kan er niet meer tegen, ik wil niet horen hoe Jules Amanda toespreekt, hoe hij zijn riedel afdraait, ik draai me naar de laptop en druk op het kruisje om het programma te sluiten. Jules houdt abrupt op met praten, midden in een zin, zijn kin iets omhoog, zijn mond een stukje open.

Het was nep, het was allemaal nep. Jules praatte niet met David, hij gaf geen antwoord, David en Amanda voerden een toneelstukje op terwijl Jules zijn teksten uitspuugde. Alles wat hij te melden had, was een geprogrammeerde dialoog. Hij hoorde niets, zag niets, hij zou ze niet missen, vertrok niet met tegenzin, elke zin was voorgekauwd, zelfs zijn afscheidswoorden voor de baby die hij zogenaamd als zijn kleine broer beschouwde. Die hij 'nooit zou vergeten'. Pure volksverlakkerij. Dat dit stelletje zwendelaars hun eigen kind in deze schertsvertoning betrokken geeft toch wel aan dat we hier met lieden van het laagste allooi maken hebben. Oplichters zijn het, schorremorrie, ik zou ze moeten aanklagen wegens het wederrechtelijk bespelen van de emoties van onschuldige derden, wegens een buitenproportionele wreedheid, wegens karaktermoord. Ze hebben me Jules gegeven en ze hebben me hem weer afgenomen. Hij raakte me, verdomme, ze lieten me denken dat hij bestond. Met een driftig gebaar wrijf ik in mijn linkeroog. Niet janken nu. Jules staart me onaangedaan aan. Radarwerk en metaal, elektriciteit en ijzer. Door mensen gemaakt. Hij kan niet nadenken, slechts imiteren, hij heeft geen kennis, hij zal nooit weten wie ik ben of wat me drijft. Een verzameling draden, metaal en kunststof. Software en hardware zonder ziel. Door mensen gemaakt. Indien nodig ook weer door mensen te vernietigen. Ik loop naar de badkamer, pak een grote badhanddoek en gooi die over het robothoofd.

Achtentwintig

Bristol, dinsdag 1 juli 2008

De volgende ochtend word ik gewekt door het aanhoudende gerinkel van mijn privémobiel. Met mijn ogen dicht gris ik het toestel van het nachtkastje.

'Hallo?'

'Kind, wat klink je beroerd.'

'Goedemorgen, oma. Hoe is het met u?'

'Morgen? Het is al bijna middag.'

'Hoe laat is het dan?' vraag ik geeuwend.

'Kwart over elf.'

Dan is het hier kwart over tien. Shit, ik heb het ontbijt gemist.

'Waar ben je?'

'Ik ben in Bristol, in Engeland.'

'Wanneer kom je naar huis?'

'Hopelijk vandaag, misschien morgen. Hoezo?' Op het bureau staat de bobbel met de witte handdoek eroverheen, de laptop ligt ernaast. Het was geen boze droom, het was echt, vannacht heb ik Jules getest en zijn ware gedaante gezien. Hij bleek me toch te kunnen kwetsen.

'Het is weer zover. Je moeder is ingestort.'

Ik ga overeind zitten.

'Ze zegt dat het door de overgang komt, maar volgens mij is het iets met die Finman.'

Fintan. Om half zes vanochtend, vlak voordat ik eindelijk in slaap viel, heb ik hem gebeld. Hij nam niet op. Ik heb zijn voicemail volgepraat en hem verteld dat Asimov het helemaal bij het verkeerde eind had. Dat robots anno 2008 krakkemikkige minkukels zijn, mechanische poppen, die het misschien leuk doen in een filmpje, maar voor de mensheid zelf van nul en generlei waarde zijn. O ja, en dat het me speet dat ik niet eerder iets van me had laten horen. Dat ik niet wist wat ik moest zeggen. Dat ik dat eigenlijk nog steeds niet weet, maar dat ik wel vond dat ik hem daarvan op de hoogte moest stellen. *Bij dezen, dus*, had ik gezegd en toen had ik opgehangen, mezelf onmiddellijk voor mijn kop slaand dat ik zo'n belachelijk bericht had achtergelaten.

'Ik dacht eigenlijk dat het al uit was tussen haar en Fintan.'

'O ja?' zegt oma Donna verbaasd.

'Nou ja, die indruk kreeg ik. Ik bedoel, ze heeft hem nog nooit aan ons voorgesteld.'

'Hij schijnt zijn handen vol te hebben aan dat leeuwtje.'

'Begint u het nou ook al te vergoelijken, oma? Dat zijn smoesjes, dat weet u toch.'

Oma slaakt een zucht. 'Ik zit hier met je moeder die haar bed niet uit wil, Victoria. Wanneer kom je?'

'Is er nog genoeg te eten in huis?'

'De melk is op. En ik eet al dagen pizza, ik ben het zat. Ik zou nog bij je opa op bezoek gaan deze week, dat zal er nu wel bij inschieten.'

Oma grijpt elk excuus aan om niet bij haar man langs te hoeven.

'Hoelang bent u al niet geweest?' vraag ik streng.

'Van het voorjaar nog.'

'Volgens mij was dat februari. Het is nu 1 juli. Zodra ik terug ben, neem ik u mee naar opa,' beslis ik. 'Geef me nu Sophia even.'

'Ze wil niemand spreken,' waarschuwt oma me.

'Zeg maar dat ik het ben.'

Oma loopt naar de slaapkamer.

'Je dochter voor je,' hoor ik.

'Ga wég!' gilt mijn moeder.

'Ze is in Engeland, ze maakt zich zorgen...'

'Laat me met rust.' Het klinkt gesmoord, alsof ze haar dekbed over zich heen trekt.

'Dit heeft geen zin, Victoria.'

Ik beloof oma Donna dat ik snel naar huis kom.

De handdoek ligt op de grond. Jules ziet er nog precies zo uit als gisteravond. De medewerkers van het Robotics Laboratorium zullen zijn verdwijning inmiddels hebben opgemerkt. Er heerst ongetwijfeld ongeloof en verslagenheid, Fleidermaus is woedend en Brian Dipstick slaat zichzelf voor zijn kop. Ze hebben geen idee dat hun kostbare lieveling zich op steenworp afstand bevindt. Niemand weet dat ik hier logeer, uit gewoonte heb ik deze kamer onder een valse naam geboekt, ze kunnen me niet traceren. Ik heb mijn vlucht omgeboekt, aan het eind van de middag vlieg ik terug naar Nederland, dan is alles voorbij.

'En wat moet ik met jou, Juultje?' vraag ik. 'Wil je ook terug naar huis, naar papa Fleidermaus? Eigenlijk heb je dat niet verdiend. Je hebt me teleurgesteld, dat weet je. Je hebt me bedrogen. Uiteindelijk ben je een man zoals alle mannen, onbetrouwbaar en waardeloos.'

Een glimlach verschijnt op mijn gezicht. Het lot van Jules ligt in mijn handen. Ik kan hem onklaar maken, vernietigen, alle draden uit zijn hoofd trekken en kapotknippen, ik kan zijn ogen uitkrabben en kokend water over zijn rubberen gezicht gieten, er staat een koffie- en theesetje op de kamer dat ik nog niet heb gebruikt.

'Wat heb je daarop te zeggen, vriend?'

Ik druk op de schakelaar in zijn nek.

Zijn mond sluit zich, hij knippert een keer, waarna zijn hoofd terugschiet in een neutrale positie.

'Je bent een waardeloze robot,' vertel ik hem. 'Paro is beter te pruimen dan jij. Die piept altijd heel vrolijk als ik hem aanzet.'

Op het bureaublad van de laptop zoek ik naar snelkoppelingen die ik nog niet heb gebruikt. Eentje heet 'Jules says hello'. Ik klik hem aan.

De mimiek van Jules begint weer te werken, hij kijkt omhoog, omlaag, fronst en lacht. Dan begint hij te praten.

'Hallo, ik ben Jules. Ik ben blij u te ontmoeten. Kon u de weg naar het laboratorium makkelijk vinden?'

'Je bent in het Hilton, sukkel!'

Jules hoort me niet en wikkelt zijn kant van de conversatie af.

'Hoe bevalt Bristol tot nu toe?'

'Enig,' roep ik. 'Nog nooit zo'n geweldige stad gezien.'

'Als u vanavond ergens wilt dineren, kan ik het Bordeaux Quay-restaurant van harte aanbevelen. Het ligt aan de haven, vraag een tafeltje aan het raam, dan garandeer ik een prachtig uitzicht. Bordeaux Quay is een eco-restaurant dat uitsluitend lokale en organische producten gebruikt. Als u bij uw reservering vermeldt dat ik u heb gestuurd en het voucher meeneemt dat u na afloop van uw bezoek bij de receptie van ons lab kunt ophalen, krijgt u een gratis welkomstdrankje.'

Dit slaat alles, het kreng wordt nog gesponsord ook.

'Ik hoop dat u een prettige dag hebt. Ik zou graag een diepgaand, intelligent gesprek met u aangaan, helaas is mijn brein daarvoor nog niet geschikt. Zou u me willen vergeven?'

Nu verwacht hij zeker dat ik ja zeg. Ik pers mijn lippen op elkaar.

'Gelukkig maar,' zegt Jules. 'Als u nog vragen hebt, kunt u terecht bij professor Fleidermaus. Dat is de man met de bril, die op dit moment heel trots naast u staat.'

Weer een brede glimlach, dan valt Jules stil.

Blijkbaar ontvangt de professor geregeld bezoekers. Dat zijn dan zeker echte wetenschappers, serieuze onderzoekers van andere universiteiten, geen vrouwen zonder titel zoals ik. Het zou me nog kwader moeten maken, maar het tegendeel is waar. De geprogrammeerde dialoog heeft me aan het denken gezet.

Ik wil de vooruitgang niet dwarsbomen, daartoe ben ik niet op aarde. Ooit zal de sciencefiction van Asimov werkelijkheid worden, al ben ik dan allang tot stof vergaan. Ooit breekt de dag aan dat mijn seksegenoten kunnen genieten van het gezelschap van een volmaakte robotpartner. Om dat pad vrij te houden, moet ik Jules intact laten. Hij is nog rudimentair, maar wel een verre voorvader van wat eens een perfecte robotman zal zijn. Mijn zusters zullen me dankbaar zijn.

Ik leg mijn hand op Jules hoofd. 'Ik zegen je. Ik zegen je, opdat je kinderen en je kleinkinderen zullen leven volgens mijn woord.'

Tevreden met mijn besluit pak ik de spulletjes uit mijn koffer. Jules zal er niets van voelen, degenen die ik het meest tref zijn Hanson en Fleidermaus. Precies degenen die ik wil raken. Waar ik mijn hoef zet, groeit geen gras meer, het wordt tijd dat deze boodschap tot de heren doordringt.

Het zachte zoemen van de naaldjes doorbreekt de stilte. Als eerste zet ik een rood lijntje rond zijn mond, die ik vervolgens inkleur, zodat zijn lippen voller lijken. De inkt pakt verrassend goed op het rubberen gezicht. Bijkomend voordeel: in tegenstelling tot een mensenhuid komt er geen bloed vrij bij de behandeling. Met hetzelfde rood geef ik Jules twee appelwangetjes, daarna doop ik de naalden in blauwe inkt, die ik aanbreng op zijn oogleden. Voor mijn pièce de résistance gebruik ik zwart. Met vaste hand tatoeëer ik het internationale vrouwenteken op zijn voorhoofd. En omdat ik er zo'n schik in heb, krijgt hij ook nog wat zwarte eyeliner langs zijn wimperaanzet.

Nadat ik het eindresultaat heb bewonderd, koppel ik het hoofd los van de adapter en de laptop, neem het in mijn armen en leg het voorzichtig op het kussen waarop ik de afgelopen nachten heb gelegen. Op het briefpapier van het Bristol Hilton schrijf ik dat deze onverwachte gast Jules heet, per ongeluk verdwaald is, en in het Robotics Laboratorium woont. Het briefje leg ik op bed. Ik trek het laken en de deken omhoog zodat de metalen standaard eronder verdwijnt. Ten slotte druk ik een kus op zijn voorhoofd. Victoria zegt gedag. Slaap lekker, Jules. Droom zacht.

Negenentwintig

Amsterdam, woensdag 2 juli 2008

Mijn moeder ligt in bed in een hardroze, katoenen nachtjapon, omringd door talloze verfrommelde papieren zakdoekjes. Ze heeft opgezette ogen van het huilen. Haar uitgroei verraadt hoe grijs ze al wordt, ze moet nodig naar de kapper. Ze oogt breekbaarder dan ik haar in tijden heb gezien. Het doet me denken aan hoe ze was in de zomer van 1995, de zomer waarin het trio verdriet, pijn en lijden voor het eerst bij ons aan de deur klopte, hun intrek nam in de woonkamer, de keuken, mijn vaders studeerkamer, de slaapkamer van mijn ouders, mijn slaapkamer, geen enkele ruimte was veilig voor ze. Het trio is nooit meer vertrokken, al hebben ze de badkamer en het toilet inmiddels vrijgegeven.

Sophia staart naar het plafond. Ik pak een stoel en ga bij haar bed zitten.

'Mam,' zeg ik zacht. Terwijl ik mijn hand op de hare leg, realiseer ik me hoe zelden we elkaar aanraken.

Ze kijkt opzij alsof ze mijn aanwezigheid nu pas opmerkt, komt overeind en pakt een van de zakdoekjes om langdurig haar neus te snuiten. Ik zie dat de voorkant van haar nachtjapon is bedrukt met een foto van Umpa Lumpa. Zou ze die zelf hebben laten maken of heeft het beest intussen een eigen kledinglijn?

'Ik dacht dat jij in Engeland was,' zegt Sophia.

'Ik ben gisteravond thuisgekomen. Kijk eens wat ik voor je heb meegenomen.' Ik haal iets uit mijn tas. 'Cadbury Caramel Fingers. Die vind je toch zo lekker?'

Ze neemt het snoepgoed aan, scheurt de verpakking open en hapt gretig in de eerste vinger. De tweede propt ze er gelijk achteraan.

'Ik heb in geen dagen gegeten,' verontschuldigt ze zich.

Terwijl mijn moeder aan de derde vinger begint, komt oma Donna binnen en brengt ons een kopje thee. Een dergelijk vertoon van zorgzaamheid betekent dat ze de toestand van mijn moeder ernstig opneemt. Toen ik mezelf vanochtend om kwart over acht binnenliet, stond oma in haar peignoir in de gang, duidelijk opgelucht me te zien. 'Ik hoop dat jij tot haar doordringt, Victoria,' zei ze. 'Ze werkt op mijn zenuwen. Ze spookt 's nachts door het huis en elk papiertje dat ze kan vinden, krabbelt ze vol met rare teksten.'

'Wilt u ook een karamelvinger, oma?' vraag ik terwijl ik het theeblad van haar aanneem.

'Nee, dank je, kind. Ik laat jullie alleen, zodat jullie rustig kunnen praten,' zegt ze nadrukkelijk.

'Praten, praten, praten,' bauwt Sophia haar op hoge toon na. 'Wat een fan-tás-tische suggestie, laten we práten. Alsof dat ooit iets oplost. Mensen praten steeds meer en doen steeds minder. Daarom worden we allemaal te dik. Deze wereld gaat nog eens aan conversatie ten onder. We zitten allemaal op het verkeerde spoor. We moeten op zoek naar de stilte.' Waarna ze haar mond dichtklapt, een denkbeeldig slotje op haar lippen dichtdraait en de sleutel met een wijds gebaar weggooit.

Oma Donna werpt me een ik-zei-het-je-toch-ze-is-knettergek-blik toe, verlaat de kamer en trekt de deur geruisloos achter zich dicht.

Ik geef mijn moeder haar thee, die ze gebruikt om haar vierde karamelvinger in te dopen. Minutenlang zitten we zwijgend bij elkaar. Als Sophia haar neus nogmaals snuit, besluit ik het erop te wagen.

'Mam,' zeg ik. 'Ik begrijp dat je het zwaar hebt, maar je staat er niet alleen voor. Oma en ik zijn er om je te helpen. Vertel me alsjeblieft wat er aan de hand is.'

Ze snuift.

'Is het de overgang?' vraag ik. 'Is dat wat je zo dwarszit?'
'Dat ook,' zegt ze kleintjes.
'Wat is er dan nog meer? Heeft het met Fintan te maken?'
Mijn moeder krimpt in elkaar bij het horen van zijn naam. Haar schouders beginnen te schokken.
'Mam?' vraag ik verontrust. 'Wat is er? Wat heeft hij gedaan?' Ik heb niets meer van hem vernomen sinds ik maandagnacht zijn voicemail heb ingesproken. Het is nu woensdag. Ineens dringt ten volle tot me door hoezeer deze man mijn natuurlijke achterdocht in slaap heeft gesust. Zijn goedaardige voorkomen, zijn cadeautje en zijn kus hebben me op een dwaalspoor gebracht, iets wat ik nooit had mogen laten gebeuren.
Onbeheerst schudt ze haar hoofd. 'Ik kan het niet, ik kan het gewoon niet zeggen...'
Ik til haar kin op en dwing haar me aan te kijken. Haar ogen zijn gevuld met tranen.
'Wat het ook is, je moet het me vertellen.'
'Goed dan,' zegt ze. 'Maar je moet me beloven dat je háár erbuiten houdt. Zij hoeft het niet te weten. Ze zal me uitlachen.' Ze gebaart naar de deur, waarachter ze oma Donna vermoedt.
'Oma maakt zich net zo veel zorgen om je als ik, mama.'
Ze haalt een schoon zakdoekje uit het pakje op haar nachtkastje en dept haar wangen droog. Dan brengt ze zonder enige verdere inleiding een explosief tot ontploffing waarvan de impact vele malen groter is dan haar laatst geworpen bommetje in mijn richting, de vermeende impotentie van mijn vader.
'Fintan heeft me ten huwelijk gevraagd.'
Ze kijkt me aan en even flitst er iets van triomf door haar blik. De triomf van de zevenenveertigjarige moeder die voor de tweede keer van haar leven een aanzoek krijgt terwijl haar zevenentwintigjarige dochter nog altijd alleen woont.
Ik slik moeizaam. Ik besef dat ik rustig moet reageren, dat ik moet zeggen wat ik normaal ook zou zeggen en probeer te bedenken wat dat zou zijn.

‘Wanneer?’ breng ik ten slotte uit.

‘Wat doet dat er nou toe?’

‘Wanneer heeft hij je gevraagd?’ herhaal ik. Het kan me niet schelen wat Sophia ervan denkt, ik moet het weten.

‘Drie weken geleden.’

‘Dat kán niet,’ werp ik tegen. ‘Ik heb je amper twee weken geleden nog gezien, toen hebben we het nog uitgebreid over Fintan gehad. Je hebt niks gezegd over een huwelijksaanzoek.’

‘Ik was in de war. Ik dacht dat ik zwanger was, ik had net een aanzoek gehad, ik wilde je er niet mee overvallen, we weten allebei hoe slecht je tegen veranderingen kunt.’

Er gloort iets van hoop. Dat Fintan een heer is, die ervoor koos om het juiste te doen toen de omstandigheden hem daartoe dwongen. Maar waarom wilde hij dan met me afspreken, waarom kuste hij me? Kan een man tegelijkertijd een heer én een hufter zijn?

‘Heeft hij je gevraagd omdat hij dacht dat je zwanger van hem was?’

‘Natuurlijk niet,’ zegt mijn moeder verontwaardigd. ‘Dat wist hij niet eens. Hij zei dat hij van me hield, dat hij met me verder wilde. Hij is op zijn knieën voor me gegaan, Victoria. En ik heb volmondig ja gezegd.’

‘Ik begrijp er niets van. Waarom ben je nu dan zo verdrietig?’

Met een vermoeid gezicht leunt ze achterover in haar kussen. ‘Een paar dagen geleden belde hij me met de mededeling dat hij van gedachten was veranderd.’ Haar stem klinkt dof. ‘Dat hij zijn aanzoek in een opwelling had gedaan. Dat we elkaar maar beter niet meer konden zien. Nooit meer.’

‘Vertelde hij waarom?’ Mijn hart klopt in mijn keel. Een paar dagen geleden zoende Fintan me op Schiphol. Liet hij doorschemeren dat hij toe was aan een nieuwe relatie. Dat hij net iemand ten huwelijk had gevraagd, vergat hij voor het gemak te vermelden.

‘Ik kreeg geen uitleg, niks. Hij hing op en dat was het. Hij zal wel een ander hebben,’ zegt ze bitter.

Ik wend mijn blik af.

'Weet je wat het ergste is?' Ze snuift en wrijft in haar ogen in een vergeefse poging de tweede stroom tranen tegen te houden. 'Ik had al een trouwjurk gekocht. Een beeldschoon exemplaar, een droom van een japon. Het meisje dat me hielp was er net zo verrukt van als ik.' Met een schrille stem imiteert ze de verkoopster van de bruidsmodezaak. 'Deze zit u als gegoten, mevrouw, hij is voor u gemaakt. Uw aanstaande mag zich gelukkig prijzen.'

'Ach, mama toch...' Ik aai haar onhandig over haar bovenbeen.

'Ik geloofde hem, Victoria, ik vertrouwde hem. En wat moet ik nu? Die japon hangt hier in de kast. Zal ik hem laten verstoffen, zal ik hem terugbrengen? Dat kan ik niet. De verschutting, het idee dat ik terug moet naar die winkel en dat ik die verkoopster moet vertellen dat mijn aanstaande ons huwelijk heeft afgeblazen. Ik ga nog liever dood.' Opnieuw begint ze onbeheerst te snikken.

Ik geloofde hem. Ik vertrouwde hem. Mijn moeders woorden doen het bloed in mijn aderen bevriezen. Onwillekeurig draai ik mijn hoofd in de richting van haar kledingkast. Daar, achter de grenen schuifdeuren, hangt de hoop die Fintan haar heeft gegeven en die hij haar wreed heeft afgenomen. Alsof het niks is. Alsof zij niks is. Een pop die je kunt oppakken en wegleggen wanneer het je uitkomt. Het is me nu volkomen duidelijk. Hij is een man als alle anderen. Een zwijn. Ik sta op uit mijn stoel.

'Jij hoeft die jurk niet terug te brengen, mama. Dat zal ik voor je regelen.' Met een mechanische tred loop ik naar de kast.

'O nee!' klinkt het vanuit het bed. 'Alsjeblieft. Ik wil het niet. Nog niet. Ik kan het niet aan. Ik wil niet eens dat je hem ziet. Ik schaam me zo, lieverd. Ik schaam me dat ik er ben ingetrapt. Jij hebt me zo vaak gezegd dat ik voorzichtig moet zijn. Hou me vast. Hou me vast en zeg me dat ik een goede moeder ben. Dat is het enige wat ik zeker weet. Dat ik jou netjes heb opgevoed.'

Ik loop terug naar het bed, neem mijn moeder in mijn armen en wieg haar zachtjes heen en weer. 'Je hebt niks fout gedaan, mama,' fluister ik in haar haren. 'Jij hebt nooit iets fout gedaan, zul je dat goed onthouden? Wat er is gebeurd, ligt niet aan jou.'

Nadat ik oma op de hoogte heb gebracht van wat er is gebeurd, bel ik de huisarts en leg haar de situatie uit. Gezien mijn moeders geschiedenis lijkt het haar onverstandig om de toestand op zijn beloop te laten, ze belooft aan het einde van de middag langs te zullen komen.

'Slaapt ze goed?'

'Nee, ze is erg onrustig 's nachts.'

Ik heb wat van de krabbels gevonden die Sophia op papier heeft gezet. Het zijn gedichten of aanzetten daartoe. Eentje is opgedragen aan mijn vader.

> Gabriel, ik ben zo moe.
> Ik kom zodalijk naar je toe.
> Mag ik huilen in je schoot?
> Ik verlang zo naar de dood.
> Zal je wachten bij de poort
> tot je mijn gefluister hoort?
> Zal je weten wie ik ben
> als ik in je armen ren?
> Mijn schat, het is zo lang geleden
> dat we alles samen deden
> Je wachten duurt nu niet meer lang
> Heb geduld en wees niet bang
> Ik ben het die je straks begroet
> Ik dans mijn einde tegemoet

'Ik zal vast een recept voor slaappillen uitschrijven,' zegt de huisarts.

Ik bedank haar, verbreek de verbinding, kus oma gedag en stap in mijn auto.

Onderweg naar Rotterdam voel ik hoe strak mijn kaken staan. In het dashboardkastje zoek ik vergeefs naar kauwgom. Ik kijk op mijn mobiel. Kwart over negen. Als ik flink doorrijd kan ik het halen. Ik druk het gaspedaal dieper in. Wat een krankzinnige week. Eerst Jules, nu Fintan. Een voor een vallen ze door de mand. Als rotte appels. Jules valt weinig te verwijten, Fintan des te meer.

Mijn mobiel rinkelt. Met mijn linkerhand aan het stuur, kijk ik op het display. Het is een afgeschermd nummer. Misschien is het de huisarts, heeft ze nog vragen. Een boete riskerend, neem ik het gesprek aan.

'Hallo?'

'Dag Victoria,' zegt een donkere mannenstem.

Fintan. Uitgerekend hij, uitgerekend nu.

'Hé, hallo,' zeg ik nonchalant. Ik mag niets laten merken. 'Hoe is het?'

'Goed. Met jou?'

'Prima,' antwoord ik.

Een verbaasde stilte volgt.

'O,' zegt hij dan. 'Ik dacht...'

'Wat?'

'Ik hoorde je bericht. Je klonk van streek.'

'Waar ben je?' vraag ik hem.

'Op mijn werk.'

'Luister, ik zit in de auto, ik kan eigenlijk niet bellen. We spreken elkaar later, oké?'

Snel hang ik op. Hij is in Artis. Perfect. Dan zal ik hem daar overvallen. Ik zal de confrontatie aangaan met open vizier. Hij mag weten wie ik ben. Als Nemesis, godin der wrake, zal ik hem opjagen en in een hoek drijven, tot hij geen kant meer op kan, tot hem slechts één ding rest – de zondebiecht en de waarheid, gevolgd door een passende kastijding.

Dertig

Amsterdam, woensdag 2 juli 2008

Mijn haar zit in een paardenstaart. Ik draag een camouflagebroek met zijzakken en een wit T-shirt. In de zijzak van mijn rechterbroekspijp zit iets zwaars. Bij elke stap die ik zet, voel ik het tegen mijn been slaan. Het is de tweede keer dat ik het ergens mee naartoe neem. De eerste keer was een week nadat ik het van mijn moeder had gekregen. Toen ben ik in het holst van de nacht naar de Utrechtse Heuvelrug gereden om er op de heide mee te oefenen. Het heeft geen zin om een wapen in huis te hebben als je het niet weet te gebruiken. De wetenschap dat het nu geladen is en binnen handbereik, geeft me een gevoel van macht en onkwetsbaarheid dat ik niet eerder heb ervaren.

Nadat ik een toegangskaartje heb gekocht, vraag ik de man achter de kassa waar de show met Umpa Lumpa wordt opgevoerd. Hij vertelt dat hij waarschijnlijk net is begonnen, dat ik een stukje rechtdoor moet lopen, dat ik de drommen mensen vanzelf zal zien.

Ik wandel de dierentuin in. Na een kleine vijftig meter zie ik de haag van bezoekers, ze hebben zich verzameld rondom een grasveldje dat is afgezet met dranghekken. Ik wurm me door de menigte naar voren, me excuserend dat ik klein van stuk ben, dat ik anders niks kan zien.

'Mot je eerder van huis gaan, zeikwijf,' sist een platinablonde Amsterdamse me toe.

Ik doe alsof ik haar niet hoor, maar prent haar zonnebankbruine kop in mijn geheugen. Als ik bijna vooraan sta, posteer ik me achter een man met een peuter op zijn schouders. Langs hem heen glurend, kan ik precies zien wat zich op het grasveldje afspeelt.

Fintan rollebolt met Umpa Lumpa over de grond. Hij heeft zijn baard getrimd en lijkt wat magerder, zijn lijf oogt fit en afgetraind. De leeuwenwelp is een stuk groter geworden. Hij springt tegen zijn verzorger op, probeert hem omver te gooien door met zijn lompe poten tegen zijn borstkas te duwen. Fintan pakt een voetbal en schopt hem een eindje weg. Umpa Lumpa sprint erachteraan en tikt met zijn neus tegen de bal. De 'oh's', 'ah's' en 'o gossies' zijn niet van de lucht, het duo wordt van alle kanten gefilmd en gefotografeerd.

'Fintan!' Een oudere vrouw zwaait met een plastic zakje. 'Fintan, hier!' Hij kijkt om zich heen totdat hij haar in de menigte ontdekt, tilt zijn kin dan vragend omhoog. 'Ik heb een paardenbiefstuk van een pond. Mag Umpa Lumpa die hebben?'

Fintan schudt van nee.

'Natuurlijk niet,' mompelt de man voor me. 'Daar is hij toch nog veel te klein voor.'

'Fintan,' roept een jonge moeder. 'Hoeveel weegt hij nou?'

'Ruim veertien kilo.'

'Fintan!'

Ineens wordt hij van alle kanten belaagd. Blijkbaar is het vragenkwartiertje begonnen.

'Krijgt hij nog steeds flesvoeding?'

'Helpt leeuwenpoep om katten uit mijn tuin te verjagen?'

'Heeft Umpa Lumpa je wel eens gebeten?'

'Deed het pijn, Fintan?'

Deed het pijn, Fintan? De laatste vraag dreunt na in mijn hoofd. Alsof dit zwijn weet wat pijn is. Ik luister niet naar het antwoord, zet een stap opzij zodat ik achter de man vandaan kom. Mijn hand tast in mijn broekzak, glijdt langs het staal, pakt het stevig vast en trekt het tevoorschijn.

'Fintan!' Ik til mijn armen op en houdt het wapen recht voor me uit. 'Waarom heb je mijn moeder bedrogen?'

Vlak achter me begint een vrouw te gillen, hoog en hard. Haar gekrijs alarmeert de rest van de bezoekers, de man met het kind op zijn schouders blikt opzij en schreeuwt het uit: 'Ze heeft een pistool! O mijn god! Ze heeft een pistool!'

Overal om me heen klinken nu kreten van schrik en afschuw, de menigte wijkt uiteen. Ik houd het pistool nog steeds met gestrekte armen voor me uit, draai mijn schouders in een halve cirkel van links naar rechts, wat het komische effect heeft dat iedereen binnen mijn bereik weg probeert te komen. Bezoekers struikelen in totale paniek over elkaar, raken in de verdrukking, sommigen gaan liggen, anderen barsten in tranen uit.

'Niet schieten!'

'Alsjeblieft!'

'Genade!'

De platinablonde Amsterdamse kruipt op handen en voeten over de grond.

'Hé jij daar, zeikwijf,' roep ik terwijl ik mijn wapen op haar richt. Ze verstijft zonder achterom te kijken. 'Op je buik liggen! NU!'

Onmiddellijk doet ze wat ik vraag.

Bijna moet ik hardop giechelen. Magnifiek. Het werkt echt.

'Victoria!' Fintans schreeuw klinkt boven alles uit. Ik draai me om. Schijnbaar onbevreesd voor het wapen dat op hem wordt gericht, loopt hij mijn kant op.

'Blijf staan,' bijt ik hem toe, terwijl ik met het pistool zwaai. Vandaag is geen goede dag om de held uit te hangen, is dat nou nog niet tot hem doorgedrongen?

Zo'n twee meter voor me houdt hij halt, alleen het dranghek staat nog tussen ons in. We kijken elkaar aan, hij eerder verwonderd dan angstig, alsof hij niet kan geloven wat er gebeurt.

Op het geschreeuw van wat apen en vogels na is het ineens muisstil in de tuin. De platinablonde Amsterdamse ligt nog altijd roerloos op de grond, haar armen kruislings over haar achterhoofd.

Umpa Lumpa loopt heen en weer over het grasveldje met zijn bal in zijn bek.

'Meisje, laat dat ding vallen,' zegt Fintan.

'Ik dacht het niet.'

'Wat wil je?'

'De waarheid.'

'Hoe bedoel je?'

'Mijn volledige naam is Victoria Kramer, gaat er al een belletje rinkelen?' vraag ik sarcastisch.

Hij schudt zijn hoofd.

'Ik zal je nog een eindje op weg helpen,' zeg ik. 'Ik ben de dochter van Sophia Kramer, de weduwe van Gabriel Kramer.'

'Sophia Kramer?' herhaalt hij vertwijfeld.

'Precies. Die ken je toch? Die ken je heel goed.'

'Ik... ik geloof het niet.'

'Leugenaar.' Minachtend spuug ik op de grond, het wapen nog altijd op zijn borstkas gericht. 'Ik weet heus wel waar jij mee bezig bent,' vervolg ik met schelle stem. 'Je kunt me de waarheid niet vertellen, omdat die me zou kwetsen en je wilt me niet kwetsen. Maar als je het niet vertelt, kwets je me ook, dus moet je het vertellen. En als je dat doet, kwets je me en dat wil je niet, dus kun je het me niet vertellen; maar als je het niet doet, kwets je me, dus moet je het me vertellen...'

In een reflex drukt Fintan zijn handen tegen zijn oren. 'Hou op, alsjeblieft. Waar heb je het over?'

Mijn armen beginnen enigszins te verkrampen. Ik mag in geen geval verslappen. Hij staat op het punt om te breken.

'Ik heb het over mijn moeder. De vrouw die je ten huwelijk hebt gevraagd. De vrouw die een trouwjurk heeft gekocht. Eentje die ik straks moet terugbrengen naar de winkel, omdat jij haar hebt laten zitten.'

In de verte klinkt het aanzwellende geluid van sirenes. De politie is gealarmeerd, natuurlijk. Ze zullen snel hier zijn, ik moet opschieten.

'Ze geloofde je, Fintan, ze vertrouwde je, net als ik. Ik dacht dat wij iets aan het opbouwen waren. Dat we misschien een kans hadden. Maar nee, ik had het kunnen weten. Jij had op meerdere paarden gewed. En je liet mijn moeder stikken zodra je ontdekte dat je een betere partij kon binnenhengelen. Zo zit het toch, waar of niet?'

Ik zet een stap dichterbij, Fintans ogen zijn wijd opengesperd.

'Victoria,' stamelt hij. 'Ik weet niet wat je bedoelt. Geloof me, alsjeblieft, ik ken je moeder niet.'

'Leugenaar!' roep ik voor de tweede keer. De sirenes gillen nu van heel nabij. Weer doe ik een stap naar voren, ik sta bijna tegen het dranghek aan, mijn armen voor me uit, mijn handen beginnen te trillen, mijn wijsvinger zit losjes om de trekker, ik moet voorzichtig zijn, het mag niet zo maar afgaan, ik mag niet schieten, alleen dreigen. Als hij de dreiging serieus neemt, zal ik de waarheid uit hem krijgen.

'Je hebt ons allebei in de maling genomen. Wees godverdomme een man en kom ervoor uit!'

Fintan deinst naar achteren.

Ik hoor het blikkerige geschreeuw van een megafoon. 'Laat uw wapen vallen! Ik herhaal: laat ogenblikkelijk uw wapen vallen!'

Het gaat fout. Ze zitten me op de hielen, terwijl ik nog niet klaar ben. Hij moet zijn zonden nog opbiechten. Onwillekeurig sluit ik mijn handen krachtiger om het pistool.

'Dit is mijn laatste waarschuwing, Fintan.'

Ik wil het wapen nog een keer omlaag en omhoog richten. Mijn wijsvinger verstrakt en raakt de trekker, ik voel de snoeiharde terugslag in mijn handen een fractie eerder dan dat de knal tot mijn oren doordringt.

Geschrokken staar ik naar het pistool dat ik nu alleen nog in mijn rechterhand houd. Ik heb een schot afgevuurd. Fintan staat nog overeind, godzijdank, ik heb niemand geraakt.

'Laat uw wapen vallen!'

Ik strek mijn vingers, het pistool glijdt uit mijn hand en valt met een plofje op de grond.

Dan klinkt een kreet. Het is een oerkreet, een schreeuw vol wanhoop, het gehuil van een man die zijn huis in brand ziet staan terwijl hij vrouw en kinderen binnen weet. Fintan laat zich op zijn knieën op het grasveld vallen. Umpa Lumpa ligt op zijn zij. Het beest hijgt, zijn tong hangt uit zijn bek. Op zijn goudgele vacht, ter hoogte van zijn borst, tekent zich een rode vlek af.

'Haal een dierenarts!' roept iemand.

Vanuit mijn ooghoek zie ik hoe twee agenten op een drafje op me af rennen, hun wapen in de aanslag, alsof ik nog gevaarlijk ben.

De rode vlek breidt zich uit. Fintan trekt zijn shirt uit en probeert daarmee de bloeding te stelpen.

Als ze vlakbij zijn, houdt een van de agenten me onder schot, terwijl de ander zijn pistool opbergt om me in de boeien te kunnen slaan.

'Handen achter uw rug,' gebiedt hij.

'Alstublieft,' fluister ik. 'Ik heb het niet expres gedaan. Dit was niet mijn bedoeling.'

Ruw en zonder iets te zeggen doet hij me de handboeien om.

Fintan is op de grond gaan zitten, neemt de kop van de welp op schoot, aait hem en fluistert in zijn oor. Het gehijg is overgegaan in een onregelmatig gereutel.

'U gaat met ons mee,' zegt de agent.

'Laat me nog even blijven,' smeek ik. 'Totdat ik zeker weet dat het goed komt.'

De politieman geeft een ruk aan mijn bovenarm, ik verzet me, mijn ogen geen moment van het grasveldje afhoudend. Ik zie hoe Umpa Lumpa zijn kop met moeite optilt. 'Waar blijft die arts?!' schreeuwt Fintan.

Een stuip trekt door het lichaampje van de leeuw, dan verslapt hij, zijn kop zakt terug in de schoot van zijn adoptievader, zijn tong hangt bewegingloos uit zijn bek.

Verschillende omstanders slaan ontzet hun hand voor hun mond. Fintan buigt zich voorover, omklemt de welp en duwt zijn gezicht in zijn vacht.

De tweede agent grijpt me bij mijn linkerarm, ik ben ingeklemd tussen de mannen. Terwijl ik word afgevoerd, kijkt Fintan op. Mijn lippen openen zich om een excuus te formuleren, maar de mengeling van wanhoop en woede in zijn blik houdt me tegen. Ik besef dat ik onherstelbare schade heb aangericht. Dat ik te ver ben gegaan, dat de strafmaat buitenproportioneel is geweest in het licht van het vergrijp, hoe verwerpelijk en onvergeeflijk zijn handelen ook was.

Eenendertig

Amsterdam, vrijdag 4 juli 2008

'Dag oma, met mij. Ik bel even om te zeggen dat ik zo word overgeplaatst.'

'Waar naartoe?'

'Naar Nieuwersluis.'

'En wat moet je daar doen?'

'Daar moet ik blijven totdat ik moet voorkomen.'

'Wanneer is dat, weet je dat al?'

'Dat kan nog wel een paar maanden duren.'

'Kind, wat een narigheid. En al die tijd zit je vast?'

'Ja.'

Oma Donna is er stil van.

'Mag ik mama spreken?'

'Ze ligt even op bed.'

'Dat zei je gisteren ook al.'

'Ze moet veel rusten, Victoria.'

'Hoe gaat het met haar?'

'Je kent je moeder, ze trekt het zich allemaal erg aan.'

'Moet ik me zorgen maken?'

'Maak jij je nou maar zorgen om jezelf.'

'Ik snap het gewoon niet, waarom komt ze niet aan de telefoon? Ik heb haar alleen woensdag even gesproken en toen zei ze niks, ze huilde alleen maar.'

'Ze is te veel van slag, dat zei ik toch al. Ik hou haar in de gaten.'

'Ik ben zo bang, oma. Ik ben bang dat ze me heel lang gaan opsluiten… en dat ze…'

Er schiet een brok in mijn keel.

'Rustig nou maar. Zover is het nog lang niet. Je hebt een goede advocaat, het zal wel loslopen.'

Tweeëndertig

Amsterdam, donderdag 2 oktober 2008

Officier van justitie Nico den Otter heeft een pafferig gezicht. Zijn vlassige, blonde haren bedekken zijn glimmende schedel nauwelijks. Hij draagt een zegelring om zijn linkerpink.

'U vraagt of ik vind dat mijn slachtoffer heeft verdiend wat ik hem heb aangedaan,' zeg ik. 'Ik weet niet wie u als slachtoffer beschouwt. Als u Umpa Lumpa bedoelt, is mijn antwoord "nee". Het beest was op het verkeerde moment op de verkeerde plaats. Doelt u echter op Fintan Adams, dan wordt het een heel ander verhaal. Deze man is geen slachtoffer, hij is een dader. Het onheil dat hem heeft getroffen, heeft hij voor een groot deel over zichzelf afgeroepen.' Zodra ik uitgesproken ben, gaat er een golf van verontwaardiging door zaal.

'Mevrouw Kramer,' repliceert Den Otter. 'Umpa Lumpa is het grootste slachtoffer dat in deze zaak te betreuren valt. Helaas is het in ons huidige rechtssysteem niet toegestaan u de moord op een dier ten laste te leggen. Was dit wel mogelijk geweest, dan had ik geen seconde geaarzeld om u hiervoor voor het gerecht te dagen. Ik doelde met mijn vraag op de heer Adams, die op tweeërlei wijze slachtoffer van uw handelen is geworden. Ten eerste, omdat u hem met een vuurwapen hebt bedreigd, waarna u een of meerdere kogels op hem hebt afgevuurd. Ten tweede, omdat ten gevolge van uw schoten een leeuwenwelp om het leven is gekomen met wie de heer Adams een innige band had. Hij heeft het dier van jongs af aan met de fles grootgebracht en zijn dood heeft de heer Adams diep geraakt.'

De officier knikt even opzij naar de rechtbankpresident. ‘Wellicht ten overvloede wil ik hieraan toevoegen dat de dood van Umpa Lumpa in de gehele samenleving voor grote onrust heeft gezorgd.’

De woorden van de officier zijn geenszins overdreven. Het Nederlands elftal liet in een persbericht weten de eerstvolgende interland met rouwbanden te zullen spelen uit droefenis over het verscheiden van het oranje leeuwtje, dat door de spelers als een levende mascotte werd beschouwd.

De Partij voor de Dieren stelde Kamervragen over de beveiliging van dierentuinen in het algemeen en die van Artis in het bijzonder. De moord op Umpa Lumpa had voorkomen kunnen worden, vond de partij. Er waren al eerder bedreigingen in de richting van het dier geuit. Hierop had voortvarend gereageerd moeten worden. De partij eiste verplichte metaaldetectorpoorten bij de ingang van dierenparken.

En dan waren er natuurlijk de enorme rijen mensen die zich dag in dag uit posteerden voor het condoleanceregister bij de ingang van Artis, waar grote hoeveelheden bloemen lagen en waxinelichtjes brandden tussen de honderden knuffels die door kinderen werden achtergelaten.

Op lokaal niveau ontstond een kleine rel, omdat de burgemeester van Amsterdam wegens verplichtingen in het buitenland niet in staat was mee te lopen in de stille tocht voor de welp. Een groot deel van de gemeenteraad vond het onacceptabel dat de burgermeester verstek zou laten gaan en eiste dat hij alsnog in het vliegtuig naar Nederland zou stappen.

‘Dus als ik u goed begrijp,’ stelt Den Otter, ‘bent u van mening dat de heer Adams dit had verdiend.’

Mijn advocaat mengt zich in het gesprek. ‘Je hoeft hier niets op te zeggen, Victoria. Wat jouw visie is, is in wezen volstrekt irrelevant. Het gaat om de feiten.’

‘Strikt juridisch gezien heeft uw advocaat gelijk, mevrouw Kramer,’ doet de rechtbankpresident duit in het zakje. ‘Maar in dit geval is de rechtbank zeer benieuwd naar uw kijk op deze zaak. Dus als u zich geroepen voelt tot een antwoord, ga uw gang.'

Alle ogen zijn nu op mij gericht. Ik haal diep adem en steek van wal.

'Geachte president, geachte officier, geachte aanwezigen,' zeg ik met een korte knik naar de publieke tribune. 'Was ik een robot geweest, dan had ik ongetwijfeld niet gehandeld zoals ik heb gehandeld. Zoals u weet hebben robots geen emoties en zijn ze niet in staat een ander wezen opzettelijk kwaad te doen. Ik ben echter geen robot, ik ben een mens, om precies te zijn, een vrouw. Ik hoef u niet te vertellen dat mensen impulsief en onberekenbaar zijn. Zij kunnen de gevolgen van hun acties niet altijd overzien en zelfs als zij die geheel of gedeeltelijk overzien, is de drang om aan sommige impulsen gehoor te geven soms zo sterk dat ze anderen, maar uiteindelijk ook vaak zichzelf bedoeld of onbedoeld schade toebrengen.'

De officier van justitie rolt met zijn ogen alsof hij nu al spijt heeft dat hij me een uitspraak heeft willen ontlokken.

'Kunt u ter zake komen, mevrouw Kramer?' vraagt de rechtbankpresident voorzichtig.

'Zoals gezegd, ik ben een vrouw. U en ik weten dat vrouwen fysiek gezien niet tegen mannen op kunnen. Ik ben die dag van huis gegaan met een wapen om dit gebrek aan kracht te compenseren. Ik was niet van plan het te gebruiken, ik wilde er alleen mee dreigen.'

De rechtbankpresident fronst zijn borstelige wenkbrauwen. Hij kijkt alsof hij me tegemoet zou willen komen, maar niet weet hoe. 'Mevrouw, als u slechts wilde dreigen, waarom hebt u het wapen dan geladen? Als u werkelijk niet voornemens was te schieten, had u geen kogels nodig.'

'Ik kan toch niet dreigen met een ongeladen pistool?' vraag ik verbaasd. 'Dat begrijpt u toch wel, dat slaat nergens op. Ik zou me behoorlijk suf voelen met pistool zonder kogels. Daarmee kun je niet eens even in de lucht schieten om te laten zien dat het menens is. Dan had ik net zo goed een speelgoedpistool mee kunnen nemen.'

'Dat was in dit geval wellicht geen slecht idee geweest,' antwoordt de rechter droog. 'Waarmee ik niet bedoel te zeggen dat het ooit een goed idee is om iemand met een wapen te bedreigen, zelfs al is het van plastic.'

'Ik weet dat het niet hoort,' zeg ik met een lichte zucht. 'En ik heb er spijt van, dat moet u geloven, maar ik zag op dat moment geen ander middel om de waarheid boven tafel te krijgen. We hadden het eerder op deze zitting over morele misdragingen, mijnheer de rechter, en ik verdenk de heer Adams van grove morele misstappen, waarvoor hij helaas nooit voor het gerecht zal moeten verschijnen.'

Er stijgt een geroezemoes op uit de zaal.

Ik draai me om en glimlach geruststellend naar oma Donna. Hopelijk begrijpt ze waar ik heen wil. Om mijn eigen naam enigszins te zuiveren, zal ik die van Fintan door het slijk moeten halen. Het is jammer dat hij niet aanwezig is. Het zou beter zijn als hij en plein public zou toegeven dat hij een wolf in schaapskleren is.

Oma Donna kijkt bedenkelijk, alsof ze niet zeker is van een goede afloop. Tijdens mijn voorarrest heeft ze me zo'n beetje om de twee weken bezocht. De depressie van mijn moeder had zich verdiept, vertelde ze, Sophia vertoonde volgens de huisarts randpsychotische verschijnselen en moest nauwlettend in de gaten worden gehouden. Dat uitgerekend haar dochter de dood van Umpa Lumpa op haar geweten had, was de nekslag geweest. Ik vroeg aan oma of ze alsjeblieft de trouwjurk wilde terugbrengen naar de winkel. Sophia had genoeg ellende op haar bord, we moesten voorkomen dat ze dat ding ooit nog ergens tegenkwam. Oma Donna beloofde het.

'En wat zijn dat dan wel voor misdragingen die de heer Adams volgens u heeft begaan?' vraagt de officier van justitie met nauwelijks verholen ongeloof in zijn stem.

'Roep hem op als getuige,' stel ik voor. 'Dan kunt u het hem zelf vragen.'

'De heer Adams heeft al een verklaring afgelegd,' zegt Den Otter. 'Hieruit blijkt dat u en hij elkaar voorafgaand aan de dag van de schietpartij twee maal hebben ontmoet, een keer in Artis op 28 mei 2008, is dat correct?'

'Dat is correct.'

'En daarna nog een keer op 26 juni 2008, op de luchthaven Schiphol?'

'Klopt.'

'Er was in de ogen van de heer Adams sprake van een ontluikende vriendschap.'

'Ik weet niet of u tongzoent met uw vrienden, mijnheer Den Otter,' zeg ik, 'maar dat is wat Fintan en ik op Schiphol deden.'

Op de perstribune wordt gegrinnikt. De officier negeert mijn opmerking. 'Op de avond voor uw ontmoeting op de luchthaven vond er tussen u en hem een telefoongesprek plaats.'

'Op zijn initiatief,' zeg ik nadrukkelijk. 'Hij belde me, omdat hij wilde me zien.'

'En u zag hem de volgende dag op Schiphol.'

'Heb ik dat ooit ontkend?'

De officier bladert door zijn papieren. 'In de vroege ochtend van 1 juli 2008 hebt u een boodschap op de voicemail van de heer Adams achtergelaten.'

'Wat doet dat ertoe?' vraag ik. 'Ik belde hem terug, omdat hij weer contact had gezocht. Het was pure beleefdheid, niets anders.'

De officier gaat onverstoorbaar verder. 'De heer Adams heeft de boodschap na beluistering gewist, maar volgens hem bestond deze voornamelijk uit geraaskal over robots.'

Ik voel me in het nauw gedreven. Fintan heeft geen enkel detail onvermeld gelaten.

'U had het zojuist over morele misdragingen, mevrouw Kramer,' zegt Den Otter ijzig. 'Maar als iemand zich heeft misdragen, bent u dat, al vanaf uw allereerste kennismaking met de heer Adams. U hebt zich aan hem voorgesteld onder een valse naam. U hebt zich voorgedaan als student psychologie, terwijl u volgens uw advocaat privédetective bent.'

Deze ondervraging neemt een verkeerde wending. Nu de officier de feiten zo oplepelt, spring ik er weinig gunstig uit. Het lijkt alsof ik Fintan heb misleid, in plaats van andersom. Ik kijk opzij. De vrouw die me juridisch bijstaat zit ogenschijnlijk gedachteloos poppetjes te tekenen op de kartonnen kaft van een van de mappen die voor haar liggen.

Ik por haar in haar zij. 'Doe je nog mee?' fluister ik.

'Je gaf me de indruk dat je het allemaal wel alleen af kon,' antwoordt ze hooghartig.

'U bent in contact gekomen met de heer Adams via de communicatieafdeling van Artis,' gaat Den Otter verder. 'Wij hebben een verklaring van de medewerkster van deze afdeling met wie u hebt gesproken. Ook haar hebt u om de tuin geleid. U beweerde dat u aan een scriptie werkte en dat uw vader ongeneeslijk ziek was.'

Mijn advocate staat op en wendt zich tot de rechtbankpresident. 'Volgens mij dwalen we af, edelachtbare. Mijn cliënte heeft nooit ontkend dat zij zich onder valse voorwendselen tot de heer Adams heeft gewend. Maar daar had ze een goede reden voor.'

De rechtbankpresident knikt haar niet onwelwillend toe. 'We zijn hier bijeen om de verschillende verklaringen te toetsen en de waarheid te vinden. Kunt u aangeven waar u heen wilt met uw verhaal, mijnheer Den Otter?'

'Ik probeer alleen een beeld te schetsen van het leugenachtige karakter van mevrouw Kramer,' stelt hij. Dan richt hij zich weer tot mij. 'Het laatste contact tussen u en Fintan Adams vond plaats op de ochtend van 2 juli, is dat juist?'

'Hij belde me toen ik in de auto zat. Ik was net bij mijn moeder geweest.'

'Heeft hij ruzie met u gemaakt?' vraagt Den Otter.

'Nee.'

'Heeft hij u beledigd of misschien zelfs bedreigd?'

'Nee.'

'Ik weet niet hoe u ertegenaan kijkt, maar ik ben nog geen ernstige misdragingen van de heer Adams op het spoor, mevrouw Kramer,' klinkt het sarcastisch.

'Dat komt omdat hij gemakshalve een paar dingen heeft verzwegen, mijnheer de officier,' kaats ik terug. 'Zoals het feit dat hij mijn moeder ten huwelijk had gevraagd vlak voordat hij zijn tong achter in mijn keel stak op de luchthaven.'

Hevig gemompel vanuit de zaal.

'Toen hij mij belde in Engeland, belde mijn moeder me toevallig ook. Ze dacht dat ze zwanger van hem was. Mijnheer Adams is iemand die graag van twee walletjes eet, staat dat ook in zijn getuigenis?'

Ik zie hoe de journalisten zich haastig over hun notitieblokken buigen om aantekeningen maken.

'En was u op de hoogte van dit zogenaamde aanstaande huwelijk?'

'Natuurlijk niet,' zeg ik verontwaardigd. 'Dat hoorde ik pas toen ik thuiskwam uit Engeland. Ik had geen idee.'

'De heer Adams heeft verklaard dat hij uw moeder nog nooit heeft ontmoet,' houdt de officier van justitie me voor.

'Dat liegt hij. Ik was op 2 juli bij mijn moeder. Ze was volledig gebroken, ze was ingestort omdat hij het telefonisch had uitgemaakt. Ze had al een trouwjurk gekocht. Hij heeft haar belazerd. Haar en mij. Ons allebei. U kunt haar huisarts bellen. Zij zal mijn verhaal bevestigen.'

Mijn advocaat schuift haar stoel naar achteren, staat op en schraapt haar keel. 'Met uw permissie, ik denk dat we nu tot de kern van de zaak komen. Wat zich op de ochtend van 2 juli 2008 afspeelde, was geen poging tot moord of doodslag, het was een wanhoopsdaad. De wanhoopsdaad van een vrouw die deze dag voor de zoveelste keer in haar leven had gezien hoe haar moeder aan een man ten onder ging. Een man die ten opzichte van mijn cliënt avances maakte, terwijl hij met haar moeder zou gaan trouwen. Zoals is gebleken uit psychologisch onderzoek heeft mijn cliënt een intense, symbiotische band met haar moeder, voor wier geluk en welzijn zij zich sinds de gewelddadige dood van haar vader verantwoordelijk voelt, terwijl dit omgekeerd nauwelijks het geval is. De moeder van mijn cliënt heeft na de dood van haar echtgenoot lang gezocht naar nieuw liefdesgeluk. Ze ontmoette verschillende mannen, de meerderheid bleek onbetrouwbaar of was op haar geld uit. Mijn cliënt zat er met haar neus bovenop toen haar moeder door jan en alleman werd bedrogen. Dit heeft haar manbeeld ernstig geschaad. Tel hierbij op het gegeven dat de belangrijkste man uit haar leven ook niet bleek te zijn wie ze dacht dat hij was. Haar vader, strafpleiter Gabriel Kramer, leidde een dubbelleven waarvan zij noch haar moeder op de hoogte waren. Hij had nauwe banden met de georganiseerde misdaad, hetgeen leidde tot zijn liquidatie in 1995. Mijn cliënt was destijds veertien jaar. Haar moeder raakte na de dood van haar man zwaar overspannen, haar oma kwam bij hen inwonen om het huishouden te bestieren. Toen het mijn cliënt op de ochtend van 2 juli duidelijk werd dat Fintan Adams hen allebei in de maling had genomen, was dit de druppel die de emmer deed overlopen. Cliënt zag haar moeder in een vergelijkbare staat als na de dood van haar vader. Dit greep haar zo aan, dat ze op weg ging naar Fintan Adams om verhaal te halen. Alles wat ze wilde, was dat hij zijn bedrog zou opbiechten en zijn spijt zou betuigen. Ze was geen seconde van plan om hem of iemand anders iets aan te doen. Dat ze dreigde met een vuurwapen, was uiteraard een onverstandige keus, maar ik hoop dat u haar wanhopige actie met enige mildheid kan bezien, nu u weet welke omstandigheden ertoe hebben geleid dat mijn cliënt, die tot op die dag nog nooit met de politie in aanraking was geweest, zover is gekomen.'

Schuin omhoogkijkend, werp ik mijn advocaat een bewonderende blik toe. Ik moet het haar nageven, dit betoog snijdt hout. Ze vat het allemaal heel behoorlijk en puntig samen. Het is raar om mijn eigen levensverhaal zo opgediend te krijgen. Het klinkt behoorlijk overtuigend. Misschien krijg ik een taakstraf, hoef ik alleen een paar weken plantsoenen aan te harken, dat zou geweldig zijn. De acht pagina's tellende dagvaarding zag er angstaanjagend serieus uit en had me meer van mijn stuk gebracht dan ik wilde toegeven. Het openbaar ministerie legde me primair een poging tot moord ten laste, subsidiair een poging tot doodslag. Daarnaast had ik volgens de tenlastelegging een of meer omstanders met de dood bedreigd. Het derde feit dat me werd nagedragen, was dat ik opzettelijk en wederrechtelijk een dier had gedood dat aan een ander toebehoort. Als laatste werd me verboden wapenbezit verweten. Al met al zouden deze strafbare feiten me een gevangenisstraf van zes tot acht jaar kunnen kosten, had mijn advocaat me voorgerekend.

'Wat ik ten slotte wil benadrukken,' zegt mijn advocaat. 'Is dat het pistool per ongeluk is afgegaan. Het was één schot, meer niet. Mijn cliënt heeft geen ervaring met vuurwapens, ze heeft het pistool van haar moeder gekregen, het behoorde toe aan haar vader. Ze had geen idee dat de trekker zo gevoelig is en ze vindt het verschrikkelijk dat Umpa Lumpa door haar onbezonnenheid is geraakt.'

'Moordenaar!' roept iemand vanuit de zaal. Ik draai me om. Twee mensen op de publieke tribune rollen een spandoek uit met de tekst *Dierenmoord = levenslang*. Lang kunnen ze niet van hun huisvlijt genieten, want de twee parketwachters schieten direct op ze af, vouwen het laken op en nemen het in beslag. Na het opstootje maant de rechtbankpresident iedereen tot stilte en geeft opnieuw het woord aan de officier van justitie.

Nico den Otter gaat er eens goed voor staan, herhaalt de tenlastelegging in uitvoerige bewoordingen, benadrukt het feit dat ik me met een geladen pistool in een menigte heb begeven, dat ik willens en wetens het leven van een groot aantal mensen, onder wie verschillende kinderen, in gevaar heb gebracht door met dit wapen te dreigen en het ten slotte ook te gebruiken.

'Verdachte heeft gericht op Fintan Adams geschoten. Diverse getuigen hebben dit bevestigd, bovendien is het te zien op het filmpje dat een van de omstanders heeft gemaakt. Dat Fintan Adams de aanslag heeft overleefd, is een onwaarschijnlijk doch gelukkig toeval.' De officier van justitie last een korte pauze in om zijn uitsmijter meer kracht bij te zetten. 'Dit alles overwegende, eist het openbaar ministerie tegen de verdachte een onvoorwaardelijke gevangenisstraf van zeven jaar.' Hij heeft zijn zin amper uitgesproken of er gaat een luid applaus op in de zaal. Twee weken later doet de rechtbank uitspraak. Ik word veroordeeld tot vijf jaar cel met aftrek van voorarrest.

Drieëndertig

Heerhugowaard, vrijdag 10 oktober 2008

'Er hangt geen trouwjurk in de kast,' fluistert oma Donna.

We zitten tegenover elkaar in de bezoekersruimte van de gevangenis in Heerhugowaard. Oma is de allereerste visite die ik hier ontvang. Toen een van de bewaarders me vanmorgen vertelde dat er iemand langs zou komen, vroeg ik of ze me in mijn arm wilde knijpen, wat ze lachend deed.

Oma buigt zich naar me toe. 'Hoor je me?' zegt ze, nog steeds fluisterend. 'Ik heb het over je moeders kledingkast.'

Niet-begrijpend kijk ik haar aan. 'Natuurlijk hangt daar geen trouwjurk,' zeg ik. 'Die heb jij teruggebracht. Dat heb ik je gevraagd.'

'Dat klopt, dat was ik van plan. Maar het hoefde niet, want hij was er niet...' Oma stopt met praten en werpt een wantrouwige blik op de twee aanwezige bewakers. 'Luisteren zij alles af wat we zeggen?'

'Weet ik veel,' zeg ik. 'Wat maakt het uit? Ik ben al veroordeeld. Het doet er niet meer toe.'

'Ik heb het geheimgehouden,' zegt ze trots. 'Al vóór het proces wist ik dat er geen trouwjurk was, maar ik heb steeds gezwegen, omdat mijn verklaring belastend voor je zou kunnen zijn. En mijn kleinkind belasten, dat weiger ik.'

'Wat bedoel je nou, oma?'

Ze recht haar rug en vouwt haar armen over elkaar. 'Je moeder heeft dat huwelijksaanzoek verzonnen. Net als haar zogenaamde zwangerschap. Die hele relatie met Fintan heeft ze uit haar duim gezogen.'

Mijn ogen flitsen heen en weer. Ik kan niet geloven wat ze zegt. Het kan niet zo zijn dat Sophia, dat mijn bloedeigen moeder, een complete verhouding bij elkaar heeft gefantaseerd.

'Hoe weet je dit zo zeker?'

'Toen die trouwjurk er niet hing, werd ik achterdochtig,' vertelt oma Donna. 'En ik dacht: heb ik ze ooit samen gezien? Heb ik hem ooit aan de telefoon gehad toen hij voor je moeder belde? Er is geen greintje bewijs.' Ze kijkt me triomfantelijk aan. 'Eerlijk gezegd verbaast het me dat jij haar zo lang hebt geloofd.'

'Waarom zou ze liegen, oma?'

'Waarom niet? Haar leven lang heeft ze meer willen zijn dan wie ze is.'

Ik wrijf met mijn vingertoppen over mijn slapen. Als het waar is wat oma zegt, heeft Fintan me niet bedrogen. Dan ben ik voor niets met een geladen pistool naar Artis gereden, is Umpa Lumpa voor niets gestorven en zit ik vast vanwege de zinsbegoochelingen van mijn moeder.

'Heb je haar ermee geconfronteerd?' vraag ik met een doffe stem. 'Heeft ze het toegegeven?'

'Natuurlijk niet,' zegt oma Donna. 'Ze houdt vol dat ze de waarheid heeft verteld, maar ik ken je moeder. Mij maakt ze niets meer wijs.'

Ik slaak een diepe zucht. 'Het zou wel verklaren waarom ze me steeds ontloopt. Ze schaamt zich kapot natuurlijk.'

Er ontsnapt een verontwaardigd geluidje uit oma's mond.

'Wat is er?' vraag ik.

Oma pakt haar tas, haalt er een envelop uit en geeft die aan mij. Ik herken mijn moeders handschrift op de voorkant.

'Weet je wat erin staat?' vraag ik, terwijl ik de envelop openscheur.

Ze geeft geen antwoord. Ze kijkt ernstig. Zo ernstig als die keer dat ze me vertelde dat er iets naars met opa was gebeurd. Dat hij een bloeding in zijn hersenen had gehad en in het ziekenhuis lag. Dat ik maar een mooie tekening voor hem moest maken. Die kon ik hem geven als ik bij hem op bezoek ging, maar ik moest wel beloven dat ik dan niet zou schrikken en niet zou huilen.

Ik vouw het briefje open.

> Victoria, ik heb de laatste maanden geprobeerd je te vergeven, maar het lukt me niet. Ik kan niet begrijpen wat ik heb misdaan in dit leven dat ik zo word gestraft. Eerst mijn man, nu mijn dochter. Het is te veel. Blijkbaar heeft alle liefde die ik je heb gegeven geen enkele zin gehad. Ik ga geen energie meer aan je verspillen. Ik wil je niet meer zien. Nooit meer. Bel me niet, schrijf me niet, ik zal niet reageren. Dit keer ben je te ver gegaan. Sophia.

Mijn lip begint te trillen. 'Ze wil me nooit meer zien,' zeg ik tegen oma. 'Ze verstoot me.' Ineens begin ik hysterisch te lachen. 'Ook ik word verstoten door mijn moeder. Wat een grap.'

Terwijl de lachtranen over mijn wangen stromen, grijpt oma mijn hand.

'Hier was ik al bang voor,' zegt ze. 'Luister goed naar me. Het zit nu even tegen, maar jij bent sterk. Jij bent de sterkste van ons allemaal en je hebt je toekomst nog voor je.'

Ik snik en grimlach nog harder. 'Kijk eens om je heen, oma, zullen we ruilen?'

Ze knijpt in mijn vingers. 'Als je je goed gedraagt, kom je over een kleine drie jaar weer vrij. In de tussentijd moet je aan jezelf werken.'

'Pardon?'

'Ik heb niet het eeuwige leven, lieverd, ik wil niet dat je alleen eindigt.'

'Bedoel je dat ik in therapie moet? Als er iemand therapie nodig heeft, dan is het die krankzinnige dochter van je.'

Oma zucht en trekt haar hand terug. 'Voor haar is het te laat. Voor jou nog niet.'

‘En dan? Hoe zie je het voor je? Dat ik als een dolle op zoek ga naar een of andere vent?’

‘Je kunt het op zijn minst proberen.’

Ik kan mijn oren nauwelijks geloven. Oma Donna die de liefde predikt tussen de celblokken. ‘Hoe kun je dit nou zeggen, oma? Jij en ik, wij zijn einzelgängers, solisten, wij binden ons niet. Tussen jou en opa is het toch ook totaal mislukt?’

‘Hoezo?’

‘Mama heeft me altijd verteld dat je dolblij was toen hij naar het verpleegtehuis ging. En het is nogal duidelijk dat je bepaald niet staat te springen om hem te zien.’

‘Wat zich tussen je opa en mij heeft afgespeeld, is mijn zaak,’ zegt ze afgemeten.

‘Wat heeft hij je misdaan?’

‘Dat doet er niet toe.’

‘Dat doet er wel toe. Ik heb het nooit begrepen. Ik vind opa lief. Elk jaar met kerst gingen we samen de boom optuigen, papa had nooit tijd. Na de hersenbloeding werd hij eng, omdat hij steeds zo ging vloeken, maar sinds hij dementeert, doet hij best wel weer gezellig.’

‘Snap je nu waarom ik je niet lastigval met mijn verhalen? Tussen jou en hem zit het goed. Hij is lief voor je. Koester dat.’

Ik ben nog niet overtuigd. ‘Toen mama na papa’s dood zei dat ze een nieuwe man wilde, vond je dat belachelijk. Jij hebt altijd gezegd dat het huwelijk een belegerde vesting is. En nu probeer je mij erin te praten.’

Ze slaat haar armen over elkaar.

‘Dat heb ik misschien een of twee keer gezegd. Het was niet de bedoeling om jou in te prenten dat je vooral nooit moet trouwen. Als ik dat wel heb gedaan, spijt het me.’

Ik haal mijn schouders op.

‘Je moet andere mensen leren vertrouwen,’ benadrukt oma.

‘Ik ben maandenlang bedrogen door mijn moeder, daarna heeft

ze me verstoten. Geef mij één goede reden waarom ik mensen zou willen vertrouwen.'

'Omdat het de enige manier is waarop je gelukkig kan worden,' zegt ze kalm. 'Je zit voorlopig vast, dus je hebt tijd genoeg om aan het idee te wennen.'

Ineens moet ik aan Barbara denken. Met haar zou ik kunnen beginnen. Ik zou haar een brief kunnen schrijven vanuit mijn cel, dat vindt ze ongetwijfeld interessant. Misschien schrijft ze terug of komt ze een keertje langs als ze in het land is. Dat zou fijn zijn, iets om me op te verheugen.

Net als ik oma wil vragen wanneer ik haar weer zie, kondigt een van de bewaarders aan dat het bezoekuur voorbij is. Ik maak aanstalten om op te staan.

'Blijf zitten,' sist oma.

'Wat is er?'

'Ik heb nog een nieuwtje voor je.'

'Goed of slecht?'

De bewaarder loopt onze kant op, hij zal ons manen om op te schieten, oma ziet hem ook.

'Volgende week krijg je bezoek,' zegt ze snel.

'Van wie?'

'Een man. Ik heb hem vanmorgen aan de telefoon gehad. Hij is niet zo'n prater, maar hij wil je graag zien.'

'Híj? Je bedoelt... Fintan?' stotter ik.

Ze knikt enthousiast.

Dan stel ik De Vraag, de oervraag, de vraag die de mens onderscheidt van alle andere levende wezens, die zichzelf en anderen geen vragen stellen, maar simpelweg genoegen nemen met de wereld om hen heen en hun lot aanvaarden zoals het zich aandient, goed of kwaad. Zij zijn, wij zoeken. Wij zoeken naar antwoorden, naar geluk, genot en geld, naar een verlicht pad in de duisternis. Omdat we onze bestemming misschien wel nooit bereiken, willen we maar al te graag geloven dat het de zoektocht is die ons uiteindelijk zal verlichten. Door de oervraag keer op keer te stellen, hopen we greep te krijgen op de ander en daarmee ook op onszelf.

'Waarom?' Nerveus kijk ik haar aan. 'Waarom wil hij me zien?'

De bewaarder staat naast ons tafeltje en kucht.

Oma negeert hem. Haar blik is zacht, een veelbetekenende glimlach speelt rond haar lippen.

'Omdat hij je niet kan vergeten.'

Nawoord

De auteur heeft vrijelijk geciteerd uit: *Perrault's Fairy Tales*, vertaling A.E. Johnson, Dover Publications, 1969; *De totale robot*, Isaac Asimov, Bruna, 1984; *Ik, Robot*, Isaac Asimov, Spectrum, 2008; *De Bijbel* (NBG 1951); *Snikken en Grimlachjes*, Piet Paaltjens; Shakespeare; de boeken van Wayne Dyer; Invertuality: Jules says goodbye; Invertuality: A message from Jules; Invertuality: Jules is scared to go to England.

De auteur is zich ervan bewust dat het citaat van Asimov op p. 226, anders dan Victoria stelt, niet uit *De totale robot* maar uit *Ik, robot* komt. Omwille van de verhaallijn heeft ze de feiten enigszins aangepast aan de fictie.

Met dank aan

Edwin Dertien, Kees Korvinus, Marianne Dane, Ton Loman, Cor Hellingman, Marit Koek, Adriaan Krabbendam, de pr-afdelingen van AZ '67 en Feyenoord

Met speciale dank aan

Het gouden team: Wilma, Sabrina, Heleen B., Carla, Jochem, Sander, Peter, Philip en Henk

Met zeer speciale dank aan

Ton, echtgenoot, kompas, steun en toeverlaat
Sam, zoon en broeder in humor
Marieke, Gaby en Monique, *as minhas amigas*!

ANDREA SCHACHT

Jägermond

Im Auftrag der Katzenkönigin

ANDREA SCHACHT

Jägermond

Im Auftrag der Katzenkönigin

Roman

PENHALIGON

MIX
Papier aus verantwortungsvollen Quellen
FSC® C014496

Verlagsgruppe Random House FSC-DEU-0100
Das FSC®-zertifizierte Papier *Super Snowbright* für dieses Buch
liefert Hellefoss AS, Hokksund, Norwegen.

1. Auflage

Lektorat: Holger Kappel
Redaktion: Rainer Schöttle
Karten: Jürgen Speh
Satz: Uhl + Massopust, Aalen
Druck und Einband: GGP Media GmbH, Pößneck
Printed in Germany
ISBN 978-3-7645-3108-9

www.penhaligon.de

Kralle lehrt alle!
Mira

Erster Teil

Lehrlinge

1. Unter dem Jägermond

Silbern ergoss sich das Licht des Vollmonds über die weite Landschaft, in der sich der Flusslauf zwischen den Wiesen und Gehölzen zu einem breiten Geflecht von Silberadern auffächerte. Wie ein silberner Spiegel glänzte auch der stille See inmitten eines Kranzes von dornigem Gebüsch. Doch am Fuße des Felsens wuchsen schwarze Schatten über den Boden.

Vollmond – hell genug für die nächtlichen Jäger, um ihre Beute zu erspähen. Katzenaugen ließen ihre Blicke über das Land schweifen. Das Land, in dem der immerwährende Jägermond am Himmel stand.

Das Land unter dem Jägermond galt für viele als ein mystischer Ort, den sie nur aus den Geschichten der Alten kannten, ein Sinnbild für die vollkommene Nacht, für Abenteuer und Erfolg, Sieg und Sättigung. Nur ganz wenige wussten, dass dieses Land wirklich existierte. Und noch geringer war die Zahl derer, denen die Wege dorthin bekannt waren. Jene aber, die sie gefunden hatten, hatten an dem Felsen, der dräuend an der Grenze des Reiches stand, einen Tropfen des klaren Wassers zu sich genommen, das dort langsam, ach so langsam aus dem Gestein sickerte.

Heldenwasser, so nannten es die Wissenden und Weisen. Denn es verlieh denjenigen, die einen Tropfen davon zu sich genommen hatten, Mut, Standhaftigkeit und Leidensfähigkeit. Gefahrvoll war es, an diese geheimnisvolle Quelle zu gelangen, denn es wachten, so hieß es, die Herrscherinnen des Jägermondes darüber. Wurde der Eindringling entdeckt, so zerrissen sie ihn mit ihren Klauen und Zähnen.

Dennoch begaben sich manche Bewohner von Trefélin, dem Heim der Katzen, auf die Suche nach dem kostbaren Nass. Hatten sie den Tropfen davon geleckt, waren sie befähigt zu den höchsten Ämtern in ihrem Reich, sie vervollkommneten ihre Begabungen und waren umgeben vom Charisma der Macht.

Ein Tropfen nur bewirkte dies. Ein zweiter aber führte nach und nach in den Wahnsinn.

Katzen, nicht Menschen, suchten das Land unter dem Jägermond auf. Und doch hatten zwei menschliche Wesen von dem Heldenwasser genascht, und nun entfaltete es seine wundersame Wirkung in ihnen.

Dies war geschehen unter den Augen der gestrengen Hüterinnen der Quelle.

Sechmet, die Löwenköpfige, saß am Ufer des silbrig schimmernden Sees und gähnte. Dann stippte sie mit ihrem langen Fingernagel in das Wasser und beobachtete, wie die kleinen Wellen sich darin ausbreiteten. Das leise Rascheln von bloßen Füßen im Gras ließ sie den Kopf wenden, und mit einem heiseren Knurren sagte sie: »Bastet, ich langweile mich.«

Die katzenköpfige Frau nickte.

»Ich weiß. Das tust du ständig.«

»Ich will spielen!«

»Ja, das willst du ständig.«

»Ich habe etwas Fieses angestellt.«

»Ich weiß. Das tust du ständig.«

»Willst du mitspielen?«

Bastet wirkte milde interessiert und setzte sich neben ihre Schwester.

»Was hast du getan, Sechmet?«

»Mich geärgert.«

»Ich weiß. Das tust du ständig.«

»Und gleich ärgere ich mich auch über dich!«, fauchte Sechmet. Bastet lächelte sanft. Aber sie antwortete nicht.

Sechmet grollte noch einmal leise auf, dann plätscherte sie wieder mit den langen Fingernägeln im Wasser.

»Es war ein Kater hier, der mir eine amüsante Geschichte erzählt hat«, begann sie dann. »Ein Unruhestifter, den man in die Grauen Wälder geschickt hat. Ich frage mich, wie auch immer er den Weg hergefunden hat – sehr helle erschien er mir nämlich nicht. Aber er wusste von den beiden Menschen, die verbotenerweise von dem Heldenwasser geleckt haben und nun wieder in ihre Welt zurückgekehrt sind. Ich habe ihm ebenfalls einen Tropfen davon gestattet.«

»Ohne Bedingungen, Sechmet?«

Die Löwenköpfige lächelte böse.

»Ach ja, er glaubt, mir gefallen zu müssen.«

»Du hast ihn gegen die Menschenkinder aufgehetzt?«

»*Ich* brauchte gar nichts zu hetzen. *Ich* habe ihm nur berichtet, was ich beobachtet habe.«

»Du spielst sie gegeneinander aus!«

»Ach nein. Komm her und beobachte sie, Bastet.«

Bastet, die katzenköpfige Göttin, ließ sich geschmeidig neben ihrer Schwester nieder und schaute in den Spiegel des silbern glänzenden Sees. In ihm zeigten sich ihnen die Geschehnisse in den Welten der Katzen und Menschen und in vielen anderen auch.

»Schau! Das da ist das Menschenweibchen Feli, dort der Menschenjunge Finn.«

Bastet schnurrte.

»Hör auf damit«, knurrte Sechmet.

Bastet lachte. Dann wies sie auf den wuscheligen grauweißen Kater, der zielstrebig durch die Grauen Wälder eilte.

»Dein Favorit in dem Spiel?«

»Shepsi? Vielleicht.«

2. Pu-Shens Ausflug

»Panther!«, hörte Feli es flüstern.

Schon sprinteten drei schwarze Gestalten auf sie zu.

Ihr blieb ein Schrei in der Kehle stecken. Sie rannte in heller Panik los. Zwei waren direkt hinter ihr. Sie sprang über den Bach, ihre Verfolger flogen hinterher wie schwarze Pfeile. Einer überholte sie. Der andere verharrte hinter ihr. Sie knurrten.

Feli versuchte, nach links zu laufen. Der Dritte sprang von der Seite auf sie zu. Er setzte sich hin und leckte sich die Pfote.

»Was wollt ihr von mir?«

Sie bekam keine Antwort.

Sie versuchte, langsam rückwärtszugehen. Sie folgten ihr. Geduckt, die gelben Augen glühend vor Blutdurst. Sie stolperte, fiel hin.

Knurrend näherten sich die großen schwarzen Katzen.

»Nicht. Ich hab euch nichts getan!«

Auf dem Boden rutschte sie weiter weg von ihnen.

Sie setzten sich, still, lauernd.

Ihr Herz raste, sie keuchte.

Einer fauchte leise.

Wieder versuchte sie aufzustehen.

Die drei standen ebenfalls auf.

Sie kam auf die Füße, schaute kurz nach hinten.

Freie Ebene. Keine Deckung. Vor ihr ansteigendes Geröllfeld.

Oh Gott, das war ihr Ende!

Die Panther schlichen näher, einer riss sein Maul auf. Ein tiefes, böses Grollen ertönte.

Es würde schnell gehen, hoffte sie und warf sich aufschluchzend zu Boden.

Feli wurde von ihrem eigenen Schluchzen geweckt und starrte zitternd zu dem nachtdunklen Fenster. Ihr Herz klopfte wie wild, Schweiß stand ihr auf der Stirn.

Wieder hatte sie diesen furchtbaren Albtraum gehabt.

Mit einer Hand tastete sie nach dem warmen Pelzkringel, der sie in den Fällen zuvor so tröstlich beruhigt hatte.

Aber Pu-Shen war fort.

Seit drei Tagen war er verschwunden.

Ein weiteres Schluchzen kam aus ihrer Kehle. Ihr kleiner, ängstlicher Kater war seit zwei Tagen verschwunden. Und sie träumte wieder von diesen mordlüsternen Panthern.

Mit einer Hand tastete sie nach dem Schalter der Nachttischlampe, um dem Dunkel zu entfliehen. Zwar hatte sie die Jalousien nicht geschlossen – das tat sie schon lange nicht mehr –, aber die Nacht war mondlos, und Wolken sogen das Sternenlicht auf.

Noch immer zitternd kroch Feli aus dem Bett und tappte ins Badezimmer, um sich das Gesicht mit kaltem Wasser zu waschen und einen Schluck zu trinken. Allmählich beruhigte sich ihr Herzklopfen wieder. Es war nur ein Traum gewesen, eine Erinnerung im Traum, sagte sie sich wieder und wieder vor. Kein schwarzer Panther war hinter ihr her.

Aber die Sorge um Pu-Shen wollte nicht weichen. Nervös drehte sie die kleine goldene Kreole in ihrem Ohrläppchen. Er war noch sehr jung und sehr anhänglich. Vor gut einem halben Jahr hatte sie ihn aus dem Tierheim geholt, ein Maikätzchen, eben vier Monate alt. Er hatte sie auf den ersten Blick bezaubert, der kleine Rote mit den weißen Pfoten. Finn, ihr Nachbar, der ebenfalls eine Katze zu sich nehmen wollte, hatte sich dagegen auf Anhieb in eine schlanke Schwarze verguckt, die jedoch alles andere als ängstlich war. Er hatte sie entsprechend Chipolata – kleines, scharfes Würstchen – genannt, und wann immer Feli ihn sah, waren seine Arme und Hände von Kratzern übersät.

Wohin mochte Pu-Shen sich verirrt haben? Die Vorstellung, er könnte überfahren worden sein, schmerzte sie zutiefst, mehr aber noch die Vision, dass er gefangen in einem dunklen Keller um sein Leben schrie.

Sie trottete zu ihrem Bett zurück, schlafen konnte sie jedoch nicht mehr. Eine Stunde lang quälte sie sich mit den Gedanken herum, dann stand sie auf.

Vielleicht – in der Morgendämmerung …

In eine warme Jacke gehüllt ging sie nach draußen und rief leise nach Pu-Shen. Hier und da waren schon andere Frühaufsteher unterwegs, die sie mitleidig oder irritiert musterten, aber das störte sie nicht. Sie rief und gurrte und lauschte, doch von dem Kater fand sie kein Lebenszeichen.

Schließlich kehrte sie nach Hause zurück. Sie musste in die Schule.

Als sie am Nachmittag zurückkehrte, war ihre erste Frage an ihre Tante: »Iris, hat sich Pu-Shen irgendwo blicken lassen?«

Ihre Tante, die über einer Wanderkarte brütend am Esstisch saß, schaute auf.

»Nein. Immer noch nicht. Aber Feli, er ist ein junger Kater. Mach dir nicht so viele Gedanken, er wird ein paar Tage herumstreunen und dann wiederkommen. So sind sie nun mal.«

Mochte ja sein, dass Iris recht hatte, aber sie warf ihren Rucksack in die Ecke und erklärte: »Ich geh ihn suchen!«

»Ist recht. Um halb sieben gibt es Abendessen. Wär gut, wenn du dann wieder zurück wärst.«

»Ja, bin ich.«

Wie schon zuvor streifte Feli an den Gärten entlang, rief den Namen ihres Katers, gab kleine lockende Laute von sich, blieb stehen, lauschte angestrengt. Doch weder ein jämmerliches noch ein freudiges Maunzen war zu hören. Nur Chipolata saß in hoheitsvoller Haltung auf der Gartenmauer und schien in ihre eigenen Meditationen versunken zu sein. Feli trat zu ihr, die Katze sah sie an. Eigentlich hätte sie gerne das schwarze Fell gestreichelt, aber Madame gestattete keine ungebetenen Berührungen. Daher sammelte Feli nur ein leises Schnurren in ihrer Kehle. Chip legte den Kopf schief.

Schnurren, das verstand jede Katze, und schnurren konnte Feli recht gut. Sie hatte eine ausgezeichnete Lehrerin in dieser Kunst gehabt.

»Hast du Pu-Shen gesehen?«, fragte sie mit sanfter Stimme. Nicht dass sie eine Antwort erwartete, aber Katzen waren kluge Wesen, und sie verstanden mehr, als viele glaubten.

Chipolata kratzte sich am Ohr. Dann hüpfte sie von ihrem Platz und beschnüffelte ausgiebig die Zaunlatten.

Katzen hinterließen Geruchsnachrichten, das hatte Feli gelernt. Und sie bedauerte, dass ihre Nase nicht so fein war wie die von Chip, sonst hätte sie vielleicht eine Spur aufnehmen können. Wenn Finn hier wäre, würde er ihr vielleicht helfen können, aber der kam, seit er studierte, nur am Wochenende nach Hause, um seine Wäsche im Hotel Mama abzuliefern. Finn hatte das Fährtenlesen von einigen Meistern gelernt. Tatsächlich hatte er geradezu kätzische Fähigkeiten entwickelt, beinahe unsichtbare Spuren zu erkennen.

Feli setzte sich auf die Mauer und sah Chipolata zu, die weiter einige Blätter des Kirschlorbeers beroch und schließlich müßig an einem Grashalm nagte. Sie schien sich keine Sorgen um ihren Kumpel Pu-Shen zu machen.

Warum war der kleine Kater verschwunden? Sicher neigten Katzen zum Herumstreunen, aber seit er bei ihr lebte, hatte er sich kaum weiter als in den Nachbargarten gewagt. Er hatte Angst vor Autos, und über die Straße war er noch nie gelaufen. Keiner der Nachbarn hatte ihn gesehen, alle hatten entgegenkommend in ihren Garagen, Gartenhäuschen und Kellern nachgeschaut, ob er sich dort versteckt hatte.

Chip kam und sprang zu ihr auf die Mauer. In höflichem Abstand blieb sie sitzen und starrte auf die andere Straßenseite. Die Kätzin war weit unternehmungslustiger als Pu-Shen, sie hatte gleich zu Beginn ihr Revier gegen zwei Tigerkater verteidigt, eine Siamesin das Fürchten gelehrt und einem Dackel die Nase blutig gekratzt. Jetzt war sie die Chefin über den halben Straßenzug und herrschte über ihren Haushalt mit scharfer Kralle. Mit Pu-Shen hingegen verstand sie sich recht gut, vielleicht weil der Kater so sanftmütig war. Manchmal balgten sie miteinander, übermütig wie kleine Kinder. Und wenn sie sich unbeobachtet fühlten, dann putzten sie sich gegenseitig auch schon mal einträchtig das Fell.

Warum war Pu-Shen weggelaufen?

Oder hatte ihn jemand eingefangen und mitgenommen?

Es gab Menschen, die das taten. Finn war im vergangenen Jahr mit solchen Idioten herumgezogen. Sie hatten eine Katze gefangen und wollten sie quälen und umbringen. Finn hatte das Tier gerettet und war von seinen Freunden dafür verprügelt worden. Und damit hatte alles angefangen.

Denn die Katze war Bastet Merit gewesen, Herrin über Trefélin.

Wie so oft tastete Feli nach dem Ring in ihrem Ohr. Unglaubliches war geschehen, Bedrohliches, Gefährliches, Atemberaubendes. Sie und Finn hatten Dinge erlebt, die ihr Leben verändert hatten. Zum Besseren, das hatten sie beide schließlich erkannt. Aber sie hatten beide auch eine Last auf sich genommen, und sie trugen beide eine Sehnsucht in ihren Herzen.

»Maumau!«, sagte Chipolata und sprang von der Mauer.

Feli sah auf, und dann geschah alles gleichzeitig.

Auf der anderen Straßenseite kam Pu-Shen angehumpelt. Ein Sportwagen näherte sich mit hoher Geschwindigkeit, ein Kleinwagen kam entgegen. Chipolata sprang auf die Straße, Feli hechtete hinterher. Bremsen quietschten, Blech kreischte. Feli schlidderte auf dem Bauch über die Motorhaube, zog den Kopf ein und rollte sich auf dem Asphalt ab. Ein Mann brüllte Flüche, eine Frau keifte, ein Kind heulte. Pu-Shen drückte sich mit bebenden Flanken an eine Mülltonne, auf der Chipolata thronte.

Benommen rappelte Feli sich auf die Knie. Ihre Handflächen und Unterarme taten weh, ihre Hüfte schmerzte ebenfalls, aber auf ihren Lippen lag ein feiner, süßer Geschmack. Der Autofahrer zerrte sie hoch und beschimpfte sie unflätig, die andere Frau telefonierte hektisch, das Kind heulte noch immer.

Die Benommenheit wich kalter Wut, und mitten in die Tirade des Mannes fauchte Feli: »Halten Sie endlich den Mund!«

Mit einer energischen Bewegung riss sie sich los und ließ

den Aufgebrachten stehen. Hinkend eilte sie zu den beiden Katzen.

»Pu-Shen!«, rief sie und ging ächzend auf die Knie. Der Kleine kroch zu ihr, schmiegte sich an ihr Bein. Vorsichtig hob sie ihn hoch und setzte ihn an ihre Schulter. Er klammerte sich zitternd fest. Als sie sich umdrehte, sah sie ihre Tante Iris zwischen den beiden Fahrzeugen. Der Fahrer des Sportwagens hatte einen hochroten Kopf, schwieg jedoch, die Frau hatte es inzwischen geschafft, das Kind zu beruhigen, und Iris las beiden die Leviten. Eine Kunst, die sie vollendet beherrschte. Um nicht zwischen die Fronten zu geraten, verhielt Feli sich ganz still und beobachtete, wie die beiden Unfallgegner den Blechschaden begutachteten und schließlich ihre Karten austauschten. Neugierig sah Feli zu Chipolata hin, die noch immer auf der Mülltonne saß, und wenn sie nicht alles täuschte, hatte diese verrückte Katze ein Grinsen auf den Lippen.

»Gute Leistung, Chip«, flüsterte Feli und ging langsam, da ihr jede Bewegung wehtat, hinter den Fahrzeugen über die Straße. Sie bemerkte den mahnenden Blick ihrer Tante. Besser, sie verzog sich ins Haus.

»Wir werden ausgeschimpft werden, Pu-Shen. Aber ich bin so froh, dass du wieder hier bist«, wisperte sie in sein Ohr. Der Kater schnurrte ein wenig und ließ es sich gefallen, dass sie ihn in der Küche nach Verletzungen untersuchte. Seine Pfoten waren ein bisschen wund, sein Fell am Bauch schmuddelig, aber ansonsten schien er in Ordnung zu sein. Sie selbst war weit mehr zerkratzt.

Was Iris zum Anlass nahm, sie zu verarzten.

Ohne Beschimpfung.

»Der Typ war zu schnell – hier ist dreißig vorgeschrieben«, grollte sie lediglich und klebte ein Pflaster über eine Schramme.

»Tut mir leid, dass ich so unvorsichtig war …«

»Du hast mich fünf Jahre meines Lebens gekostet, Felina. Ich habe das Ganze vom Küchenfenster aus mitbekommen.« Sie legte ihr die Hand auf die Schulter. »Mach das nicht noch mal.«

Zärtliche, liebevolle Gesten erlaubte sich ihre Tante selten, aber als Feli diesmal den Kopf an sie lehnte, strich sie ihr unbeholfen über die Haare.

»Ich sagte doch, dass der Kater nur ein bisschen herumstreunen wollte«, murmelte sie dabei.

»Ja, vielleicht.«

Feli sah zu Pu-Shen hin und meinte: »Du warst wohl sehr abenteuerlustig, was?«

Der Kater war verlegen, man merkte es ihm deutlich an. Er schlich mit hängendem Schwanz, hängenden Ohren und hängenden Schnurrhaaren zu seinem Körbchen und legte sich hinein.

Feli folgte ihm und kraulte ihn, glücklich, dass er wieder bei ihr war. Sie bedauerte jedoch zutiefst, dass sie nicht seine Erklärung dafür verstehen konnte, dass er fortgegangen war.

3. Auftrag ihrer Majestät

In dem Land hinter den Grauen Wäldern, in Trefélin, dem Reich der Katzen, lagerte die graue, schwarz getupfte Königin auf ihrem Regierungsfelsen und betrachtete die kleine Gruppe, die sich um sie versammelt hatte. Sie bestand aus den zwei Hofdamen Tija und Seba, dem einäugigen Kater Nefer und der rundlichen Che-Nupet. Seba war eine schlanke weiß-rote

Katze, die ein rot und braun gestreiftes Tuch nach Art der Pharaonen trug, Tija mit dem braunen Wuschelpelz hatte eines in blassem Blau gewählt. Diese Kopfbedeckungen galten als die Insignien des Rates: Nur jene, die in diesen Kreis aufgenommen wurden, durften sie tragen. Man legte großen Wert auf Qualität und Farbgebung, und die beiden anwesenden Hofdamen galten als ausgesprochen elegant.

»Wir brauchen neue Kopftücher«, erklärte Majestät. »Es sind einige verloren gegangen.« Ein strenger Blick traf Che-Nupet, die gelassen zwinkerte. »Andere haben die Berechtigung erworben, sie zu tragen.« Ein wohlwollender Blick streifte den schwarzen Nefer. Dann blickte sie die beiden Hofdamen an.

»Ihr zwei werdet die Aufgabe übernehmen, einige geschmackvolle Tücher aus der Menschenwelt zu besorgen. Ihr wisst, wie das geht.«

»Ja, Majestät«, antworteten Tija und Seba gleichzeitig.

»Che-Nupet, du wirst mit Tija und Seba gehen.«

Die träge Katze blinzelte, kam aus ihrer liegenden Position auf die Pfoten und trappelte mit ihnen auf dem weichen Gras herum.

»Willnich, Majestät.«

»Das interessiert mich nicht. Es wird Zeit, dass du deine Kenntnisse erweiterst. Du wirst meine Beauftragten als Hauskatze begleiten.«

Che-Nupet rupfte Grashalme aus.

Nefer brummelte leise. Die rotbraune Katze mit der elfenbeinfarbenen Hinterpfote war ein eigenartiges Geschöpf. Gewöhnlich übernahm sie den Wachdienst am Roc'h Nadoz, dem Felsen, an dem der Übergang in die Menschenwelt möglich war. Viel wusste er nicht von ihr, außer dass sie von geradezu überwältigender Faulheit sein konnte und hin und wieder ein absurdes Verhalten an den Tag legte. Aber seit einigen Monaten war seine ursprüngliche Verachtung für die Transuse gewichen und hatte einer gewissen Bewunderung Platz gemacht. Selbstlos hatte sie seinem Freund geholfen, der durch ihn, Nefer, in eine ausgesprochen gefährliche Situation geraten war. Und da er wusste, dass sie den Menschen zugetan war – genauer gesagt, einem besonderen Menschenmädchen –, schlug er Majestät vor: »Tija und Seba könnten Che-Nupet zu Feli bringen.«

Che-Nupet hörte auf zu trappeln und zu rupfen.

»Das könnten sie«, meinte Majestät nachdenklich. »Ja, das könnten sie. Dort wirst du unter freundlicher Anleitung das menschliche Revier erkunden. Feli hat auf mich einen guten Eindruck gemacht.«

»Ja, Majestät«, pflichtete Nefer seiner Königin bei und grinste. »Ich würde auch gerne mitgehen.«

»Für dich habe ich eine andere Aufgabe vorgesehen. Nephthys' Berater ist alt geworden; sie hat darum gebeten, dass er einen jungen Kater anlernen möge. Ich habe ihr zugesagt, dass ich ihr jemanden schicke.«

»Nephthys? Sie ist die Clanchefin der fel'Landa, nicht wahr?«

»Und Sarapis ist der Weise dort in den Witterlanden.«

Nefer fühlte sich geschmeichelt. Vor einem halben Jahr hatte er die zweite Prüfung abgelegt und sie nach anfänglichen Schwierigkeiten doch mit Bravour gemeistert. Allerdings war er in einem Kampf mit einer hinterhältigen Kätzin verwundet worden, und dabei hatte er ein Auge verloren. Er hatte sich inzwischen daran gewöhnt, ja, es schien sogar, dass andere Sinne dadurch schärfer geworden waren. Insbesondere seine Schnurrhaare reagierten deutlich sensibler. Einzig seine Eitelkeit war noch nicht wieder ganz genesen. Nefer war einst stolz auf sein gutes Aussehen gewesen – schwarz war er, ohne ein einziges weißes Haar, schlank und muskulös wie ein Krieger, doch besonders beeindruckend waren die strahlend blauen Augen in seinem schmalen Gesicht.

Nun war eines erloschen und nur eine Narbe an dieser Stelle verblieben.

Indes – die Position eines Beraters würde er auch einäugig wahrnehmen können. Und die Witterlande waren ein schönes Gebiet – eine Heidelandschaft mit vereinzelten Gehölzen, von kleinen Gewässern durchzogen, karstig zum Mittelgrat hin, wo Höhlen den Bewohnern Unterschlupf boten. Der Clan der fel'Landa war als genügsam und umgänglich bekannt, weit unprätentiöser als etwa die fel'Avel, die sich damit brüsteten, besonders oft die Königin gestellt zu haben, oder die fel'Sapin mit ihrem pflegeaufwendigen Langhaarpelz, die namenlos arrogant waren. Die fel'Landa hingegen waren überwiegend grau getigerte Kurzhaarkatzen, oft mit weißem Latz oder weißen Pfoten, unauffällig im Gelände, begabte Jäger und wenn nötig auch kraftvolle Kämpfer. Man sagte ihnen zudem nach, dass ihre Angehörigen auch recht menschenfreundlich waren und etliche von ihnen einige Jahre in der anderen Welt verbrachten, um die Menschen Weisheit zu lehren.

Ja, Nefer war zufrieden mit der königlichen Entscheidung, ihn dorthin zu schicken. Nur ein klein wenig bedauerte er, dass er Feli nicht besuchen durfte. Er hatte eine sehr lebhafte Erinnerung daran, wie angenehm sich das Kraulen ihrer Finger angefühlt hatte. Und anderes …

Dennoch war seine neue Aufgabe eine Herausforderung, der er erfreut entgegensah. Aber bevor er in die Witterlande aufbrach, wollte er noch eine weitere Angelegenheit geregelt wissen. Seine drei Freunde, Sem, Pepi und Ani, die er bei der Bewältigung seiner letzten Prüfung mitgenommen hatte, damit sie ihre ersten Erfahrungen in der Menschenwelt sammeln konnten, waren kläglich gescheitert, und dafür fühlte er sich noch immer verantwortlich. Sie sollten eine zweite Chance bekommen. Deshalb schlug er Majestät nun vor: »Auf Sem, Pepi und Ani hat Felina auch einen guten Eindruck gemacht. Es wäre nicht schlecht, wenn die drei Kater mit den Einkäuferinnen und Che-Nupet mitgehen würden. Sie haben aus dem letzten Aufenthalt viel gelernt.«

»Meinst du?«

Majestät sah ihn über ihre königliche Nase höchst zweifelnd an.

»In Menschengestalt haben sie einen Monat dort zugebracht und sind sorgfältig unterrichtet worden. Sie haben sogar menschliche Identitäten erhalten.«

Nefer erhielt Unterstützung von Tija, die meinte: »Es könnte ganz nützlich sein, ein, zwei Männer dabeizuhaben. Menschen leben in Paaren zusammen, wir wären unauffälliger.«

»Ja, aber sie müssen uns gehorchen, Tija. Sie sind noch sehr jung, die drei«, gab Seba zu bedenken.

»Ein Mann, zwei Kater«, entschied Majestät. »Und eine Katze.«

Nefer beobachtete, dass es unter Che-Nupets Fell zuckte. Aber sie sagte nichts.

»Einen Monat lang. Vom nächsten Silbermond an. Che-Nupet, sind die Grauen Wälder passierbar?«

»Haben die Pfadfinder alle Namenlosen geholt, ja, ja. Ist nur einer noch in den Schatten.«

»Der bleibt auch da. Was ist mit Shepsi?«

»Versteckt sich, ne? Muss ich suchen, ja? Bleib ich hier.«

»Keine Ausrede, Che-Nupet.«

Majestät sah die rundliche Katze sehr streng an, und Nefer

verspürte so etwas wie Mitleid mit ihr. Ganz offensichtlich hatte Che-Nupet Angst davor, sich unter Menschen aufzuhalten. Sie war schon ein seltsames Geschöpf.

»Es ist wirklich nicht schlimm«, brummelte er ihr zu. »Finn und Feli werden sich freuen, dich zu sehen. Sie tragen beide Ringe und werden dich verstehen.«

»Muss ich kleine Katze sein, ne«, nuschelte Che-Nupet.

»Ich war es auch, und es war ziemlich nett. Fahrrad fahren hat mir gefallen und … ähm … Eierlikör.«

Majestät grollte.

»Und dir haben die Sahne und die Leberwurst auch geschmeckt, Majestät!«, schnaubte Nefer.

»Ja, ja, ja. Sie gehen sehr pfleglich mit ihren Katzen um, diese Menschen. Nathan hat mich sogar ohne Ring verstanden. Such ihn auf, Che-Nupet!«

Che-Nupet trappelte wieder, putzte sich dann den Schwanz und das zuckende Fell.

Majestät ignorierte sie und fixierte Tija und Seba.

»Ach ja, Leberwurst. Bringt mir ein ordentliches Stück mit, wenn ihr zurückkommt. Feine, geräucherte.« Und ihr Blick wurde strenger. »Und nicht unterwegs auffressen, klar?«

»Klar, Majestät!«

»Also dann!«

4. Gestaltwandler

Anfangs war es Wut gewesen, gespeist aus Niederlagen und Demütigung. Verrat und Hinterlist hatten ihn dazu getrieben, die Flucht anzutreten, und seit jenen Tagen war er durch die

Grauen Wälder gezogen, zornig, verbittert, gekränkt. Allerlei Ideen hatte er gewälzt, Möglichkeiten, denen zu schaden, die ihn betrogen hatten. Insbesondere dem hochgelobten, wohlgeachteten Seelenführer, der ihm die Macht in Aussicht gestellt hatte – und sie doch nur für sich erstrebte.

Aber dann war der bestraft worden, und seit er als Namenloser wie ein Schatten durch das ewige Dämmerlicht schlich, war seine eigene brennende Wut erkaltet und hatte dem kühlen, besonnenen Wunsch nach Rache Platz gemacht.

Er konnte wieder klar denken, planen, Dinge bewegen. Dankbar erinnerte er sich an die Löwenköpfige, die sein Anliegen verstanden hatte. Ihr zu Gefallen würde er die Frevler vernichten, die gegen alle Weisung von dem kostbaren Nass gekostet hatten. Die ersten Schritte waren schon erfolgreich gewesen. Wenn er auch die Menschen verabscheute, so war er doch in der Lage, sie nach seinen Wünschen zu lenken. Wie nützlich, dass ausgerechnet Feli und der dämliche Finn Katzengeborene zu sich genommen hatten. Pu-Shen war vertrauensvoll und hatte ihm in den drei Tagen, die sie miteinander verbracht hatten, allerlei Wissenswertes erzählt. Weit weniger hilfreich war die kleine Schwarze, diese Chipolata. Sie hatte auf seine freundlichen Annäherungen als Kater ausgesprochen kratzborstig reagiert. Ein widerlich krallenscharfes Geschöpf. Aber dennoch hatte er insgesamt genug erfahren, um seine nächsten Schritte zu planen.

In der Gestalt eines Menschen.

5. Kopftuch-Contest

Auf Felinas Schreibtisch stand neben dem Bildschirm eine kleine Katzenfigur aus schwarzem Marmor. Sie war eine Replik jener Statuen, die man im alten Ägypten mit großer Liebe und Kunstfertigkeit von diesen königlichen Tieren angefertigt hatte. Die Katze saß aufrecht, den Schwanz sorgsam um die Füße gelegt, den Blick in die Ferne gerichtet. In einem Ohr baumelte ein winziger goldener Ring, um den Hals trug sie ein Ankh – ein Henkelkreuz, Sinnbild des ewigen Lebens.

Die Statue hatte Gesa, Felis Großmutter, gehört, ebenso wie die kleine goldene Kreole, die Feli seit deren Tod im vergangenen Frühjahr immer im Ohrläppchen trug.

Eine weitere kleine Statue hatte sie selbst erworben, und die zeigte die katzenköpfige Göttin Bastet. Sie hatte diese Nachbildung in einem Museumsshop entdeckt, und sie hatte Feli derart angezogen, dass sie ihr Taschengeld dafür ausgegeben hatte. Bastet galt als Beschützerin der Katzen, aber sie war auch eine lebenslustige Göttin, die viel für Musik und Tanz übrighatte und für geistige und körperliche Gesundheit sorgte. Nun lächelte die schlanke Ägypterin Felina zu, und dann und wann lächelte sie zurück.

Unter dem Tisch stand auch noch der Weidenkorb, in dem einst für ein paar Wochen ein schwarzer Kater sein Lager gefunden hatte. Pu-Shen hatte einmal an dem Korb gerochen und dann gebührend Abstand davon gehalten. Offensichtlich waren noch deutliche Besitzansprüche an ihn geknüpft.

Feli selbst saß versonnen an dem Tisch und streichelte die Katzenfigur.

Es war jetzt einen Monat her, dass sie Pu-Shen wiedergefunden hatte, und seither wollte der Kater kaum noch das Haus verlassen. Nur zweimal am Tag strich er inwärts um den Zaun, ansonsten blieb er auf einem Gartenstuhl liegen und beobachtete Vögel und Schmetterlinge. Nur Chipolata schaffte es hin und wieder, ihn aufzuschrecken und eine Balgerei mit ihm zu beginnen.

Feli hatte alles versucht, Pu-Shen verständlich zu machen, dass sie ihm nicht böse war, aber der Kater hatte sich von seinem schlechten Gewissen noch immer nicht erholt. Was mochte da nur vorgefallen sein?

Sei's drum, befand Feli und betastete den Ring in ihrem Ohr. Wie so oft zog ein leises Sehnen an ihrem Herzen. Das Geheimnis, das er barg, konnte sie niemandem anvertrauen – außer Finn. Und von ihm wusste sie, dass er diese Sehnsucht teilte. Wann immer sie sich trafen, spürte sie es, und manchmal sprachen sie darüber. Ihre Tante glaubte, Finn sei ihr Freund, und verdrückte sich immer taktvoll, wenn er sie besuchte. Ein Freund war er auch, sicher. Das, was sie gemeinsam erlebt hatten, hatte ein festes Band zwischen ihnen geknüpft, das allerdings nichts mit einer Liebesbeziehung zu tun hatte. Sie respektierte ihn. Als sie zurückgekommen waren, hatte er endlich seinen Weg gefunden. Er hatte ein Praktikum bei Nathan Walker, dem Förster, begonnen und studierte jetzt Forstwirtschaft. Sie wusste, dass auch er – ähnlich wie sie – hin und wieder unter Albträumen litt. Das war etwas, womit sie zu leben hatten, und einmal hatte Finn sogar gesagt: »Manchmal denke ich, es wäre besser gewesen, sie hätten mir die Erinnerung genommen.«

Seine Albträume waren schlimmer als ihre, qualvoller und grausamer, das wusste sie. Aber weder seine noch ihre wogen die guten Erinnerungen auf.

»Wir haben Freunde gefunden, Finn. Möchtest du die wirklich vergessen?«

Er hatte gelächelt und den Kopf geschüttelt.

»Nein, Feli. Ich vermisse sie oft. Nefer und Sem und sogar diese komische Che-Nupet.«

»Man könnte einfach rübergehen, wir haben die Ringe.«

»Ja, könnte man.«

»Macht man aber nicht.«

»Vielleicht wollen sie uns prüfen …«

Feli hatte sich so etwas auch schon überlegt. Denn noch mehr lastete auf ihr ein weiteres Geheimnis, das zu wahren sie versprochen hatte. Wenn sie es preisgeben würde, war ihr Leben verwirkt. Obwohl Che-Nupet sich als ihre Freundin bezeichnete – sie hatten gemeinsam etwas außerordentlich Verbotenes getan –, die seltsame Katze würde Feli trotz aller Zuneigung töten müssen.

Also schwieg sie, träumte manchmal von Trefélin und seinen bezaubernden Bewohnern.

Aber manchmal wurden diese Träume auch beängstigend. Dann kamen wieder die Panther auf sie zu, jagten sie und wollten sie töten. Inzwischen hatte sie festgestellt, dass vor allem in den Nächten des abnehmenden und des neuen Mondes diese Szenen sie schreckten.

Pu-Shen kam angemaunzt und hatte ein Anliegen, das etwas mit einem Vogel vor dem Fenster zu tun haben musste, der leider nicht in seiner Reichweite war. Feli wachte aus ihren Gedanken auf und öffnete ihm das Fenster.

Und widmete sich wieder der Gegenwart.

Es gab wichtigere Dinge in Angriff zu nehmen. Die Abiturarbeiten waren geschrieben, es gab dafür nichts mehr zu lernen und vorzubereiten. Ihren Führerschein hatte sie gemacht – auch den für Motorräder, was ihre Eltern noch gar nicht wussten. Und das bedeutete, dass der Stress noch nicht vorbei war.

Denn da war ihre Zukunft, und da war ihre Mutter. Und beides zusammen bedeutete nichts als Ärger.

Vor drei Jahren hatten ihre Eltern, beide Wissenschaftler, einen Auftrag angenommen, der sie nach China führte. Feli war bei ihrer Großmutter Gesa geblieben, Vater und Mutter tauchten alle halbe Jahre für einen längeren Heimataufenthalt bei ihr auf. Es waren Besuche, auf die Feli sich nicht besonders freute. Seit sie als Kind eine Herzmuskelentzündung gehabt hatte, war ihre Mutter äußerst besorgt um sie und hatte ihr eingeredet, alle und jede Anstrengung vermeiden zu müssen. Was für einen im Grunde völlig gesunden jungen Menschen eine schreckliche Einschränkung darstellte. Erst als Gesa krank wurde und Tante Iris, die Schwester von Felis Vater, zu ihr gezogen war, um sie zu pflegen, hatte es eine Veränderung gegeben. Iris war eine Naturfreundin, die ein Tourismusunternehmen aufgebaut hatte, das geführte Wanderungen anbot. Sie behandelte Felis angebliche Herzschwäche mit resoluter Missachtung und forderte das Mädchen auf, sich vernünftig zu bewegen. Mehr noch aber hatten Gesas Tod und die darauf folgenden abenteuerlichen Ereignisse dazu beigetragen, dass Feli nun nicht mehr daran glaubte, ein schwächelndes Herz zu haben – anders als ihre Mutter, die, laut Iris, mit ihrer übertriebenen Sorge um ihr Kind bloß das schlechte Gewissen beruhigen wollte, das an ihr nagte, weil sie Feli wegen des Auslandsprojektes allein gelassen hatte.

Und beim letzten Besuch hatte sich diese Sorge in einem weiteren heftigen Streit entladen, denn statt ein langweiliges Sprachenstudium zu absolvieren, hatte Feli beschlossen, Tiermedizin zu studieren.

Tränen, Schluchzen, Beschwörungen, Drohungen, Geschrei, knallende Türen, erneutes Flehen und Schluchzen – das Drama wurde mit allen Requisiten und großen Bühneneffekten aufgeführt. Es endete damit, dass Iris in einer der Spielpausen kühl erklärte, dass sie die Studiengebühren für Feli übernehmen wolle.

»Gesa hat mir genug vererbt, und ich denke, sie hätte es gutgeheißen, wenn ihre Enkelin sich um kranke Tiere kümmert«, war ihre nüchterne Erklärung.

Dem darauf folgenden letzten Akt hatte Feli sich durch Flucht entzogen.

Ihr Vater hatte ihr schließlich aber die Einwilligung erteilt, und gerade deshalb war sie Iris mehr als dankbar für ihre Unterstützung. Mochte ihre Tante auch von herbem Charakter sein, gradlinig und wenig gefühlvoll – von Tag zu Tag mehr gefiel Feli ihr praktisches, logisches Denken und Handeln. Sie verfolgte unbeirrbar ihre Ziele, vertrat ebenso unbeirrbar ihre Ansichten, und selbst wenn man sie deshalb stur nannte, störte sie das wenig. Sicher, auch mit ihr hatte Feli einige Auseinandersetzungen gehabt, aber sie verliefen sachlich und ohne großes Theater.

Der letzte Elternbesuch über Weihnachten endete im Januar, Anfang August stand der nächste an. Bis dahin würden alle Weichen gestellt sein. Den ersten Schritt hatte Feli an diesem Vormittag getan. Dr. Nicole Labanca, Tierärztin im Nachbarort, hatte sich bereit erklärt, sie als Praktikantin aufzunehmen. Und im Herbst würde sie sich zum Studium der Veterinärmedizin einschreiben. Die Unterlagen hatte sie bereits ausgefüllt, und gerade malte sie sich aus, wie sie eine eigene kleine Wohnung suchen würde, in der auch Pu-Shen glücklich leben könnte. Vielleicht eine Wohngemeinschaft …

Felis Zukunftsträume wurden von Kristin, Finns Schwester, unterbrochen, die mit strahlender Miene ins Zimmer getänzelt kam.

»Ich hab einen Job«, quiekte sie. »Einen supermegatollen Job!«

»Ich auch.«

»Aber meiner ist besser. Ich werde mich nicht mit beißenden Hunden und kratzenden Katzen herumschlagen müssen. Ich darf in der Moderedaktion der *Visagistin* helfen.«

»Dann hast du es ja nur mit beißenden und kratzenden Models zu tun. Das ist bestimmt viel entspannter.«

»Du wirst mir bestimmt ein paar Tricks verraten – mit Chip kommst du ja auch klar.«

»Lern schnurren.«

Kristin kicherte.

»Klappt vielleicht bei männlichen Models.«

»Ganz bestimmt.«

»Sollte Nerissa auch mal lernen. Sie hat derzeit ziemlich Driss mit ihren Männern.«

»Wie das?«

»Georgie ist über das Verfallsdatum. Aber er will es noch nicht wahrhaben. Er lungert ständig in der Redaktion herum und schmollt und bettelt, sagt sie.«

»Hat sie einen Neuen, Frischeren in Aussicht?«

Nerissa, Kristins und Finns geschiedene Mutter, hatte einen regen Verschleiß an Freunden, und bisher hatte noch keiner länger als ein Jahr in ihrer Gunst gestanden.

»Nein, neu nicht. Eigentlich viel schlimmer. Unser Vater ist wieder aufgetaucht.«

»Oh …«

»Ja, Kord hat sich gemeldet. Er ist aus dem Knast raus und arbeitet jetzt für so einen komischen Wohltätigkeitsverein. Du weißt schon, die ›Helfenden Hände‹, die sich um unsere bedürftigen Mitbrüder kümmern.«

»Halleluja?«

»Ich weiß nicht, könnte sein, dass er im Gefängnis das Licht gesehen und zu Gott gefunden hat. So was soll's ja geben. Aber

Nerissa hat ihn, als er angerufen hat, ziemlich barsch darauf hingewiesen, dass er bei uns nicht erwünscht ist.«

»Und wie siehst du das? Ich meine, er ist dein Vater, nicht?«

»Ich brauche ihn nicht, Feli. Ich kenne ihn kaum. Er ist aus unserem Leben verschwunden, als ich fünf war. Aber Finn hat deshalb wieder mit ihr gezankt. Er meint, er hätte das Recht darauf, ihn zu sehen. Ich glaube, er bedeutet ihm mehr als mir.«

»Er kann ihn ja besuchen, wenn er sich bei euch nicht blicken lassen soll.«

Feli hatte mit Finn nie darüber gesprochen, aber es ging ihr eben durch den Kopf, dass die ständigen Auseinandersetzungen zwischen ihm und seiner Mutter wohl daher rühren mochten, dass er seinen Vater vermisste. Nerissa konnte sehr unversöhnlich sein.

Für Kristin schien das Thema jedenfalls erledigt, sie schwärmte weiter von ihrer zukünftigen Beschäftigung bei der Frauenzeitschrift, in der ihre Mutter Moderedakteurin war.

»Und das Allerschärfste ist, dass sie meine Idee verwenden will. Du weißt doch, zu der mich dein Kopftuch inspiriert hat.«

Feli erinnerte sich an diesen Moment. Sie hatte das Tuch, das sie im vergangenen Jahr geschenkt bekommen hatte, hin und wieder um den Hals geschlungen getragen und damit die Aufmerksamkeit einiger Mitschülerinnen erregt. Vor allem von denjenigen, die ihre Haare bedeckt trugen. Es war allerdings auch ein ausgesprochen schönes Seidentuch. Es schimmerte in braunen, rötlichen und cremefarbenen gewundenen Mustern, hier und da waren kleine grüne Steinchen aufgestickt. Allerdings waren vier mit Goldfäden eingefasste Löcher darin. Feli wusste zwar ganz genau, wozu sie dienten, aber das konnte sie selbst ihrer besten Freundin nicht verraten. Also gab sie an, dass die zu einer besonderen Form der Drapierung gehörten, von der sie aber dummerweise vergessen hatte, wie sie funktionierte.

»Also wird Nerissa einen Kopftuch-Wettbewerb ausrichten?«

»Bandana-Contest. Hört sich besser an, meint die Werbetante. Aber im Prinzip ist es das. Es werden diejenigen ausgewählt, die auf die eleganteste Art ein Kopftuch tragen können. Die Muslimas werden uns die Bude einrennen. Aber du könntest mit deinem Tuch auch eine Chance haben. Hast du es schon mal um den Kopf gebunden?«

Hatte sie, aber trotzdem schüttelte Feli den Kopf.

»Ich bin weder elegant noch habe ich Lust, mich aufzubrezeln.«

Kristin verdrehte ob dieser Abfuhr zwar theatralisch die Augen, aber sie schien nicht verärgert zu sein.

»Ja, ja, du wirst immer mehr zum Naturburschen. Wie Finn auch. Der kraucht schon seit Tagen mit Rudi durch den Wald und versucht, das Schlimmste zu verhindern.«

Feli grinste. Rudi war gemeinhin auch bekannt als »The Master of Desaster«. Derzeit bereiteten sich Finn und er unter Nathan Walkers Aufsicht auf die Prüfung für den Jagdschein vor, und wann immer Finn vorbeikam, berichtete er von den unzähligen Missgeschicken, die Rudi mit geradezu boshafter Aufdringlichkeit zu verfolgen schienen.

»Musste Rudi wieder auf Bäume klettern, um den aufgescheuchten Wildschweinen zu entkommen?«

»Er ist vom Hochsitz gekippt. In die Brombeeren gefallen.«

»Autsch.«

»Finn hat ihn rausgehäkelt. Rudi hat Glück gehabt, war nur ordentlich zerkratzt.«

»Und was hat der Förster dazu gesagt.«

»Nichts. Nathan Walker ist nach Kanada abgereist. Eine Familienangelegenheit. Komm, wir fahren einkaufen – ich will auch so ein Kopftuch, wie du es hast. *Ich* werde nämlich an dem Contest teilnehmen.«

»Und darum muss ich dich jetzt in die Stadt fahren?«

»Ganz genau. Dafür hat man doch eine Freundin mit dem Motorrad-Führerschein.«

»Wenn ich man bloß auch ein Motorrad hätte«, grummelte Feli.

»Das hör ich von Finn auch ständig. Aber für heute tut's auch sein Roller.«

Ergeben seufzte Feli auf.

Aber eigentlich war die Idee gar nicht so schlecht. Immerhin durfte sie, seit Finn studierte, über seinen Roller verfügen, wann immer sie ihn brauchte.

6. Master of Desaster

Finn bewegte sich lautlos zwischen den Stämmen der Buchen hindurch. Das gelang ihm von Mal zu Mal besser. Dann und wann blieb er stehen, um zu lauschen und die Luft zu schmecken. Frühling, fast Sommer war es, und es roch – grün. Aber unter all dem Grün lag auch ein Anhauch tierischer Duftnoten. Er konzentrierte sich auf den, den er finden wollte.

Richtig, er war hier gewesen, der scheue Waldkater. Ein kleines Büschel graubrauner Haare hatte sich an einem Baumstamm verfangen und bestätigte Finns Witterung. Aufmerksam sah er sich um.

Bevor Nathan Walker, der Förster, abgereist war, hatte er

ihn gebeten, sich um die ausgewilderten Waldkatzen zu kümmern – was heißen sollte, sie vorsichtig zu beobachten. Drei Tiere waren vor einiger Zeit in das Revier entlassen worden, und eine der Kätzinnen hatte wirklich Junge bekommen. Sie aber waren inzwischen weitergezogen, hatten sich hoffentlich einen eigenen Lebensraum erobert.

Finn setzte das Fernglas an und suchte die Gegend ab. Auch darin war er inzwischen geübt. Laub, bemooste Steine, altes Holz boten den Waldkatzen Schutz, beinahe unsichtbar konnten sie sich machen. Aber sie liebten es auch, sich den Pelz in der Sonne zu wärmen, und so widmete er sich besonders den lichten Flecken.

Und richtig, dort auf dem alten Dolmen lag der Kater.

Zufrieden mit seiner Beobachtung setzte Finn das Fernglas ab und ging vorsichtig näher an die aufgerichteten Steine, die vor uralter Zeit vielleicht einmal ein Grabmal oder eine Kultstätte gewesen waren. Heute galten sie als Kulturdenkmal, aber für Finn hatten sie auch noch eine völlig andere Bedeutung. Wie so oft berührte er den goldenen Ohrring mit den Fingern.

Manchmal träumte er noch immer entsetzliche Dinge, aber oft wanderten seine Gedanken auch zurück zu jenen unbeschreiblichen Monaten, in denen er selbst eine Katze gewesen war. In einem anderen Land, zu dem dieser Dolmen der Eingang war. Was er dort erlebt hatte, konnte er keinem anvertrauen. Niemand würde ihm glauben, dass es eine Welt gab, in der die Katzen groß wie Tiger waren und eine höhere Kulturstufe als die Menschen erreicht hatten. Niemand außer Feli und Nathan. Feli, weil sie ebenfalls, wenn auch in menschlicher Gestalt, in Trefélin gewesen war, und Nathan, weil er zur gleichen Zeit Bastet Merit, die Königin der Katzen, in der Form einer kleinen Hauskatze beherbergt hatte. Und weil Nathan über eine Ausbildung verfügte, die es ihm zumindest in seiner Vorstellung erlaubte, das Katzenland zu besuchen.

Nathan Walker war in seiner Jugend bei einem indianischen Schamanen in die Lehre gegangen.

Ein bärbeißiger Mann, hatte Finn einst gedacht, als er das erste Mal mit ihm unter nicht eben günstigen Bedingungen zusammengestoßen war. Doch heute schämte er sich seines blöden Verhaltens. Seine Kumpels und er hatten an eben diesem Dolmen groben Unfug getrieben. Und danach war Finns Leben ziemlich gründlich durcheinandergeraten. Er war nicht böse darüber; die Erfahrungen, die er gesammelt hatte, waren überwiegend nützlich und hatten sein Selbstvertrauen gestärkt. Außerdem hatte es ihm die Freundschaft von Feli und einer frechen Katze eingebracht. Na ja, Chipolata könnte ein bisschen verschmuster sein und häufiger mal die Krallen bei sich lassen. Und – ja, Feli könnte auch verschmuster sein. Obwohl – hin und wieder war sie wirklich lieb zu ihm. Nur über unverbindliche Schmusereien ging ihr Verhältnis nicht hinaus. Dafür aber konnte man ausgesprochen gut mit ihr reden. Was hatte er früher immer darunter gelitten, dass die Frauen ihn nicht ernst nahmen. Feli nahm ihn jetzt ernst, Kristin auch, nur seine Mutter – aber das war ein anderes Ding. Als er nach seinem denkwürdigen Auszug aus dem Haus wieder zurückgekommen war, hatte er ihr mit ziemlich deutlichen Worten gesagt, dass er nicht Jura studieren würde, sondern Forstwirtschaft. Sie hatte herumargumentiert und von vertanen Chancen und Möglichkeiten gesprochen, aber er war hartnäckig geblieben, und irgendwann hatte sie mit den Schultern gezuckt und gesagt, er solle machen, was er für richtig hielt.

Nathan Walker aufzusuchen war ein schwierigerer Bußgang, doch erstaunlicherweise hatte der Förster kein weiteres Wort über die beschämenden Vorfälle verloren, sondern ihm ohne

Umschweife ein Praktikum angeboten. Seither lernte Finn den Wald und seine Bewohner mit ganz neuen Augen kennen.

Lediglich Rudi störte seine Zufriedenheit mit dem Arrangement.

Rudi, rundlich, tapsig, kurzatmig und der vollendete Chaot in allen Lebenslagen, war Finn als Partner während der Jagdausbildung zugeordnet. Rudi konnte nur eines gut – sich alle möglichen Theorien aneignen. In der praktischen Durchführung hatte er fünf linke Daumen an jeder Hand. Und nun sollte er auch noch den Jagdschein machen.

Vor einer halben Stunde hatte er Rudi bei einem Haufen Totholz zurückgelassen, das er auf seine biologische Nützlichkeit hin untersuchen sollte. Er hoffte, dass Rudi nicht von einem ausgeflippten Borkenkäfer gebissen worden war. Wenigstens war ihnen noch nicht erlaubt, eine Waffe mitzuführen. In dem Fall hätte er Rudi nie allein gelassen.

Der Kater auf dem Dolmen rekelte sich genussvoll in der Sonne, und Finn kam die seltsame Che-Nupet in den Sinn, die so gerne auf dem Rücken lag und, wie sie behauptete, ihren Bauch lüftete. Nicht, dass dieser Kater sich hätte so weit gehen lassen. Aber beinahe hätte Finn geseufzt. Als Katze fühlte man sich im warmen Sonnenschein unsagbar wohl.

Ein schrilles Tröten fuhr durch den Wald.

Der Kater sprang auf und verschwand im Unterholz.

Überall raschelte es, überall Flucht und Panik.

Rudi!

Er hatte zwar keine Waffe, aber ein Waldhorn.

Das kam fast auf dasselbe hinaus.

Es röhrte »Sau tot« und »Aufmunterung zum Treiben« und »Muffel tot« und mehrmals das »Halali«.

Finn ließ alle Vorsicht fahren und rannte durch den Wald auf die Quelle des Krawalls zu.

Rudi stand auf einem Baumstumpf und trötete mit dicken Backen. Finn riss ihm das Horn aus der Hand und fauchte ihn an: »Bist du wahnsinnig geworden?«

Erstaunte runde Augen sahen ihn verletzt an.

»Es war so langweilig, und du bist so lange fortgeblieben. Da hab ich gedacht, ich könnte die Signale üben.«

»Und alles Wild in Aufruhr versetzen.«

»Na und? Das kennen die Tiere doch. Und zu Hause darf ich nicht üben. Wegen der Nachbarn, weißt du, Finn?«

»Betrachte die Waldkatzen und das Rotwild einfach auch als Nachbarn.«

»Ja, aber wo soll ich denn üben?«

»Im Keller? Auf einer Autobahnbrücke? Am Bahndamm?«

Obwohl – das könnte zu Auffahrunfällen und Entgleisungen führen, dachte Finn und betrachtete das Horn. Er hatte bisher nur Nathans altes Jagdhorn in der Hand gehabt, dieses hier war ein glänzend neues Instrument.

»Hat mir mein Vater geschenkt«, sagte Rudi unaufgefordert und stieg von dem Baumstumpf hinunter. »Schön, nicht?«

Rudi mochte zwar der Master of Desaster sein, aber er war von großer Gutmütigkeit und nahm so gut wie nichts übel. Darum verflog Finns Zorn auch, und er reichte ihm das Waldhorn zurück.

»Ja, schön ist es. Dein Vater war ziemlich großzügig.«

Sie gingen auf den Weg zurück, um ihren Reviergang zu beenden. Rudi schwenkte das Waldhorn fröhlich, es flog ihm aus der Hand und landete zwischen den Brennnesseln. Finn blieb regungslos stehen und beobachtete, wie sein Begleiter es mit spitzen Fingern herauszog. Rudi rieb sich die brennende Haut, klagte aber nicht, sondern antwortete nur: »Ja, Vater findet es gut, dass ich mich für den Wald und so interessiere. Damit ich nicht immer am Bildschirm hocke, meint er.«

Da Rudi sein Physikstudium mit intensiver Leidenschaft betrieb, nahm Finn an, dass er nie die Gelegenheit gehabt hätte, einen Hauch Frischluft zu inhalieren, wenn seine Eltern ihn nicht dazu gedrängt hätten, sich Nathans Ranger-Programm anzuschließen. Warum er aber unbedingt einen Jagdschein erwerben wollte, war Finn ein Rätsel. Bisher hatten sie noch keine Jagd mitgemacht, sondern lediglich das Wild beobachtet. Ob Rudi jemals einen Schuss abgeben oder gar ein erlegtes Tier würde aufbrechen können, hielt er für fraglich. Aber das war vermutlich auch nicht wichtig. Sein Vater war trotzdem stolz auf ihn.

Und das weckte ein leises Neidgefühl in Finn.

»Mein Vater hat mich angerufen«, murmelte er.

»Ach Mensch, wirklich? Und was sagt er? Kommt er zu euch zurück?«

Rudi kannte nur eine bereinigte Version von Finns Elternverhältnissen, weshalb der ausweichend antwortete: »Nein, ich denke nicht. Mutter und er haben sich auseinandergelebt. Aber ich werde mich mit ihm treffen. Er hat jetzt eine Stelle hier in der Gegend. Und er findet meine Entscheidung gut, Forstwissenschaft zu studieren.«

Rudi schlug ihm so männlich-herzhaft auf den Rücken, dass er fast über eine Wurzel gestolpert wäre. Im letzten Moment fing er sich aber wieder und begann dann, Rudi nach seinen Beobachtungen am Totholz zu fragen.

7. Im Feliday Inn

Der volle Mond stand am Himmel, nur manchmal huschte ein geisterhaftes Wölkchen vor seine silberhelle Scheibe. Die fünf Gäste in der Katzenpension Feliday Inn von Ronya Miou saßen auf der breiten Fensterbank und schauten sehnsuchtsvoll in die nächtliche Welt. Schwänze zuckten, Ohren drehten sich, Schnurrhaare bebten. Sie alle waren gewöhnlich Freigänger, und hätten ihre urlaubsreifen Menschen sie nicht zu Ronya gebracht, würden sie in dieser Nacht mit Leidenschaft auf die Jagd gehen.

Doch ihre Aufmerksamkeit wurde abgelenkt, als zu ungewöhnlich später Stunde Neuankömmlinge eintrafen.

Fünf Augenpaare musterten die Eintretenden: Zwei junge Frauen, einen noch jüngeren Mann und drei Katzen brachte Ronya in das große Dachzimmer. Die Menschen waren nackt und erhielten sofort aus einem großen Schrank allerlei Kleidungsstücke. Die beiden schwarzen Kater schnüffelten bereits an den überall herumstehenden Körben und näherten sich vorsichtig dem Fenster. Die rotbraune Kätzin hingegen hatte sich gleich, Nase voraus, unter einen Sessel verzogen, sodass nur ihr Hinterteil und der nervös zuckende Schwanz zu sehen waren.

»Ich muss zum Dolmen im Wald«, sagte der Mann. »Dort haben wir das letzte Mal unsere Sachen verscharrt.«

»Hast du einen Ausweis, Sem?«, fragte Ronya.

»Ja, so nannten sie das Kärtchen. Sem, Pepi und Ani Katz haben wir geheißen. Brüder sind wir. Na ja, jetzt wohl nicht mehr so richtig. Die beiden da benötigen diesmal keine Papiere.«

»Bring die Unterlagen zu mir. Hier sind sie sicherer aufgehoben. Tija, Seba – eure Papiere habe ich hier. Ihr bleibt einen Monat?«

»Ja, länger werden wir nicht brauchen, um die Tücher zu besorgen und zu ändern. Aber wir haben den Auftrag, für Majestät eine geräucherte, feine Leberwurst mitzubringen, was immer das ist.«

»Majestät ist ein Leckermaul. Ich werde die Wurst am Tag eurer Rückkehr bereithalten. Was ist mit dem schüchternen Kätzchen da?«

»Das ist Che-Nupet. Sie ist zum ersten Mal als kleine Katze in der Menschenwelt. Wir sollen sie zu einer Felina Alderson bringen. Weißt du, wo wir sie finden?«

»Kein Problem. Ich kenne das Mädchen, sie hilft mir oft beim Catsitten aus. Ihr bleibt hier bei mir wohnen?«

»Ich werde morgen mal sehen, wie es bei Finn aussieht«, meinte Sem, und die beiden schwarzen Kater schnurrten zustimmend.

»Wir nehmen deine Gastfreundschaft an, Ronya.«

»Schön. Dann zeige ich euch eure Zimmer. Komm, Che-Nupet. Sei nicht so schüchtern.«

Ronya beugte sich nieder, um die Rotbraune auf den Arm zu nehmen, aber die zog sich noch tiefer unter den Sessel zurück.

»Lass sie einfach ein bisschen in Ruhe«, empfahl Tija. »Wir lassen die Tür offen, dann kann sie zu uns kommen, wenn sie sich aus ihrem Schmollwinkel heraustraut.«

»Eigentlich komisch, dass sie sich hier so ängstlich verhält«, meinte Seba. »In den Grauen Wäldern tat sie sehr selbstbewusst.«

»Wird wohl ein Schock sein, plötzlich so klein zu sein.«

»Die beiden sind überhaupt nicht schockiert«, knurrte Sem und schickte Ani und Pepi einen strafenden Blick, weil die beiden Kater sich bereits an die Kätzinnen auf dem Fensterbrett herangeschlichen hatten.

8. Schnurren hilft

Doktor Labanca zog die Spritze auf, um den winselnden Knopfaugen-Terrier zu impfen. Sein Frauchen biss sich auf die Lippen, als ob sie selbst gleich die Nadel spüren würde. Feli stand so unauffällig wie möglich in der Ecke des Behandlungszimmers und beobachtete, wie die Tierärztin mit leise gemurmelten, völlig unsinnigen Worten den kleinen Hund beruhigte. Nicht zu dessen vollkommenen Zufriedenheit, aber immerhin schnappte er nicht nach ihr.

Seit zwei Wochen fand sich Feli jeden Vormittag und auch noch drei Stunden am Nachmittag in der Praxis ein, um die Abläufe kennenzulernen. Zusehen durfte sie, nicht handeln. Aber das reichte ihr auch für den Anfang. Nicole Labanca war eine nette Frau, die ihr gerne alle Handgriffe und Behandlungen erklärte, wenn der Patient das Zimmer verlassen hatte. Überwiegend waren es bisher Routinemaßnahmen gewesen – Impfungen, Nachuntersuchungen, ein paar leichte Verletzungen. Ein Hamster mit Durchfall und eine trächtige Windhündin waren die problematischsten Fälle gewesen. Aber Feli wusste schon aus den Aufzeichnungen der Ärztin, dass es auch schlimmere Fälle gab. Manchmal hatte sie Angst davor, vor allem, wenn es darum gehen würde, Tiere einschläfern zu müssen.

»So, der junge Freund darf wieder in die Freiheit entlassen werden. Feli, legen Sie mir den Impfpass auf den Schreibtisch.«

Feli nahm den Pass von der Hundehalterin entgegen und legte ihn aufgeschlagen auf die Unterlage. Eine höchst verantwortungsvolle Tätigkeit, schmunzelte sie innerlich, während Doktor Labanca dem Hund ein paar Leckerchen vor die Nase hielt. Der hatte augenblicklich alle Torturen vergessen und mampfte zufrieden.

Anschließend durfte Feli den Behandlungstisch desinfizieren, während die Tierärztin einen aufgeregten Mann am Telefon beruhigte.

»Wickeln Sie sie in ein Handtuch oder eine Decke und bringen Sie sie her. Ich kümmere mich sofort um sie«, sagte sie mit ruhiger Stimme. Dann legte sie auf und meinte: »Ihr erster Notfall, Feli. Eine Katze, angeblich von einer Schlange gebissen.«

»Ich dachte, da müsste eher die Schlange die Patientin sein.«

»So sagt man, aber die Realität sieht manchmal anders aus. Die Kätzin ist eine scheues Wohnungstier und hat sich erst in den letzten Wochen nach draußen gewagt.«

»Was für eine Schlange war es?«

»So wie Herr Rettig sie schilderte, eine Kreuzotter. Wir haben ja nicht viele Giftschlangen hier.«

»Es sei denn, jemand hat sein Terrarium ausgeräumt.«

»Wohl wahr. Aber nehmen wir erst einmal an, dass die Beschreibung richtig war. Suchen Sie mir die Karteikarte von Fritzi Rettig heraus, Feli.«

Feli setzte sich in dem winzigen Empfangsraum an den PC und suchte die Daten der Katze heraus. Eine dreijährige Siam, geimpft, hatte einmal eine Blasenentzündung gehabt, schien aber ansonsten gesund. Und schon hörte sie ein Auto ziemlich abrupt vor dem Haus bremsen und Türenschlagen. Durch die Eingangstür kam ein älterer Mann gestürmt, der einen Katzenkorb an sich gedrückt hielt.

»Herr Rettig?«

»Ja, mit Fritzi!«

»Gehen Sie gleich durch.«

»Danke.«

Er stürmte in das Behandlungszimmer, Feli wandte sich dem Wartezimmer zu und bat die beiden Frauen dort um Verständnis für die Verzögerung durch einen Notfall. Dann eilte sie zurück zu der Patientin. Ihr Herz hoppelte wie wild, und sie fasste sich aus langer Gewohnheit an den Hals, um das kleine Ankh zu berühren.

Doktor Labanca hatte bereits die notwendigen Instrumente bereitgelegt, und als der Mann den Transportkorb öffnete, hob sie die apathische Katze heraus.

»Wo ist sie gebissen worden?«

»In die linke Vorderpfote, glaube ich.«

Felis Herz schlug beinahe wieder normal, und lautlos trat sie näher heran, um genauer zusehen zu können. Die Ärztin berührte leicht die Pfote, und Fritzi schrie.

Feli begann leise zu schnurren. Es war nicht jedem Menschen gegeben, diese Laute aus der Kehle zu erzeugen, aber sie hatte eine ausgezeichnete Lehrerin gehabt, die ihr sogar die unterschiedlichen Arten des Schnurrens beigebracht hatte. Hier war das beruhigende Ronronron zunächst einmal sinnvoll. Und richtig, Fritzi hörte auf zu schreien und zu zappeln. Die Ärztin packte sie fest am Nacken und betrachtete die Pfote. Sie war angeschwollen, das erkannte auch Feli.

»Können Sie sie halten, Herr Rettig?«

Er konnte nicht, der arme Mann. Er zitterte wie Espenlaub. Feli wartete gar nicht erst, sie griff zu, genau wie die Ärztin, und schnurrte lauter. Unter ihren Fingern fühlte sie, wie auch Fritzi ganz sacht zu vibrieren begann.

»Ich hab sie.«

»Gut.«

Geschickt legte Doktor Labanca einen Katheter. Fritzi zuckte nicht einmal.

»Ich muss die Stelle rasieren«, murmelte sie dann. »Halten Sie sie weiter. Sie machen das ausgezeichnet, Feli.«

Sie schnurrte und schnurrte und schnurrte, während die Ärztin ihre Behandlung fortsetzte und der Mann auf dem Schemel neben dem Schreibtisch niedersank.

»So, das sollte helfen. Feli, heben Sie sie in ihren Korb und bringen Sie sie in den Aufwachraum. Ein paar Stunden behalten wir Ihre hier, Herr Rettig. Es wird wohl keine Komplikationen geben. Rufen Sie mich heute Nachmittag wieder an.«

»Kann ich nicht bei ihr bleiben? Nur, falls es doch …«

»Wir achten schon auf sie.«

Feli hatte Fritzi in den Korb gelegt und überließ es der Tierärztin, den Mann zu beruhigen. Sie brummelte der Katze noch ein wenig vor, die sich friedlich in ihre Decke gerollt hatte. Mit spitzen Fingern streichelte sie ihr über die Stirn.

»Wird alles gut. Aber zukünftig musst du vorsichtiger sein. Nicht auf alles drauf patschen, was sich bewegt, hörst du?«

Ein Ohr zuckte.

»Wenn es wieder anfängt wehzutun, musst du nur laut maunzen, ich komm dann schon.«

»Mau!«, kam es ganz leise.

»Schöne Katze, hübsche Katze, schnurr dich in den Schlaf.«

Noch ein kleines Schnurren, und sie ließ Fritzi in dem halbdunklen Raum zurück.

»Was war das denn, Feli?«, fragte Doktor Labanca. »So was habe ich ja noch nie erlebt. Haben sie irgendwelche Magie in den Händen?«

»Nein, Frau Doktor. Nur – ich kann ganz gut schnurren, nicht?«

»Das kann man wohl sagen.«

»Erklären Sie mir, was Sie gemacht haben?«

»Nachher. Jetzt wollen wir uns noch diesen komischen Kakadu ansehen, der angeblich Blattläuse hat. Holen Sie ihn aus dem Wartezimmer.«

Als die Vormittagssprechstunde vorüber war, hatte Feli weit mehr gelernt als die Tage zuvor. Nicht nur wusste sie einiges über Schlangenbisse und deren Behandlung, sondern sie hatte auch eine höchst überraschende Therapie bei Arthrose kennengelernt. Dem humpelnde Schäferhund wurde das Fell über den Gelenken ein wenig entfernt und an die schmerzende Stelle ein Blutegel gesetzt.

Sie fand zwar diesen glitschigen Wurm nicht eben sympathisch, aber offensichtlich halfen die in seinem Speichel enthaltenen entzündungshemmenden und schmerzlindernden Substanzen dem Patienten. Frau Labanca hatte ihr in der Mittagszeit geduldig und gründlich alles erklärt, was sie unternommen hatte, und im Gegenzug hatte Feli versucht, ihr die einfachste Form des beruhigenden Schnurrens beizubringen. Es gelang der Ärztin noch nicht so ganz, aber unbegabt war sie nicht.

Am Nachmittag war es wieder ruhiger, und darum blieb Feli ein wenig bei der gebissenen Fritzi. Die war inzwischen wieder munter geworden, die Schwellung an der Pfote zurückgegangen, und ihre Augen waren klar. Sie war eine liebevolle Katze und erwiderte ihr Schmusen mit einem herzlichen Ablecken von Felis Fingern. Als ihr erleichterter Halter sie abgeholt hatte, verabschiedete auch Feli sich, um pünktlich zur Bushaltestelle zu gelangen.

Zu ihrer Überraschung wartete Finn auf dem Parkplatz vor der Praxis – in schwarzem Leder, einen gelben Helm unter dem Arm. Er grinste sie breit an.

»Oh, Hallo – ähm – hast du dir eine Maschine ausgeliehen?«, fragte sie und deutete auf das Motorrad, das neben ihm stand.

»Nein, das Schätzchen gehört mir.«

»Ah! Wow!«

Feli schlich um die Honda herum.

»Gib mir den Schlüssel«, gurrte sie.

»Das träumst du nur!«

»Jaha!«

Dann kniff sie kritisch ihre Augen zusammen.

»Hast du eine Bank überfallen?«

»Nein. Die hat mir mein Vater geschenkt.«

»Großzügig, der Herr.« Feli schluckte einige Bemerkungen hinunter. Kristins Schilderungen von Kord hatten nicht eben ein vertrauenswürdiges Bild von dem Mann gezeichnet, der eben erst aus dem Gefängnis entlassen worden war.

»Steig auf, ich bring dich damit nach Hause.«

»Die drei Kilometer …«

»Mit einem kleinen Umweg.«

»Mein Held!«

Er reichte ihr den zweiten Helm, und sie schwang sich hinter ihn auf die Maschine. Finn hielt sein Versprechen und rauschte mit einer großen Schleife, die ein Stück über die Autobahn beinhaltete, los.

Vor einem Jahr hatte Feli einmal einen Freund gehabt, der leidenschaftlicher Motorradfahrer war, und sie hatte immer heimlich geträumt, selbst eines zu besitzen. Daher hatte sie, als sie Anfang des Jahres den Führerschein gemacht hatte, darauf bestanden, auch dafür die Fahrerlaubnis zu erwerben, obwohl sie wusste, dass es erst mal ein Traum bleiben würde. Aber es war ihr eine ganz persönliche Genugtuung gewesen, die Prüfung abzulegen, auch wenn sie bisher lediglich mit Finns Roller gefahren war. So mutig wäre sie vor ihrem Aufenthalt in Trefélin nie gewesen.

Nach einer atemberaubenden halben Stunde bog Finn schließlich in ihre Straße ein, und als sie vor dem Haus hielten, erhob sich ein dunkelhaariger Mann von den Treppenstufen vor der Tür, und zwei schwarze Kater rasten auf sie zu.

Feli hatte kaum die Zeit, den Helm abzunehmen, als der Mann sie auch schon umarmte und ihr kräftig über die Wangen leckte.

»Igitt!«

»Ist das einzige Stück Haut, an das man drankommt.«

Sie schubste ihn von sich und starrte ihn an.

Blauschwarze, glatte Haare, zwei funkelnde grüne Augen, eine gerade Nase, lächelnde Lippen, ein kleiner goldener Ring im Ohrläppchen …

Die beiden Katzen wuselten ihr schnurrend um die Beine. Auch in ihren Ohren blitzte Gold.

»Ich glaub's nicht!«

»Doch, ist so. Ani und Pepi da unten, ich darf wieder Mensch spielen.«

»Sem!«

Feli umarmte ihn, aber seiner Zunge wich sie behände aus. »Lass stecken«, murmelte sie. »Das gehört sich hier nicht.«

»Och, schade.«

»Kannst du ja mal bei Finn versuchen.«

Sem lachte und ließ sie los. Finn hatte ebenfalls den Helm abgenommen und musterte die überschwängliche Begrüßung mit säuerlicher Miene. Die änderte sich in dem Augenblick, als einer der schwarzen Kater auf das Motorrad sprang und leise sagte: »Cool!«

Fassungslos berührte Finn den Ring in seinem Ohr.

»Ihr?«

»Wir!«

Sem grinste breit und schlug ihm kräftig auf den Rücken.

Während die Begrüßung lautstark und herzlich ausfiel, bemerkte Feli den geflochtenen Weidenkorb, der ebenfalls auf der Treppe stand, und näherte sich ihm.

»Und wer verbirgt sich hier drin?«, fragte sie leise.

»Bin ich, ne.«

Eine Welle von Glück überschwemmte Feli. Sie öffnete den Deckel, aber die rotbraune Katze versteckte ihren Kopf unter dem Handtuch darin.

»Che-Nupet, du?«

»Musste ich.«

Da stimmte etwas nicht. Feli sah zu den beiden Männern und den beiden schwarzen Katern hin, die in Wiedersehensfreuden schwelgten – in der Form, dass sie sich auf der Wiese balgten. Chipolata saß auf ihrem Zaunpfahl und machte den Eindruck, als ob sie sich jeden Moment ins Getümmel werfen wollte.

Feli schnappte sich den Katzenkorb und ging zum Haus. Pu-Shen und ihre Tante würden sich mit ihrem Gast abfinden müssen. Als sie in den Flur trat, rief sie: »Iris?«

Aber sie bekam keine Antwort. Ein Zettel am Korkbrett an der Garderobe informierte sie jedoch darüber, dass Iris eine Bekannte besuchen wollte. »Auflauf steht im Ofen!«

Pu-Shen hingegen lag auf ihrem Schreibtischstuhl und döste.

Feli setzte den Korb auf den Boden und fragte noch mal: »Che-Nupet, wir sind in meinem Zimmer. Willst du jetzt rauskommen?«

»Komm ich.«

Die Katzennase erschien über dem Rand, und Che-Nupet

schnüffelte. Dann verschwand sie wieder. Pu-Shen war aufgewacht und vom Stuhl gehüpft. Neugierig näherte er sich dem Korb. Auch er schnüffelte.

»Schnuppel, das ist mein Kater. Er ist sehr höflich.«

Es kruschelte im Korb, und Feli beobachtete, wie die Katze ihren Kopf wieder unter dem Handtuch darin versteckte. Unter dem Fell ihrer Kehrseite zuckte es, und der Schwanz peitschte in höchster Nervosität.

Hier stimmte aber wirklich etwas nicht.

»Pu-Shen, ich glaube, ich bringe dich in die Küche. Was hältst du von einem Leckerchen?«

Leckerchen verstand der kleine Kater blendend. Er folgte ihr, sie gab ein paar seiner Lieblingsknusperflocken in eine Schale und schloss die Tür hinter ihm.

Dann kehrte sie zu Che-Nupet zurück.

»Was ist passiert, Che-Nupet?«

»Nichts«, nuschelte es.

Es musste aber etwas geschehen sein. Feli nahm die kleine Katzenstatue in die Hand und setzte sich mit untergeschlagenen Beinen auf ihr Bett. Wie so oft, wenn sie nachdachte, streichelte sie die Marmorfigur.

Ihre Großmutter hatte ihr einst, als sie noch ein Kind war, viele zauberhafte Geschichten von dem Land Trefélin erzählt, das von einer Königin und einem Weisen regiert wurde. Sie hatte es immer für ein Märchenland gehalten, bis sie den Ohrring geerbt und Nefer, den schwarzen Kater, getroffen hatte. Dass sie ihn plötzlich verstehen konnte, hatte sie zunächst schockiert, doch so allmählich war ihr aufgegangen, dass Gesas Märchen wohl einen realen Hintergrund gehabt hatten. Mit wachsendem Staunen und immer größerer Neugier hatte sie erfahren, dass Katzen und Menschen mit der Macht dieser Ringe die Welten wechseln konnten. Und nachdem Finn verschwunden war, war sie Nefer bereitwillig durch die Grauen Wälder in das Reich der großen Katzen gefolgt. Hier hatte sich, als sie alleine und in Gefahr gewesen war, eine rundliche, höchst gemütliche Katze um sie gekümmert. Che-Nupet, die so seltsam sprach und so komische Angewohnheiten hatte, dass alle anderen sie leicht verächtlich als dickes Dummerchen ansahen. Aber Feli hatte bald geahnt, dass sich hinter diesem Gebaren etwas verbarg. Was es war, das hatte sie die Kätzin nicht gefragt, weil sie gespürt hatte, dass es etwas sein musste, das mit einem tiefen Leid verbunden war. »Ich bin so komisch, ne?«, hatte Che-Nupet einmal traurig gesagt.

Ja, sie war anders als die selbstbewussten, oftmals sogar recht arroganten Katzen in Trefélin.

Feli berührte das Ankh an ihrem Hals und dann das, was die Katzenstatue trug. Die Königin Bastet Merit war die Einzige, die dieses Abzeichen trug – das Insignium ihrer Macht. Weitere Insignien waren die Ohrringe, die nur einigen wenigen herausragenden Persönlichkeiten verliehen wurden. Oder die die Botschafter trugen, wenn sie die Grauen Wälder durchquerten. Was genau es mit diesen Ringen auf sich hatte, das hatte weder Gesa gewusst, noch hatte Feli selbst es herausgefunden. Nur eines war ihr klar: Wenn sie eine Katze aus Trefélin traf, die ebenfalls einen solchen Ring im Ohr trug, dann konnte sie sie verstehen. Leider wirkte diese Kraft nicht bei normalen Katzen wie Pu-Shen und Chipolata.

Der winzige Ohrring im Ohr der Statue schaukelte, als sie ihn berührte.

Bastet Merit hatte das Ankh, aber keinen Ohrring getragen. Und dennoch hatte sie die Grauen Wälder durchquert und sich in eine Hauskatze und einmal sogar in eine Frau verwandelt.

Und plötzlich wurde Feli klar, warum Che-Nupet ihren Kopf unter dem Tuch versteckt hielt.

Che-Nupet *war* anders als die anderen Katzen.

Sie hatte weder Ankh noch Ohrring benötigt, um durch die Grauen Wälder zu ihr zu kommen und zu einer kleinen Katze zu werden.

Und sie wollte nicht, dass die anderen es bemerkten.

Ein Stückchen ihres Geheimnisses lag in dieser Fähigkeit.

Sacht stellte Feli die Figur auf den Nachttisch und fasste an ihr Ohr. In dem einen steckte Gesas Ring, in dem anderen hatte sie eine sehr ähnliche kleine Kreole befestigt. Diese knispelte sie heraus und betrachtete sie.

»Che-Nupet, ich glaube, ich habe eine Lösung für dein Problem.«

»Hab ich Problem, ja?«

»Ich denke schon. Du magst anderen deine Ohren nicht zeigen, stimmt's?«

Schwupps – der Schwanz verschwand, der Katzenkopf erschien über dem Korbrand. Waldseegrüne Augen blinzelten.

»Hast du nachgedacht, ne. Kannst du noch immer gut, ja, ja.«

Feli ließ den Ohrring auf ihrem Zeigefinger tanzen.

»Es wird ein bisschen pieken, wenn ich ihn in deinem Ohr befestige.«

Wusch!

Che-Nupet war aus dem Korb und das Bücherregal hoch.

»Darf ich nicht. Darfst du nicht!«

»Schnuppel, es ist ein ganz billiger Menschenring. Nicht mal richtig aus Gold, sondern nur vergoldet. Ich hab ihn, genau wie diesen Anhänger, in der Bijouterie gekauft. Als Erinnerung an ein paar gute Freunde.«

Zögerlich turnte die Katze die Borde runter und sprang auf das Bett. Feli legte den Ohrring auf die flache Hand und reichte ihn ihr. Sie beschnupperte ihn, berührte ihn mit den Schnurrhaaren.

»Ja, ist Lösung. Mach.«

Che-Nupet setzte sich aufrecht hin, die Ohren gespitzt.

»Ich piek ein Löchlein und desinfiziere es. Und dann bekommst du deinen Ohrring.«

Die kleine Operation war schnell durchgeführt, und vorsichtig strich sich Che-Nupet mit der Pfote über das Ohr und leckte das Tröpfchen Blut ab.

»So, und jetzt erzähl mir endlich, warum die drei Clowns und du hergekommen seid.«

»Sind wir mit zwei Hofdamen hier, müssen Kopftücher besorgen. Auftrag von Majestät, ne. Die Kater sollen Prüfung machen, und ich … meint Bastet Merit, soll ich Erfahrung sammeln. Brauch ich nicht. Will sie aber.«

»Tja, und was Majestät will, das tut man, stimmt's?«

»Manche.« Che-Nupet kicherte.

»Du eigentlich nicht. Verstehe. Und warum doch?«

»Hat Nefer gesagt, soll ich zu dir kommen.«

Feli konnte nicht anders, sie hob Che-Nupet hoch, setzte sie auf ihren Schoß und begann sie zu kraulen.

Das Schnurren brachte das Bett beinahe zum Wackeln.

9. In den Witterlanden

Der Mond stand noch beinahe ganz voll am Himmel über den Witterlanden. Auf den flachen Ausläufern des Gebirges, dem Mittelgrat, war der Boden noch mit der blühenden Winterheide bedeckt, aus deren Blüten der typische süße Duft entströmte, dem das Land seinen Namen verdankte. Die Heidelandschaft zog sich eben und nur ein bisschen wellig zwischen den beiden großen Flüssen, dem Avos Brug und dem Avos Vegro bis an die Grenze zum Anderland hin. Einige niedrige Gehölze, Stechginster, der bald in gelber Blüte ausbrechen würde, vereinzelte, von Regen und Wind glatt geschliffene Gesteinsformationen warfen ihre Schatten über den krautigen Boden, schmale, ausgetretene Pfade durchkreuzten das Gelände, hier und da sammelte sich in den Senken das Wasser der Bachläufe zu kleinen Seen. Nefer hatte sich auf einer steinigen Anhöhe niedergelassen und blickte über das nächtliche Land. Seit einem Monat lebte er hier, und gerade heute war er nicht besonders glücklich. Der Mond war schuld daran. Silbermond – die Zeit, in der man die Welten wechseln konnte. Gestern mussten seine Freunde aufgebrochen sein, und ein gewisser Neid nagte an ihm. Sem, Pepi und Ani würden sich ganz gewiss bei Finn einfinden. Finn vermisste er oft. Auch wenn er anfangs den jungen Menschenmann wegen seiner unreifen Tölpelhaftigkeit herzlich verachtet hatte. Aber er hatte sich zu einem verdammt guten Raufer und noch mehr zu einem selten guten Freund entwickelt. Es wäre schön gewesen zu sehen, wie er sich als Mensch jetzt herausgemacht hatte. Und dann war da noch Feli. Feli mit dem süßen Bauch, über den er einmal hatte lecken dürfen. Feli war ein ganz besonderes Menschenweibchen. Von weit offenerem Geist als viele andere. Und so mutig. Sie hätte er besonders gerne wiedergesehen. Vielleicht sogar selbst als Mensch. Andererseits – und hier zog sich sein Herz schmerzhaft zusammen – als Mensch war er vermutlich nicht mehr sonderlich ansehnlich. Kein Fell würde seine Narben verdecken, und die leere Augenhöhle würde sie sicher abschrecken. Mitleidige Blicke von ihr würde er nicht ertragen können.

Wahrscheinlich war es schon besser, dass er hiergeblieben war. Zumal es in den Witterlanden Schwierigkeiten gab, die

die Clanchefin Nephthys nur zu gerne unter einem Haufen verrotteter Pflanzen verscharrt hätte.

Vor drei Tagen war Nefer darauf gestoßen.

Eigentlich war er dem alten Weisen Sarapis zugeordnet, einem hochbetagten Kater, dem die Knochen schmerzten und dessen Augen trüb geworden waren. Doch sein Verstand war weiter hell und wachsam, und seine Erinnerungen so geräumig wie der Himmel über Trefélin. Es lag ihm viel daran, Nefer an seinem Wissen über die Mythen und die Geschichte des Landes teilhaben zu lassen, und seine Lektionen waren lehrreich und manchmal erschütternd. Nichtsdestotrotz drängte es Nefer dazu, auch die Gegend selbst kennenzulernen, und so hatte er mit Sarapis vereinbart, täglich auch einige Zeit mit den Grenzgängern verbringen zu dürfen. Dienst an den Grenzen hatte er zuvor bereits geleistet, und so hatte er trotz seiner Einäugigkeit keine Probleme, mit den stämmigen Katern auf Patrouille zu gehen. Nach ein paar Raufereien wurde er klaglos akzeptiert.

Bei einem dieser Rundgänge allerdings war er auf die tote Katze gestoßen. Sie lag am Fuße eines kleinen Felsens und war bereits von allerlei Gewürm angenagt, sodass er nicht mehr genau erkennen konnte, woran sie gestorben war.

Sicher jedoch nicht an Altersschwäche oder einer zehrenden Krankheit. Denn wenn eine Katze spürte, dass es mit ihr zu Ende ging, dann zog sie sich an einen verborgenen Ort zurück. Nie würde sich einer seines Volkes mitten im Land niederlegen und sterben. Also, schloss Nefer, musste entweder ein Unfall oder ein Überfall ihren Tod verursacht haben.

Kämpfe unter Katzen fanden häufig statt. Übergriffe auf Reviergrenzen wurden abgewehrt, die Gunst einer Kätzin damit errungen, Junge verteidigt oder einfach aus Lust und Laune heraus gebalgt. Doch man brachte einander nicht um, und Todfeinde hatten die Katzen in Trefélin nicht.

Dennoch kam es, wenn auch höchst selten, vor, dass eines ihrer Mitglieder wahnsinnig wurde und ihresgleichen ernsthaft angriff. Das war Nefer selbst passiert, und nur dank Finns Hilfe hatte er diesen Angriff überlebt.

Bei der Vorstellung, dass eine ausgerastete Katze in den Witterlanden Amok lief, sträubten sich Nefers Nackenhaare. Er hatte Nephthys und Sarapis seinen Fund gemeldet und seinen Verdacht geäußert, doch die Clanchefin hatte es mit einem Schwanzzucken abgetan. Sie habe von keinem solchen Vorfall gehört, und Nefer solle sich um seine Angelegenheiten kümmern.

Sarapis hatte genauer nachgefragt und dann aus seinem gewaltigen Gedächtnis einige Vorfälle hervorgekramt, bei denen ähnliche Todesfälle bekannt geworden waren. So hatte beispielsweise vor Jahren einmal ein unvorsichtiger Kater in den Höhlen unter den Bergen eine weiße Ratte aufgestört, die aggressiv genug war, eine Hofdame und die Königin selbst zu beißen. Die Hofdame war an dem Biss gestorben, Majestät lange krank gewesen.

»Ein Biss bedeutet Blut.«

»Ja, die Kätzin ist damals verblutet.«

»Dann hätte ich, auch nach mehreren Tagen noch, Blut riechen müssen.«

»Das hättest du. Hast du es nicht, Nefer?«

»Nein. Ich habe alles in der Umgebung gründlich untersucht. Kein Blutgeruch, aber etwas anderes. Etwas, das ich nicht einordnen kann. Schwach nur, schon fast verflogen. Ich frage mich, ob sie etwas gefressen hat… Gibt es giftige Pflanzen hier im Land, die ich kennen sollte, Sarapis?«

»Es gibt überall Gift, aber es sind dieselben Gewächse, die auch in den anderen Gebieten gedeihen. Na ja, in den warmen Gegenden wie dem Schleichwald wachsen auch noch ein paar andere, aber sie brauchen das feuchtwarme Klima dort. Hier würden sie eingehen.«

»Jemand könnte sie mitgebracht haben. Oder ein Beutetier hat sie gefressen.«

»Man riecht es. Du weißt selbst, dass du dann die Pfoten davon lässt.«

»Wer von den Kätzinnen wird vermisst, Sarapis? Hatte sie vielleicht zu großen Hunger, oder hat sie ihren Geruchssinn eingebüßt?«

»Alles Möglichkeiten. Ich werde umhören lassen, wer sie sein könnte. Beschreib mir die Tote.«

Nefer hatte es getan, so gut es eben noch möglich war, aber Grautigerinnen gab es viele unter den fel'Landa. Bis heute hatte niemand sagen können, wer sie war. Noch weniger, warum sie einsam in der Heide gestorben war.

Der Mond war langsam zum Horizont gewandert, und der Himmel färbte sich blassblau. Bald würde die Sonne aufgehen und ein warmer Frühsommertag auch die weiter in der Ebene wachsenden Heidekräuter zum Erblühen bringen. In der Ferne bemerkte Nefer eine Gruppe Katzen, die die Morgendämmerung für die Jagd nutzten. Er selbst hatte am Abend zuvor gejagt und fühlte sich noch immer gesättigt. Wildreich waren die Witterlande, und die fetten Birkhühner waren wirklich sehr schmackhaft.

Als ihn die ersten Sonnenstrahlen trafen, reckte Nefer sich, sprang von seinem Liegeplatz und machte sich auf den Weg zu Sarapis' Höhle. Ein Trüppchen Grenzwächter hielt ihn eine Weile auf, dann wanderte er weiter gen Westen entlang eines spärlich plätschernden Bächleins. Noch kannte er sich auf den Wegen der Witterlande nicht so gut aus, dass er den Pfotenspuren folgen konnte, er nutzte lieber die Wegmarken, die ihm die Richtung wiesen. Wie beispielsweise Wasserläufe und markante Gesteinsformen oder auch Bäume. Der spitz aufragende Fels, der ihn an den Roc'h Nadoz erinnerte, jedoch lange nicht so hoch war, lag vor ihm, und Sarapis' Heim befand sich nur wenige Katzensprünge nördlich davon.

Schon wärmte die Sonne in seinem Rücken ihm das Fell, und er machte Halt, um einige Schlucke Wasser zu trinken. Es schmeckte frisch und ein wenig kalkhaltig. Zwei Fische entkamen seinen Krallen nicht. Er putzte sich sorgfältig Schnauze und Bart und wollte weitertraben, als ihn in einer aufkommenden Brise ein ungewohnter Geruch anwehte.

Nefer hob die Nase.

Da war sie wieder, die unbekannte Witterung.

Wie eine Warnung stellten sich seine Rückenhaare auf.

Intensiver war sie als jene, die er an der toten Kätzin wahrgenommen hatte.

Er versuchte, die Richtung herauszufinden, aus der der Geruch geweht kam, und machte sich dann auf leisen Pfoten daran, sich anzuschleichen.

Lange brauchte Nefer nicht. Schon nach kurzer Zeit erkannte er vor einem blühenden Strauchwerk eine liegende Katzengestalt. Sorgfältig suchte er mit allen Sinnen die Umgebung ab. Kein Geräusch, das bedrohlich schien, keine Bewegungen, die unnatürlich waren. Kein anderer Geruch, außer dem, der seine Aufmerksamkeit erregt hatte. Auch seine Schnurrhaare nahmen keine ungewöhnlichen Vibrationen auf.

Sehr vorsichtig ging er näher. Er erreichte den Grautiger mit den weißen Pfoten, der still und stumm auf der Seite lag. Sacht berührte er dessen Nase mit der seinen.

Kein Atem mehr.

Doch das Fell war noch warm, der Körper noch nicht steif. Lange konnte der Kater nicht tot sein. Mit angespanntesten

Sinnen umkreiste Nefer ihn. Da, eine Spur! Er beschnüffelte sie. Sie gehörte zu dem Toten, er hatte sich offenbar bis hierhin schleppen können. Mühsam, taumelnd. Doch Blut hatte er nicht verloren.

Höchst seltsam.

Nefer verfolgte die Fährte nicht weiter, sondern untersuchte noch einmal den Leichnam. Keine sichtbaren Verletzungen. Auch als er an seinem Maul flehmte, konnte er keine Spur von etwas Giftigem erkennen. Erst als er ihn vorsichtig bewegte und auf die andere Seite legte, fiel ihm die linke Vorderpfote auf. Sie schien dicker zu sein als die andere. Und sie verströmte diesen unangenehmen Geruch. Nefer verfluchte zum ersten Mal die Tatsache, dass er nur über ein gesundes Auge verfügte. Mit beiden hätte er sicher mehr erkennen können. Kurz erwog er, über die Stelle zu lecken, aber dann siegte die Vorsicht. Besser, er schickte eine der Heilerinnen der fel'Landa her, damit sie sich die Pfote ansehen konnte.

Noch einmal berührte er die Nase des Toten mit der seinen und schickte dessen Seele einen letzten Gruß, dann lief er in weiten Sprüngen auf Sarapis' Höhle zu.

10. Kopftuch und ein Kämpfchen

Ihre Tante hatte Bedenken geäußert, als Feli ihr mitgeteilt hatte, dass sie die Katze einer Freundin für einen Monat bei sich aufnehmen wollte.

»Warum kann sie sie nicht in die Katzenpension bringen?«, hatte sie gemurrt und Che-Nupet kritisch beäugt. »Was ist, wenn sie dir wegläuft? Oder sich mit dieser grässlichen Chip von nebenan prügelt? Was ist mit Pu-Shen? Du sagst doch immer, Katzen lassen keine anderen in ihr Revier. Nicht, dass er anfängt zu markieren oder die Möbel zu zerkratzen.«

»Pu-Shen hat nichts gegen sie. Und mit Chip wird sie schon klarkommen. Ich pass auf, dass sie nicht wegläuft. Bitte, Iris. Sie ist so eine liebe Katze.«

»Lieb, ja? Bisschen blöd, ne? Und ganz faul, ne!«, hatte Che-Nupet leise geflüstert, sich auf den Rücken gedreht und schnurrend alle vier Beine weit ausgestreckt. Feli war kurz davor aufzulachen. Ja, Che-Nupet konnte lieb, blöd und faul sein. Iris hatte den lebenden Bettvorleger gemustert und schließlich auch gegrinst.

»Du sammelst seltsame Tiere auf, Feli. Na gut, dann soll sie hierbleiben.«

Damit war das erledigt.

Was noch zu klären blieb, war Che-Nupets Weigerung, das Haus zu verlassen.

»Warum gehst du nicht mal mit Pu-Shen in den Garten?«, hatte Feli am Abend nach ihrer Ankunft gefragt. »Er ist zwar auch ein kleiner Schisserkater, aber wenigstens da dreht er seine Runden. Es ist ganz ungefährlich: keine Autos, keine Hunde, keine bösartigen Menschen.«

»Möchte drinbleiben.«

»Ja, aber … willst du gar nicht wissen, wie es in dieser Welt so zugeht?«

»Weiß ich.«

»Weißt du? Ich dachte …«

»Kannst du nicht wissen, ne. Weiß auch die Königin nicht.« Che-Nupet lag auf dem Kopfkissen zusammengerollt und blinzelte träge in das Lampenlicht.

Feli setzte sich zu ihr und kraulte ihr ein bisschen den Nacken. Und überlegte. Che-Nupet hatte eine besondere Aufgabe übernommen, das war ihr bekannt. In dem Bereich zwischen dieser Welt und Trefélin breitete sich ein Waldgebiet aus, das im ewigen Zwielicht lag. Sie hatte es selbst betreten und die Gefahren kennengelernt, die jedem, der sich da hineinbegab, drohten. Verirren war dabei noch die geringste. In den Grauen Wäldern aber war Che-Nupet die Wächterin an dem Ausgangsfelsen in Trefélin. Sie war es auch, die die unsichtbaren Pfade durch den Nebel kannte und die Stellen, an denen das unsagbare Böse lauerte.

Felis Hand blieb in dem warmen Katzenfell liegen, und ihre Zungenspitze stahl sich in ihren Mundwinkel.

Che-Nupet kannte vermutlich nicht nur alle Wege in den Grauen Wäldern, sondern auch alle Ausgänge in die Welt der Menschen. Wahrscheinlich hatte sie sich hier tatsächlich schon umgesehen. Heimlich, ohne das Wissen der Königin.

»Machst du Schlupp, ja?«

Feli zwinkerte irritiert. Che-Nupet streckte die Zunge aus dem Mäulchen und zog sie zurück.

Schlupp.

Feli zog ihre Zungenspitze ebenfalls zurück.

»Ist gut, wenn man nachdenkt und blöd aussehen will. Bist du aber nicht blöd, ne. Weißt du jetzt, ja?«

»Ähm – ja. Ich glaube. Du warst schon oft hier, nicht wahr? Früher, vor vielen Jahren.«

»War ich. War neugierig.« Che-Nupet kicherte. »Wie Katze, ne?«

»Auch seit Finn und ich Trefélin verlassen haben?«

»Nein. Musste ich aufräumen. Helfen, alle Namenlosen zurückbringen.«

»Alle?«

»Einen nicht, weißt du? Den, den wir gefangen haben, der wird nicht begnadigt.«

»Und Shepsi?«

»Ist verschwunden. Ärgert mich, ne.«

»Hast du Angst, dass er hier ist? Willst du deswegen nicht rausgehen?«

»Hab ich keine Angst vor ihm.«

»Aber wovor hast du Angst?«

Che-Nupet knetete das Kissen unter ihren Pfoten. Ein Zeichen von Verlegenheit, dachte Feli und kraulte sie wieder. Seltsam, Che-Nupet war also schon oft in der Menschenwelt gewesen, aber auf Bastet Merits Geheiß war sie offenbar nur sehr widerwillig hergekommen. Angst hatte sie vermutlich wirklich nicht, sie war ausnehmend mutig, wenn es darauf ankam. Feli erinnerte sich an den Angriff von drei Panthern, der dramatisch verlaufen war. Als Che-Nupet die Raubkatzen buchstäblich in der Luft zerrissen hatte, war sie anschließend in einen Bach gesprungen, und das Wasser um sie herum war beinahe verdunstet. Danach hatte sie einen riesigen Vogel mit drei Happen verschlungen – eine dickliche Katze, die ständig auf ihre Figur zu achten pflegte und gewöhnlich nur winzige Bissen zu sich nahm.

Sie verbarg so viel.

Und plötzlich fiel Feli etwas ein, das ihr durch einen Zufall klar geworden war, etwas, das Che-Nupet ebenfalls nicht offenbaren wollte. Es gab da eine Verbindung zu Nathan, dem Förster.

Versonnen kraulte Feli weiter und fing leise an zu erzählen. »Weißt du, seit wir zurückgekommen sind, hat Finn, glaube ich, endlich zu sich gefunden. Ich fand ihn früher ziemlich lästig und ungehobelt. Und er war mit ein paar Prolls zusammen, die ich widerlich fand. Mit denen trifft er sich jetzt nicht mehr. Dafür hat er mit Nathan geredet, und der bildet ihn jetzt aus. Er vertraut ihm, denke ich, denn

Finn hält jetzt Wache über die Waldkatzen, solange Nathan in Kanada ist.«

»Ist nicht hier?«

»Nein, Nathan musste wegen einer Familiensache verreisen.«

Che-Nupets Kopf sank auf ihre ausgestreckten Vorderpfoten, und sie schnurrte leise. Feli streichelte sie.

»Tut so weh, ne«, kam das hauchzarte Wispern.

»Ja, Liebe kann so weh tun.«

Felis Herz zog sich zusammen. Es gab keine Chance für diese unerfüllbare, schmerzliche Liebe zwischen Kätzin und Mann, das war ihr bewusst. Etwas unsagbar Tiefes verband Nathan und Che-Nupet, etwas, das Feli nur erahnen konnte. Sie hätte beiden gerne geholfen, aber das lag außerhalb ihrer Möglichkeiten. Immerhin, in diesem Augenblick fiel ihr ein, wie sie Che-Nupet vielleicht aufheitern konnte. Sie erhob sich von ihrem Bett und zog eine Schublade im Kleiderschrank auf.

»Schau, Che-Nupet, das habe ich gut aufgehoben«, sagte sie und zeigte das rotbraune, goldbestickte Kopftuch vor, das die Katze ihr geschenkt hatte. »Es hat schon sehr große Bewunderung erfahren.«

Che-Nupet setzte sich auf, und ihr Schwanz peitschte erfreut.

»Du hast behalten, ja? Angezogen, ja? An mich gedacht, ja?«

»Oh ja, alles. Und – weißt du, weil ich immer gehofft habe, dass wir uns wiedersehen, habe ich noch etwas getan. Schau mal. Das habe ich für dich gefunden.«

Feli breitet mit Schwung ein großes Seidentuch aus. Handbemalt war es, mit unzähligen blauen Schmetterlingen, und sehr sorgfältig hatte Feli auch die vier Löcher gesäumt, durch die die Ohren einer großen Katze passen mussten.

Che-Nupet sprang auf und warf sich auf das Tuch. Wälzte

sich darauf und schnurrte, dann setzte sie sich aufrecht hin und schaute Feli mit ihren waldseegrünen Augen an.

»Hast du gemacht? Für mich?«

Um ihre Ohrenspitzen und Schnurrhaare funkelte es.

Fasziniert betrachtete Feli die glitzernde Katze.

»Ist so, wenn ich mich freue, ne. Soooo freue!«

Feli lachte und fuhr Che-Nupet über den Kopf. Es prickelte in ihrer Hand, und sie kicherte.

»Wird dir gut stehen, ne?«, sagte sie.

»Mach mal um!«

Che-Nupet sprang auf den Boden, reckte sich kurz und saß in ihrer wahren Größe, der eines Tigers, vor Feli. Die faltete das Tuch so, dass sie es ihr nach Pharaonenart um den Kopf binden konnte. Dann wies sie auf den Wandspiegel.

»Da!«

»Hübsch!«

»Oh ja, Schnuppel.«

»SCHNURRRRRRR!«

Nach diesem Abend war Che-Nupet auch bereit, das Haus zu verlassen, und als Feli am Nachmittag aus der Tierarztpraxis zurückkam, wurde sie Zeugin eines denkwürdigen Kämpfchens. Chipolata, Fell gesträubt, fauchend und spuckend, stand vor der schwankenden Che-Nupet, die die rechte Vorderpfote angewinkelt hielt, so, als ob sie verletzt sei. Ein Auge hatte sie ebenfalls geschlossen. Feli wollte schon eingreifen, als ein leises »Nicht!« sie davon abhielt. Chips Flaschenbürstenschwanz zuckte, sie machte einen Ausfall. Che-Nupet hoppelte zur Seite. Chip hinterher, die Krallen gespreizt. Che-Nupet fiel auf die Schnauze, bekam einen Kratzer ab und raffte sich taumelnd wieder auf. Beide Katzen starrten einander an. Durchdringendes Geheul drang aus Chipolatas Kehle. Che-Nupet brummte leise. Dann schoss die Schwarze vor. Che-Nupet fiel um. Mit Gekreisch verkündete Chip ihren Sieg.

Che-Nupet stand auf, setzte die angewinkelte Pfote fest auf den Boden und machte auch das Auge wieder auf. Mit aufgerichteten Ohren drehte sie sich um und schlenderte zu Feli.

Chips Geschrei endete abrupt.

»Hat sie was gelernt, ne.«

»Offensichtlich. Man sollte seinen Gegner nie unterschätzen, meinst du? Übersetzt du mir, was sie zu dir gesagt hat?«

»Mach ich nicht. Bist du noch zu jung für.«

»Oha.«

Che-Nupet schnüffelte an Feli.

»Kranke Katze, ja?«

»Die letzte Patientin. Sie hatte Schnupfen. Jetzt geht es ihr besser.«

Als Feli die Haustür aufschloss, kam auch Pu-Shen angewuselt, drängte sich an der Kätzin vorbei an ihr Bein und rieb seinen Kopf daran.

»Ihr beide versteht euch?«

»Ja, mag er dich, ne. Hast du einen guten Namen für ihn gefunden.«

»Hab ich das?« Feli lächelte. »Pu-Shen ist Altchinesisch für Pantoffel.«

»Ist es nicht, ne. Aber hieß er mal Pantoufle. Lange Geschichte.«

»Vermutlich. Erzählst du sie mir?«

»Ist seine.«

»Na gut. Aber dann sag ihm bitte, dass ich ihm nicht böse bin, dass er neulich weggelaufen ist. Er darf ruhig den Garten verlassen.«

»Sag ich.«

Feli hatte eben den beiden Katzen ihr Futter hingestellt, als Kristin an der Tür klingelte.

»Mein Bruder kommt heute Abend nicht mit auf den Wackel«, sprudelte sie hervor. »Der will sich unbedingt mit Kord treffen und sich einschleimen.«

»Lass ihn doch.«

»Ich finde das nicht okay. Ich finde, er hätte das Motorrad nicht annehmen dürfen.«

»Und ich wünschte, mein Vater würde mir auch eines schenken. Komm, deine Mutter ist nicht immer nett zu deinem Bruder.«

»Na ja, stimmt schon. Aber du kommst doch trotzdem mit.«

»Natürlich. Ich will mir doch den süßen Sem nicht entgehen lassen!«

Kristin formte die Hand zu einer Klaue und fauchte: »Meiner!«

11. Rachepläne

Energisch schloss er die Tür hinter sich ab und schüttelte sich. Immerhin, sein Zimmer war ordentlich und sauber, dafür sorgte er. Aber die Menschen in diesem Haus – widerlich. Er sehnte sich danach, durch die Felder zu streifen, auf die Jagd zu gehen, sich von der Sonne den Pelz wärmen zu lassen. Aber das alles würde warten müssen.

Immerhin war er seinem Ziel ein großes Stück näher gekommen. Dank dieser selbstgerechten Menschenfrau, die, um sich mit ihren guten Taten zu brüsten, Bedürftige einsammelte, hatte er Namen und Quartier. Dank des großmäuligen

Menschenmannes sogar das Tauschmittel Geld in die Hand bekommen. Wie leicht sie zu beeinflussen waren, diese Menschen. Erbärmlich – schmeichle ihnen, und sie hören zu, gib ihnen Ideen ein, und sie setzten sie um. Gut, der Ring in seinem Ohr half ihm dabei, jetzt, da er wieder glänzte und voller Kraft war.

Über einen weiteren Umstand freute er sich ebenfalls. Besucher aus Trefélin waren eingetroffen, die seinen Zielen dienen würden. Nicht alle, sicher. Diese träge dicke Katze konnte man vergessen, die drei Halbstarken sollte man ignorieren, aber die beiden Hofdamen konnten ihm nützlich sein. Eitle, putzsüchtige Närrinnen.

Noch einmal versicherte er sich, dass die Tür abgeschlossen war, dann riss er sich ein Päckchen Katzensticks auf und legte sie auf die Decke auf seinem Bett. Dann zog er sich aus, faltete die Kleider ordentlich und reckte sich ausgiebig.

Als grauweißer Kater sprang er auf das Bett und kaute genüsslich einen der Sticks auf. Dann widmete er sich wieder seinen Planungen. Da gab es Entwicklungen, die man berücksichtigen sollte. Zum Beispiel, dass der Namenlose diese Schlangengrube gefunden und aufgekratzt hatte. Mochte der auch ohne Erinnerungen an sein Leben sein, seine Fähigkeiten hatte er nicht zur Gänze eingebüßt. Es wäre interessant, ihn für seine weiteren Vorhaben einzusetzen. So wie er ihn ausgenutzt hatte. Man könnte das eine mit dem anderen verbinden – nicht nur die beiden Frevler vernichten, die Sechmet missfallen hatten, sondern auch diesen beiden Närrinnen die Ringe fortnehmen. Was, wenn der Namenlose wieder einen davon trüge? Leise schnurrend spielte er verschiedene Szenarien durch.

Eines davon gefiel ihm ausnehmend gut. Es brachte das Großmaul ins Spiel, würde dem Menschenmädchen den Tod bringen und ihm, wenn es gelang, sogar drei Ringe bescheren.

12. Die Halleluja-Gemeinde

Finn war glücklich. Richtig glücklich. Dass Sem mit den beiden Katern Pepi und Ani zu ihm gekommen war, konnte er fast nicht glauben. Er hätte ihnen furchtbar gerne seine Gastfreundschaft angeboten, dagegen hatte allerdings Nerissa mal wieder vehement protestiert. Das alleine hätte Finn zwar nicht daran gehindert, die drei dennoch im Gästezimmer unterzubringen, aber da waren noch Feli, Kristin und Chipolata. Sem umschwänzelte Feli wie ein liebestoller Kater, seine Schwester dagegen himmelte Sem an, und zwar in einer derart schamlosen Weise, dass es Finn die Röte in die Ohren trieb. Und Chip – Pepi hatte sie die Nase blutig gekratzt, Ani einen Fetzen Fell aus dem Schwanz gerissen. Beide erklärten einmütig, dass die kleine Schwarze ihr Revier dermaßen verbissen verteidigte, dass sie es vorzögen, in der Katzenpension zu wohnen.

Dort wollte Finn sie aber nun so oft wie möglich besuchen und die drei auch zu seinen Reviergängen im Wald mitnehmen. Und schon der erste Besuch im Feliday Inn hatte ihm eine weitere höchst angenehme Überraschung geboten. Zwei wunderschöne junge Frauen begrüßten ihn herzlich und machten ihm deutlich klar, dass sie nicht uninteressiert an seinen Aufmerksamkeiten waren. Seba mit ihren glatten roten Haaren hatte es ihm sogar ein bisschen mehr angetan als die rundlichere Tija mit ihrem braunen Wuschelkopf. Dass sie beide Katzen aus Trefélin waren, störte ihn überhaupt nicht. Im Gegenteil, es erhöhte sogar ihren Reiz noch. Auch wenn Sem ihn, als sie alleine waren, an eine überaus demütigende Begegnung mit einer rolligen Kätzin erinnerte.

Leider musste er sich seinem Praktikum widmen, Rudis Ungeschick im Zaum halten und einiges für seine Semesterarbeit tun. Auch die beiden Frauen hatten eine Aufgabe zu erledigen und wenig Zeit für ihn. Am Freitagabend aber wollten er, seine Schwester und Feli mit ihnen und Sem gemeinsam auf den Bummel gehen. Dummerweise hatte Kord am Nachmittag angerufen und Finn gebeten, ihn zu einer Versammlung zu begleiten. Finn schwankte. Einerseits wäre er gerne mit seinen Freunden zusammen gewesen, andererseits wollte er unbedingt seinen Vater näher kennenlernen. Zweimal hatten sie sich getroffen, und dass Kord ihm das Motorrad vor die Tür gestellt hatte, machte ihn immer noch ganz schwindelig vor Freude. Endlich gab es da mal jemanden, der seine tiefsten Wünsche verstand. Ein Mann, ein Vater, wusste darüber weit mehr als eine Mutter, deren einziges Lebensziel zu sein schien, auf ewig wie zwanzig auszusehen.

Kurzum, er war es Kord wohl schuldig, seiner Bitte zu folgen und ihn zu der Versammlung der »Helfenden Hände« zu begleiten. Sein Vater war von diesem karitativen Verein als Spendenorganisator angestellt worden, und Finn hatte ein wenig den Eindruck, dass er dem Sohn damit zeigen wollte, dass man ihn als seriösen Geschäftsmann betrachtete. Die Vorkommnisse, die ihm eine Haftstrafe eingebracht hatten, bereute Kord zutiefst. Er hatte sich damals, so sagte er, in einer entsetzlichen Abwärtsspirale befunden. Aber er hatte inzwischen nicht nur das Trinken völlig aufgegeben, sondern auch seine Aggressionen in den Griff bekommen.

Nerissa wollte ihm keine zweite Chance geben. Aber Finn sah das anders. Hatte nicht auch er selbst sich geändert? War nicht auch er durch eine harte Schule gegangen?

Kurzum, er setzte sich über ihr Lamento hinweg und beschloss, die »Helfenden Hände« aufzusuchen.

Die Versammlung fand im Vereinshaus der Schützenbruderschaft statt, das am anderen Ende des Ortes stand. Ein kurzer Weg, dennoch schwang Finn sich auf das Motorrad. Es war einfach zu cool, damit über die Umgehungsstraße zu donnern.

Der Gemeinschaftsraum war hell erleuchtet, eine ganze Anzahl von Leuten hatte sich schon eingefunden, doch keinen davon kannte er. Dann sah er seinen Vater auf sich zukommen.

Kord sah gut aus, fand Finn. Nicht so poliert wie Nerissas Freunde. An den Schläfen wurde sein Haar silbern, sein Gesicht war leicht gebräunt, einige Falten hatten sich eingegraben, machten ihn jedoch nicht alt, sondern verliehen seinen Zügen eine gewisse Autorität. Er trug an diesem Abend einen gut geschnittenen, dunklen Blazer und graue Hosen, und Finn kam sich plötzlich in seinen ausgefransten Jeans und dem Kapuzenshirt irgendwie unpassend gekleidet vor. Vor den modisch hochgestylten Freunden seiner Mutter hatte er solche Gefühle nicht – da war sein schlampiges Aussehen nichts als Protest.

Dennoch, Kord reichte ihm mit einem herzlichen Lächeln die Hand und zog ihn kurz an sich. Dann stellte er ihn einer dunkelhaarigen Frau vor, die in einen langen hellblauen Kaftan oder so etwas gehüllt war.

»Charlene, dies ist Finn, mein Sohn. Er hat ein blendendes Abitur gemacht und studiert jetzt Forstwirtschaft.«

Finn besann sich auf das, was er gelernt, aber bisher selten angewendet hatte: seine guten Manieren. Er nahm die gebotene Hand und verbeugte sich höflich, wobei er eine verbindliche Begrüßung murmelte.

»Sie müssen stolz auf Ihren Jungen sein, Kord«, säuselte Charlene und musterte ihn, wie er mit seinen durch jahrelange Minderwertigkeitsgefühle geschärften Sinnen bemerkte, reichlich hochnäsig. Irgendwie hatte er den Eindruck, dass sich an seinem Rückgrat entlang Härchen aufstellten.

Kord wollte etwas antworten, aber Charlene wandte sich schon wieder ab, um einen Neuankömmling zu begrüßen.

»Charlene hat diese Organisation gegründet«, erklärte Kord. »Sie ist eine sehr beschäftigte Frau. Aber sie hat wirklich viel erreicht. Da, wo die staatlichen Systeme versagen, hilft sie.«

»In welcher Form?«

»Sie bietet denjenigen, die gestrandet sind, Unterstützung an. Ausbildung, medizinische Betreuung, vor allem aber Lebenshilfe. Sie ist tief im Glauben an das Gute verwurzelt und hat erkannt, in welche Fallstricke jene geraten können, die nicht über einen gefestigten Charakter verfügen.«

»Gehört sie einer Sekte an?«

»Nein, nein. Sie ist einfach nur eine gute Christin, wie wir alle hier.«

»Ähm – du auch?«

»Aber natürlich, mein Sohn.«

Bevor Finn, den diese Bemerkung etwas sprachlos gemacht hatte, eine einigermaßen nüchterne Antwort geben konnte, trat Charlene an das Rednerpult.

»Geliebte Brüder und Schwestern!«, begann sie mit volltönender Stimme ihre Rede, die schon gleich nach den Begrüßungsfloskeln und den Lobeshymnen von einem eigenartigen Verhalten untermalt wurde. Sie hob die Arme gen Himmel, sodass ihr Gewand ihre Gestalt umwogte, schloss die Augen und begann mit dramatischem Timbre von den Worten zu sprechen, die ihr von Gott gesandt wurden. Wann immer sie Luft holen musste, fielen die Zuhörer mit einem »Lobpreiset den Herrn!« ein. Finn beobachtete seinen Vater, der jetzt durch das Gedränge vor dem Rednerpult einige Schritte von ihm entfernt stand. Auch er zeigte denselben ekstatischen Gesichtsausdruck wie die anderen.

Zweifel begannen an ihm zu nagen.

War das echt? War das gespielt?

Finn zog sich ein Stückchen weiter Richtung Ausgang zurück und prallte dabei gegen einen Mann. Der zuckte zusammen, trat zur Seite und drängelte sich dann an der Wand entlang zum anderen Ende des Raumes. Wieder kribbelte Finns Rückgrat. Ein seltsamer Typ war das. Vage kam er ihm bekannt vor. Wo hatte er diese etwas zu langen, graublonden Haare schon mal gesehen?

Aber dann verlor er das Interesse daran, denn nun tönte Charlene mit eindringlicher Stimme über die Lobpreisungen hinweg, dass man Abkehr von Luxus und Moden nehmen solle. Dass die Frauen das Geld, das sie für Schminke und Schmuck verprassten, den Armen spenden sollten. Dass es gottgefälliger war, sich natürlich zu geben, als der Natur nachzuhelfen. Dass die innere Schönheit immer die äußere überstrahle.

Nerissa und Kristin würden ihr da einiges entgegenzusetzen haben. Finn grinste in sich hinein, als er sich die herzhaften Kommentare seiner Schwester zu diesem Sermon vorstellte.

Die Predigt näherte sich dem Höhepunkt, und alle klatschten und schnippten hingebungsvoll mit den Fingern, wobei sie intonierten: »Lobet den Herrn! Preiset den Herrn! Singet dem Herrn!«

Abgedreht, das, dachte Finn. Völlig abgedreht, diese Truppe. Mit was hatte sein Vater sich da nur eingelassen?

Er schlängelte sich weiter zum Ausgang hin, schob zwei Frauen, die mit geschlossenen Augen jubilierten, zur Seite und öffnete die Tür. Im Vorraum hingen Jacken und Mäntel an einer Garderobe. Er hatte schon seine Lederjacke angezogen und den Helm ergriffen, als sein Vater auf ihn zukam.

»Finn, tut mir leid. Das sollte eigentlich eine ganz nüchterne Veranstaltung werden, mit Tagesordnung und Kassenbericht und der Planung neuer Projekte. Aber Charlene hat eine exaltierte Ader, und man kann sie nicht bremsen, wenn sie ihre Visionen hat.«

»Aha, Visionen.«

»Oder gute Ideen. Eigentlich wollte sie für eine Sammlung werben. Wir brauchen Geld für unsere Vorhaben.«

»Na, dann soll sie mal Nerissa fragen, ob sie einen ihrer Lippenstifte in den Ring wirft.«

»Ach, Nerissa versteht das nicht. Sie und ich leben in ganz unterschiedlichen Welten. Das war schon immer so. Sie hat immer nur ihre Karriere im Blick gehabt. Menschlichkeit ... Aber das weißt du ja selbst. Sie glaubt, dass jeder seine Nöte selbst verschuldet. Aber so, wie sie mich immer herumgeschubst hat ...« Kord seufzte, dann schüttelte er den Kopf. »Vorbei, vergeben und vergessen. Ich habe meinen Weg gefunden. Und meinen Sohn. Das nächste Mal nimmst du mich besser mit in den Wald, mein Junge. Das ist dein Revier. Tut mir wirklich leid, dass das hier so ausgeartet ist.«

»Schon gut, Dad.« Finn fühlte sich überhaupt nicht wohl bei dieser Rede, aber der Vorschlag, mit Kord einen langen Spaziergang durch den Wald zu machen, gefiel ihm. Nur sie beide alleine. Er konnte ihm zeigen, warum er sich für den Beruf als Förster entschieden hatte. Nur schade, dass Nathan verreist war. Ihn hätte er gerne seinem Vater vorgestellt. »Hast du nächste Woche mal einen Nachmittag Zeit?«

»Aber natürlich, Sohn. Das wird sich einrichten lassen. Ich rufe dich an.«

»Ja, prima.«

»Nimmst du mich auf deinem Motorrad mit?«

»Klar. Aber komm nicht in so feinem Zwirn.«

Kord lachte. Finn streckte ihm die Hand hin.

Hinter Kord tauchte der Mann mit den graublonden Haaren auf.

»Kord, wir gehen zur Tagesordnung über. Dein Bericht wird verlangt.«

»Oh, natürlich. Ach Finn, das ist Sepp Sebusch, ein guter Freund von mir.«

»Hi. Ich muss los. Bis dann, Dad.«

Finn fuhr auf dem kürzesten Weg nach Hause. Doch ins Haus mochte er noch nicht gehen. Irgendwie musste er sich erst seiner widerstreitenden Gefühle klar werden, denn sowie Kristin seine Schritte hörte, würde sie kommen und ihn ausfragen.

Chipolata tauchte aus dem Dunkel des Gartens auf und rieb ihren Kopf an seinem Stiefel.

»Na, Chip? Heute so freundlich?«

»Hat sie eingesehen, dass Menschen nicht nur geprügelt werden dürfen, ne.«

Finn hätte beinahe einen Satz in den Fliederbusch getan.

Che-Nupet saß auf der Gartenmauer, ihre Augen schimmerten im Licht der Straßenlaterne. Es war etwas ganz anderes, in einem Land, das es eigentlich gar nicht geben konnte, als Kater andere Katzen verstehen zu können. Hier war es noch immer ein Schock, wenn eine kleine Katze ihn plötzlich ansprach.

Che-Nupet blinzelte, und Chip versuchte sich in einem Schnurren.

»Musst du sie loben, ja?«

Wo sie recht hatte, hatte sie recht, diese Che-Nupet. Er beugte sich zu Chipolata hinunter und kraulte sie im Nacken. Chip reckte den Hals, er kraulte sie unter dem Kinn. Plötzlich warf sie sich nieder und drehte ihm den Bauch zu. Das hatte sie noch nie getan, und sehr vorsichtig wuschelte er das Fell dort. Mit beiden Vorderpfoten umschloss die schwarze Kätzin seine Hand und strampelte mit den Hinterpfoten gegen seinen Arm. Che-Nupet maunzte etwas, und Chip zog die Krallen ein. Und schnurrte.

»Hey, das ist schön, Chipi. Das machen wir jetzt öfter.«

»Mag sie, will sie.«

»Du auch, Che-Nupet?«

»Nicht jetzt. Wegen Eifersucht, ne?«

»Na dann später. Ich geh noch ein Stück zum Wald hoch. Wollt ihr mitkommen?«

»Heute nicht. Haben wir noch Mädchengespräche, ja, ja.«

Finn lachte leise, hob Chipolata auf und setzte sie neben die Rotbraune auf das Mäuerchen.

»Mir klingeln jetzt schon die Ohren.«

Der Mond hatte seine vollkommene Rundung verloren, doch er beleuchtete noch immer hell den Weg am Waldrand. Blätterrascheln, das Brummen eines Flugzeugs, in der Ferne ein aufgeregt kläffender Hund, das war alles, was hier zu hören war. Finn ging langsam, nachdenklich über den kiesigen Feldweg.

Solange er sich erinnern konnte, hatte seine Mutter abfällig über seinen Vater gesprochen, und er hatte nur wenig über ihn herausgefunden. Als er noch sehr klein war, hatten sie zusammengelebt, und ihm war in Erinnerung geblieben, dass sein Vater sich als Banker bezeichnet hatte. Als sich Nerissa von ihm getrennt hatte, war er fortgezogen, und einmal hatte er aufgeschnappt, dass Kord bei einem Inkasso-Unternehmen tätig war. Heute wusste er, dass in diesen Unternehmen gelegentlich raue Methoden angewandt wurden, um an die ausstehenden Zahlungen zu kommen. Auf diese Weise musste sein Vater in die von ihm so bezeichnete Abwärtsspirale geraten sein. Finn seufzte und setzte sich auf eine Bank. Er wusste nur zu gut, wie geschickt es Nerissa gelang, jemanden kleinzumachen. Vermutlich war die Scheidung ziemlich hässlich gewesen, und Kord hatte darunter so gelitten, dass er abgerutscht war.

Gut, er war verurteilt worden und hatte seine Strafe erhalten. Und wie es aussah, hatte er sich wieder gefangen. Die »Helfenden Hände« zumindest trugen ihm seine Verfehlungen nicht nach, und der Job, den sie ihm angeboten hatten, schien sich zu lohnen. Immerhin war ein neues Motorrad nicht eben mit Kleingeld zu bezahlen.

Andererseits – ein bisschen verrückt waren diese Typen schon. Aber vielleicht musste man das sein, wenn man in der Branche arbeitete. Wen störte schon ein bisschen Halleluja-Dope? Allerdings, das nahm Finn sich vor, würde er ein paar Erkundigungen über diese Organisation einziehen.

Mit dem Gedanken stand er auf und ging zügig nach Hause.

Er stutzte, als er näher kam. Seine Nachtsicht war inzwischen fast kätzisch gut geworden, und so nahm er deutlich den Mann wahr, der sich an Nerissas Schlafzimmerfenster herumdrückte.

Einbrecher? Lauscher? Spanner?

Auf jeden Fall kein harmloser Zeitgenosse.

Lautlos schlich sich Finn an. Der Mann versuchte gerade, den Rollladen hochzudrücken, als Finn ihn mit beiden Händen im Genick packte und zu Boden schleuderte. Dann setzte er ihm den Stiefel auf die Kehle. Sein Opfer keuchte.

»Ach, so trifft man sich wieder, Georgie«, murmelte Finn und lächelte den Exfreund seiner Mutter böse an. »Ich dachte, Nerissa hätte dich abserviert. Weißt du, sie ist da sehr eindeutig. Wen sie einmal rausgeschmissen hat, den will sie nicht wiedersehen. Und sie will auch ganz bestimmt nicht, dass so ein Ex ihr nachspioniert.«

George versuchte, dem gestiefelten Fuß zu entkommen, aber Finn hatte seine Beute fest im Griff.

»Nützt nix, Georgie. Wenn ich ein bisschen fester zutrete, hast du für längere Zeit Schluckbeschwerden. Treffen wir eine Vereinbarung – ich verzichte auf eine Anzeige, und du lässt dich in der Nähe meiner Mutter nicht mehr blicken. Heb die Hand, wenn du einverstanden bist.«

George rollte mit den Augen und hob die Hand. Finn nahm den Fuß hoch und trat einen Schritt zurück.

»Und nun mach dich vom Acker. Aber hastig!«

Der Mann rappelte sich auf, sandte Finn einen bösen Blick und sprang dann über den Zaun.

»Sportlich, sportlich!«, murmelte Finn und sah ihm nach, wie er in der Dunkelheit verschwand.

»Hast du gut Raufen gelernt, ne.«

Wieder fuhr Finn zusammen.

»Che-Nupet!«

»Bin ich. Guck ich.«

»Uh, ja. Aber vielleicht solltest du reingehen und mit Feli schmusen.«

»Mach ich.«

13. Schlangenopfer

Sarapis hatte sich in seine Höhle zurückgezogen, denn ein leichter Regen nässte das Land. Nefer legte den von seinem Federkleid befreiten Vogel vor ihn hin und setzte sich neben den alten Kater, vermied es aber, ihn mit seinem feuchten Fell zu berühren.

»Danke, mein Junge. Aber nimm selbst. Ich habe keinen großen Appetit mehr.«

Nefer rupfte ein Stück zartes Brustfleisch heraus und schob einige Fetzen dem Weisen hin.

»Probier wenigstens mal.«

Viele Zähne hatte der Alte nicht mehr, jagen konnte er schon seit geraumer Zeit nicht mehr, aber alle im Clan brachten ihm von ihrer Beute, denn er war geachtet und geschätzt ob seiner Weisheit. Weit über dreihundert Jahre lebte er schon und hatte seinem Volk beinahe die ganze Zeit als Berater gedient. Geduldig war er, genügsam und tolerant. Was er, so hatte er Nefer mit einem hintersinnigen Lächeln anvertraut, in seiner Jugend nicht gewesen war. Nefer glaubte ihm das. Die Weisen seines Volkes waren auch immer die obersten Befehlshaber über die Kämpfer. Ihnen unterstanden die Grenzwachen und die Ordnungshüter. Früher war er angeblich gerne selbst mit ihnen gezogen, wenn es Revierstreitigkeiten gab oder auch gelegentliche Auseinandersetzungen mit den Völkern der Anderländer.

Jetzt aber war Sarapis schwach geworden. Er mümmelte an dem Fleisch herum und putzte sich dann gemächlich den Bart.

»Was haben die Heilerinnen herausgefunden?«, fragte er schließlich. »Kannten sie die tote Katze?«

»Taki, ein noch junger Kater, der gerade seine Mutter verlassen hat. Er war mit einigen Freunden auf der Jagd, hat sie aber verloren, weil er sich an eine Beute heranschleichen wollte, sagten die. Sie sind seiner Fährte gefolgt und trafen ein, als die beiden Heilerinnen ihn untersuchten.«

»Und was hat ihre Untersuchung ergeben?«

»Ein starkes Gift, das in seine Pfote eingedrungen ist. Eine kleine Bisswunde, wie von zwei Reißzähnen einer kleinen Katze.« Und das hatte Nefer verstärkt alarmiert. Denn da war noch immer Shepsi, der hinterhältige Verschwörer, der ihnen entkommen war. Und zwar samt Wandlungsring. Er teilte Sarapis seinen Verdacht mit, doch der schüttelte sein Haupt.

»Ein Kater in Hauskatzengröße wäre wahnsinnig, einen von uns anzugreifen, Nefer. Ich fürchte, wir haben es hier mit etwas weit Übleren zu tun. Was jedoch nicht ausschließt, dass dieser Shepsi dahintersteckt.« Der Weise schloss die Augen, und Nefer vermeinte schon fast, er sei eingeschlafen, als Sarapis zu reden begann.

»Als die uralten Weisen beschlossen, dass sich die Welt der Menschen und die der Katzen trennen sollten, pflanzten sie die ersten Bäume der Grauen Wälder. Es war für beide Völker leicht, sie zu durchqueren, aber wir Katzen begannen, uns auf unsere Art zu entwickeln. Die kleinen Katzen beschlossen, bei den Menschen zu bleiben und in den Kreislauf der Wiedergeburt einzutreten. Jene, die sich für das reine Katzenleben entschieden, blieben mehr und mehr in Trefélin. Wir wurden älter und größer als die Katzengeborenen, und wir hatten das Ankh und die Ringe in unsere Welt mitgenommen. Diese Dinge mögen zusammenhängen, Nefer. Doch selbst meine Lehrer wussten nicht mehr, auf welche Art die Insignien ihre Macht entfalten. Mag sein, dass der jeweiligen Königin dieses Wissen noch enthüllt wird, aber wenn, so ist sie zum Schweigen verpflichtet.«

»Amun Hab könnte es auch wissen«, murmelte Nefer.

»Vielleicht. Frag ihn, wenn du ihn triffst.«

»Ich kann es versuchen. Aber, Sarapis, was hat das mit den toten Katzen zu tun?«

»Geduld, junger Freund, Geduld. Also, die Grauen Wälder – anfangs waren sie nur ein schmaler, baumbestandener Streifen, der die Welten trennte, doch bald begann er, seine eigene Magie zu entwickeln. Einige Mischwesen siedelten sich dort an, die sich in keiner der Welten zu Hause fühlten. Sie übernahmen nach und nach einige wichtige Aufgaben. Vor allem, als sich zeigte, dass sich in einem Teil der Grauen Wälder ein Sumpf gebildet hatte, dessen Schlamm eine entsetzliche Wirkung entwickelte.«

»Der Schwarze Sumpf? Ja, darin sammelt sich das namenlose Entsetzen, ich weiß.«

Sarapis hob seinen Kopf, und seine Nase zuckte.

»Bist du in Kontakt mit dem Schlamm gekommen?«

»Nein, aber ein Freund ist versehentlich in das Rinnsal getreten, das aus einer undichten Stelle heraussickerte.«

»So, so. Und was ist mit dem Freund geschehen?«

Nefer schluckte. Das hätte er nicht verraten dürfen. Che-Nupet und Feli hatten etwas getan, das kein Wesen je erfahren durfte. Verzweifelt suchte er nach einer diplomatischen Antwort und fand sie schließlich.

»Er hat furchtbar gelitten, aber nach einer Weile endeten die Visionen. Es war auch nur ein winziges Tröpfchen, das seine Pfote genetzt hatte.«

»Und wo ist dein Freund jetzt?«

»In der Welt der Menschen.«

Das war zumindest keine Lüge, dachte Nefer.

Sarapis brummte nur. Vermutlich ahnte er, dass er einige wesentliche Teile der Geschichte ausgelassen hatte. Darum beeilte Nefer sich, das Thema zu wechseln.

»Diese Mischwesen, das sind die Sphingen, nicht wahr? Halb Mensch, halb Löwe.«

»Geflügelte Männer mit Löwenkörper. Uralt, wissend, wagend, wahrend. Von vielen als Ungeheuer und Monstren angesehen, doch friedfertig und hilfsbereit, wenn man ihnen mit Achtung begegnet.«

»Ja, so lernte ich es. Getroffen habe ich noch keinen von ihnen.«

»Die wenigsten suchen sie auf, aber eines Tages wirst auch du es tun und ihre Fragen beantworten. Nun, aber wir kommen von unserem eigentlichen Anliegen ab.« Sarapis nahm noch einen Happen Geflügelfleisch, kaute mühsam daran herum und fuhr dann fort. »Trefélin sollte nach Wunsch der hier lebenden Katzen ein Land des Friedens sein, weshalb man sich bemühte, unsere natürlichen Feinde zu verbannen. Mit den Hundeartigen hat man damals Verträge abgeschlossen und Grenzen gezogen. Letztlich hatten sie ähnliche Bedürfnisse wie wir und wollten in Ruhe gelassen werden. Mit den großen Raubvögeln, die sich gerne an den Jungtieren vergreifen, und auch mit den anderen Raubkatzen, die nach der Trennung der Welten hiergeblieben sind, hat man nach und nach Vereinbarungen getroffen. Wir plündern ihre Gelege nicht und bekämpfen sie nicht, solange sie auf ihrem Territorium bleiben. Futter bietet unser Land allen.«

»Und die Menschen, die einst hierhergefunden haben, sind über die Jahrtausende kleiner geworden und haben sich nicht weiterentwickelt.«

»So ist es. Die Menschel sind angenehme und hilfsbereite, aber zurückgebliebene Geschöpfe, die uns in ihrer Wildform nicht stören und die man, wenn man sie zu sich nimmt, gut dressieren kann. Aber zwei Arten von Feinden mussten wir verbannen. Die einen waren die Ratten. Sie sind so verdammt schlaue Tiere und passten sich augenblicklich an die Lebensbedingungen in Trefélin an. Sie wurden größer und gemeiner und hielten sich an keine Abmachung. Sie griffen unsere Jungen an und auch die Schwächeren. Ihre Bisse waren vielleicht nicht immer tödlich, doch sie verursachten schwärende Wunden, die selbst unsere Heilerinnen nicht behandeln konnten.

Irgendwann war es der damaligen Königin Bastet Meretankh zu viel, und sie befahl, die Ratten auszurotten.«

»Der Große Krieg«, sagte Nefer. »Ich hörte davon.«

»Ja, es war eine schlimme Zeit, und sie forderte viele Opfer. Doch anschließend war das Land von der Rattenplage befreit. Dachten wir. Bis die weiße Ratte aufgestöbert wurde. Aber das ist eine andere Geschichte. Und sie ist jetzt beendet.«

»Was geschah mit den Schlangen?«

»Keiner von uns mag sie.« Sogar Sarapis schütteres Fell richtete sich entlang des Rückens auf. »Diese Tiere lieben Höhlen, sodass es uns gelang, sie durch die Eingänge zu den Grauen Wäldern zu scheuchen. Sie wurden dort in tiefe Gruben gejagt, die unsere Geomanten mit ihrer Kunst versiegelten.«

»Und die Sphingen wachen auch darüber?«

»Das tun sie ebenfalls.« Sarapis kratzte sich am Ohr. »Und möglicherweise wird einer von uns einen Sphinx aufsuchen müssen, denn ich habe den furchtbaren Verdacht, Nefer, dass die beiden Katzen, die gestorben sind, von einer Giftschlange gebissen worden sind.«

»Das würde bedeuten, dass die Versiegelung durchlässig geworden ist.«

»Oder dass Schlangen aus der Menschenwelt ihren Weg unentdeckt durch die Grauen Wälder gefunden haben.«

Nun sträubte sich auch Nefers Fell. Zwar war er noch nie einer Schlange begegnet, aber wie alle seiner Art hatte er die Erinnerung an diese Feinde geerbt. Ja, sogar das Katzenfauchen glich dem Zischen der Schlangen; sie hatten es übernommen, um andere zu warnen oder ihnen zu drohen.

»Soll ich in die Grauen Wälder gehen und den Sphinx befragen?«

»Nein, mein Junge. So weit bist du noch nicht. Die Sphingen mögen friedlich sein, aber um ihnen ihr Wissen zu entlocken, muss man etwas zu bieten haben.«

»Und ich habe nichts?«

Sarapis lachte leise.

»Was du hast, brauchst du noch für dich selbst.«

Das war wieder so eine Antwort, die an Nefer nagte. Er hasste es, nicht als vollwertig betrachtet zu werden, und manchmal behandelte Sarapis ihn wie einen unmündigen Welpen. Aber er unterdrückte seinen Ärger und fragte: »Hast du mit Nephthys schon darüber gesprochen?«

»Noch nicht, Nefer. Du bist der Erste, dem ich meine Überlegungen mitteile. Ich komme nicht mehr viel herum. Such du sie auf und berichte ihr.«

Auch über diesen Auftrag war Nefer nicht eben erfreut, aber es gehörte zu seinen Pflichten, den Kontakt zwischen Sarapis und der Clanchefin aufrechtzuerhalten. Nephthys, eine schöne Grautigerin ohne jedes weiße Haar, hatte zwar eine ähnlich majestätische Art wie Bastet Merit, doch fehlte es ihr an königlichem Charme. Sie hatte einst eine Ausbildung als Kriegerin durchlaufen und war einigermaßen streitsüchtig. Außerdem war sie eitel. Sie trug beständig das Abzeichen ihrer Würde, ein Gold und Türkis gestreiftes Kopftuch. Einen Ohrring jedoch besaß sie nicht. Dass einer in Nefers Ohr baumelte, hatte ihr schon die eine oder andere hämische Bemerkung entlockt.

Nefer also wappnete sich für eine schwierige Unterhaltung und wurde nicht enttäuscht.

»Zwei tote Katzen – eine alte Närrin und ein junger Idiot. So was kommt vor. Was soll das Gefasel über Giftschlangen?«

»Die Heilerinnen haben bei Taki eine Wunde entdeckt, die von ihren Zähnen stammen könnte.«

»Oder von Dornen oder Stacheln, haben sie mir gesagt. Ich rate dir, Nefer, halte dich mit derartigen Vermutungen zurück.

Ich will nicht, dass in meinem Clan solche Gerüchte verbreitet werden.«

»Oder dass die Königin davon erfährt?«

»Das, Nefer, ging jetzt zu weit!«, fauchte Nephthys.

»Majestät hat ein Recht darauf, zu erf…«

Nephthys Kralle zischte durch die Luft, und nur Nefers gute Reaktion bewahrte ihn vor einem schmerzhaften Kratzer.

Er blieb in einiger Entfernung von der Clanchefin sitzen und starrte sie aus seinem blauen Auge an. Wieder bedauerte er, dass er nicht mehr über beide Augen verfügte. Nephthys beherrschte das drohende Starren meisterlich, und nach einer Weile senkte er den Blick.

»Alles klar?«, fragte sie.

»Wie du wünschst.«

Niedergeschlagen trottete Nefer die schmalen Pfade durch das Heidekraut zu seinem Lagerplatz in der Nähe von Sarapis' Höhle. Er hatte einen Unterstand aus Buschwerk gewählt, der ihn an die schönen Lauben am Loch Simon erinnerte. Höhlen schätzte er nicht so sehr. Er nahm dafür sogar in Kauf, dass der stete Nieselregen die Blätter so genässt hatte, dass ihm Tropfen auf das Fell rieselten. Missmutig streckte er sich auf dem Laub auf dem Boden aus. Nichts tun zu können entsprach nicht seiner Art. Hatte er nicht seine zweite Prüfung unter den allerschwierigsten Bedingungen bestanden? Sogar einen Kampf in den Grauen Wäldern siegreich geführt?

Na gut, nicht alleine.

Mäusemist! Warum musste er sich hier mit einem senilen Weisen und einer hochnäsigen Chefin herumschlagen, während einfache Scholarenanwärter es sich in der Menschenwelt gut gehen lassen konnten? Und er saß hier, in einem fremden Revier ohne Freunde und Vertraute.

Sogar die dicke Che-Nupet war mit ihnen gegangen.

Als er an dieser Stelle seiner grauschwarzen Gedanken angekommen war, ging ihm plötzlich ein Licht auf.

Che-Nupet!

Zeckenbiss und Rattenschwanz!

Sie kannte sich in den Grauen Wäldern bestens aus. Das hatte er inzwischen herausgefunden. Sie würde sicher etwas über die Schlangengruben wissen. Oder die Stellen, an denen die widerlichen Tiere nach Trefélin durchschlüpften.

Wieder dachte Nefer nach.

Es gab nur noch eine Stelle, von der aus man von Trefélin in dieses zwielichtige Grenzgebiet gelangte. Über den Roc'h Nadoz. Und der befand sich auf der anderen Seite des Gebirges, das man Mittelgrat nannte. Dass Schlangen sich von dort über die Berge begeben konnten, war so gut wie unmöglich.

Früher, so hatte er gelernt, hatte es in jedem Revier mindestens eine Stelle gegeben, von der aus man die Grauen Wälder betreten konnte. Meistens waren es bestimmte Felsformationen, aber er hatte auch gehört, dass gewisse Baumanordnungen solche Stellen kennzeichneten. Über die vielen Jahrhunderte hinweg aber waren diese Einschlüpfe nach und nach verschlossen worden, denn die Trefélin-Katzen schätzten ihre Isolation. Außerdem hatte es sich als immer gefährlicher erwiesen, das Zwielicht zu betreten. Manch eine unbedarfte Katze war darin verloren gegangen, musste von den Pfadfindern gesucht und wieder zurückgeführt werden. Irgendwann hatte man dann beschlossen, dass dieses Gebiet nur als der Aufenthaltsort für die Namenlosen geeignet war. Jene Katzen, die sich eines Verbrechens schuldig gemacht hatten. Ihnen wurde der Name und damit auch die Erinnerung genommen, und man schickte sie in das Schattenreich, wo sie ihre Buße taten. Nicht auf ewig. Nach einer im Strafmaß festgelegten Dauer wurden sie wieder zurückgeholt, und man betrachtete sie als rehabilitiert. Wer einmal seine Zeit in den Grauen Wäldern verbracht hatte, wollte niemals wieder dorthin zurück, sodass die verhängten Strafen sich als wirkungsvolle Abschreckung bewährt hatten.

Auch aus diesem Grund waren die Übergangsstellen verschlossen worden. Aber konnte es nicht sein, dass bestimmte Umstände dazu geführt hatten, dass sich hier und da wieder Spalten aufgetan hatten? Vieles vom alten Wissen war verloren gegangen oder über die Jahrtausende verfälscht worden. Die Grauen Wälder hatten ihr Eigenleben entwickelt. So hatten sich in den letzten Jahren in der festen Umfassung des Schwarzen Sumpfes Risse gebildet, und die gefährliche Brühe war in einem kleinen Rinnsal herausgesickert. Bastet Merit wusste darum, und auch Amun Hab, der Weise an ihrer Seite. Beide sannen darüber nach, wie man diese Stellen abdichten konnte.

Schlangen. Schlangengruben. Versiegelungen.

Es war etwas im Gange. Und zwar nichts Gutes. Ob es die Grauen Wälder selbst waren oder Katzen, vielleicht sogar Menschen – eines davon hatte eine Veränderung bewirkt.

Noch einmal dachte Nefer nach. Die erste tote Katze hatte er am Roc'h Uhel gefunden, die zweite in einiger Entfernung von ihm an einem Gehölz. Der Roc'h Uhel war ein allein stehender Felsen, nicht ganz so hoch wie der Roc'h Nadoz und nicht ganz so spitz, aber die Ähnlichkeit war gegeben. Sollte dort früher einmal ein Übergang gewesen sein?

Nefers trübe Stimmung verflog.

Es war nicht weit bis dorthin. Er konnte die Gegend einmal gründlich in Augenschein nehmen.

14. Katzengespräche

Sem hatte ein Fahrrad aufgetrieben – woher, das wollte Finn eigentlich gar nicht so genau wissen. Diese Katzen waren Meister darin, sich Dinge zu beschaffen. Auf jeden Fall aber war das eine vernünftige Idee, da sie ihn auf seinem Reviergang durch den Wald begleiten wollten. Er selbst borgte sich Kristins pinkfarbenes Modell aus. Beide Räder hatten Körbe vorne am Lenker, und in die sprangen Pepi und Ani unaufgefordert hinein, als sie sich auf den Weg machten.

Sem trat mächtig in die Pedale, Finn musste sich anstrengen, ihm zu folgen, und sich dabei die anfeuernden, nicht eben schmeichelhaften Bemerkungen von Pepi anhören.

»Los, du lahmer Affengeborener! Hau rein. Ich will nicht Sems Staub schlucken!«

»Du läufst gleich auf deinen eigenen Pfoten hinterher. Dann schluckst du auch noch den Staub, den ich aufwirble.«

»Ich schlitz dir die Reifen auf, dann kannst du auf deinen zwei Stelzen laufen.«

Langsam holte Finn auf. Und als sie die Steigung hinaufradelten, erreichte er den keuchenden Sem.

»Ausdauer fehlt euch Katzenhybriden auch in Menschengestalt«, höhnte er und zog vorbei.

»Sauber, Finn, sauber!«

Pepi ließ Schnurrhaare und Ohren im Fahrtwind flattern. Erst am Dolmen gesellte Sem sich wieder zu ihnen, und Ani spuckte hässliche Bemerkungen aus. Sofort war Pepi aus dem Korb gesprungen, und eine wüste Schlägerei begann zwischen den beiden schwarzen Katern. Finn grinste Sem an.

»Und, sollen wir uns auch prügeln, oder fehlt dir die Luft dazu?«

Obwohl Sem hörbar schnaufte, blitzten seine Augen kampfbereit. Finn lehnte sein Rad an die Steine, schüttelte dann jedoch den Kopf.

»Besser nicht. Hier ist Waldkatzen-Revier. Wir sollen sie nicht stören. Pepi, Ani, aufhören!«

»Waldkatzen?«, fragte Sem.

»Ich habe euch doch von ihnen erzählt.«

»Ah ja, die Ausgewilderten.«

Finn packte einen der Kater im Nacken und hob ihn hoch. Ani strampelte und fauchte, beruhigte sich in dem festen Griff aber. Pepi, seines Gegners beraubt, starrte wütend nach oben.

»Schluss, habe ich gesagt!«

»Der hat aber …«

»Der ist doch …«

»Wie die Hundewelpen, die beiden. Ich schieb euch gleich in den Dolmen und leg einen Stein vor den Eingang. Dann verbringt ihr die nächsten Wochen in den Grauen Wäldern.«

Die beiden Kater knurrten, und Sem lachte.

»Ich helf dir, Finn.«

»Warte, bis wir zurück sind«, grummelte Pepi.

»Ja, dann raufen wir.«

Frieden – nun gut, Waffenstillstand – war eingekehrt, und Ani strich um den Dolmen herum und begutachtete den Eingang. Er schnüffelte.

»Hier war noch ein anderer.«

»Was?«

»Wir sind bei Miou im Keller rausgekommen. Hier ist allerdings vor einiger Zeit noch eine andere Katze aus Trefélin in diese Welt gelangt.«

Pepi schnüffelte auch, Sem ebenfalls.

»Als ich unsere Papiere ausgegraben habe, ist mir nichts aufgefallen. Leider ist diese blöde Menschennase nicht empfindlich genug.«

»Ihr seid vor vier Tagen angekommen.«

»Der hier ist schon länger hier, mindestens einen Silbermond vorher eingetroffen.«

»Das hätte Majestät euch sagen sollen.«

»Für Majestät sind wir Gewürm.«

»Und außerdem – es war einer von uns hier, aber ob er gekommen oder gegangen ist, das wissen wir nicht«, meinte Pepi.

»Stimmt auch wieder.«

Ani sprang auf den Dolmen und wollte ihn beriechen, als Finn sah, dass er plötzlich erstarrte. Ganz langsam bewegte er sich rückwärts, das gesamte Fell gesträubt.

»Weg hier«, zischte er. »Geht weg!«

Finn achtete nicht auf seine Warnung, sondern trat näher.

Auf dem warmen Stein lag eine silbrig schimmernde kleine Schlange.

Ani zitterte.

»Ich glaub es nicht – ein tapferer Krieger wie du hat Angst vor einer harmlosen Blindschleiche?«, spöttelte Finn und stupste das Tier mit dem Finger an. Es schlängelte sich davon.

»Schlangen sind nicht harmlos«, sagte Ani.

»Die schon. Die ist nicht gefährlicher als ein Regenwurm. Was ist denn los?«

Auch Sem war blass geworden. »Schlangen sind unsere Feinde«, sagte er.

»Die Blindschleiche ist eine Echse. Sie hat keine Giftzähne, und sie greift keine Katzen an.« Finn schüttelte den Kopf. »Mir sind in Trefélin nie Schlangen begegnet.«

»Da gibt es auch keine. Aber hier …«

»Nur harmlose.« Doch dann schluckte er die nächste Bemerkung hinunter, denn er erinnerte sich, dass Feli ihm von der Kreuzotter berichtet hatte, die eine Siamkatze in die Pfote gebissen hatte. »Und Giftschlangen sind sehr selten«, ergänzte er lahm.

»Aber es gibt sie?«

»Irgendwo im Dschungel, ja. Macht euch darum keinen Kopf. Sollte euch hier wider Erwarten eine Kreuzotter begegnen, geht ihr einfach aus dem Weg.«

»Wenn du meinst.« So richtig überzeugt waren die drei nicht, aber Sem zuckte schließlich mit den Schultern.

»Schauen wir uns mal an, ob Finn sein Revier in Ordnung hält.«

Zu viert gingen sie die Forstwege ab. Sem blieb einmal stehen und sog die Luft ein.

»Waldkätzin. Ganz in der Nähe.«

Er sah sich suchend um, und sein Blick blieb an einem Baum hängen. Finn folgte ihm und erkannte oben in einer Astgabel die graubraune Kätzin.

Sem begann zu schnurren.

Der schwarz geringelte Schwanz schwankte hin und her.

Finn machte sich so unsichtbar wie möglich. Er vermutete, dass Sem die Kätzin hinunterlocken wollte, um sich mit ihr zu unterhalten. Auch die beiden Kater blieben still und unbeweglich im Unterholz sitzen. Und wie es schien, gelang es Sem auch. Langsam stieg die Kätzin von Ast zu Ast weiter nach unten und ließ ihn dabei nicht aus den Augen.

Der begann zu maunzen.

Und dann erfolgte eine Konversation, die Finn trotz seines Ohrrings nicht verfolgen konnte. Allerdings musterte die Kätzin ihn zwischendurch immer mal wieder, und als Sem sich zu ihm umdrehte, maunzte sie ihm kurz zu und kletterte wieder in die höheren Etagen des Baumes.

»Sie weiß, dass du nach ihnen siehst, und meint, du würdest es recht anständig für einen Menschen tun. Darum darf ich dir verraten, dass sie Sylvana heißt und der Kater Sylvester. Die zweite Kätzin ist weitergezogen, du sollst dir keine Sorgen um sie machen. Und auch ihre Jungen haben ein ruhiges Revier jenseits der großen Straße gefunden.«

»Im Naturwaldgebiet. Das ist gut. Dort werden sie wenig gestört.« Und dann schüttelte Finn ungläubig den Kopf. »Hat sie die Katze in dir erkannt?«

»Sicher. Katzen erkennen die Trefélingeborenen. Auch in Menschengestalt.«

»Und ihr könnt euch verständigen.«

»Natürlich. Aber sie hat einen grauenvollen Dialekt.«

»Dialekte gibt es also auch. Verflixt, ich weiß so wenig von euch. Und von den Ringen und so.«

»Von uns weißt du eine Menge, aber wegen der Ringe … Pfff, da weiß ich auch nicht viel. Da musst du Seba oder Tija fragen.«

»Oder Che-Nupet.«

»Die? Nö. Die weiß gar nichts.«

Finn schwieg dazu. Er hatte den Eindruck, dass Feli aus der rundlichen Katze einiges herausgeschmust hatte. Aber die Idee, Seba über die Ringe auszufragen, erschien ihm plötzlich sogar sehr viel reizvoller. Zunächst aber galt es, seine drei Begleiter mit Rudi bekannt zu machen. Denn sein Rundgang durch den Wald diente auch dazu, einige Aufgaben zu lösen, die ihnen in ihrer Jagdausbildung gestellt worden waren. In der vergangenen Woche hatten sie sich im theoretischen Unterricht mit dem Spurenlesen befasst. Finn war schon zuvor mit einem der Jäger, der zu ihren Ausbildern gehörte, unterwegs gewesen und hatte den Mann ernsthaft verblüfft.

»Finn, Sie stellen jedes Trüffelschwein in den Schatten. Was Sie von Fährten nicht wissen, braucht man auch nicht mehr zu lernen. Sie sind ein Naturtalent«, hatte er gesagt und ihn gebeten, sich um Rudis praktische Ausbildung zu kümmern. Der war nämlich allenfalls ein Naturtalent darin, Fährten zu *legen*. Diesmal konnte Finn einer Spur von zerknüllten Papiertaschentüchern folgen, die er gewissenhaft aufsammelte und in eine Plastiktüte steckte.

Sie hatten sich am Forsthaus verabredet, und herzhaftes Niesen hallte schon von Weitem zwischen den Bäumen hindurch.

Ani und Pepi waren dem weit ausschreitenden Menschen zwar eine Weile gefolgt, aber irgendwann waren sie weiter und weiter zurückgeblieben.

»Warte mal, Finn. Die beiden sind zu klein, um auf Dauer mit uns mitzuhalten«, meinte Sem und blieb stehen.

»Oh – ja, klar.« Sie warteten, bis die Kater sie eingeholt hatten, und Sem hob Ani mit Schwung hoch und legte ihn sich um den Hals. Ani grinste und häkelte seine Krallen in Sems Shirt. Finn nahm Pepi hoch und klemmte ihn sich unter den Arm. Höflich waren dessen Bemerkungen nicht, aber er wehrte sich auch nicht dagegen. Aber als das Forsthaus in Sicht kam, und damit auch Rudi, verlangte er, wieder auf den Boden gesetzt zu werden.

Rudi, ganz in Waidgrün, das blinkende Jagdhorn am Gürtel, kam ihnen entgegen und starrte Sem durchdringend an. Sem blieb stehen und starrte zurück. Ani starrte ebenfalls.

»Rudi, das ist Sem …«

Rudi starrte weiter.

Sem und Ani begannen warnend zu brummen.

»Rudi!«

Rudi starrte.

Sem grollte.

Finn überkam eine mit Heiterkeit gemischte Vorahnung

von massivem Ärger. Rudi riskierte eine deftige Abreibung, wenn er nicht bald aufhörte, die Kater anzugaffen. Und als Ani, die Ohren angelegt, seinen Kampfgesang anstimmte, fuhr Finn seinem Kollegen mit der ausgestreckten Hand vor dem Gesicht herum.

»Rudi, was ist los?«

»Hä?«

»Es ist unhöflich, jemanden anzustarren.«

Endlich senkte Rudi seinen Blick und grinste dann.

»Och, dein Freund, der ist so was von schön. Und dann dieser Kater. Mann, so was hab ich ja noch nie gesehen.« Und an Sem gewandt: »Sag mal, du hast es wohl leicht bei den Weibern, was?«

»Ganz bestimmt leichter als du«, fauchte Sem.

»Ja, sicher. Über mich kichern sie immer nur. Aber jemand, der so tolle schwarze Haare hat und sooo eine tolle Figur, der hat doch bestimmt die Auswahl. Erzähl doch mal.«

»Sem, fahr die Krallen ein, er kann nicht anders«, meinte Finn und verbiss sich ein Lachen.

Sem setzte den Kater von seiner Schulter wieder auf den Boden und musterte Rudi.

»Ist der so was wie Che-Nupet?«

»So ungefähr. Aber bitte ihn jetzt nicht, dass er seinen Bauch lüftet.«

Jetzt prustete auch Sem leise und sah sich dann um.

»Das ist das Forsthaus, von dem du erzählt hast?«

»Ja. Hier wohnt Nathan Walker.«

»Schön hier.«

Die beiden Kater strichen bereits über den Hof und kontrollierten die Ecken von Haus und Stallungen. Nathan hatte während seiner Abwesenheit sein Pferd bei einem Bekannten eingestellt, aber Finn hatte dem Förster versprochen, sich um das Haus zu kümmern. Er leerte den Briefkasten, schloss die Haustür auf und brachte die Post nach drinnen. Sem folgte ihm und sah sich um. Leise murmelte er: »Majestät war hier.«

»Ja, Majestät war hier.«

Finn öffnete ein Fenster und sah auf die Terrasse hinaus. Die Wiese davor musste wohl gemäht werden. Rudi hockte auf einem Baumstumpf und versuchte, Ani und Pepi zu sich zu locken. Er nieste dabei in ein Taschentuch.

»Ich muss mit Rudi gleich Spurenlesen üben. Ich glaube, es wäre besser, wenn ihr so lange hierbleibt.«

»Kann der Fährten finden?«

»Kann ein Lahmer laufen?«

»Okay. Wir warten hier.«

Finn kam eine blendende Idee: »Kannst du Rasen mähen?«

»Kann ein Kater kämpfen?«

»Spaßvogel. Komm mit, ich zeig dir, wo die Geräte stehen.«

Wie üblich strapazierte Rudi Finns Geduld bis aufs Äußerste, und nur die Tatsache, dass der Rasen sehr ordentlich gemäht und der Hof gekehrt war, als sie zurückkamen, besänftigte ihn wieder.

»Wir haben uns was überlegt«, meinte Sem, nachdem Finn sich bedankt hatte.

»Und was?«

»Die Mädels, die sind ja ganz nett, aber dieses ewige Gekicher und Geschwätz über die Tücher und Muster und Kram geht uns auf den Zeiger. Ich meine, wir haben doch gelernt, ganz umsichtig mit Menschensachen umzugehen. Und für dich wär es auch einfacher. Also – wenn wir hier bis zum nächsten Vollmond einziehen würden …«

Finn schwankte einen Augenblick. Einerseits hatte er die Verantwortung für das Haus, andererseits verstand er das

Argument. Hier würden sich die drei Kater wohler fühlen als im Feliday Inn. Und – hier wurden seine Gedankengänge eigennützig – wenn er Seba und Tija in der Katzenpension besuchte, waren die Kater wenigstens nicht dabei.

»Also gut, hier sind die Schlüssel. Aber keinen Unsinn machen und schön sauber bleiben!«

»Wir sind Katzen!«

»Okay. Ich komme kontrollieren!«

15. Kopftuchsäumen

Seidentücher in allen Farben und in den unterschiedlichsten Mustern waren über den Tisch und die Sessel ausgebreitet. Eines mit grünen Blattmustern hielt Sebas rote Haare zurück, Tijas Wuschelkopf wurde von einem gelben gebändigt. Feli hatte auf das Anlegen eines Tuches verzichtet, obwohl die beiden Frauen ihr einige zur Auswahl angeboten hatten.

Es war ein grauer Sonntagnachmittag, und im Wohnzimmer von Ronya Miou war es gemütlich. Die Besitzerin der Katzenpension hatte den Besuch der beiden Kätzinnen dazu genutzt, sich einen Wochenendurlaub zu gestatten, ihre Gäste waren bei Tija und Seba in guten Händen. Gemeinsam säumten sie jetzt die Löcher, die sie in die Tücher geschnitten hatten, damit die Ohren der Katzen später hindurchpassen würden.

»Schon praktisch, das mit den Händen«, meinte Seba und fädelte einen blauen Seidenfaden ein.

»Ihr seid schon häufiger hier gewesen, nicht wahr?«, wollte Feli wissen und stichelte an einem roten Tuch herum.

»Unsere Aufgabe. Wir sind Hofdamen. Was das ist, weißt du ja.«

Feli wusste es in etwa. Die Königin umgab sich mit einem Hofstaat, dem überwiegend weibliche Katzen angehörten, die sie vor allem in rechtlichen und diplomatischen Angelegenheiten berieten. Und in modischen, wie es schien.

»Ihr habt unterschiedliche Aufgaben, ich weiß. Und ihr müsst Prüfungen ablegen, um Hofdame zu werden.«

»Richtig. Wir gehören zu den Verwalterinnen der Insignien, in diesem Fall eben der Kopftücher. Und, ja, wir sind schon etliche Male in deiner Welt gewesen. Es ist lustig hier.«

»Aber ihr kommt immer als Menschen?«

Die beiden sahen sich an.

»Nicht immer. Aber sag das nicht Majestät weiter.«

»Tija hat hier mal einen Kater kennengelernt«, erklärte Seba. »Das hat sie ein halbes Jahr hier gehalten.«

Tija bekam einen sehnsuchtsvollen, traurigen Ausdruck, der Feli fragen ließ: »Was ist passiert?«

»Er wurde überfahren.«

Feli legte das Tuch nieder, an dem sie gearbeitet hatte, und legte ihr den Arm um die Schultern.

»Ist gut, Feli. Es ist viele Jahre her.«

»Er weilt auf den Goldenen Steppen, nicht wahr?«

»Ja, das tut er wohl.«

»Vielleicht kommt er eines Tages zurück.«

»Ich warte darauf. Aber wir wissen nicht, wann und wo sie zurückkehren.«

Die Goldenen Steppen waren ein wundervoller Ort des Friedens. Feli hatte das Glück gehabt, sie für eine ganz kurze Weile aufsuchen zu dürfen.

Tija machte sich sanft aus ihrer Umarmung los und widmete sich wieder ihrer Handarbeit.

»Erzählen wir uns lieber heitere Geschichten«, meinte sie. »Du kennst doch Nefer, Feli.«

»Ja, ich kenne diesen schwarzen, arroganten, hinreißenden Schnösel!«

Seba kicherte.

»Ist er, stimmt. Er ist jetzt in den Witterlanden und wird wohl der Nachfolger des dortigen Weisen Sarapis. Und darum darf er jetzt auch ein Kopftuch tragen. Guck mal, das haben wir für ihn ausgesucht.«

Sie zupfte aus dem Korb mit Seidentüchern eines hervor, das in quietschendem Pink leuchtete und mit kleinen Strichkätzchen bedruckt war.

»Hello Kitty!«, prustete Feli los. »Das tut ihr ihm nicht an, oder?«

»Wir werden es versuchen. Wird doch schick aussehen zu seinem schwarzen Fell.«

»Es wird ihm die Achtung und den Neid aller Würdenträger eintragen«, spöttelte Tija.

»Er wird euch die Kralle zeigen.«

»Ja, und darum, Feli, haben wir gedacht, du suchst ihm ein zweites aus, das wir ihm dann mit einem Gruß von dir zur Versöhnung überreichen.«

»Ich darf ihm eins aussuchen? Zeigt mal, was ihr so habt.«

Unter den Tüchern waren einige, die Feli gut gefielen. Sie erinnerte sich lebhaft an Nefers fleckenlos schwarzes Fell, weshalb sie sich schließlich für eines in Schwarz entschied, das mit feinen, silbrig glitzernden Fäden durchwoben war.

»Ja, das könnte ihm stehen. Du hast einen guten Geschmack«, meinte Tija.

»Den hat man mir bisher immer abgesprochen. Hach, ich muss euch unbedingt meiner Freundin Kristin vorstellen. Die ist modisch auf dem allerneuesten Stand.«

»Wir sollten nicht zu viel in Erscheinung treten, Feli«, gab Tija zu bedenken.

»Och. Aber Kristin ist Finns Schwester und tierisch in Sem verknallt.«

»Weiß sie, was wir sind?«

»N… nein. Nein, ich habe es ihr nicht gesagt. Und Finn auch nicht.«

»Finns Schwester?« Seba lächelte. »Warum nicht?«

Feli bemerkte, das Sebas grüne Augen funkelten. Ein kleiner Stich von Eifersucht piekte sie. Und der zeigte sich offensichtlich in ihrem Gesicht.

»Feli, ist Finn dein – wie sagt ihr hier? – Loverboy?«

»Loverboy? Ups – nein. Er ist ein Freund. Und so.«

»Und so? Was heißt das genau?«

»Was willst du von ihm?«

»Katzen schmusen gerne«, schnurrte Seba.

Wider Willen musste Feli lächeln.

»Finn auch. Ich eigentlich auch, aber… na ja…«

»Da war noch Nefer«, murmelte Tija hilfreich.

»Ähm, ja.«

»Ich bin beim nächsten Silbermond weg. Krieg ich Finn bis dahin, Feli?«

»Das musst du mit ihm ausmachen.«

Richtig einverstanden war Feli nicht, aber weniger, weil sie Besitzansprüche geltend machen wollte, sondern weil sie das Gefühl beschlich, dass die verführerische Seba ihm wehtun würde. Andererseits hatte sie Finn auch schon wehgetan. Sie war sich ziemlich sicher, dass er weit mehr für sie fühlte als sie für ihn.

»Na, ich werde mal sehen. Und diese Kristin liebäugelt mit Sem?«

»Sie hat eine Neigung zur Schwärmerei. Und Sem ist ziemlich attraktiv.«

»Ein echter Schmusekater, ja, ja.«

Für eine Weile stichelten sie schweigend weiter an ihren Tüchern, bis Tija sich nach Che-Nupet erkundigte.

»Sie hat sich mit meinem Kater angefreundet und sich mit Finns Chipolata irgendwie arrangiert.«

»Nicht mehr so schüchtern?«

Viel wollte Feli nicht von Che-Nupet erzählen, aber ein paar kleine Geschichten, wie sie mit Chip gekämpft hatte und mit Pu-Shen auf Mäusejagd gegangen war, konnte sie beisteuern.

»Ich habe hier ein hübsches Tuch für sie gefunden. Schau mal«, meinte Seba und legte ein elfenbeinweißes Quadrat mit Rosenblüten und Spitzenkante vor sie. Kitschig, völlig unpassend, fand Feli und schüttelte den Kopf.

»Ich hab schon eins für sie gekauft.« Und als sie daran dachte, wie sie es erstanden hatte, fiel ihr etwas ein. »Ah, wisst ihr, worüber ihr euch mit Kristin unterhalten müsst? Das ist ja eine super Idee!«

»Was?«

»Kristins Mutter ist Moderedakteurin, und ihre Zeitung hat einen Bandana-Contest ausgeschrieben. Dabei geht es darum, wer das schönste Kopftuch-Modell wird. Ihr beide würdet bestimmt einen Preis gewinnen.«

Für einen Moment leuchteten die Gesichter der beiden auf, dann schüttelte Tija den Kopf.

»Geht nicht. Wir sollen uns zurückhalten.«

»Oh, schade.«

Der gemütliche Nachmittag ging in den Abend über, und Feli verabschiedete sich von den beiden jungen Frauen. Sie hatte sich wieder Finns Roller ausgeliehen, und als sie ihn im Nachbarhaus in die Garage schieben wollte, hörte sie aus dem Wohnzimmerfenster Nerissas empörte Stimme. Sie seufzte.

Offensichtlich bekam Finn wieder eine ihrer verbalen Geißelungen verabreicht. Sie stellte den Roller ab und überlegte. Laute Auseinandersetzungen mochte sie nicht, aber Finn wurde ihrer Meinung nach viel zu häufig und oft zu Unrecht von seiner Mutter beschimpft. Sie nahm sich ein Herz und klingelte an der Tür. Es dauerte eine Weile, dann erschien Nerissa mit hochrotem Gesicht. Sie sah sie an, nickte und sagte: »Komm rein.«

»Ist Finn da?«

»Nein. Und Kristin auch nicht.«

Allerdings war ein Mann da. Georgie, wenn sie sich recht erinnerte. Georgie der Fotogene, der nun aber zerraufte Locken zeigte und schluchzend am Türrahmen lehnte.

»Störe ich irgendwie?«, stammelte Feli.

»Nein. Ich versuche gerade, meinem ungebetenen Gast zu zeigen, wo der Ausgang ist.«

»Sie haben ihn nicht eingeladen?«

»Nein, er hat sich den Zugang durch die Terrassentür erschlichen.«

»Nennt man das nicht Hausfriedensbruch?«

»Nerissa, schick das Kind weg. Bitte. Nerissa, wir müssen reden!«

»Ich wiederhole mich nicht gerne, Georgie. Es gibt nichts mehr zu bereden.«

»Doch, Liebste. Bitte, hör mich an.«

Wieder ein Schluchzen in der Stimme.

Feli sah sich ein bisschen hilflos um. Mit einer solchen Situation hatte sie nicht gerechnet. Es war ihr überaus peinlich, Zeuge davon zu sein.

»George, du gehst jetzt. Feli hat vollkommen recht, es ist Hausfriedensbruch, was du betrieben hast«, sagte Nerissa genervt.

»Vor einigen Tagen wolltest du noch, dass ich bei dir bleibe. Nerissa, Geliebte. Meine Angebetete, ich bin nichts ohne dich!«

Nerissa rollte mit den Augen.

»Soll ich meine Tante herbitten, Nerissa?«, fragte Feli zögernd.

»Sie ist vorhin weggefahren.«

Georgie löste sich vom Türrahmen und sank vor Nerissa in die Knie.

Das war ja nur widerlich! Feli drehte sich um und ging zur Tür.

»Bleib, Feli«, bat Nerissa.

»Bin gleich wieder da.«

Draußen rief sie: »Che-Nupet! Chipolata!«

Er raschelte in den Büschen, Che-Nupet kam angetrottet, Chip hinter ihr.

»Brauchst du mich, ja? Und Chip?«

»Nerissa braucht euch und eure Krallen. Da ist ein Mann, der sie nicht in Ruhe lässt. Könnt ihr ihm mal zeigen, wo der Ausgang ist?«

»Raufen?«

»Macht Chip doch gerne.«

Die beiden Katzen wechselten einen Blick, dann schossen sie mit einem höllischen Gekreisch ins Haus.

Wenige Sekunden später stürzte Georgie aus der Tür.

Das Kreischen verstummte. Als Feli wieder eintrat, saßen beide Katzen in majestätischer Haltung in der Diele und glätteten sich das Fell.

»Was war das denn?«, fragte Nerissa verdutzt.

»Könnte es sein, dass Georgie eine Katzenallergie hat?«

16. Giftschlange

Der Regen hatte im Laufe der Nacht nachgelassen, doch noch kämpfte der Nebel mit der aufgehenden Sonne. In der feuchten Morgenluft wogten die Düfte der Witterlande süß über der Heide, und goldgelber Ginster leuchtete durch den lichten Dunst.

Nefer folgte einem ausgetretenen Pfad, und die kleinen Tröpfchen an den violetten Erikablüten netzten seine Pfoten. Zwei Tage lang war er nun schon auf der Suche nach Spuren von Schlangen. Es war eine mühselige Angelegenheit, denn Schlangen rochen nach so gut wie nichts. Außerdem hatte er keine Ahnung, wie sie hätten aussehen können. So war er schon ein paarmal auf alte Äste oder gewundene Wurzeln hereingefallen.

Wie so oft vermisste er seine Freunde. Er hätte sich gerne mit ihnen ausgetauscht – mit Finn und Feli vor allem, denn in ihrer Welt gab es noch Schlangen. Hier in Trefélin würde er mit seinen Fragen nur Angst schüren, das hatte Sarapis ihm klargemacht, als er diesem von seiner unerfreulichen Unterhaltung mit der Clanchefin berichtete.

»Wir sind uns nicht sicher, Nefer. Die Vorstellung, dass die Schlangengruben in irgendeiner Weise durchlässig geworden sind, ist derart grauenerregend, dass es eine Panik auslösen würde.«

»Aber wenn sie geöffnet sind, müssen wir Vorsicht walten lassen und Maßnahmen ergreifen.«

»Beweise, Nefer, Beweise.«

Noch aber hatte er keine gefunden. Weder eine Schlange selbst noch ein weiteres Opfer. Es war allerdings das sprichwörtliche Stochern im Nebel, was er betrieb. Mehrmals war er um den Roc'h Uhel herumgeschlichen, hatte behutsam Steine umgedreht, an Büschen gerochen, in altem Laub gescharrt. Sarapis hatte in seinen umfangreichen Erinnerungen gekramt und erklärt, Schlangen würden trockene Sonnenplätze lieben, weniger kühle und feuchte Gefilde, weil ihr Blut in der Kälte träge wurde. In der Nacht suchten sie geschützte Bereiche auf.

Ein frischer Wind zog über das Land und wirbelte den Nebel auf. Nefer blieb stehen und schaute sich um. Die Sonne stieg, es würde ein wolkenloser Tag werden. In der Ferne ging ein Trupp von vier Grenzwächtern zum Avos Brug, der die Witterlande vom Kratzforst trennte. Ein Bächlein plätscherte leise zu seiner Rechten, eine Lerche stieg auf und trillerte über der Heide, zwei behäbige Birkhühner flatterten auf einen Baum, aufgeschreckt durch irgendeinen Laut.

Nefer spürte seinen leeren Magen und beschloss, eines davon zu fangen. Es war nicht schwer für einen geübten Jäger, und bald rupfte er eifrig an dem Gefieder. Er hielt inne, als seine Sinne das Nahen eines Katers empfingen. Noch bevor er prüfen konnte, ob in freundlicher oder feindlicher Absicht, stürzte der schlanke Graue auf seine Beute, schnaufte »Futterprivileg« und fetzte dem Birkhuhn das Fleisch von den Knochen.

Nefer trat zur Seite. Das geschlitzte Ohr wies den Renner als Boten aus, der tatsächlich jede Form von Privilegien besaß.

»Neuigkeiten?«, fragte er, obwohl der Bote vermutlich nicht berechtigt war, ihm die Nachricht mitzuteilen.

Der aber sah auf, musterte Nefers Gesicht.

»Der einäugige Adlatus von Sarapis. Gut, spart mir einen Weg.«

»Was gibt es?«

»Warnung. Schlangenhaut gefunden. Am Dizad Ivos.«

»Wo liegt das?«

»Kleines Tal mit Eibengehölz, östlich, halber Lauftag.«

»Berichte es Nephthys, ich informiere Sarapis.«

»Gut.«

Der Bote wischte sich kurz mit der Pfote über die Schnauze. Ein Federchen war in seinen Barthaaren hängen geblieben, aber das würde bei seinem schnellen Lauf bald abfallen. Nefer sah ihm nach, wie er mit weiten Sprüngen dem Mittelgrat entgegeneilte.

Eine Schlangenhaut. War das ein Beweis? Würde die Clanchefin ihm glauben und die Ernsthaftigkeit ihrer Befürchtungen anerkennen?

Ihm selbst aber bestätigte dieser Fund seinen Verdacht. Er überlegte, ob er Sarapis umgehend in Kenntnis setzen oder der neuen Spur folgen sollte.

Da das zweite Birkhuhn vor seiner Nase aufflatterte, änderte er seine Pläne, fing es und verzehrte es. Anschließend war sein Antrieb, sich auf die Suche zu begeben, zunächst einmal etwas gedämpft. Er schlenderte mit vollem Magen in Richtung des Plätscherns rechts von ihm, um einige Schlucke Wasser zu trinken.

Das Ufer war flach, sandig und hier und da mit etwas Gras bewachsen. Er suchte nach einer passenden Stelle, um keine nassen Pfoten zu bekommen, und als er sich eben vorbeugte, um den Kopf über das Bächlein zu neigen, hörte er das Zischen.

Mit einem gewaltigen Satz sprang er rückwärts.

Das schwarze, weiß gebänderte Wesen schoss mit lautlosen Windungen auf ihn zu.

Schnell, so ungeheuer schnell.

Fliehen oder kämpfen?

Die Schlange hob ihren Kopf, stieß zu.

Er weiter zurück.

Sie hinterher, züngelnd, geschmeidig.

Wie paralysiert starrte er in die gelblichen Augen – die Pupille geschlitzt wie die seine.

Wieder griff das Tier an. Er löste den Blick. Sprang aus der Reichweite des Kopfes.

Hinter ihm der Stechginster.

Gefangen!

Die Schlange glitt näher.

Nefer packte das Grauen.

Kämpfen!

Wieder stieß der Kopf vor. Noch konnte er ausweichen. Das dornige Gestrüpp kratzte an seinem Rücken. Er hob die Vorderpfote, Krallen raus.

Die Schlange biss danach.

So geschah das also!

Was blieb? Ein Satz über sie hinweg. Die Schlange war ebenso schnell, drehte sich um. Jetzt der Bach hinter ihm. Hinein! Die Schlange hinterher.

Das durfte nicht sein!

Der Mut der Verzweiflung packte ihn. Noch einmal über die Schlange. Und zurück. Bevor sie sich wenden konnte, biss er zu. Direkt hinter den Kopf.

Die Schuppen fühlten sich widerlich an. Noch einmal wand sich das Gewürm. Stark war sie, ein einziger, kraftvoller Muskel. Er schüttelte sie. Mit aller Gewalt presste er seinen Kiefer zusammen. Etwas brach, die Schlange erschlaffte.

Er ließ sie los, sprang aber sogleich fort. Wer wusste schon, wie zäh so ein Tier war.

Eine Weile beobachtete er sie, sprungbereit, gewarnt. Doch offensichtlich hatte sie ihr Leben ausgehaucht.

Zitternd setzte er sich nieder. Das Birkhuhn in seinem Magen revoltierte und verließ ihn.

Schließlich bewegte er sich vorsichtig von dem Ufer fort, um die Gegend zu überprüfen. Wo eine Schlange war, konnten weitere sein. Aber zunächst deutete nichts weiter darauf hin, und als er zurücktrottete, lag sie noch immer reglos auf dem Sand. Er nahm sich die Zeit, sie genauer zu betrachten. Ein großes Tier, bald anderthalb mal so lang wie er und dick wie das Stämmchen eines jungen Baumes. Schwarz war ihre Oberseite, weiß die Bänder, die sich um ihren Leib wanden. Der Bauch war heller. Noch näher ging er zu ihr hin, packte sie wieder hinter dem Kopf und zerrte sie ein Stück das Ufer empor. Sie war erstaunlich schwer, er würde es nicht schaffen, sie bis zu Nephthys Höhle zu schleppen. Kurz überlegte er, ob er sie verscharren sollte, entschied sich aber dagegen. Sie würde anderen als Warnung dienen.

Schließlich beugte er sich über das Wasser und soff eine Menge, um den üblen Geschmack von der Zunge zu bekommen. Dann machte er sich auf den Weg zu Sarapis.

Der alte Weise hörte ihm schweigend zu. Er schwieg auch noch lange, nachdem Nefer geendet hatte. Der wurde allmählich ungeduldig und wollte eben ankündigen, dass er die Clanchefin aufsuchen wolle, als Sarapis die halb blinden Augen öffnete.

»So ist es also wirklich geschehen. Und nicht nur eine Schlange scheint entkommen zu sein. Wir müssen die Stelle finden, aus der sie kriechen. Das Eibental ist ein Ort mit seltsamen Eigenschaften. Düster und von bedrohlicher Ausstrahlung.«

»Ein alter Übergangsort?«

»Nein, das nicht. Aber einer, der jenen, die dort ruhen, unheimliche Träume schenkt. Ich selbst habe einst einige Nächte dort verbracht. Ich möchte es nicht wiederholen müssen. Das

Tal wird gemieden. Aber uns wird wohl nichts anderes übrig bleiben, als es aufzusuchen.«

»Du meinst, ich werde es aufsuchen müssen.«

»Ja, vielleicht. Aber nicht alleine.«

»Was ist mit dem Roc'h Uhel?«

Sarapis Barthaare fächerten sich auf.

»Was soll mit ihm sein?«

»Er ist dem Roc'h Nadoz auf der anderen Seite des Mittelgrats ziemlich ähnlich. Und unser erstes Schlangenopfer ist ganz in seiner Nähe gefunden worden.«

»Ja, deine Vermutung ist richtig, Nefer. Dieser Felsen war einst eine Übergangsstelle.«

»Gibt es unter den fel'Landa Geomanten?«

»Nein. Nicht dass ich wüsste. Alle mit dieser Begabung haben sich Amun Hab angeschlossen.«

»Dann sollte ich ihn aufsuchen.«

»Besser nicht ohne Wissen unserer Clanchefin. Sprich mit ihr, sie wird inzwischen auch die Botschaft von der Schlangenhaut erhalten haben.«

»Ich glaube, Sarapis, es wäre besser, du selbst würdest sie zu überzeugen versuchen.«

Sarapis gab ein kleines Grollen von sich, das sich milde erheitert anfühlte.

»Nefer, als zukünftiger Berater der Chefs musst du lernen, dich durchzusetzen. Diplomatie kann dabei gelegentlich ganz hilfreich sein.«

Damit mochte der alte Weise recht haben, aber zu seiner Erbitterung gelang es Nefer nicht, Nephthys zu der Einsicht zu bringen, dass sowohl Amun Hab als auch die Königin von dem Vorfall in Kenntnis gesetzt werden sollten.

»Mein Clan, meine Angelegenheit. Ich wünsche keine Einmischung von oben«, hatte sie gefaucht. »Aber ich habe eine Aufgabe für dich, mein junger Draufgänger. Sammle eine Gruppe Kämpfer zusammen, berichte ihnen von deiner Heldentat, und dann stöbert die Schlangen auf und vernichtet sie.«

»Aber wir wissen noch nicht mal, wie viele es sind und wo sie sich aufhalten.«

»Na, das macht die Angelegenheit doch einfach noch ein bisschen herausfordernder, oder nicht?«

Mit dem hässlichen Gefühl, nicht wirklich ernst genommen zu werden, hatte Nefer sich unhöflich abgewandt und noch eine giftige Bemerkung hinterhergezischt bekommen.

Das Schimpfwort Schlange hatte plötzlich eine neue Bedeutung erhalten.

Immerhin, die Grenzwachen waren nur zu bereit, ihren langweiligen Dienst mit etwas Aufregenderem zu tauschen, und zwanzig ausgebildete Kämpfer beratschlagten den ganzen Abend, auf welche Weise man Schlangen am besten überwältigte. Dass sie sich von ihm den Kampf wieder und wieder schildern ließen, war Balsam für Nefers angeschlagenen Stolz.

Zweiter Teil

Attentäter

17. Unter dem Jägermond

Sechmet kraulte den Puma an ihrer Seite und schlenderte dann zum See hinunter. Ihr Reich, schön wie immer, lag im silbrigen Glanz des Mondes. Sie hatte sich um ihre Lieblinge gekümmert, die Geburt eines Pärchens Löwen überwacht und einen der letzten wilden Tiger vor dem Abschuss bewahrt. Sie hatte Geparden bei der Jagd beobachtet, den Tod eines Panthers beklagt und dem Umhertollen junger Luchse zugesehen.

Nun setzte sie sich an das Ufer und blickte in das stille, bodenlos tiefe Wasser.

Der Kater, der ihr zu gefallen suchte, war nicht untätig geblieben. Und es waren andere hinzugekommen, die sich an dem Spiel beteiligen würden.

Sollte sie eingreifen?

Einen kleinen Schubs hier und da verteilen?

Sie streckte eben den Finger mit dem langen Nagel aus, als ihre Schwester sich neben ihr niederließ.

»Aber, aber«, mahnte sie sanft schnurrend. »Du willst doch nicht die Regeln ändern?«

»Es ist so langweilig, Bastet.«

»Sie müssen sich auf ihre Weise bewähren. Die beiden Menschen, meine ich.«

Bastet pflückte eine Blüte und knabberte zierlich an den Blättern.

»Du siehst blöd aus«, sagte Sechmet, krallte sich einen Fisch aus dem Teich und verschlang ihn.

»Ich habe dich abgelenkt.«

»Das hast du nicht.« Sechmet kraulte sich die Mähne. »Ich habe einen Fehler gemacht.«

»Ja, das sieht so aus. Dieser Shepsi plant Unheil.« Auch Bastet beobachtete das Geschehen in der Welt der Katzen und Menschen. »Wir werden wohl doch mit unserer Regel brechen müssen und uns in ihr Schicksal einmischen. Hast du eine Idee?«

Sechmet nickte und rief den Puma zu sich.

18. Die Augen des Cougars

Drei Panther tänzelten um sie herum. Ihre dolchartigen Reißzähne schimmerten, das Grollen, das aus ihren Kehlen drang, sprach von Blutgier. Feli stolperte rückwärts. Ihr Schreien blieb ihr in der Kehle stecken. Das Geröll unter ihren Füßen ließ sie ausrutschen, sie fiel, landete keuchend auf dem Rücken. Einer der Panther sprang auf sie zu, landete auf ihrer Brust, das Maul weit geöffnet und …

Eine Zunge leckte über ihr Ohrläppchen.

Das Grollen wurde zu leisem Schnurren.

Ein weiteres Gewicht landete mit einem Plumps neben ihr.

»Musst du wach werden.«

Feli tastete nach ihrem Ohr und fühlte einen Katzenkopf.

»Pu-Shen?«, fragte sie.

»Hat er gemerkt, hat er geholfen, ne?«

Im nächtlichen Dämmer erkannte Feli die spitzohrige Gestalt von Che-Nupet, deren Silhouette sich vor dem Fenster abzeichnete. Pu-Shen hingegen hatte sich auf ihr Kopfkissen begeben und tretelte es unter seinen Pfoten zurecht.

»Pu-Shen, danke«, murmelte Feli und streichelte ihn. Er gab ein glückliches kleines Maunzen von sich und schmiegte sich an ihre Schulter. Che-Nupet setzte sich auf ihre andere Seite.

»Hat er meine Träume gesehen?«, fragte sie die Katze, noch immer ein bisschen zittrig.

»Hat er Angst gefühlt. Hat er die Panther aber nicht gesehen.«

Für einen Augenblick wusste Feli nicht, was sie sagen sollte. »Panther?«

»Hast du von Panthern geträumt, ne. Erinnerst du dich, ja?«

»Äh – ja. Manchmal. Che-Nupet – hast du meinen Traum gesehen?«

»Kann ich. Darf ich.«

»Immer?«

»Nicht immer. Aber wenn nötig, ne. War nötig.«

»Ja, vermutlich.«

»Hast du oft?«

»Manchmal. Bei Neumond. Aber es ist gar kein Neumond.«

»Nimmt ab. Muss Grund haben, ne. Muss ich denken, ne?«

Che-Nupets Augen schimmerten im Licht des halben Mondes. Jetzt zwinkerte sie mit einem, dann mit dem anderen wie eine Eule auf Entzug, und Feli merkte, wie ihre Angst wich und eine kleine Heiterkeit in ihr aufstieg. Es war nur ein Traum, und zwei Katzen, offensichtlich hellfühlend, kümmerten sich um sie. Sie drehte sich auf die Seite und streckte die Hand aus, um auch Che-Nupet zu streicheln.

»Mach nicht, denke ich noch.«

»Ah, darum zwinkerst du.«

»Nein, das üb ich, ne.«

»Gut.«

Feli legte sich wieder auf den Rücken und starrte an die Decke. Pu-Shen an ihrer Seite war eingeschlafen und pustete ihr seinen Atem ins Ohr. Ganz leicht summte der Ohrring. Oder? Sie tastete danach. Manchmal vergaß sie beinahe seine Existenz, aber in der letzten Zeit machte er sich immer mal wieder bemerkbar. Eigentlich seit Che-Nupet zu ihr gekommen war.

»Musst du Angst loswerden«, brummelte die nun.

»Würde ich ja gerne, Che-Nupet. Und ich weiß ja auch, dass mich hier keine Panther überfallen werden. Aber gegen die Träume kann ich nichts tun. Die kommen einfach.«

»Musst du Panther treffen, vielleicht. In die Augen sehen, ja?«

»Na prima. Dann sollte ich mal einen kleinen Abenteuerurlaub nach Afrika oder so machen.«

»Brauchst du nicht, ne. Habt ihr hier auch welche. Weißt du doch.«

»Ich bin wohl zu müde und zu durcheinander, Schnuppel. Hilf mir.«

»Besser, du bittest mich nicht um Hilfe, ne. Vergessen wir. Denkst du weiter.«

Feli schloss die Augen. Sie war Che-Nupet nicht böse, dass sie ihr die Antwort verweigerte. Sie hatte gewiss ihre Gründe. Solche, die mit dem Geheimnis verbunden waren, das sie umgab. Sie konnte vieles nicht beantworten – oder wollte es nicht, weil die Antworten für sie unverständlich waren. Darum spielte sie gerne das dumme Dickerchen. Ihr gegenüber aber war sie offener – sie gab zu, dass sie einige Dinge einfach für sich behalten wollte. Und sie wusste, dass sie, Feli, von selbst drauf kommen würde.

»Ich sollte mal in den Zoo gehen, meinst du nicht auch, Schnuppel?«

»Würd ich tun, ne. Mit Finn, ja. Träumt auch, ne.«

»In den Zoo! Auf seinem Motorrad, au ja!«

Aber dann wurde Feli erneut nachdenklich.

»Sag mal, Schnuppel …«

»Schnuppel!«

Feli kicherte.

»Du bist doof!«

»Ja, ne?«

»Aber nicht ganz doof. … Du warst schon mal im Zoo, stimmt's?«

Überrascht stellte Feli fest, dass ihre Katzenfreundin verlegen mit den Pfoten zu trappeln begann. Dabei hatte sie die Krallen ausgefahren, und der Stoff des Kopfkissenbezugs riss auf.

»Che-Nupet, du machst mein Kissen kaputt.«

»Oh!«

Che-Nupet hörte auf zu trappeln, beäugte den Schaden und begann, mit der Zunge über die Risse zu lecken.

»Schnuppel, das heilt so nicht!«

Die Katze zog die Zunge zurück, und ein irgendwie verzweifeltes Maunzen kam aus ihrer Kehle.

»Bin ich soooo doof.«

Und dann versteckte sie ihren Kopf unter dem Deckbett, sodass nur noch ihr Hinterteil mit dem zuckenden Schwanz erkennbar war.

Feli überkam ein grenzenloses Mitleid. Sie drehte sich um und nahm das, was von Che-Nupet zu sehen war, in den Arm und schnurrte sie begütigend an.

»Ich flicke das morgen, Schnuppel. Ist nicht schlimm. Komm wieder unter der Decke raus, Schnuppel. Alles ist gut.«

Es kruschelte, Che-Nupet drehte sich um, und die schimmernden Augen sahen sie traurig an.

»Möchte ich manchmal sagen. Darf nicht.«

»Verstehe ich, Schnuppel. Geheimnisse muss man hüten.« Feli streichelte sie. »Muss ich auch welche hüten, ne?«, flüsterte sie.

»Ja, weißt du. Musst du. Bist du so klug, Feli. Und so lieb.« Che-Nupets Nase drückte sich an Felis Wange. »Schläfst du jetzt, ne. Und träumst schön, ja?«

Zufrieden kuschelte Feli sich tiefer in die Kissen und lauschte Che-Nupets leisem Schnurren.

Und den Rest der Nacht träumte sie von einer blühenden, duftenden Heidelandschaft und einem einäugigen schwarzen Kater, dessen Annäherungen alles andere als bedrohlich waren und sich darauf beschränkten, ihr über den bloßen Bauch lecken zu wollen.

Finn, der während der Vorlesungszeiten immer nur an den Wochenenden nach Hause kam, erklärte sich am Telefon einverstanden, mit Feli am Samstag den Zoo zu besuchen. Wozu er sich nicht bereit erklärte, war, dass sie sein Motorrad fahren durfte. Aber damit hatte sie auch nicht ernsthaft gerechnet. Immerhin würde sie hinter ihm sitzen und die einstündige Fahrt genießen.

»Und warum gehen wir den Zoo?«, fragte Finn, als sie am Eingang in der Schlange standen.

»Weil ich einem Panther in die Augen sehen soll.«

Sie hatte ihm schon früher von ihren Albträumen berichtet, und sie wusste auch von Finns Erinnerungen, die ihn hin und wieder heimsuchten. Doch seine beruhten darauf, dass er in Kontakt mit dem Schwarzen Sumpf gekommen war und daher in schrecklichen Visionen all das Leid erleben musste, das Menschen den Katzen angetan hatten. Seine Erfahrungen mit Panthern waren allerdings ebenfalls höchst unangenehm gewesen.

»Und du meinst, das hilft?«, fragte er jetzt.

»Che-Nupet behauptet es.«

»Na dann.«

Finn mochte die dicke, träge Katze zwar, die Che-Nupet vorgab zu sein, aber er hielt nicht viel von ihrer Intelligenz. Feli sah keinen Anlass, ihn von ihrer anderen Meinung zu überzeugen.

»Probieren wir es einfach«, meinte sie und bezahlte ihre Eintrittskarte.

»Wenn es gegen deine Träume hilft. Auf jeden Fall kann ich mir hier noch ein paar Notizen für meine Ausarbeitung über Wild- und Großkatzen machen. Nützlich ist es allemal.«

Sie schlenderten mit der Woge der Besucher an den Erdmännchen vorbei, die sie wachsam musterten, ignorierten das Affenhaus und schenkten den Dickhäutern samt ihren zwei Elefantenbabys keine Beachtung.

»Haben sich deine Katzen in Nathans Haus eingelebt?«, fragte Feli, während sie die Giraffen mit einem beiläufigen Blick streifte.

»Scheint so. Sem ist sehr ordentlich, das muss man ihm lassen. Und Ani und Pepi vergnügen sich im Wald. Mit Sylvester haben sie sich schon einmal herzhaft in die Wolle bekommen. Und angeblich haben sie auch einen Dackel verprügelt.«

»Sylvester?«

»Eine der Waldkatzen. Sem hat sich mit ihnen unterhalten.«

»Ich wünschte, das könnte ich Iris erzählen.« Feli fasste an ihren Ohrring, der wieder ganz leise zu summen begonnen hatte. »Du wirst es wenigstens Nathan sagen können.«

Finn nickte und sah versonnen einem Zebra nach.

»Wann kommt er zurück? Hat er sich bei dir mal gemeldet?«

»Was? Ach so, ja, eine Mail habe ich erhalten. Er kümmert

sich um seinen Neffen, den er überreden will, nach Deutschland zu kommen. Ende Juni will er wieder hier sein.«

Dann war Che-Nupet schon wieder in Trefélin, sie würden einander nicht begegnen, dachte Feli. Es stimmte sie traurig.

»Morgen begleitet mich mein Vater auf meinem Rundgang.«

»Oh«, war alles, was Feli dazu sagen konnte. »Schön für dich.«

»Ja, ich finde das schön. Auch wenn Kristin und Nerissa immer nur misstrauisch sind. Aber er ist in Ordnung.«

Feli nickte und trat näher an die gläserne Absperrung des Geländes. Ihr Herz begann zu klopfen, als sie die große, gefleckte Katze entdeckte, die auf einem flachen Stein ruhte. Panther gab es in diesem Zoo nicht, wohl aber Leoparden. Da jedoch Panther lediglich die schwarze Variante der Leoparden waren, würde es vielleicht reichen, sich ihnen zu stellen.

So wie die Katze dort lag, bot sie ein friedvolles Bild. Und auch als der zweite Leopard die hohen Gräser teilte und mit geschmeidigen Schritten über den ausgetretenen Pfad wandelte, verspürte sie keine Angst. Kinder drängelten sich hinter ihr, eine Frau zeterte, ein Baby plärrte, jemand stieß sie mit dem Ellenbogen in die Rippen. Doch die Glaswand schien die Geräusche von den Tieren fernzuhalten.

Der Schwanz der ruhenden Raubkatze wedelte hin und her, als ihr Gefährte sich näherte. Und dann schlug er die Augen auf und ließ seinen Blick gelangweilt über das Publikum schweifen. Feli fühlte ihn über sich hinweggleiten, uninteressiert, gleichgültig.

»Er will nichts von mir«, flüsterte sie.

»Von mir auch nicht. Vermutlich werden sie gut gefüttert.«

Sie wandten sich ab und gingen weiter. Von den drei an der

Tafel angekündigten Löwen war keiner zu sehen, und der bengalische Tiger hielt seine Siesta. Doch dann kamen sie an ein Gehege, in dem Berglöwen zu Hause waren. Das Summen an Felis Ohr wurde stärker.

Und dann sah sie ihn.

Silbern, elegant, arrogant in der Astgabel eines Baumes liegen. Weiß die Schnauze, von schwarzen Streifen umgeben, ebenso die Augen schwarz umrandet. Sein Blick war alles andere als gelangweilt, er starrte sie an. Eindringlich. Durchdringend. Feli fasste nach ihrem Ohrring und starrte zurück.

Golden waren die Augen des Pumas, verwirrend und abgründig. Sie fühlte sich durchschaut und wusste nicht, was diese Katze in ihr sah. Aber es musste etwas sein, etwas, das sie interessierte. Gänsehaut flog über ihren Rücken.

Der Puma öffnete sein Maul und gähnte.

Die Reißzähne schimmerten.

Dann sprang er von seinem Lager und verschwand hinter einem farnbewachsenen Felsen.

»Hallo, Feli! Feli, bist du noch da?«

Finn schüttelte sie leicht an der Schulter.

»Oh, mhm. Ja, ich bin da. Mhm – das war seltsam.«

»Was war seltsam?«

»Der Puma. Wie er mich angesehen hat. Mir ist irgendwie schwindelig.«

»Dann gehen wir besser ein Eis essen.«

»Du hast nichts bemerkt, oder?«

Finn rieb sich das Ohrläppchen. Dann nickte er.

»Doch. Es juckt irgendwie. Lass uns gehen. Das Eis finden wir besser draußen. Hier ist es zu voll.«

Sie verließen beinahe fluchtartig den Zoo. Finn spendierte ihnen je eine Eistüte, und sie wanderten schweigend zum Parkplatz zurück. Als sie das Motorrad erreicht hatten, meinte

Finn: »Dieser Puma – er wusste etwas, oder? Glaubst du, er stammt aus Trefélin?«

»Ich weiß es nicht, Finn. Es gibt so vieles, das wir nicht wissen.«

Finn nickte und rieb sich noch einmal das Ohr.

»Ich glaube, wir sollten mehr über diese Ringe herausfinden. Feli, deine Oma hat dir doch davon erzählt.«

»Ja, aber alles, woran ich mich erinnern kann, habe ich dir doch schon gesagt. Man kann damit Trefélin-Katzen verstehen, man kann damit bei Vollmond durch die Grauen Wälder gehen, und irgendwie kann man sich dabei wohl in eine Katze verwandeln. Oder auch nicht.«

»Und Fährten lesen«, murmelte Finn.

»Meinst du, das liegt am Ring? Hast du es schon mal ohne ihn probiert?«

»Nein. Könnte ich mal. Stimmt.«

»Ich möchte auch mehr wissen. Vor allem, warum mein Ohrring manchmal summt.«

»Wir können versuchen, unsere Besucher auszufragen.« Finn grinste. »Sem, Pepi und Ani wissen allerdings darüber noch weniger als wir.«

»Nefer hätte mehr gewusst.«

»Ja.«

»Und Che-Nupet sagt nichts.«

»Die weiß nichts.«

Feli schwieg.

Finn biss krachend in den Rest seiner Eistüte.

»Ich plaudere mal mit Seba. Ich wollte sie sowieso besuchen.«

»Ach ja?«

»Jedem sein Kätzchen.«

»Und was sagt Chipolata dazu?«

Finn grinste und reichte ihr den Helm.

19. Eine Ringlektion

Seba leckte sich den kleinen Milchbart, den ihre Latte macchiato hinterlassen hatte, ab, und Finn starrte fasziniert auf die flinke Zungenspitze. Sie saßen in einer schummrigen Nische eines angesagten Cafés, und die Nähe der schönen Katzenfrau ließ ihn immer wieder sein Anliegen vergessen. Seba hingegen gab sich kühl und gelassen.

»Ja, Majestät hat mir berichtet, dass du den Ring tragen darfst«, meinte sie und schaute ihn mit einem langen Blick unter ihren seidigen Wimpern an. »Dann solltest du auch wissen, was es damit auf sich hat.«

Eigentlich interessierte ihn weit mehr Sebas Ohrring, besser noch, ihr Öhrchen, das unter dem gelben Tuch, das ihre Haare zurückhielt, hervorlugte. Er hätte so gerne daran geknabbert. Aber dann riss er sich zusammen.

»Ja, das würde ich gerne wissen. Ich meine, Katzen können sie doch nicht anfertigen.«

Seba lachte leise.

»Nein, nicht in Trefélin. Und selbst wenn wir uns hier in Menschengestalt aufhalten, können wir es nicht mehr. Das Wissen darum ist verschollen.«

Sie brachte den Ring in ihrem Ohr mit der Fingerspitze zum schaukeln. Finn musste sich erneut zur Ordnung rufen.

»Woher stammen diese Ringe?«, fragte er, und stellte fest, dass seine Stimme heiser vor Verlangen war. Wieder traf ihn ein wissender Seitenblick, und ein winziges Lächeln zuckte über Sebas Lippen.

»Das ist eine lange Geschichte. Aber nun gut. Die Ringe stammen aus der Zeit, da die Menschen sie für die Katzengötter gefertigt haben. In einer frühen Kultur, weißt du, Finn, waren die Menschen empfänglicher für die Kräfte, die in den Welten wirken. Und sie erkannten, dass sich manche davon in Göttern manifestierten. Einige von diesen Männern und Frauen erlernten die Kunst, die Kräfte zu kontrollieren, und sie schmiedeten goldene und silberne Schmuckstücke, durch die sie ihre Wirkung entfalten konnten.«

»Von wem erlernten sie diese Kunst?«

»Von uns.«

Seba lächelte, und Finn wurde es schwummrig.

»Ja, wir sind das ältere Volk, Finn, und weiser als die Menschen. Sie haben es damals anerkannt, und sie schmückten uns mit den Ringen und Anhängern, weil sie uns liebten, verehrten und fürchteten.«

»Ägypten. Du sprichst von Ägypten, nicht wahr?«

»Ja, die Wiege der Weisheit.«

Die Information war zwar schwer zu verdauen, aber Finn erinnerte sich jetzt an Dinge, von denen er im Geschichtsunterricht gehört hatte. Eine faszinierende Kultur mit ihren Pharaonen, Pyramiden und tiergestaltigen Göttern. Da gab es welche mit Hundeköpfen und andere mit Löwenkörpern, solche mit Kuhhörnern oder Flügeln. Und natürlich die katzenköpfige Bastet.

Klar, die natürlich.

»Stammt eure Königin von der Bastet ab?«, entfuhr es ihm.

»Nein, nein, es ist nur ihr Titel. Jede Königin stellt den Namen Bastet ihrem eigenen voran, wenn sie ihr Amt antritt.«

»Und sie trägt den Anhänger, das Ankh.«

»Das Insignium ihrer Macht. Auch eines der alten Schmuckstücke. Mächtig und wirkungsvoll und unbedingt notwendig, um die Kraft der Ringe zu erhalten. Doch das ginge jetzt zu weit, Finn. Aber dass ihr geholfen habt, es wiederzufinden und ihr zurückzubringen, hat euch ihre Dankbarkeit eingebracht.

Und darum erzähle ich dir noch etwas mehr von den Ringen. Wenn du zuhören magst.«

Sie zwinkerte, und Finn biss sich auf die Lippen.

Sein Interesse an den Ringen schwand von Sekunde zu Sekunde. Er hätte um so vieles lieber seine Nase an Sebas Hals gedrückt und an ihr geschnuppert. Sie roch so betörend. Irgendwie nach Blumen und süßen Kräutern. Er rückte näher an sie heran.

»Ringe, Finn?«, gurrte sie und rückte ein Stückchen von ihm weg.

»Mhm.«

»Dann hör zu und lass deine Pfoten bei dir.«

»Ich kann auch zuhören, wenn ich sie auf dir lasse«, grummelte er.

»Nein, das kannst du nicht.«

Womit sie vermutlich recht hatte, dachte er frustriert.

»Also, es gibt diese einfachen Ringe, solche, wie du und die drei Kater sie tragen. Diese Verständigungsringe erlauben es uns, die Sprache anderer Tiere und auch der Menschen zu verstehen. Zusätzlich dienen sie dem Übergang zwischen den Welten. Es gibt ein paar Dutzend von ihnen, und sie werden an jene vergeben, die diplomatische Aufgaben wahrzunehmen haben oder sich unter Menschen begeben müssen.«

»Ich kann aber die Sprache der Tiere nicht verstehen.«

»Nein, du bist ja auch ein Mensch. Aber ohne den Ring würdest du auch uns nicht in unserer Katzengestalt verstehen.«

»Gibt es auch Ringe, mit denen Menschen die Tiere verstehen können?«

»Genau weiß ich nicht, wie die höheren Ringe wirken. Vielleicht die Traumringe, ja, das könnte sein. Es gibt nämlich noch zwei andere Arten von Ohrringen, die bei besonderen Aufgaben getragen werden. Die Wandlungsringe befähigen ihren Träger, jederzeit die Gestalt zu wechseln. So können große Trefélin-Katzen kleine Hauskatzen werden oder auch als Menschen auftreten, beides in dieser Welt. Auch ein Mensch kann damit zur Katze werden. Die höchste Stufe der Ringe, die Traumringe, verschaffen zusätzliche Geisteskräfte wie Gedankenlesen und Vorhersagen, Beeinflussung der Träume anderer, Hypnose. Sie sind äußerst selten und werden nur von den Seelenführern und einigen Beratern der Königin getragen.«

Seba nahm einen weiteren Schluck aus ihrem Kaffeeglas und schleckte den Milchschaum vom Rand ab.

Finn starrte auf ihre Lippen.

Sie spitzte sie wie zu einem Küsschen.

Er stöhnte auf.

Und wurde herb aus seinen Fantasien gerissen.

»Ha, hab ich mir doch gedacht, dass ich dich hier finde!«

Rudi, in Waidgrün, steuerte auf den Tisch zu, stolperte und fiel Seba auf den Schoß.

Finn knurrte. Seba lachte. Rudi seufzte und versuchte aufzustehen, dabei stütze er sich auf Sebas Busen ab. Die packte sein Handgelenk und bog es zurück.

»Aua!«

Rudi rappelte sich auf und schüttelte seine Hand. Dann grinste er.

»War aber schön. Hey, Finn, ist das deine Freundin?«

Er quetschte sich auf die Bank neben Seba, die nun zwischen beiden Männern eingeklemmt war.

»Was willst du hier?«, fuhr Finn ihn an.

»Wegen morgen. Deine Schwester hat mir gesagt, dass du hier bist.«

»Was ist morgen?«

»Ich hab mit deinem Freund Sem geredet. Der ist klasse,

Mann. Der und die beiden Kater. Echt. Und Sem will mir in der Frühe das Pirschen beibringen.«

Rudi trippelte mit Zeige- und Mittelfinger Sebas Arm hoch. Ihren drohenden Blick bemerkte er nicht.

»Rudi, wenn du nicht gleich deine Flossen von Seba nimmst, verlierst du noch eine Hand«, mahnte Finn.

»Och ja? Nö, nicht?«

Unverdrossen krabbelten seine Finger an Sebas Hals und zu ihrem Blusenausschnitt. Seba schlug einmal kurz zu, und ihre Nägel hinterließen drei lange, blutige Kratzer. Rudi betrachtete konsterniert seinen Handrücken.

»Du, das war aber gemein.«

»Ich habe dich gewarnt«, sagte Finn, »Sei froh, dass dein Arm noch dran ist.«

Rudi leckte sich das Blut von den Kratzern und sah Seba gekränkt an.

»Bist du immer so fies zu Männern?«

»Immer«, sagte Seba und nickte ernsthaft.

»Seba, lass Gnade walten. Rudi ist kein Mann. Rudi ist ein Nerd.«

»Ach ja? Und die dürfen grabbeln?«

»Nein, dürfen sie nicht, aber sie kennen den Unterschied zwischen einer Tastatur und einer Frau nicht.«

»Ich soll ihm vergeben?«

»Vergiss ihn einfach.«

»Gut.«

»Und du, Rudi, gehst jetzt besser. Du musst morgen früh aufstehen, wenn du durch den Wald pirschen willst.«

»Du kommst nicht mit?«

»Ich habe eine Verabredung mit meinem Vater.«

»Oh, toll. Na gut, dann noch viel Spaß.«

Rudi quetschte sich aus der Bank, stützte sich dabei noch

einmal auf Seba ab und riss ihr dabei das Tuch in ihren Haaren über die Augen.

Seba schob es wieder hoch und sah den dicklichen Rudi fassungslos an.

»Nerd also.«

»Und Jäger!«

»Der?«

»Er macht seinen Jagdschein.«

»Muss man hier einen Schein dafür haben?«

»Rudi schon.« Finn grinste.

»Ja, klar.« Und Seba begann haltlos zu kichern, was Finns Gefühle wieder in Aufruhr versetzte. Vorsichtig wagte er es, seinen Arm um ihre Schultern zu legen. Keine Kralle fuhr über seine Hand, im Gegenteil, Seba schmiegte sich dichter an ihn, und das Kichern wurde zu einem verheißungsvollen Gurren.

Finn schöpfte Hoffnung.

Sie erfüllte sich.

20. Gartenidylle mit Katzen

Feli fühlte sich unerklärlich fahrig. Eigentlich hätte sie ihren freien Tag genießen sollen. Es war ein sonniger, fast sommerlich warmer Samstag, die Tierarztpraxis hatte geschlossen, Tante Iris war mit einer ihrer Wandergruppen auf Wochenendtrip, für die Schule zu lernen gab es nichts mehr, ein Stapel ungelesener Bücher wartete in ihrem Zimmer, im Chat tummelten sich einige ihrer Bekannten, aber ihre Ruhelosigkeit bewirkte, dass sie sich irgendwie auf nichts richtig konzentrieren konnte. Sie tigerte durch das Haus, füllte Katzenfutter auf, machte sich selbst ein Brot und trug es mit einem Glas Saft hinaus auf die Terrasse. Dort stand seit einiger Zeit ein Schaukelstuhl, den Iris angeschafft hatte. Feli hatte ihn spöttisch als Omasessel bezeichnet, aber heute nahm sie selbst darauf Platz. Das Schaukeln und das Essen beruhigten sie ein wenig. Sie beobachtete, wie sich die drei Katzen im Garten vergnügten. Pu-Shen schien wieder mutiger geworden zu sein, er hatte den kleinen Birnbaum erklommen und belauerte Che-Nupet, die versuchte, auf den Hinterbeinen zu laufen, was ausgesucht komisch aussah. Sie fiel dabei auch immer wieder nach drei, vier Schritten auf die Nase. Chipolata tänzelte ebenfalls auf den Hinterpfoten, allerdings um einen Schmetterling zu fangen. Er entwischte ihr jedoch. Che-Nupet bemerkte das, setzte sich aufrecht hin, begann zu schielen, und der weiße Falter strebte auf ihre Nase zu. Dort setzte er sich flügelschlagend nieder.

Chip starrte fasziniert auf das Arrangement.

Che-Nupet nieste, der Falter flog auf. Aber er entfernte sich nicht, sondern begann, um die Ohren der Katze zu kreisen. Ein zweiter und ein dritter gesellten sich dazu.

Feli lachte in sich hinein. Schmetterlinge anziehen war eine von Che-Nupets kleineren Kunststücken, um andere von ihren sonstigen Fähigkeiten abzulenken. Feli selbst beherrschte es inzwischen auch, allerdings mehr als drei Falter kamen nicht zu ihr. Um Che-Nupet tanzten nun schon sechs – drei weiße und drei gelbe.

Am gestrigen Abend hatte sie ihrer Katzenfreundin von dem Zoobesuch berichtet und auch von dem eigenartigen Gefühl, das der Puma in ihr ausgelöst hatte. Che-Nupet hatte sie lange angesehen und sich dann gründlich die Ohren geputzt.

»Ist komisch, ne? Panther ignorieren dich. Das ist gut. Puma nicht. Waren aber keine Pumas da in Trefélin.«

Dann hatte sie ihren Schwanz gebürstet, und Feli war allmählich ungeduldig geworden. Doch bevor sie nachhaken konnte, begann Che-Nupet zu erzählen.

»Warst du im Land unter dem Jägermond, Feli«, sagte sie ganz leise. »Hast du Sechmet gesehen, ne?«

»Die Frau mit dem Löwenkopf? Ja. Sie war ungehalten.«

»Bewacht sie den Felsen mit dem Wasser.«

Che-Nupet leckte sich mit verdrehtem Kopf über den Nacken.

»Wenn du mir nichts darüber sagen darfst, dann schweig, Schnuppel.«

»Darf ich. Muss ich.«

Und dann hatte sie erzählt. Über das Land unter dem immerwährenden Vollmond, in dem die katzenköpfige Bastet und ihre Schwester Sechmet herrschten. Beide waren die Beschützerinnen der Katzen in allen Welten. Doch Bastet kümmerte sich um die domestizierten Katzen und die Trefélingeborenen, Sechmet um die Wildkatzen. In ihrem Land unter dem Jägermond gab es einen tiefen See, in dessen Wasser die beiden das Leben ihrer Schützlinge wie in einem Spiegel verfolgten.

»Kann sein, dass sie dich beobachtet«, sagte Che-Nupet. »Kann sein durch den Cougar.«

»Cougar?«

»Nennt man Berglöwen so. Puma, ne. Gibt Menschen, die verehren ihn. Manche glauben, er springt über den Himmel.«

Mehr aber wollte Che-Nupet dann nicht sagen. Oder konnte es nicht sagen. Sie hatte geschwiegen und dabei einen Zungenzipfel aus dem Mäulchen hängen lassen.

Feli war das Gehörte zunächst unheimlich gewesen, aber da sie sich damit abgefunden hatte, dass es ein Land wie Treféllin gab und Katzen, mit denen sie sprechen konnte, hatte sie es einfach als weiteres Geheimnis auf sich genommen, das sie zu hüten hatte. Es fiel ihr leichter, seit Che-Nupet bei ihr war. Auch hatte sie in der Nacht zwar von den Panthern geträumt, aber diesmal waren sie nur an ihr vorbeigelaufen, ohne sie zu bedrohen.

Über all das dachte sie nun sachte schaukelnd nach und beobachtete dabei die Katzen bei ihren Spielen im Garten. Davon abgelenkt wurde sie, als auf dem Nachbargrundstück ebenfalls die Terrassentür geöffnet wurde und Kristin mit Tija und Seba hinaustrat. Einen Augenblick lang überlegte Feli, ob sie hinübergehen sollte, aber dann erkannte sie, dass die drei offensichtlich eine Art Modenschau vorhatten. Die beiden Katzenfrauen hatten Körbe voller Tücher mitgebracht, und zusammen mit Kristin wanden sie sie sich auf die unterschiedlichste Weise um die Haare. Feli hatte keine Lust, sich von ihnen aufputzen zu lassen.

Allerdings fragte sie sich, ob wohl etwas zwischen Finn und Seba vorgefallen war. Kristin hatte erzählt, dass er sich gestern Abend mit ihr im Café Olé hatte treffen wollen. Sein Motorrad aber hatte Feli erst in den Morgenstunden zurückkommen hören.

War sie eifersüchtig? Sie nagte an ihrem Daumennagel.

Vielleicht. Ein bisschen. Andererseits – eigentlich wollte sie nichts von ihm.

Sie schaukelte noch ein wenig hin und her, und Pu-Shen schlich sich zu ihr.

»Hochkommen?«, fragte sie, und mit einem Satz landete der Kater auf ihrem Schoß. Er schnurrte zufrieden und rollte sich zusammen.

Nebenan flatterten farbenprächtige Tücher durch die Luft, Laute des Entzückens schallten zu ihr herüber, Chip und Che-Nupet balgten sich ein bisschen zwischen den Lavendelbüschen, eine Hummel brummelte vorbei.

Feli wurde allmählich ruhiger und beobachtete einfach das Geschehen. Irgendwann bemerkte Kristin sie und winkte auffordernd. Aber Feli schüttelte nur den Kopf.

Kurz darauf betrat auch Nerissa die Szene, und wie es schien, war sie von den jungen Frauen und ihren Kopftuchkreationen hellauf begeistert. Sie würde Tija und Seba vermutlich überreden, an dem Model-Contest teilzunehmen. In so etwas war Kristins Mutter richtig gut.

Und dann war Feli wohl eingedöst.

»Ich hab dir ein Dutzend Mal gesagt, du sollst dich nicht mit Kord treffen, verdammt noch mal!«

Feli schreckte auf. Die Sonne war weitergewandert und warf einen Baumschatten vor ihre Füße. Nebenan war wieder Gezänk ausgebrochen. Sie blinzelte und hörte, wie Finn sich wütend gegen Nerissas Vorwürfe verteidigte. Kristin, Tija und Seba waren verschwunden, Pu-Shen strich am Zaun entlang, Che-Nupet lüftete ihren Bauch mitten auf der Wiese.

Feli reckte sich und sah auf die Uhr.

Es war noch immer mitten am Tag. Ein schrecklich fauler Tag. Und Faulenzen lag ihr eigentlich nicht so. Irgendwas sollte sie wohl unternehmen. Zum Beispiel Finn von weiteren Streitereien mit Nerissa abhalten. Ja, das war eine gute Idee. Das würde ihr helfen, die Langeweile zu vertreiben. Auf jeden Fall würde Finn ihr dankbar sein, wenn sie ihn aus Nerissas Krallen befreite. Und ein bisschen aufziehen konnte sie ihn auch.

Sie schlenderte zum Nachbarhaus und drückte auf die Klingel. Zweimal musste sie das wiederholen, bis Finn schließlich auftauchte, rot vor Wut und mit einer Miene, als wolle er sie gleich anfallen.

»Friede, Finn, Friede. Ich bin es nur.«

»Oh, ja, sicher. Du. Ist was?«

»Nichts Besonderes. Ich war nur neugierig.«

»Worauf?«

»Darauf, was Seba dir gesagt hat.«

Finn wurde noch röter und grollte: »Das geht dich gar nichts an.«

Feli lächelte.

»Nein, das nicht. Das kann ich mir denken. Aber du wolltest sie wegen der ...« – sie tippte an ihr Ohr – »... fragen.«

Finn schüttelte den Kopf, als könne er damit seine Gedanken in eine bessere Ordnung bringen, dann wurde er plötzlich ruhiger.

»Entschuldigung«, murmelte er. »Ich hab mich nur wieder aufgeregt. Komm, wir fahren zum Fluss runter.«

Das Motorrad schien Finns schlechte Laune zu verscheuchen, und als sie kurz darauf eine Bank an der Uferpromenade gefunden hatten, erzählte er ihr auch von dem, was er von Seba über die Ringe erfahren hatte. Feli steuerte ihre neuen Erkenntnisse über das Land unter dem Jägermond bei.

»Wenn uns jemand zuhören würde, müsste er uns für völlig durchgeknallt halten«, meinte Finn schließlich. »Ich weiß immer noch nicht, was das alles soll. Manchmal denke ich, es wäre wirklich besser, sie hätten uns die Erinnerung daran genommen.«

»Dann würdest du entweder weiter Erdbeeren pflücken oder Jura studieren. Und ich würde immer noch bei allen möglichen Herzspezialisten herumhängen und Französisch oder so was lernen.«

»Ja, stimmt auch wieder.«

»Ich verdanke Gesa meinen Ring, und du hast das Ankh gefunden. Finn, irgendwas muss es zu bedeuten haben, dass wir in diese Angelegenheiten verwickelt wurden. Und, weißt du was? Ich glaube, es gibt noch mehr von uns.«

»Ja, Nathan.«

»Den und noch andere. Und alle schweigen fein säuberlich darüber. Aber wenn Majestät hin und wieder neue Kopftücher verlangt, dann kommen einige von ihnen her. Ich habe den Verdacht, dass Ronya Miou auch von ihnen weiß.«

»Muss sie wohl. Sonst wären sie nicht bei ihr eingezogen.«

Finn bekam einen verklärten Blick, und Feli deutete es richtig, dass er die Nacht im Feliday Inn verbracht hatte. Sie ließ ihm eine Weile seine Erinnerungen, dann fragte sie: »Wie geht es Sem und den Katern? Du warst doch heute im Wald.«

Der verklärte Blick wurde wieder grimmig.

»Mit meinem Vater.«

»Habt ihr sie nicht getroffen?«

»Nein, sie waren nicht da. Oder besser, sie hielten sich verborgen. Ich habe ihre Witterung gespürt. Na ja, Kord ist ja auch ein Fremder für sie.«

»Warum regt sich deine Mutter nur so auf, wenn du ihn triffst?«

»Weil sie ihn für ein schlechtes Vorbild hält. Pfff. Er hat mal Mist gebaut, aber das macht doch jeder mal. Außerdem behauptet sie Sachen, die gar nicht stimmen. Angeblich hat er Gelder veruntreut, als er hier bei der Bank war. Aber das glaube ich nicht. Sonst hätten die Leute von den ›Helfenden Händen‹ ihn nicht eingestellt.«

»Was macht er denn jetzt da?«

»Fundraising.«

»Was für ein Tier?«

»Kapitalbeschaffung für den Verein.«

»Und wie beschafft man Kapital? Wüsste ich auch gerne.«

»Er kümmert sich um Spendeneinnahmen und solche Sachen. Bei Unternehmen und den Leuten, die die Organisation unterstützen.«

»Ah, er bettelt.«

»Quatsch. Er erzählt ihnen von den gemeinnützigen Projekten und bittet um Unterstützung. Das ist viel Überzeugungsarbeit, weißt du.«

»Und damit verdient er gut?«

»Sicher. Es ist eine verantwortungsvolle Aufgabe.«

»Klar. Er sammelt Geld ein und bekommt einen Teil davon als Gehalt. Würde mich auch motivieren.«

Feli merkte, dass ihre Darstellung Finn wieder verschnupft machte, und wechselte das Thema.

»Du, auf dem Rückweg, darf ich dann mal dein Motorrad fahren?«

»Nein.«

»Och, duuu ...«

»Feli, den Hobel beherrschst du nicht.«

»Ach nein? Weil ich ein Mädchen bin?«

»Das auch. Du hast keine Fahrpraxis. Und die Honda ist zu schwer für dich.«

»Genügend Praxis habe ich beim Unterricht gehabt. Außerdem war das auch eine fünfhunderter Maschine.«

»Aber eine der Fahrschule. Meine bekommst du nicht. Ich will nicht, dass du sie schrottest.«

Feli schwieg. Dass er ihr nicht zutraute, das Motorrad zu beherrschen, machte sie sauer.

»Fahren wir zurück. Ich hab keine Lust mehr, hier rumzusitzen und dir beim Schmollen zuzusehen«, meinte Finn schließlich und stand auf.

»Okay.«

Einsilbig verlief die Heimfahrt, und einsilbig war auch ihr Abschied voneinander.

21. Nephthys Ende

Nefer kauerte sich neben Nephthys nieder. Die Clanchefin lag reglos auf der Seite und starrte mit offenen Augen in die blühenden Büsche. Ihre Flanken hoben und senkten sich nur noch schwach, ihr Blick war trübe. Ihre Lefzen waren geschwollen, ebenso ihre Pfoten, kleine Bluttröpfchen waren aus den Bisswunden ausgetreten.

Auf dem Feld um dem Roc'h Uhel lagen weitere Katzen, tot oder sterbend. Und ein gutes Dutzend zerfleischter Schlangen ebenfalls.

Es war ein furchtbarer Kampf gewesen, und er hatte Opfer gefordert.

»Königin«, hauchte Nephthys.

»Ja, ich berichte ihr.«

»Fehler gemacht.«

»Nein, Nephthys. Es konnte keiner ahnen, dass wir auf eine solche Schlangengrube treffen würden. Du hast vier getötet.«

»Schmerzen«, keuchte sie.

Sarapis kam hinzu und blies der tapferen Kätzin seinen Atem in die geschwollene Nase.

»Ende.«

»Nefer, erweis ihr die Gnade. Ich kann es nicht mehr«, flüsterte der alte Weise. Und Nefers Fell begann zu zucken. Nein, Sarapis konnte den Tötungsbiss nicht mehr ausführen, er hatte all seine Reißzähne verloren. Aber die Bitte war auch so schwer zu erfüllen: Man tötete Seinesgleichen nicht.

Nephthys stöhnte.

»Schlangengift verursacht entsetzliche Schmerzen, und eine Heilung gibt es nicht, Nefer«, mahnte der Alte.

Und so fasste er sich und beugte sich über die sterbende

Katze. Sanft leckte er ihr über das Gesicht und schnurrte sie an.

»Leb wohl, edle Nephthys«, murmelte er. Dann packte er mit einem schnellen, festen Biss ihre Kehle und drückte zu. Der Körper der Clanchefin erschlaffte.

Sarapis begann mit dem Klagegesang, und von überall her auf dem Schlachtfeld stimmten die überlebenden Kämpfer mit ein.

Traurig und erschöpft trottete Nefer bald darauf neben Sarapis zu dessen Höhle.

»Sie war autoritär und rechthaberisch, eitel und arrogant, aber sie war die mutigste Kämpferin, der ich je begegnet bin, Sarapis. Selbst als sie schon mehrfach gebissen worden war, hat sie noch zwei weitere Schlangen erlegt.«

»Sie war ein wenig streitsüchtig, aber sie hat immer für ihren Clan gekämpft. Wir werden ihrer gedenken. Aber nun wirst du zu Bastet Merit laufen. Wir brauchen einen Geomanten, der die Grube wieder verschließt.«

»Ja, ich mache mich gleich auf den Weg.«

»Nimm einen Boten mit, dann hast du das Privileg.«

Nefer beherzigte diesen Ratschlag, und als die Sonne sich dem Horizont zuneigte, raste er hinter dem Kater mit dem geschlitzten Ohr her, dessen Rufe ihnen alle Wege bereiteten. Bis zum Morgengrauen hatten sie den Avos Brug erreicht, den Grenzfluss zu dem Nadelwaldgebiet der fel'Sapin. Der Botenstatus gewährte ihnen das Betreten eines anderen Clanreviers, und auch hier bekamen sie Beute und Schlafplatz. Lange aber ruhten sie nicht unter den hohen Kiefern, am Nachmittag schon liefen sie weiter nach Norden. Noch einen Fluss galt es zu überqueren. Der Avos Yen bildete die Grenze zum Laubental, dem schönsten Gebiet ganz Trefélins. Hier in der weiten, grasbewachsenen Senke blühten die Büsche und Rankpflanzen, die die Lauben und Gänge bildeten. In ihnen lebten die Katzen, die zum Hofstaat der Königin gehörten, oder die Berater und Scholaren des Weisen. Vom Menez Penn, dem letzten hohen Berg des Mittelgrats, rauschte der Wasserfall des Dour Siron in den Sternensee zu Füßen des Gebirges. Um diesen See herum lagen die Lauben der Königin und des Weisen.

Nefer war erschöpft und überließ es dem Boten, sein Kommen anzukündigen. Er netzte seine geschundenen Pfoten im See und leckte sie dann gründlich ab. Dann angelte er sich eine Forelle und verschlang sie mit wenigen Happen. Langsam machte er sich anschließend auf den Weg zum Sitz der Königin. Ihre Laube leuchtete golden in der untergehenden Sonne. Es wucherte der Goldregen über dem Eingang, giftig zwar, doch atemberaubend in seiner Blütenpracht. Zwei Hofdamen, silbrigweiße Perserinnen mit violetten Kopftüchern, erwarteten ihn. Sie schickte ihn sofort in den hinteren Bereich der Laube, wo Bastet Merit auf einem Moospolster lag und sich die Schnurrhaare leckte. Offenbar hatte Majestät eben gespeist.

»Nefer, du bringst Nachrichten?«

»Ja, Majestät. Äußerst schlechte.«

»Will ich nicht hören.«

»Wirst du aber müssen.«

»Wie grässlich. Dann mach zu!«

»Ja, Majestät. Wir sind auf eine Schlangengrube gestoßen.«

»Unmöglich, die sind alle versiegelt.«

»Nephthys ist tot, sechs weitere Grenzwächter fielen ebenfalls im Kampf, eine junge Kätzin und ein junger Kater starben zuvor.«

Majestätens Kehle entrang sich ein tiefes Grollen. Nefer schwieg, bis sie sich beruhigt hatte. Dann berichtete er von der alten Übergangsstelle und Sarapis' Verdacht. »Wir brauchen einen Geomanten, um die Stelle neu zu versiegeln«, schloss er seinen Bericht.

»Kriegt ihr.« Majestät schritt in ihrer Laube auf und ab, und ihr Rückenfell sträubte sich. »Rattenschiss«, fluchte sie schließlich.

»Wie beliebt?«

»Zeckenbiss! Mäusekacke!«

Dann drehte sie sich mit lodernden Augen zu Nefer um.

»Es ist nicht damit getan, die Stelle am Roc'h Uhel zu versiegeln. Die Biester können überall auftauchen. Sie müssen aus ihren Löchern in den Grauen Wäldern gekrochen gekommen sein.«

»Dann wird es gefährlich sein, sie zu durchqueren.«

»Worauf du eine Kröte zerbeißen kannst. Hundescheiße! Und ausgerechnet jetzt ist Che-Nupet bei den Menschen.«

»Che-Nupet? Was kann die denn ausrichten?«

»Sie kennt sich in den Wäldern aus.«

Nefer schluckte seine Angst hinunter und fragte: »Soll ich sie holen?«

»Nein.«

Ein kräftiger schwarzer Kater mit leuchtend blauen Augen gesellte sich zu ihnen, nickte Nefer kurz zu und setzte sich auf Majestätens Mooslager.

»Und?«

»Schlangen. Sie kommen aus alten Übergängen gekrochen. Schick deine besten Geomanten aus, damit sie die Stellen prüfen.«

»Wird gemacht.«

»Gibt ihnen ein paar Kämpfer mit«, fügte Nefer hinzu.

»So schlimm?«

Er erstattete noch einmal Bericht, und Amun Hab nickte.

»Es ist noch ein Namenloser in den Grauen Wäldern«, murmelte er dann. »Einer, der die Wege kannte und die Kräfte besaß.«

Majestät knurrte.

»Genau, was ich dachte.«

»Rattenbiss!«, entfuhr es jetzt auch Nefer. »Kann er sich möglicherweise wieder erinnern?«

»Vielleicht. Ich hätte ihn überwachen lassen sollen. Che-Nupet hat es geraten. Vor allem, weil Shepsi noch immer verschwunden ist. Ich hätte auf sie hören sollen.«

Der Schwanz von Majestät fegte wütend hin und her.

»Kann man ihr eine Botschaft schicken, Majestät? Du hast erzählt, dass es ginge, als du bei dem Förster warst. Dieser Nathan könnte als Vermittler dienen.«

Amun Hab zwinkerte ihm anerkennend zu.

»Nefer hat damit eine gute Idee, Majestät. Vor allem, da dieser Menschenmann einen der hohen Ringe trägt. Versuch es, den Shaman zu rufen.«

»Und dann?«

»Soll er alle warnen, die auf der anderen Seite sind. Die Grauen Wälder werden von einer neuen Gefahr heimgesucht.«

Bastet Merit, Königin von Trefélin, stieß einen abgrundtiefen Seufzer aus.

»Was ist, Majestät?«

»Nichts, ach nichts.« Und dann: »Arme Che-Nupet.« Sie legte ihr Kinn auf die Vorderpfoten und sann vor sich hin. Schließlich hob sie den Kopf. »Gut, ich schaue in den See. Heute Abend. Aber ob ich was bei Schwarzmond erreiche, ist fraglich. Verschwindet.«

Nefer schloss sich dem Weisen an, der gemächlich zu seiner mit blauen Wistarien bewachsenen Laube wanderte.

»Und, Sohn?«

»Es war grauenvoll.«

»Ich denke es mir. Du hast nichts dazu gesagt, wie Nephthys gestorben ist.«

»Ich werde auch nichts weiter dazu sagen.«

Amun Hab blieb stehen, drehte sich zu Nefer um und schlappte ihm mit der Zunge über die Nase. »Ist gut.«

22. Zwietracht

Die Vorbereitungen waren abgeschlossen, und nun galt es, das Ergebnis abzuwarten. Er beglückwünschte sich zu seiner Umsicht. Menschen waren so einfach zu durchschauen. Besitzgier, Neid, Missgunst, Selbstherrlichkeit bestimmten ihr Leben. Mit ein klein wenig Nachhilfe konnte man sie zu allem überreden. Ja, sie glaubten sich sogar im Recht und brüsteten sich mit ihrer Rechtschaffenheit. Je niedriger ihre Triebe, je höher die Überschätzung ihrer jämmerlichen Persönlichkeit, desto eifriger waren sie bemüht, ihm zu Willen zu sein.

Der großmäulige Kord war sehr entgegenkommend, der Hass auf seine Frau saß tief. Dass er sich derzeit noch um seinen Sohn bemühte, störte nicht besonders. Wenn es an der Zeit war, würde er da auch Zwietracht säen.

Der hohlköpfige Georgie hatte auch so seine eigenen Wahnvorstellungen, ein Handlanger, nützlich, wenn auch wenig verlässlich. Charlene, die so gerne die Erleuchtete spielte – ein sehr williges Opfer. Nerissa, die Eitle, selbst sie war berechenbar, genau wie ihre Tochter. Es hatte ihm Genugtuung bereitet, ihren Vorhaben zu lauschen.

Ach ja, Menschen, in ihrem einzigen Körper gefangen. Alberne Geschöpfe.

Es würde ein Leichtes sein, Tod und Vernichtung über sie zu bringen. Immerhin hatten sie sich recht praktische Techniken dazu ausgedacht.

Müßig spielte er mit dem Handy.

Morgen war es so weit. Und wenn er die Ringe an sich gebracht hätte, würde er für eine Weile aus dieser Welt verschwinden. Es würde der Löwenköpfigen gefallen, wenn er ihr von seinem Erfolg berichtete.

Und der Namenlose würde sein willenloser Sklave werden.

Rache, kühl genossen, war ein erhebendes Gefühl.

23. Unfall

Pu-Shen hockte mit betrübtem Blick vor seinem Futternapf und maunzte traurig. Che-Nupet saß neben ihm und starrte das leere Sahneschälchen an.

»Was ist denn mit euch beiden?«, fragte Feli und beugte sich vor, um dem Kater über den Kopf zu streicheln.

»Mag er nicht. Schmeckt ihm nicht.«

Feli betrachtete das Katzenfutterdöschen. Iris hatte ganze Stapel davon gekauft, es war wohl ein Sonderangebot gewesen. Wahrscheinlich hatte sie es gut gemeint, aber in allen war Wild in Gelee enthalten.

»Du magst Wild nicht, Pu-Shen?«

Der kleine Kater sah sie an. Feli hatte sich angewöhnt, direkt mit ihm zu sprechen, und irgendwie machte er den Eindruck, als gäbe er sich große Mühe, sie zu verstehen.

»Ich bin mir ehrlich gesagt auch nicht ganz sicher, ob das Zeug gut schmeckt. Riechen tut es nicht besonders. Wie siehst du das, Che-Nupet?«

»Ist Matsch. Aber macht satt. Pu-Shen mag Fisch.«

»Fisch. Dann schauen wir mal.«

Es fanden sich zwei Tüten mit der Aufschrift »Forelle und Lachs«. Feli kippte das Futter aus dem Napf in den Müll, wusch ihn aus und gab ein paar Happen von dem Fischragout hinein.

Pu-Shen schnupperte daran und begann zufrieden das Zeug aufzufressen.

»Ist frischer Fisch besser. Muss Feli fangen frischen Fisch. Fischen Friss fängt Feli, ja?«

»Ich fange ihm fischen Friss. Oder besser, ich kaufe ihn. Was darf ich dir servieren, Schnuppel?«

»Darf doch nicht. Wegen Figur, ne. Weißt du doch.«

»Doch ein bisschen darfst du. Hühnchen? Leberwurst? Joghurt?«

Che-Nupets waldseegrüne Augen leuchteten.

»Ganz bisschen. Sahne, ne.«

Feli goss ihr ein paar Tropfen in Pu-Shens Sahneschälchen. Nachdem Che-Nupet es sehr langsam ausgeleckt hatte, meinte Feli: »Ich würde gerne mehr Kätzisch verstehen.«

»Ist schwer für Menschen, ne. Haben wir wenige Laute. Musst du Bilder lesen lernen.«

»Bilder?«

»Was anderer denkt. Denkst du auch in Bildern, ne?«

»Ja, manchmal schon. Aber oft auch in Worten.«

»Sind Worte auch Bilder, ne? Üb mal. Kannst du gut.«

Feli nickte. Che-Nupet hatte ihr in den vergangenen Tagen viel kätzisches Wissen beigebracht, und sie war gerne bereit, an sich zu arbeiten. Aber jetzt sammelte sie die beanstandeten Futterdöschen ein und meinte: »Ich geh rüber zu Kristin. Chip frisst alles. Vielleicht kann sie das Zeug gegen Fischfutter tauschen.«

»Ja, mach.«

Pu-Shen hatte seine Portion verdrückt und strich ihr um die Beine.

»Ja, ich mach.«

Kristin war gerne bereit auszuhelfen und erzählte voller Überschwang, dass Nerissa tatsächlich Tija und Seba überredet hatte, an dem Model-Contest teilzunehmen, der von ihrem Magazin ausgeschrieben worden war. Sie war ganz aus dem Häuschen deswegen. Finn leider auch, berichtete Kristin. Er hatte sich ganz offensichtlich bis über beide Ohren in Seba verknallt.

»Ich halte ihn ja für bescheuert, Feli. Erst läuft er dir hinterher und alles, und jetzt bist du einfach abserviert. Nicht, dass ich Seba nicht nett finde, aber sie hat so was Flatteriges an sich.«

Feli grollte jedoch weniger wegen der Liebelei mit Finn. Die würde beim nächsten Vollmond ihr Ende finden. Nein, sie war sauer auf ihn, weil er Sem mit seinem Motorrad hatte herumgurken lassen. Und ihr nicht zutraute, damit umgehen zu können. Und das sagte sie Kristin auch.

»Am nächsten Donnerstag ist das Casting im Verlagshaus. Wenn du mich hinfährst, besorg ich dir die Schlüssel für sein Motorrad.«

»Er dreht dir den Hals um.«

»Wenn er es rausfindet. Er kommt eh erst am Freitag zurück.«

Eigentlich wollte sie nicht zu der Veranstaltung fahren, aber das, was Kristin ihr hier anbot, war natürlich verlockend.

»Ich muss aber kein Kopftuch anziehen? Oder mich schminken und so?«

»Nein, nur mich hinfahren. Ich hab keine Lust, mich mit in den Bus zu quetschen.«

»Mhm.«

Die erste Juniwoche war wieder kühl und regnerisch geworden. In der Tierarztpraxis gab es reichlich zu tun, und ihre freie Zeit verbrachte Feli meist mit Che-Nupet. Sie erzählte ihr von den Patienten und den Behandlungsmethoden, und Che-Nupet half ihr, die Kommunikation mit den Katzengeborenen zu üben. Endlich wurde es Donnerstag, und Kristin klimperte mit dem Schlüssel.

»Nerissa telefoniert noch. Sie fährt später mit dem Wagen gleich zum Casting.«

»Sie hat nichts dagegen, dass ich das Motorrad fahre?«

»Muss sie alles wissen?«

Ein kleines bisschen zwickte Feli zwar das schlechte Gewissen, aber das verflog in dem Augenblick, als sie sich auf die Maschine schwang. Kristin setzte sich hinter sie, und die ersten Minuten fuhr Feli sehr vorsichtig.

Die angehenden Models wurden von einem Shuttlebus aufgesammelt. Sie erreichten die Haltestelle, kurz bevor auch Tija und Seba eintrafen, die aus Ronya Mious Auto stiegen. Die Besitzerin der Katzenpension wirkte nicht eben begeistert. Feli verstand sie, Che-Nupet hatte auch Bedenken geäußert. Es wäre besser gewesen, die beiden Katzenfrauen wären so unauffällig wie möglich geblieben. Kristin hingegen sprang vom Motorrad und begrüßte die beiden überschwänglich. Feli wollte ebenfalls zu ihnen gehen, stutzte aber, als sie George an der Fahrertür des Busses stehen sah. Drei weitere junge Frauen kamen hinzu, drängten ihn zur Seite und stiegen ein. Seba und Tija winkten Feli zu und kletterten ebenfalls in den Bus. Kristin kam zurück und meinte: »Geht los. Fahr hinter ihnen her.«

Sie starteten, und gemächlich folgte Feli dem Bus durch die Stadt. Schließlich ging es auf die Bundesstraße, und es verlockte sie, schneller zu fahren. Überholen wollte sie den Bus nicht, aber sie konnte ihm einen Vorsprung lassen und dann wenigstens einmal kurz aufdrehen, um ihn wieder einzuholen.

Als sie den Bus fast aus den Augen verloren hatte, gab sie Gas.

Kristin juchzte.

Vor ihnen tauchte der Bus wieder auf.

Schlingerte. Brach aus. Flammen und Rauch schossen heraus.

Ein Auto vor ihnen bremste, knallte in die Leitplanke. Eines aus dem Gegenverkehr schleuderte ihnen entgegen.

Feli schaffte es gerade noch auf den Seitenstreifen.

Sie riss sich den Helm vom Kopf. Kristin schrie.

Entsetzen, blankes Entsetzen lähmte sie.

Und dann geschah etwas Unerwartetes. Auf ihren Lippen schmeckte Feli einen Hauch von Süße, und die Panik fiel von ihr ab. Sie griff in ihre Tasche, holte ihr Handy heraus und wählte den Notruf. Ihre Stimme gehorchte ihr, als sie Standort und Unfall angab.

Kristin hatte aufgehört zu schreien und kauerte auf dem Grasstreifen.

»Ruf deine Mutter an, Kristin. Und dann wollen wir sehen, ob wir helfen können.«

»Da hin?«

»Dort brauchen sie Hilfe.«

»Das kann ich nicht.«

Sie war blass und zitterte. Feli, die sich noch immer über ihre Ruhe wunderte, überlegte. Ihre Freundin stand unter Schock. Aber sie war unverletzt. Sie würde wieder zu sich kommen. Tija und Seba brauchten sie mehr. Sie legte den Helm neben Kristin und sagte: »Pass auf die Sachen auf.«

Dann lief sie zur Unfallstelle.

In die Hölle.

Schreie, Blut, leblose Körper, verstreutes Gepäck, Gestank. Zwei Männer waren von irgendwoher gekommen und halfen einer Verletzten. Feli sah sich um. Tija hatte ein leuchtend grünes Shirt getragen, Seba ein weißes mit Pailletten. Der Bus lag auf der Seite, in der Mitte zerrissen. Jene, die nicht herausgeschleudert worden waren, mussten verbrannt sein. Übelkeit stieg in ihr hoch. Dennoch sah sie sich um, erkannte ein Stück die Böschung hinunter tatsächlich ein grünes Etwas. Sie kletterte nach unten.

Tija. Blutüberströmt. Feli wappnete sich. So vorsichtig es ging drehte sie sie um und fühlte nach ihrem Puls. Sie lebte noch. Doch ihr linkes Bein …

Feli nahm ihr das Kopftuch ab, drehte es zu einem festen Strang zusammen und band damit den Oberschenkel ab. Die Stärke der Blutung schien nachzulassen.

In der Ferne hörte sie die Sirenen.

Tijas Lider flatterten.

»Gleich kommt Hilfe, Tija.«

Sie keuchte.

»Hast du Seba gesehen?«

»Katze«, flüsterte sie. »Wenn wir sterben, Katze.«

»Oh mein Gott.«

Tija verlor wieder das Bewusstsein. Feli stand auf und kletterte die Böschung wieder hoch. Ein Krankenwagen hielt, sie wedelte mit den Armen. Die Sanitäter liefen zu ihr.

»Sind Sie verletzt?«

»Nein, ich habe geholfen. Da unten. Hat ein Bein verloren.«

Die Männer folgten ihr und beugten sich über Tija. Einer sah zu ihr hoch.

»Gut gemacht. Kennen Sie sie?«

»Ich weiß nur, dass sie Tija heißt. Wohin bringen Sie sie?«

»Städtische Unfallklinik. Aber erst müssen wir sie stabilisieren. Gehen Sie, junge Frau. Lassen Sie sich ein Beruhigungsmittel geben.«

Das würde sie gewiss nicht. Aber sie konnte hier jetzt nichts mehr tun. Inzwischen war auch der Rettungshubschrauber gelandet. Sie trottete zurück zu Kristin, die noch immer wie erstarrt neben dem Motorrad saß.

»Oh Gott. Wie siehst du denn aus?«, entfuhr es ihr.

»Schmutzig und blutig. Tija ist schwer verletzt, Seba vermutlich tot. Lass uns unauffällig verschwinden. Wir sind hier überflüssig.«

Die Straße vor ihnen war gesperrt, die Autos stauten sich hinter ihnen. Die Gegenfahrbahn jedoch war frei. Feli schob das Motorrad hinüber und zerrte Kristin dann mit sich. Sehr langsam und vorsichtig fuhren sie nach Hause.

Ihre Tante Iris war entsetzt, als sie Feli mit Kristin ins Haus kommen sah. Sie hatte von dem Unfall bereits aus den Nachrichten gehört und bemutterte die beiden Mädchen so gut es ging. Feli ließ es sich eine Weile gefallen, bat dann aber darum, alleine gelassen zu werden. Che-Nupet und Pu-Shen folgten ihr auf leisen Sohlen in ihr Zimmer. Beide Katzen setzten sich zu ihr auf das Bett und drückten ihre Körper an sie.

»Waren sie gute Hofdamen«, murmelte Che-Nupet. »Bin ich traurig um sie.«

»Tija wird es vielleicht überleben. Seba habe ich nicht gefunden. Schnuppel, wenn sie tot ist, wird sie dann wieder zur Katze?«

»Wird sie. Suchst du morgen, ne.«

»Ja, und du hilfst mir. Schnuppel, das war kein normaler Unfall.«

»Kenne ich keine Unfälle. So nicht, ne. Was war anders?«

»Der Bus ist explodiert.«

Che-Nupet bürstete ihren Schwanz. Feli streichelte Pu-Shen.

»Hat wer gemacht, ja?«

»Könnte sein. Aber, Gott, warum nur? Ein Bus voller junger Mädchen und Frauen!«

»Mag die wer nicht?«

»Ich weiß es nicht. Man wird es wohl untersuchen.« Feli rieb sich mit beiden Händen das Gesicht. »Kristin wollte nicht in den Bus.«

»Gut, ne.«

»Ja, darum wird Finn mir wohl verzeihen, dass ich sein Motorrad ausgeliehen habe.« Dann seufzte sie. »Er ist in Seba verliebt.«

»Wird er traurig sein. Und wütend. Und vielleicht helfen.«

»Ja, das wird er wohl. Ich sollte ihn anrufen.«

»Mach.«

Aber Feli blieb regungslos sitzen.

»Was ist, Feli?«

»Schnuppel, es war seltsam. Ich hatte erst furchtbare Angst und war total in Panik. Und dann war plötzlich alles ganz ruhig in mir. Und … und ich hatte einen süßen Geschmack im Mund. Schnuppel, früher hat mein Herz schon bei kleinen Aufregungen gerast.«

»Weißt du, warum, ne. Hast du einen Tropfen geleckt.«

Heldenwasser. Sie hatte, als sie Finn das kostbare Nass aus dem Land unter dem Jägermond gespendet hatte, ein wenig davon auf die Zunge bekommen.

»Wirkt das so?«, wisperte sie.

»Ja, wird man mutig.«

»Ich bin jetzt gar nicht mehr mutig.«

»Rufst du Finn an. Bist du mutig.«

Feli seufzte noch einmal. Dann griff sie zum Telefon.

Es fiel ihr unsagbar schwer, was sie ihm zu sagen hatte.

24. Abschied von Seba

Finn hielt noch immer das Handy in der Hand und starrte darauf.

Unfall. Tod. Explosion.

Sebas schönes Gesicht erschien vor seinen Augen. Er hörte ihr Lachen, fühlte ihre Zärtlichkeit.

Seine Augen wurden heiß.

Aber auch in ihm begann etwas zu wirken, und ein unerklärlicher, ein ganz leicht süßlicher Geschmack füllte seinen Mund.

Er fühlte es genau. Er musste etwas unternehmen. Das Erste war, sich in den nächsten Zug zu setzen und nach Hause zu fahren. Die Vorlesungen am Freitag konnten ohne ihn stattfinden.

Während der Fahrt versuchte er, mehr Informationen zusammenzutragen. Er rief Sem an, der ebenfalls schon von dem Unglück gehört hatte, und gab ihm ein paar Anweisungen. Dann versuchte er etwas aus Kristin herauszubekommen, doch die hatte ein Beruhigungsmittel genommen und erzählte nur unzusammenhängendes Zeug. Seine Mutter machte ihm zur Abwechslung mal keine Vorwürfe und konnte mit etwas mehr Details aufwarten. Von den fünfundzwanzig jungen Frauen im Bus waren vier in dem Fahrzeug verbrannt, die Identifizierung dauerte noch an, der Fahrer und zehn weitere Insassen hatten wie durch ein Wunder nur leichte Verletzungen erlitten – aber was hieß schon »leicht«? Schließlich lagen sie alle noch im Krankenhaus. Drei Mädchen waren gleich an der Unfallstelle verstorben, sieben schwer verletzt in Spezialkliniken gebracht worden, eine wurde noch vermisst.

Seba. Finn schluckte trocken. Feli hatte ihm gesagt, dass sie sich möglicherweise in eine Katze zurückverwandelt haben konnte.

Die drei Stunden Fahrt schienen nicht enden zu wollen.

Als er schließlich zu Hause ankam, war es beinahe Mitternacht. Wohl oder übel musste er sich bis zum nächsten Morgen gedulden. Er ging zu Bett, nachdem er noch kurz mit Nerissa gesprochen hatte, doch der Schlaf kam nicht gerne zu ihm, und als Finn schließlich in das Nichts abtauchte, füllte es sich mit Horrorträumen. Chipolata, die üblicherweise in ihrem Korb schlief, kam schließlich, um ihn zu wecken. Nicht eben sanft, sie zerrte mit den Zähnen an seinen Haaren und keifte ihn an.

Er war ihr nicht böse deswegen und kraulte sie. Das Gekeife wurde zu einem Brummen, dann zu einem Schnurren, und sie schmiegte sich tatsächlich an seine Schulter.

»Danke, Chip. Ach Chipi, es ist so eine Scheiße«, murmelte er erstickt.

Eine Weile ließ er sich von ihrer seidigen Gegenwart trösten, doch dann maunzte sie irgendwas und sprang aus dem Bett. An der Tür maunzte sie noch mal.

»Okay, Futterzeit.«

Zerschlagen trollte er sich in die Küche, um ihren Napf aufzufüllen.

Als er geduscht und sich angezogen hatte und eben einen großen Becher rabenschwarzen Kaffee trinken wollte, klingelte Feli an der Tür. Che-Nupet war bei ihr.

»Wir müssen miteinander reden«, sagte sie. »Unter uns.«

»Komm mit hoch.«

Sie holte sich ebenfalls einen Becher Kaffee aus der Küche und folgte ihm mit Che-Nupet in sein Zimmer.

»Tija hat die Nacht überlebt«, sagte sie. »Seba hat man noch nicht gefunden.«

»Die vier im Bus ...«

»Identifiziert. Finn, wir müssen Seba finden. Unbedingt. Sie trägt einen Ring im Ohr. Der muss zurück nach Trefélin.«

Finn rieb sich die noch feuchten Haare.

»Mist, daran habe ich gar nicht gedacht.«

»Ich auch nicht, aber Che-Nupet.«

Die Katze saß auf dem Fensterbrett und starrte hinaus. Dann drehte sie sich um.

»Müsst ihr hinfahren, ne. Komm ich mit. Weiß ich, wie Seba aussieht. Weiß Finn, wie sie riecht.«

Wieder überschwemmte ihn eine Woge der Trauer, und er drückte seine Handballen an die Augen.

»Ich kann auch mit Che-Nupet alleine hinfahren. Oder wir nehmen Sem mit«, schlug Feli vor.

»Nein, ist schon in Ordnung. Ich leihe mir Nerissas Auto aus.«

Wieder verhielt sich seine Mutter unerwartet friedfertig. Zwar musste er sie erst zur Redaktion fahren, dann aber hatte er das Auto den ganzen Tag zur Verfügung. Um zehn stieg Feli ein, Che-Nupet hopste auf ihren Schoß.

»Mag ich fahren, ja. Nicht in Korb.«

»Wie du willst.«

Trotzdem fühlte sich Finn nicht ganz wohl dabei, die Katze mitzunehmen. Sie war ein eigenartiges Wesen, manchmal war sie ihm sogar unheimlich. Ani und Pepi benahmen sich weit kätzischer. Sie waren schwarze Raufbolde mit guten Jagdinstinkten, Chipolata nicht unähnlich.

Feli wies ihm den Weg zu der Unfallstelle, die inzwischen geräumt war. Der Verkehr auf der Straße war mäßig, der Berufsverkehr inzwischen abgeflaut. Finn parkte den Wagen auf dem Seitenstreifen und schaltete die Warnblinkanlage ein. Feli stieg mit Che-Nupet auf dem Arm aus, er folgte ihr.

Als er an die Stelle kam, wo das Erdreich aufgerissen und verbrannt war, wehte ihn Eiseskälte an, und er erschauderte.

»Hier!«

»Ja, hier. Da unten habe ich Tija gefunden. Sie saß im Bus bestimmt neben Seba. Wenn sie herausgeschleudert worden ist, könnten wir sie hier in der Nähe finden.«

»Ja.«

Der süße Geschmack war wieder auf seinen Lippen, und die Kälte verflog. Er musste tun, was getan werden musste.

»Lässt du mich runter«, sagte Che-Nupet hinter ihm, und Feli ließ sie auf den Boden springen. Die Katze setzte sich aufrecht hin, schloss die Augen und öffnete ihr Mäulchen. Sie sah wieder einmal selten dämlich aus. Finn ignorierte sie und blickte sich um. Nein, nicht alle Spuren des Unglücks waren beseitigt. Ein zerrissenes Kopftuch hatte sich in den Ästen eines Busches verfangen, ein blutiger Schuh fand sich zwischen Grasbüscheln. Vor allem aber roch es. Nach verbranntem Gummi, Benzin und … Finn schauderte und verfluchte seinen übersensiblen Geruchssinn. Es roch nach Tod. Er schloss die Augen, und die Bilder überwältigten ihn.

»Finn, Finn, komm zurück!«

Feli rüttelte an seiner Schulter. Erst wollte er sie abwehren, dann aber sah er wieder hin.

»Verdammte Fantasie«, murmelte er.

»Ja, ich weiß. Es war nur entsetzlich, als es passierte. Aber lass uns Seba suchen. Che-Nupet sagt, sie war eine weiße Katze mit roten Ohren und rotem Schwanz.«

»Sie war eine wunderschöne Frau mit weißer Haut und roten Haaren.«

»Ja, Finn, das war sie auch. Doch vermutlich müssen wir nach der Katze suchen.«

Er nickte.

»Musst du erinnern, Finn, ja? Wie Fährten, ne.«

»Wir nehmen uns oben den Seitenstreifen und die Böschung vor, bleib du hier unten«, meinte Feli und verschwand mit Che-Nupet.

Er nickte noch einmal und suchte zunächst mit den Augen die Umgebung ab. Ein Feld mit grünem Getreide lag neben der Straße, nicht weit entfernt zog sich ein Feldweg entlang, führte auf ein Gehöft und Stallungen zu. Vielleicht, nur ganz vielleicht hatte Seba tatsächlich als Katze überlebt. Dann würde sie hier ein gutes Versteck finden. Also schärfte er seine Sinne und schritt unterhalb der Böschung die Unfallstelle ab. Es gab Spuren aller Art. Die der Menschen ignorierte er und konzentrierte sich auf die tierischen. Aus dem Feld waren einige Kaninchen vorbeigekommen, irgendwann hatte ein Hund sein Bein an einem Grenzstein gehoben, Maulwürfe und Mäuse bevölkerten den Boden – Katzenfährten jedoch fand er nicht. Er war schon fast bis zu dem Feldweg gelangt, als er Feli rufen hörte. Sie stand wieder unten an der Böschung, wo niedriges Gestrüpp wuchs, und wedelte mit den Armen.

Sie hatte offensichtlich etwas gefunden. Er eilte zu ihr.

Che-Nupet saß neben einem Busch, sie hatte altes Laub weggescharrt, der Boden war ein wenig aufgekratzt.

»Wir brauchen eine Schaufel«, sagte Feli.

»Glaubt ihr, dass ihr sie hier gefunden habt?«

»Glaub ich. Musst du gucken.«

Finn bezweifelte zwar, dass er etwas finden würde, aber er kletterte die Böschung wieder hoch.

»Ich sehe nach, was der Werkzeugkasten bietet.«

Eine Schaufel war natürlich nicht darin, aber ein breiter Schraubenschlüssel. Mit ihm in der Hand ging er zurück und kratzte ein wenig an der Stelle, die Che-Nupet aufgescharrt hatte. Nur ein paar Zentimeter tief hatte er gegraben, als er feststellte, dass die Katze recht hatte. Ein Stück helles, blutverklebtes Fell erschien. Sacht legte er den Rest frei.

Eine Kätzin, schlank, mit roten Ohren und einem rot-weiß geringelten Schwanz lag dort. Ihre Seite war aufgerissen, ihr Mäulchen stand offen.

Finn kniete nieder, hob sie vorsichtig aus der Erde und hielt sie in seinen Armen. Tränen liefen über seine Wangen, als er sie sanft hin und her wiegte.

Irgendwann spürte er Feli neben sich, ihre Arme um seine Schultern gelegt. Che-Nupet drückte sich an sein Bein. Beide schnurrten leise.

Und dann fing Che-Nupet durchdringend an zu heulen.

Feli stimmte mit ein.

Und er merkte, dass sich auch in seiner Kehle die Laute zur Großen Klage versammelten.

Oben hielt ein Fahrzeug, eine Frau schaute zu ihnen hinunter.

»Ist Ihnen etwas passiert? Kann ich helfen?«

Feli stand auf und antwortete ihr.

»Danke, aber ich fürchte, es gibt nichts mehr zu tun. Unsere Katze ist überfahren worden. Wir haben sie hier gefunden.«

»Oh, wie furchtbar. Wie schrecklich. Ich habe mein Morle letztes Jahr auch auf diese Weise verloren.«

»Wir bringen sie nach Hause. Komm, Finn. Ich hole eine Decke aus dem Auto.«

Die Frau reichte Feli die Hand und half ihr hoch. Das Mädchen bedankte sich noch einmal, während Finn langsam aufstand, die schlaffe Seba in seinen Armen.

»Fahr zum Feliday-Inn, Finn. Ich möchte eines ihrer Kopftücher holen«, sagte Feli, als sie im Auto saßen.

Er nickte und fädelte sich in den Verkehr ein. Da waren Trauer und das Gefühl eines großen Verlustes. Aber darunter dräute eine andere Empfindung. Etwas Wichtiges lauerte dort, etwas, das er übersehen hatte.

Kopftuch?

»Was willst du mit dem Kopftuch, Feli?«

»Sie darin begraben.«

Ja, Seba musste begraben werden.

»Sollte sie nicht nach Trefélin zurückgebracht werden?«

»Bleibt sie hier. Wird ihre Seele schon wissen. Bring sie zum Dolmen, ne.«

»Ja, du hast recht, Che-Nupet. Wir bringen sie zum Übergang. Sem, Pepi und Ani werden dazukommen.«

Ronya Miou fragte nichts, sagte nichts, sie gab ihnen ein großes orangegoldenes Seidentuch und streichelte die Tote mit Tränen in den Augen.

Finn fuhr anschließend zum Forsthaus, um die drei Kater abzuholen.

Ani und Pepi saßen auf den Zaunpfosten und erwarteten ihn schon.

»Wo ist Sem?«

»Weg.«

»Weg?«

»Versteckt sich. Die Polizei sucht ihn.«

»Bitte?«

»Sie waren hier und wollten ihn mitnehmen. Wir haben es gerade noch gemerkt. Er ist in den Wald geflohen.«

Finn sah die beiden verständnislos an.

»Was sollte denn die Polizei von Sem wollen?«

»Er ist verdächtig. Sie glauben, er hat den Bus kaputtgemacht.«

»Das ist doch idiotisch.«

»Ist es nicht. Rudi hat gesagt, er muss aufpassen, weil seine Aufenthaltsgenehmigung abgelaufen ist.«

»Rudi? Was weiß der denn davon?«

»Der war ein paarmal hier. Er stellt unheimlich viele Fragen. Darum hat Sem ihm die Geschichte vom letzten Jahr erzählt – Asylant, Kulturschock, Psychiatrie, Unterkunft und Papiere und so. Hat doch damals gut geklappt. Nur als die Meldung von dem Unfall kam, da wurde es ihm mulmig. Und Rudi kam gestern Abend auch noch vorbei. Er wollte sich erkundigen, ob wir etwas von Tija und Seba gehört hätten.«

»Was hat Sem ihm erzählt?«

»Das, was du ihm gesagt hast. Und da hat Rudi gemeint, dass die Polizei ihn bestimmt für verdächtig hält, weil er die beiden kannte und doch einer mit Migrationshintergrund ist. Was immer das bedeutet. Und klar, die kamen vorhin auch.«

»Hätte der Idiot nur Rudi gegenüber die Klappe gehalten. Der Junge ist unberechenbar. Aber was soll's. Holt ihn, Ani, wir wollen Seba zum Dolmen bringen.«

»Ihr habt sie gefunden?«

»Ja, sie ist tot«, sagte Finn leise.

Der Himmel hatte sich zugezogen, und ein stürmischer Wind rauschte durch die Blätter, als sie Seba, in ihr Tuch gehüllt, in eine tiefe Grube neben dem Dolmen legten. Der Abschied von ihr schien auch den drei Katern wehzutun. Sie heulten ihre

Klage, und irgendwo zwischen den Bäumen heulten auch die Waldkatzen mit. Dann deckten sie Sebas Leib mit weichem Humus und alten Blättern zu, und Feli pflanzte wilde Veilchen auf die Stelle.

Die ersten Regentropfen fielen, als sie fertig waren, und gemeinsam gingen sie zum Forsthaus zurück.

»Finn, ich hab Angst«, sagte Sem, als sie sich zu Bier und Sahne zusammensetzten. »Ich will nicht noch mal in so eine Zelle und irgendein Zeug einnehmen, das meine Zunge verknotet.«

Finn nickte. Er wusste, wie grässlich es für eine Katze war, eingesperrt zu sein.

»Nein, das sollst du nicht. Ich verstehe nicht, warum die überhaupt auf dich gekommen sind.«

»Kann es sein, dass sie nur nach Angehörigen gesucht haben, Finn?«, warf Feli ein. »Irgendjemand wird schon gewusst haben, dass sie befreundet waren.«

»Möglich. Oder Rudi hat ihnen einen Tipp gegeben. Er macht sich mit solchen Sachen gerne wichtig. Okay, Sem, wir finden heraus, was die Polizisten bei dir wollten. Und so lange sehe ich zu, dass du dich verstecken kannst. Nathan hat ein kleines Zelt und Campingsachen hier. Das Leben in der Wildnis ist dir ja nicht fremd.«

Sem grinste.

»Wär gut, wenn du einen Wandelring hättest«, meinte Feli plötzlich. »Als Katze würde dich niemand suchen.«

»Hat er keinen. Hatte keiner einen, ne«, sagte Che-Nupet.

»Wie konnte sich Seba denn dann verwandeln?«

»Ist sie gestorben, ne. Löscht Willen aus.«

Es durchfuhr Finn wie ein Feuerstrahl.

»Der Ring!«, keuchte er.

»Ja, ist weg. War auch nicht da. Hab ich geguckt, ne.«

25. Verdächtigungen

Finn hatte Feli und Che-Nupet nach Hause gefahren, wollte sich dann aber weiter um Sem und die beiden Kater kümmern. Iris stellte ihr schweigend einen Teller Suppe hin und strich ihr einmal über die Haare.

Feli seufzte. Sie hätte ihrer Tante gerne mehr erzählt. Von der Katze, die sie begraben hatten, von Finns Trauer, von dem Land, aus dem Seba und Tija stammten. Aber sie hätte ihr nicht geglaubt. Sie glaubte ohnehin nur das, was sie sah, anfassen, riechen und hören konnte. Zu Pu-Shen und Che-Nupet war sie freundlich, aber für sie waren es Tiere, keine Persönlichkeiten.

»Hast du eigentlich etwas von Nathan Walker gehört, Iris?«, fragte Feli, um sich von ihren trüben Gedanken abzulenken.

»Er hat auf meine Mails geantwortet, ja. Aber wir haben uns nur über die Wandertouren ausgetauscht.«

»Du weißt nicht, wann er zurückkommt?«

»Doch. Nächste Woche. An welchen Tag hat er aber nicht geschrieben.«

»Gut. Das wird Finn auf andere Gedanken bringen.«

»Warum?«

»Eines der Mädchen, das gestern umgekommen ist, war seine Freundin.«

»Ach herrje. Ach je. Ach … ich dachte, du …«

»Ich weiß, was du gedacht hast. Ist aber nicht so. Wir sind Freunde, ja, aber in sie war er verliebt.«

Iris setzte sich zu ihr an den Tisch.

»Was für ein unsinniger Tod«, seufzte sie. »Ich hoffe, man findet bald heraus, was zu dem Unglück geführt hat.«

»Ein Anschlag, Iris. Kein Bus explodiert einfach so mitten

auf der Straße. Ich werde sehen, ob ich Tija nachher im Krankenhaus besuchen darf.«

»Ja, tu das. Kommst du zurecht, Feli?«

»Ja, Iris. Ist okay. Du musst mich nicht betutteln.«

»Dein Herz?«

»Dem geht es blendend. Ach ja, wenn du mir wirklich einen Gefallen tun möchtest, dann berichte meinen Eltern nichts von der Sache.«

Ihre Tante nickte und stand auf.

»Ich habe noch eine Projektbesprechung. Bin heute Abend zurück.«

Als sie das Haus verlassen hatte, sprang Che-Nupet auf den Küchentisch.

»Müssen wir reden.«

»Ja, das müssen wir. Du hast es auch bemerkt, nicht? Der Ring ist weg.«

»Abgemacht, ja.«

»Und jemand hat Seba danach vergraben.«

»Hat wer gewusst, ne?«

»Es gibt Leichenfledderer, die sich an einer solchen Unfallstelle herumtreiben. Ein goldener Ohrring könnte jemandem aufgefallen sein. Schmuck wird gerne geklaut.«

»Wird. Aber vergraben danach?«

»Ein anderer, mitleidiger Typ?«

»War nur einer.«

»Woher weißt du das?«

»Riech ich, ne.«

»Ja, das könnt ihr besser als ich. Also einer oder eine hat einer toten Katze den Ring aus dem Ohr genommen und sie unter dem Gebüsch vergraben. Entweder weiß derjenige nicht, was er sich damit eingehandelt hat und wird beizeiten eine Überraschung erleben, oder er wusste es. Was meinst du, Schnuppel?«

»Mein ich, wusste er.«

»Oder sie? Vielleicht auch eine Frau.«

»Musst du erinnern. Wer war da?«

»Unheimlich viele Leute, meistens Männer. Sanitäter, Ärzte, Polizei, Feuerwehr, andere Autofahrer …«

»Haben alle nach Menschen geguckt, ne. Nicht nach Katze.« Che-Nupet kratzte sich am Ohr. »Du warst gleich da.«

»Ja, das stimmt. Ich war die Erste … halt, nein, zwei Männer waren schon an dem brennenden Wrack.«

»Kamen woher?«

»Kein Ahnung. Wahrscheinlich Autofahrer, die gehalten haben. Oder die auf den Feldern gearbeitet haben. Ich habe sie mir nicht genau angesehen.«

»Musst du erinnern, Feli! Machst du Augen zu, ne.«

»Da sehe ich furchtbare Bilder, Schnuppel.«

»Denk Baum.«

Ein Kreis aus Bäumen, eine silbrige Birke, eine duftende Pinie, eine schlanke Weide und eine düstere Eibe, in der Mitte eine runde, grasbewachsene Lichtung. Dieses Bild hatte Che-Nupet einst für sie heraufbeschworen. Und in dieser Mitte würde sie sicher sein vor dem Ansturm der Schreckensbilder.

Feli versuchte es, und in lebhaften Farben entstand das Rund in ihren Gedanken. Einen Moment lang hielt sie sich still darin auf, dann machte sie sich auf die Suche nach den Ereignissen kurz nach dem Unglück.

»Einer kam von der Straße«, murmelte sie. »Er hatte – ja, er trug eine Motorradkombi, wie ich auch. Klar. Er schleppte eine Frau zur Böschung. Der andere hatte braune Hosen und einen grauen Pullover an. Er sah sich um. Dann beugte er sich über jemanden. Ich habe ihn nicht weiter beachtet, sondern nach Tija und Seba gesucht. Dann fand ich Tija, und er war … war, nein er ging ein Stück weg.«

»Machst du gut, ja!«

Feli machte die Augen wieder auf.

»Die beiden Männer hatten nichts miteinander zu tun. Aber ich kann nicht sehen, woher der zweite kam.«

»Machen wir anders herum, ja? Warum Bus kaputtmachen?«

»Sehr gute Frage, Schnuppel, die sich bestimmt eine ganze Reihe von Leuten stellen.« Feli setzte sich an ihren PC und schaltete ihn ein. »Es hat auch in anderen Ländern schon solche Anschläge gegeben. Von Terroristen und so. Du weißt, was Terroristen sind?«

»Weiß ich.«

»Was weißt du eigentlich nicht?«

»Weiß nicht.«

»Ah, klar. Na gut. Ein Terroranschlag würde natürlich einen Mann wie Sem wirklich verdächtig machen. Aber solche Typen brüsten sich eigentlich immer mit ihren Taten, weil sie damit ihre abgedrehten Prinzipien verkünden. Ich schau mal in die aktuellen Nachrichten.«

Während Feli sich durch die Seiten mauste, stiefelte Che-Nupet im Zimmer auf und ab. Dann hüpfte sie auf den Schreibtisch und starrte auf den Bildschirm.

»Möchtest du auch mal?«

Sie hob die Pfote und klickte die Krallen heraus.

»Schwierig, ne. Brauch ich andere Tasten.«

»Mhm. Gibt keine neuen Meldungen.« Sie suchte weiter. »Ah, doch, hier. Sie schreiben, im Bus sei Sprengstoff angebracht worden, der vermutlich mit einem ferngesteuerten Impuls gezündet wurde. Ein Bekennerschreiben hat man bisher jedoch nicht gefunden. Na ja, wahrscheinlich würde man so etwas auch nicht gleich der Presse weiterleiten.«

»Wer war im Bus?«, fragte Che-Nupet.

»Weißt du doch. Die Mädchen, die zu dem Contest wollten.«

»Wolltest du auch. Wollte Kristin. Wollte ihre Mutter, ne.«

»Scheiße!«, entfuhr es Feli.

»Denkst du?«

»Nerissa wäre mitgefahren, wenn sie nicht noch telefoniert hätte. Und Georgie war an der Haltestelle.«

»Der, den Chip gekratzt hat, ja?«

»Den ihr beide neulich so elegant vertrieben habt. Er ist ihr Ex, und er stalkt sie.«

»Ist er gefährlich, ja?«

»Kann sein. Aber eigentlich auch doof. Aber man weiß nie. Ich werde es ihr jedenfalls sagen.«

Feli strich Che-Nupet über den Rücken. Unter ihren Fingern spürte sie die Narben, die sie dort trug. Auch ihre Katzenfreundin war einmal schwer verletzt worden.

»Komm, wir besuchen Tija.«

»Kann ich in Krankenhaus?«

»Mhm, so nicht. Die haben was gegen Tiere. Sie fusseln. Aber du könntest ...«

»Darf nicht.«

»Dann bleibst du wohl besser hier.«

»Mach ich.«

Tija sah elend aus, aber sie war bei Bewusstsein. Ronya war bei ihr, aber die verabschiedete sich, als Feli in das Zimmer trat.

»Mach ihr Hoffnung, Feli. Für sie ist es furchtbar, ein Bein verloren zu haben«, sagte sie leise, als sie an ihr vorbeiging.

»Sie kann hierbleiben.«

»Nicht für immer.«

Diese Antwort bestätigte Feli, dass Ronya über Trefélin und

seine Bewohner etwas wusste. Sie trat an Tijas Bett und nahm deren Hand in die ihre.

»Seba liegt am Dolmen. Wir haben die Große Klage für sie gesungen.«

Tija nickte. Ihre Augen schwammen.

»Sie war so lange meine Freundin.«

»Sie war eine wunderschöne Katze.«

Die Tränen rannen Tija über die Wangen, und sacht tupfte Feli sie ab.

»Wirst du hier gut versorgt?«

»Menschenmedizin. Sie wollen mir ein neues Bein machen. Aber was nützt mir das?«

»Hier viel, dort nichts. Was würden eure Heiler machen? Mit Lebenskraut behandeln?«

»Ja, aber es wächst auch damit nicht nach.«

»Tija, ich kenne aus der Tierarztpraxis einen Hund, dem ein Hinterbein fehlt. Er hat sich dran gewöhnt. Und Che-Nupet hat neulich mit Chip auf drei Beinen gekämpft.«

»Che-Nupet macht immer solch einen Quatsch.«

»Sicher. Aber sie hat bewiesen, dass es geht.«

»Vielleicht. Ich muss zurück. Feli, sag den anderen, dass wir zurück müssen.«

»Natürlich. Am Mittwoch ist Vollmond. Aber vielleicht solltest du noch einen Monat bleiben.«

Sie schüttelte den Kopf.

»Na gut, irgendwas wird uns schon einfallen.« Che-Nupet würde etwas einfallen, dachte Feli. Dann kam sie auf den Ring zu sprechen.

»Wir haben da noch ein ganz anderes Problem. Jemand hat Seba den Ring gestohlen, Tija.«

»Ja, mir wollte auch einer den Ring aus dem Ohr nehmen. Kurz bevor ich das Bewusstsein verlor. Aber ich habe ihn noch.«

»Was? Wer?«

»Ja, ein Mann. Ich kann mich nur verschwommen erinnern. Dann warst du da.«

»Jemand kennt also die Bedeutung der Ringe.«

Das fühlte sich an wie ein Schlag in den Magen.

»Darum muss ich zurück, Feli. Ich hab Angst.«

»Ich verstehe. Würdest du den Mann wiedererkennen?«

Tija überlegte einen Moment. Dann schüttelte sie wieder den Kopf.

»Ich glaube nicht. Es war nur dieses Gefühl, dass er an meinem Ohr zerrte. Ich konnte nicht richtig sehen und alles.«

Feli streichelte noch einmal ihre Hände.

»Ist nicht schlimm. Wir kümmern uns darum. Es hilft uns schon weiter zu wissen, dass jemand da war, der Bescheid weiß. Das grenzt den Kreis der Verdächtigen ziemlich ein, nicht wahr?«

»Ja, viele wissen nicht darum.«

»Ronya?«

»Sicher. Und Kathy und Alan.«

»Die kenne ich nicht.«

»Du wirst sie irgendwann treffen. Frag Majestät nach ihnen.«

»Wenn ich euch wieder besuchen komme.«

Ein Arzt betrat das Zimmer und bat Feli, ihren Besuch zu beenden.

»Ich komme morgen wieder, Tija. Mach dir keine Sorgen. Es wird schon einen Weg geben.«

»Danke, Feli.«

26. Majestätens vergebliche Suche

Majestät schleuderte den toten Fisch mit Schwung in die Laubenwand, wo er mit dem Kopf zuerst zwischen den Ästen stecken blieb. Ein paar rote Blüten rieselten herab. Nefer und Amun Hab saßen in geduckter Haltung vor ihr und schwiegen.

»Sitzt nicht so belämmert da«, fauchte sie. »Ihr wisst doch, dass ich schlechte Laune habe.«

»Ja, Majestät.«

»Ist doch klar, dass ihr nicht schuld daran seid.«

»Nein, Majestät.«

»Heiliger Sphinx, ihr geht mir auf den Schwanz!«

Derselbe peitschte wild hin und her.

»Ja, Majestät.«

»Und wenn hier noch einmal einer ›Ja, Majestät‹ sagt, vergesse ich mich!«

»Ja …!«

Nefer hielt flugs die Schnauze. Amun Hab brummte ganz leise.

»Ich hab nichts erreicht. Das verstimmt mich.«

Verstimmt war leicht untertrieben, fand Nefer. Majestät war stinksauer. Sie scheiterte nicht gerne. Und ihre Versuche, Nathan Walker zu erreichen, waren gescheitert. So stellte sie es zumindest dar. Und das, obwohl sie über große Kräfte verfügte, die von dem königlichen Ankh noch verstärkt wurden. Was genau schiefgelaufen war, verriet sie jedoch nicht.

»Bastet Merit, in wenigen Tagen ist Vollmond, und die Ausgesandten werden zurückkommen«, sagte Amun Hab. »Wir müssen uns darauf verlassen, dass sie mit den Gefahren umzugehen wissen. Und es ist auch nicht völlig sicher, dass es in den Grauen Wäldern von Schlangen wimmelt. Die Geomanten halten es für ein einmaliges Phänomen, was diese undichte Stelle am Roc'h Uhel betrifft.«

»Tija und Seba sind Hofdamen, keine Kämpferinnen«, grummelte Majestät.

»Wohl aber Sem, Pepi und Ani«, entgegnete Nefer in ruhigem Ton, obgleich auch er eine gewisse Beklommenheit verspürte. Sie waren Raufer, aber das, was er in den Witterlanden erlebt hatte, war mit keiner Katzenbalgerei zu vergleichen.

»Che-Nupet ist bei ihnen«, sagte Amun Hab.

»Che-Nupet kann ihnen nicht helfen«, erwiderte Majestät knapp.

»Vielleicht doch ...«

»Nein, Amun Hab. Aus verschiedenen Gründen kann sie es nicht. Ach Rattenschiss!«

Es klang resigniert, und Bastet Merit legte sich wieder auf ihren Ruheplatz.

»Ich gehe ihnen mit einigen Kämpfern entgegen«, schlug Nefer vor.

»Mhm.«

Amun Hab setzte sich auf.

»Es lauern noch andere Gefahren in den Grauen Wäldern, Sohn. Nicht alle sind mit Krallen und Zähnen zu bewältigen. Aber grundsätzlich ist die Idee brauchbar. Ich werde Mafed bitten, euch zu begleiten. Er kennt die verborgenen Wege und gefährlichen Gebiete.«

»Einverstanden. Und ich frage Anhor, ob er mitkommt.«

In einem anderen Land, in einer Blockhütte am Waldrand, fragte sich Nathan Walker, warum er das dringende Gefühl hatte, nach Deutschland zurückkehren zu müssen. Schon dreimal hatte er mitten am Tag das leise Flüstern des Windes gehört: »Shaman!«

Es gab nur ein Geschöpf, das ihn bei diesem Namen rief – seine Führerin, die rotbraune Katze. Doch sie war es nicht. Sie hatte sich schon seit einem Jahr nicht mehr bemerkbar gemacht. Seit der Nacht, als jene kleine graue Katze sich als die Königin von Trefélin zu erkennen gegeben hatte.

Dennoch, jemand aus dem Geisterreich der Tiere rief nach ihm. Nathan hatte viele Jahre bei einem Schamanen der Algonkin verbracht, und seine Sicht der Welt hatte sich verändert. Er war bereit, auch das Unbegreifliche zu akzeptieren, und so hatte ihn die Begegnung mit den großen Katzen nicht so völlig überrascht. Zutiefst erschüttert aber hatte ihn das Treffen mit jener, die sie Che-Nupet nannten. Dass sie leibhaftig existierte, dass er ihr über das Fell streichen durfte, das konnte er nicht vergessen. Es schmerzte ihn, dass sie seither aus seinen Visionen verschwunden war. Visionen von einem Land, das Finn und Feli besucht hatten, aus dem der kleine goldene Ohrring stammte, den Majestät ihm überlassen hatte.

Zur Verständigung, wie Finn ihm erklärt hatte.

Er sah aus dem Fenster. Tanguy, sein Neffe, saß brütend auf einem Baumstamm und schnitzte an irgendetwas herum. Der Junge weigerte sich, an Visionen zu glauben, obwohl sie ihn heimsuchten und ihm das Leben zur Qual machten.

Nathan musste zurück. Aus vielen Gründen. Einer davon war Tanguy.

Der andere das zwingende Gefühl, gebraucht zu werden.

Ob das etwas mit dem Ring und dem Ruf zu tun hatte?

Entschlossen ging er zu seinem Laptop.

Über die schamanischen Künste hinaus gab es auch noch die schlichte Technik, um mit jemandem in Kontakt zu treten. Er schickte Feli eine Nachricht und fragte nach, ob etwas passiert sei, das mit den Katzen im Zusammenhang stand. Das junge Mädchen würde diese Frage verstehen.

27. Namenlos

Es war fehlgeschlagen. Seit Tagen hielt er sich nun wieder in den Grauen Wäldern auf, enttäuscht und schlecht gelaunt. Zwar hatte er einen der Ohrringe erbeutet, aber nur einen einfachen Verständigungsring.

Im ewigen Dämmer zwischen den grauen Bäumen gab es nur wenig Leben. Das, was dort aber existierte, hinterließ Spuren. Solche, die er zu lesen gelernt hatte. Und darum fand er den Namenlosen, der mit trüben Augen und räudigem Fell immer und immer wieder im Kreis wanderte. Was er suchte, wusste er nicht, seine Erinnerungen waren erloschen. Und doch waren seine Fähigkeiten noch immer präsent, auch wenn er nicht wusste, was er mit ihnen anrichten konnte.

Er hingegen hatte da so einige Ideen.

Und darum folgte er dem Pfad, den der Namenlose tagein, tagaus nahm, und stellte sich ihm in den Weg. Als Mensch, nackt und wehrlos. Doch der Kater blieb einfach stehen, gesenkten Hauptes, wartend. Und so nahm er den zweiten Ring, den er in denjenigen an seinem Ohr eingehängt hatte, und befestigte ihn in dem Ohr des Namenlosen. In dessen Blick glomm eine Frage auf, doch die beantwortete er nicht. Es würde seine Zeit dauern, bis die Macht des Ringes sich entfaltete. Und dann würde er dem Kater erklären, wie dankbar er ihm zu sein hatte.

Und welche Aufgaben er von ihm durchgeführt haben wollte.

In dieser Angelegenheit konnte er geduldig sein, andere Dinge duldeten keinen weiteren Aufschub.

28. Vaterliebe

Finn senkte die Gabel mit dem Stück Pizza, das er gerade zum Mund führen wollte, wieder auf den Teller und fragte: »Das meinst du jetzt nicht ernst, Dad, oder?«

»Aber sicher, Finn. Sieh es als einen Wink Gottes.«

»Der winkt mit einem Sprengstoffattentat? Hallo?«

Fassungslos starrte er Kord an, der ihm mit einem gutmütigen Gesichtsausdruck zu erklären versuchte, dass das Busunglück den eitlen Frauen zur Warnung hatte dienen sollen.

»Der Herr kennt viele Mittel und Wege, seinen Unmut zu zeigen, Junge. Das kannst du in der Bibel nachlesen. Die Gottlosen sollen vernichtet werden, die eitlen Weiber ...«

»Ist das die Botschaft, die die heilige Charlene verbreitet?«

»Sie ist nicht heilig, Finn. Aber sie hört die Worte Gottes. Und der sagt: ›Lieblich und schön sein ist nichts; eine Frau, die den Herrn fürchtet, soll man loben.‹«

»Und alle anderen sollen sterben?«

»Aber nein, nein. Sie sollen sich besinnen. Sieh doch deine Mutter, Finn. Sie ist nur darauf bedacht, sich selbst darzustellen. Schminke, Schmuck und Mode sind ihr das Wichtigste im Leben, und sie verführt andere Frauen und Mädchen, es ihr gleichzutun.«

Klar, Finn hatte sich über Nerissa auch schon oft genug aufgeregt, weil sie sich aufbrezelte wie eine Zwanzigjährige und ihr die Farbe des Nagellacks wichtiger schien als seine Probleme. Aber so waren Frauen eben mal. Und Seba – sie hatte so gut gerochen, und es hatte ihn überhaupt nicht gestört, dass sie ihre Lippen angemalt hatte und … Ach Scheiße.

»Weißt du, Dad, irgendwie bist du im falschen Film gelandet«, sagte er und betrachtete die Flasche Rotwein, aus der Kord sich eben das nächste Glas nachschenkte. Die Flasche war leer, als er sie absetzte.

»Das ist eine ausgesprochen ungehörige Beleidigung, Finn«, sagte er. »Ich bin in überhaupt keinem Film, sondern mitten in der Realität. Und die zeigt mir, dass die Frauen und Mädchen sich von allen christlichen Tugenden entfernt haben. Es muss diesem Treiben Einhalt geboten werden. Es steht schon bei Moses: ›Reißt ab die goldenen Ohrringe an den Ohren eurer Frauen, eurer Söhne und eurer Töchter und bringt sie zu mir.‹«

Finn legte endgültig das Besteck zur Seite, holte sein Portemonnaie aus seiner Hosentasche und warf einen Zehneuroschein auf den Tisch. Wortlos stand er auf, schnappte sich Jacke und Helm und wandte sich zum Ausgang der Pizzeria.

»Finn, warte! Finn, ich habe dir noch was zu sagen.«

»Nein, Vater. Hast du jetzt nicht. Werd erst mal wieder nüchtern.«

»Finn, du musst auf deine Schwester einwirken, sie …«

»Ich muss gar nichts!«

Kochend vor Wut stapfte Finn zu seinem Motorrad und startete mit aufjaulendem Motor.

In Felis Zimmer brannte noch Licht. Er hielt vor dem Haus und rief sie halblaut. Das Fenster ging auf.

»Finn?«

»Ich muss mit dir sprechen.«

»Ich mach dir auf!«

In Felis Zimmer saßen Che-Nupet, Chipolata und Pu-Shen auf dem Bett und beäugten ihn, als er eintrat.

»Wir hatten eine kleine Unterweisung in Hochkätzisch«, meinte Feli lächelnd.

Finn strich Chip über den Kopf, und die drehte ihn in seiner Hand. Ein Teil seiner Wut verflog.

»Ist er stinkig, Feli. Ist was passiert, ne?«, hörte er Che-Nupet sagen.

»Stimmt das, Finn? Oh Mann, du siehst aus, als wolltest du gleich einen Katzenkorb fressen.«

Und dann legte sie ihm die Arme um den Hals, lehnte sich an ihn und streichelte seinen Rücken.

»Ist schwer, das alles, Finn. Ich weiß.«

Er lehnte seinen Kopf an ihre Schulter und ließ sich trösten.

»Es zerbricht irgendwie alles.«

»Manchmal kommt es einem so vor, ja. Setz dich. Ich hole dir ein Bier, wenn du magst.«

»Nein, lass.«

»Dann setz dich und erzähle einfach. Oder wenn du willst, erzähle ich dir, was wir herausgefunden haben.«

Er nickte. Besser, er verdaute das eben Geschehene erst noch eine Weile. Pu-Shen machte es sich auf seinem Schoß gemütlich, und dann lenkte ihn Felis Bericht über den Besuch bei Tija wirklich von seiner Auseinandersetzung mit Kord ab.

»Jemand ist hinter den Ringen her. Verdammt. Dieser Jemand, Feli, muss gewusst haben, dass zwei Ringträgerinnen in dem Bus sitzen würden.«

»Drei. Ich wär auch mitgefahren.«

Er senkte den Kopf.

»Ja, auch du. Eine gute Ausbeute – drei Ringe. Für wen?«

»Hat einer keinen Ring, ne?«

Diese Bemerkung war nicht wirklich hilfreich.

»Klar, Che-Nupet, jemand braucht einen. Wofür?«

»Für sich oder für andere«, sagte Feli. »Majestät brauchte auch einen. Aber diesmal ist es jemand in Menschengestalt. Che-Nupet, kannst du das erklären?«

»Weiß nicht.«

»Warum fragst du sie überhaupt?«, wollte Finn leicht genervt wissen.

»Weil sie nicht weiß?«

»Mann!«

»Frau!« Feli grinste ihn an.

»Ihr seid ein furchtbares Team!«

»Ja, ne?«

Diese Katze grinste auch. Entsetzlich!

Einer von ihnen musste mal was Sinnvolles zusammentragen, also begann er: »Demnach ist ein Kater aus Trefélin hergekommen, hat sich in einen Menschen verwandelt und dann dummerweise seinen Ring verloren. Er beobachtet die Katzenpension und findet heraus, dass Tija, Seba, Sem und Co. dort eintreffen. Und dann beobachtet er Tija und Seba, hört von dem Contest und kriegt raus, dass sie mit dem Bus zum Casting gefahren werden. Er beschafft sich Sprengstoff, bringt ihn zur Explosion und nimmt einen Ring an sich. Er muss also etwas von Sprengstoff und Zündern verstehen. Lernt man das in Trefélin, Che-Nupet?«

»Nö, lernt man hier, ne.«

»Von wem?«

»Der was weiß?«

»Ja, klar.«

»Finn, deine Schlussfolgerung ist gut«, mischte sich Feli ein, und er fühlte sich ein bisschen ernster genommen. Diese Katze konnte einen ja so runterziehen mit ihren dämlichen Äußerungen.

»Er muss sie beobachtet haben, ohne dass sie es gemerkt haben«, sinnierte er weiter.

»Tija hat nichts darüber gesagt, dass sie sich verfolgt gefühlt hätten. Aber wir können sie noch mal fragen.«

»Ja, mach das. Aber warum überhaupt den ganzen Aufwand?, frage ich mich. Einen Bus zu sprengen – ein Mann hätte den Mädchen auch auf andere Weise den Ohrring abnehmen können.«

»Versuch's!«, sagte Feli, und ihre Augen glitzerten.

»Nein. Aber ich hätte Seba ...« Er schluckte hart. Sie hatte in seine Arme gekuschelt geschlafen. Er hätte gar keine Gewalt anwenden müssen.

»Wollte er drei Ringe, ne?«

»Wofür? Oder wirken drei zusammen besser?«

»Nö.«

»Er braucht einen Ring oder zwei für einen anderen. Sind möglicherweise mehrere Katzen hier, Che-Nupet? Du weißt doch, wer durch die Grauen Wälder geht.«

»Weiß ich. Ist einer.«

»Warum sagst du das denn jetzt erst?«

»Hast du nicht gefragt, ne. War aber klug, die Frage, ja, ja.«

Felis Stimme wurde tonlos, als sie wissen wollte: »Der Namenlose – kann er hier als Mensch auftreten?«

»Hat er Ring? Vielleicht?«

»Wo ist Shepsi?«, entfuhr es Finn.

»Ist er weg. Find ich nicht.«

»Er könnte hier sein. Er hatte einen Ring, als er geflohen ist.«

»Seid ihr klug, ne.«

»Er hasst und verachtet die Menschen.«

»Eben.«

»Aber er kennt sich hier aus. Und wenn er als Mann ebenso schmierig charmant ist, wird er sich auch Freunde machen.«

»Er hat kein Geld, keinen Ausweis, keine Wohnung …« Feli sprang auf und schlug sich mit der Hand an den Kopf.

»Schnuppel, frag Pu-Shen, wo er damals herumgestreunt ist. Er weiß schon, im März, als wir ihn drei Tage vermisst haben.«

Che-Nupet stupste den Kater auf Finns Schoß an und maunzte ihm etwas ins Ohr. Das zuckte, und der Kleine öffnete die Augen. Beide Katzen sahen sich schweigend an.

»Na los, frag ihn endlich«, forderte Finn.

»Psst, Finn, das tut sie doch gerade.«

»Wie? Was?«

»Sie kann das, vertrau ihr.«

»Kann ich. Ist Pu-Shen unglücklich, ne. Wollte nicht von dir weg. Aber hat der Mann ihn verstanden. Besser als Feli. Ist er mitgegangen, wegen Leckerchen, ja, ja. Wollte er eine Weile bei ihm bleiben.«

Feli kniete sich vor Finn, auf dessen Schoß noch immer der kleine Kater saß, und streichelte das Tier. »Ist nicht schlimm, Pu-Shen. Ich bin dir nicht böse. Schnuppel, sag ihm, dass ich ihn lieb habe.«

»Weiß er, ne. Mag dich auch. Will dir helfen. Frag ich weiter, ne. Auch Chip.«

Während die Katzen ihre eigene Art von Kommunikation begannen, dachte auch Finn nach. Und je mehr er zusammentrug, desto mulmiger wurde es ihm. Dann berichtete Che-Nupet wieder.

»Sagt Pu-Shen, war der Mann gar nicht alt, aber zottelige Haare, ziemlich lang, keinen Bart. Hatte sein Revier auf der Straße, ne. Streuner, ja, ja. Kamen Frauen und wollten helfen. Aber nicht mit Kater. Ist er weggelaufen, wollte nach Hause.«

»Ein menschlicher Streuner – ein Obdachloser also. Vermutlich haben diese ›Helfenden Hände‹ sich um ihn gekümmert«, meinte Feli nachdenklich.

Finn nickte.

»Das haben sie, und so wird ein Schuh draus. Wenn unser Verdacht stimmt, Feli, dann ist dieser Obdachlose Shepsi. Und – na prima – diese Gutmenschen haben ihn dann mit allem Notwendigen versorgt.« Finn hob Pu-Shen von seinem Schoß und begann in dem kleinen Zimmer umherzugehen. »Und irgendwie stecken die bei diesem Anschlag mit drin«, stieß er dann hervor.

»Wie denn das?« Feli sah ihn entsetzt an.

»Mein Vater hatte mich heute Abend zu einer Pizza eingeladen. Und natürlich haben wir über das Unglück gesprochen. Feli, er ist völlig durchgeknallt. Oder steht unter Drogen. Oder er trinkt. Er sagt, das sei ein Wink Gottes gewesen.«

»Was bitte?«, entfuhr es Feli, und er gab seine Unterhaltung mit Kord wieder.

»Das ist ja der Hammer. Finn, die sind ja bescheuert. Wir müssen das der Polizei melden.«

»Ja, aber wird man uns glauben? Immerhin sind wir durch ein paar eigenartige Kenntnisse zu diesem Schluss gelangt.«

Sie nickte.

»Wir müssen uns unsere Worte gut überlegen. Vor allem, wenn es stimmt, dass Shepsi – ein Gestaltwandler – dabei die Pfoten im Spiel hat. Aber wir wissen nicht, in welcher Form er daran beteiligt ist. Wenn wir ihn zu früh verdächtigen, laufen wir Gefahr, dass man uns für verrückt hält.«

Che-Nupet sprang auf den Schreibtisch und setzte sich aufrecht hin.

»Ist er dabei. Passt auf. Kann ich nicht so gut viel sagen, aber ihr hört, ja?«

»Ja, Schnuppel, wir hören dir zu. Und keine Sorge, ich versteh dich schon«, sagte Feli und kraulte sie zwischen den Ohren.

»Nicht, ne. Kann ich mich nicht konzentrieren.«

Feli ließ die Hand sinken.

»Berichte.«

Finn hörte zu und wunderte sich zum ersten Mal darüber, wieso Che-Nupet sich so seltsam ausdrückte. Alle anderen Katzen, die er mithilfe des Ohrrings verstehen konnte, beherrschten in seinen Ohren die Sprache vollendet. Feli hingegen schien keine Probleme mit ihr zu haben: Sie übersetzte mühelos, was Che-Nupet berichtete.

Und das war bemerkenswert und in gewisser Weise überaus bedrohlich.

Chipolata, die trotz Sterilisation im März ein bisschen rollig gewesen war, hatte einen wuscheligen graubraunen Kater kennengelernt, der sich um ihr Haus herumdrückte und überaus schöne Lieder zu singen wusste. Sie hatte ein bisschen mit ihm gebalgt, aber sich später mit ihm auch unterhalten. So, wie es aussah, hatte er sie gründlich über ihre Menschen ausgefragt. Außerdem hatte er während der Zeit auch mitbekommen, wie Nerissa Georgie aus dem Haus geworfen hatte und Kord dort auftauchte. Von Chip hatte er auch erfahren, dass Kord Finns Vater war und dass Nerissa ihn zwar ebenfalls vor die Tür gesetzt hatte, Finn sich aber mit ihm treffen wollte.

»Mist!«, murmelte Finn.

»Tja, als kleine Katze kriegt man viel mit, scheint mir. Che-Nupet, kann Chip sich an den Tag erinnern, an dem Shepsi hier das erste Mal erschienen ist?«

»War Neumond, ne. März.«

»Oh, klar.« Sie blätterte in ihrem Kalender. »Samstag, der Neunzehnte.«

»So lange ist der Kerl schon hier?«

»Sieht so aus. Erst als Katze, dann als Mensch.« Feli schaute noch einmal in ihren Kalender. »Warte, ich habe Pu-Shen am Neunundzwanzigsten wiedergefunden. Da hat Shepsi sich schon in Menschengestalt hier aufgehalten. Wie mag er uns gefunden haben?«

»Wusste er von dem Dolmen, ne.«

»Ja, er wusste, dass wir in der Nähe wohnen«, stimmte Finn zu. »Ich hab es ihm damals selbst gesagt. Mist.«

»Und er wird deine Fährte dort irgendwie aufgenommen haben, Finn. Du bist oft im Wald.«

»Gott, natürlich.«

»Wenn aber, Che-Nupet, er erst als Katze, dann als Mensch hier herumlaufen konnte, dann muss er einen Ring besitzen, stimmt's?«

»Stimmts.«

»Er braucht die oder einen Ring für einen anderen.«

»Stammts.«

»Und zwar eine Katze oder einen Kater.«

»Stummts.«

»Warum gibst du so blöde Antworten, Che-Nupet?« knirschte Finn.

»Macht Spaß, ne. Stimmts–stammts–stummts!«

Feli kicherte.

»Hört auf, Mann!«

Feli wurde ernst.

»Entschuldigung. Du hast recht, die Angelegenheit ist bedenklich. Finn, kannst du rausfinden, ob die ›Helfenden Hände‹ sich weiter um diesen Obdachlosen kümmern?«

»Das müsste ich meinen Vater fragen.«

»Und dazu hast du jetzt keine Lust mehr, verstehe. Aber trotzdem, du bist der Einzige, der herausfinden kann, was es mit dieser Halleluja-Truppe auf sich hat. Oder kann ich deren Versammlungen so ohne Einladung aufsuchen?«

Finn rang einen Moment mit sich und hob dann die Schultern.

»Ich mach das schon. Ich will mir noch mal diese abgedrehte Predigerin ansehen. Als ich neulich bei dieser Versammlung war, hatte sie eine Vision. Na ja, sie hielt eine ziemlich schwülstige Rede gegen Eitelkeiten. Ich dachte mir damals schon, dass Kristin ihr einiges dazu entgegenhalten könnte.« Er grinste schief bei dem Gedanken, aber die Heiterkeit verflog gleich wieder. »Irgendwie hat sie meinen Vater damit angesteckt.« Er nickte. »Ja, ich kümmere mich darum. Und du redest noch mal mit Tija.«

»Mache ich. Aber wir müssen auch noch darüber nachdenken, wie wir sie nach Trefélin bringen, Finn. Sie muss zurück. Sie hat Angst hier.«

»Frag Sem. Die drei müssen auch zurück. Wann ist Vollmond?«

»Am Mittwoch.«

»Gut. Ich schwänze diese Woche die Vorlesungen.«

Feli stand auf und öffnete die Tür. Chipolata sauste hinaus, Pu-Shen folgte behäbiger, Che-Nupet blieb sitzen.

»Reden wir morgen weiter, Finn. Ich muss noch ein bisschen nachdenken.«

»Und mit dieser Katze plaudern. Wie erträgst du sie nur?«

Sie schob ihn aus dem Zimmer und sagte leise: »Sie ist ein hochintelligentes Wesen, das weißt du doch. Sie versteckt sich hinter ihren dummen Sprüchen.«

»Mag sein, aber mich nerven sie.«

An der Haustür sagte Feli plötzlich noch leiser: »Nathan kommt Mittwoch zurück. Er hat mir eine sehr eigenartige Mail geschickt. Er wollte wissen, ob hier Katzen in Schwierigkeiten steckten. Und er meinte nicht seine Waldkatzen. Ich habe ihm von dem Unglück berichtet.«

»Gut, dass er kommt. Ich sage den dreien im Forsthaus Bescheid.«

»Er bringt seinen Neffen Tanguy mit. Der soll hier in Deutschland studieren.«

»Aha.«

Chip kreischte vom Zaun her herrisch.

»Sie will ihre Sahne, Finn.«

»Verstehst du sie inzwischen auch?«

»Das ist ja nun wirklich nicht schwer. Los. Bis morgen dann.«

Feli hob sich auf die Zehenspitzen und gab ihm einen leichten Kuss auf die Lippen. Er drückte sie einmal fest an sich.

Sie war eine so gute Freundin.

29. Urlaubsplanung

Che-Nupet, Pu-Shen und Chipolata hatten sich auf Spurensuche begeben und die umgebenden Grundstücke abgeschnüffelt. Seit März waren zwar zwei Monate vergangen, Regen hatte die Fährten verwischt, aber dennoch wollten sie sichergehen. Shepsi, so hatte Che-Nupet gewarnt, konnte jederzeit seine Gestalt wandeln. Er trug einen Ring mit den entsprechenden Eigenschaften. Und nichts war leichter, als in Gestalt einer Hauskatze die Menschen auszuspionieren.

»Hat Pu-Shen ein Lager gefunden«, berichtete Che-Nupet am nächsten Morgen. »Hat einer sich in dem kleinen Häuschen aufgehalten.«

»Im Gartenhäuschen?«

»Mit Holz, ne.«

»Prima Versteck. War es Shepsi?«

»Sagt Pu, riecht wie der Mann.«

»Könnt ihr auch herausfinden, wann er dort war?«

»Letzte Woche.«

»Dann hat er zu der Zeit erfahren, dass Tija und Seba an diesem Contest mitmachen und Kristin und ich zum Casting fahren werden.«

Feli hob Che-Nupet auf den Arm. Die klammerte sich an der Schulter fest und schnurrte glücklich vor sich hin, während Feli barfuß über die Wiese schlenderte. Es war schon fast sommerlich warm, und nebenan mähte der Rentner, der sich um Nerissas Garten kümmerte, den Rasen. Normalerweise hätte die Sonne auch Kristin aus dem Haus gelockt, aber Feli hatte ihre Freundin seit dem Unfall nicht mehr gesehen. Finn hatte ihr erzählt, dass sie noch immer unter den Folgen des Schocks litt und dass ihre Mutter erwog, sie zu den Großeltern an den Chiemsee zu schicken.

»Schnuppel, ich glaube, wir sollten das Shepsi-Ding Finn überlassen. Ihr müsst zurück nach Trefélin, und irgendwie müssen wir Tija aus dem Krankenhaus holen.«

»Machen wir. Kommst du mit, ne. Kennst du ja schon.«

Feli blieb abrupt stehen.

»Ich soll nach Trefélin mitkommen?«

»Kannst du. Hilfst du Tija, ne.«

Es war eine Versuchung. Oh ja, eine große. Sie würde gerne mitgehen.

»Machst du Ferien da. Triffst Nefer.«

Eine gigantische Versuchung.

»Ich würde gerne mitkommen, Schnuppel. Aber wird Majestät auch nichts dagegen haben?«

»Mag Majestät dich.«

»Glaubst du wirklich? Oh, ja, ich komme mit. Mir muss nur noch etwas einfallen, was ich Iris erzähle.«

»Fällt dir.«

»Gut, dann besuchen wir jetzt Sem im Forsthaus.«

»Besuchst du. Bleib ich hier.«

»Nathan ist noch nicht zurück«, sagte Feli leise in das zitternde Katzenohr.

»Ist aber sein Haus, ne.«

Ja, seine Spuren würde sie dort überall wahrnehmen.

»Ist gut, Schnuppel. Ich geh alleine.« Sie streichelte den Rücken der Katze und fühlte die Narben unter dem Fell. Was hatte Che-Nupet alles erlebt?

Irgendwann, vielleicht in Trefélin, würde sie versuchen, sie zu fragen.

Sem war nicht im Forsthaus, aber Ani und Pepi tobten im Hof herum und versuchten, ein Eichhörnchen zu haschen. Ein aussichtsloses Unterfangen, stellte Feli fest. Das rotbraune Tierchen wuselte mit wedelndem flauschigem Schweif in atemberaubender Akrobatik den Stamm einer Buche hoch und runter und beschimpfte keckernd die beiden Kater. Ihre Erwiderungen waren von großer Bildhaftigkeit. Feli hörte belustigt eine Weile zu, dann entdeckte Ani sie.

»Hallo, du!«, brummelte er und wickelte seinen schlanken schwarzen Leib um ihre Beine.

»Na, komm hoch!«

Sie nahm ihn auf die Arme, und er leckte begeistert ihre Wange ab.

»Na, na!«

»Macht man doch so unter Menschen.«

»Sind wir hier unter Menschen?«

Er nagte an ihrem Ohrläppchen. Kichernd setzte sie ihn auf

den Boden und kraulte Pepi, der sie ebenfalls umstrich, zwischen den Ohren.

»Wo finde ich Sem, ihr Süßen?«

»Was brauchst du Sem, wenn du uns hast?«

»Weil er auf zwei Beinen steht und kein Fell hat.«

»Aber Fell ist viel schöner und weicher als nackige Haut.«

»Zum Kraulen vielleicht. Aber um Tija zu besuchen, brauche ich nun mal einen von euch in Menschengestalt.«

»Wenn du uns den Kühlschrank aufmachst, zeigen wir dir vielleicht, wo er sich versteckt hält.«

»Erst zeigt ihr mir sein Versteck, dann mache ich den Kühlschrank auf.«

»Bah, bist du zäh!«

»Ja, bin ich. Auf, führt mich zu ihm.«

Die beiden schwänzelten noch einmal um sie herum, dann liefen sie voraus, und Feli folgte dem schmalen Wildpfad ins Unterholz.

Sem lag, nur mit schwarzen Boxershorts bekleidet, auf einer Decke zusammengerollt und sonnte sich. Es hatte eine ungeheuer kätzische Ausstrahlung, und als er sie bemerkte, streckte und reckte er sich ebenso, wie Pu-Shen es zu machen pflegte, wenn er aufwachte.

Er blinzelte Feli an und klopfte auf den Platz neben sich.

»Hier ist es gemütlich. Und schön warm!«

»Mag sein, Sem, aber wir haben Wichtigeres zu tun, als faul in der Sonne zu liegen.«

»Uh, arbeiten?«

»So was Ähnliches. Nachdenken!«

»Nachdenken ist lästig.«

»Zeugt aber von Intelligenz.«

Sem blinzelte noch mal und schubste Ani und Pepi zur Seite, die es sich auf der Decke gemütlich machen wollten.

»Ist wieder was passiert?«

»Ja. Und ich brauche eure Hilfe.«

Sem setzte sich auf und kreuzte die Beine im perfekten Lotussitz. Feli ließ sich nun doch neben ihm nieder. Sie erklärte ihm, was sie herausgefunden hatten und dass sie Tija nach Trefélin bringen mussten.

»Du kommst mit? Klasse!«

»Ja. Mal sehen. Aber als Erstes müssen wir Tija aus dem Krankenhaus entführen. Das schaffe ich nicht alleine.«

»Verstehe. Wenn man auf zwei Beinen laufen muss und eines fehlt, wird es schwierig.«

»Sie braucht einen Rollstuhl und jemanden, der ihn schiebt. Bis zum Dolmen könnte ich sie im Auto bringen, auch wenn wir dabei über die Waldwege fahren müssen. Aber durch die Grauen Wälder werden wir sie tragen müssen.«

Sem nickte.

»Wir beide. Das kriegen wir hin.«

»Was passiert, wenn sie sich wandelt?«

»Sie wird die letzten Schritte auf drei Beinen humpeln müssen. Das schafft sie schon. Aber eure Heiler dürfen ihr vorher keine Sachen geben, die sie beduselt machen«, warnte Sem.

»Gut, dass du es erwähnst. Ich werde sie darauf hinweisen. Wir besuchen sie am besten heute noch. Ich bin mit Finns Roller hier.«

»Hey, und ich fahr dich!?«

»Vergiss es. Du hast keinen Führerschein. Wenn sie dich schnappen, sperren sie dich ein.«

Sem sah sie entsetzt an.

»Mäusemist, richtig. Ich kann hier nicht weg, Feli. Wenn die mich sehen, schnappen sie mich ohnehin.«

»Unsinn. Hat der Master of Desaster dir wieder Angst gemacht?«

»Der weiß nicht, wo ich bin. Aber sie haben doch noch keinen anderen gefunden, oder?«

»Haben sie nicht. Gut, wenn du nicht willst, gehe ich alleine. Trotzdem, am Mittwoch musst du mitkommen. Das ist auch nicht weiter schlimm, weil wir ja in der Nacht sowieso von hier verschwinden.«

Sem kratzte sich am Ohr, Ani und Pepi taten es ihm gleich. Feli musste über das synchrone Verhalten lächeln.

»Sem, kannst du das auch mit der Hinterpfote?«

Sem entknotete seine Beine und kratze sich mit dem dicken Zeh am Ohr. Feli fiel vor Lachen um.

»Kannst du das nicht?«, wollte Ani wissen und fegte sich mit der Hinterpfote über den Kopf.

»Nein«, kicherte sie. »Aber ich kann die Kühlschranktür aufmachen.«

»Jetzt?«

»Ja.«

Zwei schwarze Pfeile schossen von dannen.

»Sem, Nathan kommt ebenfalls am Mittwoch zurück. Seht zu, dass das Haus aufgeräumt ist.«

»Ja, klar.«

»Ich besuche jetzt Tija und mache einen Plan mit ihr, wie wir sie aus dem Krankenhaus bekommen. Morgen berate ich mich mit dir. Okay?«

»Okay.«

Sie ging zum Forsthaus, schenkte den beiden Katern je eine Schüssel Sahne aus und fuhr in die Klinik.

Tija sah etwas besser aus als das letzte Mal, aber sie war noch immer verängstigt. Immerhin beantwortete sie Felis Fragen so genau sie konnte. Nein, sie hatten sich nicht beobachtet gefühlt, und nein, eine Katze, die wie Shepsi ausgesehen hätte, war ihr nicht begegnet. Aber der Verdacht, dass er es gewesen sein konnte, brachte sie wieder zum Zittern.

»Ist gut, Tija. Übermorgen bringen wir dich zurück. Ich gehe mit, Sem und ich werden dich tragen.«

Erleichtert schloss die junge Frau die Augen.

»Auf drei Beinen wird's gehen.«

»Ja, daran wirst du dich gewöhnen. Ich sage Ronya, dass sie die Tücher zusammenpacken soll.«

»Und die Leberwurst für Majestät nicht vergessen.«

»Leberwurst, ah so.«

»Ich mag die auch.«

»Dann sollst du auch welche bekommen. So, jetzt erzähl mir mal, wie der Ablauf sich hier so gestaltet. Wann könnten wir dich, ohne großes Aufsehen zu erregen, in einen Rollstuhl setzen und dich aus dem Zimmer bringen?«

Tija zählte die Krankenhausroutinen auf, und anschließend stromerte Feli eine Stunde lang durch die Gänge. Nicht nur Pfleger und Schwestern in weißer Kleidung gingen ihren Pflichten nach, auch die ehrenamtlichen Damen in ihren grünen Kitteln begleiteten Patienten zur Cafeteria oder schoben Rollstühle durch die Gänge. Sie fragte einige von ihnen unbekümmert danach, wo sie die Rollstühle herbekamen, kundschaftete Aufzüge und Ausgänge aus und hatte sich schließlich einen recht guten Plan zurechtgelegt.

30. Kopfschmerzen

Tanguys Laune war auf dem absoluten Gefrierpunkt angekommen. Aus gleich mehreren Gründen. Er lehnte den Kopf im Sitz zurück und betrachtete seinen Onkel, der neben ihm im Flugzeug saß. Ihr Aufbruch war seiner Meinung nach in viel zu überstürzter Hektik geschehen. Eigentlich hatte er ihn weiter verzögern wollen, aber dann hatte Nathan ihm gestern die Tickets hingeworfen und ihm barsch befohlen, seine Sachen zu packen.

Er wollte nicht nach Deutschland, wollte nicht wie ein unmündiger Junge gepackt und aus seiner Heimat weggezerrt werden. Er nahm es seinem Onkel übel, ihm und auch seinen Eltern. Schließlich war er ein Mann von einundzwanzig Jahren und konnte selbst über sein Leben bestimmen.

Die Vibrationen des Flugzeugs verstärkten seine allgegenwärtigen Kopfschmerzen, doch er traute sich nicht, die Augen zu schließen. In der Dunkelheit hinter seinen Lidern lauerte die Angst.

Nathan war in ein Fachmagazin vertieft und beachtete ihn nicht. Aber eine Unterhaltung mit ihm wollte er sowieso nicht beginnen. Es würde wieder nur auf einen Streit hinauslaufen.

Mit einigen Griffen massierte Tanguy sein Genick, von wo aus die Schmerzen ausstrahlten. Ein Stöhnen unterdrückte er. Sicher, er hatte Medikamente dagegen, aber er hasste es, sie einzunehmen. Irgendwann würde das Stechen vielleicht von selbst verschwinden. Sein Vater hatte behauptet, dass Nathan ihm helfen könnte. Aber auch dagegen hatte er sich gewehrt. Schamanischen Hokuspokus lehnte er ab. Es gab keine Welt der Geister, es gab kein Totemtier, das ihn aus dem Tal der Qual führen konnte. Sicher, in seinen Adern floss indianisches

Blut, und früher war er stolz darauf gewesen. Er hatte schon als kleiner Junge bei seinem Stamm das Leben in der Natur kennengelernt, hatte Wildhüter begleitet, Fährten lesen gelernt und die Tiere beobachtet. Aber mit den Traditionen hatte er gebrochen. Er wollte sein Leben mit greifbaren, erklärbaren Dingen verbringen und hatte bereits ein Semester Ingenieurwissenschaften studiert, als das Unglück passierte. Beinahe ein Jahr war es her, die körperlichen Wunden waren verheilt, nur die Schmerzen waren geblieben. Und die Angst.

Er konnte sich nicht mehr richtig konzentrieren, litt unter Schlaflosigkeit und versuchte, durch hartes körperliches Training wieder in sein normales Leben zurückzufinden. Doch wollte es ihm nicht gelingen. Er hatte Anfälle völliger Antriebslosigkeit, und vor zwei Monaten schließlich hatten seine Eltern Nathan um Hilfe gebeten. Nathan war einst mit der Schwester von Tanguys Vater verheiratet gewesen, doch sie war schon vor Jahren bei einem Unfall ums Leben gekommen. Sein Onkel war daraufhin nach Deutschland zurückgekehrt, er hatte ihn seit Jahren nicht mehr getroffen.

Tanguy sah aus dem Fenster an seinem Sitz. Unter dem strahlend blauen Himmel bauschten sich Wolken, weiß leuchtend reflektierten sie die Sonne. Das Licht blendete ihn, und er wandte den Blick ab. Vielleicht hatten sie ja doch recht. Vielleicht konnte er dem, was ihn belastete, entfliehen. In einer neuen Umgebung mit neuen Herausforderungen. Er war ehrlich genug zu erkennen, dass seine Angehörigen sich um ihn sorgten und alles versuchten, ihm zu helfen. Mit seinen Eltern war er immer gut ausgekommen, seine Mutter liebte ihn auf eine herzliche und heitere Art, sein Vater hatte ihn mit Stolz betrachtet. Eingeschränkt hatten sie ihn nie, und wenn es Regeln gab, dann hatten sie ihm erklärt, warum sie aufgestellt wurden. Seine Kindheit und Jugend war glücklich gewesen. Es musste auch für sie ein Schock gewesen sein, dass er nur knapp dem Tod entronnen war.

Ja, mochte sein, dass ein Studium in Deutschland keine so schlechte Idee war. Auch wenn es bedeutete, dass er sich mit einer dritten Sprache abgeben musste. Zweisprachig war er ohnehin aufgewachsen, Englisch und Französisch beherrschte er fließend und auch einige Brocken der Stammessprache. Grundkenntnisse in Deutsch besaß er auch, aber richtig hatte er erst in der letzten Zeit angefangen zu lernen. Und dabei hatte er festgestellt, dass Nathan ein guter, aber unerbittlicher Lehrer war.

Das konnte er achten.

Was ihm gegen den Strich ging, waren dessen Versuche, ihn mit seiner Angst zu konfrontieren. Die konnte und wollte er nach außen hin nicht zugeben. Ein Mann lag nicht nachts zitternd und schwitzend im Bett und rang mit dem Gefühl, nicht Herr seines Körpers zu sein.

Gedankenverloren tastete Tanguy nach dem Anhänger, den er an einer Goldkette befestigt hatte. Eigentlich auch so ein Blödsinn, aber er konnte sich nicht entschließen, ihn abzulegen. Der gebogene, spitze Reißzahn des Berglöwen, der ihn angefallen hatte, begleitete ihn seit jenem Tag, da er ihm das Leben hatte nehmen müssen.

Die Sonne hinter ihm versank im Westen, der Osten lag bereits im Dunkeln. Müdigkeit überwältigte ihn, und erschöpft gab er seinem Körper nach und schloss die Augen, in der Hoffnung, so schnell wie möglich in einen traumlosen Schlaf zu sinken.

Es schien zu glücken, doch dann hörte er wieder die leise Stimme, die ihn rief.

»Cougar!«, summte sie. »Cougar!«

Und dann kamen die Bilder.

31. Che-Nupet denkt

Che-Nupet übte mit Pu-Shen Bauchlüften. Beide Katzen lagen mitten auf dem Rasen auf dem Rücken, die vier Pfoten ausgebreitet, kleinen Bettvorlegern gleich. Feli bewunderte sie mit stiller Heiterkeit. Es war eine große Leistung für den kleinen Kater, so vertrauensvoll seinen weißen Bauch nach oben zu drehen.

»Die beiden sind unglaublich«, sagte ihre Tante Iris leise zu ihr. »Ich hätte nie gedacht, dass sie sich so gut verstehen.«

»Che-Nupet ist eine freundliche Katze.«

»Zweifelsohne. Und sie ist tatsächlich nicht fortgelaufen. Wann gibst du sie wieder zurück?«

»Übermorgen.«

»Mhm. Sie wird mir fehlen. Komisch, dass man sich so an ein Tier gewöhnen kann. Aber sie hat so was … Irgendwie wirkt sie so verständnisvoll.«

»Ja, sie ist ein kluges Wesen. Ich werde sie auch vermissen. Und Pu-Shen vermutlich auch.« Feli lächelte. »Wahrscheinlich sogar Chip, mit der hat sie gerne gebalgt.«

»Du hast ein gutes Händchen für Tiere, Feli. Das scheinst du von meiner Mutter geerbt zu haben.«

»Ja, Großmutter!« Feli spielte mit dem Ring in ihrem Ohr. »Ich denke oft an sie.«

»Sie hätte deine Berufswahl ganz bestimmt gutgeheißen.« Iris legte ihr den Arm um die Schulter. »Du machst das gut, Feli. Du bist eine mutige junge Frau geworden. Mit deinem Herzen hast du keine Probleme mehr, nicht wahr?«

»Nein, Iris. Kein Herzrasen mehr, keine Atemnot – du hattest recht, es war wohl meine jämmerliche Kondition, die das verursacht hat. Und an der ist Mama schuld mit ihrer Tutteligkeit.«

»Sie hat sich Sorgen um dich gemacht, das darfst du ihr nicht übel nehmen. Inzwischen hat sie es wohl eingesehen, dass du genauso belastbar bist wie jeder andere Mensch. Und vermutlich kann ich dich jetzt auch mal für ein paar Tage alleine lassen.«

»Sicher, ich werde schon nicht verhungern, wenn du nicht für mich kochst. Was hast du vor?«

»Eine Wochentour durch die Vulkaneifel. Maureen hat sich den Fuß verstaucht und mich gefragt, ob ich morgen einspringen kann.«

»Ist in Ordnung. Ich geb dann mal eine Einladung in Facebook raus.« Feli zwinkerte ihrer Tante zu. »Lass mir genügend Geld für die Fete hier.«

Iris zupfte ihr am Ohr und beugte sich dann zu Pu-Shen hinunter, der das Bauchlüften beendet hatte und maunzend seinen Kopf an das Tantenbein drückte.

»Gibst du ihm heimlich Leckerchen, Iris?«

Die errötete.

»Na ja, er mag doch Fisch so gerne.«

»Dann gib ihm seinen Fisch. Ich muss noch mit Finn etwas bereden.«

»Meine Wandertante und ihre Stockenten gehen morgen auf Tour«, erklärte sie Finn kurz darauf. Er werkelte in der Garage an seinem Motorrad herum.

»Stockenten? Ach, die Damen mit den Nordic-Walking-Stöcken.« Er grinste.

»Ja, und das trifft sich gut, denn ich werde nach Trefélin gehen. Du musst mir einen Gefallen tun und ihr erklären, warum ich einen Monat fort bin.«

»Und wo bist du für sie?«

»Ich weiß nicht. Vielleicht mit Kristin bei euren Großeltern?«

»Sie holen Kristin am Wochenende ab. Dann müsstest du sie einweihen.«

»Würde sie es verstehen?«

Finn wischte sich die Hände an einem Lappen ab.

»Ich weiß nicht. Eigentlich möchte ich es ihr lieber nicht sagen.«

Feli nickte. »Gut, dann eine andere Ausrede.«

»Irgendein Praktikum? In einer anderen Stadt?«

»Wenig glaubhaft, wo ich doch bei Dr. Labanca bin.«

»Spontane Kreuzfahrt in die Karibik?«

»Hab ich im Lotto gewonnen?«

»Ich war Erdbeerpflücker. Wenn du Geld verdienen willst, sag, dass du dir einen Ferienjob gesucht hast.«

»Könnte ich … ha, mir fällt etwas viel näher Liegendes ein. Finn, ich begleite die arme Tija in eine Reha-Klinik. Muss nur mal schauen, wo es eine passende gibt.«

»Sie wird versuchen, dich dort zu erreichen.«

»Dann muss ich mein Handy wieder vergessen. Puh, Finn, das wird schwierig. Obwohl – weißt du, vergangenes Jahr hat sie gar nicht viel gefragt. Manchmal habe ich den Eindruck, dass sie etwas spürt oder vermutet. Pass auf, ich schreib ihr das mit Tija, und wenn sie fragt, schickst du sie zu Nathan. Ihm vertraut sie, und er kann ihr vielleicht eine passende Erklärung liefern. Ich möchte nur nicht, dass sie sich sorgt und mich womöglich als vermisst meldet oder sogar meine Eltern alarmiert.«

Finn runzelte die Stirn, nickte aber dann.

»Ja, kann sein, dass er sie beruhigen kann. So mit Visionssuche und irgendwas. Könnte klappen.«

»Gut. Was gibt es Neues zu den ›Helfenden Händen‹?«

»Ich werde am Wochenende wieder an so einer Dudelveranstaltung teilnehmen. Mein Alter hat überhaupt nicht mehr gewusst, warum ich da in der Pizzeria so stinkig war. Als ich mit ihm telefoniert hatte, war er wieder völlig klar.«

»Vielleicht hatte er Stress. So, und jetzt müssen wir eine Entführung planen.«

»Aber gerne doch. Wollen wir ein Eis essen dabei?«

»Besser, wir machen das hier, unter uns. Es sollte keiner zuhören.«

»Ich hatte auch an die Packung Schoko gedacht, die im Kühlschrank steht.«

»Her damit!«

Feli schlenderte zur Terrasse und setzte sich an den Gartentisch dort. Unter dem Zaun wurstete Che-Nupet sich durch und trottete zu ihr.

»Machst du Plan, ne?«

»Ja, mach ich mit Finn.«

»Mach ich mit. Hab ich Einfall, ja.«

»Oh, gut. Dann komm hoch.«

Feli klopfte auf ihre Oberschenkel, und die Katze sprang hoch. Damit sie nicht abrutschte, umfasste sie deren pummeliges Hinterteil und hielt sie fest.

»Bin ich zu schwer, ne?«

»Bist du wie ein Federchen, Schnuppel«, flüsterte sie ihr ins Ohr.

»Lügst du.«

»Flauschfederchen.«

»Bleifederchen!«

Finn stellte einen Becher mit Schokoladeneis mit einem Klecks Sahne vor sie auf den Tisch, und Feli stippte ihren Finger in die Sahne, um sie Che-Nupet zu reichen.

»Weisheit!«

»Darf nicht.«

»Musst du.«

Sie schmierte ihr den Klecks auf die Nase, und mit gieriger Zunge schleckte Che-Nupet sie ab.

»Bist du gemein, ne.«

»Mhm. So, und jetzt hört zu.«

Feli schilderte, was sie erkundet hatte und wie sie sich vorstellte, Tija aus dem Krankenhaus zu entführen.

»Am besten mitten am Tag, nachmittags, wenn Besuchszeit ist. Ich zieh mir den weißen Kittel an, den ich auch in der Tierarztpraxis trage, und steck mir ein Namensschildchen an. Für Sem organisiere ich einen der grünen Kittel der freiwillige Helfer. Er ist stark genug, sie aus dem Bett zu heben, denke ich, und in einen Rollstuhl zu verfrachten. Dann schieben wir sie einfach raus zum Foyer. Du wartest mit dem Wagen davor, wir laden sie ein und bringen sie zum Dolmen. Ab dort müssen wir sie tragen. Ich werde mir von Dr. Labanca die Trage ausleihen, die sie für die großen Hunde hat. Das müsste reichen, sie durch die Grauen Wälder zu bringen, bis sie sich verwandeln kann.«

»Die Trage bekommt sie nicht wieder zurück, das gibt Nachfragen. Ich könnte euch aber eine aus Ästen und Decken bauen.«

»Noch besser.«

»Und es wäre noch viel besser, wenn jemand, während ihr sie aus dem Zimmer bringt, das Personal ablenkt. Damit es nicht plötzlich irgendwelche Fragen gibt.«

»Wie lenkt man die Schwestern ab, Finn?«

»Mit einem Anfall? Du bist doch früher oft genug zu Untersuchungen da gewesen.«

»Bloß keinen Anfall. Bloß nicht. Dann behalten sie mich gleich da. Und Sem kann das auch nicht bringen. Der hat sowieso eine Höllenangst davor, aus seinem Versteck kriechen zu müssen.«

»Mach ich Vorschlag, ja?«

Che-Nupet richtete sich auf und hopste auf den Tisch. Den Rest Sahne beäugte sie sehnsuchtsvoll, drehte sich dann aber davon weg.

»Wir sind ganz Ohr, Che-Nupet. Was hast du dir überlegt?«

»Mach ich mit Tija was. Kann ich. Kann ich helfen verwandeln. Braucht ihr nur Katzenkorb, ja. Aber dürft ihr nicht gucken, ne. Versprechen, ja?«

Feli überdachte diesen unglaublichen Vorschlag und fand ihn schlicht genial.

»Das wäre super. Dann braucht Sem gar nicht mit ins Krankenhaus zu kommen. Eine kleine Katze kann ich selbst tragen.«

»Kannst du sie wirklich verwandeln?«, fragte Finn ungläubig.

»Finn, wenn Che-Nupet sagt, dass sie etwas kann, dann kann sie es. Stimmt's?«

»Stammts, stummts!«

Che-Nupets Schnurrhaare vibrierten amüsiert.

Finn wirkte noch immer nicht überzeugt, aber Feli dachte schon weiter.

»Pass auf, Finn, wir brauchen dich dann im Krankenhaus. Was immer Che-Nupet vorhat, können wir nicht im Gebäude selbst machen. Haustiere werden auf den Stationen sicher nicht geduldet. Also muss ich Tija zumindest in den Garten bringen. Und alleine bekomme ich sie nicht aus dem Bett gehoben. Dazu brauchen wir einen starken Mann.«

»Na gut, wenn du meinst.«

»Und Ablenkung brauchen wir trotzdem.« Feli stippte noch einmal den Finger in den Sahnerest und schmierte ihn mit einer flinken Bewegung auf die Katzennase.

Schlupp – weg war er.

»Bist du so gemein!«, murrte Che-Nupet.

»Ah, ja, ich kann sooo gemein sein, und darum werde ich im Schwesternzimmer einen Kuchen hinstellen. Das wird sie von unserer Entführung ablenken. Die sind nämlich alle sagenhaft gefräßig.«

»Wie ich, ne?«

»Schnuppel, ich habe noch nie eine so genügsame Katze erlebt wie dich. Du achtest doch streng auf deine hübsche Figur.«

Schnurrrrr.

Aber das Schnurren brach ab, und Che-Nupet zwinkerte.

»Sagst du Ronya, soll Kuchen bringen.«

»Hey, gute Idee. Sie besucht sie laufend, das Personal kennt sie.«

Finn sah Feli wieder fragend an.

»Ronya weiß davon? Ich meine …«

»Finn, die Katzen sind bei ihr eingetroffen, nicht wahr? In ihrer Katzenpension gibt es eine Übergangsstelle, nehme ich an.«

»Ist richtig. Könnt ihr Tija auch hinbringen.«

»Aber Sem wird sich weigern, den Wald zu verlassen. Andererseits, die Kater werden den Weg schon alleine finden.«

Che-Nupet kratzte sich den Nacken.

»Ist besser, wir gehen zusammen. Hab ich Kribbeln im Fell, ne.«

»Ich könnte auch mitkommen«, murmelte Finn.

»Geht nicht. Du musst hier auf Shepsi achten. Und Nathan informieren. Er klang besorgt. Vielleicht sollten Ani und Pepi auch noch einen Monat hierbleiben. Als Kater können sie sicher unauffällig Informationen sammeln.«

»Denkt sie klug, ne. Sag ich Majestät.«

32. Wandlung und Abschied

Woher Feli die grüne Jacke besorgt hatte, wollte Finn gar nicht so genau wissen. Er bemühte sich, höchst kompetent auf seinen weichen Sohlen durch die Gänge des Krankenhauses zu eilen, ein Tablett mit Keksen und Kaffee zu balancieren und dabei jedem, dem er begegnete, ein freundliches Lächeln zu schenken. Von der anderen Seite des Ganges kam ihm Feli entgegen, die ebenso kompetent einen leeren Rollstuhl vor sich herschob. Sie blieb an einer Tür stehen, klopfte und trat ein. Finn folgte ihr.

Tija saß aufrecht in ihrem Bett, die wuscheligen Haare mit einem Band zusammengefasst. Mit ängstlichen Augen sah sie ihnen entgegen. Sie war blass, und ein feiner Schweißfilm lag auf ihrer Stirn. Finn tat sie entsetzlich leid.

»Hallo, Tija. Nicht mehr lange, und du bist zu Hause«, sagte er leise, und sie versuchte sich an einem Lächeln.

»Danke, dass ihr mir helft.«

Feli stand an der Tür und hielt Wache, während er, so vorsichtig es ihm möglich war, die junge Frau aus dem Bett hob und sie auf den Stuhl setzte. Sie stöhnte einmal, und Tränen rannen ihr über das Gesicht. Feli trat zu ihr und schnurrte sie sanft an. Ein wenig entspannte sie sich. Finn legte ihr eine Decke über den Schoß, und als Feli, die wieder zur Tür gegangen war, einen Wink gab, schob er sie in den Gang.

»Der Aufzug dahinten, Finn!«

Noch immer leise schnurrend ging Feli neben Tija her. Finn bewunderte sie dafür. Schmerzen ließen sich tatsächlich besser ertragen, wenn man dieses Geräusch hörte. Er wusste es aus eigener Erfahrung. Seit sie in Trefélin gewesen waren, hatte nicht nur er gewisse kätzische Fähigkeiten entwickelt, Feli war es genauso ergangen. Aber ihre waren ganz andere.

Der Aufzug brachte sie nach unten, eine der grünen Damen stieg mit ein und verwickelte ihn in ein freundliches Gespräch. Er war froh, als sie im Parterre angelangt waren und er Tija Richtung Ausgang schieben konnte.

Das schöne Wetter hatte viele Patienten und ihre Besucher in den Garten gelockt. Strandkörbe, Bänke, Sitzgruppen luden zum Verweilen ein, alte Bäume warfen ihre Schatten über bunt blühende Beete, Hecken teilten Nischen und Winkel ab.

»Wo ist Che-Nupet?«, fragte Finn leise.

»Ich seh sie nicht. Mist, Ronya wollte sie am Zaun da vorn absetzen.«

Er schob Tija näher an den Zaun und sah sich um. Dann sog er vorsichtig die Luft durch die Nase ein.

Die Katze war hier gewesen. Sie war zwischen den schmiedeeisernen Stäben hindurchgekrochen und hatte sich unter einem Busch versteckt. Von dort war sie aber weggelaufen.

Kindergeheul erklang, Kreischen, von der hässlichen Schimpfkanonade einer Mutter gefolgt. Weitere Proteste wurden laut.

»... mich beschweren. Allergiker hier ...«

»Unhygienische Zustände, kein Wunder, dass es zu Infektionen kommt!«

»... Krankenhausleitung informieren!«

»Scheiße, diese kleine Dummnase hat für Aufsehen gesorgt«, sagte Finn.

»Da vorne. Sie sitzt im Baum«, machte Feli ihn aufmerksam. »Dein Auftritt!«

»Meiner?«

»Ich bleibe bei Tija. Sie braucht mich!«

Das war vermutlich so.

Er ging zielstrebig auf den Baum zu und schaute hoch.

»Sie da, sehen Sie zu, dass das Tier hier verschwindet!«, fauchte eine ältere Frau ihn an.

»Ja, ich kümmere mich schon darum. Bleiben sie ganz ruhig. Und am besten halten sie Abstand, sonst kann ich sie da nicht runterlocken.«

»Mama, ich will aber mit Miezi spielen«, quengelte ein Junge und stierte zu Che-Nupet hoch.

»Miezi will aber nicht mit dir spielen, Kurzer«, sagte Finn. »Bringen Sie den Jungen fort«, empfahl er der Mutter, die ihren greinenden Sohn am Arm wegzog.

»Wir gehen zu Opa zurück«, sagte sie. Das Problem war gelöst, die aufgebrachten anderen Besucher und Patienten aber standen immer noch um ihn herum.

»Miezi, komm runter«, sagte Finn leise. »Ich bring dich weg.«

»Kann nicht.«

»Wie? Du bist auf den Baum raufgekommen, dann kommst du auch wieder runter.«

»K… kann nicht.«

»Che-Nupet, jede Katze kann von einem Baum springen.«

»Kann n… nicht!«

»Ich werd gleich wahnsinnig. Komm runter.«

»B… bin so doof.«

Das klang so dermaßen jämmerlich, dass Finn aufseufzte.

»Ich stell mich unter den Ast, du springst auf meine Schulter.«

»Mauauau.«

»Herrgott, Schnuppel! Du bist eine große, starke Katze. Du kannst.«

»Mauauauuuu!«

Feli stand plötzlich neben ihm.

»Gibt es Probleme, junger Mann?«, fragte sie herrisch.

»Sieht so aus, Schwester Felina. Dieses Tier traut sich nicht, vom Baum zu springen.«

»Holt endlich mal einer eine Leiter«, schimpfte einer der Umstehenden. »Was für ein Affentheater.«

»Schnuppel, komm runter«, schnurrte Feli.

»Kannich.«

»Was kannst du nicht?«

»Kannichfliegen.«

»Was für ein Blödsinn!«, knurrte Finn.

»Heb mich hoch!«

Finn sah Feli an. Das konnte gehen. Er ging in die Hocke, half ihr auf seine Schultern und stand langsam auf. Es war wackelig, und als sie die Arme nach der Katze ausstreckte, wagte die endlich den kleinen Sprung. Che-Nupet war jedoch wirklich kein Federgewicht. Als sie auf Feli traf, wankte sie, und alle drei fielen sie zur allgemeinen Belustigung um.

»Scheiße!«, entfuhr es Finn.

»Hast du dir wehgetan?«, fragte Feli, die mit der Katze im Arm auf ihm lag.

»Ein Federbett ist der Kiesweg nicht.«

Sie rappelten sich auf, und Feli schleppte Che-Nupet wie einen nassen Sack eilig aus der Runde der Zuschauer. Tija saß mit geschlossenen Augen hinter einem blühenden Sommerflieder, der von Schmetterlingen umflattert wurde. Ihr Gesicht war von Schmerzen gezeichnet, ihre Hände weiß und ineinander verkrampft. Finn legte ihr die Hand auf die Schulter.

Er wollte sie trösten, doch in diesem Moment wurde er von einer gewaltigen Welle der Qual übermannt und sackte stöhnend zusammen. Qualen, die gepeinigte Katzen erlitten hatten, Qualen, von denen er noch immer träumte.

Jemand rüttelte an seiner Schulter.

»Finn, komm zu dir. Finn, das kannst du jetzt nicht bringen!«

Ein Ächzen kam aus seiner Kehle.

»Finn! Finn!«

In seinem Kopf gellten Schreie höchster Not.

»Finn, mach die Augen auf.«

Er hatte keine Augen mehr.

»Finn.«

Sanfte Lippen berührten seine. Ein feiner, süßer Geschmack füllte seinen Mund. Die Horrorvisionen verflogen so schnell, wie sie gekommen waren. Verwirrt blinzelte er.

»Flashback«, murmelte Feli. »Geht's wieder?«

»Muss.«

Er kam auf die Knie. Neben ihm lag Che-Nupet auf dem Boden, zitternd und mit zuckendem Schwanz.

»Was ist mit ihr?«

»Ich weiß es nicht. Schnuppel. Schnuppel, du wolltest Tija helfen.«

Tija sah auf, und ein gepeinigtes Lächeln huschte über ihre Lippen.

»Wie nennst du sie?«

»Che-Nupel. Manchmal.«

»Darf sie«, wisperte Che-Nupet und kam auf die Pfoten.

»Che-Nupet«, sagte Tija heiser. »Kannst du etwas für mich tun?«

»Kann ich. Gleich, ne.«

»Sie hat Schmerzen. Sie hat seit gestern keine Mittel mehr dagegen genommen«, erklärte Feli.

»Mach ich. Geht ihr weg, ne.«

»Warum? Sie braucht Hilfe«, begehrte Finn auf.

»Komm, sie wissen, was sie tun.«

Er folgte ihr, aber sah sich noch einmal um.

»Finn!«

»Ich verstehe das nicht. Was ist diese Che-Nupet, Feli?

Erst sitzt sie auf dem Baum und traut sich nicht runter, dann macht sie wieder irgendeinen Hokuspokus.«

»Du wirst es einfach akzeptieren müssen. Ich tue es, und dann kommt man wirklich prima mit ihr aus. Wir wissen doch, dass sie Geheimnisse zu hüten hat.«

»Und du auch.«

»Ich?«

Feli schielte, und ein Schmetterling setzte sich auf ihre Stirn.

»Weiber!«

»Ja, so sind wir. Wo ist Ronya?«

»Oh, sie wollte vorne an dem Tor warten.«

»Gut, dann trägst du Tija zu ihr.«

»Meinst du, dass es wirklich klappt?«

»Klappt, ne«, sagte es hinter ihm. »Kommt ihr.«

Auf der Decke des Rollstuhls lag eine wuschelige braune Perserkatze, Verbandsmaterial war auf den Boden geglitten. Sie schnurrte leise.

Finn beugte sich zu ihr hinunter, legte die Decke über sie und nahm sie auf den Arm. Die Erinnerung an Seba packte ihn, und er musste sich auf die Lippen beißen.

»Bald wird alles gut«, flüsterte er und hoffte, dass das auch für ihn galt.

Ronya hatte einen Transportkorb weich ausgepolstert, doch als sie über die Schotterwege zum Dolmen holperten, jammerte Tija leise. Finn streichelte und kraulte die Katze unablässig.

»Ich habe ein schmerzstillendes Medikament dabei«, sagte Feli. »Darf ich es ihr geben, Schnuppel?«

»Mach. Schadet jetzt nicht mehr, ne.«

Finn sah zu, wie sie geschickt eine Spritze aufzog und sie Tija in das Nackenfell piekte.

»Danke«, murmelte Tija.

Sem, Ani und Pepi warteten bereits auf sie.

»Müssen wir warten, bis es dunkel geworden ist?«

»Müsst nicht. Können wir gleich gehen.«

Che-Nupet sprang aus dem Wagen, Feli folgte ihr mit dem Korb.

Ronya blieb hinter dem Steuer sitzen, aber Finn stieg ebenfalls aus und öffnete den Kofferraum. Darin befanden sich zwei prall gefüllte Rucksäcke.

»Hier, ich hoffe, wir haben nichts vergessen.«

»Die Tücher und Majestätens Leberwurst sind drin?«

»Ja, und auch ein Mitbringsel für Nefer.« Finn lächelte traurig. »Ich würde so verdammt gerne mitgehen.«

Sem legte ihm den Arm um die Schulter.

»Wär klasse, Finn. Und – echt, es war schön hier. Ich komm bestimmt mal wieder her. Kümmer dich gut um die beiden Rabauken!«

Ani und Pepi drückten sich an Sems Bein. Er zauselte sie.

»Ich nehme sie gleich mit. Wer von euch beiden will zu Ronya, wer zu mir?«

»Ist die scharfe Chip noch bei dir?«

»Ja, sicher.«

»Okay, ich bin dabei.«

»Hey, und ich?«

»Du hast im Feliday Inn die Auswahl, Pepi.«

Ein kurzes Raufen noch, dann sah Finn zu Feli hin. Sie stellte den Korb mit Tija ab und legte ihm die Arme um die Hals.

»Danke, Finn.« Ein sanfter, sehr zärtlicher Kuss folgte. Er erwiderte ihn mit einem unerwarteten Verlangen.

»Passt auf euch auf, Feli. Ich warte dann beim nächsten Vollmond hier auf dich.«

»Es wird schon gut gehen.«

»Machst du Nase, Finn?«, fragte Che-Nupet.

Er kniete nieder, und die Katze drückte ihm ihre braune Nase auf die seine.

»Du bist seltsam, Schnuppel, aber du hast ein großes Herz. Grüß Amun Hab und Anhor und Nefer und Majestät von mir.«

»Mach ich. Bin ich komisch, ne?«

Er sah in ihre waldseegrünen Augen, und ganz plötzlich war da nicht mehr eine dicke, rotbraune Katze, sondern eine Frau. Eine große Frau, um deren runde Hüften ein gefältelter goldener Rock lag, die schmale Taille blieb frei, ein grünes, mit Goldstickereien verziertes Oberteil bedeckte den üppigen Busen, und unter dem Kopftuch quollen hüftlange rote Locken hervor, in denen goldene und kupferfarbene Lichter schimmerten. Aus dem dunklen Gesicht leuchteten große, schwarz bewimperte waldseegrüne Augen.

Finn stieß den angehaltenen Atem aus, und da war wieder nur Che-Nupet vor ihm. Zögernd hob er die Hand, um sie zu streicheln.

»Nicht komisch, ganz und gar nicht. Nur anders, und sehr, sehr schön.«

»Hört ihr jetzt endlich auf rumzuschmusen«, grummelte Feli, die von Ani und Pepi umschmeichelt wurde.

In der Ferne ertönte ein Jagdhorn und kündigte den Tod eines vierbeinigen Rebhuhns und anderer Hybriden in schrägen Tönen an.

»Himmel, Rudi ist unterwegs. Besser, ihr verschwindet.«

»Ja, gehen wir«, sagte Sem und schulterte einen der Rucksäcke. Finn half Feli, den anderen auf den Rücken zu nehmen. Sem packte auch den Katzenkorb, und Che-Nupet trabte auf den dunklen Eingang des Dolmens zu.

Ani und Pepi sprangen zu Ronya in den Wagen, und Finn setzte sich auf den Beifahrersitz.

Neugier packte ihn plötzlich.

»Ronya, woher weißt du?«

Sie lächelte.

»Ich weiß eben.«

Wieder so ein Weib, das seine Geheimnisse hüten wollte. Warum mussten die nur immer so mysteriös tun?

Andrerseits – irgendwie war das auch verlockend.

Was ihn an seine nächste Aufgabe erinnerte. Er hatte noch immer nicht vergessen, was sein Vater in der Pizzeria behauptet hatte. Dass das Busunglück ein Wink Gottes gewesen war, um die Frauen für ihre Eitelkeit zu strafen. Nicht dass Finn irgendwelche Winke Gottes für realistisch hielt, der alte Herr hatte gewiss Besseres zu tun, als den Mädchen den Lippenstift zu verbieten. Aber was trieb Männer – und nicht nur seinen Vater, sondern viele andere mehr – seit Menschengedenken dazu, Frauen zu verbieten, sich hübsch zu machen?

Bibel und Moralschriften waren voll von solchem Gestänker. Es war überheblich und arrogant. Und dahinter verbarg sich doch etwas anderes. Finn ging in sich. Hatte er sich nicht gerade vor wenigen Minuten noch darüber aufgeregt, dass Frauen so mysteriös taten? Und es ihm gleich darauf ehrlicherweise gefallen hatte?

Könnte es wohl sein, dass Männer, die die Geheimnisse der Frauen nicht durchschauten, Angst vor ihnen hatten?

Er überprüfte seine eigenen Gefühle. Kristin, seine Schwester, war ein eitler Fratz, ohne Zweifel. Als sie noch Kinder waren, hatten sie kaum etwas voreinander verborgen, aber irgendwann hatte er seine eigenen Freunde gesucht, war seinen Abenteuern nachgegangen und sie den ihren. Sie hatten noch immer Gemeinsamkeiten, vertrauten einander in vielen Dingen und halfen sich gegenseitig, wenn es nötig war. Dass sie sich mehr für Klamotten und Make-up interessierte als für ein

Motorrad, fand er völlig normal. Weshalb Kristin sich wohl inzwischen mehr Nerissa angeschlossen hatte – und die war nun mal ein Ausbund der Eitelkeit. Andererseits, das musste man zugeben, schien die Art seiner Mutter die Männer anzulocken wie Pflaumenkuchen die Wespen.

Feli hingegen war nicht eitel, selbst beim besten Willen konnte man ihr kein putzsüchtiges Verhalten nachsagen. Sie war hübsch und natürlich und ein Kumpel – und verbarg unter alldem ein riesengroßes Geheimnis. Eines, das sie mit dieser Katze verband.

Seba, ja, Seba war auch ein geheimnisvolles Geschöpf gewesen. Die Tatsache, dass er wusste, was sie wirklich war, hatte seine Leidenschaft geweckt. Dabei hatte er jedoch herausgefunden, dass er überhaupt nichts von ihr wusste. Sie stammte aus Trefélin, einer fremden Welt, stammte aus einem alten, weisen Volk, das nach anderen Traditionen und Gesetzen lebte und vermutlich über so etwas wie Hohe Magie verfügte. Oder eben über ein besonderes, weit größeres Wissen als die Menschen.

Man konnte Angst davor haben.

Oder man achtete es und begegnete ihm mit Staunen und Ehrfurcht.

Wie den Frauen.

Mhm.

»Fertig gedacht?«, fragte Ronya und hielt vor seinem Haus.

»Werd ich wohl nie.«

»Katzen, Finn, haben gute Sinne. Lern von ihnen.«

»Ich bin ja schon dabei«, murrte er, und Ani kletterte von der Rücksitzbank auf seinen Schoß.

»Ich bring dir alles bei, was du über die Weibchen wissen musst«, schnurrte er.

»Als ob der etwas davon verstünde«, kam es von hinten.

»Euer Wissen, Kater, ist auf dem Gebiet einigermaßen beschränkt«, erklärte Ronya. »Du findest deinen Weg schon, Finn. So, und jetzt raus mit euch, ich muss mich um meinen Job kümmern.«

Finn klemmte sich den zappelnden Ani unter den Arm und ging zum Haus. Chipolata empfing sie fauchend und mit gesträubtem Rückenfell.

»Na, dann zeig mal, wie geschickt du mit den Weibchen klarkommst.«

Finn setzte Ani ab und verfolgte die sofort ausbrechenden Kampfhandlungen kopfschüttelnd.

Immerhin hatte er ein Thema, das er bei dem nächsten Treffen mit seinem Vater einmal vertiefen wollte. So von Mann zu Mann.

Dritter Teil
Schlangengrube

33. Graue Wälder

Zwielicht herrschte zwischen den hohen Stämmen, die Kronen der Bäume verschwanden in Nebelschwaden. Feli folgte Che-Nupet, die zielstrebig auf einem schmalen Pfad vorauslief. Hinter ihr stapfte Sem mit Tija über den weichen Humus. Der Ring in ihrem Ohr summte leise. Es war beklemmend still in den Grauen Wäldern. Kein anderes Lebewesen schien sich hier aufzuhalten. Weder zwitscherten Vögel, noch raschelte kleines Getier. Dennoch bevölkerten seltsame Geschöpfe dieses Gebiet zwischen der Welt der Menschen und der Katzen. Feli hatte eines davon kennengelernt. Die Wächter, gewaltige Mischwesen aus Löwen und Menschen, die geflügelten Sphingen, hüteten die Grenzen und die gefährlichen Stellen, die in der ewigen Dämmerung verborgen waren. Der Schwarze Sumpf war so ein Ort, ein Reservoir an klebrigem Horror, das von einer massiven Mauer umgeben war. Man hatte ihr bei ihrem letzten Besuch erklärt, dass sich in ihn das Wasser des Hellen Bachs ergoss, jenes Flüsschens am Übergang zu den Goldenen Steppen, in dem sich die verstorbenen Katzen von ihrem irdischen Leid reinigten. Und das, was sie abwuschen, wurde in diesem Sumpf gesammelt. Der Morast aus Qual und Leid blieb, und wer ihn berührte, versank in namenlosem Grauen. Doch was aus ihm gefiltert wurde, war wieder sauber und von großer Wirksamkeit. Auch das hatte sie erfahren und hütete diese Kenntnis mit Sorgfalt. Heldenwasser, so nannten sie die Tröpfchen, die aus einer Felsspalte quollen und deren Genuss jenen, die davon tranken, Mut und Kraft verliehen.

Die Schutzmauer des Schwarzen Sumpfes hatte jedoch im Laufe der Zeit irgendwo einen Riss bekommen, und etwas von dem grausigen Morast war ausgelaufen. Finn hatte sich damit auf dem Rückweg im vergangenen Jahr benetzt und wäre beinahe daran gestorben.

»Ist das Rinnsal versiegt?«, fragte Feli leise Che-Nupet vor sich. Die blieb stehen, drehte sie um, und ihre Augen erglühten im Zwielicht.

»Ist nicht. Sind wir vorsichtig, ja?«

»Auf jeden Fall.«

Nur Che-Nupet war es zu verdanken, dass Finn sich aus den Klauen des Entsetzens hatte befreien können, aber das durfte Feli ihm nicht sagen. Denn sie hatte zusammen mit der Katze einen der Wächter aufgesucht. Welchen Einfluss Che-Nupet auch immer auf ihn gehabt hatte, er war ihrer Bitte gefolgt und hatte sie selbst zu der Quelle des Heldenwassers im Land unter dem Jägermond gebracht. Zwei Tropfen hatte sie aufgefangen, und als sie dem bewusstlosen Finn die Flüssigkeit gegeben hatte, hatte sie selbst ein wenig von diesem Wasser auf den Lippen gehabt. Den feinen, süßen Geschmack hatte sie nicht vergessen, und jetzt, bei ihrer schweigenden Wanderung durch den nebligen Wald, erinnerte sie sich, dass sie ihn verspürt hatte, als der Bus vor ihnen in die Luft flog.

Finn wusste nicht, dass er durch dieses Wasser geheilt worden war, denn sie hatte Che-Nupet das Versprechen gegeben, darüber für immer zu schweigen. Und auch wenn die dicke Katze ihre Freundin war und gerne die dusselige Transuse spielte – Feli war sich ganz sicher, dass sie ihre Drohung wahr machen würde, sollte sie dieses Geheimnis jemals lüften. Che-Nupet, ihre Freundin Schnuppel, würde sie töten.

Feli akzeptierte das, weil sie ahnte, dass Che-Nupet selbst unter den weisesten und machtvollsten Bewohnern des Katzenlandes eine Sonderstellung innehatte, von der vermutlich allenfalls die Königin und ihr Berater Amun Hab wussten. Auf jeden Fall aber kannte sie sich in diesen grauen, schweigenden Wäldern bestens aus, und vertrauensvoll folgte sie ihr auf den kaum erkennbaren Wegen.

Ein Zeitgefühl hatte sie schon lange verloren. Waren sie Stunden unterwegs, die halbe Nacht sogar? Ihre Uhr hatte sie abgelegt, denn mit Metallen, so war sie gewarnt worden, geschah in den Grauen Wäldern Seltsames. So trottete sie still voran, bis Che-Nupet auf einmal stehen blieb und die Ohren spitzte. Sie hob ihre Nase und schnüffelte.

»Kommt wer.«

»Gefahr?«

»Vielleicht nicht. Ruhig bleiben.«

Feli lauschte auch, und Sem trat dicht neben sie.

Ein leises Rascheln, Pfoten auf dem weichen Boden. Dann leuchtende Augen zwischen den Stämmen.

Und ein lautes Schnurren!

Ein schlanker, schwarzer Kater, groß wie ein Tiger, trat vor.

»Feli?«

»Nefer! Oh Nefer!« Sie machte einen Schritt auf ihn zu und umarmte ihn. Sein Brummeln brachte ihre Knochen zum Schmelzen. »Ach Nefer!«

Eine raue Zunge wischte ihr über die Wangen. Dann aber schüttelte er sie sacht ab.

»Es ist nicht mehr weit. Beeilt euch. Es ist nicht mehr ungefährlich hier.«

»Was gibt es?«

»Man hat Schlangen gesehen.«

Hinter Nefer standen vier weitere kräftige Katzen, und als Feli sich zu Che-Nupet umsah, erkannte sie, dass die nun auch ihre wahre Größe angenommen hatte.

»Muss ich Tija helfen, ne. Machst du Korb auf, ne.«

Feli nahm den Transportkorb von Sem ab und hob den Deckel auf.

»Heiliger Sphinx, was ist ihr passiert? Und wo ist Seba?«, fragte Nefer.

»Erzählen wir euch später. Was soll ich tun, Che-Nupet?«

»Rausholen, ne. Auf den Boden legen. Mach ich schon.«

Feli gehorchte, und Che-Nupet beugte sich über die verletzte Katze. Was sie tat, konnte Feli nicht erkennen, aber es schien ihr, als würde erst der Schatten Tijas größer, und dann füllte sie nach und nach diesen Schatten mit ihrem Körper aus. Mühsam richtete sie sich auf ihren drei Beinen auf. Aus dem Stumpf des verlorenen sickerte Blut.

»Ich kann das verbinden«, sagte Feli.

»Mach.«

Sie hatte Verbandszeug mitgenommen und kramte es aus ihrem Rucksack. Wundversorgung hatte sie bei der Tierärztin schon geübt, und so gelang ihr ein einigermaßen professioneller Verband. Tija machte ein paar unbeholfene Schritte und meinte dann: »Wird gehen. Aber nur langsam.«

»Ist nicht mehr weit, und die beiden Kämpfer dort werden dich stützen«, sagte Anhor, der Befehlshaber der Grenzwächter.

Auch Sem war wieder ein muskulöser Kater geworden, und Feli wollte nach ihrem Rucksack greifen.

»Willst du auch, ja?«, fragte Che-Nupet, und ihre Barthaare vibrierten wie in einem Lächeln. »Kannst du, ne?«

»Ich? Als … als Katze?«

»Ist einfacher. Und lernt, ne.«

Was für eine Idee! Feli hatte sich schon manchmal gewünscht, in ein Katzenfell schlüpfen zu können, aber diesmal hatte sie wirklich nicht damit gerechnet.

»Beeilt euch!«, forderte Mafed. »Wir wollen keine Risiken eingehen.«

»Soll ich, Schnuppel?«, flüsterte Feli.

»Mach!«

»Wie?«

»Denk dich Katze, ja. Schaust du mich an.«

Feli legte den Rucksack wieder ab.

»Besser, du ziehst dich vorher aus«, empfahl Nefer.

Das leuchtete Feli ein. Sie legte ihre Sachen ab und quetschte sie noch in den Rucksack. Die Kater hatten sich höflich abgewendet, und nackt und bloß, wie sie war, sah sie Che-Nupet in die Augen.

»Vertraust du, ne?«

Eine Welle von Wärme durchflutete Feli. Ja, sie vertraute ihrer Freundin bedingungslos. Und dann spürte sie das Kribbeln. Es durchzog ihren ganzen Körper, zwang sie, sich vorzubeugen und die Hände auf den Boden zu stellen. Ihr Rückgrat bog sich, ihre Haut juckte ein wenig, dann wurde ihre Sicht klarer, und ein wunderliches Gefühl machte sich oberhalb ihrer Lippen breit. Als sie nach unten schaute, waren ihre Hände mit weißem Fell bedeckt. Neugierig drehte sie den Hals und erkannte, dass auch der Rest überwiegend weiß war, sich aber hier und da rötliche und graue Flecken befanden.

»Hübsch, ne?«, kicherte Che-Nupet.

»Süß«, schnurrte Nefer.

»Los jetzt«, befahl Anhor.

Che-Nupet packte den Rucksack zwischen den Zähnen, und nach einigen unbeholfenen Schritten hatte Feli es einigermaßen heraus, wie man sich auf vier Pfoten bewegen musste.

Das Mondlicht lag silbern über den Weiten von Trefélin, als sie am Fuße des Roc'h Nadoz in die Welt der Katzen traten. Von der grasbewachsenen Anhöhe erkannte man das Bäumemeer des Scharrwalds im Süden, begrenzt von dem breiten Avos Kaer, der sich in der Ferne zur See hin wand. An seinem nördlichen Ufer begann die breite Senke des Laubentals, einer der fruchtbarsten und schönsten Gegenden des Katzenreichs, und weiter in der Ferne, kaum im Dunst zu erkennen, lagen der Sternberg und das Halbmondplateau. Hinter ihnen aber erhob sich der Mittelgrat, ein langer Gebirgszug, der sich von Norden nach Süden erstreckte.

»Könnt ihr noch weitergehen, oder müssen wir eine Pause machen?«, fragte Anhor.

»Es geht noch ein Stückchen«, sagte Tija und humpelte los.

»Gut. Euren Weg findet ihr jetzt selbst«, meinte auch Mafed. »Ich verlasse euch hier. Anhor, deine Kater könnten vorlaufen und Majestät informieren.«

»Und Anat Bescheid geben«, sagte Feli.

»Ja, die Heilerin wird euch entgegenlaufen.«

Sie trennten sich, und Nefer und Feli nahmen Tija in ihre Mitte, Sem und Che-Nupet griffen die Rucksäcke.

Anfangs konzentrierte Feli sich darauf, sich in der neuen Art der Fortbewegung zu vervollkommnen. Sie war froh darüber, dass Tija sehr langsam ging, denn so richtig koordiniert bekam sie die vier Beine noch nicht, auch die neue Perspektive machte ihr Probleme. Vor allem störte sie der Schwanz, der irgendein Eigenleben zu entwickeln schien. Mal hing er nach unten, die Spitze streifte die Grashalme, dann streckte er sich gerade aus und krümmte sich am Ende, und einmal schoss er gerade in die Höhe. Warum er sich so verhielt, war ihr ein Rätsel. Sie hätte Che-Nupet gerne gefragt, aber die trug zwischen ihren Zähnen ihr Gepäck und konnte nicht antworten. Und dann waren all diese Sinneseindrücke so ganz anderes. Das Vogelzwitschern hatte einen anderen Klang, schien weit vieldeutiger in den ungewohnten Katzenohren. Die Gerüche überwältigten sie ebenfalls. Mehrschichtig, voller, inhaltsreicher, auch wenn sie nicht wusste, was sie im Einzelnen bedeuteten, war sie sich jedoch sicher, dass sich darin auch zusätzliche Informationen verbargen.

Sie erreichten den Bach, und Che-Nupet ließ den Rucksack fallen.

»Machen wir Halt, ne. Schlabbern, ja?«

»Ist recht«, stimmte Nefer zu, und Tija legte sich erschöpft nieder. Che-Nupet ging zu ihr und brummelte ihr etwas ins Ohr.

»Komm, trinken«, forderte Nefer Feli auf. »Das musst du üben.«

Etwas unschlüssig betrachtete Feli das kleine Gewässer.

»Zunge rein, nicht wahr?«

»Du musst aus der Zunge einen Löffel machen. So!« Nefer zeigte es ihr, und nach einigen Anläufen hatte sie verstanden, wie eine Katze zu trinken hatte, ohne mit der Nase im Wasser zu landen.

Die Sonne erhob sich über den Bergen und wärmte ihr wohlig den Pelz. Es war ein angenehmes Gefühl, und da sie schon lange unterwegs waren, hatte sie nichts dagegen, sich neben den drei anderen Katzen auszustrecken und in ein zufriedenes Dösen zu versinken.

Als sie wieder aufwachte, war sie zunächst irritiert und wollte auf die Hinterbeine kommen. Doch dann besann sie sich recht schnell auf ihren neuen Körper. Der war nun nicht mehr müde, aber hungrig.

Die Kater planschten am Ufer, Che-Nupet kümmerte sich noch immer um Tija. Sie stand auf und wollte zu ihr gehen, als sie ein nasser, kalter Fisch auf der Nase traf.

Sem lachte.

»Futter für dich.«

Schluck.

Roher Fisch, nicht eben küchenfertig zubereitet.

Andererseits, Sushi hatte sie schon gegessen und sich nicht davor geekelt. Hier allerdings gab es keine Sojasoße dazu, und das Tellergericht zappelte noch.

»So macht man das«, erklärte Nefer und packte den Fisch hinter den Kiemen. Das Zappeln hörte auf. »Und jetzt du.«

Feli biss probehalber in den Rücken und zerrte ein Stück Fleisch heraus. Ja, auch ihr Geschmackssinn war anders, die Sojasoße fehlte ihr nicht. Oder der Hunger gab der Forelle die richtige Würze. Sie verspeiste, ohne genauer hinzusehen, den gesamten Fisch.

»Ich werde wohl noch Jagen und Angeln lernen müssen.«

»Das wirst du recht schnell. Finn hat das auch flugs gelernt«, beruhigte Nefer sie. Und dann schlappte er ihr mit der Zunge über das Gesicht. »Waschen gehört dazu.«

»Ich denke, das kriege ich selbst hin. Ich hab euch oft genug beobachtet.«

Auch Tija hatte einen Happen zu sich genommen und war bereit, die restliche Strecke zu bewältigen. Sie und Nefer erklärten Feli, während sie dahinwanderten, einiges von dem, was sie als Katze wissen musste. Sie lauschte aufmerksam und fühlte sich erstaunlich frei in ihrem Fell, beweglich und ausdauernd. Sie freute sich an den unterschiedlichen Gefühlen, die ihr von den empfindlichen Ballen vermittelt wurden, und lernte den tieferen Sinn der Schnurrhaare kennen, die äußerst feine Tastorgane waren.

Als die Sonne sank, hörten sie in der Ferne den Wasserfall rauschen, der vom Menez Penn hinab in den Lind Siron stürzte. Feli erinnerte sich, dass rund um diesen See die Lauben des Hofstaats standen und auch diejenige, in der sie vor einem Jahr Unterschlupf gefunden hatte. Sie beschleunigte die Schritte, und Nefer stupste sie an.

»Los, laufen wir!«

»Ja, lauft vor. Che-Nupet bringt mich zu Anat«, sagte Tija.

Es war ein überwältigendes Erlebnis, dieser Sprint. Feli juchzte beinahe, als sie fühlte, wie das Spiel ihrer Muskeln sich entfaltete. Und als sie am Seeufer angekommen war, sträubten sich ihre Schnurrhaare höchst vergnügt nach vorne. Es war ein lustiges Gefühl, und sie kicherte.

»Du siehst niedlich aus, weißt du das?«, meinte Nefer. »Schau mal ins Wasser.«

Er sprang auf einen flachen Stein, der in den See hineinragte, und Feli folgte ihm, gespannt darauf, ihr Katzengesicht zu sehen. Und tatsächlich, sie sah nett aus. Ein weißes Schnäuzchen, ein graues und ein rotes Ohr und ein kleiner dunkler Punkt auf dem linken Schnurrkissen, aus dem ein einziges schwarzes Haar wuchs, alle anderen Schnurrhaare waren weiß.

Nachdem sie sich ausreichend bewundert hatte und dabei feststellte, dass sie erstmals im Leben einen Anflug von Eitelkeit verspürte, sprang sie von dem Stein und reckte sich genüsslich. Nefer betrachtete sie aus seinem einen blauen Auge, und – wusch! – ihr Schwanz zuckte wieder in die Höhe. Mit großer Willenskraft brachte sie ihn dazu, sich wieder in die Waagerechte zu begeben, denn irgendwie hatte sie bemerkt, dass er ihre Gefühle wiedergab. Und zwar äußerst offensichtlich.

Nefer nickte, aber er schien auch belustigt.

»Gehen wir zu Majestät«, sagte er.

»Ist recht.«

Bastet Merits Laube war eine der schönsten in dieser Ansiedlung. Der Goldregen war zwar verblüht, aber die ersten Heckenrosen hatten ihre Blüten entfaltet, und in der Abendsonne dufteten sie betörend süß. Die graue, schwarz gefleckte Königin der Katzen lag auf dem grasbewachsenen Platz davor und blinzelte, als sie zu ihr traten.

»Majestät!«, sagte Feli und setzte sich, genau wie Nefer, nieder. Die Königin richtete sich königlich auf und ließ ihren königlichen Blick auf ihr ruhen.

»Hatte ich das gestattet, Felina?«, grollte sie.

»Hab ich, ne«, brummelte Che-Nupet, die eben den Rucksack herbeigezerrt hatte.

»Ach, du?«

»Darf ich.«

Von links kam nun auch der schwarze Amun Hab herbei, das Fell glänzend, die blauen Augen blitzend. Auch er musterte Feli und nickte dann Che-Nupet zu.

»Darf sie.«

»Hat mich aber nicht gefragt.«

»Darf ich?«, fragte Che-Nupet.

»Darfst du. Felina, begrüße mich!«

Nefer stupste sie an, und sie erhob sich, um die königliche Nase mit der ihren sacht zu berühren.

»Was ist passiert?«

»Ein großes Unglück, Majestät.«

Bastet Merit schlug die Vorderpfoten wieder unter und spitzte die Ohren. Der Weise blieb aufrecht neben ihr sitzen, aber beider Augen ruhten auf ihr.

»Erzählst du«, sagte Che-Nupet. »Machst du besser, ne.«

»Also gut.« Feli sammelte sich und berichtete dann von dem Anschlag auf den Bus, bei dem Seba umgekommen und Tija verletzt worden war. Sie nannte auch ihren Verdacht, dass hinter diesem Verbrechen möglicherweise Shepsi stecken könnte, der vor einem Jahr aus Trefélin geflohen war.

»Meinen Kater Pu-Shen hat er entführt, um ihn auszuhorchen, und Finns Kätzin Chipolata hat er bezirzt. Wir vermuten, dass er sich einer Hilfsorganisation angeschlossen hat, die von einer Fanatikerin geführt wird. Wenn all diese Annahmen stimmen, dann ist er jetzt im Besitz von Sebas Ohrring.«

Amun Hab und Bastet Merit sahen sich an.

»Rattenkacke«, bemerkte Majestät. »Ich wusste doch, dass da was nicht stimmt.«

»Der Namenlose … Es kann sein, dass wir uns damals geirrt haben«, sinnierte der Weise.

»Die Schlangen«, murmelte Majestät. »Er war ein Geomant von großen Fähigkeiten. Mäuseschiss und Zeckenplage!«

Feli sah von einem zum anderen und fragte dann: »Was ist mit Schlangen? Mafed hat sie auch erwähnt.«

»Wir hatten da ein Problem …«

»Das ich vielleicht kennen sollte?«

»Erläutere es ihr, Sohn«, sagte Amun Hab, und Nefer berichtete von seinem Kampf in den Witterlanden. Feli hörte mit Entsetzen zu und bemerkte dabei, wie Che-Nupet neben ihr erbebte. Einmal zischte sie leise: »Glitschwurm!«

»Habt ihr, seit die Stelle versiegelt wurde, weitere Schlangen gesichtet?«

»Wir wissen nicht, ob uns welche entkommen sind«, sagte Nefer. »Wenn auch der Roc'h Uhel versiegelt wurde, heißt das nicht, dass es nicht noch andere Schlupflöcher gibt.«

»Und die Grauen Wälder kennen nur wenige gut genug.« Amun Hab sah zu Che-Nupet hin.

»Weiß nicht«, flüsterte die.

Feli spürte ihr Unbehagen beinahe körperlich und richtete sich auf.

»Wir haben also zwei Probleme, die vielleicht miteinander zusammenhängen, wollt ihr das sagen?«

Wieder sahen sich der Weise und Bastet Merit an.

»Zusammenhängen. Interessant. Wie kommst du darauf?«

»Es halten sich nur noch ein Namenloser und Shepsi in den Grauen Wäldern auf. Einer ist verbannt, der andere vertrieben. Beide könnten auf Rache sinnen. Ein gemeinsames Ziel vereint. Dass ihr Schlangen fürchtet, wissen beide. Offensichtlich auch, wo man sie findet. Shepsi ist in unserer Welt gesehen worden. Er hat nun zwei Ringe.«

»Und der Namenlose besitzt einen davon, denkst du?«

»Ihr nicht?«

»Geh ich gucken, ne.«

»Ich begleite dich, Che-Nupet.«

Schlapp! Einmal fegte die Zunge über ihre Stirn.

»Geh ich allein, guck ich nach Papa.«

»Und wer ist dein Papa?«

»Weißt du.«

Und damit trottelte Che-Nupet von dannen.

Feli starrte ihr nach.

»Weiß ich?«

»Sieht so aus«, meinte Amun Hab.

34. Jägerträume

Der Flug und die Zeitverschiebung hatten Tanguy zwar erschöpft, aber er fühlte sich aufgedreht und unruhig. Sein Kopf schmerzte noch immer, als er mit Nathan in das Forsthaus trat. Er brachte sein Gepäck in eines der Zimmer unter dem Dach und kehrte in die Küche zurück, um sich etwas zu trinken zu holen. Sein Onkel saß am Tisch und las stirnrunzelnd einen Zettel.

»Schlechte Nachrichten?«

»Ach nein, nur Informationen. Soll ich uns etwas zu essen machen, Tan?«

»Ich hab keinen Appetit.«

Er nahm eine Flasche Orangensaft aus dem Kühlschrank, schenkte sich ein Glas ein und setzte sich ebenfalls an den Tisch. Nathan stand auf, stellte sich hinter ihn und begann, mit festem Druck seinen Nacken zu massieren. Erst wollte Tanguy sich dagegen wehren, aber ein brummiges: »Du hast Kopfschmerzen«, ließ ihn schweigen. Es war ja richtig, das dumpfe Dröhnen in seinem Schädel wurde so etwas besser.

»Ich brauche frische Luft«, sagte er nach einer Weile.

»Dann schnapp sie dir. Jeronimo braucht Bewegung. Und mit Pferden kannst du ja umgehen.«

Tanguy lächelte schwach.

»Ein bisschen.«

»Du kannst dich auf ihn verlassen, er findet immer in den Stall zurück.«

»Okay. Danke.«

Das Pferd war etwas unruhig, der Pächter, bei dem es auf der Weide gestanden hatte, hatte es erst am Morgen zurückgebracht. Aber Tanguy hatte tatsächlich keine Probleme damit, es aufzuzäumen, stieg ohne Sattel auf und ritt vom Hof. Er folgte zunächst den Forstwegen, fand dann aber einen ausgeschilderten Reitweg und ließ sich im gemütlichen Schritt durch den Wald tragen. Geübt, sich an Wegmarken zu orientieren, schaute er sich oft um, achtete aber auch auf die Spuren von anderen Waldbewohnern. Eine Wildschweinsuhle erkannte er, einen Fuchsbau entdeckte er, lauschte den Hähern über seinem Kopf und sichtete ein Rudel Rotwild. Eine leichte Brise milderte seinen Kopfschmerz so weit, dass er ihn fast erträglich fand. Der frühsommerliche Wald gefiel ihm, auch wenn er nicht mit den alten, wilden Wäldern seiner Heimat vergleichbar war. Irgendwann hatte man an einigen Stellen hässliche Fichten in Reih und Glied angepflanzt, an anderen Stellen Kahlschlag betrieben, und ließ nun junge Bäume in Plastikröhren wachsen. Aber je weiter er ritt, desto naturbelassener wurde es. Hier gediehen Buchen und Eichen, vermoderten alte Stämme auf dem Boden, wurde das Unterholz undurchdringlich und dicht.

Und dann stieß er auf die bemoosten Steine. Aufgestellt zu einem halb mannshohen Gang, eine mächtige Felsplatte darübergelegt, sodass sich ein Tunnel ergab.

Überrascht machte er davor Halt. Auf natürliche Weise war diese Formation nicht entstanden, neu war sie auch nicht. Er würde Nathan danach fragen müssen. Auf jeden Fall aber wollte er die nähere Umgebung hier erkunden. Er brachte Jeronimo zu einem Busch und warf die Zügel darüber.

»Bleib hier, Junge!«, flüsterte er ihm ins Ohr und tätschelte ihm die Flanke. Ein bejahendes Schnauben antwortete ihm. Tanguy wollte eben zu den Felsen zurückkehren, als er leise Schritte im Laub rascheln hörte. Alter Gewohnheit nach blieb er verdeckt hinter einem Stamm stehen und wartete, was sich ihm näherte. War es ein Stück Wild oder ein Mensch?

In sein Blickfeld kam ein Mann, Jeans, Shirt, Plastikbeutel in der Hand. Er blieb am Eingang des Steintunnels stehen, und mit einiger Überraschung beobachtete Tanguy, wie er begann, sich auszuziehen. Als er vollkommen nackt war, faltete er ordentlich seine Kleider und verstaute sie in der Tüte. Dann begann er mit eiligen Bewegungen mit den Händen ein Loch in den Humus zu graben, legte die Tüte hinein und scharrte es wieder zu. Danach bückte er sich und kroch in den Tunnel. Verdutzt sah Tanguy seinen nackten Hintern darin verschwinden. Das Verhalten erschien ihm bizarr. Er wartete noch einige Minuten, aber der Mann kam nicht zurück.

Vorsichtig schlich er sich an den Eingang und schaute hinein. Dunkel war es, der Boden fester Lehm, einige Blätter verstreut darin. Er ging in die Hocke, dann stützte er sich auf den Händen ab und schob sich ein Stück in den Gang hinein. Ein Frösteln packte ihn, und ein geradezu zwanghaftes Ziehen verlangte von ihm weiterzukriechen. Er hätte dem wohl auch nachgegeben, hätte nicht etwas Hartes gegen seine Kehrseite gestoßen und eine Stimme barsch und fordernd gefragt: »Hey, was machen Sie da?«

Langsam kam Tanguy rückwärts aus dem Gang, und noch langsamer drehte er sich um.

Er sah in die Mündung einer Flinte.

Es war ihm, als legte sich ein Schalter um. Seine Augen wurden zu Schlitzen, seine Hände zu Krallen. Seine Beine spannten sich zum Sprung an.

Und er sprang. Die Flinte flog im hohen Bogen zur Seite. Seine Hände hielten den Hals des Mannes gepackt, ein Knurren entkam seiner Kehle. Zusammen mit dem anderen ging er zu Boden. Der keuchte, zappelte kurz und blieb dann liegen. Tanguy ließ ihn los, riss ihm den Gürtel aus der Hose, drehte ihn um und fesselte ihm fachmännisch die Hände auf dem

Rücken. Dann stand er auf und strich sich Blätter und Erde von den Kleidern. Die Flinte sammelte er auf, schulterte sie und ging zu Jeronimo, der geduldig an seinem Platz verharrt hatte. Er nahm ihn am Zügel und führte ihn zu seinem Gefangenen, der versuchte, sich aufzusetzen.

»Hey, Sie! Machen Sie mich sofort los!«

»Sicher nicht.«

»Ich protestiere. So geht man nicht mit einem Jäger um!«

»Jäger?«

Eine Welt von Verachtung lag in Tanguys Stimme. Er packte den Mann, zerrte ihn auf die Beine und warf ihn mit Schwung auf den Pferderücken.

»Das dürfen Sie nicht«, quiekte der und zappelte. »Und meine Brille. Ich brauche meine Brille!«

Kopfschüttelnd sah sich Tanguy um, fand die Gläser im Laub und schob sie dem Mann auf die Nase. Dann führte er Jeronimo zu einem Baumstumpf, stieg hinter seinem Gepäckstück auf und trieb das Pferd zu einem leichten Trab an. Das protestierende Geheul vor ihm ignorierte er. Es verstummte dann auch nach kurzer Zeit, und als sie im Hof des Forsthauses eintrafen, starrte Nathan sie fassungslos an. Er hatte das Handy am Ohr und sagte: »Finn, ich muss mich hier eben um etwas kümmern. Tu bitte nichts Unüberlegtes. Ich melde mich, sowie ich das Desaster hier bewältigt habe.«

Er stecke das Mobiltelefon in die Hosentasche und trat an das Pferd.

»Herr Walker, sagen Sie diesem Menschen, er soll mich runterlassen!«

Tanguy bemerkte, dass sein Onkel irgendwie erheitert war. Er schob dem Mann die halb herabgerutschte Brille wieder auf die Nase und zog ihn anschließend an den Füßen vom Pferderücken.

»Eine seltsame Jagdbeute, Tan. Wie kam es dazu?«, fragte er, während er die Fesseln löste.

Tanguy glitt vom Pferd und wies auf die Flinte auf seinem Rücken.

»Er hat auf mich gezielt, dieser kleine Ego-Shooter.«

»Hab ich gar nicht, Herr Walker. Nur angestupst. Und da hat der mich gleich angesprungen, wie ein Tier!«

Nathans Augen wurden kalt, seine Stimme frostig.

»Woher hast du die Waffe, Rudi?«

»Die hat mir mein Vater geschenkt.«

»Zeig mir den Waffenschein.«

»Ich hab doch noch gar keinen.«

»Rudi, sollte ich dich noch ein einziges Mal in meinem Revier mit einer Waffe antreffen, dann zeige ich dich an. Und deinen Vater ebenfalls.« Dann wandte er sich Tanguy zu und sagte: »Das ist Rudi Dellbrück, auch als Master of Desaster bekannt. Er gehört zu meinen Auszubildenden, die einen Jagdschein erwerben wollen. Rudi, das ist Tanguy, mein Neffe. Und jetzt, Tan und Rudi, erzählt mir mal, wie ihr euch kennengelernt habt.«

»Ich hab gesehen, wie der da in den Dolmen gekrochen ist, Herr Walker. Das ist doch nicht okay, das haben Sie selbst gesagt. Und da habe ich ihn angestupst.«

»Mit dem Gewehrlauf«, ergänzte Tanguy, der inzwischen ebenfalls eine leichte Erheiterung verspürte. »Und ich reagiere sehr unfreundlich, wenn ich mit einer Waffe bedroht werde.«

»Was ich dir nicht verdenken kann. Was hattest du in dem Dolmen gesucht?«

Die absurde Vorführung des nackten Mannes wollte Tanguy zu diesem Zeitpunkt nicht thematisieren, offensichtlich lief ohnehin mehr als ein Bekloppter in Nates Wald herum. Also fragte er: »Was ist eine Dolmen?«

»Ein steinzeitliches Monument. Vielleicht eine Kult- oder Grabstätte.«

Das machte die Sache noch weniger erklärbar.

»Interesting. Ich dachte, das wäre ein Tierbau. Darum habe ich nach Spuren gesucht.«

Nathan schien diese Erklärung zu akzeptieren, er nickte und wandte sich wieder Rudi zu.

»Was trieb dich zum Dolmen?«

»Ich habe einfach einen Rundgang gemacht. Vater will doch, dass ich immer an die frische Luft gehe, wissen Sie?«

»Und wozu hattest du die Flinte dabei?«

Rudi hatte den Anstand, rot zu werden, stellte Tanguy fest. Kleiner Angeber, der.

»Sieht doch gut aus«, nuschelte er. »Ist doch gar nicht geladen.«

Mann, eine ungeladene Waffe spazieren zu tragen – der war wirklich nicht ganz klar.

Nathan nahm die Flinte von Tanguy entgegen und meinte: »Okay, ich behalte sie erst einmal hier. Später sorgen wir dafür, dass du lernst, verantwortungsvoll damit umzugehen.«

Rudi nickte und sah unglücklich auf seine Füße.

»Ab Samstag gehen wir wieder zusammen ins Revier, dann könntet du und Finn mir zeigen, was ihr inzwischen gelernt habt. Und du, Tan, könntest dich uns auch anschließen.«

»Wobei?«

»Ausbildung zum Jäger.«

»Nate!«

»Wir sprechen nachher darüber. Rudi, bis Samstag dann. Tan, führ Jeronimo in den Stall.«

Nachdem er das Pferd versorgt hatte und zurück ins Haus ging, wehte ihm leichter Essensgeruch entgegen. Sein Magen knurrte. Der Ausritt hatte nicht nur den bohrenden Kopfschmerz gelindert, sondern auch Appetit gemacht.

»Was gibt es?«

»Suppe und Brot.«

»Wo sind die Teller?«

»Im Schrank dort.«

Tanguy deckte den Tisch, holte die Brötchen aus dem Backofen und die Butter aus dem Kühlschrank. Wortlos füllte Nathan die Teller mit einer dicken Gemüsesuppe und setzte sich zu ihm.

»Rudi studiert Physik.«

»Ah, ein Nerd.«

»Er ist einseitig hochbegabt. Es ist schon in Ordnung, dass seine Eltern darauf achten, dass er nicht nur vor der Kiste sitzt. Aber du hast recht, ein Jäger wird er niemals werden, und ich werde auch dafür sorgen, dass er sich keinem Tier auch nur im Entferntesten mit irgendeiner Art von Waffe nähert.«

»Wirst du auch bei mir dafür sorgen?«

»Das ist nicht nötig. Ich weiß, was du kannst.«

»Und warum muss ich dann den Lehrling spielen?«

»Weil es hier Vorschriften gibt, wenn man jagen will, und weil ich glaube, dass dir Finn gefallen wird.«

Tanguy zuckte mit den Schultern. Er hatte seine Freunde verlassen müssen, und sollte er hier welche brauchen, würde er sich schon darum kümmern.

»Und Felina solltest du ebenfalls kennenlernen.«

»Nate, ich such mir meine Freunde selber.«

»Wie du meinst.«

Tanguy stand auf und holte sich noch einen Teller Suppe. Es war ihm klar, dass er muffig wirkte, aber die Müdigkeit saß ihm inzwischen in den Knochen. Und damit wieder die Angst vor dem Einschlafen. Er riss sich dennoch zusammen und fragte Nathan nach dem Dolmen aus. Der erzählte ihm von den Vermutungen, die es dazu gab, archäologischen Untersuchungen und esoterischem Spinnkram. Letzteren lehnte er zu Tanguys Erstaunen ab.

»Du glaubst also nicht, dass darin Feen hausen oder in Neumondnächten die darin Begrabenen mit den Ketten rasseln?«

»Nein. Ich denke nur manchmal, dass früher die Menschen sich bestimmte Orte gesucht haben, um solche Monumente zu errichten. Es war ganz sicher nicht einfach, die Steine aufzurichten und die schwere Deckplatte darauf zu wuchten. Also muss es eine Bedeutung für sie gehabt haben.«

Tanguy überlegte, ob er den nackten Mann erwähnen sollte, aber dann schwieg er doch darüber. Vielleicht hatte er sich das auch nur eingebildet. In der letzten Zeit konnte er hin und wieder seinen Sinnen nicht ganz trauen. Aber morgen würde er noch einmal zu diesem Dolmen zurückkehren und nachschauen, ob da wirklich ein Beutel mit Kleidern vergraben worden war. Wenn er den Beweis in den Händen hielt, dann würde er mit Nate darüber reden.

»Tan, du schläfst im Sitzen. Geh zu Bett.«

»Mhm?«

»Hoch mit dir.«

»Okay.«

Er schlief traumlos bis zur Mitternacht. Dann aber stahl sich das Licht des Vollmonds in sein Zimmer, und sein Geist begann zu wandern. Zum Dolmen zog es ihn. Tief hinein, und am Ende des dunklen Ganges wartete die löwenköpfige Frau.

Schreiend versuchte er zu entkommen.

»Tan, wach auf!«

Jemand rüttelte an seiner Schulter. Benommen schlug er die Augen auf. Nathan saß an seinem Bett.

»Willst du mir nicht doch davon erzählen, Junge?«

»Es ist nichts. Vergiss es.«

»Du weißt, dass ich dir helfen kann.«

»Ich brauche keine Hilfe.«

»Dein Großvater, Tanguy, hat mir geholfen.«

»Ein schamanischer Quacksalber.«

»Ein weiser Mann. Einer, den ich geachtet und geliebt habe, Tan.«

»Ich will damit nichts zu tun haben.«

Tanguy merkte selbst, dass seine Stimme panisch klang. Was sollte er Nathan auch erklären? Dass er oft das Gefühl hatte, seinen menschlichen Körper zu verlieren, sich in einen Berglöwen zu verwandeln? In dieses Tier, das ihn angefallen hatte? Das er mit letzter Kraft getötet hatte? Dass er seither gerufen wurde?

»Cougar!«, hatte es in dem Dolmen gewispert. »Cougar!«

»Ich mache dir einen Tee, Tan.«

»Lass, Nate. Es ist schon gut. Ich komm damit klar. Es sind nur diese verdammten Flashbacks.«

»Na gut.«

Nathan verließ den Raum, und Tanguy starrte zum Fenster, von dem aus er den Mond über den Wipfeln der Bäume sehen konnte.

Was war nur mit ihm los?

Draußen rief ein Nachtvogel, und ganz in der Nähe maunzte eine Katze. Vielleicht eine von Nates Waldkatzen.

Die Anspannung und Panik fiel von ihm ab, und endlich konnte er wieder einschlafen.

35. Fehlschlag

Der Namenlose trug den Ohrring nun seit einiger Zeit, und in seinem stumpfen Blick glomm hin und wieder so etwas wie Bewusstsein auf. Doch es war mühselig, ihn zum Handeln zu überreden. Immerhin hatte er ihm die Schlangengrube gezeigt, und so hatte er selbst noch einen weiteren Ausgang frei gescharrt. Bedauerlich, dass er die Auswirkungen auf die Bewohner des Landes nicht miterleben konnte.

Noch bedauerlicher aber war es, dass das Menschenweibchen dem Anschlag entkommen war. Und er tatenlos zusehen musste, wie sie die Verletzte durch die Grauen Wälder begleitete. Er hätte sie gerne angegriffen, sie in den Schwarzen Sumpf gejagt, aber gerade als er sie hinterrücks anfallen wollte, waren die Grenzwächter aufgetaucht. Er hatte sie ziehen lassen müssen.

Nachdem seine Wut darüber abgeklungen war, begann er nachzudenken.

Sie waren nach Trefélin gegangen, das er nicht betreten konnte, ohne sich der höchsten Strafe auszusetzen. Seine Identität als Mensch hatte er aufgeben müssen, was ihn jedoch nicht sonderlich berührte. Eine neue anzunehmen war nicht besonders schwierig. Besser aber wäre es, wieder als Kater Erkundigungen einzuziehen. Über den Menschenjungen. Er hatte von dem Heldenwasser getrunken, und er trug einen Ring.

Welche Kraft hatte ihm das verliehen? Wusste er überhaupt, welche Fähigkeiten er damit erworben hatte?

Es war wohl an der Zeit, sich in der Welt der Katzengeborenen umzusehen.

36. Kopftücher und Leberwurst

Feli streckte sich. Krallen in das Mooslager, Rücken hoch, Rücken lang, Rücken rund. Dann sprang sie von dem Lager und schlenderte aus der Laube, um aus dem Bächlein, das dahinter floss, einige Schlucke Wasser zu schlabbern. Es nieselte ein wenig, und eine graue Wolkendecke lag über dem Land. Die Feuchtigkeit war ihr unangenehm, sie schüttelte sich, trabte in die Unterkunft zurück und übte sich darin, das Fell abzulecken. So richtig vertraut mit der Katzenwäsche war sie noch nicht, aber sie hatte oft genug anderen dabei zugesehen und schüttelte energisch den Widerwillen ab, sich mit der Zunge am ganzen Körper zu putzen. So machte man das als Katze eben.

Während sie bürstete und schabte, verfiel sie in Träumerei. Angenehme Erinnerungen, ja, sogar erheiternde Szenen fielen ihr dabei ein. Sie hatte, nachdem die Krisensitzung nach ihrem Eintreffen vorüber war, ihre Bekanntschaft mit Mima und Kuri erneuert. Die Menschel gehörten der Heilerin Anat, die sich sehr bemühte, die beiden zu verstehen. Es schien auf eine ähnliche Weise zu funktionieren, wie sie, Feli, sich mit Pu-Shen verständigen konnte – durch Beobachten und liebevolle Aufmerksamkeit. Anat hatte die beiden sanft angestupst und sie in ihre Richtung geschoben. Feli hatte sie freundlich angeschnurrt und dann zu den zwei Rucksäcken geleitet. Nach einem kurzen Palaver hatte Mima offensichtlich verstanden, dass sie sie öffnen sollten. Inzwischen hatten sich gut zwei Dutzend neugieriger Katzen an Majestätens Ratsfelsen versammelt, und als die Menschel die Tücher herausholten, vibrierte die Luft von freudigem Schnurren. Feli wühlte vorsichtig in den bunten Seiden und förderte das rosa Kitty-Tuch zutage, nahm es zwischen die Zähne und legte es Amun Hab zu Füßen.

»Für deinen Sohn, oh Weiser!«, sagte sie.

Amun Hab blinzelte kurz, prustete einmal und fiel dann vor Lachen vom Ratsstein. Majestätens Schwanz begann zu propellieren, und die restliche Gesellschaft erbebte in stummer Belustigung.

Nefer fand das nicht so erheiternd, aus seinem blauen Auge schossen gefährliche Blitze.

»Gefällt dir das nicht?«, gurrte Feli. »Das haben Tija und Seba extra für dich ausgesucht. Ich finde, das Rosa passt wundervoll zu deinem Fell.«

»Feli!«

»Würdig, nicht? Mima, lege es ihm an.«

Mima schien zu verstehen und griff nach dem Tuch. Nefer fauchte. Sie sprang zurück. Amun Hab knallte seinem Sohn die Pfote zwischen die Ohren.

»Es wird dich Demut lehren«, knurrte er. »Mehr als alles andere. Klug gewählt!«

Nefer starrte den Weisen an. Der starrte zurück. Beiden stellte sich das Nackenfell auf.

Feli drehte sich zu dem Rucksack um und suchte in den Tüchern, bis sie das schwarze mit silbernen Streifen fand. Sie trabte zu den beiden, die sich mit dumpfem Gebrumm angrollten, und ließ es zwischen ihnen fallen.

»Wie wäre es mit dem hier, Nefer? Das habe ich für dich ausgesucht.«

Das Drohbrummen verstummte.

Nefers Fell glättete sich, Amun Hab zwinkerte Feli zu.

»Du magst diesen arroganten Kater offensichtlich.«

»Ja, Amun Hab. Die Arroganz steht ihm doch, nicht wahr? Genau wie dir.«

»Grrrrmm.«

Mima näherte sich wieder bedächtig. Sie faltete das schwarze Tuch geschickt, sodass die Öffnungen für die Ohren übereinanderlagen. Nefer legte sich nieder und ließ es sich von ihr umwickeln. Als er aufstand, wirkte er hoheitsvoll. Beifällige Laute waren zu hören, und geschmeidig sprang er auf den Ratsfelsen, auf dem nun auch Amun Hab wieder thronte.

Weitere Menschel fanden sich ein, und die Verteilung der Tücher erfolgte in einem einigermaßen reibungslosen Ablauf. Schließlich war nur noch ein bunt geblümtes Taschentuch übrig, und Feli legte es Mima vor die Füße. Die kleine Menschelfrau bekam kullerrunde Augen, nahm es vorsichtig auf und drückte es an ihre Brust. Zustimmend gurrte Feli und leckte ihr über die Wange. Mima legte ihr die Arme um den Hals, und mit einer ganzen Reihe freudiger Worte drückte sie ihren Kopf in ihr Fell.

»Das sollte nicht Schule machen«, grummelte Majestät missbilligend. »Man verwöhnt seine Menschel nicht hemmungslos.«

»Genauso wenig wie Menschen ihre Katzen verwöhnen dürfen, meinst du, Majestät?«

Feli schubste Mima zu dem zweiten Rucksack. Die kleine Frau machte ihn auf und schnupperte. Dann leckte sie sich die Lippen, aber griff nicht in den Rucksack hinein. Das hingegen tat Feli und zerrte die Leberwurst heraus. Mit großer Geste legte sie sie der Königin zu Füßen.

Majestät sog den Duft durch die königliche Nase ein, gab ein Geräusch wie ein startender Jumbojet von sich. Sie stand auf, ihr Schwanz schoss senkrecht in die Höhe. Mit einem Biss schnappte sie sich die Wurst, sprang kommentarlos vom Ratsfelsen und marschierte eiligst zu ihrer Laube.

»Na ja, ein kleines Dankeschön wär wohl zu viel erwartet«,

murmelte Feli und starrte dem lustvoll gekrümmten, schwarz geringelten Schwanz nach.

»Kommt noch. Nur teilt sie nicht gerne«, erklärte Amun Hab.

»Was ist da noch drin?«, fragte Nefer.

»Leckerchen!« Feli gab Kuri ein Zeichen, und gemeinsam mit Mima zerrten sie den Krug aus dem Rucksack.

Nefer schnupperte daran und sah sie dann an.

»Leckerchen. Tatsächlich.«

»Ja, aber das solltest du dir besser einteilen. Du weißt, was das letzte Mal passiert ist, als du zu viel davon geschlappt hast.« Und zu Amun Hab gewandt sagte sie: »Eierlikör. Eines seiner Laster.«

Nefer hatte den Krug schon am Henkel gepackt und war damit vom Felsen gesprungen. Auch sein Schwanz war steil nach oben gerichtet.

Von irgendwoher kam Che-Nupet angewankt, mal ein Vorderbein angewinkelt, mal ein hinteres. Hin und wieder fiel sie dabei auf die Nase. Dann erkannte sie Feli offensichtlich und kam in einem leichtfüßigen Trab angelaufen.

»Hab ich geguckt, ne«, sagte sie und schaute zu dem Weisen auf.

»Kommt hoch. Beide.«

Feli sprang zu ihm auf den Ratsfelsen, Che-Nupet folgte.

»Was hast du herausgefunden?«

»Waren zwei zum Jägermond, ne.«

Feli biss die Zähne zusammen, um ja nichts zu sagen. Sie durfte ja nichts vom Land unter dem Jägermond wissen. Sie überließ es Amun Hab weiterzufragen.

»Wann?«

»Heute.«

»Heiliger Sphinx! Sie haben sie gehen lassen?«

»Tante hat erlaubt, ne.«

»Das gefällt mir gar nicht.«

»Gefällt mir auch nicht, ne. Kann man nichts tun, ne. Wird Ärger geben, ja, ja.«

Tante? Tante??? Che-Nupet hatte eine Tante irgendwo da in den Grauen Wäldern? Und einen Vater? Unter Felis Fell begann es zu zucken. Wer *war* ihre Freundin?

»Du wirst wachen müssen, Che-Nupet.«

»Mach ich.«

»Erklärt ihr mir das bitte, Amun Hab? Ich meine, wenn ich hier schon dabeisitze und mir das anhören darf.«

»Shepsi und der Namenlose tragen Ringe, die allmählich ihre Wirkung verlieren, Feli. Der eine, weil seine Trägerin gestorben ist, der andere, weil Shepsi vermutlich zu oft und zu viel seine Kraft benötigt hat. Dort, wo sie hingegangen sind, können die Ringe wieder gereinigt werden.«

Feli schluckte das Wort Heldenwasser heldenhaft hinunter und nickte nur.

»Kann sein, der Namenlose erinnert sich wieder, ne. Mit Ring, so.«

»Schlecht«, sagte Feli.

Amun Hab grollte plötzlich.

»Che-Nupet, du trägst einen Ring. Seit wann das?«

»Ist nicht echt, ne. Hat Feli geschenkt. Nur für hübsch, ne.«

Die dicke Katze zitterte am ganzen Leib.

»Sie hatte befürchtet, dass ihre Begleiter Fragen stellen würden, warum sie sich ohne Ring verwandelt hat, Amun Hab. Darum habe ich ihr diesen Ring ins Ohr gepiekt. Er ist aus einer Bijouterie und wirklich nicht echt. Aber ich habe auch ein Tuch für sie mitgebracht. Das ist noch im Rucksack.«

»Na gut. Che-Nupet, du solltest das Kopftuch tragen. Es

steht dir zu, und du kannst nicht immer verleugnen, wer du bist.«

»Hab ich Angst, ne.«

»Hast du Feli, klar?«

Dann aber hatte Mima Che-Nupet doch nicht das Schmetterlingstuch umgelegt, denn die wollte unbedingt wieder zu ihrem Wachtposten zurück. Und dort, am Eingang zu den Grauen Wäldern am Roc'h Nadoz, galt es so unauffällig wie möglich zu bleiben, hatte sie argumentiert.

Feli hatte, während sie diesen Gedanken nachhing, ihr Fell gründlich gebürstet und streckte sich noch einmal. Ihr Magen knurrte. Vermutlich sollte sie sich um ihr Essen kümmern. Der See, das wusste sie, war reich an Fischen. Und viele Katzen waren geschickt darin, sie mit den Krallen herauszuangeln. Es kam wohl mal auf einen Versuch an.

Als sie das Ufer erreicht hatte, stellte sie fest, dass sie nicht alleine auf diese Idee gekommen war. Ein flauschiger Kartäuser machte sich eben über einen glänzenden Fisch her, zwinkerte ihr aus goldenen Augen zu und rülpste vornehm.

»Auch einen?«

»Ich würde es gerne lernen.«

»Dann komm mit. Feli, nicht wahr?«

»Ja. Und wie heißt du?«

»Man ruft mich Thot. Mit Th, Liebes.«

»Schreiber?«

Feli hatte sich mit den Namen der alten Ägypter vertraut gemacht, seit sie wusste, dass die Katzen deren Namen bevorzugten. Thot war der Gott der Weisheit, der Wissenschaft und des Schreibens.

Der Graue brummte erfreut.

»Spring auf den flachen Stein dort, Feli, und schau ins

Wasser. Wenn ein Fisch in Pfotennähe schwimmt, Krallen raus und kurz und heftig zuschlagen. Dann die Beute sofort hinter dich werfen. Nässe macht dir ja nicht so viel aus, denke ich.«

»Ich habe gerade mein gesamtes Fell gebürstet.«

»Sehr schön. Aber nach dem Essen wirst du dich sowieso noch mal waschen. Das gehört sich so.«

»Warum eigentlich?«

»Weil wir geruchlos bleiben wollen. Wir möchten doch nicht, dass unsere Beute uns wittert.«

»Ist was dran.«

Sie sprang auf den Stein und legte sich flach hin. Das Wasser des Lind Siron war kristallklar, auf kleinen Wellen trieben vereinzelte Bläschen vorbei, die der Wasserfall erzeugt hatte. Und nachdem sie sich darauf konzentriert hatte, erkannte sie auch die silbrigen Leiber der Fische unter sich. Viermal entwischte ihr die Beute, beim fünften Mal hatte sie eine dicke Forelle an der Krallenangel und warf sie, wie empfohlen, hinter sich. Der Tötungsbiss bereitete ihr noch einige Mühe, aber – große Bastet! – sie war nun mal eine Katze und damit ein Raubtier. Außerdem aß sie ja als Mensch auch tote Tiere.

Thot hatte sie beobachtet, ihr dann anerkennend zugenickt und sich getrollt. Feli machte sich nach dem Mahl – und einem gründlichen Putzen – auf, Anat, die Heilerin, zu besuchen und sich nach Tija zu erkundigen. Die wuschelige Perserkatze ruhte auf einem weichen Lager und schnurrte vor sich hin. Als sie sie erkannte, wurde aus dem Heilschnurren ein freudiges.

»Wie geht es dir, Tija?«

»Ganz gut. Anat hat mir ein klein wenig Lebenskraut gegeben. Die Wunde heilt jetzt schnell.«

Feli erzählte ihr von der Vergabe der Tücher, und die Schilderung, wie Nefer auf das rosa Tuch reagiert hatte, entlockte ihr ein Kichern. Anat kam dazu, und den ganzen Vormittag tauschten sie sich über menschliche und kätzische Therapien aus. Dann und wann war Feli versucht, Anat, die sie für sehr weise hielt, nach Che-Nupet auszufragen, aber dann untersagte sie sich diese Neugier. Doch als sie sich später zu einem nachmittäglichen Dösen in die Laube verkroch – es regnete immer noch leicht – nagten die Fragen weiter an ihr.

Wer war Che-Nupets Vater, wer ihre Tante? Warum konnte sie sich ohne Ring verwandeln? Sie hatte schier unglaubliche Fähigkeiten, die sie hinter allerlei Blödsinn versteckte. Warum hatte sie so oft eine derartige Angst? Warum konnte sie nicht richtig sprechen? Was hatten die wulstigen Narben auf ihrem Rücken zu bedeuten? Und woher kannte sie Nathan?

Sie verbrachte viel Zeit in den Grauen Wäldern und wusste um das Land unter dem Jägermond.

Ihre Mutter, das hatte sie einmal erzählt, war eine Trefélin-Katze aus dem Land Wolkenschau, aufgewachsen war sie dort im Clan der fel'Avel. Aber ihre Mutter hatte sie nicht gemocht und sie offensichtlich schon sehr früh verstoßen. Dennoch musste Che-Nupet alle drei Prüfungen bestanden haben, denn ihr stand es zu, ein Kopftuch zu tragen. Majestät und Amun Hab wussten mehr von ihr, hüteten aber ihr Geheimnis.

Eines, das mit Papa und den Grauen Wäldern zu tun hatte.

Heiliger Sphinx!

Feli spürte, wie ihr gesamtes Rückenfell sich aufstellte.

»Heiliger Sphinx!«, entfuhr es ihr.

Mama war offensichtlich eine Mesalliance, eine nicht standesgemäße Verbindung eingegangen.

Das mochte eine ganze Menge erklären.

Arme Che-Nupet. Arme Schnuppel. Hochbegabt, andersartig, gefährlich …

»Kannichfliegen« hatte sie gemaunzt, als sie auf dem Baum

im Garten des Krankenhauses gesessen hatten. Die Narben auf ihrem Rücken …

Arme, süße Schnuppel.

Es tat Feli am ganzen Körper weh, als sie daran dachte.

37. Vaterbefragung

Finn betrat die großzügige Penthousewohnung, die sein Vater bewohnte. Offensichtlich bezahlten die »Helfenden Hände« ihren Mitarbeiter wirklich üppig.

»Vornehm hast du es hier, Dad.«

»Nicht schlecht, was? Hat Charlene mir vermittelt, gehört einem Manager, der ein Jahr in Australien verbringt und sie nicht unbewohnt lassen wollte. Die Miete ist erschwinglich.« Er wies auf eine weiße Ledersitzgruppe. »Setz dich. Etwas zu trinken?«

»Wasser, bitte.«

»So trocken?«

»Ich bin mit dem Motorrad unterwegs.«

»Na dann.«

Kord goss sich selbst einen Cognac ein und lümmelte sich mit dem Schwenker in den Sessel. Finn fühlte sich unangenehm berührt. Die letzte Begegnung in der Pizzeria war recht rotweingeschwängert abgelaufen, jetzt war es noch nicht einmal zwei Uhr mittags, und schon trank sein Vater wieder. Aber da Finn sich vorgenommen hatte, mehr über den Obdachlosen herauszufinden, der vielleicht Shepsi war, schluckte er eine Bemerkung dazu hinunter. Er verwickelte Kord also in ein Gespräch über dessen Arbeit und die der karitativen Organisation. Zuvor hatte er einiges an Informationen zusammengetragen. So wusste er, dass die »Helfenden Hände« Kleider sammelten, einen offenen Tisch anboten und sogar ein Wohnheim betrieben, in dem Arme und Obdachlose in kleinen Wohngemeinschaften zusammenlebten und von ehrenamtlichen Mitgliedern betreut wurden. Kord schien geschmeichelt zu sein, dass er gezielte Fragen stellte, und gab wortgewaltig Auskunft.

»Ja, ich habe gehört, dass sie im März einen Mann aufgenommen haben. Aber seinen kleinen Kater durfte er nicht mitnehmen«, warf Finn probehalber ein.

»Ach Gott, ja. Einer dieser ganz schlimmen Fälle. Von der Katze weiß ich nichts, aber Sepp Sebusch – du hast ihn neulich kurz kennengelernt –, dem haben wir wirklich geholfen. Der arme Kerl ist von seiner Frau auf die Straße gesetzt worden, weil er seinen Job verloren hat.«

»Deswegen muss man doch nicht gleich obdachlos werden.«

»Das verstehst du nicht, mein Junge. Solche Ereignisse können einen Mann so runterziehen. Sieh dir nur deine Mutter an. Die kann einen derartig fertigmachen.«

»Ja, manchmal kann sie das. Aber man kann sich auch mit ihr verständigen, habe ich bemerkt. Aber was soll's. Reden wir von deinem Job, Dad. Was macht Sebusch denn nun? Konntet ihr ihm Arbeit verschaffen?«

»Er hat eine nette Unterkunft in unserem Wohnheim bekommen und hat sich gut eingelebt. Außerdem geht er mir dann und wann zur Hand. Ich muss sagen, er kann beachtliche diplomatische Fähigkeiten entwickeln. Er verfasst hervorragende Spendenaufrufe.«

Bettelbriefe, stellte Finn innerlich fest. Natürlich. Katzen konnten ausgesuchte Schmeichler sein. Sein Vater schenkte sich ein weiteres Glas ein, und Finn überlegte, wie er unauffällig mehr über Sebusch herausfinden konnte. Kord war in Gesprächslaune, und so entschied er sich für einen Umweg und griff auf das andere Thema zurück, das er mit ihm bereden wollte. Frauen!

Er rannte offene Türen ein.

Und je redseliger sein Vater wurde, desto kälter wurde ihm. Allmählich dämmerte ihm, warum Nerissa Kord in die Wüste geschickt hatte. Er war ein Großmaul, aber in seinem Inneren herrschte Furcht. Das Anderssein der Frauen machte ihm Angst; dass er sie nicht durchschauen konnte, weckte in ihm nur den Wunsch, sie abzuwerten.

»Sepp hat den letzten Lover deiner Mutter getroffen, Finn. Den hat sie vielleicht abserviert. Die arme Socke ist auch völlig gebrochen.«

»Georgie? Wie hat er den denn kennengelernt?«

»Der hat bei euch auf den Treppenstufen gesessen, Finn, völlig kaputt. Er hat geheult. Da hat Sepp ihn mitgenommen auf ein Bier. Und hat sich das ganze Elend angehört.«

»Nett von ihm. Aber was wollte Sepp bei Nerissa?«

»Ach, da war er nur zufällig. Er hat Info-Material von uns verteilt.«

Das glaubst auch nur du, dachte Finn. Die Verbindung zwischen den beiden gefiel ihm überhaupt nicht. Und da Kord nun bei seinem dritten Glas angekommen war und sein Salbadern ihn allmählich nervte, schaute er demonstrativ auf die Uhr und stand auf.

»Du, tut mir leid, aber ich muss noch einige Dinge erledigen.«

»Musst du wirklich schon gehen? Wir haben so lange keine Gelegenheit gehabt, miteinander zu reden. Finn, du bist ein interessanter junger Mann geworden. Ich bin so stolz auf dich.«

Jetzt wurde seine Stimme auch noch weinerlich.

»Ich tu, was ich kann. Wir können die Tage noch mal ins Revier gehen, Nathan Walker ist wieder zurück. Den möchtest du sicher gerne kennenlernen.«

»Aber ganz bestimmt, mein Sohn.«

Das würde eine bemerkenswerte Begegnung werden. Finn machte sich aus der cognacdunstigen Umarmung seines Vaters los und ergriff die Flucht.

Ani saß mit Chip auf der Terrasse. Die Feindseligkeiten schienen beigelegt. Als Finn den Weg hochging, standen beide auf und strichen ihm um die Beine. Er streichelte die Kätzin und zauselte Ani die Ohren.

»Vertragt ihr euch jetzt?«

»Wir haben einen Pakt. Sie bekommt meine Sahne und alle Mäuse, die ich fange, und dafür haut sie mich nicht mehr.«

»Hört sich etwas einseitig an.«

»Sie ist ein Alphatier, Finn. Da ordnet man sich eben unter.«

»Ich nehme an, dass du noch andere Vorteile ausgehandelt hast. Ani, wir müssen uns beraten.«

»Dann komm ich mit hoch. *Ich* darf nämlich in den Korb in deinem Zimmer.«

Finn lachte. Chip schien keine Lust zu haben, ins Haus zu gehen, sie streunte zum Nachbargrundstück. Vermutlich wollte sie Pu-Shen aufmischen.

»Was gibt es Neues?«, fragte Ani und sprang auf die Fensterbank.

»Shepsi hat ein Zimmer in dem Wohnheim für Obdachlose. Wollen wir ihm dort mal einen Besuch abstatten?«

»Ist nicht ungefährlich, Finn. Er weiß, wer wir sind.«

»Er muss uns ja nicht begegnen. Ich würde mich gerne bei den Leuten da mal umhören. Und ein kleiner schwarzer Kater hat allerlei Möglichkeiten herumzuschnüffeln.«

»Kann man machen. Worauf soll ich achten?«

»Ani, in den letzten Nachrichten hat man gesagt, dass der Sprengsatz, der den Bus zerrissen hat, in einem Hello Kitty-Rucksack verborgen war und durch ein Handy gezündet wurde. Und eben habe ich erfahren, dass Sepp Sebusch, auch bekannt als Shepsi, den Ex von Nerissa angequatscht hat.«

»Diesen geschniegelten Typen, der hier immer ums Haus schleicht?«

»Tut er das noch immer?«

»Chip sagt es.«

»Na toll. Also, Feli hat gesehen, dass Georgie an der Haltestelle des Busses gewartet und mit dem Fahrer gesprochen hat. Irgendwer hat diesen Rucksack in den Bus geschmuggelt. Vielleicht gibt es da eine Verbindung.«

»Dann gehen wir schnüffeln.«

»Fahren. Und irgendwie muss ich dich transportieren, Ani.«

»Fahrradkorb?«

Finn lachte.

»Gar keine schlechte Idee, Ani. Es ist nicht weit, und ich werde besser ein bisschen vergammelt auftreten. Also eine kleine Fahrradtour.«

In seinen ausgefranstesten Jeans und einem verwaschenen Shirt strampelte Finn sich kurz darauf auf Kristins pinkfarbenem Fahrrad ab, den schnurrenden Ani vor sich im Korb. Eine halbe Stunde später standen sie vor dem etwas heruntergekommenen vierstöckigen Haus, das die »Helfenden Hände« zu einem Wohnheim umgebaut hatten. Ihr Symbol, die beiden verschränkten Hände, prangte in einem grünen Schild über dem Eingang, dessen Tür offen stand.

»Bei Fuß, Ani!«, sagte Finn und grinste.

»Bin ich ein Köter, Mann?«

»Kater Köter. Besser, du bleibst erst mal in meiner Nähe,

Ani. Wir sollten kein Aufsehen erregen, weshalb ich nicht mit dir sprechen kann.«

»Ist was dran.«

Finn hatte sich eine Mappe mit einigen Papieren zurechtgemacht und trat in das Haus ein, Ani unauffällig hinter ihm. In einer Hausmeisterloge saß eine der Frauen, die er bei den Versammlungen schon mal gesehen hatte. Er ging auf sie zu und bemerkte das Erkennen in ihrem Blick.

»Hallo. Mein Vater, Kord Kirchner, hat mich geschickt, ich soll Sepp Sebusch einige Unterlagen bringen. Wo finde ich ihn?«

»Ah, richtig, ich wusste doch, dass ich Sie irgendwoher kenne. Sepp wohnt im zweiten Stock, Wohngruppe B2a. Da, die Treppe hoch.«

»Danke.«

Das hatte schon mal unproblematisch geklappt. Finn ging voraus, Ani schlüpfte an der Wand entlang hinter ihm her, sodass die Frau ihn nicht bemerken konnte. Das Treppenhaus war nicht sehr sauber, die Gänge mit hässlichem, abgetretenem Linoleum belegt, und die Gerüche, die sich in dem alten Gemäuer gefangen hatten, beleidigten seine Nase. Ani nieste.

»Du sagst es«, murmelte Finn.

Die Wohngruppen bestanden aus einer gemeinsamen Küche, Bad und Toilette für jeweils fünf Männer, die einzelne Zimmer bewohnten, das hatte Finn schon aus der Info-Seite der HH entnommen. Die Tür zur Küche der Gruppe B2a stand offen, zwei Gestalten saßen am Tisch und spielten Karten. In der Spüle stapelte sich Geschirr, der Abfalleimer quoll über. Als Finn an den Türrahmen klopfte, sahen sie auf.

»Hi. Ich such Sepp«, sagte er flapsig.

»Is weg.«

»Ist weg? Aber wir wollten uns doch heute treffen.«

»Is aber weg.«

»Ja, seit wann denn?«

Der eine hob die Schultern, der andere nuschelte: »Seit vorgestern, oder?«

»Kann sein.«

»Und wohin ist er gegangen?«

Die Antworten erschöpften sich in einem Grunzen. Immerhin erfuhr Finn noch, dass er das Zimmer gegenüber der Küche bewohnt hatte. Er musterte die Tür und begrub die Hoffnung, sie einfach öffnen zu können. Schäbig mochte das Wohnheim zwar sein, aber die Schlösser waren neu. Man traute einander offensichtlich nicht von Grund auf.

Da die beiden Männer ihn nun nicht mehr beachteten, machte Finn sich daran, durch das Wohnheim zu streifen. Viel Hilfreiches fand er dabei nicht. Allerdings entdeckte er im Keller einen Werkraum, in dem ein paar Bewohner an Drehbänken arbeiteten. Ihnen entlockte er ein paar Hinweise zu Sepp Sebusch, der sich nicht sonderlich beliebt gemacht hatte. Arschkriecher war eine der harmloseren Bezeichnungen. Und als jemand auf Ani aufmerksam wurde und ihn mit einem Fußtritt aus dem Raum befördern wollte, beschloss Finn, seine Ermittlungen in diesem Haus einzustellen. Sie verließen es, und kaum war der Kater in den Korb gesprungen, begann er sich hektisch zu putzen.

»Nicht die Nobelunterkunft«, meinte Finn und trat in die Pedale. Ein leichter Regen hatte eingesetzt, und ziemlich frustriert kamen sie zu Hause an.

»Was jetzt?«, fragte Ani, als sie die Zimmertür hinter sich geschlossen hatten.

»Weg ist er. Das hätte ich mir ja denken können. Verdammt, ich hätte gern sein Zimmer durchsucht.«

»Um was da zu finden?«

»Irgendwas, das auf seine Verbindung zu dem Anschlag auf den Bus hinweist.«

»Immerhin weißt du jetzt, dass Sepp Shepsi ist.«

»Weiß ich das?«

»Na, ich hab es gerochen.«

»Ah, wo?«

»An der Tür. Katzengeruch, hat er markiert.«

Finn hüstelte: »Als Mensch?«

»Haben wir anfangs auch gemacht. Ist so eine Gewohnheit.«

Finn verschluckte sich beinahe, dann nickte er.

»Also wenigstens ein Beweis. Dass du das in all dem Gestank da bemerkt hast!«

Also war ihr Verdacht richtig. Blieb die Frage, in welcher Gestalt sich Shepsi nun herumtrieb. Und was er vorhatte. Er besaß einen zweiten Ohrring. Er hätte zwei weitere erbeuten können, wäre Feli nicht hinter dem Bus hergefahren und hätte Tija gerettet. Brauchte er noch mehr? War er nach Trefélin zurückgekehrt? Welchen Schaden konnte er damit anrichten?

Shepsi war einst ein Mitglied des Hofstaates der Königin Bastet Merit gewesen. Er hatte die wichtigen Prüfungen abgelegt, die bewältigt werden mussten, um ein hohes Amt zu bekommen. Finn hatte einiges darüber gelernt, als er sich im Reich der Katzen aufgehalten hatte. Die erste Prüfung war verhältnismäßig einfach, und wer sie erfolgreich abgelegt hatte, erhielt seinen Erwachsenennamen. Und diese Namen waren den Katzen verdammt wichtig. Sem, Pepi und Ani waren Katzenkindernamen, sie hatten ihre erste Prüfung im vergangenen Jahr mit Schwung versemmelt.

»Sag mal, Ani, gilt euer Aufenthalt hier diesmal wieder als Prüfungsaufgabe?«

Der Kater hielt im Bauchputzen inne.

»Ja. Und – wird wohl wieder nicht klappen.«

»Warum?«

»Wir sollten auf Tija und Seba aufpassen.«

»Oh.«

»Ja, Scheiße.«

»Wenn wir Shepsi zur Strecke bringen, wird das vielleicht alles andere aufwiegen.«

»Vielleicht.« Ani widmete sich wieder seinem Bauchfell. Er wirkte nicht glücklich.

Finn grübelte weiter. Shepsi hatte auch die schwierigeren Prüfungen bestanden und den höchsten Grad erreicht, also kannte er sich in der Geschichte der Katzen und Menschen aus, wusste über die Kraft der Ringe, fand sich in den Grauen Wäldern zurecht und hatte auch sonst einige besondere Kenntnisse. Aber er hatte auch Schwächen. Angeblich hatte Majestät ihn zum diplomatischen Dienst in den Anderländern bestimmt. Da hatte er aber versagt, hieß es. Stattdessen hatte man ihm die Aufgabe übertragen, die Menschel auszubilden. Diese kleinen, fast menschlichen Wesen, die in Trefélin so etwas wie gut gelittene Haustiere für die Katzen waren, hatte er mit Angst und Schrecken zu dressieren versucht, weshalb sie gegen ihn aufbegehrt hatten. Auch bei dieser Aufgabe hatte er sich nicht mit Ruhm bedeckt. Ständig unzufrieden, ein Nörgler und Stänkerer, war er ein leichtes Opfer jenes nun Namenlosen geworden, der seine Macht im Katzenreich dazu nutzen wollte, die Verbindung zwischen den Welten vollständig zu unterbinden. So wie in dieser Welt hier Katzenhasser existierten, fanden sich dort Menschenhasser. Nicht ganz ohne Grund. Es gab Tierquäler, und um die Seelen ihrer Opfer hatte sich jener Namenlose zu Zeiten gekümmert. Die verwirrten, gepeinigten Wesen hatte er zu den Goldenen Steppen geführt, damit sie dort ihr Leid im Hellen Bach abwaschen und sich von den erlittenen Misshandlungen in Frieden und Vergessen erholen konnten.

Der ständige Kontakt mit den Opfern hatte seinen Charakter vergiftet. Er war blind dafür geworden, dass es auch Liebe zwischen Mensch und Tier gab. Majestät andererseits gehörte zu jenen, die diese Liebe kennengelernt hatte und die Aufgabe der Katzen, der höheren Wesen, darin sah, in Verbindung mit den Menschen zu bleiben, ihre Entwicklung zu verfolgen und sie zu lehren. Diese Einstellung teilten die meisten Bewohner ihres Reiches. Doch um sein Ziel zu erreichen, hatte jener nun Namenlose den Nörgler Shepsi für sich gewonnen. Der verbreitete gehässige Gerüchte über die Taten der Menschen, und die Fraktion der Unzufriedenen wuchs.

Das Insignium der Macht, das Ankh der Königin, das wollte der Namenlose an sich reißen, und dummerweise war dabei Finn selbst ins Spiel gekommen, denn er hatte diesen Anhänger gefunden, als er Bastet Merit vor einigen brutalen Idioten gerettet hatte. Sie hatte es im Kampf verloren. Ihm und Feli war es gelungen, das kostbare Amulett der Königin zurückzubringen und die üblen Machenschaften von Shepsi und dem Namenlosen aufzudecken. Shepsi war geflohen, der Namenlose verbannt worden.

Ani hatte sich zusammengerollt und die Augen geschlossen.

Er war ein netter Kumpel, der Schwarze, aber er wusste zu wenig über die Dinge, die sich damals abgespielt hatten. Finn konnte über die Hintergründe mit ihm nicht reden, er brauchte einen Gesprächspartner, der nicht nur von der Existenz Trefélins wusste, sondern bei dem Bastet Merit einen Monat lang als Hauskatze gelebt hatte.

»Ich glaube, ich muss Nathan aufsuchen«, sagte er zu sich selbst.

38. Ringlehre

»Es hat wieder einen Schlangenangriff gegeben«, berichtete der schlitzohrige Bote, der schnaufend bei Nefer eingetroffen war.

»Was ist passiert?«

»Zwei Kinder spielten am Rande des Dizad Ivos. Sie konnten entkommen.«

»Hat man die Schlange verfolgt?«

»Nein.«

»Rattenkacke, warum nicht?«

»Sarapis und Anuket beraten noch darüber.«

»Da gibt es nichts zu beraten!«

»Ich berichte nur.«

Nefer knirschte mit den Zähnen. Clanchefin Nephthys war zwar eine egoistische Herrscherin gewesen, die keinen fremden Einfluss duldete, aber als sie die Gefahr erkannte, war sie bereit gewesen, selbst mit in den Kampf zu ziehen. Die neu gekürte Führerin hingegen schien nicht besonders entschlussfreudig zu sein.

»Was sonst noch, Bote?«

»Sarapis ersucht dich, baldmöglichst zurückzukommen.«

»Natürlich. Läufst du heute noch zurück?«

Der Kater sah ein wenig schlapp aus.

»Wenn ich muss.«

»Du kannst meine Laube haben. Ich spreche mit der Königin und dem Weisen. Möglicherweise begleite ich dich morgen.«

»Gut.«

»Frische Fische gibt es im See. Ich lasse dir welche bringen.«

»Danke.«

Der Bote streckte sich auf dem Boden aus und fiel sofort in einen erschöpften Schlaf. Nefer eilte über das Grasrund zur königlichen Laube. Unterwegs wies er einen Jungkater an, angeln zu gehen, und ersuchte dann eine der Hofdamen, Majestät zu wecken. Er selbst lief zu seinem Vater. Dabei bemerkte er Feli, die mit einer Kleinkatze herumtollte. Ein tiefes Bedauern packte ihn. Sie war gerade erst angekommen, und er hatte gehofft, einige Tage mit ihr verbringen zu können. Als Mensch war sie schon ein hübsches Mädchen, als Katze aber ausgesprochen niedlich.

Amun Hab war in philosophische Betrachtungen versunken, kehrte aber aus seiner Meditation augenblicklich zurück, als Nefer ihn ansprach.

»Ah, Botschaft. Gehen wir zum Ratsfelsen. Wen brauchen wir dazu?«

»Einen Geomanten vielleicht.«

Amun Hab begab sich zu dem Lager der Scholaren, um dort Anweisungen zu geben, und drei schlanke Siamesen stoben in unterschiedliche Richtungen davon. Dann schlenderte er zu Feli und sagte etwas zu ihr. Nefer sah, dass sie dem Kätzchen einen freundschaftlichen Patsch auf den Schwanz gab und zum Ratsfelsen lief. Er trabte ebenfalls dorthin. Es wunderte ihn, dass der Weise ausgerechnet Feli in die Beratungen mit einbezog. Zu dem Schlangenproblem konnte sie vermutlich wenig beitragen. Obwohl … In der Menschenwelt gab es noch immer Schlangen.

Er sprang auf den Felsen und setzte sich neben Feli.

»Was gibt es?«, fragte sie ihn, und er berichtete von der Botschaft.

»Ich dachte, ihr hättet die Stellen versiegelt?«

»Es scheint, dass es neue gibt.«

Majestät landete gleichzeitig mit dem Weisen auf dem Stein. Eine leichte Aura von Leberwurst umgab sie, und Feli schnüffelte überrascht.

»Hab's nicht über mich gebracht, das wegzuputzen. War so lecker«, flüsterte die Königin ihr zu. Nefer unterdrückte ein Grinsen. Auch er hatte sich nach dem Genuss der kleinen Portion Eierlikör nicht besonders gründlich den Bart geputzt.

»Freut mich, dass es dir gemundet hat, Majestät.«

»Und was für ein Mäuseschiss steht jetzt an?«

Nefer wiederholte seinen Bericht und endete: »Sarapis bittet mich, so bald wie möglich zurückzukehren.«

»Übermorgen. Ich habe eine Ringzeremonie anberaumt. Es sind etliche inzwischen recht matt geworden, und Titi ist neulich in halber Größe stecken geblieben. Ich musste mit dem Ankh nachhelfen.«

»Was heißt Ringzeremonie?«, fragte Feli.

»Sohn, beweise dein Wissen«, brummte der Weise.

»Müssten wir nicht …«

»Wir warten auf die anderen Ratgeber.«

Majestät streckte sich gemütlich aus, senkte die Lider halb und musterte ihn darunter aufmerksam. Zeckenbiss, sie wollten ihn prüfen. Feli allerdings schnurrte leise. Ein nettes Geräusch.

Also gut.

Nefer schloss sein Auge, um sich auf die Aufgabe zu konzentrieren.

»Die Ohrringe und das Ankh stammen noch aus der Zeit, da die Welt der Menschen und der Katzen eins waren. Es geht der Mythos um, dass die Göttin Bastet selbst sie geschaffen habe, andere vermuten aber, dass besonders begabte Menschen sie geschmiedet haben könnten. Das glaubt man aber nicht gerne.«

»Immerhin haben die Ägypter zur pharaonischen Zeit ihre Katzen mit dererlei Schmuck beschenkt.«

»Schmuck, ja. Doch unsere Ringe haben mehr Eigenschaften als einfache Goldringe. Es ist im Grau der Geschichte untergegangen, wer ihnen wirklich ihre Kraft verliehen hat. Wir wissen jedoch, dass es drei unterschiedliche Arten von Ringen gibt. Die Verständigungsringe erlauben uns, die gesprochen Sprache jedweden anderen Lebewesens zu verstehen. Die Verständigungsringe können auch an Menschen verliehen werden, die dann ihrerseits die Sprache der Trefélingeborenen verstehen. Zusätzlich dienen sie dem Übergang zwischen den Welten und der Anpassung an die entsprechende Lebensform.«

»Was heißt das?«

»Dass die Träger in der Menschenwelt Hauskatzen oder Menschen werden, wenn sie zurückkehren jedoch wieder ihre hiesige Katzenform annehmen.«

»Und Menschen?«

»Dazu komme ich gleich. Es gibt eine zweite, mächtigere Art der Ringe, die Wandlungsringe. Sie befähigen ihren Träger, die Gestalt beliebig zu wechseln. So können große Treflin-Katzen kleine Normalkatzen werden oder auch als Mensch auftreten, beides in beiden Welten. Auch ein Mensch kann damit zur Katze, groß oder klein werden.«

»Dann ist das hier ein Wandlungsring?«, fragte Feli und berührte ihr Ohr mit der Pfote, sodass der Ring schaukelte.

»Nein«, grummelte Majestät.

»Nicht? Aber …«

»Che-Nupet.«

»Ah. Na gut.«

Nefers Schwanz klopfte ungehalten auf den Felsen. Diese Che-Nupet brachte offensichtlich das gesamte System durcheinander.

»Weiter, Sohn. Die Traumringe!«

Nefer seufzte lautlos und fuhr fort.

»Die höchste Stufe der Ringe, die Traumringe, verschaffen zusätzliche Geisteskräfte wie Gedankenlesen und Vorhersagen, Beeinflussung der Träume anderer, Hypnose. Sie sind äußerst selten und werden nur von den Seelenführern und einigen Beratern der Königin getragen.«

»Spannend. Was hast du für einen Ring, Nefer?«

»Wandelring.«

»Und Shepsi?«

»Diese miese Zecke hat einen der Traumringe«, knurrte Majestät.

»Und welcher Art war der von Seba?«

»Ein einfacher Verständigungsring, wie deiner auch«, antwortete der Weise.

»Und wer bestimmt, wer welchen Ring bekommt?«

»Ich!«

»Natürlich, entschuldige, dass ich gefragt habe, Majestät.«

»Könnte mir ein Stück Schwanz abbeißen, dass ich dieser Flohmatratze von Shepsi damals einen der Traumringe gestattet habe. Bei Diplomaten können sie wichtig sein.«

»Warum hast du ihm den nicht wieder abgenommen?«

»Wollte ich doch, aber da ist der ja abgehauen. Ich weiß, ich weiß, ich habe damit zu lange gewartet.«

»Wir haben ihn falsch eingeschätzt, Bastet Merit. Auch ich hätte ihm den Ohrring abnehmen lassen können.«

»Vielleicht verliert er seine Kraft«, gab Nefer zu denken. »Es ist nämlich so, Feli, dass die Ringe im Laufe der Zeit blind und stumpf werden. Womit wir zur Ringzeremonie kommen. Bei jedem Durchqueren der Grauen Wälder schwindet ihre Macht durch die dort wirkenden Nebel. Möglicherweise ist diese Wirkung vom Schwarzen Sumpf verursacht. Auf jeden Fall geht umso mehr Kraft verloren, je länger sich der Ringträger in den Wäldern aufhält. Ein schwacher Ring führt bei den

Verständigungsringen zu Vokabelverlusten, bei Wandlungsringen zu körperlichen Deformationen, bei Traumringen zu psychischen Kontrollverlusten.«

»Und die Ringzeremonie bewirkt was?«

Nefer nickte Majestät zu.

»Dazu, Feli, wirst du unsere Königin befragen müssen.«

»Dann frag mal!«, sagte Majestät und setzte sich auf. Das silberne Ankh an ihrem Hals glänzte im Licht.

»Majestät, was geschieht bei der Ringzeremonie? Darf ich teilnehmen?«

»Darfst du. Deiner kann auch eine Auffrischung gebrauchen.«

»Danke.«

»Es wird aber iggelig.«

»Wieso?«

»Also, da ist der Lind Siron, der Sternsee. Und an den Solstitien und Äquinoktien, wenn die Sterne sich im Wasser spiegeln, lege ich an einer bestimmten Stelle mein Ankh in das Wasser.« Majestät schüttelte sich leicht. »Mit mir selbst dran.«

»Du tauchst im Wasser unter?«

»Ja«, grollte es majestätisch.

»Und dann?«

»Dann tauchen alle Ringträger ebenfalls ihre Ohrringe ins Wasser. Mit den Ohren dran.«

Nefer schüttelte sich ebenfalls. Einmal schon hatte er die Zeremonie mitgemacht. Es war eine sehr feuchte Veranstaltung. Einzig den rotohrigen Bewohnern des Sternbergs machte sie nichts aus. Diese abartigen Katzen liebten es zu planschen.

»Das ist alles?«, fragte Feli.

»Nein. Es gehört noch eine Menge Gebrumme und Gesumme dazu. Das braucht dich nicht zu interessieren.«

»Schade. Na, ich werde es ja erleben.«

»Und tunlichst wieder vergessen. Amun Hab, sorge dafür.«

»Nein, Majestät.«

»Nicht?«

»Wir haben beschlossen, dass wir dieses Menschenkind in unsere Beratungen mit einbeziehen, weil wir uns Erkenntnisse von ihr erhoffen. Sie hat sich als hilfsbereit erwiesen und verdient unser Vertrauen.«

»Außerdem«, murmelte Nefer, »hatte sie Leberwurst dabei.«

»Ja, stimmt.« Die königliche Zunge fuhr über die Lippen. »Was weißt du über Schlangen, Feli?«

»Es gibt sone und solche. Zumindest bei uns. Harmlose und gefährliche. Solche, die Giftzähne haben, andere, die würgen. Hier sind wohl die Giftschlangen aufgetreten.«

»Was kann man gegen sie tun?«

»Nicht stören, nicht reizen, dann tun sie nichts. Aber sie verstecken sich gut, und wenn man sie übersieht und drauftritt, werden sie fies.«

»Sie riechen nicht«, warf Nefer ein. »Weshalb man sie leicht übersieht.«

»Ja, das ist wahr. Aber – nicht jeder Schlangenbiss führt zum Tod. Also zumindest bei uns nicht.«

»Habt ihr ein Heilmittel dagegen?«

»Ja, das gibt es. Und Möglichkeiten, einen Biss zu behandeln. Ich habe das einmal in der Praxis miterlebt.«

»Können unsere Heilerinnen das lernen?«

»Ich werde mit Anat darüber sprechen.«

»Sehr gut.«

Am Ratsfelsen trafen drei weitere Kater ein, die von Amun Hab nach oben gebeten wurden. Geomanten, wie Nefer feststellte, und sie berichteten über Verwerfungen in den Erdströmen, Versiegelungen und Bruchstellen. Das war ein Gebiet, auf dem er wenig Erfahrung hatte, das Talent, diese Art von Schwingungen aufzunehmen, fehlte ihm. Feli hingegen lauschte aufmerksam. Während die Ratgeber dozierten, theoretisierten, Lösungen diskutierten, überlegte er selbst andere Möglichkeiten.

»Kurzum«, fasste Amun Hab schließlich zusammen, »auf irgendeine Weise ist dieses Siegel über den Schlangengruben gebrochen, entweder, weil die Zeit vorüber ist, sich die Energiebahnen verschoben haben oder weil sich jemand daran mit dem entsprechenden Wissen zu schaffen gemacht hat.«

»So sieht es aus.«

»Dann liegt die Ursache auf jeden Fall in den Grauen Wäldern.«

»So muss man es sehen.«

»Dann untersucht das da!«

»Majestät!«

Dreifach erklang das Schaudern in den Stimmen der Ratgeber. Und auch Nefer fühlte sein Fell zucken. Das grenzte an einen Selbstmordauftrag.

»Es reicht ja offensichtlich nicht, hier in Trefélin die Löcher zu versiegeln, aus denen die Schlangen gekrochen kommen, oder?«

»N… nein, Majestät.«

»Also kümmert euch darum!«

Mit einer herrischen Pfotenbewegung wischte Bastet Merit die Einwände weg und scheuchte die drei vom Ratsfelsen.

Nefer beneidete sie nicht.

»Die Ursache muss gefunden werden«, sagte Amun Hab nun, auch er wirkte nicht besonders glücklich. »Aber die Auswirkung muss ebenfalls bekämpft werden. Ihr habt bereits große Verluste gehabt im Clan der fel'Landa. Es ist an der Zeit, andere um Hilfe zu bitten.«

»Wen schlägst du vor, Amun Hab?«, fragte Nefer, der sich

darüber auch schon Gedanken gemacht hatte. »Anhor könnte einen Teil seiner Grenzwächter schicken …«

Feli richtete sich neben ihm auf.

»Bei uns haben Schlangen auch natürliche Feinde. Wie weit gibt es hier andere – mhm – Völker, die euch helfen können?«

»Hunde sind feige«, grummelte Majestät.

»Nein, sind sie nicht«, erwiderte Feli. »Aber vielleicht nicht die richtigen Verbündeten für euch. Gibt es hier Mungos?«

»Mungos? Ja, im Sonnengau gibt es welche. Was können sie tun?«

»Es heißt, dass sie geübt darin sind, Schlangen zu töten. Aber vielleicht haben sie es hier verlernt, wenn es schon seit Jahrhunderten keine mehr gibt.«

»Wir werden es prüfen«, sagte Amun Hab und fuhr sich mit der Pfote über die Ohren. Dann sagte er: »El Rey!«

»Vater!«, entfuhr es Nefer.

»Doch, Sohn. Besuche ihn. Zusammen mit Feli. Und bitte ihn um Hilfe.«

»Wer ist El Rey?«, fragte sie.

»Der König der Adler«, antwortete Nefer.

39. Männergespräche

»Ja, Feli hat mir von dem Anschlag berichtet«, sagte Nathan. Er hatte Finn konzentriert zugehört. Sie saßen auf der Terrasse des Forsthauses, an die sich ein Grundstück mit einigen Obstbäumen anschloss. Finn sah zu den hohen Bäumen hin, die das Anwesen mitten im Wald umschlossen. Inzwischen empfand er es entspannend, in das üppige Grün zu schauen. Und

Nathan war ein guter Zuhörer, darum spann er seine Gedanken laut weiter.

»Tija und Seba stammen aus Trefélin, Nathan. Ich weiß, es ist für dich noch immer schwer, das zu akzeptieren.«

»Nein, Finn, das ist es nicht. Ich habe selbst eine beunruhigende Botschaft empfangen, die mich veranlasst hat, schneller zurückzukommen, als ich vorhatte.«

»Botschaft?«

»Ein Gefühl, ein Bild, die Warnung vor einer Bedrohung.«

»Ein Bild?«

»Von einer schönen grauen, schwarz gefleckten Katze.«

Finn lächelte.

»Majestät.«

»Majestät. Ich habe sie in ausgesprochen lebendiger Erinnerung, das mag geholfen haben, dass sie mich erreicht hat. Meine Führerin hingegen hat sich schon seit dem vergangenen Jahr nicht mehr gezeigt.«

»Che-Nupet. Sie war hier, Nathan. Und nun ist sie mit Tija und Sem zurückgegangen. Ihr habt euch um einen Tag verfehlt.«

Finn bemerkte, wie Nathans Miene von Trauer überzogen wurde. Dass Che-Nupet dem Förster auf irgendeine Weise bekannt war, wusste er; warum er sie seine Führerin nannte, war ihm jedoch nicht klar. Aber das spielte im Augenblick auch keine Rolle, wichtiger war es, ihm die Sache mit Shepsi zu erklären und für Feli ein Alibi zu erfinden.

»Nathan, Feli ist einen Monat lang nicht erreichbar. Sie hat die Tierärztin, bei der sie ihr Praktikum macht, um Urlaub gebeten und ihrer Tante nur die Botschaft hinterlassen, dass sie sich um Tija in der Reha kümmert. Aber irgendwie müssen wir Iris davon abhalten, sie als vermisst zu melden, weil sie mal wieder ihr Handy vergessen hat.«

»Und dazu soll mir etwas einfallen?«

»Sie bat darum. Und faselte etwas von Visionssuche.«

»Oh. Na, das ist natürlich eine Idee. Wo ist sie denn offiziell?«

»Im Thüringer Wald.«

»Schöne Gegend.« Nathan überlegte eine Weile, und Finn betrachtete das Eichelhäher-Pärchen, das zwischen den hohen Buchen neckische Spiele betrieb.

»Waldkatzengebiet. Sie wird dort an einem Projekt teilnehmen, bei dem sie in der Wildnis leben muss. Das entspricht ja schon fast der Wahrheit.«

Finn erwiderte das schiefe Lächeln des Försters.

»Zumindest braucht sie dann nicht zu viel zu flunkern. Gut, das nächste Problem ist kniffeliger.«

Er berichtete von seinem Verdacht und seinen Erkundigungen über Shepsi. Wieder hörte Nathan konzentriert und schweigend zu und meinte schließlich: »Eine interessante These, die du da aufstellst.«

»Mehr als eine These, Nathan.«

»Wie weit sind denn die polizeilichen Ermittlungen vorangekommen?«

»Man weiß inzwischen, dass der Sprengstoff aus einem Abbruchhaus gestohlen worden ist, das vergangene Woche gesprengt werden sollte.« Finn zuckte mit den Schultern. »Viel weiter scheint man damit aber nicht zu gelangen. Und wenn es Shepsi war, dann werden sie ihm nie auf die Spur kommen.«

»Gestaltwandler haben gewisse Vorteile, da hast du recht. Was erwartest du eigentlich von mir, das ich tun kann, Finn? Ich bin in der Sache genauso unglaubwürdig wie du.«

»Erst einmal musste ich mit jemandem darüber reden. Und vielleicht können wir zusammen herausfinden, was Sepp Sebusch alias Shepsi vorhat.«

Finn merkte, dass Nathans Blick über den Zaun hinweg schweifte.

»Vorher wirst du eine neue Bekanntschaft machen.«

»Oh.« Finn wandte sich um und sah einen jungen Mann auf sie zukommen. Im ersten Augenblick glaubte er, Sem vor sich zu haben, doch dann erkannte er seinen Irrtum. Hochgewachsen war er, bewegte sich geschmeidig wie eine Raubkatze, hatte schwarze, bis über den Rücken fallende Haare, doch seine Schultern waren breiter, seine Haut dunkler, sein Gesicht wie gemeißelt. Er trug ein verwaschenes Flanellhemd, enge Jeans und Wildlederstiefel. In der Hand hatte er eine große, erdverschmierte Tüte. Die warf er auf die Bank, als er sie erreicht hatte.

»Tan, hier mein Freund Finn. Finn, mein Neffe Tanguy.«

Schwarze Augen musterten ihn kühl und abschätzend. Finn erhob sich und begutachtete den Ankömmling ebenso kühl. Dann streckte er die Hand aus, und gleichzeitig sagte Tanguy: »So ein Freund wie Rudi?«

Diesen Vergleich fand Finn nicht eben schmeichelhaft, er zog die Hand zurück.

»Vorurteile gegen Weiße, Rothaut?«

Funken stiebten aus Tanguys Augen. Ein tiefes Grollen drang aus seiner Kehle.

Finn spürte, wie die Erinnerungen an seine kätzische Gestalt die Macht über ihn gewannen, und er knurrte auf ähnliche Weise.

Tan starrte ihn an.

Finn starrte zurück. Vor seinen Augen verzerrte sich das Bild des Mannes. Nicht ganz, aber ein wenig.

Da stimmte etwas nicht.

Wieder dieses Grollen, das mit einem Fauchen endete.

»Hey, ihr zwei seht aus wie zwei Kater, die sich gleich an die Gurgel gehen wollen«, klang Rudis Stimme an Finns Ohr.

In diesem Augenblick sackte Tanguy zusammen, kreidebleich, und große Schweißtropfen bildeten sich auf seiner Stirn. Er umfasste seinen Kopf mit den Händen, als wolle der gleich abfallen.

Finn entspannte sich, Nathan war aufgesprungen und hatte sich hinter seinen Neffen gestellt, um ihm den Nacken zu massieren.

»Flashback«, murmelte der heiser.

Nathan erklärte: »Tanguy ist von einem Berglöwen angefallen worden, Finn.«

Finn setzte sich auch wieder und beobachtete Tanguy. Etwas regte sich in ihm, Mitgefühl vielleicht.

»Ich bin auch mal von zwei Panthern gejagt worden«, sagte er leise.

Der junge Mann sah auf.

»Du? Und du lebst noch?«

»Knapp. Ich entkam in eine Felshöhle.«

»Ich habe ihn getötet. Er hatte mich im Nacken. Ich habe ihm das Messer ins Herz gestoßen.«

Es klang tonlos, trostlos, und Finn begriff Tanguys Leid auf einer neuen, seltsamen Ebene.

»Ich verstehe«, flüsterte er. »Wir töten Unseresgleichen nicht – Cougar.«

Tanguy nahm die Hände vom Kopf und sah ihn fassungslos an.

»Was?«

»Wir reden später darüber. Freund?« Er reichte ihm die Hand über den Tisch. Zu seiner Überraschung nahm Tanguy sie diesmal an.

»Was war das denn? Echt, das war ja die Show!«

»Rudi, setz dich. Und halt den Mund. Ich hole uns etwas zu trinken. Benehmt euch, Männer.«

Nathan verschwand im Haus, und Rudi blickte noch immer von einem zum anderen.

»Ihr kennt euch schon?«, fragte Finn, um der aufgeladenen Stimmung wieder etwas Normalität zu verleihen.

»Ja, wir trafen uns.«

»Der da hat mich angegriffen und gefesselt und wie einen Sack Müll hier abgeladen.«

»Nicht die schlechteste Methode, mit dir umzuspringen, Rudi. Ich war auch schon hin und wieder versucht, so etwas mit dir zu machen.«

»Was habt ihr bloß alle? Mann, ich geb mir solche Mühe. Ich hab jetzt alle Fährten gelernt.«

»Und auch welche gefunden?«

»Klar. Von Wildschweinen und von einem Wolf. Direkt hier vor dem Gartenzaun. Echt.«

»Wolf. Okay. Ungefähr zwanzig Zentimeter hoch, weiß, mit kurzem Schwanz und Kulleraugen, nehme ich an.« Finn grinste Tanguy an. »West Highland-Terrier, kam vor einer halben Stunde hier vorbei.«

Nathan brachte zwei Flaschen Wasser und einen Krug Saft mit, und Tanguy, der wieder Farbe im Gesicht hatte, stand auf und holte Gläser und Chips.

»Was ist in der Tüte da, Tanguy? Hast du nach Rudi noch mehr Müll im Wald gesammelt?«, fragte Finn.

Diesmal zuckte sogar ein kleines Lächeln über dessen Lippen.

»Fand ich im Wald. Es treiben sich very strange people da herum.«

»Ja, die Bekloppten werden mit jedem Tag mehr.«

»Krank, nicht?«, meinte Rudi, der in die Tüte gegriffen hatte und eine rote Unterhose herauszog.

»Was hat deine denn für eine Farbe?«

Finn lugte vorsichtig in die Tüte.

»Sach ich nicht!«

Gerade wollte Finn vorschlagen nachzuschauen, als er die Witterung aufnahm. Mit spitzen Fingern zog er die Kleider heraus. Graubeigefarbener Pullover, beige Hose, Socken, erdverkrustete Schuhe, eine schmale Tasche, ein Schlüsselbund.

»Wo hast du das gefunden, Tan?«, fragte Nathan.

»Am Dolmen begraben.«

»Begraben ist gut. Im oder am?«

Tanguy biss sich auf die Lippen, und Finn stellte die Frage auf Englisch.

»Neben dem Dolmen«, lautete die Antwort.

Finn öffnete die Ledertasche und zog ein Portemonnaie und ein Etui heraus. Als er es aufklappte, fand er den Ausweis.

»Scheiße«, entfuhr es ihm. »Ich wusst's doch. Sepp Sebusch.«

»Du kennst den Mann?«

»Ich suche ihn.«

»Er ist weg.«

»Klar.«

»Ich habe ihn gesehen.«

»Tan? Wann hast du ihn gesehen?«, wollte auch Nathan wissen.

Und so erfuhren sie von dem nackten Mann, der vor zwei Tagen in den Dolmen gekrochen war.

Finn und Nathan sahen sich an.

»Aber in dem Dolmen ist doch nichts«, platzte Rudi heraus. »Der endet an dem hinteren Stein.« Und dann begann er zu kichern. »Aber vielleicht gibt's da ja eine Dimensionslücke. Und dieser Sepp turnt jetzt in einem Paralleluniversum herum.«

Wieder sahen Finn und Nathan sich schweigend an.

Tanguy hingegen fragte vollkommen ernst: »Gibt es denn solche Lücken, Rudi?«

Rudi schien sich geschmeichelt zu fühlen und wurde ernst.

»Theoretisch ja. Oder zumindest haben Physiker schon über die Multiversen nachgedacht. Es ist ja nicht so, dass wir Menschen im Besitz der vollkommenen Wahrheit sind. Unsere Erkenntnisse sind begrenzt durch unsere Sinne und unser Denkvermögen. Seht ihr, wir haben uns doch schon lange von diesem putzigen Atommodell verabschiedet, in dem kleine positive und negative Kügelchen den Kern bilden und noch kleinere Kügelchen drum herumflitzen. Die heutige Vorstellung von Atomen sieht ganz anders aus. Wir sprechen da von weit kleineren Teilchen, den Quarks ...«

»Quarkteilchen, okay. Rudi, wir glauben dir«, sagte Finn.

»Lass ihn, Finn. Es ist ein Versuch, das Unglaubliche zu erklären«, meinte Nathan, und so ließ er Rudi über die vier Grundkräfte der Physik, die große vereinheitlichende Theorie, Welle-Teilchen-Verhalten und viele andere faszinierende Begriffe sprechen. Mochte Rudi auch kein begnadeter Jagdanwärter sein, die Physik studierte er mit Leidenschaft und Hingabe. Nach zwei großen Gläsern Saftschorle holte er schließlich so lange Luft, dass Finn seine Frage stellen konnte.

»Hältst du es nun für möglich, dass Menschen die Welten wechseln können?«

»Klar, warum nicht?«

»Prima, dann gehen wir jetzt davon aus, dass Sepp Sebusch durch den Dolmen gekrochen ist und sich dort in einen Kater verwandelt hat, um auf der anderen Seite ins Land der Katzen zu gelangen.«

»Ihr nehmt mich nicht ernst!«

»Doch, Rudi«, sagte Nathan ruhig. »Mir ist die Idee von Parallelwelten auch nicht fremd. Nur sehe ich sie weniger physisch als psychisch. Wir kennen nämlich auch unser Gehirn nicht so gut, wie wir meinen, und die Wirklichkeit ist für jeden Menschen subjektiv.«

»Nate glaubt tatsächlich diesen Shaman-Kram«, grummelte Tanguy.

»Das stört dich?«, fragte Finn zurück. Nach dem, was er zuvor gespürt hatte, hatte er angenommen, dass Nathans Neffe sehr genau wusste, um was es bei Tiergeistern und Totems ging. Seltsam.

»Alles Aberglaube.«

»Jedem seine Wirklichkeit«, meinte Finn und begutachtete den Fund aus der Tüte wieder. Shepsi hatte also vorsorglich seine Sachen am Dolmen vergraben – er würde zurückkommen. Na, zumindest er würde erst einmal vor Schwierigkeiten stehen. Keine Klamotten, keine Papiere – blieb ihm nur der Weg, als Katze aufzutreten, bis er sich eine neue Existenz geschaffen hatte. Er war bei Vollmond abgetaucht. Stellte sich die Frage, ob er einen ganzen Monat würde verstreichen lassen, bis er zurückkam. Oder ob er den Ring nur weitergab und zurückkehrte, um weitere Untaten zu planen. Es hieß, dass es nur zu Vollmondzeiten gelang, die Grauen Wälder zu durchqueren, doch das mochte nicht ganz stimmen. Es war gefährlich, es zu anderen Zeiten zu tun, aber nicht unmöglich.

Wenn er hier wieder erschien, dann sollte er zumindest für den Anschlag auf den Bus verantwortlich gemacht werden. Finn griff nach dem Schlüssel.

»Den könnte ich gebrauchen, Nathan.«

»Du willst einen Einbruch begehen?«

»Ich will mich nur umsehen. Und dann den Ermittlern einen Tipp geben, wenn ich gefunden habe, was ich suche.«

»Okay, ich decke deine Geschichte.«

»Was für ein Verbrechen plant ihr?«, wollte Tanguy wissen.

»Sepp Sebusch hat vermutlich einiges mit dem Anschlag auf den Bus zu tun, bei dem meine Freundin starb.«

Der Blick aus den dunklen Augen wurde weich.

»Kann ich dir helfen?«

»Wär nicht verkehrt.«

»Ich kann auch etwas tun«, bot Rudi sich an. Die Vorstellung allerdings löste bei Finn blankes Entsetzen aus.

»Lern erst mal richtig Fährten lesen, Rudi«, mischte sich Nathan ein. »Komm mal mit, ich gebe dir ein paar Unterlagen.«

Finn war mit Tanguy alleine auf der Terrasse.

»Fährten kannst du lesen, nehme ich an.«

Tanguy zeigte ein kleines Lächeln.

»Ja, einigermaßen. Und du?«

»Ich habe eine gute Nase dafür.«

»Was hast du vor?«

Finn erklärte, dass er das Zimmer von Sepp im Heim durchsuchen wollte.

»Ich komme mit«, meinte Tanguy. »Vier Augen sehen mehr als zwei.«

»Es muss aber jemand den Dolmen im Auge behalten.«

»Du glaubst den Scheiß mit der Dimensionslücke?«

»Er ist ein Durchgang zu irgendwas, Tan. Das glaube ich.«

Tanguy rieb sich wieder die Schläfen.

»Du hast Kopfschmerzen.«

»Immer nach einem Flashback.«

»Was siehst du in dem Flashback, Tan?«

Seine Hände zitterten, bemerkte Finn.

»Tan, was siehst du?«

»Nichts. Ich höre …«

»Was?«

»Sie ruft mich. Cougar«, antwortete er ganz leise.

»Sprich mit Nathan darüber, Tanguy. Er kann es dir besser erklären als ich.«

»Du auch? Du glaubst auch daran?«

»Ich weiß sogar einiges darüber, Tan. Sonst hätte ich den Cougar in dir nicht erkannt, nicht wahr?«

Tanguy stand auf.

»Ruf mich an, wenn du das Heim aufsuchst. Aber jetzt lass mich alleine.«

»Ist gut.«

Finn blieb auf der Terrasse sitzen und starrte in die Baumwipfel. Seine Gedanken aber wanderten nach Trefélin. Er hoffte, dass Feli, Sem, Tija und Che-Nupet ohne Probleme eingetroffen waren. Schließlich war Shepsi am selben Tag aufgebrochen wie sie. Aber immerhin war Sem ein Kämpfer, und Che-Nupet kannte die geheimen Wege. Wichtig war es auf dieser Seite, darauf zu achten, was aus dem Dolmen gekrochen kam. Er selbst musste zur Uni zurück. Nathan und Tanguy konnten zwar täglich vorbeigehen, aber … Eine Katze, die sich dort einen Unterschlupf suchte, könnte weit nützlicher sein. Erst fiel ihm Ani ein, doch der sollte besser auf Chip und Pu-Shen achten, damit Shepsi als Kater da nicht wieder Unfug anrichtete. Pepi, der in der Katzenpension den Kätzinnen nachstieg, würde also jetzt auch mal etwas Sinnvolles zu tun bekommen.

Nathan setzte sich wieder zu ihm. Rudi war er offensichtlich losgeworden.

»Was hast du in Tanguy gesehen?«

»Den Geist des Berglöwen.«

Nathan nickte.

»Er will es nicht wahrhaben. Hilf ihm, wenn du kannst, Finn. Er ist ein guter Mann, ein guter Jäger, ehrlich, loyal und verantwortungsvoll.«

»Wie viel soll ich ihm erzählen?«

»Alles, was er zu akzeptieren bereit ist.«

»Ich versuche es. Nathan, der Dolmen muss überwacht werden. Ich würde gerne einen kleinen schwarzen Kater damit beauftragen. Kannst du dafür sorgen, dass er von deinen Leuten unbehelligt bleibt?«

»Was für einen Kater?«

Finn grinste.

»Das wird Pepi dir selbst erklären.«

40. Am Lind Siron

Feli hetzte hinter Sem her. Er war verdammt schnell. Sie musste schnaufen, aber sie holte ihn kurz vor einer alten Eiche ein. Knallte ihm die Kralle in den Schwanz. Fellflusen flogen. Sem kicherte.

»Her damit!«, fauchte sie.

Sem kicherte weiter, tänzelte vor ihr herum, den weißen, mit rosa Blüten bestickten BH im Maul.

Feli kreischte ihn an. Versuchte, mit den Krallen nach dem Kleidungsstück zu fassen. Er hüpfte außer Reichweite.

Sie sprang auf ihn zu, er duckte sich kichernd weg.

Wütend erhob sie sich auf die Hinterpfoten und verteilte Hiebe mit den Tatzen. Einer traf den Träger des BHs, blieb in ihrer Kralle hängen. Ein Tauziehen begann mit Knurren und Brummen.

Plötzlich flog ein schwarzer Körper durch die Luft, landete auf Sems Rücken. Sem brach zusammen. Feli ließ los und starrte Nefer an, der sich im Nacken seines Freundes verbissen hatte.

»Nicht, Nefer!«, schrie sie, aber er beutelte Sem nur weiter. Der ließ den BH fallen und grummelte.

Nefer ließ los.

»Was sollte das denn?«, fragte er herrisch.

»War doch nur ein Spiel, Nefer«, schnurrte Sem begütigend.

»Das sah aber nicht danach aus. Feli?«

Feli setzte sich und bürstete ein paar zerzauste Stellen glatt. Sie hatte festgestellt, dass das nicht nur beruhigend wirkte, sondern einem auch immer eine Gesprächspause verschaffte. Jede Katze respektierte das Putzen. Nach einem weiteren Zungenschlapp hob sie den Kopf, sandte Sem einen bösen Blick und erklärte dann: »Ich hatte es gut gemeint. Aber dieser Teufelsbraten musste ja unbedingt an meine Wäsche gehen.«

»Was hattest du gut gemeint?«

Puh, konnte Nefer autoritär auftreten. Sem hatte sich ganz klein gemacht und schaute von unten zu ihm hoch.

»Hat sie wirklich gut gemeint. Und ich bin ein Idiot.«

»Na, das hilft ja schon mal weiter.«

Besänftigt erklärte Feli: »Amun Hab hat entschieden, dass Sem eine Prüfung bestanden hat, weil er Tija geholfen hat zurückzukehren. Aber für die Namensgebung braucht er einen Beweis, dass er in unserer Welt war. Aber daran haben wir damals überhaupt nicht gedacht, Nefer.«

Der nickte und sah zu Sem hin.

»Und da hat Feli angeboten, dass ich etwas aus ihrem Rucksack nehmen darf. Ich hab mir das hier ausgesucht, und das hat ihr nicht gefallen.«

»Trottel, mäusehirniger Trottel. Wenn man etwas angeboten bekommt, sucht man es nicht selbst aus. Menschen sind sehr auf ihre Kleider bedacht, und Menschenweibchen ganz besonders. Also vergiss das mit dem Namen besser, solange das in deinen hohlen Kopf nicht reingeht.«

Sem ließ die Ohren und die Barthaare hängen, ein Bild des Jammers.

»Nefer, ich glaube, nicht du hast darüber zu befinden, ob er seinen Namen erhält oder nicht. Komm, Sem. Ich finde etwas für dich, das du vorweisen kannst.«

Sie schnappte sich den BH, der ein paar kleine Ziehfäden abbekommen hatte, und trabte zu ihrer Laube zurück. Hier stand Mima vor dem auf dem Boden ausgebreiteten Inhalt des Rucksacks und strich bewundernd über den Stoff ihrer Kleidung. Dann nahm sie das T-Shirt hoch und sah Feli groß an. Es schien ihr zu dämmern, dass diese Dinge einem Menschen gehörten. Und zwar einem, dem sie schon einmal begegnet war. Feli bedauerte aufrichtig, dass sie mit der kleinen Menschelfrau nicht sprechen konnte. Aber trotz Ring war ihr das in ihrer Katzengestalt nicht möglich. So stupste sie sie nur liebevoll an und kramte dann in ihren Sachen herum, um etwas Passendes für Sem zu finden. Ein Päckchen Taschentücher vielleicht? Ihren Ankh-Anhänger? Nein, den besser nicht, das könnte hierzulande völlig falsch verstanden werden. Aber was wäre mit einem Energieriegel? Davon hatte sie einen Vorrat eingepackt, da sie gedacht hatte, sie würde das Katzenland wieder als Mensch besuchen.

Sie schob Mima die Plastikdose zu. Die begrabbelte sie neugierig und machte sie dann auf. Feli schnurrte zustimmend. Das war eine der elementarsten Formen der Verständigung. Die Menschelfrau zeigte ihr den Inhalt. Mit spitzer Kralle fischte Feli einen Riegel heraus und nahm ihn zwischen die Zähne.

Sem und Nefer hatten am Eingang gewartet, und sie trat zu ihnen und legte ihn vor den Kater.

»Ein Menschenleckerchen«, erklärte sie. »Das sollte wohl ausreichen.«

Sems schwarze Nase kam dicht an ihre, und er pustete sie leicht an.

Nefer grollte.

»Eifersüchtig?«, fragte Feli spitz.

Das Grollen wurde tiefer.

Sie schubste Sem weg, pflanzte ihre Nase auf Nefers und rubbelte sie ein bisschen. Das Grollen wurde zum Schnurren.

»Gut. Darf ich bei der Namensgebung dabei sein?«

»Ich denke schon. Sie findet heute in der Dämmerung statt. Am Ratsfelsen.«

Sem zockelte mit dem Energieriegel ab, und Feli wandte sich noch mal der kleinen Menschelfrau zu. Sie selbst hatte keine Verwendung für die Süßigkeiten, kannte aber die Vorliebe der Menschel für Zuckriges. Mit spitzer Kralle öffnete sie eine Verpackung und schob Mima den Inhalt hin. Die legte ihren Kopf fragend schief. Feli schnurrte aufmunternd.

Mima griff vorsichtig zu und schob sich ein klebriges Stückchen in den Mund. Sie bekam große Augen und rieb sich kreisend den Bauch. Mit Schwung leerte Feli den Rest der Tüte aus. Ein eindeutiger Freudenjuchzer belohnte sie.

Sie bildeten ein Spalier, die Scholaren. Jene, die die erste Prüfung schon bestanden hatten, lagen in der ersten Reihe, diejenigen, die noch in der Ausbildung waren, saßen aufrecht hinter ihnen. Auf dem Ratsfelsen aber thronten reglos zwölf Ehrfurcht gebietende Kater mit ihren Kopftüchern, ein Anblick, der Feli an ägyptische Statuen denken ließ. Sie erkannte unter ihnen Mafed, den Seelenführer, und Anhor, den Befehlshaber der Grenzwächter, daneben saßen zu ihrer Überraschung der flauschige Kartäuser namens Thot und ein beinahe gleich aussehender Kater.

»Wer ist der Graue neben Thot?«, flüsterte Feli Nefer zu.

»Algorab. Einer von den Weisen, der lange bei den Menschen gelebt und gelehrt hat. Genau wie Chefren, der war mal Hauskatze bei eurem Erfinder des Computers.«

»Was wohl bedeutet, dass er ihm erklärt hat, wie der funktionieren muss.«

»Sicher.«

»Und wer war Schrödingers Katze?«

»Keiner«, knurrte Nefer. »Das war ein Hirngespinst. Und nun sei still.«

Offenbar hatte die Zeremonie begonnen, denn Amun Hab sprang zwischen die Ratsmitglieder, er als Einziger ohne Kopftuch, und nahm eine hoheitsvolle Haltung ein. Die Katzen fingen leise an zu brummen. Es war, als vibriere die Luft rund um den Ratsfelsen. Die erste Katze schritt zwischen den Scholaren nach vorne und legte ein Kräuterzweiglein zu Pfoten der Weisen. Was dort gefragt und geantwortet wurde, konnte Feli nicht verstehen, aber offensichtlich wurde die Gabe gutgeheißen, und Anhor verkündete laut: »Der Name dieser Katze lautet Marwa.«

Das Brummen schwoll an, als sie zurückging, und verebbte dann. Weitere fünf Katzen und Kater folgten, dann erhob sich Sem, um nach vorne zu gehen. Als er an Feli vorbeischritt, den Energieriegel im Maul, sah sie das Beben seiner Schnurrhaare. Sie schnurrte ihm leise zu, und ein dankbarer Blick streifte sie. Dann richtete er die Ohren auf und näherte sich dem Ratsfelsen. Wieder wurde eine Befragung durchgeführt, und als sie geendet hatte, war es Amun Hab selbst, der verkündete: »Der Name dieses Katers lautet Semir!«

Nefer brummte Beifall, und auch Feli brummte, was die Kehle hergab. Stolz schritt Semir das Spalier hinab und legte sich dann neben sie.

»Danke!«, flüsterte er.

Nefer leckte ihm über die Ohren.

»Gut gemacht!«

Die Namensvergabe war nur der Auftakt zu der weit wichtigeren Zeremonie, die in der nächsten Nacht stattfinden sollte.

Che-Nupet war dazu zusammen mit den drei Geomanten aus den Grauen Wäldern zurückgekommen, worüber Feli sich besonders freute. Doch weder die Suche nach der Schlangengrube noch nach Shepsi und dem Namenlosen war erfolgreich gewesen.

»Ist Shepsi zurück durch den Dolmen, ne«, hatte sie berichtet. Majestät hatte sie streng angesehen, und wieder hatte Che-Nupet gezittert. »Kann nicht alleine zu den Menschen«, hatte sie leise geflüstert. Feli hatte sich an ihre Flanken gedrückt und Majestät herausfordernd angesehen. Die hatte über ihre königliche Nase hinweg zurückgestarrt und irgendwas von aufsässigen Menschen gegrummelt. Schließlich aber hatte sie genickt und den Blick abgewendet.

»Komm, wir gehen angeln, Schnuppel. Das kann ich schon einigermaßen.«

»Ja, krieg ich kleinen Fisch, ne. Musst du aber auch jagen lernen.«

»Ich weiß nicht. Ich glaube, ich kann das nicht. Kleine Kaninchen totbeißen oder so.«

»Hat Finn auch gelernt.«

Ja, sicher, hatte er auch gelernt, aber in Feli sträubte sich alles dagegen. Fische, das ging ja noch, und vielleicht fand sie auch mal ein Vogelnest. Eier waren auch gut.

»Fang ich dir ein Rind, ja?«

»Ein Rind?«

»Essen wir gerne. Ich einen Happen und du den Rest.«

»Morgen, Schnuppel, heute gibt es noch mal Fisch.«

»Fischen wir frischen Fisch, fischen frisch Firschen wir. Stimmts, stammts, stummts.«

Che-Nupet hoppelte dreibeinig voraus, und Feli versuchte, es ihr gleichzumachen. Sie winkelte ein Hinterbein an, es gelangen ihr drei Schritte, dann lag sie auf der Nase. Che-Nupet kicherte.

»Musst du üben, ne.«

Während Feli angelte, saß die dicke Katze unter einem Busch und lockte Schmetterlinge an. Dann gönnte sie sich einen Bissen von der Forelle, putzte sich gründlich und streckte sich lang aus, den Bauch nach oben gedreht. Die Sonne strahlte inzwischen wieder durch immer größer werdende Wolkenlöcher, und Feli probierte ebenfalls aus, wie es sich anfühlte, wenn man seinen Bauch lüftete. Es war unerwartet angenehm, und müßig tretelte sie mit den Pfoten in der Luft herum.

»Gut, ne?«, gurrte Che-Nupet.

»Mhmrrr.«

Eine Weile dösten sie zufrieden vor sich hin, dann blinzelte Feli wieder in die Sonne. Sie waren ganz allein, was nicht überraschend war, denn tagsüber ruhten die meisten Katzen in ihren Lauben oder an sonnenwarmen Plätzen.

»Du, Schnuppel …«

»Mhm?«

»Darf ich dich etwas fragen?«

»Darfst du.«

»Wie lange hältst du schon in den Grauen Wäldern Wacht?«

»Ganz lange, ne.« Sie hob die rechte Vorderpfote in die Luft und klickte eine Kralle nach der anderen heraus. »Mach mal acht.«

»Zweiunddreißig.«

»Mach weiter.«

Sie klickte die vier Krallen der linken Pfote raus.

»Vierundsechzig?«

Noch mal zwei Krallen zeigten sich.

»Und sechzehn.«

»Ja, ja, ne.«

»Seit achtzig Jahren wachst du dort.« Dass Che-Nupet weit älter war als jede andere Katze, das hatte Feli schon vermutet. Aber achtzig Jahre …?

»Ist nicht viel, ne. Werden wir älter. Viel älter, ja, ja.«

»Dann bist du auch noch älter als achtzig Jahre?«

»Bisschen, ne. Hier, zählst du.«

Wieder klickten die Krallen, und Feli addierte weitere achtundvierzig Jahre dazu.

»Hundertachtundzwanzig Jahre«, flüsterte sie. »Und achtzig davon in den Wäldern.«

»Bin ich seit acht Jahren hier, ne.«

»Und davor?«

»Da und dort, ne.«

Gut, mehr wollte sie nicht verraten. Aber einen kleinen Vorstoß wagte Feli doch noch.

»Warst du bei Papa?«

Ein kleines Kichern war die Antwort.

»Auch, ne.«

»Und bei den Menschen.«

»Manchmal. Heimlich, ne. Weißt nur du. Und Minerva.«

»Minerva war eine römische Göttin«, stellte Feli probeweise fest. Wenn es Sphingen gab, gab es ja vielleicht auch noch Götter irgendwo in diesen seltsamen Bereichen zwischen den Welten.

Aber wieder kicherte Che-Nupet nur.

»Ist eine Hofdame. Lebt bei Katharina. Musst du mal hingehen, ja, ja. Ist nett da.«

»Dann gib mir ihre Adresse.«

»Musst du suchen. Katharina vom Walde. Findest du, ne. Bist gut im Finden.«

»Ich liebe solche kryptischen Aussagen.«

»Ich auch.«

»Uhhh, Schnuppel!«

Da Che-Nupet aber nun wieder die Augen schloss, verzichtete Feli darauf, ihr weitere Fragen zu stellen. Das, was sie erfahren hatte, gab ihr genug zu bedenken. Und über dieses Bedenken und das zarte Schnarchen ihrer Freundin schlummerte sie ein.

Die Dämmerung brachte Betriebsamkeit mit sich. Mehr und mehr Katzen versammelten sich am Ufer des Lind Siron, und wie Feli feststellen konnte, trugen alle, die dazu berechtigt waren, ihre Kopftücher. Nefer, vornehm in Schwarz-Silber, gesellte sich zu ihr.

»Majestät erwartet dich und Che-Nupet. Kannst du sie überreden, ihr Tuch zu tragen?«

»Ich versuche es.«

»Es gibt noch etwas zu regeln.«

»Und was, Nefer?«

»Du wirst auch in den See steigen, hat Bastet Merit befohlen, und jeder, der das tut, braucht einen Beistand, der dafür sorgt, dass das Ritual auch richtig ausgeführt wird. Ich habe vorgeschlagen, dass mein Vater dich begleitet. Ist dir das recht?«

»Amun Hab selbst? Hat er keine andere Aufgabe bei der Zeremonie?«

»Doch, aber du bist ja eigentlich keine von uns …«

Nein, eigentlich war sie ein Mensch. Feli kratze sich an dem Ohr, in dem der Ring baumelte.

»Hat meine Großmutter eigentlich auch mal an einer solchen Zeremonie teilgenommen?«

»Keine Ahnung. Als sie hier war, war ich noch nicht geboren.«

»Wie alt bist du, Nefer?«

»Achtundzwanzig Jahre.«

Hundert Jahre jünger als Che-Nupet. Feli fragte sich, ob er das wusste. Sagen würde sie es ihm nicht. Man verriet das Alter einer Dame nicht. Aber ihr fiel etwas ein.

»Che-Nupet könnte mich doch auch begleiten, oder?«

Es war so etwas wie ein lässiges Schulterzucken, das Feli an Nefer wahrnahm, als er sagte: »Jeder sucht sich seinen Betreuer selbst.«

»Dann gehe ich sie mal suchen.«

»Sie sitzt am Wasserfall und zählt Bläschen.«

»Aha.«

»Sie spinnt eben ein bisschen, das weißt du doch.«

»Ja, ja, ne.«

»Heiliger Sphinx, fang du nicht auch noch so an.«

Feli lachte und lief am Ufer entlang zu der Stelle, wo der Dour Siron vom Menez Penn hinunterstürzte und schäumend auf das Wasser des Sees auftraf.

Che-Nupet starrte versonnen auf den Schaum, der sich dort bildete und murmelte: »Dreimal Kralle vier, dreimal Kralle drei, dreimal Kralle zwei …«

»Schnuppel?«

»Nicht stören, ne.«

»Doch, Majestät will, dass du kommst.«

»Mag nicht.«

»Gut. Aber was machst du hier?«

»Üb ich, ne. Bin ich nicht gut mit.«

»Mit zählen?«

»Weißt du doch.«

Feli überlegte. Richtig, mit Zahlen schien ihre Freundin auf

Kriegsfuß zu stehen. Irgendwie verwendete sie ihre Krallen dafür, und da sie immer nur vier pro Pfote nutzte, schien sie ein Hexadezimalsystem einzusetzen. Na ja, damit hätte sie selbst auch ein Problem, befand Feli.

»Du könntest das Dezimalsystem verwenden«, schlug sie vor.

»Ist zu einfach, ne. Mach ich mit Kralle.«

»Okay, verstanden. Du, bei der Zeremonie, da soll mich Amun Hab begleiten.«

»Macht er?«

»Vermutlich. Aber ich hätte viel lieber eine Freundin an meiner Seite. Du weißt doch bestimmt, was zu tun ist.«

Che-Nupet drehte sich zu ihr um. Ihre waldseegrünen Augen leuchteten im Licht der untergehenden Sonne.

»Ist nicht schwer. Nur ins Wasser gehen.«

»Okay, wenn du das nicht möchtest, kann ich es verstehen.«

»Macht mir nichts, ne. Nur die vielen …« Dann setzte sie sich auf und straffte sich. »Führ ich dich. Machen wir zusammen.«

»Du bist eine so gute Freundin, Schnuppel.«

Wumms! Ihre Nase drückte sich auf die von Feli.

»Danke. Dann komm mit, damit Mima dich hübsch machen kann. Das Tuch mit den Schmetterlingen wartet auf dich.«

Die Nacht war sternenklar, und ein halber Mond badete im stillen Wasser des Lind Siron. In einer seichten Bucht hatten sich die Würdenträger versammelt, und als Majestät durch die sich bildenden Reihen schritt, setzte ein gewaltiges Schnurren ein. Einen Augenblick blieb die graue, schwarz gefleckte Katze am Wasserrand stehen, silbrig schimmernd das Fell, wie von einem geheimnisvollen Licht glühend das Ankh an ihrem schlanken Hals.

Bastet Merit sah über ihr Volk, setzte sich aufrecht hin und stimmte einen volltönenden Gesang an. Ihr Volk antwortete in gleicher Weise, und Feli bemühte sich ebenfalls, ihrer Kehle die passenden Töne zu entlocken. Ob es Worte waren oder nur Laute, wusste sie nicht, aber der Wechselgesang klang erhaben und beeindruckend. Wieder stieß Majestät ein vibrierendes Geheul aus, doch diesmal blieb der Chor stumm.

Bis auf Che-Nupet.

Sie hub zu einem exquisiten Gesang an, der weit über den See hallte wie bronzene Glocken.

Alles Fell stellte sich Feli auf, sie hatte das Gefühl, dass es zu knistern begann.

Der letzte Ton verhallte, Schweigen lag über den Versammelten.

Majestät erhob sich in der Stille und schritt mutig in den See, bis das Wasser ihr zum Hals reichte und das Ankh bedeckte. War es tatsächlich so, dass das Wasser um sie zu leuchten begann? Oder lag es am Licht von Mond und Sternen?

Es war müßig, darüber zu grübeln. Was geschah, geschah eben. Schnurren erfüllte die Luft, als der erste Ohrringträger von seinem Begleiter zum Wasser geführt und langsam hineingeleitet wurde. Wie unangenehm es ihm war, bemerkte Feli daran, dass er zweimal ins Nass trat, sich die Pfoten abschüttelte. Nur das gute Zureden des rotohrigen Helfers brachte ihn dazu weiterzugehen.

»Die Planscher sind gute Führer«, erklärte Nefer neben Feli.

»Wer begleitet dich?«

»Die Heilerin der Planscher.«

Sie schwiegen wieder, als der Kater aus dem See kam und sich in gebührendem Abstand zu den anderen heftig schüttelte.

Weitere Paare folgten, und schließlich war vor Feli und Che-Nupet nur noch ein leerer Platz.

»Kommst du, ne.«

»Ja. Gehen wir.«

»Wird ein bisschen brennen, vielleicht.«

»Ich werde es ertragen.«

Mutig schritt sie neben der molligen Katze zum See, und ohne zu zögern setzten sie beide die Pfoten in das schimmernde Wasser. Sie gingen auf die Königin zu, deren Augen aufmerksam, aber ein wenig angestrengt aussahen. Offensichtlich kostete die Zeremonie sie große Kraft. Gerne hätte Feli ihr etwas Freundliches gesagt, aber vermutlich war Schweigen erwünscht.

Der Ring in ihrem Ohr summte und sirrte, und als sie vor Majestät untertauchte, schien er kurzfristig zu erglühen. Es tat einen Augenblick lang weh, dann aber verflog das Gefühl. Und als sie ihren Kopf aus dem Wasser hob, war Che-Nupet fort.

Majestätens Augen funkelten, und der See wallte heftig auf.

Niesend kam Che-Nupet hoch.

Feli packte sie mit den Zähnen an ihrem verrutschten, nassen Kopftuch und zerrte sie ans Ufer.

»Was war das denn, Schnuppel?«, zischte sie sie leise an.

»Bin so blöd.«

Ein Bild des nassen Jammers, hockte sie sich in den Ufersand.

»Schnuppel, Haltung!«

»Kannich.«

»Du kannst alles, was du willst.«

Che-Nupets Schnurrhaare tropften und hingen nach unten. Von einem Ohr stieg ein kleines Dampfwölkchen auf.

»Schnuppel, da stimmt etwas nicht. Lass uns verschwinden.«

Mühselig schlurfte Che-Nupet vom Ufer weg. Feli schob und stupste sie in Richtung der Lauben und dann zu der, die sie bewohnte. Als sie sie endlich hineinbugsiert hatte, zog sie ihr das nasse Tuch von den Ohren.

»Kaputt, ne.«

»Nein, das trocknet wieder. Wir legen es morgen in die Sonne.«

Was hatte Che-Nupet nur wieder angerichtet? Es musste etwas sein, dessen sie sich schämte.

Sorgfältig begann Feli ihr mit der Zunge das Fell zu bürsten. Demütig und schweigend ließ ihre Freundin sich das gefallen. Aber dann kam sie an den Ohrring, den kleinen Kreolen aus der Bijouterie, den sie ihr geschenkt hatte, und plötzlich hätte sie sich fast die Zunge daran verbrannt.

»Was ist mit dem Ring passiert, Schnuppel?«

»Weiß nicht.«

»Ich glaube, du weißt es doch. Tut es weh? Er ist so heiß.«

»Brennt ein bisschen.«

»Er ist jetzt ein echter Ring, richtig?«

»Bin so blöd. Reiß ihn raus, Feli.«

»Nein, der bleibt drin. Und du wirst mir jetzt endlich erzählen, warum du keinen Ring tragen darfst.«

»Geht nicht, ne.«

»Was geht nicht? Mir das zu sagen?«

Che-Nupet zitterte und zitterte, und Feli bürstete erst einmal weiter. Dabei überschlugen sich ihre Gedanken. Wenn Che-Nupet die Tochter des Sphinx war, dann hatte sie vermutlich einige wirklich beeindruckende Fähigkeiten geerbt. Die versteckte sie beständig vor aller Welt. Was, wenn einer der Ringe ihre Fähigkeiten noch vergrößern würde? Dann müsste sie noch weit mehr verstecken.

Aber vor wem und warum?

Als Che-Nupet einigermaßen trocken war, drückte Feli sacht ihre Nase an ihre und pustete sie an.

»Hast du Angst vor deiner eigenen Macht?«

»Hab ich. Darf ich nicht.«

»Wer hat es dir verboten?«

»Ich mich.«

»Nur du? Kein anderer? Weder Majestät noch Amun Hab?«

»Wissen beide, ne. Aber ich bin so komisch.«

»Wer hat dir das nur eingeredet, Schnuppel?«

»Siehst du doch!«, heulte Che-Nupet plötzlich auf, und Feli wollte ihren Augen nicht trauen. Ein Glanz umgab die dicke Katze, ihr Fell aus Rot, Braun und Weiß schimmerte wie Gold, Kupfer und Silber, und auf ihrem Rücken entfalteten sich zwei mächtige goldene Flügel.

»Mein Gott, ist das schön«, hauche Feli zutiefst berührt.

Das Schimmern erlosch. Wieder war sie nur eine feuchte, dicke Katze, die sie ängstlich aus waldseegrünen Augen ansah.

»Hast du keine Angst?«

»Ich glaube, ich würde Angst haben, wenn ich dich nicht so lieb hätte, Schnuppel. Und ganz sicher weiß ich, dass du ungeheuer gefährlich sein kannst, wenn du willst.«

»Kann ich.«

»Aber du versteckst es.«

Wieder hingen Che-Nupets Ohren traurig herunter.

»Und darum hast du dich jahrelang auch in den Grauen Wäldern versteckt, richtig?«

»Hab ich keinen gestört, ne. Hab ich nichts kaputtgemacht.«

Langsam dämmert Feli eine Erkenntnis.

»Als du noch klein warst, Schnuppel, da ist dir sicher das eine oder andere Missgeschick passiert. Und dann war Mama böse auf dich.«

Nicken.

»Und hat gesagt, dass du nicht komisch sein sollst.«

Nicken.

»Was ist mit deinen Flügeln passiert?«

»Hat sie abgerissen, ne. Katze darf nicht fliegen, ne.«

Sorgsam leckte Feli über die beiden wulstigen Narben auf Che-Nupets Rücken und schnurrte dabei.

»Tun nicht mehr weh.«

»Mir schon.«

Che-Nupet setzte sich auf.

»Feli, bist du so klug. Was soll ich tun?«

»Alles, was du bisher auch getan hast. Wer weiß, Schnuppel, vielleicht ist es irgendwann ganz wichtig, dass du so stark bist. Begleite Nefer und mich morgen zu El Rey.«

Die Ohren richteten sich ein wenig auf, und das Zittern verging. Che-Nupet schnaufte und nieste und schüttelte sich.

»Mach ich. Und jetzt hol ich ein Rind, ja. Häppchen für mich, Lendchen für dich.«

»Okay, blutiges Steak.«

41. Spurensuche

Dieser Finn war eigentlich ganz in Ordnung, stellte Tanguy fest. Am Sonntagmorgen hatten sie sich auf den Weg zum Wohnheim der »Helfenden Hände« gemacht, und dort hatte Finn ihn gebeten, das Zimmer dieses Verrückten zu durchsuchen.

»Mich kennen sie hier schon, vor allem, weil mein Vater mit Sepp Sebusch bekannt ist.«

»Und mich werden sie einfach reinlassen?«

»Sag, dass du Rüdiger Görz besuchen willst, wenn jemand fragt. Der hat das Zimmer neben Sepp. Zumindest stand das auf dem Türschild.«

»Okay.«

Finn hatte ihm ein paar dünne Plastikhandschuhe und den Schlüssel gereicht.

Es war nicht schwer, den Wohnbereich zu betreten, in der Loge saßen zwei Frauen, die ihrem Kaffee und dem Gebäck mehr Aufmerksamkeit schenkten als dem Geschehen um sie herum. In der Gemeinschaftsküche von B2a stank es nach Rauch und vergammeltem Essen, in der Dusche plätscherte es, ein Mann schlurfte über den Gang zur Toilette. Aber auch hier sprach niemand den jungen Mann an. Er öffnete mit dem Schlüssel die Tür und zog sie leise hinter sich zu. Überrascht sah Tanguy sich um. Er hatte ein zugemülltes, unordentliches Zimmer erwartet, doch hier war alles aufgeräumt und geradezu pingelig sauber. Tanguy streifte sich die Handschuhe über und machte sich daran, den Raum zu durchsuchen. In den Schränken hingen einige wenige Kleidungsstücke, alle sauber und ordentlich, in den Schubladen gerollte Socken und Unterwäsche. Nichts anderes. Keine Magazine, keine Bücher, keine Lebensmittel. Außer einer Megapackung Katzensticks. Kopfschüttelnd untersuchte er die Kiste, aber sie verbarg auch nichts Weiteres. Belustigt fragte Tanguy sich, ob der Typ diese Sticks wohl anstelle von Chips fraß. Krümel zumindest hatte er nicht verbreitet, der schäbige Sessel war ebenso sauber wie der Tisch, die beiden Stühle, der abgetretene Teppich und das Schlafsofa. Im Bettkasten befanden sich ebenfalls nur sorgfältig zusammengelegte Decken und ein Kissen. Auf dem Sofa selbst allerdings fand er einige feine Härchen. Vorsichtig zupfte er sie ab. Wenn ihn nicht alles täuschte, waren das Katzenhaare. Nun, das erklärte zumindest die Sticks. Auf dem Bord über dem Waschbecken – das war genauso gründlich geputzt – lagen einige wenige Pflegemittel und ein Rasierapparat. Blieb noch ein Letztes – der Abfalleimer. Angewidert machte Tanguy den Deckel auf. Aber auch da nichts als aufgerissene Verpackungen der Sticks, ein zerknülltes Taschentuch, ein paar Kassenzettel.

Die allerdings erregten seine Neugier.

Drogeriemarkt – Körperpflegemittel, Katzensticks.

Supermarkt – Socken und Unterhosen.

Metzgerei – Steakfleisch.

Und dann – bingo! Einkaufszentrum – ein Rucksack. Hello Kitty!

Bedachtsam legte Tanguy das Fundstück oben auf den anderen Abfall. Da mochten die Profis es finden und sehen, was sie daraus machen konnten. Ein letztes Mal sah er sich in dem Raum um, aber abgesehen davon, dass ihm die Sauberkeit auffiel, konnte er nichts Verdächtiges mehr entdecken.

Vorsichtig lauschte er an der Tür. Auf dem Gang schien noch immer Ruhe zu herrschen. Er huschte aus dem Zimmer und schloss lautlos hinter sich ab.

Dann schlenderte er, als gehöre er in das Wohnheim, zu den Treppen und durch den schäbigen Eingangsbereich.

Finn lehnte eine Häuserzeile weiter an seinem Motorrad und sah ihn erwartungsvoll an.

»Quittung für den Rucksack.«

»Sauber!«

»Ja, sauber ist es auch. Er hatte eine Katze.«

»Spuren davon gefunden?«

»Nur auf dem Sofa. Ist das wichtig?«

»Ich denke schon. Aber die Quittung ist wichtiger.«

»Nachlässig.«

Finn nickte.

»Wir lassen den Rest am besten Nathan machen. Er kann über die vergrabenen Kleider und Papiere den Tipp an die Polizei geben.«

»Einverstanden.«

»Wir sollten uns aber noch mal im Wald umsehen.«

»Was glaubst du, hat der Mann im Dolmen gemacht? Gibt es darunter eine Höhle oder so was?«

»Ich erkläre es dir dort.«

Nathan war nach dem Bericht, den Tanguy ihm erstattet hatte, einverstanden damit, der Polizei die Tüte mit den Kleidern zu übergeben.

»Georgie, Nerissas Ex, vergiss den nicht zu erwähnen. Er war an der Haltestelle damals, und Sebusch kennt ihn. Vielleicht hat er den Rucksack in den Bus gebracht.«

»Keine Sorge, ich kann mir einigermaßen ein Bild von dem Ablauf machen«, sagte der Förster grimmig.

Schweigsam nahm Tanguy zusammen mit ihm und Finn ein Mittagessen ein. Die Kopfschmerzen, die ihn ständig plagten, waren weit erträglicher geworden, eigentlich hatte er sie in den letzten Stunden gar nicht mehr richtig gespürt. Sein Kopf fühlte sich klarer als seit Tagen an, und seine Sinne schienen schärfer zu werden. Vielleicht war es ganz richtig, dass er hergekommen war. Vielleicht war es auch dieses seltsame Gefühl der Vertrautheit, das ihn mit einem Fremden wie Finn verband. Aus welchem Grund auch immer hatte der die dunkelste Seite seines Lebens erkannt und angesprochen. Ohne damit irgendwelchen schamanischen Blödsinn zu verbinden. Dass Finn offenbar seine drückende Angst akzeptiert hatte, machte Tanguy es im Augenblick leichter anzuerkennen, was geschehen war.

Der Tod des Berglöwen hatte etwas an ihm verändert.

Seine Zähne waren in seinen Nacken eingedrungen und hatten sein Gehirn verletzt. Die Ärzte hatten ihn gewarnt, dass er eine Zeit lang möglicherweise Halluzinationen haben könnte. Aber da hatte er noch gedacht, dass die sich vielleicht als Sehstörungen oder in verändertem Hören bemerkbar machen würden. Dass er körperliche Halluzinationen haben würde, daran hatte er nicht geglaubt. Aber genau die waren eingetreten. Es gab Zeiten, in denen er zum Puma wurde. Er spürte das Fell auf seinem Körper, die Reißzähne in seinem Gebiss, die Krallen an seinen Pfoten. Er nahm die Witterung der Menschen und Tiere auf und konnte in der Dämmerung deutlich sehen. Es war, als ob sein Körper ihn zwang, auf allen vieren zu laufen.

Es war einfach entsetzlich.

Noch viel schrecklicher aber war das Rufen.

Dem widersetzte er sich mit aller Gewalt, und das brachte ihm diese höllischen Kopfschmerzen ein.

Nathan hatte von der Geisterwelt gesprochen. Dort, wohin sich die Schamanen auf ihren Reisen begaben und ihre Krafttiere suchten. Waren das solche Halluzinationen?

Sein Onkel hatte einst selbst eine entsetzliche Katastrophe erlebt, einen Waldbrand, dem er mit knapper Not entkommen war. Die körperlichen Verletzungen waren verheilt, aber er war, so hatte er ihm erzählt, anschließend von furchtbaren Träumen verfolgt worden. Angeblich hatte ihn Tanguys Großvater davon geheilt. Und Nathan hatte dabei einen Tiergeist gefunden. Einen, den er Wingcat nannte. Eine geflügelte Katze.

Märchen, Mythen, Hirngespinste.

Oder?

Nathan wollte, dass er sich dem Cougar stellte.

Aber davor hatte er viel zu viel Angst.

Angst, deren er sich schämte.

Was wusste Finn?

Nathan stellte die leer gegessenen Teller zusammen, und Tanguy erhob sich, um sich um den Abwasch zu kümmern. Finn widmete sich währenddessen der Tüte mit den Kleidern und sah sie nochmals gründlich durch.

»Gehen wir zum Dolmen, Tan«, sagte er schließlich.

»Tut das, ich fahre zur Polizei«, meinte Nathan.

Kurz darauf folgte Tanguy Finn durch den Wald. Nicht über die befestigten Wege, sondern auf Wildpfaden oder zwischen den Bäumen hindurch. Der Junge bewegte sich umsichtig, fiel ihm auf. Beinahe lautlos, vorsichtig und dennoch zügig. Einmal blieb er stehen und wies wortlos mit dem Finger auf einen Baum. Ein graubrauner Waldkater kauerte in einer Astgabel, kaum zu erkennen, aber mit wachsamem Blick.

Sie gingen weiter, er achtete auf Spuren, genau wie offensichtlich Finn. Rotwild, Füchse, Wildschweine – keine menschlichen Fährten.

Dann erreichten sie die Steine. Und Tanguy fühlte einen Schauder. Auf dem Deckstein saß ein schwarzer Kater, der – wie irre war das denn? – einen goldenen Ring im Ohr trug.

»Hallo Pepi!«, sagte Finn, und das Tier maunzte.

»Ihr kennt euch?«

»Ja«, war die kurze Antwort, dann bückte sich Finn und betrachtete die Erde neben dem Eingang des Dolmens. Auch Tanguy wurde aufmerksam. Seit er gestern die Tüte ausgegraben hatte, war etwas verändert worden. Nicht viel, aber offensichtlich hatte ein Tier an der Stelle gescharrt.

»Was suchst du, Finn?«

»Katzenspuren.«

»Warum?«

»Weil wir nach einer Maine-Coon, grau mit weißem Kragen, Ausschau halten müssen.«

»Die Katze von Sebusch?«

»So kann man sagen.«

»Warum sollte die sich hier herumtreiben?«

»Im Wohnheim war sie ja nicht, oder?«

»Hey, ich versteh das nicht ganz. Was soll das beweisen?«

Finn lehnte sich an den Felsen und schwieg nachdenklich. Dann antwortete er zögernd: »Kann doch sein, dass die Katze uns zu ihm führt?«

»Ein Hund würde das vielleicht tun.«

»Schauen wir einfach mal. Ich glaube, hier beginnt die Spur. Was meinst du?«

Es war zwar an den Haaren herbeigezogen, aber warum nicht? Tanguy war neugierig, wie es um das Fährtenlesen bei Finn bestellt war. Vielleicht war es so eine Art Wettkampf zwischen ihnen beiden. Und das war ihm mehr als recht.

Es gab Anzeichen – hier ein Pfotenabdruck auf dem weichen Boden, da ein paar Haare, die sich an einer Ranke verfangen hatten, ein frischer Kratzer an einer Baumrinde. Überraschenderweise schlich der schwarze Kater, den Finn Pepi nannte, ständig um sie herum und schnüffelte. Auch er schien die Spur zu verfolgen. Wahnsinn, eine Katze als Spürhund einzusetzen. Aber zugegeben, der Kleine war fit. Er fand die Stellen, wo der andere markiert hatte, wies ihnen zweimal, als sie sich unsicher waren, den Weg. Als sie an der befahrenen Straße angekommen waren, ließ er sich sogar von Finn hochnehmen und legte sich wie ein Kragen um dessen Hals.

»Gefährlich für eine Katze«, meinte Tanguy, während der Verkehr an ihnen vorbeirauschte.

»Ja, weshalb wir einen Umweg wählen müssen. Dahinten befindet sich eine Fußgängerbrücke.«

»Du bist nicht schlecht im Spurenlesen.«

Finn grinste ihn an.

»Danke gleichfalls. Hast du es von deinen Leuten gelernt?«

»Mhm. Und du?«

»Von Freunden. Und von Nathan.«

»Dein Vater ist auch Jäger?«

Tanguy bemerkte, dass Finns Miene sich verdüsterte.

»Nein.«

Sie kannten sich gerade mal zwei Tage, zu große Vertraulichkeit war nicht zu erwarten. Tanguy erzählte beiläufig von seiner Familie in New Brunswick, von dem indianischen Zweig, dem sein Vater angehörte, dessen Schwester einst mit Nathan verheiratet war.

»Er hat nicht viel von seiner Familie erzählt«, sagte Finn. »Ich wusste nur, dass er in Kanada einen Mann gefunden hat, der ihn zum Schamanen ausgebildet hat. Das war dein Großvater, nicht wahr?«

»Ja.«

Auch er konnte einsilbig sein.

»Was ist mit Nathans Frau passiert?«

»Unfall. Sie und ihr Sohn starben dabei. Danach ist Nate zurück nach Deutschland gegangen.«

»Gott, das tut mir leid. Wann ist das geschehen?«

»Vor sechzehn Jahren ungefähr.«

Sie hatten die Brücke überquert und wanderten auf dem Radweg neben der Straße zu der Stelle, an der sie von der gegenüberliegenden Seite aus den Wald verlassen hatten. Pepi zappelte auf Finns Schulter, und er ließ ihn nach unten.

»Okay, nehmen wir die Fährte wieder auf.«

»Glaubst du wirklich, dass dieser Pepi da genau den Kater wittert, den wir suchen?«

»Ja.«

Wieder stieß sich Tanguy an der einsilbigen Antwort, sagte aber nichts dazu. Er suchte die Gegend ab. Hier wurde es schwierig. Hinter dem Radweg begann ein Grünstreifen, dann kam eine begrünte Schallschutzmauer.

»Ich vermute, er ist da rüber und dann in die Gärten«, meinte Finn schließlich. Pepi schnüffelte an einem Überholverbotsschild und maunzte etwas.

»Na dann los. Zu Ani. Du kennst den Weg.«

Der Kater sprang die Mauer hinauf und verschwand.

»Versteht der dich?«

»Ja.«

Genervt schüttelte Tanguy den Kopf.

Finn legte ihm den Arm um die Schulter.

»Gehen wir zurück. Ich versuche, es dir zu erklären.«

»Was genau?«

»Was es mit den Katzen auf sich hat.«

»Okay. Los.«

»Du stimmst mir zu, dass zwischen Mensch und Tier eine Verständigung möglich ist, ja?«

Das konnte Tanguy nun beim besten Willen nicht leugnen. Er hatte von Kindheit an mit Tieren zusammengelebt, mit Hunden und Pferden kam er hervorragend zurecht, und oft genug hatte er wilde Tiere beobachtet und dabei bemerkt, auf welch subtile Art sie miteinander kommunizierten. Finn schien ein besonderes Talent im Umgang mit Katzen zu haben. So etwas gab es. Vielleicht war das der Grund, warum der den Cougar in ihm erkannt hatte.

Verdammt, jetzt dachte er selbst schon so.

»Und, Tanguy?«

»Ja, man kann sich verständigen.«

»Du stimmst mir auch zu, dass Tiere über Intelligenz verfügen?«

»Ohne Zweifel.«

»Du kannst dich gedanklich in ein Tier hineinversetzen?«

Auch das hatte er oft genug gemacht, wenn er auf die Jagd gegangen war.

»Worauf willst du hinaus?«

Finn blieb stehen und starrte in den Wald.

»Frag Nathan mal nach der grauen Katze, die im vergangenen Jahr bei ihm ein paar Wochen Unterschlupf gesucht hat. Er nannte sie Majestätchen.«

»Wie albern.«

»Nicht wirklich.«

Finn ging voran, und da sie nicht mehr auf die Fährten achten mussten, hatten sie den Dolmen bald wieder erreicht.

»Also gut, Nate kann mit Tieren hervorragend umgehen, Finn. Aber was soll das Ganze?«

»Ist dir das Konzept der Gestaltwandlung ein Begriff?«

Tanguy lachte trocken auf.

»Gibt da einen Haufen Bücher, die die Frauen gerne lesen. Ich weiß. Schöne tätowierte Männer verwandeln sich in Werwölfe und haben Sex mit ähnlich schönen, ebenfalls tätowierten Weibern.«

»In Wirklichkeit ist das ein bisschen anders.«

»Du leidest nicht etwa an einer krankhaften Fantasie?«

»Ebenso wenig wie du. Auch du hast dich schon mal in eine Katze verwandelt, richtig?«

Tanguy blieb stehen. Kalter Schweiß brach ihm aus, und er fühlte, wie der Schwindel ihn packte.

»Es ist bestürzend, Tan, ich weiß. Vor einem Jahr haben mich drei Idioten betrunken gemacht und durch den Dolmen gezerrt. Als ich wieder zu mir kam, war ich ein Kater. Und, nein, es war kein Delirium tremens. Es war verdammt echt und ungeheuer beängstigend.«

»Du spinnst«, krächzte Tanguy.

»Nein.«

»Doch. So etwas gibt es nicht.«

»Der Mann, den wir suchen, ist einer von ihnen. Sepp Sebusch, als Kater nennt er sich Shepsi, kann sich nach Belieben in einen Menschen oder eine Maine-Coon verwandeln. Er hat die Kleider abgelegt, weil sie ihm dabei im Weg sind, und ist nackt in den Dolmen gekrochen, um sich zu verwandeln. Jetzt ist er wieder zurück, und wir haben ihm die Kleider weggenommen. Er muss also, bis er sich eine neue menschliche Existenz aufgebaut hat, in Katzengestalt herumlaufen.«

»Du bist völlig durchgeknallt, Finn. Völlig. Das ist ja noch bescheuerter als Nathan mit seinem Schamanen-Kram.«

»Tja, alles eine Sicht der Wirklichkeit. Tan, ich würde dir gerne helfen, aber ich muss zurück zur Uni. Ich habe genug Vorlesungen versäumt. Denk darüber nach. Nathan hat meine Handy-Nummer. Am Freitag bin ich wieder hier.«

Finn drückte ihm die Hand auf die Schulter und verschwand zwischen den Bäumen.

Fassungslos sah Tanguy ihm nach.

Dann beugte er sich vor und kroch in den Dolmen. Kaum eine Körperlänge weit kam er, als er die Stimme hörte.

»Cougar«, lockte sie. »Cougar!«

Hastig kehrte er um und stieß sich den Kopf an dem Deckstein. Der Schmerz explodierte, er verlor die Besinnung.

Vierter Teil

Jäger

42. Der König der Adler

Das Schmetterlingskopftuch war getrocknet und dank Mimas Hilfe auch wieder glatt gezogen. Che-Nupet hatte es sich willig anlegen lassen, und auch Nefer prangte in seiner neuen Würde.

»Es ist hübsch, aber eigentlich unpraktisch«, stellte Feli fest.

»Wir reisen in ein anderes Revier, besser, wir tun es mit Würde.«

»Aber ich hab keins, Nefer. Lassen sie mich dann überhaupt da rein?«

»Bürgen wir für dich, ne.«

»Also gut. Dann auf!«

Der Sommer hatte das liebliche Laubental in ein Blütenmeer verwandelt, und zwischen gelbem und rotem Mohn, blauen Glockenblumen und riesigen Gänseblümchen wanderten sie auf einem schmalen Pfad an den hügeligen Ausläufern des Mittelgrats entlang. Rechts von ihnen stiegen die Berge auf, von lichtgrünem Laubwald bewachsen, der in dunklen Nadelwald überging. Wo er endete, ragte grauer Fels in das wolkenlose Blau des Himmels auf. Einige Spitzen schimmerten noch weiß mit ihrer Schneekappe. Dort, ganz oben in der Höhe, kreisten große Vögel. Das Gebirge, so wusste Feli von ihrem letzten Aufenthalt, hatten die Katzen Trefélins den entfernten Verwandten, den Raubkatzen, überlassen. Im Norden hatten sich Panther, Berglöwen und einige Schneeleoparden angesiedelt, in den südlichen Gebieten bewohnten Tiger und Löwen die Ausläufer des Mittelgrats. Ein Abkommen war einst geschlossen worden, in dem ihnen der Lebensraum dort überlassen wurde, aber ein Mitspracherecht in den Angelegenheiten des Landes hatten sie nicht. Amun Hab hatte ihr erklärt, dass die Greifvögel dort ihr Revier hatten. Auch mit ihnen war vereinbart worden, dass man sich gegenseitig nicht die Beute streitig machte. Vor allem aber, dass weder die Katzen sich an den Gelegen der Vögel vergriffen noch die Räuber der Lüfte den Katzennachwuchs jagten.

Gegen Mittag hatten die drei den Grenzfluss zum Kratzforst erreicht. Eilig strömte der Avos Yen, der Kalte Fluss, zwischen dem Weideland des Laubentals und dem Nadelwald, das die fel'Sapin bewohnten. Dieser Clan, hatte Nefer erklärt, stellte oft die Hofdamen. Die langhaarigen Bewohner galten als ein wenig eitel.

»Wie kommen wir über den Fluss?«, fragte Feli, als sie ein paar Schlucke von dem eisigen, aber köstlichen Wasser geschlappt hatte.

»Einige Schritte östlich von hier verbreitert er sich und wird flacher. Geröll liegt im Flussbett, man kann fast mit trockenen Pfoten drüberspringen.«

»Machen wir vorher Schläfchen, ne«, empfahl Che-Nupet und streckte sich schon wieder lang aus. »Ist schön warm, ja, ja.«

»Che-Nupet, ich hab es eilig!«

»Ich nicht.«

Feli sah von einem zum anderen. Zwei unterschiedlichere Lebenseinstellungen gab es wohl gar nicht. Nefer, immer begierig etwas zu regeln, zu unternehmen, voranzutreiben, Che-Nupet, die Trägheit und Gelassenheit mimte. Und doch konnte die Freundin schneller sein als selbst der fähigste Bote. Darum schlug sie vor: »Gehen wir einfach schon voran, Nefer. Che-Nupet folgt uns dann.«

»Wir sollten zusammenbleiben«, murrte Nefer.

»Gut, dann ruhen wir eben ein bisschen. Ich fühle mich auch schlafbedürftig«, sagte Feli und legte sich neben die mollige Katze, die schon in tiefstem Schlummer zu liegen schien. Bauch oben.

»Aber nicht zu lange«, mahnte Nefer und rollte sich um Feli. Sie kuschelte sich an sein schwarzes Fell, das in der Sonne richtiggehend heiß geworden war. Zufrieden schnurrte er und grub seine Nase in ihren Nacken.

Ausgeruht machten sie sich wieder auf den Weg, als die Sonne sich anschickte, hinter den Bergspitzen zu versinken, und lange Schatten über dem Land lagen. Der Fluss ließ sich wirklich leicht überqueren, die Grenzwachen der fel'Sapin akzeptierten ihr Eindringen, und in der hereinbrechenden Dämmerung durchwanderten sie den harzig duftenden Pinienwald. Er wurde dichter und dunkler, als hohe Tannen das Gebiet beherrschten, und zur gefühlten Mitternacht legten sie eine weitere Rast ein.

Der Morgen brachte Feli in den Genuss eines gerupften, hühnergroßen Waldvogels, den Che-Nupet ihr vor die Pfoten legte. Sie fragte nicht so genau nach, um was es sich handelte, und fraß ihn auf. Gebraten hätte er vermutlich besser geschmeckt, aber satt wurde sie davon.

Weiter ging es durch den Nadelwald, der nicht zu Unrecht Kratzforst hieß, bis er lichter und lichter wurde und in einzelne Zypressen und Wachholdergruppen überging. Feli sog genussvoll das warme Aroma ein, das sie in der Sonne verströmten. Während ihrer Wanderung waren sie alle schweigsam gewesen, nur hier und da hatte Nefer auf den Weg gewiesen oder sie auf eine Besonderheit im Gelände aufmerksam gemacht. Dabei stiegen sie stetig bergan, denn der nächste Grenzfluss, der die Witterlande vom Kratzforst trennte, war am einfachsten in der Nähe seiner Quelle zu überschreiten. Als sie den munter über die Steine plätschernden Avos Brug erreicht hatten, erklärte Nefer: »Hier werden wir noch höher in die Berge gehen. Amun Hab sagt, es sei die beste Möglichkeit, die Adler zu treffen. El Rey hat hier oben seinen Horst.«

»Kann ich hoch, ne. Bin ich schnell, ja«, schlug Che-Nupet vor.

Ein wenig misstrauisch zuckten Nefers Barthaare.

»Ich weiß nicht …«

»Weiß ich.«

»Ich glaube, das ist eine gute Idee, Nefer. Che-Nupet ist sehr ausdauernd. Viel mehr als ich.«

»Aber werden die Adler überhaupt auf sie hören?«

Feli dachte an den kurzen Augenblick, in dem sie Che-Nupet in ihrer wahren Gestalt gesehen hatte. Wenn ein Adler auf jemanden hörte, dann auf sie. Ihre Möglichkeiten waren weit größer als Nefers. Aber das verschwieg sie besser.

»Lass sie es versuchen. Du weißt doch, dein Vater vertraut ihr.«

Gerne schien Nefer das nicht zu hören, aber schließlich nickte er.

»Dann los, Che-Nupet.«

»Mach ich. Bring ich Adler mit, ne.«

Sie schoss los, und Nefer sah ihr verdutzt nach.

»Na, wenn ihr das gelingt …«

»Sie hat so ihre Methoden, denke ich.«

»Sag mal Feli, was weißt du über sie?«

»Weiß nicht.«

»Feli!«

»Nefer, das, was sie ist, und das, was sie scheint, und das, was wirklich ist – ist das nicht ihre Sache?«

»Ihr macht alle ein ungeheures Geheimnis um sie. Mein Vater wird auch immer mehr als wortkarg, wenn ich ihn frage.« Er kratzte sich das Ohr. »Sie ist lange nicht so doof, wie sie tut. Das habe ich ja verstanden. Aber warum verleugnet sie ihre Klugheit?«

»Tut sie doch gar nicht.«

»Tut sie wohl. Immer dieses ›Weiß nicht‹.«

»Das ist ziemlich klug, wenn sie das sagt. Über das Nichtwissen muss man nämlich nachdenken.«

Nefer setzte zu einem Widerspruch an, machte aber dann den Mund zu und dachte ganz offensichtlich nach.

Feli machte es sich unter einem Busch gemütlich und bürstete sich zufrieden den Schwanz, in dem sich ein paar trockene Nadeln festgesetzt hatten. Nach einer Weile tat Nefer es ihr gleich.

Es dauerte tatsächlich nicht allzu lange. Sie hatten ein paar Fische aus dem Avos Brug geangelt, eine Weile gedöst und etwas getrunken, als Che-Nupets blaues Kopftuch in der Ferne aufblitzte. Sie kam in weiten Sprüngen angerannt, platschte ins Wasser, kam mit einem Fisch im Maul raus und verschlang ihn mit einem Happs.

»Braucht ich.«

»Durftest du!«

»Kommt ihr. Wartet El Rey da oben, ne.«

Sie liefen hurtig bergan, sprangen über Geröll und Gestein, und Feli begann nach einer Weile ernsthaft zu schnaufen und strauchelte mehrmals.

»Ist nicht weit«, tröstete Che-Nupet sie, die neben ihr anhielt.

»Geht gleich wieder.«

Die Pfoten taten ihr weh, an den spitzen Steinen hatte sie sich blutig geschnitten. Offensichtlich waren Nefer und Che-Nupet weit geschickter darin, auf diesem unwegsamen Gelände zu laufen.

Ein Rauschen füllte die Luft über ihnen, und als Feli aufsah, kreiste der größte Adler, den sie je gesehen hatten, über ihnen. In einem weiten Bogen kam er hernieder, und mit einem Flügelschlagen landete er auf einem hervorragenden Felsen ganz in ihrer Nähe. Feli folgte humpelnd ihren Kameraden. Vor dem arrogant auf sie herabblickenden Adler blieben sie stehen, Che-Nupet legte sich, Feli folgte ihrem Verhalten, doch Nefer blieb aufrecht sitzen.

Braun war das Gefieder des mächtigen Vogels, hellere, wie golden schimmernde Flecken trug er auf der Brust. Sein gefährlich spitzer Schnabel war weiß, vorn jedoch schwarz.

»Sire!«, grüßte Nefer ihn mit Achtung in der Stimme.

El Rey legte den Kopf schief und wandte ihm ein schwarzes Auge zu.

»Was wünscht?«, krächzte er.

»Mein Vater, Amun Hab, sendet mich mit einer Bitte zu Euch, Sire.«

El Rey hackte mit dem Schnabel Richtung Nefer.

»Auge?«

»Im Kampf verloren.«

Das schien dem Adler zu imponieren. Er schlug die Flügel und krächzte dann: »Was Bitte?«

Nefer fasste seinen Bericht kurz, erzählte von den Schlangen und der Hoffnung, dass El Reys Volk ihnen helfen würde.

»Was dafür?«

»Jagderlaubnis in den Witterlanden bis zum übernächsten Silbermond. Jedoch nicht unseren Nachwuchs.«

»Dein Blut, mein Blut. Kommen Schlangenadler.«

»Danke, Sire.«

»Komm!«

Nefer stand auf und schritt zu dem Felsen. Er setzte sich abermals aufrecht hin und bot dem Adler Brust und Kehle.

Feli entfuhr ein leises Zischen, als der Adler mit seiner Klaue darüberfuhr und rotes Blut auf den Boden tropfte.

»Ist Ritual, ne.«

Aber auch El Rey bot Nefer die Brust, und er schlug die Kralle hinein. Das Adlerblut mischte sich auf den Steinen mit dem seinen.

Nefer machte einige Schritte rückwärts, und der große Adler erhob sich elegant in die Lüfte. Feli merkte, wie Che-Nupet sich aufrichtete und seinen Kreisen sehnsuchtsvoll nachschaute.

Sie musste schlucken.

»Sollten wir nicht Nefers Wunde lecken?«

Sofort wandte Che-Nupet ihren Blick ab und trabte zu dem Kater.

»Mach Kopf hoch!«

»Lass nur. Das ist nur ein Kratzer.«

»Tut aber weh, ne. Mach ich weg, ja, ja.«

Er ließ es sich gefallen, dass sie ihm die Brust ableckte, und Feli widmete sich während dieser Zeit ihren zerkratzten Pfoten.

Dabei kam ihr die Erkenntnis, dass wohl in Nefer auch mehr steckte als ein junger, abenteuerlustiger Kater. Der König der Adler hatte sich mit ihm ohne Zögern getroffen und ihn als gleichwertigen Vertragspartner anerkannt. Und El Rey war ein wahrhaft Ehrfurcht gebietender Herrscher.

»Ich dachte immer, Majestät sei mords was von arrogant«, murmelte sie. »Aber der schlägt sie um Strecken.«

»Kennen Vögel wenig Gefühle, ne. Sind anders.«

»Ja, sieht so aus.«

Den restlichen Weg gingen sie langsam weiter, überquerten den Grenzfluss an einer schmalen Stelle und befanden sich auf der Anhöhe, von wo aus sie über die Witterlande blicken konnten.

Feli war beeindruckt. Die Heide blühte. Rosa, lila, dunkelviolett. Ginsterbüsche loderten in hellem Gelb dazwischen, Zypressen ragten einzeln oder in kleinen Gruppen wie dunkle Säulen auf. Flach war das Land, und Bäche, die von Quellen im Gebirge gespeist wurden, bildeten hier und da kleine Seen. Was sie aber, je näher sie diesen Gefilden kamen, am meisten faszinierte, war der süße Duft, der über dem Land lag, das Summen und Brummen der Honigsucher und die zahllosen Schmetterlinge.

»Was für ein schönes Land.«

»Riecht gut, ne.«

»Und ist gewöhnlich auch sehr friedlich. Ich hoffe, es hat nicht zu viele Unglücksfälle in der Zwischenzeit gegeben.«

Feli blickte sich suchend um.

»Gibt es hier keine Lauben?«

»Nein, die fel'Landa leben in Gehölzen oder in Höhlen. Suchen wir Sarapis auf. Ich muss mit ihm und der neuen Clanchefin reden.«

Die Nacht hatte sich schon über das Land gesenkt, als sie die Höhle des Weisen erreichten, und da der in tiefem Schlaf lag, rollten Feli, Che-Nupet und Nefer sich am Eingang zusammen. Wieder einmal fiel Feli auf, wie gemütlich und erholsam das gemeinsame Schlummern war. Der weiche Pelz um sie herum, die Körperwärme, die sie einhüllte, vor allem aber das beinahe lautlose Vibrieren, mit denen sich die Katzen in den Schlaf schnurrten, machte es ihr leicht, in die Welt der Träume zu gleiten.

Träume, in denen sie ihr Menschenleben träumte. Alltäglichkeiten, ein Schwatz mit Kristin, eine Diskussion mit Iris über das Essen, ein Zank mit Finn über die Erlaubnis, mit seinem Motorrad fahren zu dürfen, ein Spaziergang durch den Wald zum Forsthaus.

Bedrohung. Dort lauerte eine Bedrohung.

Es raschelte im Unterholz, und eine geschmeidige Katze trat hervor. Nein, keine Katze. Silbern, elegant, arrogant bewegte sich der Puma auf sie zu. Weiß die Schnauze, von schwarzen Streifen umgeben, ebenso die Augen schwarz umrandet. Er starrte sie an. Eindringlich. Durchdringend. Feli fasste nach ihrem Ohrring und starrte zurück.

Golden waren die Augen des Pumas, verwirrend und abgründig. Sie fühlte sich durchschaut und wusste nicht, was diese Katze in ihr sah. Aber es musste etwas sein, etwas, das sie interessierte. Gänsehaut flog über ihren Rücken.

Der Puma öffnete sein Maul. Die Reißzähne schimmerten.

Feli stockte der Atem.

Eine raue Zunge fuhr ihr über das Gesicht.

»Träumst du, ne.«

»Das war schrecklich, Schnuppel. Fast so schlimm wie die Träume, in denen die Panther kamen.«

»Ist keine Gefahr hier. Ist alles gut, ne. Bin ich da, ja, ja.«

»Ich weiß. Danke.«

Beruhigt legte Feli ihren Kopf an Che-Nupets Flanke und lauschte dem tiefen Schnurren in ihrem Körper.

43. Gefährliche Geschenke

Finn saß im Zug und kontrollierte seine eingegangenen Mails. Er hatte schon am Vortag von Nathan gehört, dass man Georgie festgenommen hatte. Als Förster hatte Nathan ähnliche Kompetenzen wie die Polizei; er arbeitete häufiger mit ihr zusammen und hatte Bekannte in ihren Reihen, die wohl seine Fragen beantwortet hatten. Tatsächlich hatte Georgie den mit Sprengstoff gefüllten Rucksack in den Bus gestellt, allerdings leugnete er strikt, irgendetwas mit dem Anschlag zu tun gehabt zu haben. Ja, er kannte Sepp Sebusch, hatte ihn vor über einem Monat in einer Kneipe kennengelernt und war mit ihm ins Gespräch gekommen. Ein angenehmer Mann, mit dem er sich einige Male unterhalten hatte. Vor allem über Frauen. Da insbesondere über Nerissa.

Finn war sicher, dass seine Mutter darüber vor Wut kochte, und er konnte sie durchaus verstehen. Sepp war ein Schleimer, Georgie ein Stalker. Na klasse, das ultimative Gespann. Es war also für Sepp alias Shepsi ein Leichtes gewesen, den Jammerlappen Georgie zu seinem Gehilfen zu machen. Mit dem Hinweis, dass er Nerissa an dem Bus treffen würde, der die Mädchen zum Casting bringen sollte, hatte er ihn geködert und ihm auch gleich eine Ausrede mitgegeben in Form des Rucksacks, den angeblich Kristin vergessen hatte. Den hatte der Tropf dann auch mit Billigung des Fahrers in den Bus gestellt, dort war er unauffällig unter all dem Gepäck der jungen Frauen gewesen. Keiner hatte sich Gedanken über den rosa Rucksack gemacht.

Sie suchten jetzt vor allem Sepp Sebusch – den sie in seiner derzeitigen Gestalt nun mal nicht finden würden.

Finn ignorierte den Lärm in dem Großraumwagen und

versuchte, sich vorzustellen, was Shepsis nächste Schritte sein könnten. Es war vermutlich für ihn nicht so besonders schwer, sich wieder eine kurzzeitige menschliche Existenz aufzubauen. Katzenklappen, offene Fenster oder Türen erleichterten ihm das Eindringen in unbewohnte Häuser. Diebstahl von Kleidung, Geld, Schlüsseln, sogar Papieren konnte keiner ihm nachweisen. Wer kam schon auf die Idee, dass eine Katze ihn beklauen würde?

Blieb die Frage, als was er diesmal auftreten würde. Sicher nicht als Obdachloser – für die »Helfenden Hände« war er verschwunden, und vermutlich würde er auch inzwischen herausgefunden haben, dass man nach Sepp Sebusch fahndete.

Vergangenen Sonntag hatte Finn sich nach seinem Abschied von Tanguy mit Ani und Pepi unterhalten. Shepsis Spur hatte sich, wie erwartet, in den Gärten verloren. Das musste nicht heißen, dass er nicht doch wieder versucht hatte, mit Chip oder Pu-Shen Kontakt aufzunehmen. Finn grinste leicht. Schade, dass er die beiden Kater nicht per Handy erreichen konnte. Aber so weit ging die Pfotenfertigkeit denn doch noch nicht. Er musste sich bis zum Abend gedulden, um die neuesten Meldungen von der Katzenfront zu erfahren.

Anders war's bei Nathan. Neben den Nachrichten über Georgies Festnahme hatte er auch von Tanguy gehört. Der hatte sich, nachdem sie sich getrennt hatten, von offenbar unbezähmbarer Neugier getrieben in den Dolmen begeben. Was immer dort geschehen war, es musste dramatisch gewesen sein. Nathan hatte sich am Abend Sorgen gemacht, weil sein Neffe nicht zurückgekommen war, und ihn dann später bewusstlos an den Steinen gefunden. Zwei Tage hatte Tanguy in diesem Zustand verbracht, dann war er aufgewacht.

»Ich habe mir große Sorgen gemacht«, hatte Nathan gesagt. »Aber irgendetwas hast du zu ihm gesagt, das eine Wirkung gezeigt hat, Finn. Er war nicht verwirrt und so entsetzt wie zuvor. Er hat mir das erste Mal zugehört, als ich ihm von Majestät und den Angriffen auf sie berichtet habe. Er glaubt mir zwar noch immer nicht, was ich verstehen kann, aber er ist nachdenklich geworden.«

Finn hatte sich ebenfalls Gedanken über Tanguy gemacht. Es war offensichtlich, dass er sich dann und wann als Puma fühlte. Körperlich verwandelt hatte er sich zwar nicht, aber sein Bewusstsein veränderte sich gelegentlich. Beängstigend war das allemal. Er fragte sich, wie weit das mit Trefélin in Zusammenhang stand. Die Übergangsstelle schien eine gewaltige Wirkung auf ihn auszuüben. Raubkatzen lebten in Trefélin auch, aber sie hatten nicht die gleiche Entwicklung durchgemacht wie die normalen Katzen. Sie waren den diesweltlichen Tieren ähnlicher geblieben. Finn hatte versucht, mit Ani und Pepi darüber zu reden, aber die beiden waren nicht die richtigen Ansprechpartner.

»Nefer, der Streber, könnte dir mehr dazu sagen«, hatte Ani gemeint. »Wir haben nicht so genau aufgepasst, als sie uns von der Mythologie und so ’nem Kram was erzählt haben.«

Noch mehr, dachte Finn, wusste vermutlich Amun Hab über diese Dinge Bescheid. Oder Majestät. Vielleicht erfuhr auch Feli bei ihrem jetzigen Aufenthalt einiges darüber.

Der nächste Vollmond würde in exakt zwei Wochen sein.

Finn freute sich darauf.

Die Abende waren lange hell um die Zeit der Sonnenwende, und als Finn seine Schmutzwäsche zu Hause abgeladen hatte, ließ er sich kurz von Ani berichten, was in der Woche vorgefallen war. Shepsi hatte sich nicht blicken lassen, Pepi war, wenn auch widerstrebend, zurück in den Wald gezogen, um die Übergangsstelle im Auge zu behalten. Nach einem schnellen

Imbiss machte Finn sich auf den Weg zum Forsthaus. Nathan empfing ihn mit seiner üblichen, etwas bärbeißigen Freundlichkeit, Tanguy wirkte etwas gelassener als zuvor.

»Keine weitere Spur von Sepp Sebusch. Georgie haben sie erst einmal wieder laufen lassen«, meinte Nathan. »Aber dein Vater war hier, Finn.«

»Oh. Was wollte er?«

»Mich kennenlernen, wie er sagt. Und er hat dir ein Geschenk dagelassen.«

Finn bekam ein mulmiges Gefühl. Das letzte Treffen mit Kord hatte einen ziemlich üblen Nachgeschmack bei ihm hinterlassen. Er sah Nathan und Tanguy an. Beide zeigten ausdruckslose Mienen.

Okay, da gab es also Meinungen, die man höflich verschwieg.

Nathan legte eine Kiste auf den Tisch. Ein grünes Band mit einer Schleife war darumgewickelt.

»Das ist nicht wahr, oder?«

»Mach es auf, dann wissen wir es.«

Tanguy reichte ihm ein Messer, und Finn durchtrennte das Band. Als er die Kiste aufklappte, schimmerten Holz und Metall darin. Stumm betrachtete er die Waffe.

»Doppelbüchsendrilling. Höchste Qualität«, murmelte Nathan. »Könnte ich mir nicht leisten.«

»Nicht?«

»Das Schätzchen kostet fast so viel wie ein Kleinwagen.«

»Wie bitte?«

Tanguy strich mit einem Finger über den Schaft.

»Und ich dachte schon, Rudis Vater sei sehr großzügig gewesen.«

»Dagegen ist Rudis Flinte ein Spielzeug.«

»Ich will das Ding nicht!«, entfuhr es Finn, und er klappte den Kasten wieder zu.

»Vernünftig, du kannst sie sowieso noch nicht benutzen.«

Richtig, er brauchte erst seinen Jagdschein.

Was eine interessante Frage aufwarf.

»Wie konnte mein Vater das Gewehr überhaupt kaufen?«

»Das musst du ihn fragen, Finn.«

Er setzte sich und rieb sich mit den Händen das Gesicht. Auch über Kord hatte er sich Gedanken gemacht. Viele, und zum Teil äußerst beunruhigende. Verdammt, er hatte so sehr einen Vater gewollt. Und jetzt …

»Glaubt ihr, er hat auch etwas mit dem Anschlag zu tun?«

Nathan setzte sich ebenfalls zu ihm auf die Bank am Küchentisch, Tanguy stellte Kaffeebecher auf den Tisch.

»Wie kommst du darauf, Finn?«

»Er hält große Stücke auf Sepp Sebusch. Er hat ihm Aufgaben übertragen. Bei diesen ›Helfenden Händen‹. Er hat mit ihm über Georgie geredet. Er kann meine Mutter nicht leiden. Und dann diese Charlene …« Alles polterte übereinander in seinen Gedanken. Alles, was er bislang versucht hatte zu verstehen oder zu verdrängen oder sich schön geredet hatte, platzte aus ihm heraus.

Tanguy stellte den Kaffeebecher vor ihn.

»Er war nicht ganz klar, als er hier auftauchte«, sagte er leise.

»Er trinkt. Fürchte ich.«

»Nein, er nimmt Drogen«, korrigierte Tanguy. »Ich – mhm – konnte es riechen.«

»Oh Scheiße.«

»Er hat versucht, mich nach dir auszufragen, Finn. Ich habe ihm keine Antworten gegeben«, ergänzte Nathan. »Aber was du da jetzt sagst, wirft ein besonderes Licht auf ihn. Eine fanatische Gruppe von Weltverbesserern, Alkohol und Drogen, ein aufwendiger Lebensstil, eine ungesunde Einstellung Frauen gegenüber – eine gefährliche Kombination.«

Finn verbrannte sich die Lippen an dem heißen Kaffee und raufte sich die Haare.

»Er war im Knast.«

»So.«

»Mann, Nathan, mir fällt das schwer.«

»Ja, das glaube ich dir. Ein junger Mensch braucht bessere Vorbilder.«

Erkenntnisse überschwemmten Finns Gedanken. Widerwärtige Puzzlesteine fielen zusammen und ergaben ein neues, äußerst erschreckendes Bild.

»Es wird einen Schwarzmarkt für Waffen geben«, murmelte er schließlich.

»Sicher«, antwortete Tanguy.

Dann schwiegen er und Nathan wieder, und Finns Gedanken rasten weiter.

»Shepsi – Sebusch. Ich kann nicht glauben, dass er weiß, wie man eine Bombe baut.«

»Das kann man überall nachlesen.«

»Mag sein, aber man muss auch an die Zutaten kommen.« Er stöhnte leise auf. »Es könnte sein, dass Kord solche Dinge … erfahren hat.«

»Gefängnisse sind Bildungsstätten besonderer Art.«

»Aber Mord, Nathan. Mord!«

»Mag sein, dass Sebusch ihn benutzt hat. Genau wie Georgie.«

»Ja, mag sein. Aber …«

»Du musst deinen Vater nicht anzeigen. Ich denke, sie werden von selbst darauf kommen, ihn zu befragen. Jetzt, da sie Sebusch im Verdacht haben und nach ihm suchen.«

Eine kleine Erleichterung machte sich in Finn breit. Die Tatsachen mochten erdrückend sein, aber noch immer war dieser kleine Rest von Gefühl da – Kord hatte ihn als Mann behandelt, hatte behauptet, er sei stolz auf ihn. Anerkennung, die Nerissa ihm immer vorenthalten hatte.

Nerissa, die Kord aus dem Haus geworfen und versucht hatte, den Kontakt mit ihm zu unterbinden. Aus Trotz hatte er zu seinem Vater gehalten und die Augen zugemacht vor dem, was er erfahren hatte.

Finn fühlte sich zerrissen und unglücklich.

»Ich muss mit meiner Mutter reden«, sagte er schließlich.

»Das solltest du.«

Tanguy hatte die ganze Zeit schweigend zugehört. Finn sah jetzt zu ihm hin.

»Geht es dir besser? Nathan sagt, du hast dir den Kopf am Dolmen angeschlagen.«

»Die Beule war nicht so schlimm.« Ein winziges Lächeln zuckte in seinem Mundwinkel auf. »Die Träume waren bemerkenswert.«

»Ein anderes Land, eine neues Fell?«

»Vielleicht wäre ich inzwischen vollkommen verrückt geworden, hättest du mir nicht davon erzählt. Ich versuche, es jetzt einfach zuzulassen.« Dann atmete er tief ein. »Das Land war wundervoll. Ein Gebirge, ein Himmel ohne Kondensstreifen, Adler kreisten über mir. Unberührte Natur, sonnige Plätze, klare Bäche, andere meiner Art irgendwo.«

»Du hast niemanden getroffen?«

»Nein. Ich habe die Gegend erkundet. Es war – friedlich.«

»Vielleicht solltest du dir beim nächsten Mal vornehmen, Bekanntschaft mit den Bewohnern zu schließen.«

»So weit bin ich noch nicht. Und verstehen tue ich es auch nicht ganz. Aber in gewisser Weise ist es faszinierend.«

»Es gibt Möglichkeiten, den Besuch zu lenken, Tan«, sagte Nathan ruhig. »Und zurückzukehren, wann immer man es wünscht.«

»Mag sein. Lass mir Zeit.« Und dann fragte er Finn: »Gehen wir am Sonntagmorgen zusammen durch das Revier?«

»Gerne.«

»Tut das. Aber nehmt Rudi mit.«

»Nathan!«

»Nate!«

»Ich habe am Montag Kindermädchen für ihn gespielt, jetzt seid ihr dran.«

44. Der Tod des Alten

Rücksichtsvoll näherte sich Nefer dem Laublager des alten Weisen. Seit er ihn verlassen hatte, war Sarapis noch hinfälliger geworden. Er mochte mager, nur noch Fell und Knochen sein, die Augen grau überzogen, blind, das Maul zahnlos, doch er witterte sie, und seine Barthaare bebten interessiert.

»Nefer!«

»Ja, Sarapis, ich bin zurückgekommen. Mit zwei Begleiterinnen. Feli und Che-Nupet.«

Sarapis erhob sich von seinem Lager, humpelte zielstrebig auf Feli zu und schnüffelte an ihr. Dann erklang ein heiseres Kichern.

»Menschenweibchen.«

»Ja, Sarapis. Ich bin seit dem letzten Silbermond hier. Und ich finde es wirklich schön.«

»Dir gefällt es, Katze zu sein?«

»Eine unglaubliche Erfahrung. Sarapis, kennst du vielleicht meine Großmutter Gesa? Sie war mit Majestät befreundet.«

Ein raues Schnurren begleitete die Antwort.

»Ja, ich kannte sie. Eine gütige Frau mit einem Katzenherzen. Sie war einige Jahre hier, doch die Verwandlung hat sie nie vollzogen. Wie geht es ihr?«

»Sie weilt mit Melle auf den Goldenen Steppen.«

»Gut, sehr gut. Und wer ist diese an deiner Seite?«

»Meine Freundin, Che-Nupet.«

Sarapis schnüffelte vernehmlich.

»Freundin. So, so, so.«

»Ist sie, ne. Ganz gute, ne.«

»Ja, Che-Nupet, das denke ich auch. Gute Freunde sind selten. Und Liebe heilt alle Wunden. Auch die deinen.«

Er drehte seine Nase in ihre Richtung, und Che-Nupet berührte sie zärtlich. Die sagte einige Worte, die Nefer nicht verstand, aber Sarapis schien das durchaus zu tun. Dann drehte er den Kopf zu ihm und befahl: »Und nun, Nefer, hole Anuket und berichte uns dann.«

Die Clanchefin war eine eher durchschnittliche Erscheinung, schwarz und braun getigert mit einem kleinen weißen Kehlfleck. Sie sprach mit sanfter Stimme und hieß Feli und auch Che-Nupet mit höflichen, wenn auch etwas zu zahlreichen Worten willkommen. Nefers Bericht über das Treffen mit El Rey hieß sie ebenfalls wortreich gut, und ebenso wortreich erzählte sie von den einzelnen Begebenheiten der vergangenen Tage. Nefer kämpfte mehr und mehr mit einer gewissen Schläfrigkeit. Die eintönige Stimme lullte ihn allmählich ein.

»Musst du aufpassen«, flüsterte Che-Nupet. »Will was.«

Mühsam konzentrierte Nefer sich wieder.

»… die Stelle wo sich diese langen schuppigen Tiere heimlich und still die blühenden Landschaften der Witterlande hervorwinden deren Zähne schon einigen der unseren mit ihrem Gift das Verderben bringend aus ihnen quillt gebissen haben und die Wunden infiziert die sie hinterlassen sodass die betroffenen Gliedmaßen anschwellen und schmerzen und die armen jungen Katerchen und Kätzinnen an den Rand des Todes oder darüber hinaus bringen finden.«

Nefer schüttelte den Kopf, um den Bandwurmsatz aus den Ohren zu bekommen.

Feli und Sarapis saßen mit glasigen Augen da und lauschten der eingetretenen Stille.

»Was will sie?«, fragte er leise Che-Nupet.

»Glitschwurm-Stelle finden.«

»Ich dachte, das hätten sie schon.«

»Gibt eine neue. Weiß nicht wo.«

»Aha. Hätte sie ja auch mal suchen können.«

»Hat Schiss, ne.«

»Was beratet ihr?«, fragte Sarapis plötzlich.

»Wir überlegten, was zu tun ist, um die Stelle zu finden, wo die langen schuppigen Tiere heimlich …«, erklärte Feli.

Nefer fauchte.

Anuket schaute irritiert drein.

»Warum machst du dieses Geräusch lieber Nefer das von Furcht und Kampfbereitschaft zeugt wo doch keine Bedrohung hier an dieser Stelle zu erwarten ist und Frieden über der wohlgehüteten Heimstatt unseres Weisen herrscht der so lange Jahre mit großer Hingabe unserem Clan gedient hat und …«

»Machst du Klappe zu, ne!«

Schockiert sah Anuket zu Che-Nupet hin, und Nefer rang mit einem Kichern.

Sarapis brummte.

»Ich kann nicht mehr viel tun. Meine Augen sind trübe, meine Knochen schmerzen, Müdigkeit umfängt mein Denken. Nefer, es ist an dir zu entscheiden, was getan werden muss.«

»Wir brauchen dein Wissen und deine Weisheit, Sarapis.«

»Ich habe dir viel von meinem Wissen vermittelt, Nefer. Weisheit musst du nun selbst erwerben.« Mühsam schleppte sich der alte Kater zum Ausgang der Höhle und sog tief die Luft ein. »Ein schönes Land. Die Adler werden die Schlangen vernichten. Holt Amenti aus dem Land Wolkenschau. Er weiß, wie man die Stellen versiegelt, aus denen sie gekrochen kommen. Finden müsst ihr sie. Che-Nupet?«

Wieder sagte Che-Nupet etwas in einer Nefer nicht bekannte Sprache, und dabei zuckte es wild unter ihrem Fell.

Sarapis brummte noch einmal.

»Was ist, Schnuppel?«, fragte Feli so leise, dass Nefer es gerade noch hören konnte.

»Kannich. Kannich Glitschwurm suchen.«

»Du hast Angst vor Schlangen.«

»Hab ich. Sooo Angst, ne.«

Diese dicke Katze war wirklich ein eigenartiges Geschöpf. Sicher, Schlangen waren furchterregend, aber sie schien wie gelähmt bei dem Gedanken, sie suchen zu müssen. Er wollte gerade einen Vorschlag machen, als Feli sich meldete.

»Vielleicht kann ich helfen, Sarapis. Ich … na ja, als Mensch konnte ich ganz gut Verlorenes finden und so.«

Der alte Weise wandte sich ihr zu.

»Du bist eine Geomantin?«

»Ich weiß nicht. Es war irgendwie immer Spielerei.«

»Diesmal ist es ernst, Feli. Hilf meinem Volk.«

»Wenn ich kann. Ich werde es versuchen, Sarapis.«

»Danke, Menschenkind. Doch zuvor begleite auch du mich in die Berge.«

»Sicher, gerne. Was möchtest du dort tun?«

»Sterben.«

»Oh. Nein, ich meine …«

»Es ist an der Zeit, Kind, dass ich gehe. Nefer wird mein Amt übernehmen. Anuket?«

»Ja, Sarapis. Ich bin einverstanden …«

»Machst du Klappe!«

Che-Nupet erntete wieder einen irritierten Blick.

»Nefer?«

»Ja, ich begleite dich. Und ich übernehme dein Amt, Sarapis.«

»Ich werde morgen Abschied nehmen.«

Sie kamen in der Morgendämmerung, die Würdenträger des Landes. Und auch andere, die Sarapis kannten und schätzten. Sie berührten sein Fell mit ihren Nasen und wünschten ihm eine gute Reise. Gegen Abend dann versiegte der Strom der Besucher, und mühsam kam der Alte auf die Pfoten.

»Gehen wir.«

Nefer blieb auf seiner rechten, Che-Nupet an seiner linken Seite. Sie stützen seinen mühseligen Gang. Feli trottete hinter ihnen her. Eine Weile ging es bergan, langsam und bedächtig. Sie hatte viel gelernt an diesem Tag. Über den Tod vor allem. Die Katzengeborenen ihrer Welt starben, und ihre Seelen wanderten zu den Goldenen Steppen, wo sie in Frieden darauf warteten, erneut ein Leben zu beginnen. Das war ihr schon beim letzten Besuch erklärt worden, und sie hatte diesen Gefilden sogar einen kurzen Besuch abgestattet. Die Trefélingeborenen jedoch nahmen einen anderen Weg. Sie wurden weitaus älter als die weltlichen Katzen. Sarapis hatte über fünfhundert Jahre erlebt, und wie er ihr noch mitgeteilt hatte, hatte er auch etliche Jahrzehnte davon bei den Menschen verbracht. Doch würde er, wenn er gestorben war, nicht die Goldenen Steppen betreten, sondern – und auch hier gab es nur einen Mythos – durch die Kristallhöhle den Weg zu den Sternen finden. Und es mochte sein, dass sich in diesem Augenblick eine neue, reine, goldene Katzenseele in einer der Katzenmütter in Treffélin manifestierte.

Sarapis hatte keine Angst vor dem Tod, er ging ihm entgegen, denn er würde ihn von seinem gebrechlichen, schmerzenden Leib erlösen.

Trotzdem betrauerte Feli seine Entscheidung. Er war ein wirklich weiser Kater und so freundlich.

In der Nacht wärmten sie ihn mit ihren Körpern, und im Morgengrauen setzten sie ihren Weg fort. Che-Nupet hatte Feli ihre Stelle neben dem Alten angeboten, und so stützte sie ihn auf seinen letzten Schritten. In der Mittagszeit hatten sie ein steiniges Gehölz erreicht, und im Schatten eines abgestorbenen Baumes blieben sie stehen.

»Hier ist es«, sagte Sarapis erschöpft.

»Ein guter Platz«, bestätigte Nefer.

»Ruft ihn!«

Feli schauderte. Wen sollten sie rufen? Den Tod?

»Mach ich«, erklärte Che-Nupet sich bereit und bürstete Sarapis über das Gesicht.

Dann erhob sie ihre bronzene Stimme, und es hallte der Ruf über die Berge: »Cougar«, rief sie. »Cougar!«

Dann setzte sie sich zwischen Nefer und Feli nieder.

»Musst du keine Angst haben, ne.«

»Ist gut.«

Aber sie fürchtete sich doch. Und ihre Furcht wurde zu Entsetzen, als der silberne Berglöwe auf leisen Pfoten erschien. Er sah sie mit seinen goldenen Augen an und trat dann zu Sarapis.

»Tu dein Werk, Bruder«, bat der, und der Puma tötet ihn mit einem Biss.

Stille lag über dem Berg, Sonnenglast in der Luft.

Ein Wirbel drehte sich, goldener Staub erhob sich. Sie sahen ihm nach, als er flimmernd in den blauen, klaren Himmel stieg.

Der Puma blieb neben dem leblosen Pelz sitzen und betrachtete ihre kleine Gruppe nachdenklich.

»Ein Großer unter euch ist gegangen.«

»Ein Weiser unter uns«, bestätigte Nefer.

»War gütig, ne.«

Feli schluckte noch immer. Ihre Kehle war rau, ihre Augen brannten.

Der Puma sah sie lange an, dann schien er zu lächeln.

»Wie niedlich du bist, kleine Schwester.«

Feli rutschte heraus: »Wie schön du bist, Cougar.«

Und dann begannen sie die Große Klage zu singen.

45. Reviergang mit Rudi

Tanguy wanderte. Der Pfad war schmal, steil und steinig. Diesmal war er dem Ruf gefolgt. Vielleicht, weil es eine andere, weniger herrische Stimme war, die ihn um Hilfe gebeten hatte.

Hilfe hatte er geleistet, nun war er wieder alleine. Mit einem gewaltigen Satz erklomm er einen flachen Felsen und legte sich darauf nieder. Unten breite sich die Ebene aus, erstreckte sich bis zu einem dunstigen Horizont. Der Dunst wurde dichter, wallte wie Nebel zu ihm hoch, und als er die Augen aufschlug, drangen Sonnenstrahlen durch den Vorhang seines Zimmers. Langsam bewegte er seine Hände, wagte einen Blick darauf.

Ganz gewöhnliche Hände mit Fingern, keine Tatzen mit

Krallen. Er fühlte sein Gesicht, nur ein leichter Bartwuchs, kein Fell. Und doch war er sich ganz sicher, dass er noch eben über scharfe Reißzähne verfügt und in dem geschmeidigen Körper eines Berglöwen gesteckt hatte.

Wieder war es geschehen. Aber diesmal war er nicht in diese kalte Panik geraten.

Vielleicht ließ es sich tatsächlich ertragen, wenn er es einfach akzeptierte – als ungewöhnliche Erfahrung.

Als er aufstand, überlegte er, ob er Finn seinen Traum erzählen sollte. Sie würden sich in einer halben Stunde zum Reviergang treffen. Mit Rudi allerdings, und dessen Ausführungen über Parallelwelten wollte er sich lieber ersparen.

Der Morgen war noch frisch, ein Schauer in der Nacht hatte die Blätter genässt, es tropfte, wenn die leichte Brise durch die Bäume strich. Sonnenlicht funkelte auf den feuchten Farnen, die Morgensänger schmetterten ihr Konzert durch den Wald, frisch geschlagene Kiefernstämme dufteten harzig, Fährten von allerlei Getier fanden sich schon bei einfachem Hinsehen. Finn war nicht nur gut darin, sie zu entziffern, auch die Vögel konnte er an ihren Gesängen bestimmen. Tanguy hörte ihm wissbegierig zu; es war eine andere Fauna als die, die er in seinen heimischen kanadischen Wäldern kannte.

Rudi hingegen sammelte eifrig Material ein, das er zu bestimmen hatte. Die blau schillernde Feder eines Eichelhähers starrte er voll Bewunderung an, konnte sie aber nicht zuordnen. Die Schälschäden, die ein Hirsch an einem Baumstämmchen hinterlassen hatte, schrieb er einem gefräßigen Borkenkäfer zu, den er einzutüten versuchte, die Losung eines Hasen immerhin erkannte er als das, was es war.

»Hasenköttel!«, erklärte er stolz.

Als die Sonne höher gestiegen war und die nächtliche Feuchte aufgezehrt hatte, machten sie Rast auf einer Lichtung. Finn holte einen Beutel Studentenfutter aus seiner Tasche und bot es an. Und während Tanguy Nüsse und Rosinen kaute, hörte er zu, was Finn zu berichten hatte.

»Die ›Helfenden Hände‹ hatten gestern Abend eine ihrer Sitzungen. Ich habe mich mal dazugesetzt, um zu hören, was sich da so tut.«

»Gute Idee.«

»Ich weiß nicht. Es lief wenig spektakulär ab. Wie im Taubenzüchterverein. Charlene hatte offensichtlich keine neuen Visionen, und so arbeiteten wir uns von dem Tätigkeitsbericht der Suppenküche über die Kleidersammlung bis zum Kassenbericht voran.«

»Gähn«, sagte Rudi, krallte in die Tüte und mampfte vor sich hin.

»Ja, ziemlich ermüdend. Das einzige Mal, das ich aus dem halben Koma erwacht bin, war, als der Name deines Vaters genannt wurde, Rudi.«

»Ach. Hat er wieder gespendet?«

»Ja, und zwar großzügig. Tausend Mäuse.«

»Hä?«

»Wenn er sich das leisten kann …«

»Klar, setzt er von der Steuer ab. Aber er spendet nie weniger als zehntausend. Jedes Jahr einer anderen Organisation. Du musst dich verhört haben.«

»Na, vielleicht.«

Tanguy musterte Rudi unauffällig. Ein Sohn reicher Eltern. Ein Tropf, solange es um das Leben in der Natur ging, ein vermutlich brillanter Kopf, wenn es sich um wissenschaftliche Erkenntnisse handelte, ein Chaot, aber irgendwie liebenswert in seiner unprätentiösen Art und anders als Finn, der ziemlich fest mit beiden Beinen im Leben stand. Auch wenn er glaubte, dass es Gestaltwandler gab. Und der einen etwas zwielichtigen Vater hatte.

Weshalb Tanguy Finn fragte: »War dein Vater gestern auch dabei?«

»Nein, Kord ist auf Dienstreise, sagte Charlene. Sammelt Spenden ein.«

»Doof«, meinte Rudi. »Sonst hättest du ihn ja fragen können, ob das mit den tausend Mäusen stimmt.«

»Was nagst du denn daran so rum, Rudi? Ob tausend oder zehntausend – das ist eine Sache, die nur deinen Vater etwas angeht.«

»Frag du doch deinen Vater, Rudi«, sagte Tanguy und begann, nachdenklich zwei Grashalme miteinander zu verknoten. Er hatte, seit er das teure Gewehr gesehen hatte, so einige Überlegungen angestellt. Kord war ihm als unangenehmes Großmaul erschienen, als er in der Woche bei Nathan aufgetaucht war. Das wollte er Finn natürlich nicht gleich so auf die Nase binden, und mit Nathan hatte er auch nicht weiter darüber gesprochen. Sein Onkel hatte den Mann jedoch recht kühl behandelt. Er mochte eine ähnliche Meinung von ihm haben.

»Ich habe mich auch ganz unschuldig nach Sepp Sebusch erkundigt«, sagte Finn gerade. »Es ist nicht ungewöhnlich, dass die Bewohner des Heims hin und wieder für eine Weile verschwinden. Die Polizei sucht aber weiter nach ihm. Es hat wohl zu etwas Unruhe geführt, dass sie die Leute wegen des Anschlags befragt haben.«

»Vielleicht hat der die Knete mitgenommen?«

»Rudi!«

»Na, ich mein doch nur. Irgendwie finde ich das komisch. Immerhin sind neuntausend Eier verschwunden, und das ist eine Menge Zeug, oder?«

»Rudi, ich werde mich verhört haben.«

Rudi konnte erstaunlich hartnäckig sein, stellte Tanguy fest. Vielleicht war das gar nicht so verkehrt.

»Lass dir doch diesen Kassenbericht zeigen, Rudi«, empfahl er ihm.

»Ja, das mach ich auch. Ganz genau. Und meinen Vater frage ich auch. Mann, so schäbig würde der nie spenden. Schon wegen der Steuer nicht.«

»Ist ja gut. Kommt, wir bringen unsere Runde zu Ende.«

Rudi hatte sich, als sie am Forsthaus angekommen waren, recht schnell verabschiedet, Finn hingegen nahm die Einladung zum Grillen an. Tanguy nutzte die Gelegenheit, während die Fleischstücke garten, ihn auf eine vorsichtige Art nach der Bedeutung seines Traumes auszufragen. Der hörte zu und meinte dann: »Natürlich träume ich auch hin und wieder von dieser Zeit als Kater. Aber, Tan, bei mir war es kein Traum, bei mir war es Wirklichkeit. Ich war definitiv nicht hier, habe nicht im Koma gelegen, habe keine Halluzinationen gehabt.«

»Ja, behauptest du. Aber … dieser Traum, der war wie real. Vielleicht …«

»Sicher, aber ich war da. Mit Fell und Pfoten und allem drum und dran. Zwei Monate lang, Tan.«

Er war so fest davon überzeugt. Tanguy wendete die Spareribs. Er hatte vorhin noch gedacht, wie pragmatisch und vernünftig Finn war.

»Hast du diesmal jemanden getroffen, Tan?«

Er nickte. Warum nicht auch das berichten?

»Ja, da waren Katzen. Große, genau, wie du gesagt hast. Himmel, die Geschichten darüber sind so irre – ist doch kein Wunder, dass sie in meinen Träumen eine Rolle spielen.«

»Sicher. Was für Katzen?«

Tanguy seufzte.

»Ein total schräger schwarzer Kater, einäugig mit einem Kopftuch, aus dem seine Ohren ragten.«

»Nefer.«

»Ja, so nannten sie ihn. Eine dicke rotbraune Kätzin, die ziemlich komisch sprach. Ein Kopftuch mit blauen Schmetterlingen.«

»Che-Nupet.«

»Ein uralter grauschwarzer Kater, der zu sterben wünschte. Ich habe ihm diesen Wunsch erfüllt.«

Tanguy erschauderte bei der Erinnerung.

»Den kenne ich nicht.«

»Ein alter Weiser, so nannten sie ihn. Und eine weiße junge Kätzin mit grauen und roten Flecken.«

Er sah Finn lächeln.

»Nannten sie sie Feli?«

»Ja.«

»Toll, dann hat sie es diesmal geschafft. Sie sah bestimmt niedlich aus.«

Warum, fragte Tanguy sich, warum verspürte er einen Stich Eifersucht?

»Tan, wir wollten Fleisch, nicht Kohlen essen«, sagte Nathan, der mit Tellern und Besteck auf die Terrasse trat.

»Shit!« Eilig kümmerte er sich um den Grill.

»Finn, Rudi hat eben noch mal angerufen. Irgendwie ist der etwas von der Rolle. Er erzählte mir etwas von einer Spendenquittung über zehntausend Euro, die sein Vater von deinem Vater erhalten hat.«

»Es lässt ihn nicht los. Hätte ich nur die Klappe gehalten.«

Tanguy legte die Spareribs auf die Teller und nahm sich von dem Salat. Vermutlich musste er Finn und Nate seinen Verdacht mitteilen, aber nicht während des Essens.

46. Muttermonster

»Weiß ich, wo er ist, ne. Bring ich dich hin«, sagte Che-Nupet.

»Lauf du zu ihm und hole ihn her«, murrte Nefer unwirsch.

Feli sah, dass ihre Freundin wieder mit sich rang.

»Du magst aber nicht, stimmt's?«

»Stammts, stummts.«

»Rattenschiss und Mäuseplage!«, fauchte Nefer. »Ich kann hier nicht weg, solange sich die Schlangen im Land verbreiten. Und wir brauchen Amenti.«

»Du könntest einen Boten schicken.«

»Ja, könnte ich.«

»Oder ich gehe mit Che-Nupet.«

»Du gehst besser zurück zum Laubental, Feli. Ich will nicht, dass du hier in Gefahr gerätst.«

»Das ist sehr freundlich von dir, Nefer, aber wer sagt denn, dass ich in Gefahr gerate, wenn ich mit Che-Nupet gehe? Außerdem möchte ich gerne mehr von Trefélin kennenlernen.«

»Also meinetwegen. Aber beeilt euch.«

»Machen wir, ne. Kommst du, Feli?«

Das Schöne am Katzendasein war, dass man sich nicht um Gepäck und Proviant zu kümmern brauchte, wenn man auf Reisen ging, fand Feli und trabte vergnügt neben der molligen Katze her.

Drei Tage war es her, dass sie Sarapis in die Berge begleitet und seinen Tod beklagt hatten. Seither hatte sie Nefer und Che-Nupet nach den Gewohnheiten der Katzen weiter ausgefragt und vieles dazugelernt. Der Berglöwe hatte sie, genau wie vor einiger Zeit im Zoo, ungemein fasziniert, und ihre Freundin hatte ihr auf ihre eigene Art von den Raubkatzen berichtet. Hier spielte ganz offensichtlich das Land unter dem Jägermond eine Rolle. Dort lebte ihre Beschützerin, die löwenköpfige Sechmet, die von ihnen verehrt wurde. Von dieser – mangels besserer Bezeichnung nannte Feli sie für sich eine Göttin – sagte man, dass sie die Menschen hasste und ihren Schützlingen erlaubte, sie zu jagen und zu töten.

»Macht sie nicht, ne. Langweilt sich nur schnell, ja, ja. Dann spielt sie.«

»Mit Menschen und Raubkatzen.«

»Guckt sie. Faucht sie manchmal.«

»Du scheinst sie gut zu kennen.«

»Tu ich.«

Mehr war dazu allerdings aus Che-Nupet nicht herauszubekommen. Dass sie aber das Land unter dem Jägermond kannte, die Wege dorthin fand und von den Geheimnissen dort Kenntnis hatte, das hatte Feli schon bei ihrem letzten Aufenthalt festgestellt. Die Löwenköpfige war ihr kurz erschienen und hatte ihr eine höllische Angst eingeflößt. Zu Hause hatte sie dann Nachforschungen angestellt und war bei den ägyptischen Göttern fündig geworden. Neben der wilden Sechmet gab es da noch ihre katzenköpfige Schwester Bastet, die die Menschen durchaus liebte.

»Schnuppel, kennst du auch Bastet?«, fragte sie, als sie eine Weile schweigend weitergelaufen waren.

»Kenn ich. Spielt auch gerne.«

»Was spielen die beiden denn?«

»Weiß ich's?«

»Okay, vermutlich ja, aber ich brauche es nicht zu wissen.«

»Stimmts, stammts, stummts«, kicherte Che-Nupet.

Damit war Feli klar, dass sie mit ihren Fragen wieder verbotenes Terrain betreten hatte, und sie widmete sich der Gegend, die sie durchquerten. Die Heidelandschaft der Witterlande war durchzogen von schmalen Pfaden, deren Verlauf sie nicht recht zu deuten in der Lage war. Angeblich, so hatte Nefer ihr erklärt, waren es Grenzlinien zwischen den einzelnen Großfamilien, die den Clan der fel'Landa bildeten. Das erinnerte sie an Pu-Shens und Chipolatas Angewohnheit, zu bestimmten Tageszeiten ihre Rundgänge zu machen.

Zweimal wurden sie denn auch aufgehalten und barsch befragt, was sie auf dem Territorium zu suchen hatten. Che-Nupets Kopftuch und ihr Hinweis auf Nefers Auftrag sicherten ihnen freies Geleit.

»Kommen wir morgen an Avos Vegro, ne. Müssen Pfoten nass machen. Ist ein bisschen tief, ja, ja.«

»Und dann?«

»Sind wir in Wolkenschau, ne.«

»Das Land, in dem du aufgewachsen bist.«

»Bin ich. Kenn ich.«

»Wer ist Amenti?«

»Ist Bruder von Mama. Ist nett.«

»Ein Geomant. Dann kennt er sich auch in den Grauen Wäldern aus?«

»Geht er nicht. Macht er nur hier.«

»Warum wolltest du ihn nicht allein holen gehen, Schnuppel?«

»Weißt du bald. Bleibst du bei mir, ne?«

»Natürlich.«

»Versprochen?«

Ängstliche waldseegrüne Augen sahen sie an.

»In die Pfote versprochen. Wovor hast du Angst, Schnuppel?«

Der Blick senkte sich.

»Bin so komisch. Nicht für dich, weiß ich. Aber hier bin ich komisch, ne.«

Feli hatte ihr über die Stirn geleckt und sie ein bisschen angeschnurrt. Offensichtlich war ihre Freundin von ihrer Familie als Monstrosität betrachtet worden. So etwas konnte tiefe Narben hinterlassen.

Und wie gehässig manche Bewohner auf Che-Nupet reagierten, erfuhr sie, als sie am nächsten Morgen die Grenze überschritten hatten und den ersten Grenzwächtern begegneten.

»Guckt mal, da kommt Che-Moppel!«, kreischte einer. »Hey, Dicke, wem hast du denn das Tuch geklaut?«

»Che-Moppel walzt durchs Land. Macht Platz, macht Platz!«

»Die fette Trantüte ist zurück!«

»Speckbauch! Stammelschnauze!«

Feli drückte sich dicht an Che-Nupet und schnurrte.

»Hör nicht hin, Schnuppel. Das sind doch nur Idioten.«

»Hör ich weg, ne.«

»Hörst du mich schnurren.«

»Ist gut.«

Irgendwann schien den Katzen das Spiel langweilig zu werden, sie gaben den Weg frei, und die beiden liefen unbehelligt weiter.

Auch hier gab es kreuz und quer verlaufende Pfade, doch die blühende Heide war hohem, in der Sonne bleichendem Gras gewichen, das im Wind wie Wellen wogte. Nur ganz vereinzelt hielten sich windschiefe Bäume in dem trockenen Boden. Eben war das Land, und am Himmel darüber wanderten weiße Wolkenballen. Der Name Wolkenschau war selbsterklärend, fand Feli, und folgte einem Schwarm Vögel, die sich schwarz unter dem Blau abzeichneten. Die Bewohner waren schlank, grau oder sandfarben und kaum zwischen den Gräsern zu erkennen. Auch dadurch mochte sich Che-Nupet von ihnen unterscheiden und zu Spott Anlass geben.

»Wo leben denn die Katzen hier, Schnuppel? Es gibt weder Lauben noch Höhlen.«

»Gibt Gras, ne. Kann man Kuhle machen.«

Da war wohl was dran. Vor allem, weil Feli beinahe über ein Nest mit drei Jungkatzen gestolpert wäre.

»Und wie ist das mit Wasser? Ich sehe keine Bäche und so.«

»Gibt Wasserlöcher. Siehst du, wo Tiere sind. Dahinten.«

Eine schwarze Masse hob sich von der graugelben Graslandschaft ab, und Feli zwinkerte. Bisons? Na ja, warum nicht?

Che-Nupet schien die Wege zu kennen, sie bog dann und wann ab, überquerte Kreuzungen und machte nur eine Pause, als Felis Magen zu knurren begann. Ein Präriehuhn stillte Hunger und Durst, dann trabte Che-Nupet wieder an.

»Willst du heute kein Schläfchen machen?«

»Will ich weg von hier, ne. Bald, ja?«

»Ist gut.«

In der heißen Mittagssonne eilte Feli also hinter ihrer Freundin her und hoffte, dass sie ihr Ziel in Kürze erreichen würden. Ihr Wunsch ging in Erfüllung.

Che-Nupet verlangsamte ihre Schritte, als sie an einem mit hartblättrigen Kräutern bewachsenen Hügel ankamen. Drei Katzen hatten sich dort über eine Beute hergemacht und fraßen. Eine davon war eine graue, die Majestät sehr ähnlich sah. Auch ihr Fell wies schwarze Flecken, nicht Streifen auf. Ein Kopftuch mit einem Muster aus roten und rosa Rosen zeigte ihren würdigen Stand an. Als Che-Nupet auf sie zuging, hob sie ihren Kopf, und ihre waldseegrünen Augen maßen sie mit kühler Abfälligkeit.

»Was willst du denn hier, Chichi?«

»Muss ich zu Amenti, ne.«

»Sprich vernünftig. Was willst du?«

»Muss ich … m… muss ich m… mit Amenti sprechen.«

»Ach ja, was hast du mit ihm zu besprechen?«

»Ist m… meine Sache, ne.«

»Du wirst mir noch immer Rede und Antwort stehen.«

»Ist wegen Glitschwurm.«

»Ich hab dir gesagt, du sollst vernünftig sprechen!«

»Kannich«, flüsterte Che-Nupet, und Feli, die von der hochnäsigen Katze völlig ignoriert wurde, spürte langsam Wut in sich hochkochen.

»Wir kommen von Nefer, dem Berater von Anuket von Witterlande. Er hat uns ausgesandt, Amenti zu holen«, sagte sie mit einigermaßen ruhiger Stimme.

»Wer bist du denn?«

»Feli. Und du?«

»Ist Sheshat.«

»Du hast meinen Namen nicht zu verraten«, fauchte die Katze Che-Nupet an.

»Höflichkeit scheint ein Fremdwort für dich zu sein, Sheshat.«

Die ignorierte sie nur wieder und giftete Che-Nupet erneut an: »Wieso trägst du überhaupt ein Kopftuch? Wer hat dir das erlaubt?«

»Hat Majestät, ne!«

»Niemals. Einem solch dummen Hohlkopf wie dir verleiht Merit keine Insignien. Runter damit, das ist Anmaßung!«

Und mit einem Tatzenhieb hatte sie das Tuch von Che-Nupets Ohren gefetzt.

Felis Wut kochte über. Mit einem ebenso schnellen Hieb riss sie das rosengemusterte Tuch von Sheshats Kopf, nahm es zwischen die Zähne und zerriss es in kleine Stücke.

»Das hat dir nicht gestanden, Sheshat. Zu niedlich für dich, diese Röschen.«

Vollkommen fassungslos starrte die Katze sie an.

Dann schlug sie zu.

Damit hatte Feli gerechnet, und sie setzte sich mit Krallen und Zähnen zur Wehr. Aber Sheshat war ihr weit überlegen im Katzenkampf. Ein schmerzhafter Kratzer ließ das Blut aus ihrer Flanke tropfen, einen Biss ins Ohr konnte sie gerade noch abwehren. Sie kreischte und keuchte, als Sheshat sie ansprang und umwarf.

Und dann heulte diese plötzlich los, und der Geruch von verbrannten Haaren schwängerte die Luft. Sheshat lag mit der Nase am Boden, Che-Nupet drückte ihr eine Pfote ins Genick. Qualm stieg auf.

»Ist Schluss, Mama!«

Lauteres Heulen.

Che-Nupet nahm die Pfote weg, und als Feli sich aufrappelte, sah sie den schwarzen Flecken in Sheshats Fell. Die fauchte und ging langsam und geduckt rückwärts. Che-Nupet fauchte ebenfalls, und Mama ergriff die Flucht.

Als sie im hohen Gras verschwunden war, drehte Feli sich zu ihrer Freundin um. Die saß aufrecht da, die rechte Pfote angewinkelt, und blickte Sheshat nach. Dann senkte sie ihren Blick und betrachtete die blauen Fetzen, die einst ihr Tuch gewesen waren. Und ein abgrundtiefes Jaulen kam aus ihrer Kehle.

»Schnuppel, ach Schnuppel.«

»Meins. Von dir.«

Alles hing, Ohren, Barthaare, Kopf. Und aus den traurigen Augen tropften Tränen auf die Seide.

»Schnuppel, ich besorge dir ein Neues. Ganz bestimmt.«

»War Geschenk. Wegen lieb. War so glücklich.«

Diese Sheshat war ein Mistvieh, eine Krätze von Katze, ein Monster an Mutter.

Feli leckte ihrer Freundin über das Gesicht. Dabei berührte sie auch den Ohrring, und in das hängende Katzenohr flüsterte sie: »Du hast noch ein Geschenk. Das hat sie nicht bemerkt.«

Ein Schniefen, dann schüttelte Che-Nupet sich.

»Hast du recht. Blutest du. Musst du ablecken.«

Jetzt bemerkte Feli auch die verletzten Stellen und fuhr sich mit der Zunge über die Kratzer. Dabei schnurrte sie sich selbst zu, denn wie sie gelernt hatte, linderte das die Schmerzen und förderte die Heilung.

»Hilfst du mir, ich komme da oben nicht dran.«

»Geht nicht, ne. Brauch ich Wasser.«

»Wasser?«

Che-Nupet wedelte mit der rechte Pfote, die sie noch immer angewinkelt hielt.

»Gehen wir zum Wasserloch«, sagte sie dann und setzte sich auf drei Pfoten in Bewegung.

»Schnuppel? Bist du verletzt?«

»Nein, nein. Hab ich geübt.«

»Ich weiß nicht, aber ich finde, es ist jetzt nicht an der Zeit, solche Übungen zu machen.«

Che-Nupet blieb stehen.

»Ist nicht üben. Ist notwendig.«

»Warum das denn?«

»Mach ich Gras an, ne.«

Feli hatte eine schlagartige Erkenntnis. Schon zuvor hatte sie erlebt, dass Che-Nupet, wenn sie wütend wurde, sich aufheizte. Diesmal hatte sie offensichtlich eine solche Hitze in ihre Pfote gelenkt, dass sie Sheshat das Fell versengt hatte. Und nun glühte die Pfote noch immer so stark, dass sie in dem trockenen Gras einen Flächenbrand erzeugen würde, wenn sie sie aufsetzte.

»Mäusemist«, erklärte Feli. »Bis zum Wasserloch ist es ziemlich weit.«

»Geht schon. Hab ich doch geübt, ne.«

»Warum scharrst du nicht in der Erde?«

»Kann nicht scharren. Mit einer Pfote, ne.«

»Ich bin doof, klar. Aber ich kann es.«

Und mit heftigen Bewegungen scharrte Feli das Gras vom Untergrund, bis eine Erdkuhle entstanden war. Che-Nupet betrachtete sie, drehte sich um und entleerte ihre Blase hinein. Dann stellte sie die heiße Pfote in die Pfütze.

Feli nieste und hielt die Nase in den Wind. Aber immerhin schien die Vorgehensweise erfolgreich zu sein.

»Brauch ich trotzdem Wasser. Laufen wir.«

47. Überredungskünste

Es gefiel ihm nicht, dass dieser Menschenjunge sich mit dem Förster und dem Träumer herumtrieb. Vor allem gefiel es ihm nicht, dass der junge Kater sich am Dolmen herumdrückte. Und ganz und gar nicht gefiel es ihm, dass man ihm seine Kleider fortgenommen hatte.

Aber das alles waren nur lästige Dinge, die es zu bewältigen galt. Er hatte ein leeres Haus gefunden, dessen Bewohner verreist waren und die Katzenklappe nicht verschlossen hatten. Das war ihm weit angenehmer als das Wohnheim. Er verhielt sich unauffällig, kam und ging durch die Hintertür, machte keinen Lärm und vor allem nicht das Licht an.

Seit er sich ernsthafter mit Finn beschäftigte, hatte er auch Fortschritte erzielt. Der Junge hatte sich Feinde gemacht, als er damals die Königin gerettet hatte. Das hatte er selbst erzählt. Jetzt hatte er sich auf die Suche nach diesen Männern gemacht, und so schwer war es nicht gewesen, sie zu finden. Als Kater hatte man so seine Möglichkeiten, und ein paar Streuner in der Gegend erinnerten sich an die Motorradfahrer, mit denen er sich herumgetrieben hatte. Dumme, gewaltbereite Tröpfe, genau die richtigen Gestalten, die er für seine eigenen Pläne einsetzen konnte. Es fiel ihm leicht, sie aufzuhetzen. Alkohol, etwas Geld, ein paar beleidigende Halbwahrheiten – schon würde die Angelegenheit ihren Lauf nehmen.

48. Alte Freunde

Finn brummte der Schädel. Er saß über seinem Laptop am Schreibtisch und brütete dumpf vor sich hin. Nicht nur hatte er zwei Klausuren nachzuholen, eine Semesterarbeit fertigzustellen und Aufgaben zu dem theoretischen Teil des Jagdscheins zu erledigen, er plagte sich auch weiter mit der Beziehung zu seinem Vater herum. Mit Nerissa hatte er ein langes Gespräch geführt, und erstmals seit langer Zeit hatten er und seine Mutter sich einander angenähert. Ja, sie hatte sogar Verständnis für seine Gewissensqualen gezeigt.

Kord war zu Beginn ihrer Ehe in der örtlichen Filiale der Sparkasse als Bankkaufmann angestellt gewesen und hatte sich später als Vermögensberater selbstständig gemacht. Daran erinnerte Finn sich noch. Warum er dann aber zu einem Inkassounternehmen gewechselt hatte, wusste er nicht. Jetzt war es ihm klar. Kord hatte Kundengelder veruntreut, und man hatte ihm fristlos gekündigt. Als Selbstständiger hatte er ebenfalls hochriskante Geschäfte getätigt, und als Nerissa dahintergekommen war, hatte sie sich endgültig von ihm getrennt.

»Ich habe euch davon fernhalten wollen, Finn. Das ist nichts, womit man Sechsjährige belastet. Aber ich sehe ein, dass es sich für dich anders angefühlt hat. Ich habe dir den Vater weggenommen.«

»Ja, das dachte ich. Du hättest es mir irgendwann sagen müssen.«

»Hättest du mir geglaubt?«

Wenn er ehrlich zu sich war – nein, das hätte er nicht.

Seit gefühlten hundert Jahren endlich hatte Nerissa ihn wieder einmal in den Arm genommen, und er hatte seinen Kopf Trost suchend an ihre Schulter gelegt.

»Tut mir leid, Finn. Wir haben es uns selbst schwer gemacht.«

»Ja. Sieht so aus.«

Vorsichtig hatte er sich losgemacht. Nerissa, die so viel Wert auf ihre jugendliche Ausstrahlung legte, sah ungewöhnlich erschöpft aus. Und irgendwie rührte ihn das plötzlich.

»Wir können ja versuchen, es jetzt besser zu machen.«

»Das könnten wir. Was bedrückt dich, Finn?«

»Eine ganze Menge. Gib mir noch ein paar Tage Zeit, dann erzähle ich es dir.«

An diesem Wochenende würde er genau das tun.

Es hatte wehgetan, sich dem Offensichtlichen zu stellen, aber so, wie es aussah, war sein Vater ein Krimineller. Sein Verhältnis zum Geld war mehr als bedenklich. Er hatte veruntreut, verzockt und jetzt offenbar hinterzogen. Das Gehalt, das ein karitativer Verein ihm zahlen konnte, dürfte nicht so hoch sein, dass er schon nach wenigen Monaten derart kostspielige Geschenke machen konnte. Das, was Rudi herausgefunden hatte, mochte weit eher die Quelle seiner Großzügigkeit sein. Wie auch immer er es angestellt hatte – es war ihm gelungen, von den Spenden einen Anteil für sich abzuzweigen.

Wie weit war Sepp Sebusch – Shepsi – darin eingebunden? Er war völlig gewissenlos, Menschen mochte er nicht. Aber wenn nötig konnte er sich hervorragend einschmeicheln. Bei Kord war es ihm blendend gelungen. Er hatte vermutlich Geld von ihm bekommen. Würde er sich jetzt wieder an ihn wenden? Das war nicht auszuschließen.

Finn musste etwas unternehmen.

Spätestens am Freitag, wenn er wieder zu Hause war.

Aber was?

Kord zur Rede stellen?

Er kam nicht dazu. Am Freitagabend schwang er sich auf sein Motorrad, um seinen Vater aufzusuchen. Schon als er aus dem Wohngebiet herausfuhr, hatte er ein mulmiges Gefühl. Ein schwarzgekleideter Biker folgte ihm, klebte an seinem Hinterreifen wie eine Klette. Dann, als er auf die Landstraße auffuhr, rauschten drei weitere Motorradfahrer hinter ihm heran. Zuerst blieben sie in gleichmäßigem Abstand, aber plötzlich holte der erste auf, setzte zum Überholen an und schnitt ihn so eng, dass er fast in die Leitplanke ausgewichen wäre.

Die anderen blieben dicht hinter ihm, der erste tänzelte vor ihm in Schlangenlinien hin und her.

Finn biss die Zähne zusammen. Die wollten was von ihm.

Vor einem Jahr noch war er mit ein paar Kumpels zusammen gewesen, deren Maschinen er immer bewundert hatte, zumal er lediglich mit dem Roller unterwegs war, den jetzt Feli benutzte. Er versuchte das Nummernschild des Fahrers vor sich zu erkennen, aber das war gründlich verdreckt.

Warum wohl?

Finn hielt sich mittig auf der Straße, der Gegenverkehr verhinderte, dass ein zweiter Biker ihn überholte. Er überlegte fieberhaft. Wohin? Die nächste Abfahrt runter und zurück?

Würden sie versuchen, ihn bis nach Hause zu verfolgen? Vielleicht – besser wäre, sich Hilfe zu suchen.

Nathan. Tanguy.

Sein Vordermann wurde langsamer, die hinteren drängten ihn. Inzwischen war ihm klar, dass sie Motorräder fuhren, die seinem weit überlegen waren. Und dennoch, die Fahrbahn vor ihm war jetzt frei.

Ein süßer Geschmack breitete sich in seinem Mund aus, süß wie die Gefahr. Er gab Gas und schleuderte an dem vor ihm vorbei. Gerade hatte er die Maschine abgefangen, als er das Röhren hörte. Die Jagd begann. Sie holten auf, doch Finn hatte ein Ziel. Fünfhundert Meter noch, die Tankstelle. Dreihundert, zweihundert, einhundert. Mit voller Geschwindigkeit fuhr er auf den Parkplatz, legte das Motorrad schräg. Die Süße auf seiner Zunge explodierte. Engste Kurve, Hundertachtziggrad-Wendung. Zurück auf die Straße.

Einer der vier flog vom Motorrad, so viel bekam er noch mit.

Höchstgeschwindigkeit!

Rote Ampel ignoriert.

Zwischen zwei Kleinwagen überholen.

Drei waren wieder hinter ihm, holten auf.

Ein Traktor! Scheiße! Nur nicht bremsen. Über den Randstreifen, rechts vorbei. Ein kleiner Vorsprung. Nächste Abfahrt, Wirtschaftsweg im Wald. Schotter spritzte. Wieder die drei, sie kamen näher. Nathan würde sauer werden, aber er nahm den Reitweg. Eine Abkürzung. Durch eine Pfütze, Schlamm spritzte, er geriet ins Schleudern. Schaffte es gerade noch, die Maschine abzufangen. Heulende Motoren. Dann sah er ihn. Tan, auf Jeronimo. Das Pferd stieg. Finn bremste, warf sich auf die Seite. Einer der Biker donnerte an ihm vorbei. Schleuderte, blieb quer zum Weg stehen. Die anderen hielten hinter ihm. Finn riss sich den Helm von Kopf.

»Tan!«

»Freunde?«

»Nein.«

Tan hatte Jeronimo wieder unter Kontrolle und brachte ihn näher an den ersten Mann heran. Der stürzte sich auf Finn. Dem Fußtritt konnte er gerade noch ausweichen, da wurde er auch schon von hinten gepackt. Würgegriff um den Hals, er holte aus. Sein Ellenbogen traf sein Ziel, ein Befreiungsgriff löste die Umklammerung. Tan war vom Pferd gesprungen und hatte den ersten Biker im Schwitzkasten. Der dritte tänzelte mit geballten Fäusten vor Finn. Der leckte sich die Lippen. Ruhe erfüllte ihn. Schlag, Abwehr, Konterschlag. Tritt, hoch und gemein. Ihm wurde das Standbein weggetreten. Fiel auf die Seite, Beinschere, sein Angreifer stürzte über ihn. Er packte dessen Helm und versuchte, das verspiegelte Visier hochzuschieben. Der Mann wehrte sich, er knallte ihm das Knie zwischen die Beine. Er wehrte sich nicht mehr. Finn öffnete das Visier.

»Hansi, nett dich wiederzusehen.«

Es war einer der Kumpels von damals.

Hinter ihm ertönte ein unterdrückter Schrei. Tanguy federte eben von einem Tritt zurück. Sein Gegner brach in die Knie. Der Dritte im Bunde hatte es plötzlich eilig.

»Okay, nehmen wir ihm den Helm ab«, sagte Finn und stand von Hansi auf. Der mochte wegkriechen, wenn er konnte.

Tan kniete schon hinter dem Liegenden, Finn öffnete den Kinnriemen und das Visier.

»Ah, Kevin. Kenn ich auch.«

Danach arbeiteten sie schweigend, und Finn stellte fest, das Tan recht genau wusste, wie man einem Bewusstlosen einen Helm abnahm.

»Er wird gleich wieder zu sich kommen«, sagte er. »Willst du dich mit ihm unterhalten?«

»Ja, aber am liebsten in Nathans Gegenwart.«

»Dann muss Jeronimo ihn tragen.«

Finn wischte sich die Lippen ab und stellte fest, dass seine Hand blutig war.

»Ist aufgeplatzt. Und dein Auge sieht auch nicht gut aus.« Tan reichte ihm ein Papiertaschentuch. »Ich kümmere mich um den da. Du dich um dein Bike.«

Kurz darauf war Kevin waidmännisch verschnürt und hing über dem Sattel. Finn schob sein Motorrad, Tan das andere. Hansi hatte sich tatsächlich unbemerkt aus dem Staub gemacht.

Als sie eintrafen, hatte Nathan gerade mit drei Revierförstern eine Besprechung abgehalten, was sich als nützlich erwies. Sie hatten aus Kevin recht schnell allerlei nützliche Informationen herausbekommen. Die vier Kumpels hatten es Finn im vergangenen Jahr übel genommen, dass er sich mit ihnen angelegt hatte, weil sie eine Katze quälen wollten. Außerdem hatten sie angenommen, dass er sie wegen Vandalismus bei dem Förster angeschwärzt hatte. Es war dem Mann, der sich Sebti nannte, ein Leichtes gewesen, sie in ihrer Stammkneipe anzusprechen und mit einer recht beträchtlichen Bezahlung dazu zu überreden, ihn zu verfolgen. Wie Kevin sagte, nur um ihn einzuschüchtern. Das aber glaubte Finn nicht ganz.

»Wir werden das der Polizei überlassen. Wie heißen die drei anderen, Finn?«

Er nannte Nathan die Namen, und der nickte.

»Ich halte dich auf dem Laufenden. Wir werden sehen, wie man an diesen Sebti herankommt. Jetzt behandle deine Prellungen. Und nimm dir ein Bier aus dem Kühlschrank.«

Als die lange Dämmerung die Farben verblassen ließ, saßen Finn und Tanguy auf der Terrasse.

»Danke«, sagte Finn.

»Hat Spaß gemacht. Du kämpfst gut.«

»Du auch.«

Finn fühlte sich seltsam zufrieden. Der süße Geschmack in seinem Mund war verschwunden, aber er erinnerte sich wieder daran, dass er ihn schon mehrmals gespürt hatte. Und zwar immer, wenn Gefahr drohte. Das war eigenartig und trat erst auf, seit er in Trefélin gewesen war. Ob es mit der Verwandlung zusammenhing? Es gab so viele Fragen, die er gerne beantwortet hätte. Aber im Augenblick war er froh, dass er einer Bedrohung entronnen war und auch dass Tanguy bei ihm war. Er hatte Freunde gehabt, einige davon hatten sich als falsch erwiesen, andere waren irgendwie aus seinem Leben verschwunden. In Trefélin, da hatte er gelernt, was es bedeutete, sich auf Kameraden verlassen zu können, und was es auf der anderen Seite auch hieß, für andere da zu sein. Vertrauen und Verantwortung gehörten dazu.

Er vertraute Tanguy, obwohl er ihn erst seit drei Wochen kannte.

»Erzähl mir von dem Katzenland, Finn«, sagte Tanguy leise. »Wie kommt man da hin?«

»Durch die Grauen Wälder. Und in die gelangt man bei Vollmond durch den Dolmen. Wenn man denn einen Ring wie diesen trägt.«

»Ich muss es glauben, nicht wahr?«

»Tu es einfach und hör zu.«

Und der Wald wurde grau, der zunehmende Mond stieg auf, während Finn in leuchtenden Farben das Heim der Katzen beschrieb.

49. Träume im Eibenhain

Die Kratzer, die Felis Auseinandersetzung mit Sheshat hinterlassen hatten, waren nach zwei Tagen gut verheilt. Che-Nupet hatte sie gründlich abgeleckt und beschnurrt. Amenti erwies sich als wesentlich freundlicher, auch wenn er Che-Nupet nicht recht ernst zu nehmen schien.

»Warum nennt er dich Chichi, Schnuppel?«

»Ist Kindername, ne.«

»Müsste er nicht wissen, dass du deinen richtigen Namen erhalten hast?«

»Glaubt er nicht. Weißt du doch. Bin ich komisch.«

Feli kratzte sich das Ohr. Hatten Katzen so gründliche Vorurteile? Oder war es ein derartiger Frevel, den Sheshat einst begangen hatte? Oder wussten sie nicht, wer ihr Vater war?

Oder wussten sie es und hatten deshalb Angst vor ihr?

Che-Nupet blieb in sich gekehrt, während sie zu dritt zurückeilten, und als sie an der Höhle angelangt waren, die nun Nefer bewohnte, brummelte sie nur: »Muss ich jetzt gucken, ne. In den Wäldern, ja? Komm ich, wenn du zurückgehst.«

»Schade. Kannst du nicht bei mir bleiben?«

»Hab ich Aufgabe. Rufst du mich, wenn du mich brauchst. Weißt du noch?«

Feli blickte in Che-Nupets schöne waldseegrüne Augen und sah den Kreis der Bäume sich darin spiegeln. Ja, sie erinnerte sich sehr gut daran, wie sie Che-Nupet erreichen konnte. Sie legte ihre Nase an Che-Nupets und pustete sie an.

»Ich rufe dich. Und dann kommst du mit mir nach Hause, und wir suchen für dich ein ganz besonders schönes Kopftuch aus.«

Schlapp! Einmal noch wischte ihre Zunge über ihr Gesicht, dann sprang Che-Nupet in weiten Sätzen davon.

Amenti sah ihr ein wenig verwundert nach.

»Sie ist nicht so träge, wie sie gerne tut«, sagte Feli und wandte sich dann an Nefer. »Ich habe Adler kreisen sehen.«

»Ja, sie kommen ihrer Verpflichtung nach. Sie haben schon etliche Schlangen getötet.«

»Woher kommen die Schlangen?«, fragte Amenti.

»Anfangs sind sie am Roc'h Uhel aufgetaucht, doch den haben wir erneut versiegeln lassen. Dort hat man auch keine mehr gesehen. Wir wissen nicht, aus welchem Loch sie gekrochen kommen. Keiner traut sich mehr umherzustreifen. Daher hat man mir geraten, dich zu fragen.«

Glücklich sah der sandfarbene Kater nicht aus, fand Feli. Aber er nickte zustimmend.

»Ich werde es versuchen herauszufinden.«

»Wie stellst du das an?«, wollte Feli wissen.

»Ich glaube nicht, dass du das verstehst, Menschenmädchen.«

Nefer knurrte leise. Amenti sah ihn fragend an.

»Gib ihr Antwort, Amenti. Sie versteht mehr, als du denkst.«

»Wie du meinst.« Er wandte sich Feli zu und dozierte: »Das Land ist von Adern durchzogen wie ein lebendiger Leib. Wasser, Erze, geronnenes Gestein, uraltes Leben. Manches sammelt sich in Höhlen, in Senken oder in Flüssen. Wasser sieht man meistens, Erze selten, Gesteinsschichten nur, wenn sie sich zu Gebirgen auftürmen. Jede dieser Adern besitzt seine eigene Schwingung, die die Fähigen unter uns zu verspüren wissen. Wir verfolgen ihren Verlauf, erkennen, wenn sich Spannungen ergeben, Kavernen zusammenbrechen, Risse sich auftun. Nicht alles ist gefährlich, manches natürlich. Andere Stellen führen zu tieferen Schichten, zu Bereichen, die einst von Wissenden und Weisen erschaffen wurden.«

»Durchgänge zu den Grauen Wäldern.«

»Dorthin und auch zu anderen Gefilden. Nicht alle wissen davon, manche glauben, es seien nur alte Mythen, Sinnbilder aus der Welt der Träume.«

»Und doch scheinen alle Trefélingeborenen zu wissen, dass es eine Welt der Menschen gibt.«

»Manchen ist das nicht sonderlich recht, aber ja, wir wissen es. Dieser Teil der Geschichte ist noch jung. Und unsere Neugier ist groß.«

Feli lächelte, und ihre Schnurrhaare fächerten sich dabei nach vorne auf.

»Nicht nur Katzen sind neugierig.«

»Sieht so aus.«

Auch Amenti lächelte. Wenn er einen aufmerksamen Zuhörer hatte, schien er aufzutauen. Also stellte sie weiter Fragen.

»Du spürst also die Erdströme. Mit den Pfoten?«

»Sie sind sensibel, ja. Aber siehst du hier?«

Er hob eine Pfote und wies auf die langen Tasthaare hin.

»Vibrissen, ich weiß.« Feli betrachtete ihre eigenen Pfoten. Auch sie konnte unsichtbare Strömungen fühlen, wenn sie sich darauf konzentrierte. Als Mensch, mit einem Pendel. Es wäre einen Versuch wert, es mal mit den neuen Sinnesorganen zu testen.

»Wonach suchst du, wenn du die Stellen finden willst, aus denen die Schlangen kommen?«

»Nach einer alten Verwerfung, die in die Grauen Wälder führt. Es ist nicht ausgeschlossen, dass irgendwo eine Höhle eingebrochen ist, sich eine Schicht verschoben hat …«

»Oder jemand eine Stelle aufgekratzt hat?«

»Heiliger Sphinx, nein. Das würde keiner von uns wagen.«

Feli sah zu Nefer hin. Der aber schüttelte nur leicht den Kopf. Gut, der Namenlose würde nicht erwähnt werden.

»Amenti, zeig mir eine der Adern, die du verfolgen willst. Ich glaube, ich kann dir bei der Suche helfen.«

»Tatsächlich?«

»Auch wir Menschen haben unsere Qualitäten.«

Nefer schnaubte belustigt. Aber er stimmte zu: »Die hat sie. Versucht es, je schneller wir fündig werden, desto besser.«

»Nun gut. Folge mir, Feli.«

Sie lief hinter ihm her, und mitten in einem Feld von violettem Heidekraut blieb er stehen und tastete vorsichtig mit der Vorderpfote den Boden ab. Dann hob er die Nase und ließ die Barthaare vibrieren.

»Stell dich hier hin und sage mir, was du erkennst.«

Feli betrat die gleiche Stelle und konzentrierte sich. Auf was, das wusste sie nicht recht. Normalerweise hätte sie ein Pendel an ihrem Finger schaukeln lassen. Eine Weile fiel ihr überhaupt nichts Ungewöhnliches auf. Der Wind streifte ihr durch das Fell, der Boden war warm, die Kräuter ein wenig kratzig, Bienen summten zwischen den Blüten …

Summten.

Es summte an ihrem Ohr. Besser, es vibrierte ganz sanft in ihrem Ohr. Der Ring schien ein Eigenleben zu entwickeln. Sie hörte auf ihn, und während sie das tat, setzte ein feines Kribbeln in ihren Pfoten ein. Sie tastete über den Boden, folgte der Spur einige Schritte weit und drehte sich dann um.

»Wasserader.«

Amenti wirkte erstaunt.

Nefer grinste.

»Erstaunlich. Dann begleite mich, Feli.«

»Ja, aber du musst für mich jagen, Amenti. Das kann ich nämlich nicht besonders gut.«

»Das wird sich machen lassen.«

»Es werden euch zwei Grenzwächter begleiten«, sagte Nefer.

Sie folgten ihren Empfindungen für das Land. Amenti wandte sich als Erstes dem Roc'h Uhel zu und untersuchte ihn gründlich. Feli übte sich darin, das unterschiedliche Kribbeln in ihren Pfoten, genauer zwischen ihren Ballen, zu unterscheiden. Allmählich verstand sie, auf was ihr Lehrer hinauswollte. Am Roc'h Uhel kreiselte die Strömung wie um einen Mittelpunkt, der nach unten sog. An anderen Stellen verlief sie gerade, in Biegungen oder verschwand auch einfach. Dann mussten sie eine neue Spur suchen. Einmal erschreckte sie ein Adler, der kurz vor ihr vom Himmel stürzte und seine Klauen in eine Schlange schlug. Mit einem heftigen Schnabelhacken tötete er das Reptil. Dann stieg er mit einem wilden Schrei wieder auf. Andere Schreie antworteten ihm.

»Folgen wir der Fährte der Schlange«, schlug Feli vor.

»Besser nicht.«

»Sie muss aber doch irgendwo hergekommen sein, Amenti. Wir können nicht tagelang kreuz und quer wandern.«

»Wir machen es auf meine Weise.«

»Oookay.«

Amenti war gründlich, vielleicht zu gründlich, dachte Feli. Bedächtig folgte er jeder Erdströmung, die er auffand, bis zu ihrem Verschwinden. Sie aber überlegte in eine andere Richtung. Die Adler, sie untersuchten das Land mit ihren scharfen Augen und erkannten die Schlangen auch aus großer Höhe. Wo kreisten sie besonders häufig? Wo stießen sie oft nieder?

Während Amenti sich langsam voranarbeitete, blickte Feli nach oben. Im Westen, wo der Mittelgrat aufstieg, waren nur vereinzelt Vögel in der Luft, vor allem jene, die dort lebten und jagten. Im Süden, wo die Witterlande zum Land Wolkenschau übergingen, hielten sie sich gar nicht auf, wohl aber an der Grenze zum Kratzforst. Hauptsächlich aber kreisten sie östlich von ihnen.

»Was befindet sich dahinten?«, fragte sie einen der Grenzwächter, der auf den Namen Ramses hörte.

»Eibental. Ein düsterer Flecken.«

»Hat er eine besondere Bedeutung?«

Amenti kam hinzu.

»Manche Bäume können Gedanken verwirren, heißt es. Oder bedrohliche Träume schenken. Eiben sind nicht ungefährlich.«

Feli dachte an den Baumkreis, den sie und Che-Nupet teilten. Ja, Bäume hatte wohl so ihre eigene Macht.

»Unsere Weisen besuchen das Eibental, wenn sie Rat suchen«, ergänzte Ramses. »Sarapis ist früher oft dort gewesen. Aber was sie bewirken, weiß ich nicht.«

»Ich werde auf gar keinen Fall dort hingehen«, sagte sein Begleiter.

»Mhm. Ich schon«, meinte Feli und beobachtete einen weiteren Adler, der auf seine Beute niederstieß.

»Das wirst du besser nicht tun«, mahnte Amenti sie.

Aber es zog sie dorthin, und während Amenti weiter seinen Untersuchungen folgte, wanderte sie mehr und mehr in die Richtung des Tales. Ramses begleitete sie schweigend. Immer wieder aber achtete sie auf ihre Schritte, folgte den ausgetretenen Pfaden, nicht den unsichtbaren Strömen. Schlangen griffen nur an, wenn sie gestört wurden, so viel wusste sie. Oft drehte sie sich um, um sich zu vergewissern, dass sie Amenti noch sehen konnte. Auch er bewegte sich langsam auf den Eibenhain zu, wenn auch auf anderen Wegen.

Die Sonne neigte sich gen Westen, als sie das Tal erreicht hatte und vor den mächtigen Bäumen stand, die hier seit Jahrhunderten wuchsen. Eiben konnten uralt werden, ihre Stämme wiesen Höhlen auf, und ihr Wurzelgeflecht bedeckte den Boden wie ein graues Netzwerk. Fasziniert stand Feli davor.

»Man sagt, dass sie giftig seien«, mahnte Ramses.

»Ja, das sind sie. Man darf nichts davon essen.«

»Willst du wirklich hierbleiben?«

Es drängte sie dazu, zwischen den Bäumen hindurch in das Innere des Hains zu schlüpfen. Aber ihr Verstand ermahnte sie, sich nicht in Gefahr zu begeben. Was, wenn hier die Stelle war, aus der die Schlangen hervorkrochen?

»Ich umrunde es einmal«, beschloss sie schließlich.

Ramses schloss sich ihr an, immer wieder witternd und sich umschauend.

Dann fand sie den Einschlupf. Vergessen war alle Vorsicht, Pfote vor Pfote setzend schlich sie sich näher, fand den Weg zwischen den wuchtigen Stämmen und folgte ihm trotz Ramses' Mahnung. Es war dunkel unter dem Geäst, trockene Nadeln bedeckten den Boden. Felis Katzenaugen aber durchdrangen die Dunkelheit, und schließlich traf sie auf den gewaltigen, hohlen Stamm jenes Baumes, der den Mittelpunkt des Hains auszumachen schien. Sie schnüffelte und flehmte, lauschte und tastete. Ja, der Ohrring sirrte, doch ihre Pfoten ertasteten keine Ströme. Dennoch war die Atmosphäre seltsam, irgendwie verschob sich ihre Sicht, und leicht schwankend legte sie sich nieder. Müdigkeit überkam sie, deckte sie zu wie eine warme Wolke, hüllte sie ein und machte ihre Lider schwer. Sie versuchte sich zu wehren, doch das leise Rauschen der Zweige überwältigte sie. Sie hörte ihr Herz schlagen, gleichmäßig, beruhigend. Wie ein ferner Trommelschlag.

Schlief sie? Träumte sie?

Wanderte ihr Geist durch Zeiten und Räume?

»Wingcat«, rief jemand.

Sie richtete ihre Sinne auf den Rufer.

»Wingcat!« Eine Stimme, in der Sehnsucht mitschwang.

Das Bild eines Mannes formte sich, und Feli betrachtete ihn mit Staunen.

»Nathan?«

»Wingcat?«

Hoffnung, dann Erkennen.

»Du bist nicht sie«, sagte er.

»Nein, Nathan, ich bin Feli.«

Er kam näher. Betrachtete sie, lächelte.

»Hast du sie gesehen?«

»Ja, sie ist in den Grauen Wäldern. Wieso bist du hier?«

»Ich suche sie.«

Sein Bild verblasste. Ein anderes tauchte auf.

Silbern, geschmeidig, mit goldenen Augen betrachtete der Puma sie. Löste sich auf, verschwand wie ein Nebel.

Dann war Schwärze da, das Nichts.

»Feli!« Jemand zupfte an ihren Ohren. »Feli, wach auf!«

»Mhm?«

Ramses stieß sie mit der Nase an.

»Wach werden!«

Mühsam kämpfte sie sich aus ihrem Dämmerzustand hervor.

»Was?«

»Amenti ist auf eine Schlange gestoßen.«

Feli schüttelte die Benommenheit ab und folgte Ramses aus dem Hain.

Sie fand Amenti vor einem flachen Stein liegen, eine zerfetzte Schlange nicht weit von ihm. Der andere Grenzwächter saß neben ihm und leckte sich die Pfote.

»Kam gerade rechtzeitig«, murmelte er. »Sie hätte ihn gebissen, wenn ich sie nicht zu packen bekommen hätte.

»Gut gemacht«, lobte sie ihn.

Amenti brummte zustimmend. »Fand da einen Wirbel. Da

an dem Stein. Ich schob die Pfote rein. Und schon kam sie heraus.«

»Es könnte die Stelle sein, aus der sie hervorkriechen?«

»Könnte. Führt tief nach unten.«

»Kannst du den Spalt versiegeln?«

»Das sollte ich wohl.«

Die Sonne war inzwischen untergegangen, und ein kühler Wind wehte von den Bergen herab. Der Mond stieg über dem Horizont auf, schon beinahe rund und strahlend am klaren Himmel. Amenti begann einen monotonen Gesang und umrundete die Stelle, die er gefunden hatte. Eine Weile lauschte Feli ihm, dann rollte sie sich zusammen und dachte über das nach, was sie im Eibenhain erlebt hatte. Eigenartige Träume schenkte er, hatte Ramses gesagt. Und Sarapis war hergekommen, wenn er Rat suchte. Sie hatte Nathan gesehen – nicht leibhaftig, dessen war sie sich sicher. Aber dennoch hatte sie mit ihm gesprochen. Wenn sie zurückkam, würde er sich dann auch daran erinnern? Wenn ja, war das dort ein Ort, an dem sich die Träume der Katzen und Menschen vermischten?

Nathan kannte die Wege der Schamanen, was genau das bedeutete, wusste sie nicht. Nur dass er auf seine Weise im Geist wandern konnte. Trefélin war ihm bekannt, auch wenn er den Namen zuvor noch nie gehört hatte. Er hatte es die Untere Welt genannt, in der die Tiergeister lebten. Und er kannte Che-Nupet, die er seine Führerin nannte. Wann hatte sie ihn geführt? Warum und wohin? Er rief sie Wingcat, geflügelte Katze. Kannte er sie in ihrer wahren Gestalt? Was verband die beiden? Eines jedoch war Feli klar: Che-Nupet liebte ihn, schmerzlich und ohne Hoffnung. Sie hatte Angst gehabt, ihm in ihrer Welt zu begegnen. Er hingegen hatte kaum ein Wort über sie verloren.

Feli streckte sich neben Ramses aus und lauschte dem Gebrumm und Gesumm, das Amenti noch immer von sich gab. Sie würde Nathan ausfragen, beschloss sie. Von ihm würde sie vermutlich eher Antworten erhalten als von Che-Nupet.

Obwohl, über den Eibenhain würde sie von ihr wohl auch etwas in Erfahrung bringen.

50. Ernüchternde Einsicht

Finn hackte Holz. Seit anderthalb Stunden schon. Ein Haufen sehr kleiner Holzscheite türmte sich neben ihm auf, und dennoch beruhigte ihn die Tätigkeit nicht.

»Finn, meinst du nicht, dass wir genug Anmachholz haben? Das reicht ja für drei arktische Winter.«

Kristin trat zu ihm und reichte ihm ein Glas Eistee. Er wischte sich über die Stirn und nahm das Glas aus ihrer Hand. Dankbar trank er und setzte sich dann auf den Hackklotz.

»Was ist los, Finn?«

»Nichts.«

»Doch.«

Seine Schwester zog sich einen Eimer heran, drehte ihn um und setzte sich ebenfalls nieder. Seit dem Vortag war sie wieder zu Hause, und wie es schien, hatte der Aufenthalt bei ihren Großeltern ihr inneres Gleichgewicht wiederhergestellt. Finn wollte nicht, dass es erneut durcheinandergebracht wurde. Aber das, was er erfahren hatte, lastete schwer auf ihm.

»Kristin, es ist mein Ding, ja?«

»Nein, ich glaube nicht. Es hat etwas mit unserem Vater zu tun, nicht?«

Er zuckte mit den Schultern. Genau damit hatte es zu tun.

»Los, erzähl es mir, Finn. Ich hab ein Recht darauf.«

»Es ist eine solche Scheiße, Kristin.«

»Ja, das denke ich mir. Los, was ist passiert? Hey, ich verkrafte das. Ich bin doch nicht so ein Hühnchen. Er hat wieder Mist gemacht, stimmt's?«

»Ja, hat er.«

»Großen?«

»Ja.« Finn betrachtete seine schmutzigen Hände. Ja, er musste es Kristin sagen. Also straffte er sich und begann.

»Rudi war hier. Sein Vater hat den ›Helfenden Händen‹ gespendet. Zehntausend Euro. Kord hat sich davon neuntausend unter den Nagel gerissen. Sie haben weitere Veruntreuungen gefunden und ihn angezeigt.«

»So was hat er früher auch schon mal gemacht«, sagte Kristin leise.

»Ja, ich weiß. Ich wollte es aber nicht glauben. Na, jedenfalls bin ich zu dieser Charlene gegangen und habe ihr auch von dem Motorrad und dem Gewehr berichtet. Ich wollte es ihnen zurückgeben.«

»Oh, Finn ...«

»Das Gewehr haben sie genommen, die Honda soll ich behalten. Ich weiß nicht ...«

»Wenn sie das wollen, ist es doch okay.«

»Ja, mag sein. Aber ... da ist noch mehr, Kristin. Und das ist so was von entsetzlich.«

»Was?«

»Wegen dieses Anschlags auf den Bus. Da steckt er auch mit drin, haben sie herausgefunden. Sepp Sebusch hat ihn zwar geplant und auch den Sprengstoff organisiert, aber Kord hat die Handys und die Sprengkapseln besorgt. Von dem gleichen Händler, von dem er auch das Gewehr gekauft hat. Er hat offensichtlich gute Beziehungen zum Schwarzmarkt.«

Kristin sah ihn entgeistert an.

»Mann, er wusste doch, dass ich und Nerissa mit dem Bus fahren wollten!«

»Ja, das wusste er. Du, Feli, Nerissa, Seba, Tija… Sie alle waren ihm völlig egal.«

»Ich fasse es nicht.«

»Ich auch nicht, Kristin. Angeblich gibt er Sebusch die Schuld, der hätte ihn manipuliert. Aber ich weiß nicht. Er hat das Zeug wissentlich und willentlich gekauft und mit dem geklauten Geld bezahlt.«

»Wo ist dieser Sebusch?«

»Weg. Untergetaucht.«

»Hast du es Nerissa gesagt?«

»Ja. Sie ist fuchsteufelswild.«

»Hat sie dich beschimpft?«

»Nein, diesmal nicht. Sie war sogar… na ja, ziemlich verständnisvoll.«

»Warum, Finn? Warum wollte er, dass wir umkommen? Warum wollte er unseren Tod? Ist er völlig durchgeknallt?«

»Ich denke, ja. Ja, das ist er. Und ich Idiot bin auf ihn reingefallen.«

Kristin streichelte sein Knie. Chipolata und Ani kamen angeschlichen und drückten sich an ihre Beine. So saßen sie eine Weile da und versuchten, mit dem, was sie hatten erkennen müssen, zurechtzukommen.

»Er hat es wegen der Ringe getan«, war Anis leise Bemerkung.

Das war nun etwas, das Finn Kristin auf gar keine Weise erklären konnte. Aber er nickte. Sebusch – Shepsi – war hinter den Ringen her. Felis, Sebas, Tijas und jetzt hinter seinem. Wozu brauchte er die Ringe? Was für ein böses Spiel plante er? Welche Gefahr drohte Feli in Trefélin? Und wieso hatte er sich nicht an Ani und Pepi herangemacht?

»Wann kommt Feli zurück?«, fragte Kristin in das Schweigen hinein.

»Am Freitag.«

»Hast du es ihr schon erzählt?«

»Nein. Sie ist ja nicht so leicht zu erreichen.«

Finn fühlte sich niedergedrückt. Am liebsten hätte er weiter mit der Axt auf Holz eingeschlagen, aber das half ihm auch nicht weiter.

»Nerissa wollte gegen vier zurück sein.«

»Ja, ich weiß.«

»Ich muss mit ihr darüber reden. Und du gehst am besten zu Nathan, Finn. Ich … ich will mit ihr allein sein.«

»Ja, schon gut.«

Finn drückte Kristin die Schulter und stand auf.

Nathan war dabei, seinen Jeep sauber zu machen, als Finn bei ihm eintraf.

»Ich habe es schon gehört«, begrüßte er ihn.

»Es spricht sich schnell herum. Nathan, es muss etwas mit den Ringen zu tun haben.«

Der Förster schlug eine Fußmatte aus und legte sie zurück in den Wagen.

»Warum?«

»Shepsi – Sebusch – ist hinter ihnen her. Nur, das wird keiner von der Polizei verstehen. Ich habe auch keine Ahnung, was er damit will. Aber du solltest vorsichtig sein. Du trägst auch einen.«

»Was immer der bedeutet.«

»Dass du Trefélin-Katzen verstehen kannst. Und in ihr Land reisen kannst. Vielleicht auch mehr. Derjenige, dem der Ring gehörte, den du da trägst, war einer der Seelenführer. Du hast nie ausprobiert, wozu du damit in der Lage bist.«

»Nein, das habe ich nicht.« Nathan berührte die kleine goldenen Kreole in seinem Ohrläppchen. »Sollte ich es?«

»Es könnte möglicherweise nötig sein.«

Nathan sah sich um. Dann schüttelte er den Kopf.

»Ich habe keine Zeit dafür, Finn. Meine Aufgaben liegen hier.« Dann sah er Finn an und legte ihm den Arm um die Schulter. Überrascht zuckte der zusammen. »Die Sache mit deinem Vater bedrückt dich, nicht wahr?«

»Tierisch. Ich versteh das nicht. Ich meine, ich verstehe es mit dem Kopf, aber ich kann es einfach nicht glauben, dass er meine Mutter und meine Schwester hat umbringen lassen wollen.«

»Das ist auch nicht leicht zu verstehen. Er muss psychisch krank sein.«

»Ja, so was Ähnliches.«

»Ich habe meinen Sohn verloren, er war eben vier Jahre alt. Meine Frau fuhr den Wagen, sie gerieten ins Schleudern, stürzten einen Abhang hinunter. Ich verstehe es auch immer noch nicht, Finn. Aber ich versuche damit zu leben.«

»Tan hat mir davon erzählt. Es tut mir leid, Nathan.«

Nathan ließ ihn los und schlug die Autotür zu.

»Gehen wir rein und überlegen wir, ob wir irgendetwas tun können.«

»Wo ist Tanguy?«

»Mit Jeronimo unterwegs.«

Sie betraten das Haus, und Nathan setzte sich an den Küchentisch.

»Was sind deine Gedanken, Finn?«

»Shepsi braucht die Ringe, und er ist nicht alleine. Er ist nicht klug genug, um eine wirklich große Intrige anzuzetteln, weißt du. Ich habe über die Vorfälle damals viel nachgedacht. Es hat sich gezeigt, dass Imhotep, der jetzt als Namenloser in den Grauen Wäldern umherstreift, die Macht an sich reißen und den Kontakt zwischen Menschen und Trefélin endgültig abbrechen lassen wollte. Majestät hat ihm deshalb Rang, Ring und Namen genommen. Ich habe den Verdacht, dass schon damals eine Verbindung zwischen Shepsi und ihm bestanden hat, und ich vermute, dass er nun zumindest Sebas Ring besitzt. Mit weiteren Ringen könnten die beiden zusätzliche Gefolgsleute gewinnen und ihre Ziele erneut verfolgen.«

»Du hattest mir aber erklärt, dass das Insignium des Königtums das Ankh ist, das Majestät trägt. Und das nur bei ihr seine Macht entfaltet.«

»Richtig. Weshalb mir nicht ganz klar ist, wie sie vorgehen wollen. Vielleicht können sie erst einmal nur Ärger machen. Chaos und Vernichtung verursachen.«

»Rache ist ein starker Antrieb.«

Finn nickte. In diese Richtung gingen auch seine Gedanken.

»Wir müssen diesen verdammen Shepsi finden. Als Mann oder Katze.«

»Dann überlegen wir mal, wie wir ihn ködern können.«

»Ködern, tja. Dazu müssten wir aber wissen, welcher Köder ihm schmeckt. Und dazu wiederum müssten wir wissen, was er vorhat. Er ist so wenig fassbar.«

»Feli kommt am Freitag zurück.«

»Wir werden am Dolmen sein. Oder ich gehe ihr entgegen.«

»Wenn sie klug ist, wählt sie einen anderen Ort, an den sie zurückkehrt.«

»Stimmt auch wieder. Und es wird sie jemand begleiten.« Finn raufte sich die Haare. »Es macht mich wahnsinnig, dass ich nichts tun kann.«

»Ja, das ist ein widerwärtiger Zustand. Und dennoch – solange wir nichts wissen, ist Geduld das Einzige, das uns weiterhilft. Aufmerksamkeit und Geduld.«

Das stille Lauern einer Katze auf der Jagd, schoss es Finn durch den Kopf. Vielleicht. Es war Shepsi, der von Rachsucht getrieben handelte. Er würde sich verraten.

»Ich kann versuchen, Feli zu erreichen, Finn. Es ist mir schon einmal ganz kurz gelungen. Eher zufällig, aber es geht. Ich werde ihr eine Warnung zukommen lassen«, sagte Nathan schließlich. »Und wir alle behalten den Dolmen im Auge.«

»Verdammt, ich muss noch zwei Klausuren schreiben. Ich muss morgen zurück an die Uni!«

»Das musst du, Finn.«

»Und mich auf euch verlassen.«

»Ganz richtig.«

Auf seinen Vater hatte er sich nicht verlassen können. Die Bitterkeit darüber rumorte noch in seinem Magen. Finn sah Nathan an. Ein Mann, gelassen, ruhig und manchmal hart und unnachgiebig. Er hatte Fehler gemacht und Schläge einstecken müssen.

Er war verlässlich wie ein Fels.

»Gut. Donnerstagabend bin ich zurück. Dann habe ich erst einmal Ferien.«

51. Abschied von Trefélin

Feli drückte ihre Nase in das warme, seidige Katzenfell und schnurrte zufrieden. Nefer hatte sich um sie gerollt, eine Pfote lag auf ihrem Nacken, ein Hinterlauf über ihrer Flanke. Es war warm und kuschelig in der Kuhle im Heidekraut. Bienen brummelten in den Blüten, eine Lerche trillerte hoch über ihnen, Ginster duftete. Sie schmiegte sich ein bisschen näher an den schlanken, starken Körper, und müßig schleckte ihr Nefers Zunge über die Stirn. Dann über die Ohren, den Nacken, gründlich bürstend zusammen mit einem tiefen Grummeln. Schließlich wurde das Grummeln leiser, und sie versank wieder in ein leichtes Dösen.

Es war so schön hier. So schön, mit Nefer den warmen Nachmittag in der Sonne zu verschlafen, so friedlich, sich um nichts sorgen zu müssen. Sie drehte sich ein bisschen herum und schlappte Nefer über das schwarze Gesicht, spürte die Narbe, dort wo einst sein Auge gewesen war, streifte über seine starren Barthaare, die unter ihrer Zunge leicht zu zucken begannen. Putzte ihm die makellos sauberen Ohren und schnurrte dabei vor lauter Vergnügen.

Das blaue Auge öffnete sich, leuchtete wie ein Saphir in der Sonne.

»Du könntest hierbleiben, Feli«, sagte er leise.

»Ja, das könnte ich.«

Sie kuschelte sich an seine Brust. Hier in Trefélin bleiben, mit Nefer über die duftende Heide laufen, mit Che-Nupet am See sitzen, mit jungen Katzen spielen, mit Amun Hab lange Gespräche führen, Majestät necken …

Die Schlangen waren vernichtet, die Stelle, aus der sie gekrochen kamen, versiegelt. Gefahren drohten ihr nicht mehr. Nicht hier. In ihrer Welt sehr wohl.

Aber es warteten auch Aufgaben auf sie, und Freunde und Familie würden sie vermissen.

»Ich muss zurück, Nefer. Auch wenn es noch so schön hier ist.«

Nefer setzte sich auf und streckte sich. Er trug sein Kopftuch nicht und wirkte dadurch weit weniger autoritär.

»Es war ein Vorschlag. Eine Bitte vielleicht.«

Eine heiße Welle durchlief sie. Für einen Moment wurde sie schwankend.

»Ach Nefer.«

»Es gibt andere, richtig? Ich bin nur ein zerschrammter, einäugiger Kater.«

»Du bist ein wundervoller schwarzer Kater, stark und wendig und klug. Ich mag dich sehr, Nefer. Ehrlich. Nur … sieh mal, ich bin erst einen Monat lang eine Katze. Ich weiß nicht, ob ich das bleiben kann. Ich würde gerne wiederkommen, oft, wenn es geht. Und immer, wenn ich euch helfen kann. Aber ich bin ein Mensch.«

»Ja, das bist du. Mit einem Katzenherzen.«

Er sah unglücklich aus. Es tat ihr weh, ihn so enttäuschen zu müssen.

»Du kannst zu mir kommen, Nefer, wann immer du willst. Für einen kleinen schwarzen Kater werde ich immer ein Döschen Futter aufmachen«, versuchte sie ihn aufzuheitern.

»Meine Pflichten liegen hier, Feli.«

»So wie meine in meiner Welt. Trotzdem, Nefer …« Sie rieb ihren Kopf an seiner Schulter. »Ich würde auch einem großen schwarzen Mann ein Döschen Futter aufmachen.«

Er grummelte, beugte sich vor und drückte seine Nase an die ihre.

»Mal sehen. Ja, mal sehen. Aber jetzt bringe ich dich zum Laubental, damit du dich verabschieden kannst.«

»Gut, laufen wir gemeinsam. Ich hoffe, Che-Nupet begleitet mich durch die Grauen Wälder.«

»Sie tut, was immer sie will.«

Drei Tage dauerte ihre Reise. Gemächlich wanderten sie durch die Witterlande, durchstreiften den Kratzforst mit seinen hohen, dunklen Nadelbäumen. Nefer jagte für sie, sie selbst angelte sich hier und da ein Fischlein. In den warmen Mittags- und Nachmittagsstunden ruhten sie gemeinsam, und wann immer Feli Fragen hatte, gab Nefer ihr Antwort. Sie erfuhr viel über die Bedeutung der Namen, die Geschichte des Landes, die Aufgaben und Ämter, das Wesen der Ringe und lernte einige der gängigen Mythen kennen. Besonders aufmerksam lauschte sie jenen, die vom Land unter dem Jägermond handelten, in dem die löwenköpfige Sechmet und ihre katzenköpfige Schwester Bastet über die Geschicke der Felinen wachten. Feli fragte, aber sie sprach nicht darüber, dass sie vor einem Jahr tatsächlich das Land unter dem Jägermond betreten hatte. Und dass Sechmet nicht eine Gestalt aus den Sagen war, sondern höchstselbst über das Heldenwasser wachte. Aber sie erkundigte sich nach den Wächtern.

»Die Sphingen – sie sind unheimlich. Ich bin ihnen noch nicht begegnet, und ich reiße mich auch nicht darum. Aber eines Tages werde ich sie aufsuchen müssen.«

»Sie bewachen den Schwarzen Sumpf, nicht wahr?«

»Den und andere Bereiche. Um die letzte Prüfung zu bestehen, muss man mit einem von ihnen sprechen. Sie sind nicht nur Wächter, Feli, sie sind auch Ratgeber. Sie wissen alles, antworten aber nur, wenn sie gefragt werden. Sie sind mächtig und stark, doch sie handeln nur auf Bitten – sie übernehmen keine Verantwortung für das, was sie raten. Die liegt immer beim Bittsteller.«

»Sie würden nie von sich aus eingreifen, wenn Gefahr droht?«

»Nein. Das ist nicht ihre Aufgabe. Sie haben keine Gefühle, für nichts und niemanden. Wir sind ihnen gleichgültig. Und wenn man eine Auskunft von ihnen haben will, bekommt man sie nur, wenn man zuvor ihre Frage beantwortet hat. Diese Rätsel, sagt man, sind sehr verzwickt.«

»Hast du Angst vor ihnen?«

»Ja.«

Che-Nupet hatte keine Angst gehabt, sie selbst schon. Dieser mächtige Löwenkörper, die gewaltigen Schwingen, das ernste Männergesicht des Sphinx hatte sie nie vergessen. Auch den Flug über den Schwarzen Sumpf nicht. Feli spürte, wie die Erinnerung daran ihr Nackenfell aufstellte.

Che-Nupet war die Tochter eines Sphinx, ihrer Mutter Sheshat musste er wohl doch gewisse Gefühle entgegengebracht haben. Oder? Sheshat trug ein Kopftuch und einen alten Namen. Sie hatte die Prüfungen bestanden. Was für ein Amt mochte sie innehaben? Und warum hasste sie ihre Tochter dermaßen? Oder schämte sie sich ihrer?

Aber das waren Fragen, die Feli Nefer nicht stellen wollte.

Schließlich überquerten sie den Avos Yen, und das liebliche Laubental lag vor ihnen. Die Weiden leuchteten in saftigem Grün, gesprenkelt mit weißen, gelben und roten Blumen. Von den Bergen des Mittelgrats schäumten Bäche auf die Ebene, bildeten hier und da Teiche. Tierherden grasten unter ausladenden Bäumen, an sonnigen Plätzen ruhten Katzen, viele mit ihren prunkvollen Kopftüchern. Andere tollten zwischen den Lauben herum oder saßen in ernsthaftem Gespräch vertieft im Kreis beieinander. Manche grüßten sie mit einem lächelnden Blick, einige maßen sie misstrauisch.

An der Laube, die Feli bewohnt hatte, blühten Heckenrosen. Ihre Rucksäcke waren ordentlich in einer Ecke verstaut, doch Mima war nicht aufzufinden. Dafür streckte Semir schon nach kurzer Zeit seine Nase durch die Ranken.

»Geht's dir gut?«, fragte er, und Feli, die eigentlich nach der langen Wanderung ein wenig ruhen wollte, sprang von ihrem Lager, um ihn zu begrüßen.

»Ja, mir geht es gut. Und dir?«

»Ich muss wieder lernen«, stöhnte er und drehte die Ohren nach hinten. »Sie wollen, dass ich mich auf die nächste Prüfung vorbereite.«

»Ist das nicht eine Ehre?«

»Ist Lernen eine Ehre? Mir verknotet es das Gehirn.«

»Nur weil du Angst davor hast.«

Semir sah sie groß an.

»Angst? Ich hab keine Angst.«

»Dann kannst du auch lernen.«

Das schien eine neue Erkenntnis zu sein, und er knurrte leise: »Wenn du es sagst.« Dann schüttelte er das offensichtlich unangenehme Thema ab und meinte: »Amun Hab möchte dich sprechen.«

»Na gut. Ich komme mit.«

Feli bürstete sich schnell über Latz und Pfoten, dann trottete sie hinter Semir her zum Ratsfelsen. Der schwarze Weise lag bereits darauf, neben ihm saß Nefer.

»Der Mond rundet sich«, begrüßte Amun Hab sie und deutete an, dass sie hochspringen sollte.

»Ja, ich weiß. Morgen Nacht gehe ich zurück.«

»Wo ist Che-Nupet?«

»In den Grauen Wäldern, nehme ich an.«

»Sie sollte bei euch bleiben«, grummelte der Weise. »Immer verzieht sie sich in die Grauen Wälder.«

»Ich dachte, das sei ihre Aufgabe?«

»Die hat sie lange genug wahrgenommen. Nun, dann wird dich ein anderer nach Hause führen müssen.«

»Ich kann auch alleine gehen, Amun Hab. Ich glaube, so schwer ist das nicht.«

»Oh nein, du gehst nicht alleine. Dafür ist das Gebiet viel zu unsicher.«

»Vielleicht hat Che-Nupet schon etwas gefunden.«

Plötzlich beschlich Feli eine unangenehme Furcht. Ihre Freundin hatte Angst vor Schlangen. Eine geradezu übermächtige Angst. Was war ihr in den letzten Tagen geschehen? Warum war sie nicht hier? Sie wusste doch, dass Feli bei Vollmond zurückgehen würde.

»Wenn sie etwas entdeckt hat, sollte sie es uns melden«, murrte Amun Hab.

»Sie vergisst doch ständig die Zeit«, entgegnete Nefer.

»Oder die Zeit vergisst sie, dort in den Wäldern«, murmelte Feli. Ihr kam eine Idee. Sie könnte Che-Nupet rufen. Der Kreis der Bäume, darüber war sie zu erreichen. Feli streckte sich auf dem Felsen aus und schloss die Augen.

Eine silbrige Birke beschwor sie herauf, eine duftende Pinie, eine schlanke Weide und eine düstere Eibe, in der Mitte eine runde, grasbewachsene Lichtung. »Schnuppel, wir brauchen dich!«, rief sie in Gedanken. »Schnuppel, komm zum Ratsfelsen.«

Eine Brise raschelte durch die Zweige der Bäume. Dann löste sich das Bild auf.

»Sie wird bald hier sein«, sagte Feli zu Amun Hab.

»Ach ja?«

»Ja. Und in der Zwischenzeit werde ich mir einen Fisch fangen und mich putzen und ein wenig ruhen, wenn ihr nichts dagegen habt.«

Der Weise blinzelte.

»Du bist ganz schön vorlaut geworden, Felina.«

»Ja, nicht?« Ihr Schwanz schoss vergnügt in die Höhe. »Mir gefällt das.«

»Tja, mir auch«, meinte Nefer.

In gespielter Resignation legte Amun Hab sein Kinn auf die Vorderpfoten und grollte vor sich hin. »Kinder!«

Es dauerte bis zur Abenddämmerung, bis Che-Nupet eintraf. Sie galoppierte auf das Seeufer zu, an dem Feli sich im Angeln übte.

»Wär ich da gewesen, ne. Am Eingang«, sagte sie und setzte sich mit dem Hinterteil ins seichte Wasser.

»Hallo Schnuppel. Aber Amun Hab wusste das nicht. Komm aus dem Nassen heraus.«

»Muss ich üben.«

»Nein, das brauchst du nicht zu üben. Das kannst du schon.«

Che-Nupet erhob sich, schüttelte sich, dass die Tropfen sprühten, und leckte ihren Schwanz ab.

»Ist fies.«

»Ja, habe ich auch gemerkt. Amenti hat die Stelle versiegelt, aus der die Schlangen kamen.«

»Weiß ich.«

»Er glaubt, dass in den Grauen Wäldern eine Schlangengrube aufgegangen ist. Hast du etwas gefunden?«

»Hab ich nicht geguckt. Hab ich nach Shepsi geguckt. War er da, ne. Ist noch da.«

»Was treibt er dort? Ist er derjenige, der an den Schlangengruben kratzt?«

»Weiß nicht. Ist noch einer da. Ist aber vorsichtig.«

»Du solltest es Amun Hab berichten, Schnuppel. Er macht sich Sorgen.«

»Mach ich auch, ne.«

Die pummelige Katze sah ernst und bedrückt aus, aber sie folgte Feli zum Ratsfelsen. Amun Hab lag dösend – vielleicht auch meditierend – auf dem flachen Stein, wurde aber sofort munter, als er sie kommen sah.

»Du hast deine Freundin allein gelassen, Che-Nupet.«

»Musste ich aufpassen.«

»Es gibt andere Wächter.«

Che-Nupet schniefte.

»Ich glaube, sie hat einen Namenlosen beobachtet, Amun Hab. Und Shepsi.«

Im Dämmergrau erschien nun auch Bastet Merit und glitt elegant auf den Ratsfelsen. Ihre Augen schimmerten im Restlicht, als sie von einem zum anderen blickte.

»Du gehst morgen«, stellte sie fest, und Feli nickte.

»Hast du etwas herausgefunden, Che-Nupet?«

»Treffen sich zwei dort. Sind vorsichtig, ne. Hat er wieder einen Ring.«

»Rattenkacke, das habe ich befürchtet.« Majestät strich ruhelos auf und ab. Dann blieb sie vor Che-Nupet stehen. »Es ist wichtig zu wissen, was vorgeht. Kannst du deinen Vater fragen?«

Che-Nupet kratzte mit den Krallen über den Stein.

»Kann ich, ne.«

»Du hast doch drei Bitten.«

»Nur noch zwei«, nuschelte sie.

»Was heißt drei Bitten?«, wollte Feli wissen.

»Gewisse Katzen dürfen den Sphingen drei Bitten stellen, Fragen um Rat oder um Hilfe«, erklärte Amun Hab.

»Drei nur? Mehr nicht?«

»Mehr beantworten sie nicht. Ich habe schon zweimal ihren Rat gesucht.« Der Blick des Weisen ruhte auf Che-Nupet. Die schabte weiter am Fels und sah nicht auf. Feli kam die Erkenntnis, dass sie eine ihrer Bitten im vergangenen Jahr geopfert hatte, um Finn das Leben zu retten. Sie drückte sich ein wenig an sie und schnurrte leise. Das Schaben hörte auf.

»Kann ich dem Sphinx auch Fragen stellen, Amun Hab?«, fragte Feli dann.

»Ich glaube nicht.«

»Ich denke doch«, sagte Majestät. »Sie ist betroffen. Ihre Welt ist betroffen. Versuch es, Feli.«

Amun Hab kratzte sich am Ohr. Dann setzte er die Pfote ab und brummte bedächtig.

»Du bist schlau, Feli. Vielleicht kannst du die Frage des Sphinx beantworten«, meinte er schließlich.

»Kann sie. Denkt sie richtig.«

»Und wenn ich die Frage beantwortet habe, was soll ich dann herausfinden?«

»Was Shepsi und der Namenlose planen.«

»Und wie finde ich den Sphinx?«

»Che-Nupet wird dich zu ihm führen. Hör genau zu, Feli. Berichte Che-Nupet, was er dir sagt. Benutze dein Wissen, um in deiner Welt Unheil zu verhindern.«

»Und du, Che-Nupet, führst Feli anschließend sicher in ihre Heimat zurück. Und kehrst sofort um, hörst du?«

»Hör ich, ne.«

Es klang allerdings etwas renitent, fand Feli. Es kam ihr in den Sinn, dass man Che-Nupet wohl nur wenig befehlen konnte. Majestät hingegen verstand sich nicht sonderlich gut aufs Bitten. Na, man würde sehen.

»Majestät, wann sollen wir aufbrechen?«

»Morgen Abend. Du kannst dich tagsüber verabschieden. Auch von mir. Und jetzt will ich jagen. Ich habe Hunger. Und keine Leberwurst mehr.« Majestät glitt vom Ratsfelsen und verschwand in der Dämmerung.

»Auch wenn es nicht den Anschein hat, Feli, so möchte ich doch erwähnt wissen, dass Bastet Merit eine gewisse Zuneigung zu dir empfindet«, sagte der Weise.

»Das kann sie aber gut verstecken.«

»Das ist ihre Art.«

»Schon gut, ich mag sie auch. Aber zu Che-Nupet könnte sie freundlicher sein.«

»Das könnte sie. – Che-Nupet?«

»Mhm?«

»Enttäusch Majestät nicht.«

»Hör ich, ne.«

»Amun Hab, darf ich mit Che-Nupet noch ein bisschen tratschen?«

»Ach, macht doch, was ihr wollt!«

Feli kicherte und schubste ihre Freundin vom Felsen. Sie schlenderten zu ihrer Laube und legten sich nebeneinander auf das Lager.

»Hat Shaman mich gerufen«, sagte Che-Nupet endlich. »Wollte ich nicht hören. Aber hat er Warnung vor Shepsi gesagt. Müssen wir aufpassen morgen. Führ ich dich andere Wege. Vertraust du mir?«

»Das weißt du doch. Ja, Schnuppel, ich vertraue dir. Aber – glaubst du wirklich, dass der Sphinx mir antwortet?«

»Wird er. Ist nicht böse, nur streng.«

»Dein Papa.«

»Weißt du, ne.«

»Warum ist Sheshat so gehässig zu dir, Schnuppel?«

»Weiß nicht.«

Also gut, das war wieder einmal verbotenes Gelände. Also erzählte Feli von dem Eibenhain und ihrem Traum oder der Vision von Nathan.

»Gibt solche Stellen, kennen nicht viele Menschen. Haben manche Ehrfurcht, andere Furcht. Du hast Ehrfurcht. Nathan hatte Furcht. Hab ich ihn gefunden, da. Verirrt, ne. Hab ich geholfen.« Versonnen schaute Che-Nupet in das Blattgeflecht der Laube. »War er gut zu mir, ne. Freut sich über Führen. Hab ich ihn hergebracht, in die Witterlande. Hat ihn geheilt.«

»Er war krank?«

»War seine Seele. Nach dem Feuer im Wald, ne.«

»Er ist dir dankbar, Schnuppel. Er nennt dich Wingcat.«

»Ja, weiß er. War ich dumm. Hab ihn so gerne.«

»Dann besuch ihn doch.«

»Besser nicht. Tut weh, ne. Gibt kein Zusammensein. Nur Mensch und dicke Katze.«

Wie sie und Nefer.

Auch das ging nicht.

»Aber du bleibst trotzdem ein paar Tage bei mir, Schnuppel. Wir müssen ein neues Tuch für dich aussuchen.«

»Mach ich.«

52. Sorge um Chipolata

Tanguy hatte eine gewisse Routine entwickelt, und seit er mit Finn über seine Träume gesprochen hatte, waren die Panikattacken weniger geworden. Auch die Kopfschmerzen waren beinahe ganz abgeklungen. Noch glaubte er nicht alles, was man ihm berichtet hatte, aber er war bereit zu akzeptieren, dass der menschliche Geist zu ziemlich verrückten Kapriolen imstande war. Nicht bei jedem vermutlich, aber bei einigen Menschen. Und diese Verletzung, die der Puma ihm zugefügt hatte, mochte etwas in seinem Hirn verändert haben. Eine andere Form von Fantasie und Vorstellungsvermögen – solange es ihn nicht an seinem normalen Leben hinderte, war es erträglich.

Er ritt jeden Morgen aus und erkundete seine neue Heimat, half Nathan im Haus und im Hof, kümmerte sich darum, einen Studienplatz zu bekommen, und hielt den Kontakt zu seinen Eltern aufrecht. Er hatte eben eine lange Mail beantwortet, als das Telefon klingelte.

»Hi Finn!«

»Hallo Tan. Ist Nathan in der Nähe?«

»Ist unterwegs. Was gibt es?«

»Ein Problem. Kristin, meine Schwester, hat mich eben angerufen. Chip und Pu-Shen haben sich mit einem Streuner geprügelt. Seither ist Chip verschwunden.«

»Was – äh – bedeutet das?«

»Ah, okay. Chipolata ist meine Katze, Pu-Shen ist Felis Kater. Der Streuner war ein graubrauner Maine-Coon. Die Nachbarin und Kristin haben ihn eingefangen und ins Tierheim gebracht.«

»Und was soll Nathan da nun machen?«

»Oh Mist, Mann, Tan. Ich glaube, dass dieser Kater Shepsi ist. Verstehst du? Der Typ, der die Biker auf mich gehetzt hat. Wir müssen ihn in unsere Gewalt bringen. Irgendwie einsperren oder so was. Ich kann hier nicht weg. Kannst du uns helfen?«

Gestaltwandler. Finn glaubte so fest daran. Tanguy knirschte mit den Zähnen.

»Tan?«

»Ja, schon gut. Ich werde sehen, was ich ausrichten kann.«

»Richte Nathan aus, er soll sich um den Kater im Tierheim kümmern, und fahr du zu meiner Schwester. Bitte. Auch wenn du es nicht wirklich verstehen kannst. Es ist wichtig.«

»Okay. Ich melde mich.«

»Danke.«

Tan schickte seine Mail ab und holte sich die Schlüssel für

den Jeep. Vielleicht war es ja ganz nett, Finns Schwester kennenzulernen.

Er hielt kurz darauf vor dem Haus und bemerkte das Mädchen, das an einem Zaun stand und aufmerksam in den Garten starrte.

»Chipolata! Chipi!«, rief sie leise.

Er ging zu ihr.

»Bist du Kristin?«

Sie fuhr herum.

»Huch. Ja. Oh, und du bist Tanguy, ja? Finn hat angerufen und gemeint, du kümmerst dich um Chip.«

»Was immer ich tun kann. Was ist passiert?«

Sie war eine Hübsche, stellte Tanguy fest. Ein bisschen sehr aufgebrezelt, aber süß. Und ein wenig hektisch.

»Sie und Pu-Shen haben sich mit einem Streuner geprügelt. Ich meine, Pu-Shen macht so was nicht. Er ist eigentlich ein Schisserkater.«

»Erkläre mir Schisserkater.«

»Uch, ach so, ja. Er ist ein Angsthase. Er läuft lieber weg, als sich zu hauen. Aber diesmal hat er richtig gekämpft. Ich habe es gesehen. Und dann ist Chip weggelaufen.«

»Wann war das?«

»Gestern Nachmittag. Und Chip ist noch immer nicht zurück. Ich dachte … ich meine, vielleicht weiß Nathan …«

»Wie man eine Katze findet?« Tanguy lachte leise in sich hinein. Das Mädchen war lustig. »Ich kann ja mal versuchen, dir zu helfen.«

»Echt, würdest du das tun? Ich meine, Finn hängt doch so an ihr. Ich habe schon in allen Gärten nach ihr gerufen.«

»Ist sie bei dem Streit verletzt worden?«

»Ich weiß es nicht. Müsste sie dann nicht zurückkommen?«

»Verletzte Tiere verstecken sich oft.« Er sah sich um. Garagen, Gartenhäuschen, vielleicht Keller. »Hast du schon bei den Nachbarn nachgefragt?«

»Bei Iris und dort nebenan. Sie bleibt meistens in der Nähe.«

»Was ist mit dem anderen Kater? Finn hat doch noch einen schwarzen Kater.«

»Ja… Ich weiß nicht. Ani oder so. Aber den habe ich nur einmal kurz gesehen. Ich bin doch erst seit Samstag zurück.«

»Er hat sich nicht mit dem Streuner angelegt?«

»Nö. Nur Pu-Shen und Chip. Ich weiß nicht, wo der sich rumtreibt. Er kommt nur zum Futtern, glaube ich.«

»Und was ist mit dem Streuner?«

»Iris hat ihn sich geschnappt. Sie war richtig gut. Decke drüber und ab in den Korb. Sie war ziemlich sauer, weil der hier schon ein paarmal rumgestrichen ist und ihr in die Wäsche gepinkelt hat.«

»In die Wäsche?«

»Ja, die sie zum Trocknen aufgehängt hat.«

Kurios, diese Angelegenheit. Tanguy konnte sich so recht keinen Reim darauf machen, aber vielleicht konnte er helfen, die Katze zu finden. Er ließ sich den Kampfplatz zeigen und die Richtung, in die Chipolata davongelaufen war. Unter dem Zaun durch, soweit er es erkennen konnte. An einer der Holzlatten gab es eine kleine Blutspur. Über die Straße? Vermutlich. Einfamilienhäuser reihten sich aneinander, Gärten mit Hecken und Zäunen, parkende Autos. Schwierig, da einer Fährte zu folgen.

»Geh du in die Richtung, ich versuche es hier«, schlug er Kristin vor.

»Hab ich doch schon alles abgeklappert.«

»Geklappert?«

»Nachgeschaut.«

»Dann klapper noch mal.«

Sie zuckte mit den Schultern und machte sich auf den Weg. Tanguy schlug die entgegengesetzte Richtung ein und schalt sich einen Idioten. Wie sollte er in einer ihm völlig unbekannten Gegend eine ihm völlig unbekannte, vermutlich verletzte Katze finden?

Dann war es allerdings der schwarze Kater, der ihm zu Hilfe kam. Er saß im Geäst eines ausladenden Lindenbaumes und miaute lauthals, als Tanguy sich näherte. Er sah hoch. Der Kater starrte ihn an und fegte mit der Pfote an seinem Ohr entlang. Darin schimmerte Gold.

»Ani?«

»Mau!«

Wenn Finns wunderliche Geschichten stimmten, dann würde dieses Tier ihn verstehen.

»Ani, wo ist Chipolata?«

Der Kater hangelte sich von Ast zu Ast nach unten, sprang auf den Boden und strebte leise maunzend die Hecke entlang. Tanguy folgte ihm.

Tiere hatten ihre eigene Intelligenz.

Der Kater blieb stehen. Eine Einfahrt, das Tor geschlossen. Möglich war es.

Tanguy drehte sich um und hielt nach Kristin Ausschau. Sie kam eben aus einem anderen Garten. Er winkte ihr, sie begann zu laufen.

»Wer wohnt hier?«, fragte er, als sie leicht schnaufend bei ihm anhielt.

»Beckmanns. Ziemlich tuttelige Alterchen.«

»Ist das Ani?«

»Oh. Mhm, ja, ich glaube schon.«

Der Kater umgurrte ihre Beine.

»Dann besuchen wir sie mal.«

Kristin drückte das Törchen auf und marschierte auf die

Haustür zu. Eine alte Dame, die weißen Haare wie Watte um den Kopf gebauscht, öffnete nach geraumer Zeit. Tanguy hielt sich im Hintergrund, während Kristin ihr Anliegen vortrug. Der schwarze Kater maunzte und maunzte an seiner Seite.

»Ist schon okay, Ani. Warte noch einen Moment.«

Jetzt ging die Frau ins Haus, kam mit einem Schlüssel zurück und öffnete mühselig das Garagentor. Kristin schlüpfte hinein und kam gleich darauf wieder. Ani lief los. Tanguy folgte ihm.

»Sie ist hier. Sie ist wirklich hier. Hat sich in einem alten Korb versteckt.«

»Gut. Machen Sie das Tor wieder zu, wir holen die Katze gleich.«

Mit Decke und Korb kehrten sie zurück, und Tanguy gelang es mit Geduld und gutem Zureden, Chipolata aus ihrem Zufluchtsort zu locken. Als er sie schließlich zu packen bekam, schrie sie auf.

»Sie ist verletzt. Flanke oder Bein.«

»Bringen wir sie zu Doktor Labanca.« Kristin bedankte sich bei der Dame des Hauses und zeigte auf den Jeep. »Ich weiß, wo sich ihre Praxis befindet.«

Die Arzthelferin war freundlich und bat sie, nur noch einen Augenblick zu warten, bis die Ärztin mit dem derzeitigen Patienten fertig sei. Chipolata jammerte in ihrem Korb zum Steinerweichen.

»Ist ja gut, Chip«, murmelte Kristin. »Sie mag nicht im Korb sitzen, und Tierärzte mag sie auch nicht. Feli würde sie jetzt anschnurren, aber das kann ich nicht.«

»Schnurren?«

»Ja, wie eine Katze. Das beruhigt sie, sagt sie.«

Tanguy beugte sich über den Korb und ließ ein langes

»Rrrrrmm«, durch seine Kehle laufen. Die Katze hörte auf zu jaulen.

»Hey, gut machst du das!«

In diesem Moment hörten sie das Krachen. Ein Schrei erklang, etwas knallte und splitterte.

»Was war das?«

Doch Tanguy war bereits aufgesprungen. Die Tür zum Behandlungsraum schwang auf, eine Frau mit Blut im Gesicht stürzte heraus. Die Ärztin hielt sich den Arm, ein Korb lag am Boden, eine Katze sprang durch die Tür und floh durch den Gang. Ein Hund aus dem Wartezimmer riss sich los, stürzte sich auf sie. Eine Kralle fetzte ihm über die Nase. Er heulte. Ein Kind kreischte. Die Arzthelferin wollte eingreifen, bekam ebenfalls einen Hieb ab. Tanguy versuchte das Tier zu packen, es entwischte. Der Bildschirm auf der Theke fiel zu Boden, Karteikarten flogen umher. Jemand machte die Tür nach draußen auf, und der Kater schoss aus dem Haus. Tanguy folgte ihm, doch das Tier war zu schnell, zu wendig. Wenn er nicht über etliche Mauern steigen und durch die Vorgärten der Häuser laufen wollte, musste er es ziehen lassen.

Nun gut, es sollte sich der Besitzer darum kümmern.

In der Praxis herrschte noch immer wilde Aufregung.

»Das war der Streuner«, sagte Kristin beinahe atemlos. »Der, den Iris gestern zum Tierheim gebracht hat.«

»Tatsächlich?«

Die Frau mit dem langen Kratzer im Gesicht wurde eben von der Arzthelferin behandelt. Sie sah zittrig aus, fand Tanguy. Und sie hörte nicht auf zu plappern.

»... wollten doch nur sichergehen, dass er nicht gechipt ist, und untersuchen lassen. Der ist total durchgedreht. Ich versteh das nicht. Die ganze Zeit über war er so friedlich. Und hier – als ob der plötzlich durchgedreht wäre. Der wurde richtig wild. Der hat uns angegriffen …«

Das alles ergab nur einen Sinn, dachte Tanguy, wenn Finn recht hatte.

Shepsi – Kater oder Mann, war auf der Suche nach den Ringen. Nach Finn. Im Tierheim konnte er nicht bleiben, er hatte die erste Möglichkeit zur Flucht genutzt.

»Kristin, ich muss weg. Kann dich hier jemand abholen?«

»Ich ruf Nerissa an. Das hier wird wohl noch dauern. Chip muss verarztet werden. Hey, danke, Tanguy.«

Sein erster Weg führte ihn zum Dolmen.

Und genau dort fand er auch die Katzenspuren.

53. Rätselraten

Tija, die Dreibeinige, gab sich kühl, als Feli sich von ihr verabschiedete, Anat, die Heilerin, weit freundlicher.

»Die Wunde ist verheilt, aber sie ist unglücklich darüber, dass sie nun nie wieder ihr Amt ausüben kann, Feli. Und weil sonst niemand da ist, gibt sie dir die Schuld an dem, was ihr geschehen ist. Lass sie, die Zeit wird auch das heilen.«

»Es tut mir leid, Anat. Und ich werde mithelfen, dass der wahre Schuldige bestraft wird.«

»Ist es nicht deine Aufgabe zu heilen?«

»Kann ich nicht beides wollen?«

»Wollen kann man viel.«

Anat, sanft und liebevoll, gab ihr ein Nasenküsschen. Amun Hab tat es auch, und sogar Majestät gestattete ihr, ihre königliche Nase zu berühren. Nefer schlappte sie ab, Semir wollte das ebenfalls tun und bekam eine herbe Kopfnuss von Nefer. Mima kraulte Feli vorsichtig und plapperte allerlei Unverständliches. Dann nahmen Che-Nupet und sie jeder einen Rucksack auf und machten sich auf den Weg zum Roc'h Nadoz.

Feli hing ihren Gedanken nach. Auf der einen Seite freute sie sich, wieder nach Hause zu kommen, auf der anderen machte sie der Abschied traurig. Es war ein Erlebnis ohnegleichen, als Katze in einem völlig naturbelassenen Land zu leben. Sie hatte Freunde gefunden, aufregende Dinge unternommen, unsagbar viel gelernt. Zukünftig würde sie sicher manches anders betrachten – sozusagen mit Katzenblick.

Es galt jetzt nach vorne zu schauen. Darum dachte sie an Pu-Shen, der so dankbar für ihre Fürsorge war, an Chipolata, die kleine, tapfere Rauferin, an Iris, der sie wieder etwas vorflunkern musste, an Finn und Kristin, ihre Freunde, und an Nathan, den sie so viel fragen wollte.

Und mit Unbehagen dachte sie daran, dass sie dem Sphinx begegnen würde.

Sie liefen schnell, nicht so schnell zwar, wie Che-Nupet hätte laufen können, doch sehr zügig. Sie wollten noch vor Sonnenuntergang den Eingang zu den Grauen Wäldern erreichen. Und als die Sonne fast den Horizont berührte, standen sie vor dem nadelspitzen Felsen. Che-Nupet legte den Rucksack ab.

»Machst du ganz schnell Mensch, Feli. Kannst du besser tragen.«

»Hier schon?«

»Wenn du willst. Guckt keiner zu, ne. Nur ich.«

»Na gut, wenn du meinst. Was muss ich tun?«

»Feli denken.«

Feli betrachtete ihre Pfoten, drehte sich zu ihrem Schwanz

um, putzte sich verlegen den Hals. Es war gar nicht so einfach, sich als Mensch vorzustellen. Beine, lange Beine, auf denen man stehen konnte. Glatte Haut. Hände. Es begann überall zu kribbeln, zerrte hier, zog da, bog sich und verschwamm vor ihren Augen. Sie schüttelte sich, dann fand sie sich auf allen vieren auf dem Boden kniend. Nackt und bloß.

»Uch, das war komisch.«

»Muss man üben. Hast du gut gemacht.«

»Bin ich ganz da?«

»Ganz Feli.«

Etwas ungelenk machte sie den Rucksack auf und zog die Kleider an. Und mit einiger Gier verschlang sie eine Tafel Schokolade. Dann stopfte sie den leeren Rucksack in den anderen und nahm ihn auf den Rücken.

»Gehen wir.«

»Bleibst du nah bei mir, ne. Verlierst du mich, rufst du nach mir.«

Das Zwielicht umgab sie, ebenso wie die Stille. Che-Nupet ging voraus, Feli folgte ihr dichtauf. Welche Wege die Katze beschritt, wusste sie nicht, und sie war froh, dass sie nicht wirklich alleine durch die Grauen Wälder gehen musste. Es sah alles so gleichförmig aus.

»Woran erkennst du eigentlich, wo wir langgehen müssen, Schnuppel?«

»Marken. Hab ich die Pfade gekennzeichnet. Siehst du, an den Borken.«

Feli schaute genauer hin. Ja, an einigen Bäumen sah es so aus, als ob Kratzer in der Rinde waren. Doch hätte sie es ihr nicht gesagt, sie wäre nie darauf gekommen.

Einmal blieb Che-Nupet stehen und sog prüfend die Luft ein. Dann bog sie nach rechts ab.

»Kommen wir gleich zu dem Sphinx. Weißt du noch? Musst du auf den Boden, ne.«

»Soll ich auch den Ring abnehmen?«

»Nein, brauchst du. Aber höflich sprechen, ja?«

»Selbstverständlich.«

Und dann wurde der Pfad breiter und führte zu einem mächtigen Portal. Auf einer der Säulen, die es flankierten, saß der Sphinx. Unwillkürlich hielt Feli den Atem an. Che-Nupet legte sich vor ihm nieder, sie selbst ging auf die Knie und verneigte sich.

»Was führt euch her in dieser Nacht?«, fragte der Geflügelte mit tiefer Stimme.

»Die Bitte um Rat. Felina wünscht Eure Weisung.«

Er hatte ein schönes Männergesicht, der Sphinx. Wie eine Statue wirkte er, ernst und streng. Und seine Augen musterten sie mit eindringlicher Schärfe.

»Menschenkind, bist du bereit, meine Frage zu beantworten?«

Feli schluckte. Was würde wohl passieren, wenn sie es nicht konnte? Das hatte sie völlig vergessen zu fragen. Hilflos sah sie zu Che-Nupet.

»Kannst du, ne«, sagte sie leise. »Ist nicht schwer.«

Also gut. Noch einmal verbeugte sie sich und antwortete dann: »Ja, ich bin bereit.«

»So höre denn:

Beim Kommen steigt es auf,
beim Abschied sinkt es nieder.
Gestreckt ist es im Lauf,
So sieht man's immer wieder.«

Ach du liebes bisschen. Feli biss sich auf die Unterlippe. Was sollte das denn sein? Kalter Schweiß sammelte sich auf ihrer Stirn, und ihr Mund wurde trocken. Was stieg auf und sank nieder und streckte sich? Wasser stieg auf. Luft? Nein. Ein Ballon? Nein, nichts aus ihrer Welt, keine Technik. Etwas Natürliches. Ein Baum? Lief nicht. Lief? Gestreckt. Steigt auf beim Kommen?

Plötzlich sah sie Pu-Shen vor sich, der mit hochaufgerichtetem Schwanz auf sie zulief, um sie zu begrüßen.

War es wirklich so leicht?

Sie blickte zu dem Sphinx auf und lächelte.

»Der Katzenschwanz!«

Che-Nupets Schwanz neben ihr peitschte hin und her.

»Das ist die richtige Lösung. Was ist dein Begehr?«

Feli unterdrückte den Ansturm der Erleichterung und versuchte sich zu konzentrieren. Den ganzen Weg über hatte sie schon an ihrer Frage gefeilt. Die ersten Worte kamen ihr etwas holperig von den Lippen, doch als sie merkte, mit welcher ungeteilten Aufmerksamkeit der Sphinx ihr zuhörte, wurde es leichter.

»Ein Kater namens Shepsi ist in die Grauen Wälder geflohen. Er hat versucht, das Ankh der Königin an sich zu nehmen. Wir glauben, dass er sich in der Menschenwelt aufhält und dort Unheil anrichtet. Könnt Ihr mir sagen, was sein Ziel ist? Er hat Menschen und Katzen getötet und einen Ohrring an sich genommen.«

Che-Nupet gab ein brummelndes Geräusch der Zustimmung von sich, schwieg aber. Der Sphinx sah sie unbewegt an.

»Shepsi, ein grauer Kater, kämpft mit zwei Katern und verliert. Er irrt anschließend lange durch die Wälder, immer darauf bedacht, nicht gesehen zu werden. Er geht den Pfadfindern aus dem Weg, die die Namenlosen zurückholen. Alle, bis auf einen. Danach bewegt er sich offener. Er entdeckt die Schlangengrube und scharrt sie auf. Schlangen entkommen in das Land der Katzen. Er suchte die Übergangsstellen zu der

Welt der Menschen, doch kehrt er immer wieder zurück. Sein Ring beginnt stumpf zu werden. Er kennt die Mythen. Er findet das Land unter dem Jägermond. Er weiß von der Quelle des Heldenwassers.«

Feli wollte etwas sagen, aber Che-Nupets Pfote patschte auf ihre Hand. Sie hielt den Mund.

Der Sphinx fuhr ungerührt fort: »Er trifft auf die Hüterin des Wassers, die Löwenköpfige spricht mit ihm. Sie hört ihm zu, er klagt sein Leid. Sie erlaubt ihm, den Ring mit Wasser zu netzen, sodass er wieder glänzt. Er verspricht ihr, den Frevel zu sühnen, den du, Felina, begangen hast. Hass treibt ihn an, denn ihr Menschen habt seine Hoffnungen auf Macht zerstört. Er findet den letzten Namenlosen, der ohne Erinnerung durch die Wälder zieht. Er kennt seine Fähigkeiten und will sie nutzen, um Verderben zu bringen. Er betritt als Kater die Menschenwelt am Dolmen. Was in deiner Welt geschieht, entzieht sich meiner Sicht. Er kam zurück mit einem Ring. Er gibt ihn dem Namenlosen, und der beginnt sich zu erinnern. Er verlässt die Wälder wieder, gestern kehrt er zurück, und Wut haftet an ihm.«

Der Sphinx schwieg.

»Er ist hier?«, entfuhr es Feli.

»Ruhig, ne. Bedanke dich.«

»Ja, ja, natürlich.«

Sie stammelte einige Dankesworte und verneigte sich noch einmal tief.

Auch Che-Nupet sagte etwas, jedoch in einer Sprache, die sie nicht verstand. Die harten Züge des Sphinx wurden ein klein wenig sanfter, als er antwortete. Dann schaute er wieder in die Ferne – sie waren entlassen.

Wortlos entfernten sie sich von dem Portal, und erst nach geraumer Zeit murmelte Che-Nupet: »Müssen wir aufpassen.

Wenn er auftaucht, lässt du mich machen, ne. Bleibst du ganz ruhig.«

»Ja, ist gut.«

Aber der Bericht des Sphinx hatte ihr Angst gemacht, und immer wieder schaute sie sich um, während sie auf den kaum sichtbaren Pfaden im nebeligen Zwielicht wanderten.

Und weil sie sich umwandt, erkannte sie sie.

»Schnuppel, da folgt uns was«, flüsterte sie heiser.

Che-Nupet blieb stehen und sah sich um. Und erstarrte.

Lange schwarze Körper glitten über den trockenen Boden. Züngelnd, mit seltsam glühenden Augen.

»Lauf, Schnuppel!«

»K… kannich.«

»Lauf!« Feli schubste die Katze, griff gleichzeitig nach einem Ast. Ein feiner, süßer Geschmack breitete sich in ihrem Mund aus. »Auf den Baum!«, zischte sie, und endlich setzte sich Che-Nupet in Bewegung. Die Schlangen schienen von allen Seiten zu kommen, leise raschelten ihre Leiber über das alte Laub. Als die erste näher kam, schlug sie mit dem Stock auf sie. Die Schlange zischte, richtete sich auf. Noch einmal schlug sie zu, fester. Die Kreatur sank zusammen, doch die nächste folgte. Wild hieb Feli auf die sich windenden Leiber ein. Manche traf sie, manche konnte sie fortschleudern. Aber es kamen mehr, hässliche, schuppige Gestalten. Eine stieß vor, Feli sprang rückwärts. Der Biss traf ihr Hosenbein.

»Schnuppel!«, keuchte sie. »Hilf mir!«

Doch Che-Nupet gab keine Antwort. Wieder traf sie einen Schlangenkopf. Warf das Tier zur Seite. Der Ast brach. Verzweifelt hielt sie nach einem anderen Ausschau. Nur kurze, kleine Äste in Griffweite. Mit unerwarteter Kraft riss sie einen Trieb vom Stamm, biegsam, harzig, mit einer scharfen Spitze. Von hinten drängte sich eine weitere Schlange vor, ihr Maul geöffnet, die Giftzähne zum Biss bereit. Feli hechtete davon, trat auf eine andere. Zischen. Rascheln. Eine spießte sie auf, ekelte sich, als sie sie von sich warf. Eine nächste hob ihr zähnestarrendes Haupt.

Feli schrie.

Schlug zu.

Sprang über eine Baumwurzel. Stolperte. Raffte sich wieder auf. Entkam knapp einem weiteren Angriff.

»Che-Nupet!«, schrie sie in höchster Not.

Es rauschte über ihr in den Bäumen. Und dann brach die Hölle los.

Zwei Sphingen stießen nieder, Löwenpranken packten die Schlangen, zerrissen sie, zermalmten sie schier.

Zitternd lehnte sich Feli an den Stamm eines Baumes. Die Süße in ihrem Mund überwältigte sie. Der Ast entglitt ihren blutig zerkratzten Händen. Mit kaltem Entsetzen sah sie dem Wüten der Sphingen zu. Dann war es ganz plötzlich vorbei. Flügelschlagend erhob sich der eine, der andere blieb zwischen den Bäumen stehen. Es war jener, mit dem sie gesprochen hatte.

»D… danke«, stammelte sie.

Er beachtete sie nicht, sondern sah sich suchend um. Sie folgte seinem Blick und erkannte schließlich Che-Nupet, die vollkommen regungslos in einer Astgabel hockte, die Augen weit aufgerissen, der Blick starr vor Panik.

Wieder sprach der Sphinx in einer ihr nicht bekannten Sprache, doch die Katze bewegte sich nicht, sie schien nicht einmal zu hören, was er sagte. Langsam, noch immer wackelig, stieß Feli sich von dem Stamm ab und ging zu dem Baum.

»Che-Nupet, alles ist gut. Komm herunter.«

Keine Antwort.

»Schnuppel, hör mich. Schnuppel!«

War da ein leichtes Beben der Barthaare? Ein Zucken unter dem Fell?

»Schnuppel, die Schlangen sind fort. Es ist alles gut. Komm da runter. Wir müssen weiter.«

»K… kannich.«

»Doch, du kannst. Du bist eine starke, kluge und mutige Katze. Du kannst vom Baum springen. Ganz bestimmt. Ich fange dich auf, ja?«

»B… bin zu dick.«

»Bist du nicht. Du bist nicht komisch und nicht dick, du bist genau, wie Schnuppel sein muss. Bitte, komm runter. Ich muss nach Hause.«

»A… Angst.«

Der Ast schwankte, so sehr zitterte Che-Nupet.

Der Sphinx trat neben Feli.

»Als Che-Nupet klein war, wurde sie von ihrer Mutter in eine Schlangengrube geworfen«, sagte er leise. »Ihre Tante hat sie gerettet.«

»Oh Gott! Sheshat? Warum nur? Warum hasst sie ihr Kind?«

»Willst du die Antwort von mir, Felina Menschenkind?«

Das wäre dann die zweite Bitte. Nein, das würde Che-Nupet ihr irgendwann selbst erzählen.

»Danke. Aber ich werde es schon schaffen, sie da herunterzuholen.«

»Ja, das würdest du.« Der Sphinx schlug mit den Flügeln, stieg ein Stück auf, packte Che-Nupet im Nacken und ließ sie auf den Boden fallen. Verdattert schüttelte sie sich.

Was der Sphinx zu ihr sagte, verstand Feli nicht, aber endlich stand Che-Nupet auf und trottete mit gesenktem Kopf und hängendem Schwanz zu ihr.

»Müssen gehen. Geht er mit, ne.«

»Ja, gehen wir. Zeig mir den Weg, Schnuppel.«

Feli legte ihre Hand in das flauschige Nackenfell und kraulte ihre Freundin.

»Bin so doof«, nuschelte die.

»Weiß nicht«, sagte Feli.

»Weißt du doch.«

Endlich hob sie ihren Kopf wieder. Dann trabte sie los. Feli folgte ihr, und über ihnen rauschten die Flügel des Sphinx. Lange brauchten sie nicht mehr, bald sah Feli die aufrecht stehenden Steine des Dolmens.

»Che-Nupet?«

»Ja, ist da. Gehst du.«

»Nein, du kommst mit. Wir müssen ein Kopftuch für dich aussuchen.«

»Darf nicht.«

Ein bisschen verständnislos und ungeduldig stellte Feli sich vor ihre Freundin.

»Du hast mich gebeten, dir zu vertrauen, Che-Nupet. Das habe ich getan und tue ich noch immer. Aber du musst mir auch vertrauen.«

»Hab ich dir nicht geholfen.«

»Du konntest nicht. Und – wir leben noch.«

Neben ihnen tauchte der Sphinx auf, strich Che-Nupet mit der Flügelspitze über den Rücken, erhob sich und verschwand im nebeligen Zwielicht. Die liebevolle Geste verblüffte Feli. Sollte die Sage falsch sein? Hatten die Sphingen doch Gefühle?

Gut, auch das war eine Frage, die nicht sofort einer Antwort bedurfte.

Viel wichtiger war es, herauszufinden, was sie erwartete, wenn sie durch den Dolmen in die Welt der Menschen trat.

»Auf, Schnuppel!«

»Mach ich klein, ne.«

»Oh, ja, das wäre wohl besser.«

54. Willkommen daheim

Sie war lang und dünn und schmuddelig und trug eine pummelige rotbraune Katze auf dem Arm, die sich wie verzweifelt an ihren Hals klammerte.

Das war der erste Eindruck, den Tanguy von Feli im hellen Mondlicht hatte. Dann traf ihn der Blick aus ihren Augen – voller Misstrauen und Kälte.

»Ich bin Tanguy, Nathans Neffe«, beeilte er sich zu sagen.

Zwei schwarze Kater sprangen vom Dolmen, maunzten sie an, und ihre Miene wurde freundlicher.

»Geht, aber seid achtsam«, sagte sie zu den beiden und ließ die Katze von ihrer Schulter. Sie kraulte Ani und Pepi kurz, während die Katzen einander ansahen. Offenbar tauschten sie Nachrichten aus, wie es eben Katzenart war. Dann rieben die beiden Kater noch einmal ihre Köpfe an Felis Bein und schlüpften durch die Steine.

»So, du bist ein Neffe von Nathan«, sagte sie und betrachtete ihn gründlich.

»Und du bist Feli. Finn macht seinen Rundgang. Er kommt gleich.«

Die dicke Katze saß jetzt vor ihm und starrte ihn an. Aufdringlich, eindringlich.

Er konnte nicht anders, er starrte zurück. Und eisige Schauer liefen über seinen Rücken.

»Hallo, Feli!«, rief Finn, und das Mädchen lief ihm entgegen. Sie warf sich in seine Arme, er hob sie ein Stückchen hoch. »Puh, du brauchst ein Schaumbad.«

»Und einen riesigen Topf voll Nudeln. Oder eine Pizza mit massenhaft Käse und ein Schokoladeneis und eine Cola und für Che-Nupet ein Schlückchen Sahne.«

»Sie ist mitgekommen?«

Finn ließ Feli los und beugte sich zu der Katze, die ihn heiser anschnurrte. Er nahm auch sie hoch, und sie drückte ihre Nase an seine Wange.

»Ist jetzt alles in Ordnung, Che-Nupet. Ja, Feli ist sehr tapfer.«

»Bringt einer von euch mich nach Hause?«, wollte Feli wissen und nahm Finn die Katze ab.

»Besser, du bleibst heute Nacht bei Nathan. Sonst musst du deiner Tante erst alles von diesem wunderbaren Waldkatzenprojekt im Thüringer Wald erzählen.«

»Ach, war ich da?«

»Ja, Nathan hat das für dich arrangiert.«

»Prima. Weiß der da Bescheid?«

Tanguy zuckte zusammen. Diese kleine Ziege hatte einen arroganten Tonfall, der ihm absolut nicht gefiel.

»Er weiß es, aber er glaubt es nicht. Das ist eine lange Geschichte.«

Wieder maunzte die Katze etwas, und Finn grinste.

»Tja, manche lernen es auf die harte Tour. Komm, wir müssen unsere Erlebnisse austauschen. Hier hat sich eine Menge getan.«

»Oh ja, auch ich habe Neuigkeiten.«

Tanguy ging missmutig hinter den beiden her, die sich lebhaft miteinander unterhielten. Er fühlte sich völlig ausgegrenzt. Nur hin und wieder streifte ihn der abschätzige Blick dieser Katze. Zugegeben, ein schönes Tier mit dem flauschigen Fell, das rötlich, braun und schwarz schimmerte. Nur eine Hinterpfote war hell, fast weiß, ebenso wie ein feiner Streifen um ihren Hals. In einem Ohr schimmerte Gold. Aber in ihren Augen lauerte ein Wissen, das ihm mehr als unbehaglich war.

Nathan empfing Feli ebenfalls herzlich, aber die Katze versteckte sich augenblicklich unter einem Sessel.

»Holt ihr für Che-Nupet bitte eine Decke? Und kann ich bei dir duschen, Nathan?«

»Nur zu. Finn, hol die Decke und Handtücher für Feli. Tan, wir machen ihr etwas zu essen.«

»Sollte nicht einer von uns am Dolmen bleiben?«, fragte Finn.

»Wir hören uns erst einmal an, was Feli zu sagen hat.«

Sie hatte viel zu sagen. Staunend hörte Tanguy zu, was sie von Schlangen und weisen Katzen, Ringritualen und Adlerfürsten zu berichten hatte. Mit noch größerem Staunen aber vernahm er ihre Geschichte von der Durchquerung der Grauen Wälder, der Befragung des Sphinx und dem Angriff der Schlangen. War dieses magere Mädchen, das Eier und Bratkartoffeln in sich hineinschaufelte, als ob es kein Morgen mehr gäbe, tatsächlich eine derartige Kämpferin? Oder war auch das alles nur in ihrer Einbildung geschehen?

Sie war aus dem Dolmen gekommen, ohne Zweifel. Sie unterhielt sich mit dieser Katze, die sich inzwischen in die Decke eingerollt hatte und von der nur noch die hin und wieder zuckende Schwanzspitze zu sehen war. Sie hatte von dem Puma gesprochen, der den uralten Kater getötet hatte. Und was sie beschrieb, war eben das, was er geträumt hatte.

Er hatte geträumt, sie erlebt.

»Also ist Shepsi hinter uns her«, fasste Finn schließlich zusammen. »So weit sind wir auch schon gekommen.« Er erzählte von der Durchsuchung im Wohnheim, dem Angriff der Biker, mit zorniger Stimme von der Verhaftung seines Vaters und wieder von ihren Vermutungen, was Shepsi anging. »Er hasst die Menschen, richtig. Was ich nicht ganz verstehe, ist die Rolle, die diese Löwenköpfige dabei spielt.«

»Das weiß ich auch nicht«, meinte Feli und mampfte weiter.

Sie log. Tanguy spürte es. Irgendetwas verheimlichte sie. Warum? Und warum benahm sich diese Katze so eigenartig? Es war gerade so, als ob sie sich vor allen verstecken wollte.

»Was wirst du jetzt machen?«, fragte er einigermaßen ungehalten.

Sie sah auf, zuckte mit den Schultern.

»Schlafen.«

»Hey, da läuft ein rachsüchtiger Irrer herum, der schon mehrere Menschen getötet hat.«

»Kann ich nichts gegen tun, Tanguy. Ich bin viel zu müde dazu«, antwortete sie, trank ihre Limo aus und erhob sich. »Nathan, ich leg mich aufs Sofa, okay?«

»Ich habe dir schon Kissen und Decken hingelegt. Und wir gehen jetzt auch zu Bett.«

Tanguy wollte protestieren, aber Finn war ebenfalls aufgestanden und griff nach seinem Helm.

»Ich komme morgen früh wieder vorbei.«

Vielleicht war auch Tan müde und nicht ganz Herr seiner Emotionen, denn ein leises Knurren bildete sich in seiner Kehle. Die Katze schoss aus ihrer Decke und funkelte ihn an.

Eis kroch seine Wirbelsäule hoch.

Nathan und Finn starrten die Katze verblüfft an.

»Ähm – geh in dein Zimmer, Tan«, bemerkte Nathan trocken, und Tanguy war sich vollkommen sicher, dass er nur mühsam ein Lachen unterdrücken konnte.

Die Katze wuselte sich wieder in ihre Decke, Kopf voraus, mit peitschendem Schwanz.

»Was hat sie gesagt? Verdammt, ihr macht euch über mich lustig!«

»Du würdest es gar nicht wissen wollen«, feixte Finn und machte die Tür hinter sich zu.

»Che-Nupet ist eine ganz besondere Persönlichkeit, Tan. Frag Feli nach ihr, morgen, wenn wir alle ausgeschlafen haben.«

Tanguy wollte etwas erwidern, aber dann schluckte er die Bemerkung doch herunter. Es war nicht die Zeit sich zu streiten. Doch blendend war seine Laune nicht. Sprechende Katzen, Kampfweibchen, Sphingen, ein mordlüsterner Gestaltwandler – und er hatte schon wieder das Gefühl, dass sein Körper sich mit Fell überzog.

Nathan räumte das Geschirr fort und machte die Lichter aus. Mondlicht fiel durch die Fenster, und lautlos ging er durch das Wohnzimmer. Feli hatte sich unter der Decke eingerollt, ihre schulterlangen Haare ringelten sich auf dem Kopfkissen, ihr junges Gesicht war glatt und friedlich. Ein Mädchen, fast wie eine Tochter, doch von seltsamem Mut und großherziger Freundlichkeit. Vor einem Jahr hatte er sie in der Schule kennengelernt, als sie mit glühender Überzeugung behauptet hatte, dass Tiere eine Seele haben. Es hatte ihn beeindruckt, denn er selber musste diese Tatsache erst in einem schmerzhaften Prozess erlernen. Und auch dann war er zutiefst ergriffen gewesen, als er schließlich erkannt hatte, dass die Welten, die er durch seinen Mentor kennengelernt hatte, nicht ausschließlich in Traum und Trance zu betreten waren, sondern dass die Wesen, die dort existierten, wahrhaftig lebten.

Feli und Finn hatten es klaglos akzeptiert.

Tanguy war inzwischen zumindest bereit, das Prinzip anzuerkennen. Doch das, was ihn verstörte, war von anderer Art. Es hatte nichts mit den Ohrringen zu tun, die Verständigung und Reise möglich machten. Er fragte sich, ob Feli ihm da helfen konnte. Sie oder Che-Nupet.

Che-Nupet?

Wo war die Katze?

Nathan zog die Decke über Feli zurecht und kehrte in die Küche zurück. Die Decke war leer. Leise rief er sie, doch er erhielt keine Antwort.

Auch in den anderen Zimmern fand er sie nicht, erst als er in den Raum seines Neffen schaute, sah er sie auf seinem Bett sitzen. Sie starrte ihn unergründlich an, bemerkte ihn und hüpfte zu Boden.

»Träumt er, ne. Puma-Träume.«

»Ich weiß.«

Sie schlüpfte durch die Tür, er hielt die seines Schlafzimmers auf.

»Wir müssen reden.«

»Müssen wir.«

Er setzte sich auf sein Bett, Che-Nupet sah fragend hoch.

»Komm her. Das ist in Ordnung. Majestät hat auch hier gelegen.«

»Warst du gut zu Bastet Merit. Weiß sie. Hast du Ring, ne.«

»Ja, ich habe den Ohrring, aber mir ist seine Bedeutung nicht ganz klar.«

»Ist großer Ring. Musst du lernen. Gibt er Macht. Sei vorsichtig, ne.«

»Warum?«

»Weiß nicht.«

»Vielleicht doch. Aber das ist wohl meine Angelegenheit, nicht wahr?«

»Ist es.«

»Aber du weißt etwas von Tanguy, Che-Nupet.«

Wenn eine Katze sauer aussehen konnte, dann diese, stellte Nathan fest. Sie tretelte ein paarmal in den Kissen, dann fauchte sie beinahe: »Ist Spielzeug von Tante. Macht sie Cougar aus ihm. Muss er beherrschen lernen.«

»Dass er von dem Geist des Berglöwen besessen ist, habe ich bemerkt. Was es bedeutet, kann ich nicht herausfinden.«

»Muss er selbst. Wird er können. Hilfst du, bist du ein guter Mann, ne.«

Nathan konnte sich nicht mehr beherrschen. Er fuhr Che-Nupet sacht über Kopf und Rücken. Sie hielt ganz still. Er fühlte die Narben auf ihrem Rücken, sagte kein Wort. Er streichelte sie weiter, sanft und mit tiefer Zärtlichkeit. Als das erste, kaum hörbare Schnurren aus ihrer Kehle kam, murmelte er: »Wie schön, dass du gekommen bist, Wingcat.«

»Wolltnich.«

Aber sie drückte sich an ihn. Dann sprang sie vom Bett und lief aus dem Zimmer.

55. Auf der Lauer

Sie war ihm entkommen. In den Grauen Wäldern hatte es keine Möglichkeit gegeben, sie anzufallen. Wäre sie nur mit dieser dummen, dicken Katze zusammen gewesen, hätte er es geschafft, dessen war er sich ganz sicher. Die Schlangen hätten sie trennen sollen, lähmen, vielleicht sogar töten. Aber dann waren die Wächter gekommen. Damit hatte er nicht rechnen können.

Seine Wut kannte kaum noch Grenzen. Er folgte ihnen ungesehen bis zum Dolmen. Auch da ergab sich keine Möglichkeit, denn auf sie warteten die beiden Männer.

Knurrend vor Zorn war er in seiner Deckung geblieben, hatte sich erst herausgeschlichen, als sie gegangen waren. Dann aber war er ihren Spuren gefolgt. Als Katze auf leisen

Pfoten. Er hatte beobachtet, vorsichtig, aus einigem Abstand. Zu gerne wäre er an eines der erleuchteten Fenster gesprungen, aber die Gefahr, entdeckt zu werden, wollte er nicht eingehen.

Menschen schliefen in der Nacht – auch diese hier, Finn fuhr mit seiner stinkenden Maschine davon. Die Lichter verloschen.

Er dachte nach. In seiner derzeitigen Gestalt konnte er nichts anrichten, er musste sie als Mensch zu fassen bekommen. Bisher war es sein Trachten gewesen, andere für sich die Drecksarbeit machen zu lassen, und alle hatten sie versagt.

Es war an der Zeit, die Angelegenheit selbst zu erledigen. Er brauchte Kleider und, wenn möglich, eine Waffe. Kleider waren einfach. Es gab genügend menschliche Dummköpfe, die alleine durch den Wald rannten. Mit einem hinterrücks durchgeführten Angriff würden sie nicht rechnen. In der Dunkelheit verließ er seinen Posten am Forsthaus und suchte eine der Wegkreuzungen auf. Eine kleine Holzhütte bot dort den Wanderern Unterschlupf.

Er legte sich auf die Lauer.

56. Treibjagd

Finn hatte nur wenige Stunden unruhig geschlafen. Er machte sich Sorgen. Tanguy hatte recht, ein rachsüchtiger Irrer lief noch immer frei herum. Möglicherweise hielt er sich in den Grauen Wäldern auf, aber viel wahrscheinlicher war es, dass er jetzt wieder in Menschengestalt seine hinterhältigen Vorhaben plante. Wenigstens hatten die Semesterferien angefangen, und er konnte die nächste Zeit hier verbringen.

Sie mussten Shepsi finden.

Und sie mussten ihn daran hindern, weitere Anschläge auf Feli und ihn durchzuführen. Vermutlich war er, seit die letzten Aktionen gescheitert waren, bereit zu einem direkten Angriff. So sah es Nathan inzwischen auch.

Die Unruhe trieb ihn aus dem Bett. Er stand auf und zog sich an.

Chipolata kam maunzend in die Küche gehinkt, eine Folge von ihrem Kampf mit Shepsi. Er kraulte sie, während er ein Glas Orangensaft trank.

»Schade, dass ich dich nicht verstehen kann, Chip.«

Großzügig füllte er ihre Näpfe auf, dann verließ er leise das Haus, um zum Forsthaus zu fahren. Dort war noch alles ruhig, doch der Wald, jetzt kurz nach Sonnenaufgang, war voller Geräusche. Zahllose Vögel schmetterten ihre Gesänge in die kühle Luft, ein Fuchs fraß ungerührt seine Beute, Eichelhäher beschimpften sich in den Bäumen, ein Rudel Rehe äugte gierig über den Zaun, dort wo Nathan sein Gemüse anbaute.

Sie huschten plötzlich davon, und Finn sah sich alarmiert um.

Ein Mensch kam durch das Gebüsch, keuchend, beinahe schluchzend.

Nicht Shepsi.

Finn biss sich auf die Unterlippe.

Nein, kein rachsüchtiger Irrer. Aber irre schon.

»Rudi!«, rief er leise.

Der nackte junge Mann stolperte und fiel vor ihm ins Gras. Sein Gesicht war blutverschmiert, seine Augen in Panik aufgerissen.

»Rudi, was ist passiert?«

»Ü… überfallen worden«, keuchte er. »Schlag auf den Kopf. Ogottogottogott.«

»Wann? Wo?«

»An der Schutzhütte. War bewusstlos.«

Finn half ihm auf und stützte ihn, während er ihn zu Tür dirigierte.

»Wer?«

»Ein Mann, nackt. Hat mir die Kleider weggenommen. Und alles.«

»Hattest du eine Waffe dabei?«

»M… mein Jagdhorn.«

Auf sein Klingeln und Klopfen wurde geöffnet. Zerzaust und unrasiert musterte Nathan sie beide.

»Rein. Bist du verletzt, Rudi?«

»Er hat einen Schlag auf den Kopf bekommen. Ich vermute Shepsi.«

»Ich hole dir etwas zum Anziehen. Dann sehen wir weiter.«

Rudis Zähne klapperten, als Finn ihm mit einem feuchten Lappen Blut und Schmutz vom Gesicht wischte.

»Wann bist du denn losgegangen heute früh?«

»Um fünf. Ich dachte, ich könnte Wild beobachten.«

»Jetzt ist es Viertel vor sechs, du kannst also nicht so lange bewusstlos gewesen sein.«

Nathan legte einen grauen Jogginganzug auf den Stuhl, Rudi zog ihn umständlich an. Tanguy, ebenfalls noch verschlafen, kam in die Küche, Che-Nupet huschte hinter ihm her, ihr folgte Feli.

Finn berichtete noch einmal kurz, was geschehen war.

»Gut, er ist hier. Und er wird euch beide suchen. Rudi, du bleibst im Haus. Tan, die Gewehre. Finn, du gehst mit ihm, Feli, du begleitest mich.«

»Komm ich mit, ne!«

»Nein, du bleibst hier bei Rudi, Che-Nupet.«

Die Katze trappelte mit allen vier Pfoten, und Feli kniete zu ihr nieder. Irgendwas flüsterte sie ihr ins Ohr, und das Trappeln hörte auf.

»Mach ich«, sagte sie.

»Bekomme ich auch eine Flinte?«, wollte Feli wissen.

»Nein. Aber ihr beide werdet möglicherweise schnell laufen müssen. Seht zu, dass ihr ihn hierher lockt. Tan und ich treiben ihn.«

»Was habt ihr vor?«, fragte Rudi, der die ganze Zeit irritiert von einem zum anderen geblickt hatte.

»Den Mann fangen, der dich überfallen hat.«

»Gut. Ich hatte mein Grünzeug an.«

»Das bekommst du wieder«, versicherte Finn ihm grimmig. Der süße Geschmack füllte wieder seinen Mund. Ja, er kam, wenn Gefahr drohte. Und er nahm ihm die Angst. »Auf, Feli. Spielen wir Köder.«

Feli schmeckte die Süße und straffte die Schultern. Angst hatte sie nicht, verflogen war alle Müdigkeit. Che-Nupet hatte sich an Rudis Bein geschmiegt und schnurrte ihn an. Sie würde auf ihn aufpassen, auf das Haus aufpassen und, wenn nötig, das tun, was immer getan werden musste. Denn wenn Schnuppel wütend wurde, wurde sie zum Tier, darauf konnte sie vertrauen.

Tan kam zurück, ein Gewehr über dem Rücken, das andere reichte er Nathan. Mit einem Seitenblick musterte sie ihn. Gestern war sie nur misstrauisch gewesen, müde und hungrig und gleichzeitig aufgedreht. Jetzt betrachtete sie ihn nüchterner.

Na gut, nicht ganz nüchtern. Er sah schon ziemlich gut aus, der Junge. So groß wie Nathan, aber schmaler, sehniger. Seine Schultern waren breit, seine Beine lang, die Haare hatte er zu einem Zopf gebunden, seine Miene war verschlossen, seine Augen blickten kühl. Seine Bewegungen waren fließend, katzengleich. Jeans, ein langärmliges grünes Hemd, Wildlederstiefel, an der Hüfte ein Messer in der Lederscheide. Er erinnerte sie an jemanden, aber sie kam nicht darauf, an wen. Das würde sie später ergründen müssen.

»Wie machen wir es?«, fragte sie Nathan.

»Wir suchen ihn. Er hat Spuren hinterlassen.« Er reichte ihr ein rotes T-Shirt. »Zieh das an, damit er dich sieht. Bekommst du das hin, Feli? Wir sind immer ganz in deiner Nähe.«

Sie streifte das übergroße Shirt über und nickte dann.

»Wir fangen an der Schutzhütte an. Tan und Finn gehen vor, wir beide folgen in fünf Minuten.«

»Ich will auch mitkommen«, sagte Rudi. »Ihr könnt mich hier nicht alleine lassen.«

»Doch. Du hast einen Schlag auf den Kopf bekommen, das reicht für heute. Pass auf, dass der Katze nichts passiert«, befahl Nathan ihm.

»Och Mönsch …«

»Rudi!«

»Los!«

Tanguy schritt neben Finn aus, beide bewegten sie sich geübt und lautlos durch ihr Revier. Finn war ein guter Jäger, das hatte er schon mehrmals bemerkt. Seinem Blick entging wenig, seine Reaktionen waren schnell und sein Handeln präzise. Aber er selbst hatte sich von Kindesbeinen an in der Natur bewegt, hatte hervorragende Lehrer gehabt, und er las Fährten, die für andere unsichtbar blieben. Sie nahmen nicht die Wander- oder Reitwege, sondern Wildpfade, alle Sinne gespannt, suchend, sichernd. Finn hob die Hand und deutete auf die hölzerne Schutzhütte. Sie näherten sich ihr von hinten.

Tanguy umkreiste sie, fand die Spuren des Überfalls. Fußabdrücke, Schleifspuren, ein paar Blutstropfen. Rudis Jagdhorn. Er reichte es Finn. Der lauschte angestrengt, betrachtete den Boden, nickte dann und wies auf ein paar abgerissene Blättchen. Auch Tanguy achtete auf die Geräusche des Waldes. Sie verrieten viel, wenn man sie zu deuten wusste.

»Er weiß, dass Feli zu uns gegangen ist«, sagte er leise. »Er lauert uns auf.«

»Stöbern wir ihn auf.« Finn grinste ihn an und schwenkte das Jagdhorn. »Er soll wissen, was wir vorhaben.«

Tanguy überdachte das kurz und stimmte zu. Es konnte funktionieren. Vor allem wussten Nathan und seine Begleiterin, dass sie begonnen hatten, den Mann zu jagen.

»Ich bleibe in Sichtweite«, sagte er. »Folg dem Pfad dort.«

»Okay.«

Finn nahm das Jagdhorn an die Lippen. Aufregung und Lust erfüllten ihn, als er tief einatmete und das Signal »Aufbruch zur Jagd« schmetterte. Als der letzte Ton verklungen war, lauschte er wieder. Die Vögel schwiegen, irgendwo raschelte es. Er lief los, folgte dem Pfad, sprang über Wurzeln, wich den Ranken aus. An einer mächtigen Eiche hielt er inne, drückte sich an ihren Stamm, lauschte wieder, blickte sich um. War da eine Bewegung? Ein Schatten zwischen den Bäumen? Shepsi war eine Katze, er wusste, wie er sich zu bewegen hatte.

Ja, da war jemand – kein Wild, das wäre geflohen. Langsam bewegte Finn sich vom Pfad fort, folgte einer tiefen Rinne, wirbelte Laub auf, legte eine Spur. Dann sprang er über einen Graben und folgte kurze Zeit dem asphaltierten Wirtschaftsweg. Hinter einem Stapel frisch geschlagener Stämme hielt er an, überprüfte die Gegend.

Sein Verfolger blieb ihm auf den Fersen. Gut so.

Und dann sah er das Rot aufblitzen. Feli bewegte sich ebenfalls durch das Unterholz. Shepsi musste sie bemerken. Nathan würde ganz in der Nähe sein. Es wäre nicht schlecht, etwas Verwirrung zu verursachen. Wieder setzte er das Horn an und blies die »Aufmunterung zum Treiben«. Nathan würde das verstehen.

Dann lief er wieder los, in langsamem Joggingtrab, deutlich sichtbar auf dem Wanderweg.

Feli grinste. Offensichtlich hatte Finn Rudis Horn gefunden. Irgendwo hinter ihr befand sich Nathan, im Wald, vermutlich ganz in der Nähe, Shepsi. Es war an der Zeit, ihn herauszufordern. Dem Signal zufolge musste Finn rechts von ihr sein, sie drehte sich um und lief den Weg zurück, den sie gekommen war. Ein Reitweg, loser Rindenmulch machte das schnelle Laufen anstrengend. Hin und wieder blickte sie über die Schulter zurück. Folgte Shepsi ihr oder Finn? Vermutlich war sie für ihn das leichtere Opfer. Sie verlangsamte ihre Geschwindigkeit. Dann verblüffte sie das nächste Hornsignal. Es kam aus einer ganz anderen Richtung. Waren noch mehr Jäger im Wald?

Verdutzt blieb sie stehen und lauschte.

Blätterwispern, Vogelgezwitscher. Ein Hund bellte weit entfernt.

Dann sah sie ihn. Er kam zwischen einigen jungen Birken hervor. Direkt auf sie zu.

Feli nahm die Beine in die Hand und lief los.

Nathan nahm das Gewehr vom Rücken und bückte sich unter den tief hängenden Ästen der Tannen hindurch. Jetzt hatten sie ihn endlich aufgestöbert. Hoffentlich behielt Feli die Nerven.

Er setzte mit großen Schritten über Wurzelwerk und morsche Äste. Der Wald war sein Revier, er kannte es, wusste um seine Tücken und seine Lücken. Feli würde den Reitweg nehmen, der direkt zum Forsthaus führte. Finn schien den Wanderweg gewählt zu haben. Man konnte nur hoffen, dass keine frühen Wandervögel unterwegs waren.

Jetzt sah er ihn. Die Kleider, die er trug, waren ihm zu kurz und zu weit, doch er bewegte sich schnell und ausdauernd. Er holte auf, Feli erhöhte das Tempo. Nathan selbst folgte dem kleinen Bachlauf, sprang hinüber und eilte über den schlammigen Rückeweg, über den noch gestern die frisch geschlagenen Baumstämme gebracht worden waren.

Dann sah er Finn, der dem Mann geradewegs entgegenlief.

Das war Wahnsinn!

Nathan begann zu rennen.

Tanguy hatte ihn gesehen, erkannte Finns Absicht und nahm das Gewehr vom Rücken. Finn würde versuchen, den Mann von Feli abzulenken. Er selbst musste in Deckung bleiben, aber nahe genug herankommen. Ein Pfiff ertönte.

Nathan, links von ihm. Auch er hatte erkannt, dass es zum Kampf kommen würde.

Er umrundete das Totholz, bog junge Baumstämmchen zur Seite, wand sich durch Gestrüpp und kam dem Weg immer näher. Felis rotes Shirt verschwand hinter einer Biegung. Um sie kümmerte sich Nathan. Finn hingegen hatte sich hinter einen Baumstamm gestellt, allzu offensichtlich.

Der Mann fiel darauf herein. Kaum hatte er den Baum erreicht, rannte Finn wieder los, der andere hinter ihm her. Finn blieb abrupt stehen, sprang und erwischte seinen Verfolger mit einem Fußtritt. Der aber hatte sich behände zur Seite gewandt, war nur gestreift worden. Tanguy kletterte über den Holzstapel. Hundert Meter noch. Finn tänzelte mit geballten Fäusten. Der Mann griff ihn an. Beide gingen zu Boden.

Fünfzig Meter noch. Nathan erschien neben ihm. Kniete nieder, die Flinte im Anschlag.

Feli schlug einen Haken. Leicht schnaufend kehrte sie auf den Reitweg zurück. Da lag Finn, Shepsi über ihm. Nathan und Tanguy hinter ihnen. Gefährlich zu schießen. Sie hetzte los. Rinden und Blätter wirbelten unter ihren Schritten auf. Sie erreichte die sich am Boden wälzenden Männer. Finn unten, der andere würgte ihn. Sie sprang Shepsi in den Rücken. Er schüttelte sie ab. Finn keuchte, rollte unter ihm weg. Shepsi schlug ihr die Faust ins Gesicht. Sie ächzte, die Süße explodierte auf ihrer Zunge. Sie fuhr ihm mit den gekrallten Fingern ins Gesicht. Er zuckte zurück. Sie trat um sich, traf Knochen, Weichteile, kratzte, biss und keuchte. Er war so stark, ihre Rippen knirschten, als sein Schlag sie traf. Er packte ihren Kopf, schlug ihn auf den Boden. Sterne flimmerten vor ihren Augen.

Keine Möglichkeit, einen Schuss abzugeben. Tanguy ließ das Gewehr fallen. Er hörte Felis Schrei.

Und die Macht kam über ihn.

Mit langen Sätzen hetzte er los, geschmeidig über Wurzeln und Äste hinweg. Mit einem gewaltigen Sprung warf er den halb aufgerichteten Mann nieder, verbiss sich in seinem Nacken. Ein Röcheln erklang unter seinem lauten Knurren. Blutgeschmack füllte seinen Mund.

»Cougar!«, krächzte Feli. »Cougar! Lass ihn leben.«

Nathan kniete neben ihr, legte ihr den Arm um die Schultern, half ihr, sich aufzurichten. Finn kam angekrochen, hustend, würgend.

Der Puma hielt den Mann niedergedrückt, die Pranke in seinem Nacken.

»Shepsi?«, fragte Nathan.

»Sepp Sebusch«, krächzte Finn.

Feli wischte sich mit dem Handrücken Blut und Tränen vom Gesicht.

»Passt auf. Passt auf ihn auf!«, mahnte sie.

»Cougar, halt ihn nieder.«

Nathan zog ein Nylonseil aus der Tasche.

»Nicht«, warnte Feli. »Passt auf. Passt auf!«

Und schon passierte es. Der Mann verwandelte sich, verschwand unter den Kleidern. Eine Katze wand sich unter der Pranke des Pumas heraus.

Der Puma knurrte noch einmal und schlug erneut zu.

Wieder war Shepsi unter seinen Krallen gefangen.

»Töte ihn nicht«, stieß Feli hervor. Und dann beugte sie sich zu dem grauweißen Kater hinunter. »Den Tod hast du zwar verdient, Mörder, Dieb, Thronräuber. Aber es gibt für dich ein Schicksal, das weit schlimmer als der Tod ist.« Dann sah sie den Puma an. »Verstehst du mich?«

Die Lider senkten sich über den goldenen Augen.

»Halte ihn gut fest. Ihr geht ein Stück zurück. Seid vorsichtig.«

Finn kam auf die Beine, Nathan stützte seine Schritte.

»Halte ihn gut fest, Cougar.«

Ein weiteres Knurren antwortete ihr.

Sie näherte sich dem fauchenden Kater und öffnete den Verschluss des Ohrrings. Kaum hatte sie ihn in der Hand, schlug die Kralle nach ihr. Ein langer Kratzer lief über ihren Arm. Sie kam auf die Beine und stolperte zurück. Nathan schob sie hinter sich.

»Lass ihn laufen«, sagte sie.

Der Puma hob seine Pranke und machte einen Schritt zurück. Taumelnd kam der Kater auf die Pfoten. Aus seinen

Blicken sprach purer Hass. Er drehte sich um und kroch geduckt zum Wegesrand. Blut tropfte aus seinem Fell, hinkend und fauchend verschwand er aus ihrer Sicht.

Ein mehrstimmiger Chor klang durch den Wald. »Auf, auf zum fröhlichen Jagen«, jubelte es durch die Bäume.

Konsterniert sahen sich Finn, Nathan und Feli an. Der Puma sprang zurück zu dem Platz, von dem er gekommen war.

»Wandertanten«, seufzte Nathan. »Besser, wir verschwinden von hier.«

»Eiligst.« Finn begann zu kichern.

»So eine Scheiße«, fluchte Tanguy und hielt sich die zerrissenen Kleider vor seine Blöße. »Das waren meine besten Stiefel.«

Feli vergaß die Schmerzen in ihrem Gesicht und an ihren Rippen. Die langen schwarzen Haare hingen ihm wirr über die Schultern, unter der glatten, leicht gebräunten Haut seiner Brust zeichneten sich die Muskeln ab, die dunklen Augen blitzten erbost.

»Zieh diese Hose an, rasch«, sagte Nathan und reichte ihm Rudis Cargohose.

Die singende Truppe kam näher, und Tanguy drückte Finn seine Kleider in die Hand, um die Hose überzustreifen.

»Los jetzt. Ich will hier keine Erklärungen abgeben müssen.«

Feli schnappte sich Tanguys Gewehr und Messer und humpelte hinter Nathan her zum Reitweg. Sie hatten sich gerade außer Sicht begeben, als die Gruppe, bewaffnet mit Wanderstöcken und Rucksäcken, unter Führung von Tante Iris vorbeizog.

»Schafft ihr den Weg zum Forsthaus?«

»Wird schon gehen.«

Finn legte den Arm um Felis Schulter. Dann aber umarmte er sie und drückte sie fest an sich.

»Danke, Feli. Ich hab Angst um dich gehabt.«
»Und ich um dich.«
Tanguy knurrte.
Nathan gab ihm einen Schubs.

57. Der Traum vom Fliegen

Feli durfte als Erste unter die Dusche, und da auch sie keine weiteren Kleider zum Wechseln dabei hatte, krempelte sie die Hosenbeine von Tanguys Jeans mehrmals um, stopfte das viel zu große T-Shirt in den Bund und ging dann langsam und bedächtig die Treppen nach unten. Ihr ganzer Körper tat weh, aber dennoch fühlte sie sich leicht und seltsam beschwingt. Auf dem Sofa, auf dem sie geschlafen hatte, hatte sich Che-Nupet in die Decke gerollt. Sie krabbelte heraus, als sich Feli zu ihr setzte.

»Ich konnte ihn nicht töten«, erklärte Feli leise.

»Kannst du nicht. Ist gut so.«

Sie ließ den kleinen Ohrring auf ihre Handfläche gleiten.

»Den wirst du am besten Majestät zurückbringen.«

»Weiß nicht.«

»Nein?«

»Denkst du.«

»Dann gebe ich ihn Rudi.«

»Machst du Rudi kaputt mit, ne.«

Feli kicherte und schob den Ring über ihren Finger.

»Was ist mit ihm?«

»Liegt er oben und schläft. War so aufgeregt, ne. Hat aus dem Fenster gesehen, hat gelauscht. Als Finn getutet hat, wollte er auch tuten. Danach ist er eingeschlafen.«

»Ach ja?«

»Ja, ja, ja.«

»Nun, vielleicht ist das besser für ihn. Du weißt, was dort im Wald geschehen ist?«

»Weiß ich, hat Finn erzählt.«

»Auch von dem Puma?«

»Auch. Ist er stark, ne. Und schön, der Cougar.«

Feli kämmte sich mit den Fingern durch die Haare. Er war schön, als wilder Kater und als Mann. Und er war ihr zu Hilfe gekommen. Sie schloss die Augen und lehnte sich zurück. Che-Nupet kletterte auf ihren Schoß.

»Ist er gefährlich, Feli. Musst du vorsichtig sein.«

»Was ist er?«

»Ist er zwei, muss er eins werden, ne.«

Das Gesicht von Tanguy und das des goldäugigen Pumas vermischten sich miteinander.

»Warum, Schnuppel?«

»Spielen sie gerne, ne.«

»Wer?«

»Die Schwestern unter dem Jägermond.«

Sie kraulte Che-Nupet nachdenklich. Bastet und Sechmet – nahmen sie wirklich Einfluss? Spielten die Götter mit Menschen und Tieren? Früher hatten die Menschen es geglaubt, und zahllose Mythen und Sagen erzählten davon.

Mit der weichen Seite ihrer Zunge leckte Che-Nupet den Kratzer auf Felis Arm und schnurrte dabei. Erschöpft und müde ließ Feli sich in den Schlaf gleiten.

Tanguy fand sie mit Che-Nupet im Arm und blieb einen Augenblick stehen, um sie anzuschauen. Im Schlaf sah sie niedlich aus, gar nicht wie das wütende Geschöpf, das sich mit Klauen und Zähnen gegen einen weit stärkeren Mann zur

Wehr gesetzt hatte. Aber weit mehr als ihr friedliches Aussehen berührte es ihn, dass sie keinerlei Überraschung oder Angst gezeigt hatte, als er in seiner Tiergestalt aufgetaucht war.

Die Katze hob ihren Kopf und sah ihn mit ihren waldseegrünen Augen an. Nachdenklich, eindringlich. Sie wusste etwas über ihn, das spürte er. Und in seinem Kopf flüsterte es: »Cougar!«

Lockend, leise, verführerisch.

Wer rief ihn?

»Was soll ich tun?«

Die schönen Augen blinzelten, die Schnurrhaare fächerten sich zu einem kätzischen Lächeln auf, langsam strich eine Pfote über die Hand des Mädchens, dort, wo der schmale goldene Ohrring schimmerte.

Finn hatte seine blauen Flecken und Schrammen verarztet und sich dann grummelnd bei Nathan beschwert.

»Wir hätten ihm den Hals umdrehen sollen.«

»Hättest du es gekonnt?«

»Er hat Seba umgebracht und etliche weitere, die in dem Bus waren. Er wollte Feli und mich umbringen.«

»Todeswürdige Verbrechen.«

»Ach Mist, nein. Ich bin kein Henker.«

»Nein, das sind wir nicht.«

»Du hast recht, Nathan. Shepsi wird auch so genug Schwierigkeiten haben, klein, verletzt, nicht in der Lage, sich zu verständigen, ohne Zutritt zu den Grauen Wäldern, von seiner Heimat verbannt.«

Nathan nickte und fragte dann: »Willst du in den Ferien wieder hier arbeiten?«

»Wenn ich darf.«

»Du wirst mit Tan und Rudi die Junior-Ranger betreuen.«

»Uhhh.«

»Ein Kinderspiel. Du hast in der letzten Zeit ernste Probleme genug gehabt.«

»Tja, das kann man wohl sagen.«

Finn dachte an seinen Vater und merkte, dass Groll und Enttäuschung verflogen waren. Er hatte sich selbst etwas vorgemacht, war in eine Falle getappt, aber er hatte sich auch selbst daraus befreien können. Vielleicht hatte diese bittere Erfahrung sein müssen, um zukünftig frei von falschen Erwartungen leben zu können. Er hatte Freunde, jetzt endlich solche, denen er vertrauen konnte, die ihn respektierten, denen er nichts vormachen musste. Tan war wirklich in Ordnung, und Rudi war zwar ein Chaot, aber irgendwie auch verlässlich. Und Feli?

Seba war reizvoll gewesen, eine aufregende Frau, sexy und begehrenswert. Er hatte sich in sie verliebt, ihren Tod hatte er betrauert, aber ihr Gesicht verblasste bereits in seiner Erinnerung.

Feli war da, hilfsbereit, offen, freundlich, lustig.

Und es hatte ihm einen Stich versetzt, als er bemerkt hatte, wie sie Tanguy anschaute.

Nathans Hand lag auf seiner Schulter.

»Rauft euch zusammen, Finn.«

Er straffte sich. Die Zukunft lag vor ihm, es würde Möglichkeiten geben …

Als Finn aufgebrochen war und Tanguy Feli und Che-Nupet nach Hause gefahren hatte, stand Nathan noch lange am Fenster und betrachtete seinen Wald. Seit langer Zeit wieder dachte er an seinen Sohn, den er vor sechzehn Jahren verloren hatte. Er wäre jetzt in dem Alter der jungen Menschen, die eben noch hier gewesen waren. Nach dem Unfall hatte er Kanada verlassen, hatte sich in seine Aufgaben gestürzt, um die Trauer und den Verlust zu überwinden. Bäume, die Tiere des Waldes, insbesondere die Wildkatzen – um die hatte er sich gekümmert, ihnen galt seine Fürsorge. Von den Menschen hatte er sich zurückgezogen und sich den Ruf erworben, ein schwer zugänglicher Mann zu sein. Und nun waren gleich drei Jugendliche zu ihm gekommen, und er fühlte sich verantwortlich für sie, auch wenn er sich dagegen sträubte. Aber Finn, der sich nach einem Vater sehnte, erinnerte ihn viel zu sehr an sich selbst. Auch er war ein trotziger Rebell gewesen und musste erst eine Katastrophe erleben, bevor er seinen Weg gefunden hatte. Finn hatte sich ebenfalls durch einen Haufen unbeschreiblicher Schwierigkeiten hindurchgearbeitet, und als er sie bewältigt hatte, war er zu ihm gekommen, obwohl er ihn nicht eben freundlich behandelt hatte. Er hatte ihm eine Chance gegeben, und der Junge hatte ihn nicht enttäuscht.

Tanguy war weit weniger Rebell, er war verwirrt, hatte am Rande des Todes gestanden und war seinen Geistern begegnet. Er wollte sich von ihm nicht helfen lassen, aber Finn hatte den Schlüssel zu ihm gefunden. Was immer daraus wurde – Nathan hoffte, dass er sich mit seinem Leben arrangierte. Felina aber war ein ganz besonderer Fall – sie, ausgerechnet sie war in Freundschaft mit dem wunderlichsten Wesen verbunden, dem er je in seinen Träumen, Trancen und Visionen begegnet war. Wingcat – Che-Nupet – hatte ihn einst aus den tiefsten, schwärzesten Abgründen aus Schuld, Angst und Verlust hinausgeführt. Er hatte ihr vertraut, und sie hatte sich ihm offenbart. Er wusste, wer sie war, was ihre Aufgabe war, und es verblüffte ihn umso mehr, dass sie als tollpatschige, pummelige Katze auftrat. Es mochte sein, dass Felina ahnte, was sie hinter ihrer wunderlichen Art versteckte, doch sie sprach nicht darüber. Ein bemerkenswertes

Mädchen, das den Mund zu halten in der Lage war und eine Wingcat beschützte.

Nathan lächelte, als er an die beiden dachte.

Was mochte Che-Nupet für Feli bereithalten?

Feli breitete drei Seidentücher vor Che-Nupet aus. Eines war braun und orange mit goldenen Blättern, herbstlaubfarben wie ihr Fell. Das zweite schimmerte in Elfenbein mit kleinen blauen und türkisfarbenen Schmetterlingen, das dritte waldseegrün mit einem feinen, kupferfarbenen Streifen.

»Muss das mit Schmetterlingen, ne«, meinte Che-Nupet und begann zu schielen. Drei kleine Blaufalter schwirrten herbei und umflatterten ihre Ohren. Feli lachte. Dann schielte sie auch, und die Falter kamen zu ihr. Einer setzte sich auf ihre Nase.

Es waren drei ruhige Tage gewesen. Prellungen und Kratzer waren erstaunlich schnell verheilt. Ihre Tante Iris hatte sich mit dem zufriedengegeben, was sie von dem Wildkatzenreservat erzählt hatte, und wenig Fragen gestellt. Über Che-Nupets Anwesenheit hatte sie sich sogar gefreut. Pu-Shen wie auch Chip hatten oft zusammen mit Che-Nupet im Garten gelegen. Doch eben war sie zu ihr gekommen und hatte ihr erklärt, dass sie länger nicht bleiben könne.

»Muss ich gucken, ne. Ist der Namenlose noch da. Und muss ich Bastet Merit sagen. Hast du Shepsi bestraft.«

»Wird sie mir böse sein?«

»Weiß nicht.«

»Ich hoffe nicht. Ich möchte euch gerne wieder besuchen dürfen.«

»Machst du. Kommst du, ne. Weißt du von Bäumen und Träumen. Denk ich an dich, Feli.«

»Ja, ich werde auch an dich denken. Wann willst du aufbrechen?«

»Jetzt. Bin ich unruhig, ne.«

»Gut, dann bringe ich dich zum Dolmen.«

»Machst du Fahrrad?«

»Mach ich.«

Im Lenkerkorb ließ Che-Nupet sich den Fahrtwind um die Nase wehen, während Feli die Straßen entlangstrampelte. Es war ein sonniger Tag, eine leichte Brise im Rücken beschwingte sie, sie summte leise vor sich hin, während ihre Freundin laut schnurrte. Sie hatten sich von Finn und den Katzen verabschiedet, Nathan hatte sie jedoch nicht noch einmal sehen wollen. Schließlich bogen sie auf den Feldweg ab, und bevor sie an den Waldrand kamen, schwebte ein großer roter Drachensegler über ihnen hinweg. Feli bremste und schaute ihm nach. Che-Nupet starrte ebenfalls nach oben.

»Fliegen …«, kam es ganz leise.

»Ja, fliegen. Es soll schön sein.«

Feli strich ihrer Freundin sacht über den Rücken und fasste einen Entschluss.

Sie würde fliegen. Drachensegeln konnte so schwierig nicht sein.

Energisch setzte sie sich wieder in Bewegung, und als sie am Dolmen angekommen war, hüpfte Che-Nupet aus dem Korb. Das Tuch hatte Feli in einen kleinen Beutel gepackt, den eine Katze leicht tragen konnte. Noch einmal nahm sie sie auf den Arm und drückte ihr Gesicht in das weiche, seidige Fell.

»Schade, dass du schon gehen musst, Schnuppel. Ich bin so gerne mit dir zusammen.«

»Bin ich auch, ne. Treffen wir uns wieder.«

Schlapp, einmal fegte die Zunge über Felis Wange.

»Grüß Nefer und Semir und Amun Hab und Majestät und alle und …«

Feli schniefte und setzte Che-Nupet vorsichtig ab. Die nahm den Beutel zwischen die Zähne und lief in den Dolmen.

Sie mochte noch nicht nach Hause fahren. Lange blieb Feli im kühlen Schatten des Waldes sitzen und dachte an ihre Freundin. Manches hatte sie von ihr erfahren, vieles war ihr noch verborgen. Aber eines wusste sie ganz genau – sie würden sich wiedersehen.

Und fliegen.

Tanguy beobachtete das Mädchen. Still, bewegungslos, nachdenklich. Sie sah ein bisschen verloren aus. Geduldig wartete er, bis sie endlich aufstand. Sie erkannte ihn, und ein Leuchten huschte über ihr Gesicht.

»Hallo Tan. Ich habe ein Geschenk für dich«, sagte sie und zog einen kleinen goldenen Ohrring aus ihrer Tasche. »Mach das Beste draus.«

58. Unter dem Jägermond

Voll und rund stand der Mond über den schwarzen Bäumen, färbte die Ränder der Wolken silbrig, beleuchtete den nächtlichen Jägern die Wege. Lautlos schlichen sie, ihrer Bestimmung gemäß, durch Gräser und Gebüsch, beschirmt und beschützt von denen, die ihre Seelen hüteten.

Gemächlich schlenderten die beiden Schwestern zum Ufer des schimmernden Sees, und diesmal war es Bastet, die mit ihrer Fingerspitze die stille Oberfläche berührte.

»Haben wir es richtig gemacht?«

Sechmet betrachtete das Wellengekräusel.

»Er war eine Pfeife«, knurrte sie. »Und Pfeifen sind langweilig.«

»Sein Schicksal ist besiegelt.«

»Das seine ja.« Dann knurrte die Löwenköpfige erheitert. »War unterhaltsam, das Spiel.«

»Wie man es nimmt. Wenn du mich fragst, ist es unseren Händen entglitten. Noch nie sah ich unseren Bruder derart wütend.«

»Oh ja, ein Anblick, der zornige Sphinx.« Sinnend zog auch Sechmet ihre Hand mit den langen Fingernägeln durch das Wasser. Es funkelte und glitzerte. »Die Grauen Wälder verändern sich«, murmelte sie.

»Ja, Schwester. Und darum werde ich mit unserer Nichte sprechen. Sie kennt die Wege und die Quellen, die Ursachen und die Folgen. Sie hat die Macht, die Welten vor Schaden und Zerstörung zu bewahren.«

»Sie ist eine Transuse.«

»Ja, aber mit Potenzial«, schnurrte Bastet. »Geht das Spiel weiter, ne.«

Personen

Die Menschen

Feli/Felina – Abiturientin, die sich auf ihr Veterinärstudium vorbereitet und dazu eine sehr praxisbezogene Ausbildung in Trefélin absolviert. Das Heldenwasser beginnt in ihr zu wirken, und sie findet mehr und mehr über die Macht ihres Ohrrings heraus.

Finn – Student, der beginnt, sich allmählich von seiner dominanten Mutter zu distanzieren, sich stattdessen aber seinem wieder in sein Leben getretenen Vater zuwendet, was schiefgeht.

Nerissa – Finns Mutter, Redakteurin einer hippen Frauenzeitschrift, die einen Model-Contest ausschreibt. Sie hat gerade einen Lover abserviert und ist für ihren geschiedenen Mann nicht zu sprechen.

Kord – Finns Vater, ein notorisches Großmaul, das beständig nach Bewunderung giert. Ein leichtes Opfer eines Speichelleckers.

Kristin – Finns Schwester und Felis Freundin, die versucht, sie in modischen Dingen zu beraten. Was nichts fruchtet.

Iris – Felis Wandertante, die derzeit die Verantwortung für sie übernimmt, da Felis Eltern einen Auslandsauftrag erfüllen müssen.

Nathan – Förster und Schamane, der sich um einige junge Männer kümmert, was er zwar gerne tut, aber nicht gerne zeigt.

Tanguy – Nathans Neffe, der seit seinem Unfall von seltsamen Halluzinationen heimgesucht wird, sie aber angstvoll verschweigt.

Rudi – einer von Nathans Auszubildenden, auch als »The Master of Desaster« bekannt.

George – Nerissas aufdringlicher Ex.

Sepp Sebusch – ein Obdachloser, der von dem Wohltätigkeitsprojekt »Helfende Hände« aufgefangen wird.

Die Katzen

Chipolata – klein, scharf, stark. Finns Katze.

Pu-Shen – klein, rot, verschmust. Felis Kater.

Tija und Seba – zwei wunderhübsche junge Frauen, die Kopftücher einkaufen.

Che-Nupet – rundliche Schmusebacke »Schnuppel«, die vom Fliegen träumt und seltsame Wege beschreitet. Gelegentlich wird sie zum Tier.

Nefer – ein zukünftiger Weiser, der nun als Ratgeber einem mächtigen Clanchef zur Seite steht und mit allerlei Widrigkeiten zu kämpfen hat.

Ani, Pepi und Sem – drei junge Clowns auf dem Weg zur Besserung. Manches klappt schon besser. Nicht alles.

Sarapis – Uralter Weiser, der Nefer noch das eine oder andere lehrt, bevor er in die Berge geht.

Sheshat – ein Muttermonster.

Amenti – ein Geomant.

Bastet Merit – Königin in Trefélin.
Amun Hab – der Kriegerweise.
Mafed – Kater, der die Wege für die Verstorbenen in der Dunkelheit erschließt.
Imhotep – namenloser Kater, der seiner selbst verlustig gegangen ist.
Shepsi – einer, der die Schuld bei anderen sucht und findet.
Anat – Beraterin der Königin und Heilerin.

Andere Wesen

Sechmet – die löwenköpfige Göttin im Land unter dem Jägermond, die die Menschen hasst, wie es heißt.
Bastet – die katzenköpfige Schwester, die die Menschen liebt, wie es heißt.
Ein Sphinx – rätselhafter Wächter des Schwarzen Sumpfes.
El Rey – Fürst der Lüfte, Adler in Trefélin.
Cougar – der große Bruder.